U0107432

爱达或爱欲

一部家族纪事

ADA OR ARDOR: A FAMILY CHRONICLE Vladimir Nabokov

弗拉基米尔·纳博科夫

韦清琦——译

上海译文出版社

Vladimir Nabokov

ADA OR ARDOR: A FAMILY CHRONICLE

Copyright © 1969, Dmitri Nabokov

图字：09-2018-561号

图书在版编目（CIP）数据

爱达或爱欲 /（美）弗拉基米尔·纳博科夫
（Vladimir Nabokov）著；韦清琦译. —上海：上海译
文出版社，2023.4
（纳博科夫精选集.Ⅳ）
书名原文：Ada or Ardor: A Family Chronicle
ISBN 978-7-5327-9237-5

Ⅰ.①爱… Ⅱ.①弗… ②韦… Ⅲ.①长篇小说—美
国—现代 Ⅳ.① I712.45

中国国家版本馆CIP数据核字（2023）第070258号

爱达或爱欲：一部家族纪事	Vladimir Nabokov	出版统筹 赵武平
Ada or Ardor:	弗拉基米尔·纳博科夫 著	策划编辑 陈飞雪
A Family Chronicle	韦清琦 译	责任编辑 邹滢 王源
		装帧设计 山川

上海译文出版社有限公司出版、发行
网址：www.yiwen.com.cn
201101 上海市闵行区号景路159弄B座
江阴市机关印刷服务有限公司印刷

开本787×1092 1/32 印张24.625 插页5 字数413,000
2023年6月第1版 2023年6月第1次印刷

ISBN 978-7-5327-9237-5/I·5752
定价：138.00元

献给薇拉

目录

除罗纳德·奥兰治夫妇、几个次要角色以及数位非美国公民外，本书提到的所有人物都已作古。

[编者]

族 谱

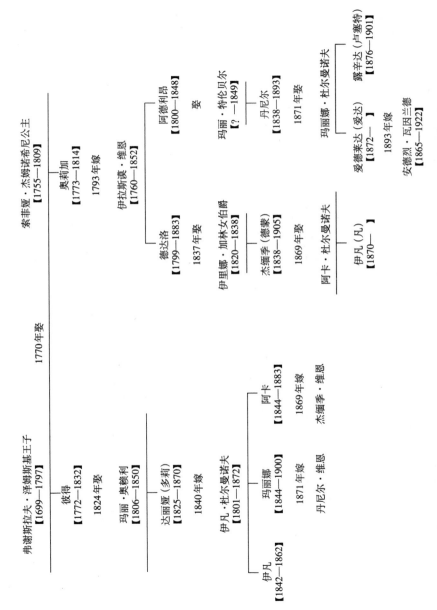

第一部

1

"所有幸福的家庭不尽相同；每个不幸的家庭却多少相似。"一位俄罗斯文豪在一部著名小说的第一页便开宗明义（《安娜·阿尔卡季耶维奇·卡列尼娜》，由 R.G. 斯通洛厄转译为英文，芒特泰伯有限公司出版，一八八〇年）。此说与以下即将展开的故事——一部家族纪事——却无甚关联，或许故事第一部分倒是和托尔斯泰的另一篇作品《童年与祖国》（*Detstvo i Otrochestvo*，庞休斯出版社，一八五八年）较为接近。[1]

凡的外婆达莉娅（"多莉"）·杜尔曼诺夫是布拉多①州长、彼得·泽姆斯基王子的女儿，那地方是美国的一个行政区，位于我们广袤而多彩的国家的东北部。彼得·泽姆斯基王子一八二四年娶了时髦的爱尔兰女子玛丽·奥赖利。多莉是他们的独女，生在布拉多，并于一八四〇年，也就是在她稚嫩而任性的十五岁妙龄时嫁给了伊凡·杜尔曼诺夫将军，后者是一位平和的乡绅，官至育空要塞司令，统辖塞文托里斯[2]的大片土地。塞文托里斯类似于镶嵌在边疆的一个附庸小国，仍被昵称为"俄罗斯"艾斯托提②，与"俄罗斯"加拿第③（另称"法兰西"艾斯托提）呈马赛克状有机交错[3]，不仅法国人，还有马其顿和巴伐利亚移民也在我们的星条旗下安享太平的日子。

不过杜尔曼诺夫夫妇最喜欢的领地却是拉杜加，即与其家族同名的堡垒周围的地区，在艾斯托提境外，位于北美大陆大西洋一侧，在新柴什尔州优美的卡卢加及美因州同样优美的拉多加之间④。那里有他们的世袭领地，三个子女也在那里出生：一个儿子弱冠之年便已成名却早离人世，还有一对孪生姐妹。多莉秉承了母亲的美貌和脾性，但也保留了更古老的祖先血统：古怪且常常很糟糕的品位，比如说，她给女儿们起的名字就充分彰显了这一点——阿卡和玛丽娜（"为什么不叫托凡娜⑤⁴呢？"好脾气的且已长出顶级⁵角叉⑥的将军疑惑地问道，同时有节制地大笑着，随即又装作超然地轻咳一声止住了笑——他很畏惧夫人的肝火）。

一八六九年四月二十三日，在烟雨蒙蒙、温暖翠绿的卡卢

---

① Bras d'Or，系作者杜撰，可使读者联想到加拿大纽芬兰地区的拉布拉多（Labrador）。——本书脚注一律为译者注。
　　另以"1"、"2"、"3"……标序的作者注置于书尾。

② Russian Estoty，其中 Estoty 源自 Estotiland，是早期探险家对北美东北部尤其是拉布拉多东北部的称呼。

③ Canady，据布赖恩·博伊德（新西兰奥克兰大学英语系教授，著名的纳博科夫研究专家和传记作者，关于《爱达或爱欲》的详细解读，可参见其专著 Nabokov's Ada）的注释，加拿大（Canada）被拼作 Canady，或许是为避免书中出现过多的"ada"。

④ 新柴什尔州（New Cheshire），为作者杜撰，Cheshire 为英国的柴郡；卡卢加（Kaluga），原为莫斯科附近地名；拉多加（Ladoga），原为欧洲最大的湖（在俄境内）；美因州（Mayne），拼写与缅因州（Maine）近似。

⑤ 指"阿卡·托凡娜"，一种无色无味的秘制毒剂，由 17 世纪一个西西里女子托凡娜配制出来，据说她毒杀了六百多人。另有学者（D.Barton Johnson）称其为 18 世纪意大利少妻用于谋害老夫的毒药。

⑥ 顶级角叉一般在雄鹿四岁时长出，而杜尔曼诺夫将军出此言时也正好结婚四年。纳博科夫在这里给传统上象征"绿帽子"的鹿角添上了几分博物学色彩。

加，芳龄二十五、受着惯常的青春期偏头疼困扰的阿卡，与沃尔特·D.维恩结婚，新郎是曼哈顿银行家，有古老的盎格鲁-爱尔兰血统，与玛丽娜有着长期的炽热恋情，而这风流韵事很快还将间歇性地延续下去。玛丽娜于一八七一年的一天嫁给了她首位情人的嫡亲堂兄弟，也叫沃尔特·D.维恩，小伙子同样富足，却少了好些情趣。

阿卡丈夫名字里的D代表德蒙（德米安或杰缅季的变体），亲戚们也这么叫他。在社交界人们通常称其为"黑·维恩"或干脆叫"黑·沃尔特"，以区别于玛丽娜的丈夫"杜拉克⁶·沃尔特"或是"红·维恩"。[①] 德蒙的双重嗜好便是收集老旧的绘画和年轻的女子。他也喜欢使用不新不旧的双关语。

丹尼尔·维恩的母亲是特伦贝尔家族的成员，他总爱喋喋不休地对这个姓氏加以解释——除非有被他烦透了的人把话题引开——美国历史上，英语单词"bull"是如何转变为新英格兰的"bell"的。[②] 二十多岁时，他不明就里地"进入了商界"，且顺风顺水发展成一个曼哈顿艺术品商人。他对于绘画——至少在最初是如此——没有什么特别的嗜好，在营销上也毫无天分，但无论"职业"如何起起伏伏，都撼动不了维恩家族精通生意且锐意进取的诸位前辈创下的坚实基业。他坦承自己不怎么热衷居住乡间，因而到了暑期他只在拉多尔附近位于阿

① 这里的"黑"和"红"指两人头发颜色的不同。另外"杜拉克"（durak）一词在俄语中有"傻瓜"之意。

② 特伦贝尔（Trumbell）中的bell由bull（公牛）转来，trum则与turn（转变）相近，该姓氏似显示其先祖具有某种与蛮牛相关的勇武。

尔迪斯的豪宅里度两三个周末，还小心翼翼地躲着太阳。少年时代之后，他便很少光顾他的另一份地产，在北边卢加附近的基特支湖[7]，包括了那片方正得有些奇怪但又的确是天然的水体——或者说实际上就是由这片水域构成的。他曾凭一根栖木沿对角线渡到对岸，耗时半个钟头。他和精于垂钓的堂兄弟共同拥有这片领地。

可怜的丹的情色生活既不复杂也不动人，却也不知怎的（他很快便忘掉了当初的确切情形，就像一个人冲动之下做了件轻便大衣，断断续续穿了至少两季之后，也就忘记了其尺寸和价钱）就轻易地爱上了玛丽娜，早在杜尔曼诺夫世族还拥有拉杜加领地时（后来卖给了艾略特先生[8]，一位犹太商人）他便认识了这家人。一八七一年春天的一个下午，他在曼哈顿第一幢十层大楼正在上升的电梯里向玛丽娜求婚，在升至第七层（玩具店）时遭到了严词拒绝，便独自下了楼。为了散心，他朝着与福格相反的方向[9]第三次踏上了环球之旅，每次路线完全一样，如同被激活了的平行线。一八七一年十一月，他在热那亚的同一家旅馆，与已经雇用过两次的气味难闻却和蔼友善、穿牛奶巧克力色衣服的导游制订夜玩计划，此时玛丽娜的一封航空电报（是由他在曼哈顿的办公室转来的，已经迟了整整一周，一个新来的姑娘因疏忽大意将其归在了标有"韵事"的文件格子里）由一只银托盘盛着呈递给了他，称将在他返美后与他成婚。

根据一份报纸的周日增刊——该刊刚开始在连环漫画页上

登载现在早已寿终正寝的《晚安孩子们，尼基和潘佩内拉（一对可爱的同睡一张窄床的小姐妹）》[10]，它们与其余旧报纸一起被保存在阿尔迪斯庄园主楼的阁楼上——的报道，维恩－杜尔曼诺夫的婚礼于一八七一年的圣爱德莱达节举行。十二年零八个月后，在存放着尘封多时的硬纸盒的阁楼里，在有一束热辣的阳光射进来的老虎窗下，两个赤裸的孩子—— 一个黑头发，皮肤晒成了褐色，另一个也是黑头发，肤色则白如凝脂——俯身比较着两张照片的日期。一张是报纸上的（一八七一年十二月十六日），一张是专业摄影师拍的照片（原本装在豪华的深紫色相框里，架在玛丽娜丈夫那张下有可容双膝空间的书桌上），照片一角有玛丽娜用潦草的字体记下的日期，时间还记错了（一八七一年八月十六日）。两张照片在所有细节上都完全一致——包括新娘的胶化面纱上颇为平常的下摆，被前庭的微风略略吹起，遮掩着新郎的长裤。一八七二年七月二十一日，一个女婴降生于阿尔迪斯，她公认的父亲在拉多尔县的别墅中，出于某种隐晦的纪念意义，给女孩取名为爱德莱达。另一个姑娘于一八七六年一月三日出生，这回可是丹自己的骨血了。

除了那份保存完好但傻气十足的《卡卢加报》陈旧的插图版外，我们爱玩闹的潘佩内尔和尼科莱特在同一间阁楼里还找到了一盒卷轴带，后来才知道（是帮厨的小男孩基姆的发现，看到后面就会明白）里面是由那位环球旅行家拍摄的一大卷缩微胶片，其中有很多奇异的集市、着色的小天使以及撒尿的顽童，这些景物在不同的角度和光影之下重复出现了三次。很自然，一个人在开始经营一个家庭的时候，不可能将某些见不得人的事抖搂出来（例如在大马士革的集体照场面，主角就是他和那位镇定地吸着雪茄、右腹部有条迷人伤疤的阿肯色州考古学家，还有三个丰腴的妓女以及老阿奇的早产儿，这是照片里的第三位男性、一个真正的英国好汉的戏称）；不过胶片的大部分——与之存放在一块儿的还有纯粹就事论事的便签，不太好查找，因为几本四处散落的旅游指南里还夹着些容易引起误解的书签——是丹在曼哈顿那获益颇多的蜜月期间为新娘子拍的。

然而两个孩子最棒的发现得自这个承载着过去的角落的下面一层。那是一本绿色小纪念册，上面整洁地粘着玛丽娜在埃克斯采摘的或是从别人那儿得到的花儿，埃克斯是瑞士山区的一处名胜，距布里格不远，她在婚前曾旅居于此，主要租住在一座木屋里。头二十页装饰着不少小株植物，那是一八六九年八月随意采摘来的，在木屋旁草木茂盛的山坡上或是在弗洛里酒店，或是在附近疗养院的花园里（可怜的阿卡开玩笑地称之为"我的 nusshuaus[①]"，而玛丽娜则在她的地点说明里煞有介事地把那标注为"家园"）。开头的二十页并没有表现出多少植物学或心理学的兴趣；最后五十多页则为空白；而中间部分虽然标本数量远不如前面多，却由无生命的花朵的幽魂上演了一

---

① nusshuaus 是阿卡根据英语 nuthouse（精神病院）编出的德语单词。

小出相当正规的情节剧。标本贴在对开的两页纸的一页上，下一页①则是玛丽娜·杜尔曼诺夫写下的笔记。

阿尔卑斯蓝楼斗菜②，瓦莱的埃克斯，六九年九月一日，得自一位住酒店的英国人。"阿尔卑斯楼斗菜，你眼睛的颜色。"

鹰耳③，六九年十月二十五日，埃克斯，采自拉皮内医生[11]高山花园的围墙之外。

金色（银杏）树叶：从一本叫《关于"地界"的真相》里掉落的，那本书是阿卡在返回疗养所时送我的。六九年十二月十四日。

人造雪绒花，我的新护士带来的，附有阿卡的一张便条说此花采自家里的一棵"寒碜[12]且古怪"的圣诞树。六九年十二月二十五日。

兰花花瓣，九十九株兰花中的一朵，相信吗？是昨天用快递寄给我的，准确无误④[13]，寄自马里泰恩阿尔卑斯山的安米娜别墅。收好了十株给阿卡带回去。瑞士瓦莱的埃克斯。"在命运的水晶球里飘雪"，他过去常这样说。（日期抹掉了。）

库奇的龙胆，珍稀植物，是小爪子⑤（亲爱的）拉皮内从他"沉默的龙胆园"里取来的。一八七〇年一月五日。

---

①②③④　原文为法语。
⑤　原文为 Lapochka，用拉丁字母转写的俄语，还可以翻译为"美人儿，宝贝儿"（对妇女和小孩子的亲昵称呼）。

（形状碰巧如同一朵花的蓝墨水渍，或是油墨毡笔的涂抹痕迹）水生物种的复杂并发体[①]。埃克斯，七〇年一月十五日。

精美的纸花，在阿卡的钱包里找到的。埃克斯，一八七〇年二月十六日，一位病友在"家园"里做的，不再属于她了。

龙胆（春天的）[②]。埃克斯，一八七〇年三月二十八日，采自我的护士住的小屋外的草地。今天是待在这里的最后一日。

对这一古怪而令人生厌的财宝，两个小探险家作了如下评论：

"我可以推断出三个要点，"男孩说，"未婚的玛丽娜和她已婚的胞妹在我的出生地[③][14]过冬；玛丽娜有自己的医生昆利克，可以这么说[④][15]；兰花是德蒙寄来的，他喜欢住在海边，海是他深蓝色的曾祖母。"

"我来补充，"女孩说，"那花瓣属于比较平常的蝴蝶兰；我妈妈比她胞妹还要疯狂；那朵如此爽快地送出的纸花是一种早春变豆菜的完美复制品，我去年二月在加利福尼亚沿海的山坡上看见过成片的此类植物。昆利克医生，就是你，凡，提到的我们当地的博物学者——如同简·奥斯丁为快速叙述信息所

[①]　水生物种的复杂并发体，原文是对拉丁文的戏仿 Compliquaria compliquata var.aquamarina.

[②]　原文为 Gentiana verna（printaniere），拉丁语，括弧里为法语，合起来意为"春天的龙胆"。

[③][④]　原文为法语。

采用的措辞① 16（你记得布朗的，对吗，史密斯？②）——已经认定我从萨克拉门托带到阿尔迪斯的标本为'豆菜'③ 17，是B、E、A、R，我亲爱的，不是我的或你的脚，也不是那个斯塔比伊撒花姑娘 18 的脚——这个说法要是你父亲知道了，准会来个这个（打了个美国式的响指）表示理解。"她继续道，"你应该感谢我没说它的学名。顺便说一下，另一只脚——就是那棵可怜的圣诞树上的狮掌④——是同一个人制作的，他很可能是那个病得不轻、从加州大学伯克利分校远道而来的中国少年。"

"你真不错啊，潘佩内拉⑤（你在丹叔叔的图画书里见过这个撒花姑娘，而我去年夏天在那不勒斯的一家博物馆里欣赏过）。现在你不觉得我们应该穿起短裤、衬衣，立刻下楼将这本纪念册埋起来或烧掉吗，姑娘。我说得对吧？"

"对，"爱达答道，"销毁并忘掉。不过下午茶之前我们还有一个小时呢。"

---

① 此处指奥斯丁在《曼斯菲尔德庄园》（*Mansfield Park*）开篇的人物交待方式：托马斯·伯特伦爵士很笼统地谈到了自己的儿子们，而读者从诺里斯太太的答话中才得知小伙子们的名字和年龄。纳博科夫 20 世纪 50 年代在康奈尔大学讲授奥斯丁小说，对《曼斯菲尔德庄园》了然于胸。

② 这里似乎指格雷厄姆·格林（Graham Greene, 1904—1991）所著的《喜剧演员》（*The Comedians*），其情节由主人公布朗、史密斯等人交待。

③ Bear-Foot，通常应为 Bear's-foot，作者的拼法是为达成双关的效果，因 bear 与 bare（赤裸）同音（故有下文），暗指两人说话时赤身裸体的状态。

④ 原文为法语，这里指上文提到的雪绒花。

⑤ 潘佩内拉，此处是用上文提到的连环漫画《尼基和潘佩内拉》中的 Pimpernella 指代爱达，使用该词也是因为斯塔比伊靠近庞培，而后者（Pompeii）与潘佩内拉发音相近。

关于那个"深蓝"的说法，还留有这么一段：

前艾斯托提总督伊凡·杰姆诺希尼王子，即孩子们的高曾祖母索菲娅·泽姆斯基（一七五五——八〇九）的父亲，也是前鞑靼时期的统治者雅罗斯拉夫家族的直系后裔，这个姓氏有千年历史，在俄语中便具有"深蓝"之意。不少人在意识到属于这样的族谱时激动万分，而凡却碰巧对此无动于衷；他毫不在意白痴们把冷漠与热情一并归因于势利这一事实。凡总是能够透过家族世系的郁黑枝叶，分辨出一片赏心悦目、无所不在的夏季天空，那光洁的背景会让他情不自禁地产生审美感动。他在日后的岁月里重读普鲁斯特时，总不免泛起一阵厌恶以及粗粝的心痛（正如同他再也无法享用那种带香味的土耳其软泡泡糖）；然而他最钟爱的辞藻华丽的部分还是有涉"盖尔芒特"这个家族名字的段落，该名字的气韵与凡近乎深蓝的家世融合在他思维的棱镜之中，愉快地逗弄着他那点文雅的虚荣。

气韵还是运气？不得体。换个说法！（新加的旁注，爱达·维恩的笔迹。）

2

　　玛丽娜与德蒙·维恩的私情始于他、她以及丹尼尔·维恩的生日，一八六八年一月五日，当时她二十四岁，两位维恩则都是而立之年。

　　作为演员，她毫无动人心魄的才华，不能够让模仿的技巧——至少在表演过程中——看上去比诸如失眠、狂想、自大的艺术表现等演艺更值钱；然而在那个特殊的夜晚，这位杜尔曼斯卡①（为了能单独公开亮相，她每周付给剧院经理大斯科特七千金元，而每次约会还得有不少额外的付出）从那台没有价值、无甚吸引力的戏（自命不凡的雇佣文人根据一部有名的俄国罗曼史小说改编的美国剧）的一开始就表现得如此曼妙，如此可爱，如此撩人，以致德蒙（他在情场上可不是什么正人君子）跟他在乐队席的邻座 N 王子②打赌，并一连贿赂了好几个演员休息室的仆役，随后在一间密室③（上世纪的法国作家④或许就会很神秘地用这个词来形容小房间，那里边凑巧堆着吹破的小号和一个被人遗忘的马戏团小丑用的驯狗圈，还有满是灰尘、装了各色油脂的罐子）里，在这出戏的两场（即那部饱受蹂躏的小说的第三章和第四章）之间得到了她。在第一场中，她掩在一扇半透明的屏风之后宽衣解带，其剪影很是优美，重新现身时已穿上了轻薄诱人的睡衣，而在这蹩脚场景的余下部分，她一直和一位穿着爱斯基摩靴的老护士谈论一个当地的乡绅德·欧男爵。在这位智慧无穷的乡下女人的提示下，她坐在床边，趴在靠墙的一张曲腿桌上用鹅毛笔写下了一封情书，又花了五分钟以慵懒但却响亮的声音重读了一遍，并非特意读给谁听，那护士正靠着贮物箱昏昏欲睡，而观众主要关心的则是在那人造月光照耀下这位单相思的年轻女子裸露的胳膊以及起伏的胸脯。

甚至在年迈的爱斯基摩女人拿着信跛拉着脚步退场之前，德蒙·维恩就已离开他的粉红天鹅绒坐席，前去赢取他的赌注了，成就其行动的是这样一个事实：玛丽娜，一个仅有过初吻的处女，自上一次新年前夜与德蒙共舞后就爱上了他。此外，还有她刚刚所沐浴的热情的月光，对自身之美的敏锐感知，剧中少女的激情冲动，以及近乎满堂的殷勤喝彩，这一切使她无法抵御德蒙的小胡子的撩拨。她也有足够的时间换衣服，因为下一个场景的开端有一大段芭蕾舞表演，演员是经理斯科特雇来的，他用了两节卧铺车厢把这些俄国人从西艾斯托提的贝罗康斯克[19]一路拉到了这儿。在一座绚丽的果园里，有一群年轻快乐的园丁，出于某种原因，身穿格鲁吉亚部族的衣着，正

① 原文为法语，la Durmanska，为玛丽娜的艺名，根据其姓氏 Durmanov 变形而来。

② 根据布赖恩·博伊德的注释，N 王子指将要被德蒙戴上绿帽子的人，典出《叶甫盖尼·奥涅金》，N 王子为达吉亚娜的丈夫。

③ 原文为法语。

④ 指卢梭及其《新爱洛依丝》。

大嚼着山莓，与此同时有几个同样不可思议的女仆穿着灯笼裤（有人弄混了，或许在给经纪人的电文中拼错了"茶炊壶"一词[①]），忙着从果树枝杈上摘下药蜀葵和花生。随着酒神发出的一个无形的信号，他们全都在这欢闹的节目中投入了一场称作"kurva"或"人造宝石缎带"[20]的激烈舞蹈，其叫嚣声差点儿让维恩（情绪亢奋且得意轻佻，已把 N 王子那张玫瑰红色的支票收入兜里）从座椅上跌下来。

当她身着粉红裙，脸上带着晕红与激动奔进果园时，他的心脏停跳了一拍，而他并不为这可爱的失落感到遗憾。那些来自利亚斯加——或伊维利亚、[②]扮相愚笨而滑稽的伴舞演员立刻分散了队形，本来只是坐着鼓掌的观众有三分之一随着她的进场而欢呼起来。她是来与欧男爵相会的，后者从一条侧廊踱出，靴子上装了踢马刺，身着绿色燕尾服，这一情景不知何故无法为德蒙的意识所理解，在虚构生活的两道虚假的闪光之间却存在着绝对的现实，其窄短的渊薮使他感到震慑和敬畏。不等那一场戏结束，他便冲出剧院走进清爽晶莹的夜色中，玲珑透亮的雪花落在他的大礼帽上。他向紧邻街区自己的寓所走去，准备安排一顿丰美的晚餐。当他乘着叮当作响的雪橇来接新情人时，那场展现高加索将军与灰姑娘的芭蕾舞剧的最后一

---

① "灯笼裤"和"茶炊壶"在原文中分别是 sharovars 和 samovars，读音近似，均来自俄语。

② 利亚斯加、伊维利亚（Lyaska、Iveria），前者转自用拉丁字母转写的俄语"Alyaska"（阿拉斯加），后者取自外高加索古国 Iberia（伊比利亚）。伊比利亚系古希腊及罗马人对卡特里的格鲁吉亚王国的称谓。

幕已经戛然而止，欧男爵此时身穿黑礼服戴着白手套，跪在空旷的舞台中央，捧着他那位反复无常的女子在躲避他迟到的示爱时留给他的水晶鞋。剧院雇用的喝彩者开始感到厌倦并看起了手表，而此时玛丽娜则披上黑斗篷钻进了天鹅雪橇以及德蒙的臂膀里。

　　他们纵情狂欢，四处旅行，他们吵得不可开交，却又和好如初。到了第二年冬季，他开始怀疑她对自己不忠，但无法确定谁是情敌。三月中，在与一位艺术专家，一个随和、瘦长、讨人喜欢的穿老式礼服的家伙，吃工作餐时，德蒙戴上单片眼镜，从特制的扁平盒子里取出一小幅钢笔淡彩画，说他认为（其实是毫不怀疑，只是希望自己的信心能得到尊重）这是帕米吉尼诺①早期的一幅无名画作。画上有一赤裸少女，半举素手捧着形似桃子的苹果，斜坐在一只大花环里，对画作的发现者而言这别有一番魅力，会令他想起玛丽娜闻铃声走出旅馆沐浴间时，坐在椅子的扶手上捂住话筒同时向情人询问着什么的场景，可是他听不清她的问题，因为沐浴间的水声盖住了她的耳语。德·昂斯基男爵只需瞥一眼那耸起的玉肩和那些精巧的花草所营造的某种虫迹形装饰效果，便证实了德蒙的猜测。德·昂斯基以在目睹极品时不会流露丝毫审美情感著称；然而这一次，他将放大镜搁在了一边，就像取下了面具一般，用毫不掩饰的目光爱抚着那丝绒般的苹果以及裸体女孩曲线的起伏

---

① Parmigianino（1503—1540），意大利画家。

和有毛发的部分，浮现出着了迷的愉快微笑。维恩先生可否考虑就在此时此地将画卖给他呢？好吗，维恩先生？维恩先生不卖。"狼斯基"①（私下给他起的绰号）应该满足于这一骄傲的想法，即在今天，只有他和幸运的所有者细致入微[21]地观赏过这幅画作。画作重又收进了那只特制的匣子里；可是在喝完第四杯上等白兰地之后，德·欧②恳求再看一眼。两人都有了些醉意，德蒙暗地里寻思，对于那个伊甸园式的少女与一位年轻女演员之间的颇为庸常的相似之处，是不是应该或者说会不会加以一番评论，他的拜访者无疑已经在《尤金与拉腊》或《勒诺·雷文》（这两出戏都被一个"清廉得让人讨厌"的年轻评论家批得体无完肤）中看见过她。然而他什么也没说：此类居于山林水泽之间的仙女真的都非常相像，因为她们都天生剔透，丽质如水，那是自然纯真与含糊其词之镜的呢喃，那是我的帽子，他的要旧些，不过都是出自同一家伦敦制帽商。③

　　次日，当德蒙在他最喜欢的旅馆与一位从未谋面也不会再见的波希米亚女人（她因为波士顿一家博物馆的鱼/花玻璃部的一个职位想要他的推荐）喝茶时，她中断了自己滔滔不绝

---

①　Skonky，与德·昂斯基（d'Onsky）形音皆似，亦似 skunky（如臭鼬般的）。

②　作者在这里有意将上文的剧中男爵德·欧与德·昂斯基混为一谈。

③　根据布赖恩·博伊德的注释，这里的句式和句意因德蒙的微醉以及他对浴中的玛丽娜和帕米吉尼诺画作的迷恋而变得过于随意。特别是在段末，他一边想着玛丽娜和那幅画，一边路经"双面镜"到衣帽间与德·斯基取各自的帽子。德蒙的行动、谈吐和思维一向迅捷，尤其是在酒力或毒品的作用之下。

的话语，指了指玛丽娜和阿卡，她们茫然而悄没声息地走过大厅，脸上挂着时下流行的忧郁之色，身穿蓝色的皮草，与丹·维恩及其身后的一只腊肠犬①走在一起。波希米亚女人说：

"奇怪，那个可怕的女演员长得真像帕米吉尼诺著名画作里那个'漏壶上的夏娃'。"

"那幅画鲜为人知，"德蒙平静地说，"而你不可能看见过。我不羡慕你，"他补充道，"当天真的陌生人意识到自己踏入了异国生活的泥沼时，一定会体验到一种相当恶心的感觉。你这闲话是不是从一个叫德·昂斯基的家伙那儿听来的，或者是他朋友的朋友？"

"他的朋友，"这个倒霉的波希米亚女人答道。

在德蒙的紧紧盘问之下，玛丽娜先是颤抖着笑起来，编织出一连串动听的谎言，接着支撑不住便招供了。她发誓说一切都已过去；她说那个男爵只剩了副不中用的躯壳，一个精神上的武士而已，而且去日本永久定居了。德蒙从一个更可靠的消息来源得知，该武士的真正目的地是小巧的梵蒂冈，一处罗马温泉疗养地，大约一周后将从那里返回马萨诸塞州的阿德瓦克② 22。行事谨慎的维恩倾向于在欧洲干掉他的敌人（据说衰老却又顽强的甘梅利尔③ 23正竭尽全力禁止西半球的决斗行

①　原文为德语。

②　Aardvark，拼写似有影射哈佛（Harvard）之意。

③　Warren Gamaliel Harding（1865—1923），美国第二十九位总统，1921—1923 年在任。

为——要么是谣言，要么就是一个空想主义总统轻易冒出来的怪念头，因为他的想法没有产生任何结果），于是租了能找到的最快的飞机，在尼斯赶上了男爵（看起来气色好得很），见他进了甘特书店，便尾随而至，当着那个沉着而又百无聊赖的英国店老板的面，用一只淡紫色的手套从背后扇了大吃一惊的男爵一记耳光。男爵接受了挑战；他们各自在当地挑选了助手，男爵坚决要求用剑；流量可观的上等鲜血（波兰的和爱尔兰的——按酒吧间的说法就是一种美国式的"血腥玛丽"[1]）溅污了两个毛茸茸的躯体、粉刷得雪白的露台、向后通往带围墙的花园的台阶（设计得很有趣，符合道格拉斯·达尔大尼央[2]的口味）、凑巧撞见的挤奶女工的围裙，以及两位助手（讨人喜欢的德·帕斯图伊尔先生和无赖汉圣阿林上校[3]）的衬衣袖子，这两位先生将气喘吁吁的角斗士分开，而"狼斯基"死了，并非（如恶意的谣言所说）死于"他的累累伤口"，而是事后才意识到的一个最不起眼的伤口生了坏疽，是腹股沟一处可能是他自己造成的刺伤，导致循环系统遭到破坏，虽则在波士顿阿德瓦克医院拖了两三年，也做了好几次外科手术，但终未能幸存。一八六九年，他恰巧也在波士顿迎娶了我们的朋友、那个波希米亚女人，彼时她已是当地博物馆生物群玻璃品的管理人了。

---

① Gory Mary，原指由西红柿汁加伏特加酒调制而成的鸡尾酒。

② Douglas d' Artagnan，大仲马的小说《三个火枪手》中的主人公。

③ Colonel St Alin，作者在这里拿斯大林（Stalin）的名字开了玩笑。

玛丽娜于决斗数天之后来到尼斯，并在德蒙的别墅安米娜找到了他。在重归于好的欣喜之中他们都忘了避孕，于是有了 interesnoe polozhenie^①（"珠胎暗结²⁴"），事实上若非如此，也就编不出这些孽账了。

　　（凡，我相信你的品位和天赋，但我们是否**确信**一定总**要兴趣盎然地**回到那个邪恶的或许仅存于梦中的世界，凡？一九六五年的旁注，爱达的笔迹；最近她又用波浪线将其轻轻划掉了。）

　　这段毫无忌惮的同居不是最后一次却是最短的一次——大概四五天时间。他宽恕了她。他喜爱她。他非常希望娶她——条件是她得立即放弃舞台"生涯"。他指责她禀赋的平庸和周围环境的低俗，而她则叫嚷着称他是个畜生和魔鬼。到了四月十日，伺候他的人换成了阿卡，此时玛丽娜已经飞回美国排演她的《露西尔》，又是一场蹩脚戏，将在拉多尔剧院遭遇另一次失败。

　　"别了。或许这样更好，"德蒙在一八六九年四月中给玛丽娜的信（该信要不是他手誊的，要不就是未寄出的原件）中写道，"因为无论我们的婚姻生活可能会有多美满，美满的生活可能延续多久，那幅画面我都永不能释怀和宽恕。让它深埋在脑海里吧，我亲爱的。让我用舞台演员欣赏的方式将事情再说一遍。你去波士顿看一位年迈的姨妈——陈词滥调了，不过还

---

① 用拉丁字母转写的俄语，意义见后面括号内的说明。

算能站得住脚——我则去了位于得克萨斯的洛丽塔 25 附近我姨妈的牧场。二月初的一个早晨（你那儿①则是中午前后），我在路边的一间纯水晶玻璃的水话②亭(水话亭被一场强雷暴雨冲洗后仿佛还带了些泪痕) 拨通了你旅馆的号码，请求你立刻飞来，因为我，德蒙，急速拍打着我那揉皱的双翅，诅咒着那自动的水话机，没有你我活不下去，也因为我希望你——由我拥抱着——看一看雨水带来的那片炫目的沙漠之花。你的声音遥远而甜美；你说你什么也没穿，别挂，待我披上一件睡衣 26。而其实，我猜你是堵住话筒，和那个与你共度了良宵的男人（假如我不是想阉了他，就一定会结果了他）耳语去了。现在该说到十六世纪年轻的帕尔马画家的那张素描了，在一片充满预言色彩的恍惚中，它描绘了我们命中的定数，与一再在两个男人的脑海里呈现的一个形象多么神似，只不过那是恶的智慧之果。顺便说一句，你那个逃跑的女仆在这里的一家妓院被警察找到了，等她填足了水银③就送还给你。"

———————————

①　原文为法语。

②　dorophone，为作者杜撰的词。

③　20 世纪之前曾用水银治疗梅毒。

3

　　在上世纪中叶①27发生的 L（我并不是指"高架铁路"）②之灾的细节——其独一无二的影响在于它既创造同时又诅咒了"地界"的概念——于历史上太为人熟知，于精神上太伤风败俗，以至于在一本写给年轻的生手以及爱情的圣手——而非写给死板的人或死掉的人——的书中，是无法予以详尽描述的。

　　当然，时至今日，那笼罩于倒行逆施的谬见之中抵制 L 的伟大年代已经（差不多！）过去，而我们造型优美的小机器——电帝③28保佑——已然又勉强地像在十九世纪上半期那样嗡嗡运转起来。现在，这起事件仅在地理学上尚具有作为补偿的喜剧性的一面，就像那些黄铜镶嵌花式、专画小古董的画家29，以及那些可怕的对我们毫无幽默感的祖辈来说便是"艺术"的镀金物。真的，谁也不能否认，某些令人啼笑皆非的东西仍然存在着，正是其结构造型被煞有介事地用来表现一份五颜六色的"地界"图。这 Ved'（"难道不是吗"）令人捧腹吗，想象一下"俄罗斯"，不是把它作为艾斯托提（就是从"北极不再邪恶圈"④延伸至合众国本土的那个美国行政区）的古怪的同义词，而是"地界"上一个国家的名称，如同中了土地诡计一般，越过双重大洋的屏障被转移到了另一个半球，并在今天的鞑靼地区⑤四处伸展，从库尔兰到千岛群岛⑥！然而

（更为荒谬的是），假如，从"地界"的空间角度看，亚伯拉罕·弥尔顿⑦的亚美俄罗斯⑧被分离成若干部分，有实实在在的水与冰分割出政治的而非诗性的"美国"及"俄罗斯"的概念，那么一个更加复杂甚至更加荒唐、与时间有关的差异便产生了——不仅因为这个混合体的每个部分与其处于分离状态时的对应部分的历史并不吻合，还因为两块土地之间无论如何都存在着长达百年的时间缺口；标记这一缺口的指向符号异乎寻常的混乱，这些标识位于通过时间之流的十字路口，并非所有

① 原文为法语。

② 此处 L 为表示电力的委婉语，而并非指当时运行在纽约、芝加哥等城市的高架铁路（L railways 或 Elevated railways）。

③ 这是作者杜撰的词 Faragod，他在这里戏拟了当时科幻小说的常用手法，如阿道司·赫胥黎（Aldous Huxley，1894—1963）在《美丽新世界》（*Brave New World*）中以福特（Ford，形近 Lord）纪年，而"Faragod"中的 F-r-d 与 Ford 也有所呼应。

④ the Arctic no longer vicious Circle，作者在此使用了"词组插入法"（phrasal tmesis）。他将"邪恶之圈"（即恶性循环 vicious circle）视作一种深陷囹圄的意象。如他在回忆录《说吧，记忆》中称，"螺旋在实质意义上是一个圆。在螺旋的形式下，那个圆伸开、松展后就不再有恶性循环；它被解放了"。

⑤ Tartary，指中世纪时受蒙古人统治的自东欧至亚洲的广大地区，在小说中似指一假想的国家。

⑥ 库尔兰（Kurland），位于拉脱维亚，曾是第一次北方战争（1655—1660）中瑞典与波兰利益争夺的焦点；千岛群岛（the Kuriles）在俄罗斯堪察加半岛以南，1875 年日、俄两国订约，规定千岛群岛全归日本，1945 年苏联根据《雅尔塔协定》将千岛群岛并入版图。

⑦ Abraham Milton，美国总统亚伯拉罕·林肯与英国诗人约翰·弥尔顿的混合。林肯执政期间，美国在内战中的确分裂成数个独立部分；弥尔顿在其死后出版的《俄国简史》（*Brief History of Muscovy*）中也将俄罗斯描述为四面边疆均受到地理或政治因素牵制的国家。

⑧ Amerussia，显然是 America（美国）与 Russia（俄罗斯）的混合词，为作者假想的北美国度。

属于一个世界的"不再"都对应着另一个世界的"未竟"。这要归因于——除开其他因素——种种分歧"无法予以科学解释"的汇集,即井然有序[1]的思维(敬鬼神而远之)将"地界"当做一时之风尚或是风影加以拒斥,而错乱的思维(随时准备投入深渊)则欣然接受并视之为自身非理性的象征。

正如凡·维恩自己将要发现的,在他热衷研究"地学"(其时为精神病学的一个分支)期间,甚至是最深刻的思想家、最纯粹的哲学家乔斯的帕尔和阿德瓦克的萨帕特尔,在探讨是否存在"一面映照我们这个扭曲的土地的扭曲的镜子"——按一位希望保持匿名的学者悦耳而机智的说法——的可能性时,情感上也处于分裂状态。(嗨! Kveree-kveree,可怜的 L 小姐过去总对加弗隆斯基这么说。[2] 爱达的笔迹)

有些人坚持认为,这两个世界之间的差异及"虚假的重叠"如此众多,如此深切地编织进了相继发生的事件之中,必会(带着迂腐的幻想)累及基本一致性的理论;也有些人反驳道,正是这相异之处确认了有关另一个世界的活生生的有机现实;完美的相似毋宁说是暗示了一种镜像的继而投机的现象;开局和终局相同的两盘棋,即便落子无悔、殊途同归,在其间的任何一个阶段却或许会在一个棋盘和两个大脑之中生发出无

---

[1]　原文为法语。

[2]　L 小姐即爱达与卢塞特的法国女家庭教师艾达·拉里维埃(Mlle Larivière),她写了一部小说,导演 G.A. 弗隆斯基(G.A.Vronsky,即爱达在此处所说的"加弗隆斯基"Gavronsky)——也是玛丽娜过去的一个情人——对小说进行了随意改编。"Kveree-kveree"是拉里维埃带法语口音的英语"Query-query"(询问、质问)由弗隆斯基所作的俄式音译。

数种变化的枝杈。

　　谦虚的叙述者不得不提醒重读此文的人，在一八六九年（绝不是个美妙的年份）四月（倒是我最喜欢的月份）的圣乔治日（根据拉里维埃小姐多愁善感的回忆录），德蒙·维恩娶了阿卡·杜尔曼诺夫——出于泄愤加怜悯，这并非是罕见的混合情绪。

　　这件韵事里还有别的调料吗？执拗自负的玛丽娜曾经确信，德蒙在床上时的种种官能一定是受到了一种古怪的"乱伦"（无论这个说法到底是什么意思）快感（相当于法语愉悦①之意，能逐渐引发出许多额外的来自脊柱的震颤）的支配。他以难以名状却迷人心魄的方式抚弄、玩味、优雅地分开并占有既是他妻子又是他情妇的胴体（一个胴体②），那是一对孪生仙女混合的、闪亮的魅惑，一个既单独又成双的"阿卡玛丽娜"③，酋长国里的海市蜃楼，双生的宝石，双唇音头韵④的狂欢。实际上，阿卡没有玛丽娜漂亮，性格也怪异得多。在她不幸婚姻持续的十四年中，她时不时地住在疗养院里，且待的时间越来越长。假如用带红十字旗的珐琅质图钉在阿卡的"世界之战"⑤中标出她的宿营地，那么小小的英联邦欧洲部分

————————

①②　原文为法语。

③　Aquamarina，这几乎是个双关语，因其与 aquamarine（绿玉、海蓝宝石）读音相同，拼法也极为接近。

④　epithelial alliteration，前文的"混合的、闪亮的"（blended and brightened）、"双生的宝石"（geminate gem）等均为双唇音头韵。另据布赖恩·博伊德的注释，从词源学上看，epithelium 有"在乳头上"之意，似乎在凡的想象中，德蒙同时享受着阿卡和玛丽娜的胸部。

⑤　War of the Worlds，这里诙谐地借用了威尔斯同名科幻小说的书名。

地图①——比方说，从苏格兰 – 斯堪的纳维亚到里维埃拉，从直布罗陀到巴勒莫达维亚②——以及美国地图的大多数地方（从艾斯托提到加拿第）将布满这些小旗子。有段时间她曾计划在诸如巴尔干半岛及印度地区③等英美保护国寻求少许健康的肤色（"略带些灰色就行了，好不，不要黑黝黝的"），甚或还想过去那两块在我们的联合统治下欣欣向荣的南半球大陆。诚然，当时从波罗的海、黑海绵延至太平洋的鞑靼地区，作为一处不受约束的人间地狱，是游客难以企及的，尽管雅尔塔和阿尔金断裂带④听起来有一种奇异的吸引力……不过她真正的归宿却是"美丽的地界"，她相信死的时候自己会扇动着如低斑蜻⑤一般长的翅飞向那里。她从疯人院写给丈夫的那些乏味而短少的信有时就署名为 Shchemyashchikh-Zvukov（"撕心裂肺之声"）夫人。

她在瓦莱的埃克斯与精神错乱作了第一个回合的较量之后便返回美国，她被击溃了，那时凡还由一位非常年轻、几乎还是个孩子的乳母哺育着，她叫鲁比·布莱克，黑人，以后也将患上疯病：因为所有的温情，所有薄弱的意志，一旦与他有了

①　从下文看，作者有意夸大了英帝国的版图将欧洲从北部的苏格兰和斯堪的纳维亚一直延伸到南部地中海的里维埃拉，从西部的直布罗陀到西西里的巴勒莫和摩尔达维亚的区域都划入其内。

②　Palermontovia，巴勒莫（Palermo）和摩尔达维亚（Moldavia）的混合词，为作者所杜撰。

③　the Indias，指印度及东、西印度群岛。

④　Altyn Tagh，在中国昆仑山脉北麓。

⑤　libellula，蜻蜓的一种。

亲密接触（正如日后卢塞特的际遇，那是另一个例子），很快便要知晓痛苦与不幸，除非他因体内流有他父亲的魔鬼之血①而变得强壮。

当阿卡天性中最纯粹的部分开始露出病态的端倪时，她还不到二十岁。从年代上说，其精神病的初期阶段正好是"大发现"②的头十年，虽则她或许还能相当容易地为她的幻觉找到另一个主因，但数据显示，"大发现"——对于某些人而言则是无法忍受的发现——在世界范围内引发的精神错乱，甚至超过了中世纪时宗教所造成的走火入魔。

大发现可以比大变革更加凶险。病态的思想家们将"地界"星的概念等同于另一个世界的概念，而这"另外的世界"不仅与"下一个世界"相混淆，也与存于我们之中及超乎我们之外的"真实世界"纠缠不清。我们的巫师，我们的魔鬼们，都是些高贵闪亮的生灵，长着半透明的爪子和强劲扇动的翅膀；然而在十九世纪六十年代，那些"新信徒"却怂恿人去想象这样一方天地：我们的挚友都已完全堕落，成为十恶不赦的怪物、令人厌恶的恶魔，长着肉食类动物的黑色阴囊和蛇的毒牙，还对女性百般辱骂和折磨；而在这宇宙之道的另一边，天使的精灵升腾起彩虹般的雾霭，他们是美好的"地界"之国度的居民，他们要恢复所有陈旧但还不乏活力、承载着古老信条

---

① demon blood，这里的 demon 显然因德蒙（Demon）而成为双关语。

② the Great Revelation，这是作者杜撰的历史背景，据布赖恩·博伊德的注释，"大发现"或许指"地界"的发现或电力的应用。

的神话，用簧风琴重新调谐所有曾滋生于我们这个丰饶世界的泥沼里、关于所有圣灵与圣人的杂音乱调。

对你来说是丰饶的，凡，让我们搞清楚[30]。（旁注）

可怜的阿卡，她的幻想很轻易地就能与怪人及基督徒所搞出来的新发明一拍即合，她能设想出一个由二流赞美诗作者营造的天堂，一个未来的美国，那里有如雪花石膏般的百层大厦，好似一家漂亮的家具店，堆满了高大雪白的衣橱和稍矮些的冰箱；她看见眼睛长在侧面的会飞的巨鲨，用不到一宿的时间便载着朝圣者穿行于黑暗的以太空间，越过整个大陆，从黑暗来到闪亮的大海，之后便隆隆地返回西雅图或瓦克①。她听见音乐魔盒②在说唱，消弭了思想的恐惧，将电梯管理小姐高高提起，和矿工一同探入地下，赞颂着美与虔诚，贞女与维纳斯，就在那孤苦及贫穷者的栖息地。③在我们这个卑劣的国家里——哦，到处都是，在艾斯托提和加拿第，在说德语的马克·肯纳西④，在说瑞典语的马尼托鲍根⑤，在穿红衬衫的育空地区居民⑥[31]

---

① Wark，指的是位于东海岸新泽西州的纽瓦克（Newark）。

② 指当时的晶体管收音机。

③ 据布赖恩·博伊德的注释，这几句话可能都是圣歌和流行的爱情歌曲的唱词。

④ Mark Kennensie，指有不少名字以 Mark 开头、说德语的村庄的田纳西、肯塔基和阿肯色州。

⑤ Manitobogan，似为加拿大的马尼托巴（Manitoba）和美国的密歇根（Michigan）的混合词。此外，"toboggan"是冬季用于这些地方的平底雪橇，且使用者多为来自斯堪的纳维亚的移民。

⑥ 原文为用拉丁字母转写的俄语。穿红衬衫的育空地区居民，既指穿红色制服的加拿大骑警，又指穿红衬衫的俄裔农民。

的工作间里，在扎红头巾的利亚斯加妇女的厨房里，还有说法语的艾斯托提（从布拉多到拉多尔）——很快还将蔓延到整个南北美洲以及其他受到冲击的大洲——那种无以言表并受到罪恶的立法者攻击的地磁力在"地界"里却像水和空气、像经文和井绳一样得到了自由使用。要是在两三百年前，她或许只是另一个要遭罪的巫婆而已。

阿卡在学生时期便反复无常，从当时人气很足的布朗希尔学院（由她的一个名气稍逊些的先辈创建）辍学，转而去参加了位于塞文托里斯的某个社会改良项目（也很出风头）。在弥尔顿·亚伯拉罕[①]极为宝贵的帮助下在贝罗康斯克办起了一家"免交费药房"[②]，接着又极为痛苦地爱上了一位有妇之夫，该男士在他的福特野营房车里，将一个夏季爆发出的激情都给予了她，不过之后便抛弃了她而不愿再担危及自己社会地位的风险。这是一个市侩的城市，生意人在周日打"高尔夫"，自认为属于"会所"。医生非常草率地把她（以及其他许多不幸的人）这可怕的疾病诊断为"一种神秘的狂躁与存在主义疏远心理混合的极端形式"（要不就是平常的疯病）。她的症状逐步加重，间或也有令人欣喜的太平日子，也有久违的不算太稳定的清醒时期，也有如倏忽间梦见的对来生的确信，只是这样的时

① Milton Abraham，前文曾出现过亚伯拉罕·弥尔顿，据布赖恩·博伊德的注释，作者在这里隐指当时的总统艾森豪威尔的兄弟弥尔顿·艾森豪威尔，后者也曾像亚伯拉罕·林肯一样致力于美国南北的交流与融合。
② Phree Pharmacy，美式英语中往往对长单词采取简拼，作者则反其道而行之，将 free（免费）改为 phree。另外，在作者看来弥尔顿·艾森豪威尔的"积极救助"计划显然类似于"免交费药房"的做法。

光越来越鲜见，越来越短暂。

在一八八三年她离世之后，凡估计了一下，在这十三年间，算上能推测的露面场合，算上令人情绪低落的到各种医院的探视，还有夜半时分猝然的狂暴亮相（与她丈夫或是身手敏捷的英国女家庭教师角力，一直打到楼上去，这可把那只老阿彭泽尔牧牛犬乐坏了——末了还不忘往儿童房看一下，没了发套，没穿拖鞋，指甲上沾了鲜血），他实际看见或接近她的时间总长几乎没超过人类怀胎的十个月。

可怕的迷雾遮住了遥远处玫瑰色的"地界"，她的精神崩溃是逐级发展的，每个阶段都比上一个更难以忍受；因为人的大脑在数百万年里、数百万计的土地上发明并建造，又施用于数百万嚎叫的生灵的刑室中，人脑本身才是最严酷的。

她对自来水的语言产生了一种病态的敏感——那流水声有时像是回声（恰如濒死状态下血流的涌动），有人与陌生人喝过鸡尾酒之后洗手时仍耽留在他耳朵里的片言只语的回声。这是对近期说话声的一种直接而持续的回放，在她听来那声音还带着殷切与嘲弄，同时的确又毫无恶意。当她第一次注意到时，她被逗乐了，她想到自己，可怜的阿卡，无意间发现了这么简单的录制、传输语音的方法，而与此同时，世界各地的技术专家们（所谓有学问的人）还在竭力使得极为复杂、极其昂贵、用水力驱动的话机及其他蹩脚的玩意儿能有益于公众并在商业上有利可图，这些东西将随着对不宜道出的"赖默"[32]的禁用而取代那些已经去 k chertyam sobach'im（俄语，"见鬼"）的机器。不过很快，本来节奏完美，但在言语上欠流利的水龙头开始附带太多的相关意义。自来水的明澈与它自身制造出来的麻烦同步增长。在她听到或看见某人清楚而意味深长地谈话时——未必是对她说的——水龙头很快就会侃侃而谈；那个人说话飞快而不乏特点，用语很有个性或总带有外国词汇，像是一次糟糕的聚会上某个不由自主的发言者的喋喋不休，或许是冗长的舞台剧里的一段婉转的独白，或许是凡可爱的话音，或许是讲座上听来的几句诗，我的少年，我的美男子，我的爱[33]，行行好吧，甚或是更流畅而朦胧的[①]意大利诗句，例如那首在举手投足间就能背诵的小调，作者有一半俄罗斯血统，精神半正常的老医生，看病的，脚趾，小调，精神不正常，ballatetta，deboletta ... tu，voce sbigottita ... spigotty e diavoletta ... de lo cor dolente ... con ballatetta va ... va ... della strutta，destruttamente ... mente ... mente ... [34]快停下来吧录音，不然那个导游又要继续解说了，就在今天早晨，在佛罗伦萨，他还说了一根傻柱子，是纪念那株"榆木头"的，当他们缓缓地在阴凉处搬运圣宙斯沉重如石的尸首时，"榆木头"竟焕发出了新叶[②]；或许是

----

① 原文为法语。

② 阿卡在这里回忆佛罗伦萨导游的话，只是已被她自己的精神活动严重歪曲了。圣齐诺比厄斯（St.Zenobius，即阿卡所说的"圣宙斯"［St Zeus］）是 5 世纪的佛罗伦萨圣人，当人们在搬动他的遗体时碰到了一棵枯萎的榆树，后者竟重新长出了叶子，随后遗体被暂时停放于佛罗伦萨大教堂入口处的一根廊柱旁。"榆木头"原文为"elmo"，或许是佛罗伦萨导游对 elm（榆木）带口音的说法。傻柱子原文为 silly pillar，据布赖恩·博伊德的注释，silly 发音近似德语 selig（受祝福的），也许阿卡所听到的那位导游当时说的便是德语。

阿灵顿①的那个坏脾气的老太婆跟她沉默的丈夫唠叨着，同时只见葡萄园飞速地向后退去，甚至是在隧道中（他们不能这样对待你，你去告诉他们，杰克·布莱克②，只管去告诉他们……）。盆浴洗澡水（或是冲淋水）简直就是个只会胡言乱语的卡列班③，或者说就像野兽一样急躁地要喷吐出热流并摆脱恶魔般的激狂，根本不会有心思闲聊；可是那汩汩的细流却可憎地步步紧逼过来，于是当她在第一个"看护所"里听见那群极端可恶的探访医生中的一个（引用卡瓦尔坎蒂的那个）喋喋不休用夹着俄语的德语将可恶的指令倾倒进她可恶的坐浴盆里时，她便决定将自来水整个儿弃之不用。

但那个阶段也不复存在了。其他的折磨彻底取代了那些恰如她名字的潺潺流水声④，于是在她一次神志清醒的期间，当她偶然用虚弱的纤手拧开洗手盆龙头想喝点儿水时，那温热的清泉用自己的隐语、不带一丝欺瞒或戏仿地答道：结束了⑤！此时从现象上折磨着她的是正在脑海里形成的柔软的黑色深坑（yamï，yamishchi），存在于正逐渐变得昏暗的、关于思想与回忆的刻纹之间；精神的恐慌与身体的痛苦，将两只黑红宝石般的⑥手合在一

---

① Arlington，美国国家公墓所在地。

② Jack Black，实应为 Black Jack，美国名将约翰·潘兴（John J.Per-shing，1860—1948）的绰号。

③ Caliban，莎剧《暴风雨》中的半人半兽怪物。

④ 阿卡的名字（Aqua）亦有水的意思。

⑤ 原文为意大利语，表示水自己宣称不再说话了。

⑥ black-ruby，呼应上文曾提到的黑人乳母、亦将患上精神疾病的鲁比·布莱克（Ruby Black）。

起，一只手为她祈求心智的健全，另一只则恳请着死神。人造的物件失去了意义，或是生发出诡异的内涵；晾衣架实则成了无头人的肩膀，她从床上踢下去的叠成几折的毯子哀愁地看着她，一片耷拉的眼皮里有麦粒肿，而青紫色的扭曲的唇则透着沉郁的责备。她尝试去理解这由时钟或时间之手传递给天才之辈的讯息，然而这一努力变得如此无望，如同要读懂秘密社团的手语或那个青年学生[①]用并非来自中国的吉他弹唱的中国歌曲，那是她或她的姐妹在生下一个周身通红的婴孩时认识的。然而她的疯癫，她疯癫中的那种气派，仍保留着一位疯癫女王的娇媚："你知道吗，医生，我想我很快需要戴眼镜了，我不知道，"（洪亮的笑声）"我简直看不清手表了……看在老天的分上，告诉我几点了！啊！三十分——几点三十分？没关系，没关系，'没'和'关系'是双胞胎，我有个双胞胎姐妹还有双胞胎儿子[②]。我知道你想检查我的外阴杜鹃[③]，她那本纪念册里的毛茸茸的阿尔卑斯玫瑰[④]，十年前收集的"（愉快并骄傲地展示着她的十根手指，十就是十！）。

[①] 即第一章提到的那个"从加州大学伯克利分校远道而来的中国少年"。

[②] 阿卡幻想凡本有个没能生下来的双胞胎兄弟。

[③] pudendron，为"pudendum"（女性外阴）和"rhododendron"（杜鹃花）的混合。

[④] 据布赖恩·博伊德的注释，Hairy Alpine Rose 也叫 Rhododendron hirsutum，其中 Rhododendron 一词成为阿卡联想的连接点。阿尔卑斯玫瑰也用于称呼雪绒花，玛丽娜曾在前文提到的纪念册里记道："人造雪绒花，我的新护士带来的，附有阿卡的一张便条说此花采自家里的一棵'寒碜且古怪'的圣诞树。"（见第一章）

然后她的痛苦攀升到了无法忍受的程度，且噩梦不断，驱使她尖叫并呕吐。她要求（并得到了同意，保佑医院的理发师鲍勃·比恩）将其黑色的卷发剃掉，只剩一头青蓝色的发茬，因为那些卷发会向内伸进她那多孔易渗的脑壳里，并在其中卷曲缠绕。天空或墙壁如锯齿般四分五裂，且无论如何细致地拼合，只消不小心摇一下，或是护士的肘部碰一下，那些不胜其扰的碎片便化为白茫茫的一片无可理解的无名之物，或是拼字游戏木块的空白背面，而她却不能将牌反过来，因为她的双手被一个长着德蒙的黑眼睛的男护士缚住了。可是此时，惊恐与痛苦像一对喧闹嬉戏的儿童，发出最后一声尖利的大笑便跑开了，躲到灌木丛背后相互捣鼓起来，正如托尔斯泰伯爵的一本小说《安娜·卡列尼娜》里写的那样，接着过了一会儿，只一小会儿，屋里一切又复归平静，他们的妈妈与她的母亲有着一样的名字①。

阿卡有段时间相信自己曾有过一个流产的男婴，应该有半岁大，一个受了惊吓的小胎儿，一条她产在澡盆里的橡胶质感的鱼（她在梦中将出生地简单标记为 X②），此前她在白茫茫的雪地里乘雪橇疾驰时撞上了松树桩。婴孩终究还是给

---

① 在《安娜，卡列尼娜》第六部第五章，科兹内舍夫和瓦莲卡带着多莉的孩子去采蘑菇，同时瓦莲卡期望着科兹内舍夫向她求婚。可是求婚者始终没有寻到时机。过了一会儿这个场景又继续向前发展："'安静点，孩子们，安静点！'列文甚至恼怒得叫起来，一边站在妻子面前护着她，当那一群孩子欢天喜地地叫喊着迎面冲来的时候。"在第六部的第十五章，列文碰见多莉在责备她的女儿玛莎，因为后者与格里沙淘气地躲进了灌木丛。这些场都与阿卡的幻觉类似，另外阿卡的母亲也叫多莉（见族谱）。
② "出生地"原文为法语。这里的 X 表示未知，但同时也指示在阿卡的梦境之外，凡的出生地是埃克斯（Ex）（见第一章）。

救活了，在她姐姐的祝福下被送到疯人 [35] 院① 交给了她，裹在浸透了血的襁褓里，但仍然生气勃勃，非常健康，并将登记为她的儿子伊凡·维恩。在其他时间，她则确信那孩子是她姐姐的非婚生子，生于一场让人精疲力竭但却浪漫无比的暴风雪中，生于塞克斯红峰，那儿有位拉皮内医生，普科大夫，龙胆属植物爱好者，听天由命地守在一只粗陋的火炉旁等着靴子烤干。不到两年（一八七一年九月——她骄傲的头脑尚能记住十来个日期）她又产生了某种困惑，当时她刚刚从新的庇护地偷跑出来，不知怎的来到了她丈夫那难以忘怀的乡间屋宅（模仿一个外国人的话："售票员先生，我要去卢加湖，钱在这里。"②）。她趁他在日光浴室享受按摩的时候蹑手蹑脚地进了他们先前的卧室——并着实吃了一惊：她那瓶半满的带着华美的"Quelques Fleurs③"商标的爽身粉仍搁在床头柜上；她最喜欢的那件火红色的睡裙凌乱地置于床前地毯上；在她看来，这只意味着一场短暂而漆黑的梦魇抹去了她一直以来——自从那个翠绿多雨的莎士比亚生日④ 以来——就跟丈夫睡在一起这一事实，但在大多人看来，唉，这意味着玛丽娜（在那个拍电影的 G.A. 弗隆斯基离开玛丽娜奔向另一个长睫毛的小救世主 [36] ——所有漂亮的小明星他都这么称呼——之后）已经孕育

---

① 原文为德语。

② 原文 Signtor Konduktor, ay vant go Lago di Luga, hier geld，是意大利语、用拉丁字母转写的俄语、杂糅式英语以及德语的混合语。

③ 法国著名香水品牌，中文常译作"出色花卉"。

④ 阿卡与德蒙于 1869 年 4 月 23 日结婚，恰逢莎士比亚的生日。

出了，不得不这么说①，一个绝妙的主意，让德蒙与得了疯病的阿卡离婚而与她结婚；玛丽娜（快乐且十分正确地）认为自己又怀孕了。玛丽娜和他在基特支度过了情话绵绵[37]的一个月，可是当她（就在阿卡来之前）自鸣得意地袒露她的想法时，他将她赶了出去。再往后，在她意义甚微的生命的最后短暂阶段，阿卡抛却了所有模棱两可的记忆，在亚利桑那桑陶的一家豪华疗养院忙碌并喜悦地反复阅读儿子的信。他一成不变地用法语写信，将她唤作娇小的妈咪②，并描述了即将在十三岁生日后住读的那所很有趣的学校。新一轮也是最后、最后阶段的失眠充满了嘈杂的计划，而她从这夜间的耳鸣之中听到了他的声音，并得到莫大的安慰。他通常叫她妈咪，或是妈妈，用英语时便重读最后一个音节，说俄语便强调第一个音节；有人说过在讲三种语言的家庭里，一个人常常出口成三，言语怪诞；但此时绝没有**丝毫**疑问（或许只在可恨而命硬的玛丽娜那恶毒的想法中有例外），凡，是**她的**、她的、阿卡的亲爱的儿子。

这是一段天赐的神志清明的完美时光，可她知道好景不会长，亦不愿再忍受故态复萌的煎熬，她做了另一位远在法国的病人做过的事，后者住在一座黯淡而刻板得多的"家园"里。疗养院主管行政的怪物之一弗鲁伊德医生——他有可能是阿登高原西格尼－蒙第欧－蒙第欧③的弗鲁伊特医生的异乡兄弟，更

—————————

①② 原文为法语。

③ Signy-Mondieu-Mondieu，纳博科夫不喜欢弗洛伊德（Sigmund Freud，1856—1939），他在这里拿后者的名和姓开了一个玩笑。

有可能就是同一个人，因为他们都来自伊泽尔省的维也纳①，也都是独子（和她的儿子一样）——发展或更确切地说是复兴了临床医治方略，志在建立一种"群体"感，让最纯粹的病人来协助医护人员，若其"有此意愿"的话。在轮到阿卡做事时，她重施了聪明的埃莱奥诺尔·邦法德②的诡计，选择整理床铺和清洗玻璃柜。圣陶鲁③的疗养院——或者随便叫什么（谁在乎，一个人飘浮在无限的虚空中时，对小事情忘得很快）——比起蒙德弗鲁伊德的那座如荒凉山庄般的"遗院"³⁸也许更加现代化些，有着更优雅的沙漠景致，但无论在哪里，一个精神错乱的病人只需一招便能智胜愚蠢的书呆子。

不到一周的时间，阿卡便积聚起超过两百片不同效力的药剂。大多数她都知道——药效欠佳的镇静剂；能让你从晚八点到午夜昏睡不醒的安眠药；几种类型不同的高效安定药，让你在失去存在意识八小时后感到肢体透明若无而脑袋却沉重如铅；一种麻醉药，单独服用能令人感到愉快，但混合了一点儿商业上被称作"莫罗娜"的清洁剂之后就带上了少许毒性；还有一种圆鼓鼓的紫色片剂，让她不得不嬉笑着想起那个西班牙故事（拉多尔的女学生都是耳熟能详的）里的小个子吉卜赛

---

① 此处再次影射了在奥地利维也纳的弗洛伊德。

② Eleonore Bonvard，转自福楼拜小说《包法利夫人》的同名女主人公（Emma Bovary），这里的情节也与福楼拜的故事相仿，所不同的是阿卡趁清理药柜时偷偷收集药片，而爱玛·包法利则是直接从药房货架上取食砒霜。

③ St Taurus，上文曾交待阿卡在亚利桑那的疗养院位于桑陶（Centaur），该名亦为半人马座，而 Taurus 则为黄道十二星座中的金牛座，作者故意借阿卡之口张冠李戴。

女巫用的药丸子，能在狩猎季节开始的时候让所有的猎人及其猎狗都进入梦乡。为防止在飘向远方的过程中被好管闲事的人救活，阿卡思忖她必须在别处而不是这所玻璃房子①里度过一段最长且不被打扰的昏迷时间，而这第二步行动计划因有了那个伊泽尔省医生的代理或说是替身而变得简单甚至得到了鼓励，这就是西格·海勒②医生，被众人一致尊为伟大人物、"淡天才"，如同通常意义上的"淡啤酒"。③假如有些病人能够在医学院学生的监控下通过某种眼皮或其他半私密部位的抽搐幻想西格（一个轻微畸形但不乏俊美的老男生）是个"老爹式人物"、喜欢打姑娘的屁股、喜欢使用痰盂的话，那么这类病人便被视为朝着康复方向发展，并在清醒的时候获准参加正常的户外活动，比如野餐④。狡黠的阿卡抽搐了一下，假装打了个哈欠，睁开淡蓝色的双眼（以及反差惊人的墨玉色瞳孔，那是她秉承了母亲多莉的），穿上黄色的休闲裤和黑色的短外套，徒步穿过一小片松林，搭上了一辆墨西哥卡车，并在密林中找到了一处合适的峡谷。在写了一张短小的便条后，她开始平静地吞服合拢的手掌里用手提袋拎来的五颜六色的各种药片，如

① 玻璃房子，一方面是指疯人院里的病人受到高度监控，如同生活在玻璃房子里，另一方面指他们的住处的确很多玻璃结构以利于采光。

② Sig Heiler，作者再次以"Sig"讽刺了弗洛伊德，此外其读音也近似纳粹的口号"Sieg Heil！"（"走向胜利！"）。

③ 淡天才，原文为 near-genius，淡啤酒为 near-beer，作者此处应是指这两个词中的 near 意思近似。

④ 这句话暗含弗洛伊德理论的俄狄浦斯情结的核心内容，也指弗氏精神分析中的移情现象（病人将情感移向父母亲或治疗师），"喜欢打姑娘屁股、喜欢使用痰盂"则是弗氏梦境理论中的移情。

同一位寻常的俄罗斯乡村姑娘在吃刚刚采自林间的浆果。她面露微笑，如同做梦般满意地想到（很有些"卡列尼娜"的格调①），她的消失将深切地触动人们，其程度不亚于读了多年的周日报纸连环漫画上那种突兀、神秘、永远无法解释的死亡。那是她最后的微笑。她被发现的时间比料想的要早，但死得也比预计的快，善于观察、仍穿着肥大的咔叽短裤的西吉②报告说阿卡姊姊（出于某种原因他们都这么叫她）以宫中胎儿的姿势躺着，似乎在史前时代就已葬在那里。这个评论似乎是与他的学生相关的，就像似乎跟我的学生有关一样。

在她身上找到的那张临终便条是写给丈夫和儿子的，这或许是这个或那个地球上最清醒的人写出来的。

今天③ 39，我这个眼睛会转动的洋娃娃，赢得了精神媚俗④的权利，与医生先生⑤西格、"恐怖琼"护士及几个"病人"一起出游到邻近的 bor（松树林）⑥。在那里，凡，我注意到了貌

---

① 在《安娜·卡列尼娜》中，女主人公自杀前也是思绪绵绵。

② Siggy，即上文提到的西格（Sig）医生。

③ 原文为 Aujourd' hui（heute-toity!）。Aujourd' hui 是法语；括弧里前半部分 heute 是德语，又与后半部组成与英语词 hoity-toity（卖弄的，作态的）谐音的混合词。

④ 原文为 psykitsch，为德语 psychich（心理的，精神的）与 kitsch（庸俗之物）的混合词。

⑤ 原文为德语。

⑥ "恐怖琼"护士，历史人物圣女贞德（Joan of Arc，1412—1431）与恐怖伊凡（Ivan the Terrible，1530—1584）的混合；bor，用拉丁字母转写的俄语。

似臭鼬的松鼠，与你"深蓝色"的祖先引进阿尔迪斯庄园的一模一样，毫无疑问将来总有一天你会去那里漫游的。一座钟的指针，即便已走乱了方寸，也必须懂得并使得最愚蠢的手表明白他们该站在哪里，否则谁也做不成钟面，只能是一张白脸，长着忽悠人的胡子。与此相似，chelovek① （人）必须懂得他该站在哪里并使得别人明白这一点，否则他连一 klok② （块）chelovek 也谈不上，既不是一个他，也不是她，只有那么"一丁点儿"，就像我的小凡说到的可怜的鲁比那发育不良的右乳。我，可怜的遥远公主③ ⁴⁰，现在已非常遥远④，不知道我站在哪里。因此我必须倒下。那么再见吧，我亲爱的儿子，永别了，可怜的德蒙，我不知道今天的日期也不知道是什么季节，但是个相当适宜的——无疑也是适时的——好天，挺有派头的小蚂蚁排着队要吃我那些耀眼的药片。

[签名] 我妹妹的姐姐 teper'

iz ada（"现在已离开了地狱"）⑤

"假如我们想让生活的日晷仪显示指针，"凡于一八八四年八月底在阿尔迪斯庄园的玫瑰园里对这一隐喻进行了发挥，

---

① 用拉丁字母转写的俄语。

② 用拉丁字母转写的俄语，且与遗书中的"钟（clock）"构成谐音双关。

③ 原文 Princesse Lointaine，法语，典出同名法国剧本 *La Princesse Lointaine*，作者埃德蒙·罗斯唐（Edmond Rostand，1868—1918）。

④ 原文为法语。

⑤ teper' iz ada，用拉丁字母转写的俄语，其中 ada 是 ad（地狱）的变格形式，颇有暗示意味。

"我们就必须永远记住，人的力量、尊严、喜悦便是要去鄙视藏匿着不可告人的秘密的阴影和星辰并与它们作对。让她屈服的唯有痛苦所具有的荒谬的力量。我常常想，凭美学而论，凭神迷而论，凭艾斯托提而论，假如她真是我母亲，那么这段话就更有道理了。"

4

当凡在二十世纪中叶开始重建自己最深的记忆时，他很快就注意到，他真正要紧的那些幼年的细节（这是重建活动出于特别的目的而追寻的），在日后少年和青年的不同阶段重现，兀然间复苏的部分记忆与随之而生机勃勃的整体记忆并置时，能得到最好的整理，也几乎总只在这样的时候才能得到整理。这就是为何他的初恋会优先于他的初次伤痛或是第一次噩梦。

那时他刚满十三岁。他此前从未离开过父亲舒适的宅第。他此前从未认识到，这样的"舒适"或许并非是理所应当的，只是发生于讲述一个男孩及一所学校的小说里的某种引介性且寻常无奇的隐喻里。离学校几个街区的地方住着一位寡妇，塔皮洛夫太太，法国人，却说着带俄语口音的英语。她有一家卖艺术品及多少有些古色古香的家具的商店。他在一个晴朗的冬日去了那家店。店铺的前部摆放着水晶花瓶，上面绘有深红色的玫瑰和金棕色的紫菀。这些花瓶随处可见——木质涂金的储物柜上、漆面箱子上、壁橱架子上，或者干脆就放在铺了地毯、通向二楼（那儿有高大的衣橱和俗丽的梳妆台，半围着几架竖琴，形成了十分奇特的组合）的阶梯上。他很得意地想，那些花不过是假的，而令人困惑的并非这样的仿制品模仿了湿润丰满的真花实叶的质感，而是它们总能毫无例外地引人注目。当第二天他上门去取他要求修理或复制的什么物件（现在记不清了，八年过去了）时，那东西还没弄好。他随手抚摸了一朵含苞欲放的玫瑰，他以为指尖会触及毫无生命的质地，而沁凉的生命却以噘起的唇吻了他的手指。"我的女儿，"塔皮洛夫太太瞧见他吃惊的样子说道，"总爱将一束真花混在假花里，来捉弄客人[①][41]。你上当了。"他正要离开时她进来了，是个穿灰色衣裳的女学生，有着齐肩的棕色卷发和俊俏的脸。另一次（因为那个东西——或许是只相框的某个部件修起来遥遥无期或者干脆就拿不到了）他看见她蜷在扶手椅——一件折价销售的家具里读课本。他从没和她攀谈过。他疯狂地爱上了她。这至少持续了一个学期。

那就是爱情，正常而又神秘。不那么神秘却相当不正常的是沿河路中学几代校长都无法根除的那种情欲，直到一八八三年它仍是校园里一种独一无二的风尚。每一间宿舍都有被鸡奸的。一个有癫病、来自乌普萨拉[②]的小伙子，斜视歪唇，四肢笨重差不多是畸形的，可是皮肤质地却细嫩得出奇，像布龙齐诺[③]画的丘比特（较大的那一个，画中一个喜出望外的萨堤尔[④]在女子的闺房里发现了他）那样圆润，如凝脂一般。他成了一伙外国男孩追猎和折磨的目标，他们大多是希腊人和英国人，

① 原文为法语。

② Upsala，瑞典南部城市。

③ Agnolo Bronzino（1503—1572），意大利佛罗伦萨画家。

④ Satyr，希腊神话中一个被描绘成具有人形却有山羊尖耳、腿和短角的森林之神，性喜无节制地寻欢作乐。

为首的是橄榄球健将切希尔；凡部分出于故作勇敢，部分也因为好奇，克服了自己的厌恶而在他们胡闹的现场冷眼旁观。不过很快他就摒弃了这一替代性的活动，转而投向更加自然却也同样残酷的消遣。

在街角店铺——传统上并非严格禁止入内——卖大麦糖和《幸运虱子》①杂志的那个年迈老妇人正巧雇了一个年轻女工。切希尔，一个生活节俭的勋爵的儿子，很快探明用一个俄式美元就可以搞定这个肥胖的小娼妇。凡成为第一批得到她青睐的男孩之一。他们是在打烊之后的店堂后面、在柳条箱和麻布袋之间的半明半暗中得到满足的。他称自己是个十六岁的浪荡子，而非十四岁的雏儿，可是这反而使得我们这位闯地狱的人②狼狈不堪，他企图气势汹汹地以忙不迭的动作来掩盖自己毫无经验，结果却将她本来很乐意在里屋笑纳的东西喷洒在了门口的擦鞋垫上。过了六分钟，在切希尔和佐格拉福斯完事后，他就自如多了；但一直到第二次性交聚会上，凡才真正开始享用她的温存，她轻柔甜蜜的夹握以及亲昵的摇摆。他明白她不过是个猪猡一样粉红肥白的年轻妓女，当她事后想亲吻他时，他会用胳膊肘推开她的脸，并且像目睹切希尔所做的那样，迅速用一只手检查一下钱包是否还在衣兜里；然而不知何故，在大约四十次这样发泄的最后一次结束之后，当他坐的火

---

① 原文 *Lucky Louse*，为作者虚构，是 Mickey Mouse（米老鼠）和法语连环画人物 Lucky Luke（幸运星卢克）的混合。

② hell-raker，从语境上看此处"地狱"应指女性私处。

车飞驰过黝黑及翠绿的原野奔向阿尔迪斯时，他发觉自己将出人意料的诗意给予了她那乏味的形象，她胳膊上的厨房气味，切希尔的打火机蓦然冒出的微光中照亮的湿润的睫毛，甚至还有又老又聋的金贝尔太太去楼上卧室时踩出的吱吱嘎嘎的脚步声。

坐在优雅的头等车厢里，戴手套的手扣着座位边上的天鹅绒绳圈，看着生动的景致生动地掠过，一个人可以深切地感受到是活在俗世上的男人。这位旅客不时地停下流盼的目光，暗自感知着身下的一阵瘙痒，不过他推测（感谢老天，①推测得不错）那只是上皮组织小小的炎症。

---

① 作者在这里用了 thank Log，即 God 和 Lord 的混合。

5

　　午后时分，他带着两只手提箱下了车，走进阳光明媚且安静祥和的乡间小站，那里有一条蜿蜒的路通向阿尔迪斯庄园，这是他的第一次拜访。在他小小的想象中，他见到一匹上了鞍具的马在等候他，连双轮轻便马车也没有。站长是个晒得黝黑的结实汉子，穿着棕色制服。他很肯定地认为，他们预期他坐的是晚班车，那趟车比较慢，但备有茶座。他一边向焦急等待的火车司机发出信号，一边补充说他一会儿就给庄园打电话。忽然间一辆出租马车驶上了月台，一位戴草帽并因自己的仓促而发笑的红发女子朝火车赶来，且刚好在火车移动之前登上了车厢。凡同意在时间肌理的这个偶然褶皱里将就一下不请自来的交通工具，于是坐上了这辆旧四轮马车。半小时的车程不无愉悦。马车载着他穿过松林和岩石嶙峋的峡谷，鸟儿及其他动物在花朵繁盛的下层丛林里鸣唱。斑驳的日光和镶了花边的阴影掠过他的双腿，并且在车夫外衣背后的铜扣上泛出绿光，而同排的另一粒扣子却不见了踪影。他们经过了托弗扬卡[①]，那是个梦幻般的小村落，有三四间屋舍，一家牛奶桶修理店，一家铁匠铺，都掩映在茉莉花丛中。车夫向一个看不见的朋友招了招手，而感觉灵敏的轻便马车则随着他的手势略略转了些方向。此时他们奔驰在田野间的一条乡村土路上。路又开始了起伏，每到攀坡时，这架如机械发条般的破旧出租马车便慢了下来，仿佛徘徊在睡眠的边缘，很不情愿地克服着自己的疲惫。

他们颠簸在一个叫加姆雷特②的半俄罗斯村庄的鹅卵石路上，马车夫又挥了挥手，这回目标是樱桃树下的一个男孩。白桦树朝两边分开以让他们通过一座古老的桥。可以瞥见拉多尔了，那里有建在峭壁上如废墟般的黑色城堡，以及在更远处下游地区那些五彩缤纷的房顶——在日后的生活中他还会多次目睹这样的情景。

此刻当路开始环绕阿尔迪斯庄园时，植被具有了更加南方化的风貌。到了下一个转弯口，那座罗曼蒂克的大宅便如旧小说里描述的一般赫然在望。这是一座华美典雅的乡间别墅，有三层楼，以灰色砖及略带紫色的石料砌成，两者的色泽和质地在特定的光线下能够交相辉映。凡立刻便认出来，阿尔迪斯庄园正是挂在父亲客厅那幅有两百年历史的水彩画所展现的：坐落于高地的宅第，俯瞰着一坪抽象的草地，两个身形渺小、戴三角帽的人正在离一头用非写实手法画的母牛不远处交谈。只是在实际图景中，品种多样、阔达繁盛的巨树早已取代了那两行同样非写实的树苗（是由建筑设计师构想的，而非画家亲眼所见）。

凡到达时家人都不在。一位等候的仆人牵住了他的马。他走进带哥特式拱道的门厅，迎在那里的是布泰兰，一位秃顶的

---

① Torfyanka，取自用拉丁文转写的俄语 torfyanik（泥炭沼）。

② Gamlet，在俄语里也指莎剧《哈姆雷特》（*Hamlet*）；而前文另一个"梦幻般的小村落"原文用词为 hamlet，两者显然与该悲剧在小说中时隐时现的意象相关。

老管家，蓄着不合身份的八字胡（还染成了鲜艳的如肉汤般的棕色）。布泰兰高兴得手舞足蹈——他曾做过凡父亲的贴身跟班——"先生，"他说，"我打赌您认不出我了。"[①][42]继而帮助凡回忆往事，而凡自己已经记起来了：法尔曼模型[②]（一种特别的箱形风筝，如今已看不到，即便在展览旧玩具的大博物馆里也难觅其踪迹），布泰兰有一天曾在一片点缀着毛茛的草坪上帮他放飞过。两人都抬起头，一时间那只玲珑的红色矩形风筝似乎又斜斜地挂在了春日里蔚蓝的天空中。这座门厅出名的地方就是着了彩绘的天花板。现在还远未到喝茶的时间：凡是否愿意让他或是一个女仆收拾行李呢？哦，一个女仆，凡说，一面飞快地想了想一个男生的行装里能有什么会让女仆惊骇不已。艾沃里·雷韦里（一个模特儿）的裸照？管他呢，现在他不已经是大人了吗？

他听从了老管家的建议去花园一游[43]。他还穿着那双学校统配的布面胶底运动鞋，无声地踏上了铺着柔和的粉色沙子的曲径。就在此时他又遇上了一个人，他带着嫌恶认出来那是过去教他法语的女家庭教师（这地方充斥着幽灵！）。她坐在花叶丁香树下的一张绿色长凳上，一手举阳伞，另一只手拿着书，朗读给一个小女孩听，后者则抠着鼻子，带着梦幻般的满足神情检视着手指上的东西，然后才揩在长凳的边缘上。凡判

---

① 原文为法语。

② farmannikin，为 Farman（Henri Farman，1874—1958，法国飞行家和飞机设计师）与 manikin（模特、模型）混合而成。

断她一定是"阿德利娅"①，他得去认识的两个表姊妹中的姊姊。实际上那是妹妹卢塞特，一个很中性的八岁孩子，梳着亮闪闪的略微带红的金色刘海，一只布满雀斑的扣子权且作了鼻子；她在春季得过肺炎，仍笼罩在一种奇特的疏离气息里，那是孩子尤其是顽皮孩子在挨过死神之后仍然羁留的神情。拉里维埃小姐忽然抬头，透过绿色的眼镜看了看凡——于是他又得应付另一场热烈的欢迎。与阿尔伯特不同，她一点儿也没有变，那会儿她每周三次到黑·维恩在城里的寓所，带着一整包的书，还有她那只没法留在家里的胆怯的小不点儿狮子狗（现在已死了）。它有一双亮晶晶的眼睛，像忧郁的乌橄榄。

此刻他们都往回走去，女教师沉浸在回忆的伤感中，长着厚下巴和大鼻子的脑袋在阳伞的波纹丝绸下摇晃着；露西拖着一柄她找到的园艺锄，发出刺耳的声音，年轻的凡穿着整洁的灰西装、飘逸的领带，手负在背后，俯首看着自己利落安静的脚步——尽可能走在一条直线上，并无特别的理由。

一辆折篷四轮马车停在门廊旁。先跳下一只姿态优雅的达克斯猎犬，接着出来的是一位长得很像凡的母亲的女士，以及一个十一二岁的黑发女孩。爱达捧着乱蓬蓬的一束野花。她身披白色斗篷，配着黑色夹克，长发间嵌着一只白色蝴蝶结。他再也没见过这套装束，当他在回想当年、提及这身穿着时，她总是反驳说他准是在做梦，她从未有过这样的衣服，不可能在

---

① 凡在此不但将卢塞特误认为爱达，还把爱达的教名爱德莱达（Adelaida）错拼为阿德利娅（Ardelia）。

这么热的天气里穿一件黑色运动夹克，可是他自始至终都保留着她的最初形象。

　　大约十年前他四岁生日前后，在母亲一段长期疗养临近尾声时，玛丽娜"姨妈"突然朝他扑来，那是在一座公园里，公园用大笼子养了雉鸡。她让他的保姆去料理自己的事，并带他来到露天舞台旁边的一个售货亭，给他买了一支薄荷棒棒糖，并告诉他，如果他父亲愿意她会取代他的母亲，还有没经过阿默斯特夫人[44]的允许是不能喂鸟的。也可以说这些都是他所理解的意思。

　　此刻他们正在中央大厅靠近豪华楼梯的一个角落里喝茶，这一角布置得很漂亮，冲淡了大厅肃穆的气氛。爱达的黑夹克和她采集的粉红、黄以及蓝色的银莲花、白屈菜和耧斗菜花束搁在一张橡木凳上。那只狗比平日得到了更多的蛋糕屑。端来配草莓的奶油的男仆普莱斯，一副忧郁的神情，很像凡的历史老师"吉吉"·琼斯。

　　"他长得像我的历史老师。"仆人离开后，凡说道。

　　"我过去很喜欢历史，"玛丽娜说，"我喜欢把自己比作那些出名的女人。你的盘子里画了一只瓢虫，伊凡。特别是那些有名的美人——林肯的第二任妻子或是约瑟芬王后。"

　　"是的，我看见了——画得很美。我们家也有一只类似的。"

　　"Slivok（来点奶油）？我希望你会说俄语？"玛丽娜一边给他倒茶一边问道。

　　"Neohotno no sovershenno svobodno（不太愿意说，但说得很

流利），"凡答道，slegka ulíbnuvshis'（微笑着⁴⁵），"好的，多些奶油外加三块糖。"

"爱达和我跟你一样口味很重。陀思妥耶夫斯基喜欢加山莓浆。"

"唉。"爱达开了口。

玛丽娜的肖像是特雷瑟姆作的油画，相当不错，挂在她头顶的墙上，画中的她戴着阔边帽，那是她十年前在一出狩猎场景排演中用过的，帽檐装饰得很浪漫，带着彩虹翼和一片下垂的镶黑边的银色大羽毛；而凡在回忆公园里的鸟笼和关在某处自己笼子里的母亲时，体验到一种古怪的神秘感，似乎那些讲述他命运的评论员们都躲起来去开秘密会议了。玛丽娜现在的面孔上了妆，模仿着年轻时的样子，不过装束式样已然改变，棉质长裙印着田园风情图案，赤褐色的头发已经发白，也不再飘扬于前额两侧，无论衣着还是饰品都和画中她手握马鞭的勃发英姿不可同日而语，当年特雷瑟姆以鸟类专家的技巧，将玛丽娜华丽如羽翼般的衣裳描画得栩栩如生。

关于第一次喝茶，可以回忆的内容不多。他注意到爱达掩藏手指甲的花招：握在拳头里，或是吃饼干时手掌向上。母亲的任何话都让她感到厌倦和尴尬，而当母亲谈起那个小湖要不就是那座新水库时，他发现爱达不再坐在他旁边，而是隔了稍远的距离，背靠一扇打开的折窗边上的茶桌站着，那只细腰犬伏在椅子上，张开前爪，似也凝视着花园，她正悄悄地轻声问它嗅到了什么。

"你能从藏书室窗口看到小湖，"玛丽娜说，"现在爱达会带你去看屋里所有的房间。爱达？"（她用俄式发音，把两个"a"拖曳得既低沉又隐晦，听起来更像"ardor"[①]。）

"你在这儿也能看到一点儿亮亮的湖面，"爱达说着转过头，拇指朝下[②]，招呼他来看外面的景色，后者放下茶杯，用一小块刺绣的餐巾抹了抹嘴，将其放进裤子口袋，然后走向这个长着黑发和白皙胳膊的女孩。当他向她俯身（他高出了三英寸，而在她嫁给一个希腊天主教徒时，这个高度差又翻了一倍，他的影子从后面没过了她的婚纱顶冠），她偏了偏脑袋，以使他的脑袋也偏向所需的角度，她的头发触到了他的脖子。在早期梦见她时，这一触碰再次展现出来，那么轻巧，那么紧促，总是逾越了梦者忍耐的限度，像一柄举起的剑，发出了开火和猛烈宣泄的指令。

"把茶喝完吧，我的宝贝。"玛丽娜招呼他。

此时，正如玛丽娜所允诺的，两个孩子上了楼。"为什么两个小孩上楼时，楼梯就会吱吱乱响呢？"她边寻思边向上看着扶栏，有两只左手在上面行进着，其挪移和滑动的姿态出奇地相似，就像同上第一节舞蹈课的同胞兄妹。"毕竟我们是孪生姊妹；众所周知。"他们如出一辙地缓慢上升——她在前，他在后——登上了最后两级阶梯，楼梯又复归平静。"少见多怪。"玛丽娜说。

---

① 意为"情欲，激情"。

② 原文为拉丁语，这一手势常常表示反对、抵制、贬低。

6

爱达领着她腼腆的客人到二楼的大藏书室，这是阿尔迪斯的骄傲，也是她最喜欢的"牧场"。她的母亲从不来这里（她卧房里有自己的《一千零一夜》故事集），而红·维恩，一个多愁善感的胆小鬼，则避之不及，他不想撞见中风死在那里的父亲的鬼魂，也因为他觉得没有比被人遗忘的作家的选集更沉闷的了。不过他并不反对偶尔有个来访者去领略一下高大的书架和低矮的橱柜，那些昏暗的图画和苍白的半身像，那十把雕花胡桃木椅以及两张品质极佳的嵌乌木桌子。在一缕颇有学究气的斜阳中，一本打开的植物学图册搁在书桌上，摊开的那页展示着用彩盘盛放的兰花。墙壁一处凹进的地方放置了一张长沙发椅或也算是坐卧两用长椅，包覆着黑色丝绒，配了两只黄色靠垫，上方是一扇厚玻璃板窗，从窗口望去，沉闷的庄园以及人工湖皆收眼底。一副烛台——只是金属与脂油的幻影——矗立在宽大的窗台上，或是似乎矗立在那儿。①

出了藏书室，一条走廊可以将我们这两个沉默的探险家带往维恩夫妇在西翼的住房，假如他们想循此方向继续探察的话。然而他们却在一只可旋转书柜的背后登上了一座半隐秘的、通向上一层的小型螺旋梯，她在他上面，迈着比他更宽的阔步，大腿白皙。他落在后面，隔了三级陡峭的台阶。

这儿的卧室以及毗邻的几间屋子就朴素了许多，凡不禁感到遗憾起来，显然论辈分他还不够入住藏书室旁边的两间客房之一。当他端详着这些令人厌恶、将要陪伴他度过孤寂的夏夜的物件时，他怀念起自家的奢华来。他感到一切都是为唯唯诺诺的白痴准备的：阴暗的救济院才会有的床，床头是陈旧不堪的木板；不去碰也会吱吱作响的衣橱；配有带链结球形扶手（有一个已没了）的仿桃花心木蹲式便器；毛毯箱（是羞惭地从被服保管室逃出来的）；一只旧衣柜，半球形前盖被锁住或是卡住了，他在已弃用的分类格里找到了柜子把手并递给爱达，姑娘则把它扔出了窗户。凡以前从没见过毛巾架，从没见过为不洗澡的人准备的盥洗盆。盆的上方有一面圆镜，装饰着镀金的葡萄雕刻；一条狰狞的蛇缠绕着瓷质水盆（还有只一模一样的在过道那头姑娘们的闺房里）。一把高背扶手椅和一把床边凳（托着一架铜质烛台，带油脂盘和把手的那种，他刚才似乎见过一架相似的——是在哪儿？）是屋里最拙劣的摆设，也彻底成就了这儿的寒碜图景。

他们回到过道里，她甩了甩头发，他则清了清喉咙。前面有一扇游戏室或儿童室的门微微打开并来回晃动着，小卢塞特朝外窥探，一只黄褐色的膝盖露了出来。接着房门大开——不过她朝里奔去躲开了。火炉旁砌的白瓷砖上点饰着深蓝色的帆船，当她的姐姐和他经过敞开的门时，一只玩具手摇风琴发出

---

① 据布赖恩·博伊德的注释，后文提到在谷仓着火之夜，凡与爱达初试云雨之前将烛台搁在了这个窗台上，因而此时描述的烛台还只是"幻影"。

悦耳的声响，不连贯地奏出了少许米奴哀小步舞曲的意思来。爱达和凡回到一楼——这回是径直从那豪华楼梯下来的。有多幅先祖画像沿墙壁而列，她指出了她最喜欢的一位，老弗谢斯拉夫·泽姆斯基王子（一六九九—一七九七），《拉多尔植物志》的作者，林内乌斯①的朋友，王子的肖像用了浓墨重彩描绘了他抱着刚及花季的新娘子，让她和她的金发玩具娃娃坐在自己由绸缎包裹着的腿上。就在这位穿刺绣外衣的少女嗜好者的旁边（不太协调，凡觉得），挂着一张放大的照片，装在肃穆的相框里。已故的苏美尔奇尼科夫[46]，卢米埃尔兄弟的美国前辈，在爱达的舅舅——一个命定早逝的青年——的告别演出后为他照了这张小提琴顶着脸颊的侧影。

一楼有一间朝向花园敞开的黄色客厅，挂着锦缎，装饰为法国人所说的"帝国风格"。已近黄昏，一棵泡桐②（爱达解释说，这是一个平庸的语言学家起的名字，取自安娜·帕夫洛夫娜·罗曼诺夫的父名，还被误以为那是自取名或姓氏。安娜是一位温婉女子，其父帕维尔绰号"保罗减彼得"，怎么来的爱达不知道，反正是那个二流语言学家的雇主的表兄弟，而雇主就是做植物学家的泽姆斯基，我要尖叫了，凡心想）丰繁的叶影越过门槛侵袭进来。他那既娇媚可人又矫揉造作得超乎想象的同伴特意向他介绍一只关了一整个动物园里各种小动物的陶

---

① Carolus Linnaeus（1707—1778），瑞典人，18世纪最杰出的科学家之一，创立了统一的生物命名系统。

② paulownia，其名源自安娜·保卢维娜（Anna Pavlovna，1795—1865），俄国公主和荷兰威廉二世的王后，故有下文（拼法略有不同）。

瓷柜，其中包括羚羊和獾加狓，并一一标出了学名。同样使人着迷的是一扇五折屏风，其黑色面板上色彩鲜艳的图画复制了早期人们所绘的四个半大洲的地图。现在我们走进了音乐室，那儿有一架鲜有人弹的钢琴，接着来到一间叫"军械室"的偏厅，里面有一设得兰矮种马的标本，那是丹·维恩的一个姨妈——娘家姓记不起来了，感谢老天——曾经骑过的。在房子的另一边或者说在某一边有间舞厅，是一片浮华的废墟，四周是为作壁上观的人准备的椅子。"读者，跳过去吧"（"mimo, chitatel"①，就像屠格涅夫所写的）阿尔迪斯庄园的"马车房"②——在拉多尔县人们就是用的这个不恰当的称呼——在建筑学上令人感到困惑。一座装点着格子窗的走廊通过花团锦簇的侧翼探进花园，接着又急转延伸向车道。还有一座凉廊，修长的窗户使之光线通透，此刻，话似已说尽的爱达和百无聊赖的凡正在里面，走向一座石砌的亭子：人造的山洞，四周的蕨草则旁若无人地生长着，一条人工瀑布挂了下来，水借自某条小溪或是某本书，③或是凡灼胀的膀胱（在喝了那么多茶之后）。

仆人的住处（除了会涂脂抹粉的那两个住在楼上）位于一楼靠院子的一边，爱达说在她小时候喜欢四处探索的年纪里曾

---

① 用拉丁字母转写的俄语，意义如前文。

② mews，指曾用作马厩、后经部分改建供人住宿的房屋。

③ 此处或许借用了莎剧《皆大欢喜》里句子"books in the running brooks"（流溪中藏书）。

去过一次，可只记得一只金丝雀和一架磨咖啡豆并沉淀杂质的古老机器，仅此而已。

他们又飞快地上了楼。凡急急地冲进一间盥洗室，再露面时心情放松了许多。当他们继续向前走时，一个小矮人海顿又演奏了几小节乐曲。

阁楼。这就是阁楼了。欢迎来到阁楼。这里储存了大量箱子和纸盒，两个棕色长沙发，一个架在另一个上，如同两只正在交配的甲虫，还有许多画搁在墙角或是架子上，面对着墙，像受了委屈的孩子。一块旧"飞毯"或曰滑行艇卷好了收在一只盒子里，那是一块阿拉伯式样蓝色魔毯，褪色了但魅力依旧，丹尼尔叔叔的父亲在孩提时代用过，后来在他喝醉时便骑着它到处飞。由于出过多起碰撞、坠毁和其他事故——在恬静宜人的田野之上、日暮时分的天空中尤其多发——飞毯遭到了航空巡逻部门的禁止；但四年之后喜爱这一运动的凡买通了当地的一个机械师，将那东西清理了一番，重装了鹰式导管，基本上让它恢复了魔力。在多少个夏日，他俩——爱达和他——乘着飞毯俯瞰着小树林和小河，或是在距路面或屋顶十英尺的安全高度滑行。那些颤巍巍似要冲进沟里的骑车人是多么滑稽，那些挥动双臂脚步打滑的扫烟囱的人是多么古怪！

隐隐约约受着这样一种感觉的驱使：只要他们在巡视房屋，他们至少还有事可做——尽管两人都有卓越的口才，但在接下去的沉默之前，若是除了造作的诙谐之外，再无其他办法，装模作样的连续动作将落入忸怩的无望真空，因而爱达连地下室也没有替他省掉，那儿有一台肚量很大的机器，悸动着，雄赳赳地生产着巨大的热量，那些被加热的管子蜿蜒通往大厨房和那两间乏善可陈的盥洗室，并在冬天节日拜访时使出自己所有可怜的能量让这座城堡温暖宜人。

"你还没看到全部！"爱达叫道，"还有房顶！"

"可那将是我们今天最后一次攀登了。"凡很坚决地自语道。

风格的交汇，檐瓦的叠合（这很难以非技术性的用语向非房顶爱好者解释），再加上持续不断、有时很随意的改造——可以这么说——使得阿尔迪斯庄园的房顶显示出一种难以描述的角度与水平面、锡青色与鳍灰色表面的混杂，以及优美的屋脊与防风角之间的错综。你可以在这里拥抱接吻，纵览水库、树丛、草坪，甚至数英里远处如墨线般标出了最邻近地产的落叶松，以及那些远处山坡上像是没有腿的牛儿们丑陋而渺小的身形。可以轻而易举地藏身于某个突起物的背后，以躲开那些好奇的飞毯或是拍照的热气球。

一面铜锣在露台上发出轰鸣声。

出于某种奇怪的原因，当听说有个生人要来吃晚饭时，两个孩子都如释重负。来者是个安达卢西亚建筑师，丹叔叔邀他来为阿尔迪斯庄园设计一座"艺术"泳池。丹叔叔原本也要带一个翻译来的，可却染上了俄罗斯"流感①"（西班牙流感），打

---

① 原文为用拉丁字母转写的俄语。

水话给玛丽娜，要她对好老头儿阿隆索恩礼有加。

"你们得帮帮我！"玛丽娜快快地皱着眉跟孩子们说。

"我可以给他看一幅绝对精彩可爱的静物画①的副本，画家是埃斯特雷马杜拉的璜·德·拉夫拉多尔②——金色的葡萄，奇异的玫瑰，背景是黑色的。丹把画卖给了德蒙，德蒙许诺说在我十五岁生日时送给我。"

"我们还有苏巴朗③的水果呢，"凡得意地说，"橘子，我相信，还有无花果之类的，上面还有一只黄蜂。哦，我们会用一套套的行话把那老头儿说迷糊了！"

他们没办到。阿隆索是个干瘪的小个子，穿双排扣晚礼服，只说西班牙语，而东道主懂的西班牙语单词几乎不到半打。凡知道 canastilla（小篮子），以及 nubarrones（雷雨云），都来自教科书上的一首附了译文的西班牙趣诗⁴⁷。爱达记得的当然有 mariposa，蝴蝶，还有两三种鸟名（列在那些鸟类学指南里），例如 paloma，鸽子，或是 grevol，松鸡。④玛丽娜知道香味和男人⑤，还有一个中间带了个"j"的解剖学术语。结果，餐桌上的谈话成了一连串笨头笨脑的西班牙词组，爱说话的建筑师把这些话说得特别响亮，他以为听众的耳朵都很聋呢，他还夹杂了几句粗浅的法语，而被捉弄的人有意但却徒劳地将其

① 原文为法语。

② Juan de Labrador of Extremadura（约 1630—? ），西班牙画家。

③ Francisco de Zurbarán（1598—1664），西班牙画家。

④ 本段中对西班牙语单词的翻译形式不统一，原文如此。

⑤ 原文为西班牙语。

理解为意大利语。这段艰难的饭一吃完，阿隆索便由两个脚夫打着三支电筒，为豪华游泳池勘察了一处合适的地点，并将地面设计图塞回公文包。他在黑暗中误吻了爱达的手，便匆匆离开去赶最后一班南下的火车了。

7

　　凡在"晚茶"之后不久便上了床，不停地揉着眼睛。"晚茶"没有茶，实际上是夏季晚饭之后两小时的又一餐，这在玛丽娜看来就像夜晚之前的日落一样自然且不可推卸。在阿尔迪斯庄园，这顿俄式夜宵供应 prostokvasha（英国女管家译为凝乳加乳浆，拉里维埃小姐则译作 lait caillé，"凝固牛奶"），小爱达小姐用她那把特制的刻有花押字母 V 的银勺子细心又贪婪（爱达，这几个副词形容你的好些行为都恰当得很！）地将最上面稀薄且滑如奶油的表层撇掉，然后才向下面无规则形状的大块凝乳发动进攻；同时端上来的还有粗糙的乡下黑面包；色泽昏暗的 klubnika [1]（草莓的一种 [2]），以及硕大鲜红的园艺草莓（另外两种草莓的杂交）。凡还没来得及安稳地将脸颊贴在凉爽平整的枕头上，便被一阵喧闹的颂歌猛然惊起——欢快的颤音、甜美的鸣啭、唧唧声、颤声、喊喊喳喳叫、爪子的锉磨、轻柔的咀嚼——虽然不是奥杜邦 [3] 学会的成员，他也可以想见，爱达准能也一定会发出合适的尖啸来模仿合适的鸟儿。他穿上平底便鞋，取了肥皂、梳子和毛巾，将光溜溜的身子藏在毛巾浴袍里，出了卧室，准备到前日他曾看到过的一条小溪里去泡泡。过道里的钟在一片玫瑰色的寂静中摇曳着下摆，打破室内静默的只有从女家庭教师的屋里传出的鼾声。片刻犹疑之后，他去了儿童房旁边的盥洗室。那里，狂欢的鸟鸣和灿烂的阳光一齐透过狭窄的窗扉向他袭来。他很健康，很健康！当凡顺着宽大的楼梯往下走时，杜尔曼诺夫将军的父亲用庄重的眼神看着他，用目光将他送交给老泽姆斯基王子以及其他列祖列宗，他们都满怀关切，如同那些博物馆守卫注视着昏黑的旧宫殿里这唯一的游客。

前门上了门闩并锁了链子。他试了试那条蓝花簇拥的走廊上带玻璃和格栅的边门，可它也丝毫不愿松动。此时凡尚不知晓在楼梯下面一个不起眼的角落里藏着一批备用钥匙（挂在黄铜钩子上，有几把已经旧得不知是开哪把锁的了），并通过一间工具房与花园的一个隐蔽部分相通，因而他只得穿过好几个接待室，以期找到一扇肯帮忙的窗户。他在一间偏房看见一位年轻女仆站在落地长窗旁边，前一天晚上他曾瞥见过她（并允诺自己要留心多看她几眼）。以他父亲带着半真半假的色眯眯眼光的说法，她穿着"女仆的黑衣裙及其微微颤动的荷叶边"；栗色秀发里的一把玳瑁梳发出琥珀色的光泽；落地窗打开，她一只手高举着，几乎搁在窗框上，腕上缀着一粒小小的碧玉。她看着一只麻雀从铺砌的小径跳上来吃她扔的碎饼干。她犹如浮雕般的侧影，她可爱的粉红色鼻孔，她那颀长的如百合一样洁白的法国人的脖颈，凹凸有致的体态（对于男性的欲

① 用拉丁字母转写的俄语。
② 原文为拉丁语。
③ John James Audubon（1785—1851），美国鸟类学家，画家及博物学家。

望，这些描绘就够了！），尤其是那种原始又不失分寸的放纵感，猛烈地触动着凡，使他不由自主地抓住了她那条举起的、藏在紧口袖子里的臂腕。女孩挣脱开来，冷静的风度表明她已觉察到了他的靠近。她转过动人的脸庞（虽则脸上几乎看不到眉毛），询问他是否要在早餐前喝杯咖啡。不要。她叫什么名字？布兰奇——不过拉里维埃小姐管她叫"灰姑娘[1]"，因为她的长袜总是容易抽丝，瞧，还因为她总是打碎或是乱放东西，甚至花儿的品种也分不清楚。他松垮的衣着暴露了他的欲望；这逃不过一个女孩的目光，即便她是色盲，而当他更凑近一些并越过她的头张望着，想在这魔幻般的大宅里——这儿的任何一个角落，就像卡萨诺瓦的回忆录里所说的，都可以像做梦般变成一座土耳其王妃的后宫——找出一只合适的长沙发时，她轻快地逃到了他完全够不到的地方，并用她绵软的拉多尔法语来了一段小小的致词：

"少爷十五岁了，我相信，而我呢，我十九岁。[2] 少爷是贵人；我只是个穷挖煤的女儿。少爷毫无疑问在城里有不少姑娘；而我呢，我还是个黄花闺女，反正不缺我一个。再者[3] 48，假如我真的爱上了你——我是说真的相爱——也许会的，唉，假如你占有了我，只一次[4] 49——那对我而言也只是伤心，还有炼狱之火、绝望，甚至死亡，少爷。最后[5]，我或许得补充

---

① 原文为 Cendrillon，法语，烧火丫头，也即英语中的"灰姑娘"。
②③④⑤ 原文为法语。

一点，我白带很多，得在休假时去看克罗尼克医生①，我是说昆利克。现在我们得分开了，麻雀已飞走了，我知道。布泰兰先生已到了隔壁，可以从丝织屏风后沙发上方的镜子里清楚地看见我们。"

"请原谅，姑娘。"凡低声说。她那怪异、悲悲切切的语调不可思议地让他望而却步，他仿佛在演一场以他为主角的戏，可是他能回想起的竟只有这么个场景。

镜子里老管家的手不知从何处取下一只玻璃水瓶，然后拿走了。凡将浴袍束绳重新系好，穿过落地窗走进花园那片绿色的现实中。

---

① 这里的克罗尼克（Chronique）另有"慢性病的"之意，影射布兰奇或许已患上淋病。布兰奇紧接着在下一句改口说是昆利克（Crolique）。

8

同一天上午，要不就是几天后，在露台上：

"你还是跟他去玩吧①⁵⁰。"拉里维埃小姐说着推了推爱达，而爱达年轻的髋关节在拍击之下如脱臼般抽搐了一下。"天气那么好，别让你的表兄闷闷不乐②⁵¹。牵他的手去。走你最喜欢的那条路线带他去看白色女人像，还有山、大橡树。"

爱达回头朝他耸了耸肩。他们沿庄园主道而行，她冰凉的手指和潮湿的掌心的触摸，以及她将头发甩向后面的忸怩之态也让他感到忸怩，于是他借故拣一只杉树球果松开了手。他将杉果掷向那尊俯身拾取一只贮酒罐的大理石女雕像，却惊起了一只停在那破罐边缘上的鸟儿。

"世界上没什么比朝腊嘴鸟扔石头更无聊了。"爱达说。

"对不起，"凡说，"我没打算要吓那只鸟。可话说回来，我又不是乡下孩子，分不清球果和石头。那么，实际上③⁵²，她希望我们玩什么呢？"

"我不知道④⁵³，"爱达答道，"我真不是太在意她那可怜的脑子是怎么想的。捉迷藏⑤⁵⁴，我想，或是爬树。"

"哦，那我很在行，"凡说，"实际上，我还会悬挂攀援呢。"

"不，"她说，"我们来玩**我的**游戏。我一个人发明的游戏。我指望卢塞特明年可以跟我玩的游戏，可怜的小家伙。来，开始吧。目前这个系列属于光影组合，我来给你看其中的两个。"

"我明白了。"凡说。

"过一会儿你才会明白，"一本正经的小老师又说道，"首先我们得找一根上好的树枝。"

"瞧，"凡还有些酸溜溜的，"又飞走了一只呵呵大叫的雀子。"

此时他们来到了那个圆点地带⑥——一小块由花圃和繁盛的茉莉花丛围绕的活动场所。头顶的菩提树将枝叶朝一棵橡树伸展过去，宛如一位绿衣美女飞向其健硕的、以足部倒挂在高耸的秋千上的父亲。即便在那时我俩已懂得欣赏这种优美，即便在那时。

"那些树枝像在表演杂技呢，不是吗？"他边说边用手指着。

"是的，"她答道，"我很久以前就发现了。那棵欧洲菩提就是会飞的意大利女子，老橡树渴望着，老情人渴望着，不过每次总能捉住她。"（八十年后再来复制当时的音容笑貌，还原那完整的感觉，岂有可能！然而当他们上上下下地打量时，她的确说了些一个正值豆蔻年华的少女不该说的放肆之语。）

爱达拿了一根从牡丹园借来的尖尖的绿树桩，低头看着地面。

沙地上的叶影被无数活泼的光圈扰得一片斑驳。游戏者选

---

①②③④⑤⑥⑦　原文为法语。

取自己的光圈——找最好最亮的——并用树桩尖头将圆圈的轮廓清楚地勾画出来；接着这个黄色的圆形亮点会开始外凸，像某种金黄色的染料漫溢的表面。然后游戏者要小心翼翼地用树桩或手指将圆圈内部的土挖出来。于是草皮便如青柠茶⑦ 55 一般在这只土杯子里下沉，直至最后只剩下金贵的一滴。游戏者在，比方说二十分钟内，做出的杯子多就获胜。

凡心存怀疑地问是不是就这样。

不，还没完。爱达蹲在地上挪动着，沿着一个特别精致的金黄色圆斑画了个小而坚实的圆圈。她蹲在地上，黑发垂在如象牙般光滑的、移动着的膝盖上，同时她的腰腿和手也在工作，一只手拿着棍子，另一只手将几绺恼人的头发向后捋。一阵微风忽地使她的那个光斑黯然失色。如果是这样，那么游戏者就丢掉了一分，即便叶子或云很快又移开了。

好吧。另一个游戏是什么？

另一个游戏（爱达用节奏单调的语气说）也许更复杂一点。等到下午影子更长的时候才能玩。游戏者——

"别说'游戏者'了。不是你就是我。"

"比方说你。你在我后面，把我在沙地上的影子勾出来。接着再勾一遍。然后把下一个边界再划出来（将棍子递给他）。如果现在我往后退——"

"你得知道，"凡扔掉棍子说，"我个人觉得这些是人所发明出来的最无聊愚蠢的游戏，不论在何地，不论在何时，早上还是下午。"

她什么也没说但鼻孔变窄了。她把棍子重新捡起，插回到原来肥厚的花圃土壤里，紧挨着一株感激不尽的花，她默默地点了点头，将花与棍子扣在一起。她向屋子走回去。他很想知道等长大了她走路的步伐是否会更优雅些。

"我是个粗鲁无礼的孩子，请原谅。"他说。

她偏了偏脑袋，并没有朝后看。为了表示部分的和解，她带他去看两只坚固的钩子，连着铁环，分别拴在两棵美国鹅掌楸上。在她出生之前，还有一个叫伊凡的男孩，也就是她母亲的哥哥曾在这里安过一副吊床，仲夏时分，在夜晚闷热难当时——这里毕竟和西西里同纬度——他便睡在这里。

"真是个好主意，"凡说，"顺便问一下，撞到萤火虫时会烧伤吗？我只是问问。只是一个城里孩子的傻问题。"

接下来她领他去看吊床——一整套吊床，坚固而柔韧的网状帆布质地：放在丁香花丛后的地下室工具房的一个角落，钥匙藏在这儿的一个洞里，去年给一个鸟窝堵住了——没必要去找出来。一缕阳光似将一只狭长的绿箱子涂抹得更绿了，箱子里装的是玩槌球的器具；不过球已经给一些野孩子滚下山了，埃尔米宁家的，现在他们也长到了凡的年纪，变得安静文雅了。

"那个年纪我们都一样。"凡说着弯腰拾起一把弧形的龟甲梳——女孩子用来盘脑后头发的；他见过一个，一模一样的，就在最近，可那是什么时候，谁的发式？

"一个女佣的，"爱达说，"那本翻烂的小书准也是她的，

《梅尔特瓦戈医生的爱情》① 56，一位牧师写的神秘浪漫剧。"

"和你玩槌球，"凡说，"肯定就像是在用火烈鸟以及刺猬②。"

"我们的阅读书目不一致，"爱达答道，"《仙境里的宫殿》在我看来是那种所有人都常常向我保证我会喜欢看的书，以至于我反倒对它产生了难以克服的偏见。你读过拉里维埃小姐写的小说吗？唔，你会的。她认为在印度教所说的前世中她是巴黎的一个花花公子，并照此写作。我们可以穿过一条秘密通道**拱**进前厅，但我想我们应该去看看那棵大橡树③ 57，而实际上是棵榆树。"他喜欢榆树吗？他知道乔伊斯关于两个洗衣妇的诗吗？他知道，真的。他喜欢吗？喜欢。实际上，他开始热烈地喜欢上了爱木、爱欲和爱达④。是押韵的。他该提出来吗？

"现在。"她说，同时停下脚步盯着他。

"嗯？"他说，"现在？"

"唔，也许我真不应该给你看那么多好玩的——你把我那些圆圈都糟蹋掉了；不过我还是不跟你计较，我带你去看阿尔迪斯庄园真正的奇迹；我的幼虫巢，就在我屋子隔壁。"（他从来没见过她的屋子，从来没有——真奇怪，想想看！）

---

① 原文为法语 *Les Amours du Docteur Mertvago*，是对帕斯捷尔纳克的小说《日瓦戈医生》的戏拟，见尾注。

② 火烈鸟以及刺猬，典出路易斯·卡罗尔的《爱丽丝漫游奇境》，书中有火烈鸟和刺猬被当做槌球打的情节。下文的《仙境里的宫殿》疑为作者再次故意造作的变形。

③ 原文为法语。

④ 爱木、爱欲和爱达（arbors and ardors and Adas），多次在文中出现。据布赖恩·博伊德的解释，这里主要是出于押头韵的考虑。因而译文将原文的 arbor（乔木）替换成了"爱木"。

他们在一处大理石砌的门厅（改造过的盥洗室，看得出来）尽头走进了一间貌似装饰过的养兔房的屋子，她小心地将交通门关上。尽管通风良好，嵌有纹章的彩色玻璃窗也敞开着（于是便能听见没有吃饱且满腹牢骚的鸟儿们的嘘声和尖叫声），但那些笼圈——湿土、肥厚的块根、陈旧的温室，或许还养过山羊——的气味着实让人闻而却步。爱达拨了拨小插销和筛滤栅，然后才让他走上前。从今天开始玩那些天真幼稚的游戏时起，甜蜜的火便一直炙烤着凡，而此时体内的这把火却被一种巨大的空洞和消沉取代了。

"Je raffole de tout ce qui rampe ① （我对所有爬行的东西都着迷得要命）。"她说。

"我个人比较喜欢那些一碰就卷成一团毛的动物——像老狗那样睡着了的。"凡说。

"哦，它们没有睡着，怎么想的② 58，它们只是昏昏沉沉的，有点昏厥，"爱达皱着眉解释道，"我想象得出来，小一些的孩子看到了也许要受点儿惊吓。"

"是的，我也想象得出来。不过我认为会习惯的，迟早会的，我是说。"

然而他那因无知所产生的犹疑很快就让位给了美学上的移情。好几十年之后，凡尚能记得自己曾多么惊奇于这些可爱的、赤裸的、闪亮的、长着俗丽的斑点和条纹的鲨蛾幼虫，与

———————————

① 法语，意义见紧接下文括弧。
② 原文为法语。

簇拥在周围的毛蕊花同样有毒，还有当地一种加图卡里德蛾①的扁平状幼虫，其灰色的球形小块以及淡紫色的斑纹模拟着它所附着的小树枝的球状突起及树皮上的地衣，它附着得如此牢固，简直就像是锁合在上面的。当然还有那种小毒蛾的幼虫，其黑色外衣背上生动地点缀着一簇簇五彩绒毛，红色、蓝色、黄色，长短不一，如同一把花里胡哨、蘸了各种颜色的牙刷。这样的比喻，以及那些很特别的辞藻，使现在的我想起了爱达日记里的昆虫学条目——你的日记准还在呢，放在什么地方了，是吧，亲爱的，在那个抽屉里？不在？你觉得不是？在的！太好了！几个例子（我亲爱的，你那圆乎乎的字体比现在的要略微大一些，但此外什么也没改变，一丝一毫也没变）：

"可伸缩的脑袋，丑恶的肛器，这种艳丽的怪物变出的却是外表朴实的黑带二尾舟蛾，属于一种最不像毛毛虫的毛毛虫，身体前几节状如风箱，面部则形似一架折叠式照相机的镜头。如果你轻抚它胀鼓鼓又很光滑的身体，那手感就如同触摸丝绸一般舒适——直到这被激怒的虫子毫不感恩地从喉咙的一条缝隙里朝着你喷射酸液。"

"昆利克医生在安达卢西亚得到了只有当地才有、新近被称作'卡门龟壳蛾'的幼虫，好心的医生给了我五条。真是赏

---

① catocalid，一种夜间活动的蛾。

心悦目的小生命，美玉般的纹理，银色长刺，而且它们只在一种濒临灭绝的高山柳树上繁殖（亲爱的昆虫克①帮我把树也弄来了）。"

（她在十岁或更小的时候就读过《斯旺的烦恼》②59——凡那时也读过——这在下面的例子中表明出来）：

"我得劝说玛丽娜克服那老一套的神经质，把高贵的洋兰鹰蛾（普鲁斯特先生所说的紫色幽灵）幼虫同时放在手心里和心里，其实手心都不够放呢！七英寸长的巨型肉身，绿松色花纹，以一种僵硬的'斯芬克司'般的架势昂着紫蓝色的脑袋。这样她就不会数落我的嗜好了（'小女孩养这么恶心的玩意儿是不体面的……'，'正经人家的姑娘应该对蛇和爬虫很厌恶'，等等）。"

（可爱的东西！凡说，不过**即便**是我在小时候也不太能接受的。那咱就别去烦扰翻这本书的粗人了吧，省得人家心想："就会戏弄人，那个老 V.V.③！"）

---

① 在原文中，爱达将昆利克医生（Dr krolik）故意说成 Crawly，后者兼有"爬行的"之意。

② 原文为法语，*Les malheurs de Swann*。该书名是 *Les malheurs de Sophie*（《索菲的烦恼》，西格尔夫人著）和 *Un amour de Swann*（《斯旺的恋情》，普鲁斯特著，为其巨作《追忆似水年华》中的一章）的混合，参见尾注。

③ 指凡·维恩（Van Veen）。

在一八八四年这个如此遥远又如此亲近的暑假快结束时，在离开阿尔迪斯之前，凡准备去爱达的幼虫巢作告别性的参观。

如瓷一样洁白，长有眼睛似的斑点，这就是斗篷蛾（或"鲨"蛾）幼虫，价格不菲的宝贝，已安然进入了下一个蜕变期，但爱达独一无二的洛勒赖后勋绥夜蛾却被蜇死了，凶手是一种姬蜂，它没有被那些巧妙的凸起部分和类似真菌的斑点所欺骗，精准地麻痹了夜蛾。这种如五彩牙刷般的夜蛾本来已经很舒服地躲在毛茸茸的茧里化了蛹，可以在秋天成长为一只波斯毒蛾。那两只黑带二尾舟蛾幼虫样子更加丑陋些，但至少更有蠕虫的特点，从某种意义上说显得更庄重：如干草叉般的触角柔软地搭在身后，略带紫色的红晕使其余部分绚烂的颜色看起来清淡了些。它们在笼子底部飞快地"狂跳乱撞"，做化蛹前的最后冲刺。阿卡去年也曾穿过树林走进一座峡谷，做了同样的事情。一只刚刚羽化的小仙女卡门[1]正在一扇有阳光的窗栅栏上扇着柠檬及黄棕色的翅，然而狂喜而又无情的爱达仅用灵巧的手指一夹便让它断了气；那只奥黛特[2]式的斯芬克司——保佑它吧——变成了一具硕大的干尸，很可笑地装在一只具有盖尔芒特风格[3]的盒子里；与此同时昆利克医生正在另一个半球，迈着短腿快速奔跑着，在林木线之上追逐着一种特

---

① Nymphalis carmen，戏指《洛丽塔》中的同名女主人公，书中亨伯特总是把洛丽塔称作"小仙女"（"nymphet"）以及他的"卡门"（"Carmen"）。

② Odette，普鲁斯特《追忆似水年华》中的主人公之一。

③ guermantoid type，仍典出《追忆似水年华》，参见第一章末。

别的橙色尖翅粉蝶——以 Antocharis ada Krolik（一八八四）之名为人所知，直至无情的优先分类法则将其改为 A. prittwitzi Stümper（一八八三）。①

"但是，在这以后，等所有这些小东西都孵出来了，"凡问道，"你该怎么办？"

"哦，"她说，"我把它们带给昆利克医生的助手，他会将它们放好，贴上标签，钉在玻璃盘子里，置于干净的橡木柜中，等我出嫁时作为我的嫁妆。到那时我的藏品会有很多了，我还要继续养殖鳞翅类昆虫。我的梦想是能有一处饲养豹纹蝶幼虫的专属场所，还包括紫罗兰，可作为饲料的专用紫罗兰。要能片刻间把北美各地的虫卵或幼虫给我空运过来，还有它们的食物——西海岸的红杉紫罗兰、蒙大拿的淡白紫罗兰、大草原紫罗兰、肯塔基的埃格尔斯顿紫罗兰，以及一种稀有的白紫罗兰，产于一无名湖旁的隐秘沼泽，而这个湖远在位于北极圈的一座山里，那儿有昆利克的小豹纹蝶出没。当然，在那种事情出现时，很容易用手帮它们交配——抓着它们就行——有时得下些功夫——就像这样，让翅膀收拢了（展示着操作方法，全然不顾她那糟糕的指甲），左手捏住雄的，右手拿着雌的，或者反过来，让它们腹部尖梢相接触，不过它们还是在最喜欢的紫罗兰气味中显得更精神，更投入。"

---

① 优先分类法则规定谁首先发现了一个新物种，便有权为其命名，例如本句所说的 Antocharis ada Krolik（1884），以及 A.prittwitzi Stümper（1883），其中包括了发现人及发现年代。根据布赖恩·博伊德的注释，Antocharis 系襟粉蝶属（Anthocharis）之误，橙色尖翅粉蝶为襟粉蝶属的一种。

9

　　她是不是真的很漂亮，十二岁时？他有没有想要——可曾动过这个念头去爱抚她，真真切切地去爱抚她？她的黑发直瀑般覆于一侧的锁骨之上，而她将头发甩到后面的举动，以及苍白脸颊上的那个酒窝，都透露出几丝她对自己这些体态的直接意识。她的白肤闪耀着光泽，她漆黑的秀发迸发出异彩。她爱穿的褶裙短得恰如其分。甚至她裸露的四肢也全然没有晒黑，旁人的目光在抚摸她雪白的小腿和前臂的同时，亦能领略那总是斜倚着的细密黑发，以及少女丝一般的柔软光洁。她严肃的眼睛里的深棕色虹膜具有东方催眠师般莫测的朦胧（如一本杂志尾页的广告所述），而且其位置似乎比常人要高一些，于是当她直视你的时候，一弯月牙状的白色便留存于眸子下缘及湿润的下眼睑之间。她的长睫毛似是涂黑的，而事实也是如此。倘不是那略显厚实的干燥嘴唇，她的五官显现的便完全是一种小仙女似的精巧。那爱尔兰人的平直鼻子与凡的一样，只是小了一号。她的牙齿洁白，但不算很整齐。

　　她那双可怜又可爱的手——你不禁要怜惜地轻叹一声——比胳膊上半透明的皮肤显得更红润一些，甚至比手肘还要红，似乎在为她那指甲的惨状感到羞愧：她彻底将它们咬坏了，原本优美的边线已荡然无存，只剩下一道切进肉里的凹槽，如钢丝一般紧固，又如同多了一把长铲刀，刮挠着毫无遮覆的指尖。日后，每当他热衷于亲吻她冰凉的手时，她都会握起拳头，让他的唇只能接触到指关节，不过他总是蛮横地撬开她的手，去捕捉那些扁平而空洞的小软垫。（可是，哦，我的天，她的玉手在青葱与成年岁月皆如优雅而略带刺感的缟玛瑙，瑰色与银色相映，修长而慵懒，润泽且纤细。）

在她领凡看房子——以及所有那些很快将成为他们做爱场所的隐秘之处——的最初的新奇日子里，他所体验到的感受总是混合着迷狂和恼怒。迷狂——是因为她苍白、肉感、紧致的皮肤，她的头发，她的双腿，她生硬的走动方式，她那瞪羚草似的气味，那分得很开的漆黑的眼睛的蓦然凝视，以及衣裙下那富有乡野气息的裸体；恼怒——是因为在他这样一个青涩的天才学生，和那个早熟、做作又难以洞悉的女孩之间，延伸出一片光线的空虚和黑暗之幕，任何力量也无法攻破并穿透。他无望地躺在床上沮丧地咒骂着，企图将膨胀的意识集中在他所贪婪地捕捉到的对她的一瞥上。那是他们第二次上房顶，她攀上一只大号箱子去打开一扇小窗，从那里可以爬上屋顶（甚至曾有一只狗从这里钻出去过）。一个类似托架的东西掀开了她的短裙子，他看见——正如一个人看见了圣经寓言里那令人昏晕的奇迹场面或是一只蛾子令人瞠目的变形过程——女孩已长出了黑黑的绒毛。他注意到她似乎注意到他已经或可能已注意到了（他不仅注意到，而且保留着一种绵软的恐惧，直到——很久以后——他摆脱了那一景象的纠缠，而且是以十分奇特的方式），他还看到一种古怪、平淡、傲慢的神色掠过脸面：她凹陷的脸颊以及丰满而苍白的嘴唇动了动，仿佛在咀嚼什么，而当他，高大的凡，扭动着身躯钻过了天窗却给一块瓦绊了一跤时，她发出了并无喜悦的笑声。而在那突如其来的阳光中，他意识到直至此时，他，小小的凡，还不过是个无知的雏儿，跟那第一个妓女在一起时，仓促、灰尘和阴暗的光线使她那种本就见不得人的魅惑更为晦涩，可他仍为此神魂颠倒。

他对浪漫的认识迅速成长起来。第二天早上，他碰巧瞥见她在洗脸，胳膊就着一只老旧的脸盆，脸盆则搁在一张洛可可式的架子上。她的头发挽在头顶，睡衣缠在腰间，像个笨重的花冠，而她窈窕的、隐约可见肋骨的背部便从一侧展现出来。一条肥硕的瓷蛇盘踞着脸盆，这爬虫和他都僵在那里看着夏娃以及她含苞待放的胸乳的轮廓，此时一大块深紫红色的肥皂从她手里滑落，她用穿黑袜子的脚勾住门将其砰地关上，那动静更像是肥皂撞击大理石板的回音而非一个贞女的不快。

10

阿尔迪斯庄园的日常午餐。卢塞特坐在玛丽娜和家庭女教师之间；凡坐在玛丽娜和爱达之间；达克，那只金棕色达克斯犬则蹲在桌子下，在爱达和拉里维埃或卢塞特与玛丽娜中间（凡暗地里很不喜欢狗，特别是在吃饭时，特别不喜欢这只细长怪物的腥气的呼吸）。爱达会带着调皮又夸张的语调描述一场梦，一个博物学奇迹，一种特殊的文学表现手法——保罗·布尔热借用了老列夫的"内心独白"[①][60]——或是埃尔茜·德·诺尔在时下专栏里所犯的可笑错误，这位俗不可耐的文坛交际花以为列文在莫斯科穿的是 nagol' nïy tulup，她能像魔术师那样变出一本词典，并对该词定义道："一种农夫穿的羊皮外衣，光面在外，毛面在内"，而埃尔茜们是永远看不到这种皮衣的。爱达使用从句的能力堪称一流，还有她适时加入的旁白，她在感官上对相邻单音节词的强调（"白痴埃尔茜根本**不会念字**[②]"）——所有这些在作用于凡时，莫名间便将他引入了色欲的方向——如同造作的兴奋和充满异域情调的折磨与撩拨所能产生的效果——使他既憎恨，又不无忤逆地乐在其中。

"我的宝贝"，她母亲称呼她，且总是用一些短促的惊叹打断爱达的高谈阔论："有趣极了！""哦，我很喜欢！"不过也夹杂着劝诫，比如"坐直了"或"快吃，宝贝儿"（以母亲特有的殷切将重音放在"吃"上，与女儿拿腔拿调的冷嘲热讽大异其趣）。

此刻爱达坐直了，而当梦或是历险（或是任何她正谈论的东西）达到高潮时，靠在椅背上的柔韧的脊柱便向内弯曲，俯身趴在普莱斯刚刚收走盘子的地方，接着突然支起胳膊，四肢往前伸向桌子，接着向后一仰，夸张地扮着鬼脸，高举双手比划着："有这么长，这么长！"

"我的宝贝，你没尝尝那个呢——哦，普莱斯，把——"

把什么？那根可以让托钵僧的光腚孩子爬向那片融化的蓝色天空中的绳子端来吗？[3]

"好长好长。我是说（她停顿了一下）……像动物的触须……不，我想想。"（摇头晃脑，五官抽搐，仿佛要猛然拉一下才能解开一团乱麻。）

不：硕大的紫中带粉红的洋李，有一道水灵灵的黄色裂口。[4]

---

[1] monologue intérieur，由法国心理小说开创者保罗·布尔热（Paul Bourget，1852—1935）首次提出，纳博科夫认为，所谓"内心独白"即"意识流"，列夫·托尔斯泰（即"老列夫"）早于乔伊斯的《尤利西斯》之前就在《安娜，卡列尼娜》中应用了，参见尾注。

[2] 不会念字，原文为表示强调的斜体字 can't read，且为单音节字。

[3] 据布赖恩·博伊德的注释，这句话隐含了两层意思。其一，爱达在夏天通常不穿短衬裤；其二，纳博科夫在回忆录《说吧，记忆》第一章的末尾曾记述父亲有次于午餐时分被农夫们在窗外高高抛起："随着看不见的人将他有力地向上抛，他会像这个样子三次飞向空中，第二次会比第一次高，在最后最高的一次飞行的时候，他仿佛是永远斜倚着，背衬夏季正午钻蓝色的苍穹。"本句中的蓝色可能指阿尔迪斯天空的蔚蓝色。

[4] 本句中的洋李才是前文玛丽娜吩咐普莱斯端来的。

"我想起来了——"（凌乱的头发，飞上额头的手，捋开头发的动作草率却又持续不断；然后是一声突如其来的、伴随着湿润的咳嗽的尖笑。）

"不，不过说真的，妈妈，你就当我根本没在说话，在无声地尖叫，因为我意识到——"

吃过三四顿饭后凡也意识到了一件事。爱达绝非一个爱欢闹、喜欢人来疯的姑娘，她的行为是一种急切而又相当聪明的举措，以此来阻止玛丽娜抢占话题并使之成为一场戏剧讲座。另一方面，玛丽娜一边在等待机会放出她业余爱好上的三驾马车，一边带着某种很专业的愉悦心情来扮演一位溺爱孩子的慈母角色，以女儿的妩媚和幽默为荣，也以她自己妩媚而幽默的宽容对待这些唐突的细节：人来疯的是**她**——不是爱达！而当凡在懂得了这一情形后，便会利用谈话暂停之时（而玛丽娜也正准备趁机插进来一些关于斯坦尼斯拉夫斯基亚那①精选作品的话题），让爱达谈谈植物学湾②的汹涌波涛，换了别的场合他会视之为畏途，而此刻对于他的姑娘来说却是最安全最容易的话题。这在晚餐时尤其重要，因为卢塞特和女家庭教师事先已在楼上吃过了，这样拉里维埃小姐到了那些关键时刻便无法在场，不能指望她用轻松活泼的语气来向爱达介绍自己新写的

① 斯坦尼斯拉夫斯基亚那（Stanislavskiana），应指斯坦尼斯拉夫斯基（Konstantin Sergeievich Stanislavskiy，1863—1938），俄国导演、现代剧场的导演和表演训练奠基者。

② 植物学湾，在澳大利亚悉尼以南。

短篇小说（她那篇有名的《钻石项链》①已在作最后修订），或是回忆那些极受大家欢迎的、关于凡孩提时代那位他心爱的俄语私人教师的轶事，他曾很文雅地向拉小姐求过婚，以跳动的节奏写下很多"颓废"的俄文诗句，且常常在俄式的孤寂中独饮。

凡："那个黄色的东西"（指着装饰在盘子上的一朵漂亮小花）"——是一种毛茛吗？"

爱达："不是。那黄花就是常见的驴蹄草，Caltha palustris ②。这里的乡下人错把它叫成'报春花'，尽管真正的报春花，Primula veris ③，当然完全是另一种植物。"

"我明白了。"凡说。

"是的，的确如此，"玛丽娜发话道，"当我演奥菲莉亚时，我收集花草的经历给了我——"

"很大帮助，毫无疑问，"爱达说，"现在驴蹄草的俄语是Kuroslep（鞑靼农民错用成了报春花，可怜的农奴），还有叫Kaluzhnitsa 的，美国卡卢加一带都这么说。"

"啊。"凡说。

爱达带着科学狂人般的平静微笑继续侃侃而谈："和许多花草一样，我们这种植物的法语称谓 souci d'eau ④，被丑化了，

---

① *Diamond Necklace*，其实是影射莫泊桑的《项链》（*La Parure*）。

② 驴蹄草的拉丁语学名。

③ 报春花的拉丁语学名。

④ 法语，驴蹄草，从字面上直译则是"水之忧念"，故有下文爱达和凡对翻译家华莱士·福利的揶揄。

或也可以说美化了——"

"从花变成了开花植物①。"凡·维恩一语双关地说。

"求你们了，孩子们！②"玛丽娜插话道，听懂他们的对话很不轻松，而此刻她更是有了小小的误解，以为凡在谈内衣。

"下面这件事非常偶然，就发生在今天早晨，"爱达说，她并不打算给母亲指点迷津，"是关于我们这位才女家教的，也曾是你的家教，凡——"

（这是她第一次读出他的名字——在那堂植物学课上！）

"她对说英语、胡乱弄混物种的人——比方把猴子说成'吠熊'——很是反感，尽管我怀疑这与其说是出于审美和道德上的理由，不如说是出于沙文主义。今天早晨，她把我的注意力——我飘忽不定的注意力——吸引到了一些开花植物上，的确开得非常艳丽，凡，用福利先生③⁶¹自诩的④⁶²文学用语就是这样——要按埃尔茜之辈的胡言乱语就叫做'敏感'——敏感——那是可以形容《回忆》的，兰波的一首诗（她很幸运——也很有远见——让我背了下来，尽管我怀疑她更喜欢缪塞和科佩⑤）——"

---

① bloomers，既指开花植物，也指以前妇女在做体育运动时所穿的膝部束紧的宽松女裤或类似式样的内裤，故为双关语，且引来了下文中玛丽娜的插话。

②④ 原文为法语。

③ 指华莱士·福利（Wallace Fowlie，1908—1998），作家、批评家、翻译家，曾两度翻译法国诗人兰波（Arthur Rimbaud，1854—1891）的《回忆》（*Mémoire*，见下文）。

⑤ 缪塞（Alfred de Musset，1810—1857），科佩（François Coppée，1842—1908），均为法国诗人。

"……小姑娘们洗得发白的绿裙子……①63"凡不无得意地引用道。

"非'藏'正确,"(她在模仿丹的口音)"唔,拉里维埃只许我读弗耶丹编的选集,显然你读的也是那种,不过我很快就能得到他的 oeuvres complètes②,噢,很快,比谁想得都要快很多。顺便说一声,她会下楼来的,不过之前她要把卢塞特放上床睡觉,我们亲爱的小红发现在应该穿上绿睡衣了——"

"我的天使③64,"玛丽娜央求道,"我能肯定凡不会对卢塞特的睡衣感兴趣的!"

"——柳树间的细微差别,在床的天④上数小羊,福利把这个译为'天之床'而不是'床的天'。不过还是回到我们可怜的花儿上来。在这本受玷污的法语诗集里,那个杜撰出来的 louis d'or⑤实际是 souci d'eau(就是我们的驴蹄草)变换成了愚蠢的'水之念'——尽管他有十几个近义词可供使用,例如 mollyblob、marybud、maybubble,⑥以及其他许多与丰饶盛宴有关的绰号,不管它们是什么。"

---

① 原文为法语。
② 法语,全集。
③ 原文为用拉丁字母转写的俄语。
④ 原文为法语 ciel de lit,字面意义为"床的天"。
⑤ 法语,字面意义为"金路易斯"。
⑥ mollyblob 字面意义为"脂粉疙瘩";marybud 为英语方言,"金盏草";maybubble 疑为 May blob,英语方言,"驴蹄草"。

"在另一方面，"凡说，"也完全可以想象有个类似会说双语的里弗斯小姐[①]查验，比方说，马弗尔[②]的《花园》的法文版——"

"哦，"爱达嚷道，"我能背我自己翻译的'《花园》[③]'——让我想想——

一个人在游乐中徒劳地获取／奥卡河与棕榈湾……[④][65]"

"为获取棕榈，橡树，或月桂！"凡叫道。

"知道吗，孩子们，"玛丽娜决然地打断了他们的话并挥动双手使其安静，"当我像你这么大时，爱达，我哥哥也就跟你一个年纪，凡。我们谈的是槌球戏、幼马、小狗还有最近的儿童节[⑤]，还有下一次的野餐，还有——哦，几百万件好玩又正常的东西，但绝对、绝对不会说什么古老的法国植物学家和天知道的什么玩意儿！"

"可你刚说过你收集花儿？"爱达说。

"哦，只采了一个季节，瑞士的什么地方。我记不得什么时候了。现在这无关紧要了。"

这指的是伊凡·杜尔曼诺夫，他多年前因肺癌死于一家疗

---

① Miss Rivers，与拉里维埃小姐（Mlle Larivière）的名字都含有河流之意。

② Andrew Marvell（1621—1678），英国诗人。

③⑤ 原文为法语。

④ 这是爱达用法语故意错译的《花园》中的诗句，原文为 En vain on s'amuse a gagner L'Oka, la Baie du Palmier...，其中奥卡河为俄罗斯欧洲部分中部河流；马弗尔的原诗（见下文凡的引用）为 "How vainly men themselves amaze ／ To win the Palm, the Oke, or Bayes."（"人们如此徒劳地耽迷尘世，／只为获取棕榈、橡树或月桂。"）

养院（在瑞士某地，离凡八年后的出生地埃克斯不远）。玛丽娜常提起伊凡，他在十八岁时已是一位很出名的小提琴家，只是她每每说起时并未流露过特别的情绪，因而爱达很诧异地注意到母亲厚重的脂粉在一股突如其来的泪流中开始溶解了（或许是对压扁的陈干花有某种过敏，或许是花粉热的发作，抑或是龙胆过敏，在稍后的诊断中大概能回顾到这一点①）。玛丽娜一边自言自语着什么一边揩了揩鼻子，其声洪如大象。此刻拉里维埃小姐下来喝咖啡并开始了对凡童年的追忆：一个天使般的小男孩 66，九岁时②便喜欢上了——亲爱的宝贝！——吉尔伯特·斯旺与卡图卢斯的莱丝比③（他完全自己学会了在黑人保姆提着煤油灯离开活动式卧室时立刻将爱慕之心宣泄出来）。

---

① 据布赖恩·博伊德的注释，玛丽娜可能是想起了在埃克斯（特别是拉皮内医生的龙胆园）采花的时光，"稍后"是指凡和爱达将在几周后发现那个干燥的标本集，"诊断"许是拉皮内行医的缘故。

② 原文为法语。

③ 原文为法语。莱丝比是罗马时代的伟大诗人卡图卢斯（Gaius Valerius Catullus，约公元前 84？—约 54）作品中的女主人公。

11

凡来了几天之后，丹叔叔按惯例从城里坐早班车回来与家人共度周末。

当丹叔叔走过大厅时凡正好撞见了他。男管家很诙谐地（凡这么认为）向主人做着手势以示这个高个子男孩是谁。他将手放在离地三英尺的高度，然后越抬越高——这只有我们六英尺高的小伙子明白。①凡看见这位小个子红发绅士迷惑地瞥了一眼老布泰兰，而后者赶紧向他耳语了凡的名字。

丹尼尔·维恩先生有一种奇怪的举止，当走近一位宾客时会将姿态僵硬的右手手指插进外衣口袋，像是在完成某种净化程序，直到握手的那一刹那才拿出来。

他告诉凡再过几分钟就要下雨了，"因为拉多尔已经开始下了，"他说，"而雨大概需要半小时到达阿尔迪斯。"凡觉得这只是在打趣，并客气地笑了笑，可是丹叔叔又露出了不解的神色，用苍白而怀疑的目光盯着凡，询问他是不是已熟悉了周围环境，他会几种语言，是否愿意花几个钱买一张红十字彩票。

"不，谢谢您，"凡说，"我自己的彩票已经够多了。"他的叔叔又盯着他看起来，不过这回是侧视的。

午茶是在客厅里喝的，所有人都相当沉默压抑，此刻丹叔叔从内衣袋里抽出一份叠好的报纸回书房去，而一走出客厅，一扇窗户便自行敞开，一阵猛烈的大雨击打起窗外的鹅掌楸和泡桐树的叶子，谈话也随之响亮地铺展开来。

雨并没有延续多少时间——或者说没有逗留很久：想来它又继续往拉杜加或拉多加或卡卢加或卢加去了，只在阿尔迪斯庄园上空留下一道不完整的彩虹。

丹叔叔坐在厚软垫椅里，想读一篇文章，文章登在一张坐在他对面的乘客丢弃的、有荷兰语插图的报纸上，显然是介绍东方文化的。丹边读边借助一本为普通游客服务的袖珍词典来理解那些外国艺术条目。就在此时，一阵可恶的骚乱在整个房子的每间屋子里蔓延开来。

原来矫健的达克不知从楼上什么地方抢到了一大块浸了血的棉球，正准备带到一个合适的隐藏地去撕咬。它一只耳朵耷拉着，另一只则耸起，露出带灰色斑纹的粉嫩部分。它快速迈动着可笑的腿，企图来个急转弯，于是在镶木地板上打起滑来。爱达、玛丽娜以及两个女仆在追这只兴冲冲的畜生，可是在不计其数的门廊和巴罗克家具之间根本不可能将它逼到角落里。整个追逐队伍忽然间转到了丹叔叔的扶手椅旁又呼啸而过。

"我的天！"他瞥见那血淋淋的战利品时叫起来，"准是谁把大拇指剁了！"他拍拍大腿和椅子，摸索并找到了——从脚凳底下——那本袖珍词典并继续读文章，不过紧接着又翻开词典，找刚才被打断时想查的"groote[67]"。

---

① 前文交代过男管家布泰兰曾是德蒙的管家，因而是看着凡长大的，而凡在成长过程中很少遇见丹。

该词意义的简单明了让他不快。

达克领着它的追逐者通过一扇打开的落地窗进了花园。到了第三块草坪时，爱达以"美式足球"（那是士官们一度喜欢在古得孙河[①]岸边的湿草地上玩的一种橄榄球）里的飞投动作追上了它。与此同时，正给卢塞特剪指甲的拉里维埃小姐从长椅上站了起来，用剪刀对着手拿一只纸袋奔过来的布兰奇，并指责这位姑娘邋遢得开创了先例——将一根束发针掉在了卢塞特的床上，有这么长，差点戳了孩子的屁股。[②][68]然而玛丽娜却出于俄国贵妇那种对"冒犯下属"的病态恐惧，宣布此事到此为止。

"好坏好坏的狗[③]，"爱达呼吸粗重地低声哼道，同时将那只被剥夺了战利品但丝毫不害臊的家伙揽入怀中，"坏狗。"

---

① the Goodson River，影射的是哈得孙河（the Hudson River），西点军校便坐落于其西岸。

② 原文为法语。

③ 原文为用拉丁字母转写的俄语。

12

吊床与甜蜜：八十年后，他仍能怀着青涩的痛楚回忆起爱上爱达时最初的欢喜。记忆在少年懵懂的吊床的半空中与想象相会了。如今在九十四岁高龄，他喜欢追溯那第一个爱意融融的夏天，并非视之为刚做的梦，而是一种对意识的再现，如此还能在午夜之后、在浅轻的睡眠与清晨第一粒药丸之间支撑自己。你接着说，亲爱的，就只一会儿。药丸、枕头、巨浪、亿万。就请从这里继续吧，爱达。

（她）^①。亿万个男孩。需要足足十年时间。有亿万个叫比尔的，优秀、有才气，温柔又热情，不论在精神上还是在身体上都不乏善意，在这十年间他们为亿万个同样不乏温柔与智慧的吉尔解去了衣带，他们的身份和当时的情形都得被掌握和清点，否则整个报告将充斥着蔓生的统计数字和仅达腰际的概述。假如我们，比方说，忽略庞大的个人意识与年轻天才之间的微妙关系，那么就谈不上任何意义了，因为在某些事例中，该关系使得这种或那种热望在生活持续不断的进程中成为一个**空前且不可复制**的事件，或至少成为关于此类事件的一件艺术作品或一篇檄文中的主旋律。流光四溢或潜移默化的细节内容——映照在透明皮肤里的本地树叶，棕色润泽的眼睛里的绿太阳，所有这些，所有这些，^②小妮子和小孩子的——都应该考虑在内，好了，准备接过去讲吧（不，爱达，继续，ya zaslushalsya③：我正听得着迷呢），假如我们希望传递事实，事实啊事实——即在这亿万对青年才俊之中，在这个你能允许我（为论证之便）称作时空的东西的一处横截面上，有一对是独一无二、顶顶超级的一对，sverhimperatorskaya cheta，④他们所带来的后果（被人们探究，被描绘，被谴责，被写入音乐，或是引发问题乃至死亡，假如这十年毕竟还有个蝎子尾巴的话），他们性爱的特性以一种极具独特的方式影响了两个人漫长的一生以及少数几位读者，那些沉思的芦苇⑤ 69，他们的笔以及精神上的笔触。真的是自然史！不自然的历史——因为诸种感官与总体感官的精确性对于农民而言准是古怪得令他们生厌，还因为细节便代表了一切：一只托斯卡纳火冠戴菊鸟或是锡特卡戴菊鸟在墓地翠柏间的歌唱；夏香薄荷或是姜味草顺着海岸山坡送来的芬芳；琉璃灰蝶或埃克蓝蝶⑥的翩翩舞姿——与其他鸟儿、花和蝴蝶会合：**所有这一切**，都应该借助通透的死亡与激情的美来

----

① 这表示故事的叙述者由凡转为爱达。

② 原文为 to ut ceci, vsyo eto, 分别是法语和用拉丁字母转写的俄语。

③ 用拉丁字母转写的俄语，意义见下文。

④ 用拉丁字母转写的俄语，意如前文"顶顶超级的一对"。

⑤ 此说源自法国思想家帕斯卡（Blaise Pascal, 1623—1662）的名言："能思想的苇草——我应该追求自己的尊严，绝不是求之于空间，而是求之于自己的思想的规定。"

⑥ 埃克蓝蝶（Echo Azure），为春蓝蝶（Spring Azure）在美国西部的一个亚种。

聆听、闻嗅及目睹。而最难的：在彼时彼地所感知的美本身。雄性萤火虫（现在真的该轮到你说了，凡）。

雄性萤火虫，一种会发光的小甲虫，更像是颗游荡的星而不是带翅的昆虫，现身于阿尔迪斯初夏和煦而漆黑的夜空，一只接一只，这儿那儿到处都是，接着，当觅食活动自然结束时，那幽灵般的一大团便倏忽间消散，只剩零星的几只。凡带着欣喜的敬畏看着，这在他童年时曾体验过，那时他在一座意大利酒店花园的紫色黎明中迷失了方向，在柏树隔成的小径间，他假想那是金色的食尸鬼，或是已然消逝的花园幻象。此时，当它们显然沿直线轻柔地飞翔，反反复复地穿行于他四周的黑暗之中时，每一只间隔五六秒便泛出淡柠檬色的光芒，以其特有的节律（根据爱达的说法，这与其近亲种、分布在卢加诺和卢加的拉多尔萤火虫①相当不同）向它们栖息在草丛里的雌性伙伴发出信号，后者在用少许时间确证他使用的光码完全正确之后，也以脉动的光相呼应。这些华丽的小生灵的出场——当它们飞过芳香的夜空并发出奇异的光时——在凡心中激起一种微妙的愉悦，那是爱达宣讲的昆虫学很难办到的，这大概也类同于一个理论型学者有时候对博物学者从自然界直接获取知识的艳羡。吊床，椭圆形的安乐窝，兜住了他赤裸的身子，要么安放于盘踞在草坪一角的垂松之下，还配了架可遮雨的偏棚，要么在更安宁的夜晚就置于两棵鹅掌楸之间（曾有位

---

① 原文为 Photinus ladorensis。Photinus 是各种萤火虫的统称，而 ladorensis 则指拉多尔，这应该是小说中杜撰的品种。

夏天来的客人在那里过夜，将一件夜礼服斗篷盖在他那湿冷的睡衣上面。他惊醒过来，因为马车 [70] 上的工具里有一颗臭弹爆炸了，凡舅舅划亮一根火柴时，看见枕头上都溅了鲜血）。

黑色城堡上的窗户纵横交错，马在移动[①]。占用儿童房盥洗室时间最长的是拉里维埃小姐，她是带着玫瑰油和吸墨纸[②] [71] 去的。一阵微风袭扰着他此刻似已无限大的卧室幔帐。金星挂上了苍穹；维纳斯嵌进了他的肉体。[③]

在所有这些遐想挥洒完后不久，便有某种古趣盎然的蚊子不失时机地叮了过来（本地刻薄的俄罗斯居民将其毒性归咎于经营葡萄园的法国人和拉多尔爱吃沼莓的人）；不过尽管如此，那些迷人的萤火虫，还有更加怪诞、透过漆黑的枝叶四处蔓延的苍白天宇，还是能够抵消——虽然又有种别样的不安——长夜的煎熬、汗液与精液加上屋子沉闷的气息对他的折磨。当然，夜向来都是一种折磨，纵贯他近一个世纪的一生，无论这个可怜人是如何的困倦，无论服了什么药物——天才并非总是生气勃勃的，即便对于家财万贯、长着溜尖短胡须及很程式化的秃脑门的比尔[④]，对于脾气暴躁、睡不着时就喜欢剁掉耗子脑袋的普鲁斯特，或是对于这位要么出类拔萃要么就是无名小辈的V.V.（取决于读者的眼力，还取决于那些穷人，尽管他们职

---

① 这里的马是国际象棋中的 knight，这一描述是将城堡上整齐排列的窗户想象成了棋盘格。

② 原文为法语。

③ 金星和维纳斯在英语里都为 Venus。

④ 指威廉·莎士比亚。

位卑微，饱受我们嘲笑）莫不如此；可是在阿尔迪斯，满天如此璀璨的繁星深深地困扰着这个男孩，以至于从总体而言，他反倒感激坏天气，或是更顽劣的小虫子——我们那些农民[①]的卡玛格蚊虫[72]以及同样押着头韵的对手莫斯科蚊虫[②]——这样他就只得回到自己那张不平整的床上去了。

我们这份干巴巴的关于凡·维恩早来的、过早来到的对爱达·维恩的爱情报告，没有理由也没有余力去写下什么形而上的离题之语。只是请注意（正当诸魔鬼飞舞并抽动着，而一只猫头鹰在邻近的庄园也同样极有节奏地厉叫时），凡那时仍未曾真正领教过"地界"之可怕——当他分析他亲爱而难忘的阿卡所受的折磨时，他含糊地将其归咎于有害的时尚和白日梦的流毒——而即便彼时，在十四岁的年纪，他也能够认识到，古老的神话希望将多重世界构成的一片混沌（不论其是多么愚蠢和神秘）变为一种有益的存在，并将这些世界安置在布满星辰的天际的灰色物质之中，而这样的神话或许包含了星星点点如萤火虫般的陌生真理。他在吊床上（也是在这里，另一个可怜的年轻人曾诅咒着自己的咯血并堕入沉沉的梦境：在泡沫中巡游的黑色美洲豹，音符在海石蕊乐队中的崩塌——正如职业内科医生向他指出的）度过的夜晚，现在与其说饱受对爱达欲念的煎熬，不如说承受着头顶、脚下、无处不在的毫无意义的空

---

① 原文为用拉丁字母转写的俄语。

② 原文为法语。卡玛格蚊虫原文为 Kamargsky komar，莫斯科蚊虫原文为 Moustique moscovite，都押头韵。

间的困扰，那是神之时间在魔界的对应物，刺灼着他，穿透了他，而此刻——幸运的是空间已有了些意义——这种刺灼感似又复活了，在生命的垂暮之年，而这一生，我是没有后悔的，我的爱人。

就在他认为已无可能入睡时他睡着了，他的梦是朝气蓬勃的。当白天的第一道光芒射向吊床时，他以另一种面目苏醒了——而且是一张男子汉的脸。"爱达，我们的爱欲和爱木"——长短格三音步，这是凡·维恩对英美诗歌的唯一贡献——在他脑海里被吟唱。祝福八哥吧，诅咒星云！① 他正值十四岁半；他血气方刚；总有一天他要发动猛攻并得到她！

当过去在他的脑海里重放时，有这样一个复苏的绿色画面纤毫毕现。他套上泳裤，塞好所有复杂、棘手、多功能的家伙，翻出了吊床，毅然决定去看看爱达的住处有没有焕发生机。的确有。他看见了水晶玻璃的闪亮，一块光斑。她正独自在私人阳台上享用简早餐② 73。凡找到了他的便鞋—— 一只鞋里有一甲虫，另一只则有一片花瓣——穿过工具室，走进凉爽的屋子里。

她这种类型的孩子往往有着最纯洁的哲学观。爱达已发展出了自己的小体系。凡来了几乎不到一周，她便发现他具备被自己的智慧之网吸纳的资质。一个人的生命由几类事物组成：

---

① 原文 Bless the starling and damn the Stardust，模仿自法文诗 *Ardeur 63*："Maudites les Pléiades et bénies les aubades"（"诅咒昴宿星，祝福黎明"）。
② 原文为法语。

"真实之物"，难得而又弥足珍贵，它们只是组成寻常生活内容的"物"；以及"幽灵之物"，也叫"雾"，比如发烧、牙痛、大失所望，还有死亡。同时发生的三件或更多的事组成了一座"塔"，或者，假如它们是接踵而至的话，便构成了一座"桥"。"真实的塔"和"真实的桥"是生活中的快乐，而当一座座塔纷至沓来时，一个人便能体验到极度的狂喜；可这几乎绝无可能发生。在一些情形中，从某种角度看，中性的"物"也许看似甚或实际上转变成为"真实"的，否则也可能反向地凝结成恶臭的"雾"。当欢与寡欢交错、同时或次第发生时，一个人便面临着"废塔"或是"断桥"。

将形而上学的东西图解为建筑学内容，这使她的夜晚过得要比凡容易，而那天清晨——如大多数清晨一样——相较于她与她的阳光而言，他感到自己是从一个极为遥远而严酷的国度归来的。

她丰满、湿热而泛光的嘴唇笑起来。

（当我吻你这儿时，多年以后他对她说，我总想起那个蔚蓝色的早晨，你在阳台上吃着一份蜂蜜黄油面包[①][74]；用法语说要好得多。）

紫云英蜜的那种经典之美，柔滑，清淡，半透明，毫无阻碍地从勺子里流出来，宛如液态的黄铜，浸润着我爱侣的黄油面包。面包屑也包裹在其中。

---

① 原文为法语。

"真实之物？"他问。

"塔。"她答道。

还有那只黄蜂。

那黄蜂察看着她的盘子。它的身体颤动着。

"我们以后得尝一只，"她说，"不过得生吞活剥了才会好吃。当然，它不会蜇你的舌头。没有什么动物愿意碰人舌头的。当一只狮子在沙漠里连皮带骨头吃掉一个旅行者时，它总是将舌头留下来。"（作不屑状）

"我表示怀疑。"

"这是个很有名的谜。"

那天她的头发梳得很好，乌黑发亮，与脖子和胳膊缺乏光泽的苍白形成了对比。她穿着条纹 T 恤，在凡私下的想象中，他特别想将它从她那凹凸有致的身子上剥下来。漆桌布分割成蓝白两色格子。一抹清凉的蜂蜜在桌布上沾了点儿黄油屑。

"好吧。那么第三件'真实之物'呢？"

她端详着他。她嘴角的一小滴蜂蜜端详着他。一支三色丝绒紫罗兰——前一天晚上她还为它画过一幅水彩画——从其刻有凹槽的水晶花瓶里端详着他。她什么也没说。她舔着伸展开的手指，仍然看着他。

不得其解的凡离开了阳台。她的塔在美好恬谧的阳光中轻柔地坍塌。

13

在爱达的十二岁生日和艾达①的第四十二个节日②那天，举行了豪华野餐会，爱达获允穿上了她的洛丽塔（这个名称取自奥斯伯格⁷⁵小说中一位安达卢西亚小姑娘的名字，那个 t 用的是西班牙发音，而不是厚重的英式发音），③这是一条下摆很长但轻快而宽大的黑色裙子，绣着红色的罂粟或牡丹，"缺乏生物学上的真实感，"她堂而皇之道，而并不知晓在这场梦里，也只在这场梦里，现实和自然科学才是同义词。

（你那会儿也不知晓，博学的凡。她的旁注）。

她赤裸着拿起衣服，腿还是湿的，用毛巾特别擦洗过后散发着"松香"（在拉里维埃的掌管下她对晨浴还一无所知），她的臀部轻快地一扭便将裙子套好了，这引起了女家庭教师亲密的嗔怪：穿裙子时别这样扭来扭去！你可是有教养的小姑娘，④⁷⁶等等，而她对爱达不穿短衬裤反倒不加过问。艾达·拉里维埃是个胸部丰满的女子，有一种高贵而又拒人千里的美（此刻她只穿着胸衣和吊带袜），虽在炎炎夏日她也不打算私下里向酷暑作出妥协；不过这一原则在娇嫩的爱达这儿却大打了折扣。这孩子试图紧紧地夹骑在一棵阿拉伯苹果树凉爽的枝干上，以此来减缓她柔软胯部的皮疹的不适，以及伴随而来的很微妙、刺痒、不无快感的体验，凡对此很是嫌恶，我们将看到他不止一次表示了反感。除洛丽塔外，她还穿了件黑白条纹的短袖运动衫，戴了顶软帽（松紧绳套在脖子上，帽子则垂在背后），系着一根丝绒头绳，脚穿旧便鞋。阿尔迪斯家里的人并不以整洁卫生或是品位精致见长，这些凡一直看在眼里。

当众人都整装待发时，她便像只戴胜鸟一般翻下了树。快来，快来，我的鸟儿，我的天使。从英国来的马车夫本·赖特仍像石头那么沉稳（早餐只喝了一品脱淡啤酒）。布兰奇是至少参加过一次大野餐会的（那时她被火速派往帕恩格兰去解开拉里维埃小姐的胸带，因为她晕倒了），这一次她履行的职责就没有那么风光了：要把吵嚷闹腾个不休的达克抱到楼上她的小屋子里。

一辆大马车已经将两个脚夫、三把椅子以及好几只带盖的大篮子送到了野餐地。小说家穿了白缎裙（是曼哈顿的瓦斯时装店为玛丽娜做的，但她最近减掉了十磅），爱达挨着她坐，卢塞特穿着白色水手服，显得漂亮极了⑤，她坐在闷闷不乐的赖特身边，他们一同乘着这辆四轮折篷马车⑥77赶往野餐地。凡骑着他叔叔或叔祖父的一辆自行车跟在后面。林子里这

---

① Ida，即家庭教师拉里维埃小姐。

② 原文为 iour de fête，法语，原意为节日，此处应是指生日。

③ 洛丽塔（lolita），显然取自纳博科夫的《洛丽塔》主人公之名，在故事中的某一天，洛丽塔穿着一件漂亮的印花裙，裙摆宽大，胸口紧致，就在那天洛丽塔将腿搁在了亨伯特的大腿上，而相似的情况是在本章结束时，爱达也将腿搁在了凡身上。奥斯伯格（Osberg），是作者将小说家博尔赫斯（Jorge Luis Borges，1899—1986）的名字加以颠倒、变形所得。

④⑤⑥ 原文为法语。

条路保持得还算平整，假如你能一直骑在中间天蓝色的车辙之间（在一个多雨的清晨之后，这里仍显得泥泞和昏暗）的话。白桦树叶在车辙上投下斑驳的影子，同样是这些树叶，其阴影也掠过了拉里维埃小姐打开的阳伞那贝母似的丝质伞面，以及爱达那顶戴得有些俏皮的白帽子的宽檐。卢塞特坐在身穿蓝制服的本旁边，不时地扭头去看凡，用手掌作出表示放慢速度的小小信号，她常常见妈妈向爱达打这样的手势，生怕后者骑小马或自行车撞上马车后部。

玛丽娜是坐着一辆红色汽车来的，那是一款早期的"流浪者"①，由男管家小心翼翼地驾驶着，仿佛那是一副什么新奇的螺丝锥。她身着男式灰色法兰绒套装，看起来格外潇洒。她坐在座椅里，戴着手套握住蒙布手杖的球柄，而汽车此时颤抖了一下，正好开到野餐地点的边缘。此处风景如画，秀丽的溪谷在老松树林里巧妙地辟出了这么一片空地。一只奇异的淡色蝴蝶穿过对面的树林沿卢加诺土路翩然而至，之后便跟来一辆四轮马车，陆续有乘客下来，动作或敏捷，或迟缓，视年纪和身体状况而定：有埃尔米宁家的双胞胎兄妹、他们有身孕的年轻姨妈（这在我们的叙述上是个很大的累赘）、一位女家庭教师，还有白发苍苍的弗雷斯蒂尔夫人，就是拉里维埃即将发表的故事中，玛蒂尔德的那个校友。②

按说还有三个成年绅士应该出现的，但却一直没来：丹叔

---

① runabout，一种小型单座敞篷车。

② 弗雷斯蒂尔夫人和玛蒂尔德都是莫泊桑的《项链》中的人物。

叔，他没能赶上从城里开出的早班车；埃尔米宁上校，他在便条里说肝痛得像野蛮人 [78]；以及他的医生（兼棋友）、著名的昆利克医生，自称是爱达的御用宝石匠，并真的于次日一早给她带来了生日礼物——三只精致的蝶蛹（"无价之宝啊，"爱达喉咙嘶哑地喊道，同时拧起了眉毛），它们都将破茧，在不久之后，却是令人失望的埃及蠖的种类而非新近发现的稀有品种 Kibo Fritillary [①]。

成堆的软皮三明治（都是五英寸乘二英寸的极标准的长方形），茶色的火鸡，俄国黑面包，灰珠鱼子酱 [②]，糖渍紫罗兰，小树莓馅饼，半加仑古得孙波尔图白葡萄酒，另外半加仑红葡萄酒，盛在暖水瓶里给姑娘们喝的兑水干红，以及为孩子们准备的冷甜茶——所有这些，描述起来比想象要更容易。

让爱达·维恩和格雷丝·埃尔米宁坐在一块儿饶有意趣：爱达如脱脂乳般苍白而她这位同龄人健康红润；一个长着女巫般的黑色直发而一个则是棕色短发；我的爱侣眼神暗淡无光，而格雷丝角质架眼镜后则闪烁着蓝色光芒；前者裸露着大腿，后者则穿着修长的红袜；吉卜赛人的装束与水手服。更有意思的是，格雷格平常的外表被完整地纳入到妹妹的光环之中，于是他们很相似的都具有了女孩子的姣好外貌，同时丝毫没有削弱水手服的男孩和女孩之间的那种非常接近的类同。

用人们很快收拾掉了火鸡骨头、只有两位女家庭教师喝过

---

① 为作者杜撰的蝴蝶品种。

② Gray Bead caviar，欧洲白鲟的鱼卵，为最昂贵的一种鱼子酱。

的波尔多葡萄酒，以及一只摔破的塞夫尔瓷盘①。一只猫从灌木丛里钻出来，惊愕地看着，并不顾一片"猫咪—猫咪"的喊声消失得无影无踪。

拉里维埃小姐请爱达陪她去找个隐蔽之处。在那里，这位盛装女士仍可以保持着庞大的长裙庄严的褶皱，只是似乎让它长了几分，以遮住普鲁涅拉②鞋子。她站在那里纹丝不动，掩盖着一股急流，片刻之后又复归到她正常的高度。在返回的路上，好心的教师向爱达解释道，女孩子的十二岁生日，是讨论并预见从现在起随时可能发生的那件事的恰当时机，那件将标志着爱达成为进入青春期的女孩③⁷⁹的事。早在六个月前就有学校老师充分讲解过了，况且爱达已有过两次，所以她的话让可怜的女家庭教师（她向来就应付不了爱达犀利敏捷且刁钻古怪的思想）目瞪口呆：这都是误导欺骗，修女们的一派胡言；如今那些事根本不会发生在正常女孩身上，她当然也不会例外。愚蠢得出奇的拉里维埃小姐（尽管她喜欢写小说，或者正因为如此）在脑子里回忆了自己的经验，并且有好长一会儿都大惑不解，是不是自己在醉心艺术的时候，科学的进步业已改变了自然的那回事情。

午后的阳光照亮了更多地方，而它原有的地盘则继续受着

_____

① Sèvres plate，产于法国塞夫尔瓷器工厂，价格昂贵。

② prunella，一种牢固、硬实的精纺斜纹布织物，主要用于鞋、教士袍或学院服装的面料。

③ 原文为法语。

炙烤。露丝姨妈打着瞌睡，头枕在弗雷斯蒂尔夫人为她垫的一个普通床用枕头上，弗雷斯蒂尔夫人自己则在为她照管的孩子未来同父异母的胞弟或胞妹织一件小小的套衫。玛丽娜寻思道，已痛苦自尽的埃尔米宁夫人，正怀着陈旧的惆怅与婴孩般的好奇，从她的天国住所的一片波斯蓝中，俯视着这些在苍翠的松林之下野餐的人们。孩子们展示着自己的才艺：爱达和格雷丝伴随一台老掉牙的八音盒（老是在一节音乐中间停顿，似乎在回忆别的曲子）跳着俄罗斯舞；卢塞特将一只手放在屁股上，唱起了圣马洛[①]渔夫曲；格雷格身着妹妹的蓝裙子、帽子和眼镜，所有这些将他变成了一个很病态、很弱智的格雷丝；而凡则在表演倒立。

两年前，当凡初到那所既时尚又野蛮的寄宿学校（也是在他之前的维恩家族成员的母校，历史悠久得如同美国红杉）开始他的第一段刑期时，便决定要学习些可以让他一招制胜的绝活儿。因此，在与德蒙商讨过后，德蒙的摔跤教练金·温开始教这个健壮的小伙子如何利用肩部肌肉的特殊运动来以手行走，要掌握并提高这一技巧不啻让"像柱肌腱"[②]错位。

太愉快了（原文如此）。忽然间发现身体倒置运动的秘诀的那种愉快，很像在许多次痛苦而丢人的坠落之后，终于学会了控制那赏心悦目、被称为"魔毯"（或"飞毯"）的滑翔器，

① St.Malô，法国布列塔尼伊勒－维莱讷省的城市，为后文提到的法国作家夏多布里昂的出生地。据布赖恩·博伊德的注释，后者所钟爱的妹妹露西尔（Lucile，注意与 Lucette 的相关性）被认为是自杀身亡的。

② caryatics，这是一个杜撰的词，源自 caryatids（女像柱）。

这在那充满冒险的年岁里，在"大倒退"①之前，是可以送给男孩作为十二岁生日礼物的——于是在第一次腾空而起，并成功地从一堆干草、一棵树、一个流浪汉、一座谷仓上方掠过时，那种神经被爱抚的感觉真是悠长而摄人心魄，当时德达洛·维恩祖父便面朝天奔跑起来，挥舞着旗子，结果跌进了饮马池。

凡脱掉球衣、鞋袜。他颀长的躯体与棕色的紧身短裤在色彩（尽管不是质地）上很相配，却与这英俊少年过于发达的三角肌及健壮的手臂形成了对照。四年之后，凡只消用胳膊肘随便一击便能打倒一个男子。

凡翻转的身子弯曲成优美的弧线，褐色的双腿像船帆一样举起，一对脚踝紧紧并拢，摊开的手掌则牢牢地攫住地面，来回走着，时而变换方向，时而横跨一步，大张着错置的嘴，眼睛也在反常的位置上眨着。他模仿着动物后腿的动作，花样繁多而迅捷，更为了不起的是，他的姿态是那么的轻松；金·温曾警告过他，维凯罗，育空的一位专业艺人，在二十二岁时便丧失了技能；而在那个夏日午后，在那片如丝缎般的松树林地里，在阿尔迪斯神秘的心脏地带，在埃尔米宁夫人蓝色目光的俯视之下，十四岁的凡给我们上演了一场最精彩的手臂暴走②。他的面部和颈部未现一丝红晕！他还不时地将运动着的身躯弹

---

① the Great Reaction，应指前文提到的对"魔毯"的禁飞。

② brachiambulant，是作者将 brachiate（有臂的）、mania（癫狂）和 ambulation（移动，步行）拼合而成的词。

离宽厚的土地，还能在半空中拍掌，不可思议地模仿着芭蕾舞里的跳跃，观者不禁要怀疑，这梦幻般的飘逸是否是因为大地出于仁爱，一时恍惚收回了重力。顺便提一下，温施加给凡的特殊训练所造成的某些肌肉变化及骨骼"重新配位"，产生了一个古怪的后遗症，即多年之后凡再也无法耸起肩膀。

研究及讨论题：

1. 当凡倒立行走并似乎用手做"跳跃"时，是否双掌都离地？

2. 凡成年之后不能够"耸耸肩"以示不屑，这只是由于身体的原因，还是"对应"了他的"下层灵魂"的原型特征？[①]

3. 在凡表演到高潮时，为何爱达的泪水夺眶而出？

最后拉里维埃小姐朗读了她的《钻石项链》[80]，一篇她刚刚为《魁北克季刊》写好的小说。一位贫寒职员漂亮优雅的妻子向阔太太朋友借了一条项链，却将之遗失在公司晚会结束后回家的路上。这对不幸的夫妇偷偷地买了一条价值五十万法郎的项链作为替换，放在原先的首饰盒里还给了弗雷斯蒂尔夫人，并耗费了三四十年痛苦的时光，省吃俭用，含辛茹苦地偿还这笔债务。哦，玛蒂尔德心里一阵慌乱——让娜会打开盒子吗？她没有。当他们身体衰朽却最终如愿时（他经过半个世纪在阁楼里抄写[81]的生涯，已经半身不遂，而 à grand eau[② 82] 擦

---

① 纳博科夫一贯对精神分析学说不以为然，此处他又对荣格的精神分析和原型批评进行了揶揄。

② 法语，擦洗地板。

洗地板也使她面目全非），他们向满头白发但容光依然不减当年的弗夫人坦陈了一切，而后者却告知他们，那正是故事的最后一句话："可是，我可怜的玛蒂尔德，那条项链是假的：它只值五百法郎！"

玛丽娜的表演更为朴实，但也不无吸引力。她带凡和卢塞特（其他人都知道了）去看那棵松树及其嶙峋的红色树干，在过去，很久很久以前，树干上嵌入过一台神奇的话机，可以和阿尔迪斯庄园通话。在禁用"电流电路"之后，她说（吐字很快但毫不拘谨，以一个女演员的肆无忌惮①⁸³道出了这些不太准确的用语——与此同时困惑不解的卢塞特拉了拉凡尼奇卡的衣袖，他能解释清楚一切），她丈夫的祖母，一位伟大的天才工程师，在红山溪（从阿尔迪斯上头的一个山头流过来，就在这林间空地的下面）里排设了"管道"，使其通过一个由铂金片构成的系统传输振动的 vibgyors⁸⁴（光谱脉动）。当然，这些只能产生单向讯息，而且她说，对"鼓"（即滚筒）的安装和维护得花费一个犹太人的眼睛②，于是这个想法只好作罢，尽管一个很有诱惑力的可能是通知在野餐的维恩家人房子着火了。

似乎是为了证实很多人对国内外政策的不满（老甘梅利尔现在真是愚不可及），小红汽车吱吱嘎嘎地从阿尔迪斯开了回来，男管家跳下车并带来了一条消息。先生刚到，为爱达小姐准备了一样生日礼物，但谁也不明白那个复杂的东西该如何摆

---

① 原文为法语。

② a Jew's eye，俚语，极言贵重。

弄，夫人得帮忙。男管家取出一封信，放在一只小小的托盘里呈给了玛丽娜。

我们现在已没法复原那封短信的准确措辞，但我们知道它说的是：这件精心挑选且非常贵重的礼物是一只巨大又漂亮的玩具娃娃——可惜而又奇怪的是它差不多全裸着；更奇怪的是它左腿套着矫形器，左胳膊缠着绷带，另有一盒子橡皮膏做的外衣和橡胶制的附件，而不是通常的那些衣帽头饰。用俄语或是保加利亚语写的说明没有任何意义，因为那不是现代罗马字母，而是古老的西里尔语，那噩梦般的字母是丹从没能够掌握的。玛丽娜是否能立刻过来用女佣在抽屉里找到的漂亮碎丝绸做一件洋娃娃衣服，并用新棉纸将盒子重新包好呢？

一直在妈妈肩头看这便条的爱达打了个寒战，说道：

"你告诉他带副钳子，直接把这堆东西送到外科病房去。"

"Bednyachok[1]！好可怜的小人儿，"玛丽娜喊道，她的眼里溢满了怜悯，"我当然要来。你的冷酷，爱达，有时候，有时候，我不知道该怎么说——很邪恶！"

玛丽娜执着长手杖急急地走向汽车，脸部因神色坚决而抽搐着，她一坐好，小车便启动了，撞翻了一只半加仑的空瓶，为避开停在那里的折篷轻便马车，它的挡泥板刮上了一丛怒生的本莓[2]。

不过无论空中弥漫了多少怒气，它都很快消散了。爱达向

---

① 用拉丁字母转写的俄语，意同下文"好可怜的人儿"。
② 本莓（burnberry），作者杜撰的词。

女教师要来纸和铅笔。凡用手支起脸趴着，看着他爱慕的人儿歪着脖子与格雷丝玩颠倒字母构词游戏，头脑单纯的格雷丝提出了"insect①"。

"Scient。"爱达说着将字写下来。

"哦，不！"格雷丝反对道。

"哦，有的！我肯定有这个词。他是个了不起的 scient。恩特西克博士是个研究 insect 的 scient。"

"Nicest！"

"Incest。"爱达脱口而出。

"我认输，"格雷丝说，"得有一本词典来检验你那些小小的发明创造。"

然而午后的阳光进入了最为肆虐的阶段，夏季第一只恼人的蚊子被警惕的卢塞特一个响亮的巴掌拍死在爱达的小腿肚上。大马车已带走了扶手椅、大篮子以及几个正大嚼着什么的脚夫（他们分别是埃塞克斯、米德尔塞克斯和萨默塞特）②；拉里维埃小姐和弗雷斯蒂尔夫人优雅地相互道别。各自的手都挥舞起来。那对双胞胎及其年迈的女家庭教师和困倦的年轻姨妈坐上四轮马车走了。一只苍白透明翅漆黑身子的蝴蝶跟着他们，爱达喊了声"看呀！"并解释说它与一种日本帕纳塞斯蝶

---

① Insect（昆虫），以下的 scient、nicest、incest 分别为"有知识的"、"最美好的"、"乱伦"，爱达在下文中将 scient 当作名词是罕见用法。

② 埃塞克斯、米德尔塞克斯和萨默塞特（Essex、Middlesex、Somerset），它们也都是英国郡名，此处还调侃了英国作家毛姆（W.Somerset Maugham，1874—1965）。

有着很近的亲缘关系。拉里维埃小姐突然说道小说发表时她将使用一个笔名。她带着她照管的这对金童玉女走向折篷轻便马车，用阳伞尖很随意地[①] [85] 捅了捅熟睡在浓荫遮掩的马车后座上的本·赖特。爱达将帽子抛在艾达的膝上，奔回到凡站的地方。他并不熟悉阳光与树荫在林间空地里的运动轨迹，因而让自行车在烈日里曝晒了足有三个小时。爱达骑上去，吃痛地叫唤了一声，差点儿跌了下来，趔趄一下又恢复了平衡——而后轮则砰地发出了喜剧性的爆响。

瘫痪了的自行车被丢在了一丛灌木下面，将由小布泰兰去收拾，他也是家里的帮工。卢塞特拒绝让出位子（无动于衷地点点头表示接受醉醺醺的车夫的建议，后者还和蔼地用手碰碰她赤裸的膝盖），也没有额外的加座 [86]，于是爱达只得凑合着坐在了凡坚硬的腿上。

这是两个孩子第一次身体接触，彼此都有些发窘。她背对着凡坐下来，马车颠簸时她也跟着被掀起来重又坐下，左右扭动数次，将有一股松香味的宽大裙子整理好，裙子轻盈地裹住了他，恰如理发店里的披风。在一种笨拙而又喜悦的恍惚中他用大腿支撑着她。热烈的阳光迅速扫过她的斑马条纹衫，以及裸露的胳膊背面，并似乎要继续穿透他自己身体内部的通道。

"刚才你为什么哭？"他问，同时呼吸着她头发的气息和耳朵的热度。她转过头，端详了他片刻，讳莫如深地沉默着。

---

① 原文为法语。

（我哭了吗？我不知道——可能有些心慌意乱。我无法解释，可当时我感到那整个场景有些可怕、残忍、黑暗，还有，是的，可怕。后加的旁注。）

"对不起，"在她扭过头去时他说，"我再也不在你面前这么做了。"

（顺便提一下，我讨厌"恰如"这个词。又是爱达后加的旁注。）

血气方刚的少年全身心地体味着她的重量，她的臀部随着路上的每个颠簸，轻柔地分成两部分，挤压着他那欲望的核心，他知道自己得控制好，否则要是渗漏出什么，会使纯真的她大惑不解。若非女孩的家庭教师在和他说话，他就要把持不住并像动物一样肆无忌惮了。可怜的凡将爱达的臀部换到右膝上，总算淡化了那种在刑室里被称为"痛苦的角度"的感觉。在欲望未满足的郁闷中他看见一排屋舍散落在一旁，此时折篷轻便马车正穿过那个叫加姆雷特的小村子。

拉帕如尔小姐①说："我总是不能（让自己②）适应自然的丰饶与人类生活的贫苦之间的反差。看见那个老农民③了吧，那么瘦弱④ 87，衬衫也是破的，瞧瞧他可怜的小缝子⑤ 88。再看看轻盈的燕子！多么快乐，自然，多么悲伤，人！你俩谁都还没

---

① Mlle Laparure，此处用法语里的"项链"代表拉里维埃小姐。
②④⑥ 原文为法语。
③ 原文为 moujik，为拉里维埃小姐对 muzhik（农民）的法语音译。
⑤ 原文中拉里维埃小姐将 cabin（小房子）错读为 cabane（小缝子）。

谈谈我的新小说怎样呢？凡？"

"是一篇不错的童话。"凡说。

"是篇童话。"小心谨慎的爱达说。

"哦，得了！ ① 89"拉里维埃小姐叫道，"正相反——所有的内容都是现实主义的。我们读到的是一出关于小资产阶级的戏，所有这个阶级关心的事情，他们的梦想，他们的骄傲。"

（的确如此；这或许是写作的意图——除了损害了艺术价值的写作主旨② 90之外；然而就"现实主义"**本身意义而言**，这个故事并不真实，因为一个谨小慎微、每分钱都要精打细算的小职员，首先就会千方百计地查出遗失的项链究竟价值几何，必要的话甚至会向那位寡妇坦陈一切③ 91。这就是拉里维埃此悲剧作品的致命缺陷，不过那时年轻的凡和更年轻的爱达并不得要领，尽管直觉地感到了整个情节的不真实。）

马车上掀起一阵小小的骚动。卢塞特扭过头对爱达说话。

"我想要跟你坐。Mne tut neudobno, i ot nego nehorosho pakhnet（我在这儿不舒服，他很难闻）。"

"我们一会儿就到了，"爱达反驳道，"poterpi（耐心点儿）。"

"怎么了？"拉里维埃小姐问。

"没什么。他身上臭烘烘的④ 92。"

"哦，亲爱的！我强烈地怀疑他是否曾伺候过那个印度王公。"

_____

①②③④ 原文为法语。

14

第二天，或是第三天，全家人在花园里喝傍晚茶。爱达一直在草坪上试着给狗套一个雏菊花环，卢塞特一边看一边嚼着脆饼。玛丽娜几乎有一分钟什么话也没说，只是将丈夫的草帽放在桌子上，朝他的方向扯着；最终他摇摇头，瞪了瞪同样也瞪着他的太阳，拿了帽子和那份《图卢兹追寻者》，走到草坪另一边一棵大榆树下，在一把田园格调的椅子上坐下。

"我问自已那会是谁。"拉里维埃小姐在一只俄式茶壶（以一种古朴的风格，在无数碎片中反映着这个光怪陆离的世界）后面呢喃道，同时眯缝着眼睛瞧着透过露天走廊的壁柱可以看见的那部分车道。凡仰卧在爱达后面，抬起眼，目光从书（爱达收藏的《阿达拉》[93]）中收回。

一个脸颊红润、穿漂亮马裤的年轻人从一匹黑色小马上跳了下来。

"那是格雷格新买的漂亮驹子。"爱达说。

格雷格以一个教养良好的男孩那种自如的歉意，把姨妈在自己包中发现的玛丽娜的白金打火机带了过来。

"哎呀，我都还没来得及发觉呢。露丝怎样？"

格雷格说露丝姨妈和格雷丝都因急性消化不良卧床休息了——"不是你们那好吃的三明治引起的，"他连忙补充道，

"都是她们在灌木丛里采的那些本莓惹的祸。"

玛丽娜准备摇铜铃让男仆再送些烤面包片，但格雷格说他正准备赴德·普雷伯爵夫人家的宴席。

"她那么快（skorovato①）就学会安慰自己了。"玛丽娜说道，她指的是伯爵两年前在波士顿公地上的一场手枪决斗中被杀的事件。

"她是个很快乐长得又好看的女人。"格雷格说。

"比我大十岁呢。"玛丽娜说。

此时卢塞特想引起妈妈的注意。

"犹太人是什么人？"她问。

"是持不同观点的基督徒。"玛丽娜答道。

"为什么格雷格是犹太人？"卢塞特问。

"为什么——为什么！"玛丽娜说，"因为他的爸爸妈妈是犹太人。"

"那他的爷爷奶奶呢？他的 arrière② 爷爷奶奶呢？"

"我真不知道了，亲爱的。你的先人是犹太人吗，格雷格？"

"呃，我不太确定，"格雷格说，"希伯来人，是的——但不是人们笔下的那种犹太人——我是说不是什么小丑或做生意的基督徒。他们五个世纪前从鞑靼迁到了英格兰。不过我母亲的祖父是法国侯爵，据我所知是信罗马天主教的，特别热衷银

_____

① 用拉丁字母转写的俄语，意同前文"快"。

② 法语，后面的，arrière grandparents，即曾祖父母。

行、股票以及珠宝，所以我想人们或许管他叫犹太人^① ⁹⁴。"

"这不算一种古老的宗教，假如要谈宗教的话，是吧？"玛丽娜说（她转向凡，含糊地要把话题转向印度，在摩西诞生或是任何一个人在莲花池里诞生之前很久，她就是那里的舞女了）。

"谁会在意呢——"凡说。

"还有贝尔（卢塞特这么称呼她的家庭教师）呢，她也是个持不同罐子^②的基督徒？"

"谁在乎这个，"凡叫道，"谁会在乎这些干巴巴的神话，这有什么要紧的呢——是朱庇特还是耶和华，是尖塔还是炮台，是莫斯科的清真寺，还是铜像及佛僧，还有传教士，还有遗迹，还有沙漠骆驼的森森白骨？它们不过是尘土和众人心中的幻像罢了。"

"这场愚蠢的谈话是怎么开始的，我很想知道？"爱达一边质问一边支起脑袋面对着已化了一半妆的腊肠犬或是taksik^③。

"是我的错^④，"拉里维埃小姐带着尊严不快地解释说，"我在野餐会上说的就是格雷格也许不喜欢火腿三明治，因为犹太

───────────────

① 原文为法语。

② 上文玛丽娜曾向卢塞特解释说犹太人是持不同观点的基督徒（dissident Christian），年幼的卢塞特并没有真正理解，以为是 dizzy Christian（犯糊涂的基督徒），此译为保留原文的头韵。

③ 用拉丁字母转写的俄语，腊肠犬。

④ 原文为拉丁语。

人和鞑靼人不吃猪肉。"

"罗马人，"格雷格说，"在过去把信基督的犹太人、阿拉伯人和其他不幸的民族钉在十字架上的罗马殖民者也是不碰猪肉的，不过我当然是吃的，我的祖辈也照样吃。"

卢塞特对格雷格用的一个动词①感到大惑不解。为向她展示这个动作，凡将双踝并拢，横举起两臂，眼珠向上翻。

"我小时候，"玛丽娜气恼地说，"美索不达米亚历史在托儿所就教过。"

"不是所有的小姑娘都能够懂得学到的东西。"爱达发话道。

"我们是美索不达米亚人吗？"卢塞特问。

"我们是海马不达米亚人②。"凡说，"快来，"他补充道，"我们今天还没有犁地呢。"

卢塞特在一两天前要凡教他倒立行走。凡抓住她的脚踝，她用红红的小手掌慢慢地行进，有时候哼唧哼唧地将脸面伏在地上，或是停下来啃一朵雏菊。达克则发出尖锐的吠叫表示抗议。

"然而③ 95，"对声音敏感的女家庭教师不由畏缩地说，"我给她读过两遍塞居尔改编自莎士比亚戏剧的关于那个邪恶的高利贷者的故事。"

---

① 即 crucify，钉死在十字架上。

② Hippopotamians，作者借此嘲讽了有关进化论的一场科学争论：解剖学家理查德·欧文认为人脑具有某种独特结构，如海马状突起（the hippocampus minor），而托马斯·赫胥黎则证明所有猿类都有类似结构。

③ 原文为法语。

"她还知道我修改过的那个疯癫国王的独白。"爱达说：

这座美丽的花园在五月盛开，

而在冬天

却绝不会，绝不会，绝不会，绝不会，绝不会

呈现绿色，呈现绿色，呈现绿色，呈现绿色。[①] 96

"哦，真好。"格雷格怀着由衷的欣赏呜咽地叹道。

"别这么闹腾[②]，孩子们！"玛丽娜朝凡和卢塞特的方向叫起来。

"她的脸涨得通红[③]，她脸涨得通红，"女教师说道，"我坚持认为这些不体面的运动对她没有任何好处。"

凡的眼睛笑眯眯的，如天使般强健的手在脚背上部抓住孩子那具有冷胡萝卜汤色泽的双腿，玩着"耕田游戏"，卢塞特就是那犁。她明亮的头发从脸上披下，小衬裤也从裙边露出来，可是她仍然催促着耕童继续干活儿。

---

① 原文为法语：Ce beau jardin fleurit en mai, /Mais en hiver/Jamais, jamias, jamais, jamais, jamais/N'est vert, n'est vert, /n'est vert, n'est vert. 原句出自《李尔王》，不过已被爱达作了较大的改动。莎士比亚的原文为：Why should a dog, a horse, a rat, have life, /And thou no breath at all? Thou' It come no more, /Never, never, never, never, never!（为什么一条狗，一匹马，一只耗子，都有它们的生命，你都没有一丝呼吸？你是永不回来的了，永不，永不，永不，永不，永不！）
② 原文为用拉丁字母转写的俄语。
③ 原文为法语。

"是的，是的，^① 这才对。"玛丽娜对这个耕作组说。

凡轻轻地将她的腿放下，拉好了她的裙子。她躺了一会儿，喘着气。

"我是说，假如你想骑马，我可以让他随时陪你。多长时间都行。好吗？对了，我这里还有一匹黑马呢。"

但她摇摇脑袋，摇摇下垂的脑袋，同时还在撕扯缠绕着她的雏菊。

"唔，"他说着站了起来，"我得走了。再见了，大伙儿。再见，爱达。我猜橡树下的是你父亲吧，是吗？"

"不，是棵榆树。"

凡目光越过草坪，像在深思似的说——或许还带上了一点孩子气的卖弄：

"等叔叔看完了，我也想看看那份'两个虱子'的报纸^②。我昨天应该参加学校板球赛的。维恩因病无法上场，沿河路中学受挫。"

---

① 原文为用拉丁字母转写的俄语。
② "两个虱子"的报纸，凡将《图卢兹追寻者》中的图卢兹（Toulouse）拆成了 tou（two）与 louse（虱子，复数形式为 lice）。

15

一天下午他们在花园最下端爬一株枝节光滑的夏泰尔树①。一排怪模怪样的矮树林将他们与拉里维埃小姐和小卢塞特隔了开来，但凡和爱达能听得见她们说话，她们在玩扔圈游戏。透过林子或从上方看，不时可以瞥见铁圈从一根看不见的棍子飞向另一根。夏季的第一只蝉正在试音。一张长凳的后面，一只银色带黑的思凯松鼠②品尝着松果。

凡穿着蓝色体操服，已攀上了一根树杈，就在他灵巧的玩伴（她自然更加熟悉树上错综复杂的地形）的下方，但看不见她的脸。他像她捏着双翅合拢的蝴蝶那样用大拇指和食指捏着她的脚踝，以此传递着无声的信息。她的光脚滑了一下，于是两个气喘吁吁的年轻人在缤纷落下的核果和树叶中狼狈地纠缠在了一起，紧紧抓住对方。过了片刻，当他们恢复了表面上的平衡时，他没有表情的面孔及留短发的头正处于她两腿之间，而最后一颗果子砰地砸了下来——倒置的感叹号上那个落下的点。她戴着他的手表，穿着棉质连衣裙。

（"记得吗？"

"当然记得：你亲吻我这儿，在里面——"

"而你就用双膝盖顶着我，力气大得要命——"

"我是在寻求支撑。"）

那也许是对的，不过根据后来（很久以后！）的说法，他们仍待在树上，仍然容光焕发，凡拿掉嘴唇上的一根虫网丝线，评论说如此不修边幅实在是歇斯底里症的一种形式。

"呃，"爱达跨着她最喜欢的枝桠答道，"'钻石项链'小姐丝毫不反对一个歇斯底里的小姑娘在七八月的酷暑天③里不穿小衬裤。"

"我拒绝和一棵苹果树分享你那小小的热情④。"

"那可是知识之树啊——该品种是去年暑假从伊甸国家公园用锦缎包好了进口来的，昆利克医生的儿子在那里做护林员和饲养员。"

"尽管让他护林、饲养好了，"凡说（她的自然史知识早就让他感到不安），"不过我发誓伊拉克可不长苹果树。"

"对，不过那不是真正的苹果树。"

（"既对又错。"多年后爱达评论道："我们确实讨论过这件事，但是你不可能给出这么粗俗而巧妙的应答。那时候，你能够，就像他们说的，强行索要到的最贞洁的机会，是一个羞涩的初吻！哦，真丢人。而且，八十年前伊拉克是没有国家公园的。""没错，"凡说，"我们果园的那棵树上也没有毛毛

① shattal tree，为作者所杜撰。

② skybab squirrel，指凯北松鼠（kaibab squirrel）。

③ 原文为法语。

④ little canicule，据布赖恩·博伊德的解释，凡所说的 canicule（热情、酷暑）实为一语双关，暗指拉丁语 cunnus（阴户）和 cuniculus（兔子），因下文提到昆利克医生的儿子为饲养员，可以联系到前文中爱达的蝴蝶幼虫饲养房。

118

虫。""是啊，我有爱而无虫①。"那时候自然史已是过去的历史了。）

两个人都写日记。在浅尝过那种知识之后，很快发生了一件有趣的事情。她正要去昆利克的屋子，捧着满满一盒已孵化并经过氯仿麻醉的蝴蝶幼虫，她走过果园便骤然停住并骂了一句（见鬼⁹⁷！）。与此同时凡正从反方向走过来，他刚在附近的一个锻炼场地（那儿有保龄球道以及其他娱乐设施，其他许多维恩家族成员也曾在此玩过）练习了击球，此时也突然僵住不动。接着便是奇妙的巧合，两个人都猛然返身去掩藏各自的日记本，觉得是摊在屋子里忘记合上了。爱达害怕卢塞特和布兰奇（不用担心女家庭教师，她一向缺乏观察力）的好奇心，不过她发现自己错了——在写下最后一篇之后她已经将本子收好了。凡知道爱达是有点喜欢"多管闲事"的，不过却发现布兰奇正在他房间里，假装铺床，那本没有锁的日记正摊在一旁的凳子上。他从后面轻轻地打了她一下，将绿皮面的本子收到了更安全的地方。接着凡和爱达在过道里相遇了，在文学史上小说演化的早期阶段，他们马上就要亲吻。这或许是夏泰尔树上事件的必然的续篇。其实不然，他们仍各行其道——而我料想布兰奇一定是躲到闺房中去抽泣了。

_____

① My lovely and larveless，其中 larveless 为杜撰，暗指 lover 与爱达所养的蝴蝶幼虫 larva 的谐音。

16

在他们第一次肆无忌惮地相互爱抚之前，有一段短暂而古怪的预谋期，有一种战战兢兢的诡秘。伪装的冒犯者是凡，但是她对这个可怜的小伙子的行为的被动接受也似乎默认了其不体面甚至怪异的性质。几个星期后，两人都会以一种开心的屈尊俯就的态度看待他的求爱；可是在当时，那种含蓄的怯懦使她感到困惑，而使他感到忧伤——主要是因为他敏锐地意识到了她的迷惘。

尽管凡从未有机会在爱达身上领教过姑娘家对这种事的抵触——她不是那种动不动就花容失色或大惊小怪的小女孩（"Je raffole de tout ce qui rampe ①"），但他凭做过的两三个噩梦就可以想象，她在真实的或至少是有责任感的生活中，置他的欲望于不顾，带着狂野的神色退缩回去，同时唤来家庭教师或母亲，或是大块头的脚夫（家里并不存在，但在梦里却有这样杀手般的角色——戴了尖锐指环的拳头，能洞穿人的血肉之躯），之后他便明白自己将被驱逐出阿尔迪斯——

（爱达的笔迹：我强烈反对"大惊小怪"一词。这事实上不公平，在想象中也是失真的。凡在旁白处的留言：对不起，小妞；这得保留。）

——可是即便能使自己对那种景象不屑一顾，将其从所有的意识中驱除，他仍无法以自己的举止为傲：在那些与爱达真实而秘密的来往中，通过他的那些带有不可告人意味的行为以及行为方式，他感到自己不是在利用她的纯真，就是在引诱她掩藏她对他这个掩藏者所掩藏之物的意识。

他们的第一次接触是如此轻浅，如此默然，在他柔软的唇和她更柔软的肌肤之间——在那棵高大有斑点的树上，目睹此情的只有那只迷路的、轻巧地踩落了树叶的松鼠。在这之后，从一种意义上说，什么也没改变，从另一种意义上说，一切都变了。这样的接触，质感会自行演变；一种触感就是一个盲点；我们以身形的剪影相互触碰。此后，在另外一些相当懒散的日子里的某些时刻，在时有发生的、不得不将疯狂抑制下去的时刻，一个秘密符号勃立起来，一幅拉在他与她之间的面纱——

（爱达：如今他们在阿尔迪斯实际上已绝迹。凡：谁？哦，我明白了。）

——在掩饰其欲望的必要性降格到拙陋的一点瘙痒并最终被他除去之前，这面纱将一直存在。

（哦，凡！）

日后在与她讨论当时那种可悲的难堪时，他没法说自己是否真的担心他的 avournine ② （如布兰奇用其粗劣的法语向爱

---

① 这是爱达在第八章说过的一句法语。意为"我对所有爬行的东西都着迷得要命"。

② 杜撰的法语词，意即"亲爱的"。

达所说的那样），在面对他的欲望的赤裸裸的显露时，会不会爆发出真实的或伪装得很像的厌恶，而考虑到对一个童贞的孩子的怜惜和尊重，他是否运用了一种阴郁、狡黠的方式呢，因为这个孩子的魅力是如此夺目，无法在隐秘之中品味，同时又是如此神圣，无法公开冒犯；然而一切都出了错——这显而易见。毫无疑问潜藏在他的埋伏阵地，以及她的宽容背后的，是关于暧昧的端庄的暧昧的老生常谈，这在八十年前可是流行一时的，还有如阿卡迪亚田园牧歌一样古老的昔日韵事中所埋藏的羞怯而迂腐得令人难以忍受的求爱，所有的那些情致，所有的那些方式。并没有记录下究竟是在暑假的哪一天，他开始了谨慎而精心筹划的对她的宠爱；可是与此同时，就在她感觉到在某些时刻他过分贴近地站在她身后，当她感受到灼热的呼吸和顺滑的嘴唇时，她意识到这种沉默而奇异的亲昵一定是在某个不确定又无限远的过去就早已开始了，而她已无法再阻止，即便她不承认过去日复一日的重复中已有一种默许。

在酷热的七月下午，爱达喜欢待在阳光充足的音乐房里，坐在白漆布铺的桌子旁的一只凉爽的象牙木钢琴凳上，面前摊开一册她最钟爱的植物图集，在乳白色的纸上用彩笔临摹奇花异草。比如她会选一种模拟昆虫形态的兰花，接着用很高超的技法将其放大画出来。要不她就对两个品种进行杂交（并未记录下来，但的确有可能），引入了一些奇特的小小变化及变形，一个如此年轻、穿着如此暴露的少女干这些事情，简直是病态的。长长的光柱从落地窗斜射进来，在多面的大玻璃杯、印了色彩的水，以及绘具箱的铁皮上绽出光亮——当她精心绘制一处眼状斑纹或是唇瓣上的圆裂片时，那种痴迷的专注令她将舌尖卷在了嘴角。在阳光之下，这个稀奇古怪、头发夹杂着黑蓝棕三色的孩子似乎自身就在模拟镜兰开花的形态。她轻薄宽松的外衣背后剪裁的开口恰如其分，每当她挺直腰，外凸的肩胛骨左右移动，并且脑袋偏向一边的时候——比如在她镇定自若地拿着画笔审视油迹未干的作品，或是用左手腕外侧抹平一绺额头上秀发时——已然走到离她座位最近位置的凡，便能看见她那圆润的脊柱弯曲[①]，直至尾椎骨，能吸纳到她整个躯体的温热。他的心脏怦然作响，一只可怜的手伸进裤子口袋深处——他用一只装了半打十美元金币的皮夹掩饰着他的窘态——在她俯身察看画作时，他俯身看着她。他干燥的嘴唇非常轻柔地顺着她温暖的头发和炙热的颈背滑下来。这是男孩所体验过的最甜美、最强烈、最神秘的感觉；去冬的那种肮脏的淫欲根本无法比拟这种似绒毛般的柔滑，这种对欲望的绝望。假如她永久地保持着倾身动作——假如在他仍如蜡一般干裂的嘴沉迷于亲吻时，那不合时宜的小家伙能更长久地忍着而不是任性狂热地去摩擦她，他将会永久停留在她颈后中间那娇小可爱的圆形突起上。一只露在外面的耳朵上的鲜艳红晕以及画笔动作的逐渐迟缓是

---

① 原文为法语。

123

仅有的迹象——恐惧的体征——表明她感受到了他力量加重的抚弄。之后他便默然潜回自己的房间，锁上门，抓了一条毛巾，将身体露出来，回忆着他刚刚留在身后的那一幅画面，仍如聚拢的火焰一般可靠和鲜活的画面——他将它带往黑暗处，只为了用野蛮的激情将其除去；之后，一时间精力耗尽、双腿虚弱、生殖器还在颤抖着的凡，会重返那间阳光四溢的屋子的纯洁之中，那个现在已闪耀着汗珠的小女孩，仍在画着她的花儿：一朵妙不可言的花，模拟着一只鲜艳的蛾，而后者则模拟着一只圣甲虫。

如果凡所关切的只是这样的安慰，满足男孩子激情的任何一种安慰；如果，换句话说，没有涉及爱情，那么我们年轻的朋友或许能够容忍——只这么一个临时的暑假——自己行为的污秽和暧昧。然而凡爱恋着爱达，那种复杂释放，无法成为目的本身；或者更确切地说，那只能是一条死胡同，因为这无法与人分享；因为这非得躲在阴暗的角落里；因为这与那种更为盛大的极乐之感根本无法匹敌，而后者，就像凶险的山口之上的雾蒙蒙的巅峰，才是他与爱达的艰险关系所能达到的真正顶点。在那个仲夏的一两周时间里，尽管每日都有如蝴蝶般轻柔的吻印在她的头发、脖子上，可是凡觉得与那天之前相比，自己更远地游离开了她——在迷宫般枝节交错的夏泰尔树上，他的嘴无意间触碰到她的一寸肌肤，而他几乎没有察觉的那一天。

然而天性是好动的、生长的。一天下午，他比往常更安静地走到了正在音乐室的她的背后，因为他正好赤着脚——接着，小爱达转过头，闭上眼睛，将嘴唇按在了他的唇上，这样一个如新鲜玫瑰似的吻将凡带入了迷狂和困惑之中。

"现在快走吧，"她说，"赶紧，赶紧，我忙着呢。"当他还痴痴呆呆地磨蹭着时，她用画笔在他通红的额头上假装画了个古老的艾斯托提式的"十字符"。"我得画完，"她又说，一边用浸了紫颜料的薄笔刷指了指 Ophrys scolopax 和 Ophrys veenae[①] 的混合图案，"我们一会儿得穿戴整齐，因为玛丽娜要基姆给我们照相——拉着手，笑嘻嘻"（她笑嘻嘻的，然后回过头又去画她那可怕的花儿了）。

---

① ophrys scolopax、Ophrys veenae，两种兰花的拉丁学名。

17

图书馆里最大的词典在"唇"的条目下的解释为:"围绕一孔洞的两片肉褶之一。"

最亲爱的 [98] 埃米尔——爱达称之为利特雷先生① ——如是说:"构成嘴部轮廓的外侧多肉部分⋯⋯普通伤口的两侧边缘 [99]。"(我们只是在用伤口说话;用伤口生育)"⋯⋯舔舐的部位 [100]"最亲爱的埃米尔!

有一本挺厚的小型俄语百科全书只关注 guba(唇)的如下意义:位于古利亚斯加或某北极海湾的一座地区法庭。

他们的嘴唇相似得可笑,无论色泽还是组织结构都是如此。凡的上唇形状像展开长翅扑面而来的海鸟,而下唇则肥厚而阴郁,使他平常的表情带上了一丝野蛮。这种野蛮在爱达的唇上却完全没有,但她上唇的弓形,下唇的阔大,那种倨傲的凸显和晦暗的粉红以女性的方式复制了凡的唇。

在我们这两个孩子的亲吻期(不算特别健康的两周,其间还有许多动作十分狼狈的拥抱),可以这么说,有某种过分拘谨的屏障把两人火烧火燎的躯体切断开。然而身体的接触以及对接触的反应如同绝望信号的巨幅摆动一般不由自主地震颤着传来。凡无休止、有规则、不失优雅地用唇轻拂着她的唇,逗弄着这朵怒放的花儿,来来回回,左右反复,死而又生,迷醉

在这开放的田园诗的轻盈温软与那暗藏的肉体的膨胀充血的反
差之间。

还有别样的亲吻。"我想品尝你嘴里的滋味,"他说,"上
帝,我真想变成小精灵那么大的格列佛②,去探索那个洞穴。"

"我可以把舌头借给你。"她说着也这样做了。

一枚煮熟的草莓,还是滚热的。他尽可能深地吸吮着。他
紧拥着她,舔着她的上颚。他们的下巴已全湿了。"手绢儿。"
她一边说一边不拘礼数地将手伸进他的裤子口袋,但随即拿了
出来,并让他自己掏。两人均默然以对。

("当时我很欣赏你的机智,"当他们带着乐趣与敬畏在
一起回忆那段痴狂和窘迫时他说,"不过我们浪费了很多时
间——无法追回的宝石。")

他研究她的面庞。鼻子,脸颊,下巴——每一个部分都有
着柔和的线条(联想到记忆中的纪念物,阔边女帽,还有要价
惊人的威克洛③雏妓),一个让人嫌恶的欣赏者会由此想象用
芦苇那苍白的绒羽,那个没有思想的人——pascaltrezza[101]——
来形容她,而一条更加孩子气的舌头则宁愿——也的确这么
做了——去感触那鼻子、脸颊、下巴。追忆,如同伦勃朗的画
作,幽暗却令人愉悦。回忆中的人物为此穿戴整齐,正襟危

---

① Monsieur Littré, 即埃米尔·利特雷(Emile Littre, 1801—1881),法国
词典编纂家,编有《法语大词典》(*Dictionnaire de la langue française*)。
② 英国作家斯威夫特(Jonathan Swift, 1667—1745)的《格列佛游记》
(*Gulliver's Travels*)中的主人公。
③ Wicklow, 爱尔兰南部郡名。

坐。记忆就是无穷的第五力量大道上的豪华照相馆。那天（就是在脑海里保留了画面的那天），她的黑色天鹅绒发带，从两鬓的发丝到分缝处的一线雪白的皮肤，都发出闪亮的光。长而直的秀发从脖子上披下来，从肩部分开，于是深古铜色的发瀑中白皙的脖颈便呈现出一块优雅的三角形。

将她鼻子略略翘起的角度再强化一下，便是卢塞特的鼻子；再抹抹平，就成了萨莫耶德狗①的鼻子。姐妹俩的门牙都有些偏大，下唇都偏厚，不及冷冰冰的大理石像那般完美；且因为两个女孩永远都鼻塞，因而其侧影看起来（尤其到了后来，在十五岁和十二岁时）都有点儿梦幻或是朦胧。爱达的皮肤的那种缺乏光泽的白（在十二、十六、二十、三十三等岁数时）绝对比卢塞特的那种晶亮的红润（在八、十二、十六、二十五等岁数及去世时）要罕见。两人都拥有颀长完美的咽喉轮廓线，那直接来自玛丽娜，以某种未知的、莫名的诱惑（那是母亲所不具备的）折磨着各种感官。

眼睛。爱达的深棕色眼睛。眼睛（爱达问道）究竟是什么？生活之面具上的两个洞眼。对于来自另一个血细胞或牛奶泡沫的生命——其视觉器官（比方说）是一种形似书写字"deified"②的体内寄生虫——而言，(她问道)眼睛究竟意味着什么？倘若在出租车后座上发现一对美丽的（人类、利莫里亚

① Samoyed，最早生长于欧亚大陆的一种混血狗，有厚而长，白色或奶油色的皮毛。

② 英语，意为"神化的"。

人②、猫头鹰)眼睛,那又意味着什么?不过我还是要来描绘你的眼睛。虹膜:黑褐色带琥珀斑纹或轮辐状条纹,均匀分布于钟面般严肃的瞳孔上。眼睑:有些褶皱,v skladochku③(与她名字的昵称的俄语宾格形式押韵)。眼睛的形状:怠惰的。威克洛的那个老鸨,在那如地狱般浓黑的冰雪之夜,在我生命中最悲惨几乎也是致命的关头(感谢上苍,凡现在已九十岁了——爱达手书)将异乎寻常的力量施予了她那可怜又可爱的孙辈的"长眼"。我曾以怎样顽强的痛苦到世界上所有的妓院去寻觅我那无法忘怀的爱之踪影和印记!

他发现了她的手(忘记咬指甲那档子事吧)。手腕的凄婉,指骨的优雅令人无助地屈服,泪眼婆娑,生出无法消解的爱慕之痛。他像一个行将就木的医生那样触摸她的手腕。他像一个沉默的疯子,爱抚着她细软的汗毛,这些同向并生的汗毛遮掩着黑发女孩的前臂。他重新回到她的指节。请让我抚摸手指吧。

"我很感性,"她说,"我可以肢解一只考拉却不会动它的宝宝。我喜欢处子、野蔷薇、文雅这些词。我喜欢你亲吻我伸展的雪白的手。"

她左手背上有一小粒褐斑,与他右手上的一样。她很肯定,她说——神态诡诈,要不就是轻率——这是遗传的胎痣,玛丽娜在同一部位也有过,但多年前就手术去除了,那时她爱

①　利莫里亚(Lemuria)是传说中沉入印度洋海底的一块大陆。
②　用拉丁字母转写的俄语,有些褶皱。

着一个无赖，那个人抱怨说那褐斑像只臭虫。

在非常静谧的下午，可以听见火车进隧道前的汽笛声。

"'无赖'这个词太强烈了。"凡说。

"我很喜欢用。"

"就算是吧。我觉得我很了解这个人。他的心地比不上心智，是真的。"

在他的注视下，乞求施舍的吉卜赛人的手掌蜕变为乞求长生的施舍者的手。（电影制片人何时才能达到我们在舞台上所达到的境界？）在白桦树下翠绿色的阳光中，爱达眯着眼睛向她热情洋溢的占卜者解释道，她与屠格涅夫笔下的卡佳[102]——另一个天真无邪的女孩都喜欢那种有旋转纹样的大理石，这在加利福尼亚被称作"华尔兹"（"因为小姐将彻夜舞蹈"）。

一八八四年七月二十一日即她十二岁生日当天，女孩下了很大决心（与二十年后戒烟如出一辙）改掉了咬指甲的习惯（但依然没放过脚指甲）。真的，可以列出一张补偿清单——如圣诞节期间享受美食，那时已没有夏多布里昂布朗蚊①在飞舞了。元旦前一天她还表了新决心，而此前拉里维埃小姐则声称要用法国芥末来涂抹可怜的爱达的指尖，并拿绿色、黄色、橘色、红色及粉红色的骑马帽来包裹（黄色的食指可算是个意外收获②[103]）。

---

① Culex chateaubriandi Brown，为作者所杜撰，下一段作者还将有所交待。

② 原文为法语。

生日野餐会之后，当亲吻他的小小的心上人的手已成为凡充满柔情的一种迷恋时，她的指甲，尽管还显得有些方正，已坚固得足以抵御当地孩子在炎夏里所难以忍受的那种皮癣了。

七月的最后一周，夏多布里昂雌蚊似恶魔般如期而至。夏多布里昂（夏尔①）不是第一个被这种蚊子咬的……，却是第一个将它捉到瓶子里的，并带着报复性的欢喜叫嚷着带给布朗教授②看，教授则匆忙写出其《原始特征记载》（"黑色短触须……透明翅……在某些灯光下有点发黄……假如要开 kasement③〔德式排字！〕就必须将其消灭……"《波士顿昆虫学家》八月刊，速递，一八四〇）。这个夏多布里昂与那个伟大的、生于巴黎和塔涅一带的诗人及追思录作家④并无关系（要是有就好了，喜欢对兰花进行杂交的爱达说 104）。

我的孩子

我的姐妹

想想塔涅的大橡树的稠密吧；

想想大山，

———————————

① 指法国诗人夏尔·波德莱尔（Charles Baudelaire，1821—1867）。

② 据布赖恩·博伊德的注释，"布朗教授"疑指著名植物学家布朗（Robert Brown，1773—1858）。

③ 应为 casement，窗子。据布赖恩·博伊德的注释，这里或许透露了纳博科夫对德国人在 19 世纪及 20 世纪初对鳞翅类昆虫分类法的不以为然。

④ 指法国作家夏多布里昂（François-René de Chateaubriand，1768—1848）。

——爪子或指甲刮擦皮肤包块的轻柔，惹出包块的就是那毛腿虫子，贪得无厌不计后果地取食爱达和阿德利娅[②]、卢塞特和露西尔[③]的血（并由此繁衍）。

这害物来无影去无踪。它一声不响地落在漂亮光洁的胳膊和腿上，处于一种全神贯注[106]的静默状态，而与这样的静默形成对照的是它用完全如恶魔般的口器遽然刺入，像一支军乐队在瞬间奏响。黎明时分，在回廊台阶与蟋蟀叫嚣不停的花园之间，被叮五分钟后，火烧火燎的疼痛便发作出来，体质强壮且冷静者不会太当回事（自信这最多不过持续一小时），而虚弱之人、可爱之人和纵欲者则趁此机会挠呀挠呀挠呀真惬意（餐厅暗语[④][107]）。"Sladko！（真舒服！）"普希金曾在育空谈到另一种蚊子时叹道。在生日后的一个星期里，爱达倒霉的手指沾满了深红色，在一阵心醉神迷的狂抓之后，血实际上已从小腿汩汩流下了——看着真让人同情，她苦恼的爱慕者心想，

① 爱达在这里撷取了波德莱尔的《邀游》，以及夏多布里昂的《最后一个阿邦塞拉热人的经历》中罗特列克吟唱的浪漫诗。《邀游》开首如下："孩子，小妹妹，／想想多甜美，／到那边共同生活！／尽情地恋爱，／爱与死都在／和你相像的邦国！"

② 在第五章凡见初见卢塞特时，不但弄错了卢塞特的身份，还将爱达的教名爱德莱达（Adelaida）错译为阿德利娅（Ardelia）。

③ Lucile，据薇拉·纳博科夫（作者之妻）的解释，露西尔是夏多布里昂的妹妹，为其兄所恋。

④ canteen cant，据尾注，指的是学校餐厅提供的一种松脆的圆饼，而在俚语中也被用来指获得肉体满足的女人。

不过同时也有一种不体面的魅力——因为我们都是一个陌生宇宙里的访客和调查者，的确如此，的确如此。

女孩苍白的皮肤在凡眼里细致得令他兴奋，在野兽的尖刺下是那么不堪一击，但实则却强韧如撒马尔罕①绸缎，每当爱达用五根手指刮擦那些粉红色的包时，她的皮肤都能经得起这种自我打击，此时她深色的眸子如沉浸在性爱中一般恍惚，凡已经在他们纵情亲吻时目睹过，那时她朱唇分开，宽大的牙齿上沾着唾液。那些包块便是那罕见蚊虫咬出来的——确实是相当罕见且有趣的蚊子（有两个愤怒的老者曾经描述过——并非在同一时期——其中第二个是布劳恩，费城的双翅昆虫学家，比那个波士顿教授强多了），而同样罕见并令人心驰神往的就是看见我亲爱的人企图平息她那宝贝皮肤的瘙痒的举动：先是抓出一粒血珠，然后是红宝石，接着是她玉腿上的一道道条纹，她很快就达到了上瘾的极乐状态，而那新一轮的痒痛如入无物之境一般又汹涌而至。

“听着，”凡说，“如果我说一、二、三，你还不停的话，我就打开这把小刀”（亮出了刀）“把我的腿也割了跟你的配。哦，求你了，把指甲吃了吧！做其他什么都行。”

大概因为凡的生命之流太苦涩了——即使在那些快乐的岁月里也是如此——夏多布里昂的蚊子很少眷顾他。如今这蚊子似乎已要绝迹，因为天气变得凉爽了，且在拉多尔地区以及康

---

① Samarkand，乌兹别克斯坦东部城市。

133

涅狄格州的卡卢加附近、宾夕法尼亚州的卢加诺的那些可爱肥沃的湿地上还进行着愚蠢的竭泽活动。(我听说,最近收集到一个小系列的蚊子样品,都为雌蚊,吸满了其幸运的捕捉者的血,地点为一个相当隐秘的、远离上述位置的栖息地。爱达的笔迹。)

18

不是在要使用号角助听器的年纪——凡所称的老迷糊时期——而是在青春期（一八八八年的夏天），他们就已经甚或更加喜欢怀着学者的激情来建构他们往昔的爱情进化论史（一八八四年的夏天），其初露端倪的阶段，各自在时间记录上的奇怪差异。她只保留了寥寥数页日记——其中大部分还是关于植物学和昆虫学的——因为在重读时，她发现笔调是那么虚假和做作；而他则销毁了全部日记，因其文字笨拙，未脱学生稚气，还混合着漫不经心及装腔作势的玩世不恭。这样一来他们只得依赖口述史，依赖相互纠正共同拥有的记忆。"而你记得吗，a tï pomnish', et te souviens-tu ①"（总有个含蓄的"而"，似要将断线的珍珠全串起来）在他们的浓情话语中，已成为开启下一个句子的标准方式。他们争论日历上的时间，筛选排列事件的次序，反复比对伤感的记录，充满热情地分析那种种犹疑和决然。如果他们的回忆有时不相吻合，那常常是由于性别的差异而非个性的不同。两人都曾在隆隆的青春中忘乎所以，又都在时间的智慧面前黯然神伤。爱达倾向于将那些最初的阶段视作极其舒缓而分散的生长，也许很不自然，可能独一无二，但在其顺畅的舒展过程却是全然令人愉快的，排除了所有粗野的冲动或因羞耻而感到的震惊。凡在记忆中总不由得要挑出那些有突然的、剧烈的、有时不无遗憾的肉体陶醉的具体事件。她有这样一种印象，即她所达到的那种贪求无厌——虽然她并没有期盼或有意识地唤起——的愉悦，只有在她获得的时刻才能为凡所体验：也就是，要在数周不断的抚爱之后；她一本正经地打发掉了初次的生理反应，认为那和以前自己的幼稚做法没什么不同，且与个体快乐的那种光耀和浓烈根本不能相比。而凡正相反，不仅能用表格罗列在他们成为情侣之前向她隐瞒的所有不拘一切的激情迸发，同时也强调了自慰的破坏性与公开分享的爱那压倒一切的温柔在哲学上与道德上的区别。

当我们回忆我们先前的自我时，其形象总是一个拖着长长影子的小人儿，如同一个犹疑的迟来访客，出现在一座线条完美、愈来愈窄的走廊尽头，踯躅于那发着光亮的门槛间。爱达看见的自己是个睁着惊奇的眼睛的流浪儿，捧着一束湿透的花儿；凡看见的自己是个下流的小萨堤尔，长着笨拙的蹄子和含糊不清的呼吸器官。"可我那时只有十二岁，"在提到什么见不得人的细节时爱达总是这么嚷道，"我十五岁，"凡哀叹道。

当时的小女子，他边问边装作从衣袋里取出几张便条，可曾记得她什么时候第一次推测那年轻害羞的"表兄"（他们的正式关系）在她面前有了身体上的兴奋，尽管那是层层包裹在亚麻和羊毛之中，且并没有和小女子接触？

她说，坦白说不记得了，她没这个记忆——事实上，也不

---

① a tǐ pomnish', et te souviens-tu，分别是用拉丁字母转写的俄语和法语，意思都为"你记得吗"。

可能——因为虽然在十一岁时，她无数次企图用屋子里所有的钥匙来试着打开沃尔特·丹尼尔·维恩收藏的"日本印度春画"——透过玻璃门（凡后来不费吹灰之力就帮她找到了钥匙——绑在三角墙的背后）可以一清二楚地看到其标签，但她对于男女合欢之事仍很懵懂。当然她很注意观察，仔细观看过许多昆虫的交配，但在那时，她几乎没怎么留意过哺乳动物的雄性特征，也没有将其与关于性功能的猜测或可能联系在一起（比如一八八三年在她上的第一所学校里，当黑人门房家的小男孩在女生厕所里小解时，她曾看见过他柔软的浅褐色的小鸡鸡）。

更早时候注意到的两个现象更让她产生了可笑的误解。小时候曾有一位上了年纪的绅士数次拜访阿尔迪斯庄园，那时她应该是九岁，这位绅士是个享有盛名的画家，她不愿说他的名字，也说不出。她的绘画老师温特格林小姐对他佩服得五体投地，尽管实际上她的静物画①远胜于这个著名的老无赖的画作。他喜欢创作小型裸女图，而且总一成不变地从背后画——摘无花果、臀部如蜜桃般的小仙女展身向上，或是攀岩的女童子军，破裂的短裤几不遮体——

"我很清楚你说的是谁，"凡恼火地打断道，"而且尽管他天才的画技遭受冷遇，我还是要指出，保罗·J.吉戈蒙特完全有权利从他喜欢的任一角度画女学童和水仙子。继续吧。"

---

① 原文为法语。

（爱达不为所动地说）每次猪猡·猪尔蒙特[1]来时，一听见他拖着沉重的步子，喷着鼻息喘着粗气上楼，她便畏缩地躲起来，而大理石客人走得越来越近，这古老的幽灵，寻找着她，用暴躁而稀薄的声调呼喊她，一点儿不像大理石。[2]

"可怜的家伙。"凡咕哝道。

他与人打交道的方式，她说——"既然我们说到了这个话题[3] 108，而我当然**不是在恶意比较**"——就是用发疯般的劲头坚持要帮助她拿到什么东西——任何东西，他带来的一件小礼物，小糖果，或是他从儿童房地板上捡的旧玩具，他会将其高挂在墙上。或是一只燃着蓝火焰的粉红色蜡烛，他把蜡烛安在圣诞树上并命她吹熄，而有时尽管她作了温和的反抗，他还是会托着小姑娘的肘部将她举起，不紧不慢地推着她并咕哝着说：啊，她好重啊，好漂亮啊——如此要持续好长时间，直到晚餐钟声响起，或是保姆端了一杯果汁进来。令所有人都如释重负的是，在这欺骗性的上举游戏中，她可怜的小屁股**终于蹭**上了他的衬衫胸口，他把她放下来，并系好了小礼服的扣子。她还记得——

"真是愚蠢的夸张，"凡评论道，"而且我猜想这是根据后来的事件作了加工，那些事要再往后才显露出来。"

---

① Pig Pigment，这是爱达对保罗·J.吉戈蒙特（Paul J.Gigment）的谑称。
② 大理石客人、古老的幽灵，在关于唐璜的传奇故事中，唐璜戏谑地邀请死者的大理石像共进晚餐。
③ 原文为法语。

她还记得，当有人说可怜的猪先生脑子大有毛病且"动脉（她听到的就是这个，又或许是血管）也硬化了"时，她脸红得很厉害；但她即便在那时也知道，动脉可以变得很长，因为她见过一匹叫"燕尾卷"的黑马，她得承认，自己为它在粗犷的野地里所干的事情感到气馁和窘迫，况且还有那么多雏菊旁观。她想，调皮的爱达说（其真实性就是另一个问题了），一只驹仔晃荡着，一条黑色如橡皮般的腿已经自由地脱出了"燕尾卷"的肚子，因为她完全不懂得"燕尾卷"是匹母马，也没有像她在钟爱的插图上所看到的袋鼠那样有个口袋，不过接着她的英国保姆解释说"燕尾卷"是匹很有毛病的马，那么一切就顺理成章了。

"好啊，"凡说，"那必定很有意思；不过我本来在想也许第一次你有所觉察时，也把我看成了有病的猪或是马。我在回忆，"他继续说道，"在那玫瑰色的圆形光晕下的那张圆形桌子，你跪在我旁边的一张椅子上。我坐在椅子隆起的扶手上，你在用纸牌搭房子，当然你的每个动作都被我放大了，就像在恍惚中，如梦一般舒缓，但实际上却极为清醒，我准是迷醉在你裸露的胳膊以及头发所散发出的少女气味里了，如今这种气味早已被俗不可耐的香水扼杀了。我估算这件事发生在六月十日左右，一个下雨的傍晚，离我初来阿尔迪斯不到一周。"

"我记得那些纸牌，"她说，"还有灯光和下雨声，还有你的蓝色羊绒套衫——可是*之后*就想不起什么了，没有什么古怪

或不当之处。而且，只有在法国爱情小说里才有男子吮吸[109][①]
年轻女郎气息的情节。"

"哦，我就是这么做的，而你正在做你的精细活儿呢。那
是触觉的魔术。无比的耐心。指尖追踪着地心引力。咬得惨不
忍睹的指甲，我亲爱的。请宽恕这些旁注吧，我没法真正表达
出那种巨大而顽固的欲望所带来的难受滋味。你瞧我当时多么
希望当你的城堡倾倒时你会来一个夸张的俄式投降动作，并坐
在我的手上。"

"那不是城堡。是一幢庞培别墅，里面有镶嵌画和油画，
因为我只使用了祖父那套旧赌具里的花牌[②]。我有没有坐上你那
滚烫坚硬的手？"

"坐在了摊开的手掌上，亲爱的。一座满是皱纹的天堂。
你安静了一会儿，配合着我的手掌。然后你重展四肢，又跪了
下来。"

"快，快，快，重拾闪亮的令牌，重新搭建，慢慢地搭
建？我们真是极端的堕落，是吗？"

"所有的聪明孩子都极端堕落。我知道你确实回忆起——"

"那一特定场景是记不清了，不过记得那苹果树，还有你
亲吻我的脖子，所有其他的[③][110]。然后呢——你瞧，神啊[111]，
谷仓燃烧之夜！"

---

①③　原文为法语。

②　court cards，指 J，Q，K。

19

像是个古老的谜（《索菲的诡辩》①，斯托普钦小姐[112] 所著，列入"老玫瑰丛书"）：谷仓在阁楼之前燃烧，还是阁楼在先。②哦，首先！失火时，我们早已是相互热吻的表兄妹了。实际上，我正准备从拉多尔买些拜涅堡雪花膏敷在我那可怜的干裂的唇上。我们在各自的屋中都被她那声"着火了③！[113]"刺激得兴奋起来。七月二十八日？八月四日？

谁喊的？斯托普钦喊的？拉里维埃喊的？拉里维埃？请回答！是你喊谷仓烧起来了④[114]？

不，她一挨枕头就烧着——我是说，睡着。我知道，凡说，是她，那个手上沾颜料的女佣，她用你的水彩给眼睛润色，拉里维埃是这么说的，她责备她和布兰奇满脑子怪念头罪过多多。

哦，当然！但不是玛丽娜的蹩脚法语——是我们的小雌鹅布兰奇。是的，她奔过走廊，在主楼梯上跑丢了一只镶银鼠毛皮的拖鞋，活像个阿莎特[115]。

"而你记得吗，凡，那晚上有多热？"

"Eschchyo bï！（好像我记不得似的！）那天晚上，由于——"

那天晚上，由于不时有远处的片状闪电向凡睡觉的树荫深处射来乏味的亮光，他只好舍弃了那两株鹅掌楸，去卧室自己的床上。屋子里的骚动和女佣的尖叫打断了一场罕见的充满光明与戏剧性的梦，他回忆不起主题了，尽管他仍将它珍藏在一只保存完好的珠宝盒里。与往常一样他是裸睡的，而此刻则犹疑着：穿短裤还是裹一条格子呢围毯？他选择了后者，匆匆摸出一盒火柴点亮了床边的蜡烛，并奔出屋子，准备去救爱达和她一屋子的幼虫。走廊漆黑，达克斯犬在什么地方欣喜若狂地吠叫。凡从远去的喊声获知着火的是所谓的"大仓"，一幢可爱的大房子，在三英里之外。若是发生在夏末，五十头奶牛的草料将没了着落，拉里维埃也就没了泡午间咖啡用的乳脂。凡感到自己受了冷落。他们都走了，只留下我一人，就像老菲尔斯在《樱桃园》的喃喃自语（玛丽娜演拉内夫斯基夫人很合适）。

他披着格子呢外袍，在自己黑色幽魂的陪伴中走下通向书房的螺旋辅梯。凡将一只裸露的膝盖搁在窗户下蓬松的沙发上，拉开了沉重的红色窗帘。

丹叔叔嘴里叼着雪茄，玛丽娜围着头巾，抓着正在嘲笑那些看门狗的达克，在一片举起的胳膊和晃荡的灯笼之间夫妇俩正准备乘那辆单座敞篷车出发——车鲜红得就像消防车！可是在嘎吱嘎吱地开过车道转弯处时便被骑马的三个英国脚夫和坐在马鞍后部⑤ 116的三个法国女佣赶上了。全家似乎都倾巢出动去赏火了（在我们这潮湿无风的区域着火可是稀罕事），能找

---

①③④⑤　原文为法语。

②　这里的"阁楼"是指第一章中写到的事件，两个孩子从阁楼的故纸堆中发现了他们是亲兄妹这一秘密。

到或能想到的玩意儿都拿出来了：测氢仪、登山吊椅、路船、双人自行车甚至带发条的行李车，那是火车站站长为纪念发明人伊拉斯谟·维恩而送给他们家的。只有女家庭教师（这是爱达而不是凡当时发现的）自始至终在梦乡里沉睡，费力地打着鼾，她的房间紧邻那间旧儿童房，小卢塞特从睡梦中惊醒后只躺了一分钟便跳进最后一辆装备车。

凡跪在大落地窗前，看着点燃的雪茄烟头渐行渐远并消失。那一干人的离去……你接下去说[①]。

那一干人的离去着实动静非凡，衬托这一奇景的是几乎为亚热带的阿尔迪斯上方的暗淡星空，透过黝黑的树丛能望见远方谷仓燃烧之处有橘红色的火光闪动。去那儿得开车绕过一座大水库，每当有爱冒险的马车夫或餐厅伙计乘着滑水橇或是罗布罗伊[②]或一只筏子涉水而过时，我都能瞥见湖面泛出粼粼的波光——典型的行船留下的波纹，如同日本的火蛇；如果谁有艺术家的眼光，还能跟踪到那辆汽车的车灯，前后都有，沿着四方形湖的 AB 长边向东驶去，接着急转向 B 角，经过短边之后重又折向西，其轮廓愈发黯淡不清，在到达远边的中点后向北消失不见了。

最后两名仆从——厨子和守夜人急匆匆地穿过草坪跑向一架没有套马的马车或是车架，车把子（或者那是一种人力车？

---

① 这是凡请爱达接下去叙述。

② Rob Roy，原是司各特同名小说里的绿林好汉，此处指由苏格兰的麦格雷戈（John MacGregor，1825—1892）于 1865 年发明的一种短小轻便平底的内河航船。

丹叔叔曾有过一个日本男仆）高高竖起招呼着他们。此时，凡欣喜而讶异地辨认出来，就在如墨一般浓黑的灌木丛里，身穿长睡裙的爱达一手执点燃的蜡烛，另一只手拎着一只鞋，似乎是悄悄尾随那两个未能赶早的拜火者而来的。他看到的只是窗玻璃映出的影像。她将那只找到的鞋丢在废纸篮里，和凡一起跪在沙发上。

"能看见什么吗，哦，能看见吗？"黑发女孩不停地问着，而当她微笑并带着快活的好奇神色向外张望时，那琥珀黑的眸子便闪动着一百座谷仓的火焰。他拿下她的蜡烛将其置于窗台上他的那根长些的蜡烛旁边。"你什么也没穿，真下流。"她说，眼睛并不看他，也没有强调或者诘难的意思，他闻声将袍子裹得更紧了些，苏格兰人拉美西斯①，而她则挨着他跪着。一时间，他们都凝望着由窗户框定的浪漫夜景。他开始轻抚她，颤抖着，眼睛盯着前方，隔着她的亚麻衣物，像盲人一样用手循着她脊柱向下的倾斜面。

"瞧，流浪汉。"她耳语道，手指向三个影影绰绰的人——两个男的，携一架梯子，还有一个孩子或是侏儒——小心地穿过灰色的草坪。他们看见了亮着烛光的窗户，便匆忙离去，那个小个子倒退着② 117 行走，像是在拍照。

"我是故意留在家里的，因为我希望你也会在家里——人

①　Ramses the Scotsman，据布赖恩·博伊德的注释，凡穿着格子呢袍子，像苏格兰人，裹得很紧如同木乃伊，故以埃及法老拉美西斯称之。
②　原文为法语。

为的偶然事件。"她说，或者是之后说的——与此同时他继续抚弄她飘逸的长发，摩挲并弄皱她的睡裙，尚不敢往下或是往上，不过倒是敢揉搓她的臀部，直到她轻嘘一声，坐在了他的手和自己的脚跟上，燃烧的纸牌城堡坍塌了。她转身朝向他，顷刻间他已亲吻起她裸露的肩膀，挤压着她，就像站在队列后面的士兵那样推搡。

我第一次听说。当时我觉得"仙女屁股"老先生[①]是我唯一的前辈。

去年春。去城里的旅途。法国剧院日场。拉里维埃小姐不知把票放哪儿了。可怜的女教师大概以为"达尔杜弗"[②]是一道甜点或是哪个脱衣舞女。

Ce qui n'est pas si bête, au fond.[③] 也不至于这么无知无识。好吧。在"谷仓燃烧"那一场景中——

嗯——？

没什么。继续吧。

哦，凡，那天夜晚，我们并排跪在烛光里，像一幅糟糕的图片里的两个祈祷的孩子，露出两对有着柔软皱纹——曾几何时还属于栖居于树上的猿猴——的脚底。不是对着收到圣诞卡的祖母祈祷，而是对着又惊又喜的魔鬼之蛇。我记得在那个时

---

① Mr Nymphobottomus，这是凡给前文提到的保罗·J. 吉戈蒙特起的绰号。

② Tartuffe，法国 17 世纪喜剧作家莫里哀所作同名喜剧（又译"伪君子"）中的主人公。

③ 法语，意同后文。

刻我非常想问你一些纯粹的科学知识，因为我斜斜的一瞥——

现在不要，这可真煞风景，过一会儿要更糟了（或者说是这些思想的言语促成了那个效果）。

凡无法判定她是否真如这（已然消退了火红色的）夜空一般是完全无知和纯洁的——抑或全部的经验指使她去投入一场冷冷的游戏中。这倒无关紧要。

等等，现在不行，他含糊其词地答道。

她仍坚持：我想问，想知道——

他用那肉质的褶皱，非常丰满的部分[①]——感情激越的兄妹俩都是如此——爱抚并分开了她平直而松散、几乎垂到腰间（尤其当现在她的头后仰的时候）的青丝，同时试图吻她尚留着床的余温的夹肌[②]。（没有必要——在此处或别的地方还有个类似的段落——使用含混不清的解剖学用语来损害一种相当纯粹的书写风格，那种术语也就是一个心理医生对学生时代的记忆。爱达后加的旁注。）

"我想问。"她重复道，同时他贪婪地抚到了那温热而苍白的目标。

"我想问你。"她的声音依然清晰，但似也已失去了自制，因为他恣肆的手掌已经摸索到了腋窝，大拇指按在了一只乳头上，使她感到有些刺痒：像乔治亚时代的小说那样按铃唤女

---

① 原文为法语，与前文"肉质的褶皱"都指嘴唇。

② splenius，后颈部从脊椎上部扩展到脑壳底部的四块肌肉中的任一块，使头和颈伸展自如转动灵活。

佣^①——在没有电的环境^②里还真不好理解——

（我抗议。你不能用这个词。甚至在立陶宛语和拉丁语里它也是禁用的。爱达的旁注。）

"——想问你……"

"问吧，"凡呼唤道，"但别把这一切都搅了（比如喂足你的欲望，和你扭缠翻滚）。"

"嗯，为什么，"她问（强令一般，挑战一般。一团烛光噼啪作响，一只靠垫落在地上），"为什么你那儿会变得那么肿胀坚硬，当你——"

"哪儿？当我什么时候？"

她巧妙地贴着他跳起了肚皮舞，让肌肤的触知解释一切。她多少还是跪着的，长发蒙在脸颊上，一只眼睛盯着他的耳朵（他们相互间的位置周围已凌乱不堪）。

"再说一次呀！"他喊道，仿佛她还在远处，还是黑暗的窗户上的一个影像。

"让我看看吧，就现在。"爱达坚定地说。

他除去了那件临时凑合的苏格兰短褶裙，她的声调陡然变了。

"哦，天哪，"这是一个孩子对另一个孩子说的话，"都是皮和肉哦。它会不会疼？会很疼吗？"

"快摸一摸。"他哀求道。

① 这里是将老式家用电铃的按钮和半球状铃盖比作乳头和乳房。
② 参见第三章所提到的禁电运动。

"凡，可怜的凡，"她用甜美女孩对猫、毛毛虫、化蛹的幼虫说话时的细声细调继续说，"好的，我肯定它很疼，我摸一摸会好些吗，你肯定吗？"

"当然了，"凡说，"on n'est pas bête a ce point ①。"（"愚蠢也是有限度的"，真粗俗。）

"立体地图，"乐在其中又故作一本正经的女孩说道，"非洲的河流。"她的食指顺着那尼罗河一直探进那丛林里，继而又滑上来。"这又是什么？红盖牛肝菌还不及这一半奢华呢。事实上，"（不停地自说自话着）"这让我想起了天竺葵，或更确切地说是天竺葵属植物开的花。"

"上帝，我们都是。"凡说。

"哦，我喜欢这皮肤的肌理，凡，我喜欢！真的！"

"挤一挤它，你这小笨鹅，你没见我快要死了吗。"

然而我们年轻的植物学家丝毫不懂该如何是好——而已到达极限的凡粗蛮地向她睡衣的裙边顶去，当快感化为一团液体时他不禁呻吟着瘫软下来。

她不安地向下看看。

"和你想的不一样，"凡平静地说道，"这可不是一号②。实际上这和青草的汁液一样干净。嗯，现在尼罗河的问题解决了[118]，斯皮克③标上了句号。"

---

① 法语，可以译成"没有人会笨成那样"。

② number one，指小便。

③ John Hanning Speke（1827—1864），发现尼罗河源头的英国探险家之一。

（我不明白，凡，你为什么尽力要将我们充满诗意、独一无二的过去改造为一场肮脏的闹剧？要诚实，凡！哦，**我真的很诚实**，当时就是这样的，我确定不了我所处的位置，因此时而鲁莽傲慢，时而装疯卖傻。哦，在为你自己说话呢①119：**我**，亲爱的，可以确定，那些闻名遐迩、在你的非洲及其边缘地带的手指旅行还要过很长时间才会发生，而那时我对旅行路线已经烂熟于心了。抱歉，不是的——假如人们的记忆完全一样，那他们就不是不同的人了。当时就是这样的。不过我们并非"不一样"！思想和梦想在法语里为一个词。想想 douceur②一词，凡！哦，我正在想呢，我当然在想着——一切都那么douceur，我的孩子，我的韵诗。这还差不多，爱达说。）

请接过去说吧。

凡在此刻已寂然不动的烛光中伸展着赤裸的身体。

"我们就睡在这儿，"他说，"在黎明重新点亮叔叔的雪茄之前他们是不会回来的。"

"我的睡衣浸湿了③120。"她小声说道。

"脱掉吧，这件格子呢袍可以盖两个人。"

"别看，凡。"

"这不公平。"他说着帮她从摇晃的头上脱下来。她雪白的躯体只在那神秘的部位有一抹煤黑色。一次严重的烫伤在两肋间留下一块粉色的疤。他吻了吻瘢痕，又垫在自己紧扣的手上

———————————

①③　原文为法语。

②　法语，甜美。

躺下来。她伏在他褐色的身子上审视着那蚂蚁王国的商队向位于肚脐的绿洲进发。对一个少年而言他的体毛无疑很重。她年轻圆润的乳房就在他脸的上方。我作为医生和艺术家，谴责那些做爱之后要点一根香烟的粗俗之士。然而，凡的确并非不知道一只贮藏柜上搁着用玻璃盒装的土耳其特劳马蒂斯香烟，只是柜子距离较远，想偷懒伸伸胳膊是够不到的。高大的自鸣钟不知敲响了哪个一刻钟，爱达此刻手托腮帮看着那令她惊叹、尽管也有些乖张的勃动，正沿顺时针方向坚定地抬升，浑厚的男性力量重整旗鼓向上举起。

可是粗糙蓬松的沙发如同这满天星斗一样抓挠着人。在新一轮风起云涌之前，爱达四肢着地理了理围毯和沙发垫。像只兔子似的本地女孩。他从她后面摸索并握住了那湿热柔软的小小所在，接着狂暴地爬起来，像是一个要垒沙塔的男孩子；可是她却转过身，很天真地要拥抱他，就像朱丽叶听从了建议准备接纳罗密欧那样。她是对的。在他俩的爱情故事中，祝福的话语以及抒情的灵感第一次降临到了这个粗野的少年身上，他低语着，呻吟着，用畅快温软的语言吻她的脸，用三种语言——世界上最伟大的三种语言——呼唤着各种昵称，这将汇集成一本秘密爱称词典，并且要经过多次修订，直到得出一九六七年的最终版。当他的动静过大时，她便发出嘘声，并将嘘声吐入他的嘴里，此时她的四肢坦然地缠绕着他，仿佛她在我们所有的梦境里已做爱多年了——然而急躁而年轻的激情（像凡的浴缸一样四溢，当他重写这一部分时这么说道，那时他已是一个坐在宾馆床头想入非非、舞文弄墨的灰发老者）经不起头几回合盲目的推挤，在那幽兰的唇缘附近喷薄而出。一只蓝鸫发出警示性的鸣啭，晨光开始在冷峻的黎明中悄然潜回，萤火虫的信号灯围绕着水库，马车灯的点点微光变得如星辰一般明亮，车轮轧轧地碾过砾石路，所有的狗在享受了夜晚的款待后都满意而归，厨师的侄女布兰奇从一辆南瓜色的警用小货车上跳下来，脚上只穿着袜子（早已，早已过了午夜，唉）[1]——我们这两个一丝不挂的孩子，抓着围毯和睡衣，轻轻拍一下沙发表示分别，各自秉烛回到了一无所知的卧房。

"而你记得吗，"唇须灰白的凡说着从床头柜上取了一支卡纳斌拿[2]烟，晃了晃一只红蓝相间的火柴盒，"我们是如何不计后果，拉里维埃是如何中断了鼾声不过片刻之后又继续摇撼着屋子，铁质的楼梯是如何冰凉，而你的——该怎么说呢——无所顾忌又让我如何惊慌。"

"白痴。"爱达头也不回地从靠墙的那边说道。

一九六〇年的夏天？埃克斯和阿尔黛茨[3]之间的一家拥挤的旅馆？

该把手稿的每页都标上日期的：对我那些不知名的做梦者会好一点。

---

[1] 前文曾提到布兰奇听说起火时"在主楼梯上跑丢了一只镶银鼠毛皮的拖鞋，活像个阿莎特"，这里再次对她进行调侃。

[2] Cannabina，为作者所杜撰，似要读者联想到 cannabis（大麻）。

[3] Ardez，位于瑞士东部。

20

第二天早晨，他的鼻子还深埋在厚实的枕头里，那是可爱的布兰奇（在一场令人心碎的噩梦里，根据睡觉的室内游戏规则，他牵着她的手——或许那只是她的廉价香水味）为他那简陋的床准备的。他一醒便立刻意识到快乐正敲着门想进来。他故意耽迷在一个愚蠢的梦里茉莉花的残余香味和泪水中，以让快乐隐约透射出的光芒尽量长久些；然而快乐还是生龙活虎地显现了。

为新获的特权而欣喜若狂！这种愉悦似乎已在睡眠中留下了一些。在他刚做过的梦的最后一部分，他告诉布兰奇他学会了飘浮，他能够不可思议地轻松驾驭空气，这使他可以打破所有的跳远纪录，因为他只需在离地面几英寸的高度悠然跨步便可延展到三十或四十英尺（跨得太长会引起怀疑），同时看台上的观众欢呼雀跃，而赞比亚的赞波夫斯基只能两手叉腰，目瞪口呆，无法相信看到的情景。

温婉成就了不折不扣的胜利，柔情滋润着名副其实的解放：那是不同于梦中的辉煌或激情。从今往后（他希望是永远）凡所品尝到的极乐，其一半推动力来自这样一种确信，即他可以坦然而从容地将所有青春的爱抚挥洒给爱达，而这在先前曾是社会羞耻感、男性的自私以及对道德的担忧使他不敢正视的。

到了周末，一日三餐是由三只钟通报的：小号、中号和大号的。此刻第一只钟宣告了餐厅里的早饭。钟声的震颤激活了凡的思绪，他想到只需二十六步便能看见他年轻的同谋，他的手仍虚握着她如麝香般的气息——这让凡感到了一种惊喜：**真的发生了吗？我们真是自由的？** 好比某种笼中鸟，中国的业余哲人像弥勒佛般乐颠颠地说，它们在每个神圣的清晨，在醒来的时候，便以一种无意识的、如梦未醒的、平滑的姿态冲向笼栏将自己撞晕（并躺在那里失去了知觉达数分钟）——尽管它们，这些色彩斑斓的囚徒，在其他时间里是自得其乐的，温顺而又健谈。

凡将光脚丫塞进一只鞋，并从床底下找到了它的伴侣；他飞快地下了楼，经过了神情满足的泽姆斯基王子和严肃的文森特·维恩，后者是巴尔第康摩和科莫的主教。

可是她还没下来。餐厅光线明亮，在下垂的阳光光束中摆满了黄色的花，丹叔叔正在进食。在这个与乡下相称的大热天里，他也穿着相宜的衣服——就是条纹西装，紫红色法兰绒衬衣以及凸纹布马甲，一条蓝红两色的社团领带系在配有金质安全别针的柔软高领上（可是，他的所有这些整洁条纹颜色还是有些错位，像是报纸上连环漫画的套色，因为这是星期日）。他刚吃完第一片抹了正宗橘子酱的奶油吐司，正用一口咖啡漱着假牙并发出火鸡一样的声音，之后才将咖啡连同漱出来的美味杂碎吞下去。我可以直视此人的粉红色面庞及其（会转动的）红色"小胡子"，我有勇气——我是有理由相信这一点的——受这份罪，可是我没有必要容忍（当一九二二年凡又看见了那些球形番泻树 121 花时想到）他长着卷曲的红色连鬓胡子，连下巴也找不着的侧面轮廓。于是他带着好胃口盯上了那装在蓝罐子里的热巧克力和棍式面包，这都是为饥饿的孩子们准备的。玛丽娜在床上吃早饭，男管家和普莱斯在配膳室的僻静处吃（算是个乖巧的想法），而拉里维埃小姐要到正午才会吃东西，她可是个害怕末日降临的"巴黎时装店的年轻女店员①"（从教派意义上说的，不是商店里的），而且实际上还把她的教徒父亲也拉了进来。

"你本可以带我们去看火的，亲爱的叔叔。"凡边说边倒了一杯巧克力。

"爱达会全讲给你听的，"丹叔叔答道，同时满怀慈爱地给另一片吐司抹上奶油和橘子酱，"她可喜欢这次出游了。"

"哦，她跟你们去了，是吧？"

"是啊——和其他用人坐在一辆黑色大车里。快乐得很，蒸的。"（冒牌的英国发音。）

"可那一定是女帮厨中的一个，不会是爱达，"凡说，"我本来不知道，"他补充说，"我们这儿有好几个——我是说，男用人。"

"哦，我想是的吧。"丹叔叔含糊地说。他将口腔内的清洗程序又重复了一遍，接着轻咳一声，戴上了眼镜，但晨报并没

---

① 原文为法语 midinette，该词前缀 midi 亦有"正午"之意，与前文提及的拉里维埃因天主教教规而戒食半天一事呼应。

154

有送来——他将眼镜又取下来。

忽然间凡听到楼梯上方传来她妩媚而低沉的说话声，"我在藏书室的一只废纸篓里看到它的①122"——想必是关于某种天竺葵或是紫罗兰或仙履兰。接下来有这么一段"扶栏停顿"②，摄影师会如是说，而后便远远地从藏书室传来女仆高兴的喊声，爱达又补充道："Je me demande，我在想，qui l'a mis là，是谁放那儿的。③"随即④123她走进了餐厅。

她穿着——尽管事先并未与他通气——黑短裤，白运动衫以及运动鞋。她的头发从宽阔圆润的额头向后束成粗大的辫子。下唇旁的一粒玫瑰色的皮疹因敷了甘油而透过轻扑的脸粉闪出光亮来。她苍白得难以真正称为漂亮。她拿了本诗集。我的老大长得一般，但头发好，我的老二长得漂亮，但红得像狐狸，玛丽娜曾说过。忘恩的年龄，忘恩的阳光，忘恩的艺术家，但**没有**忘恩的情人。一股由衷的爱慕涌上来，将他从心窝托浮起来直至苍穹。她的出现令他震颤，他知晓她的知晓，他还知晓别人所不知晓的：他们就在不到六小时前还如此肆意地、淫秽地、喜悦地沉湎其中，这一切都让我们这涉世未深的恋人不能自已，尽管他也企图用一个起道德纠正作用的粗暴的副词⑤来使其听起来无足轻重。他边吃早餐边漫不经心含糊其

————————————————

①④ 原文为法语。

② 指一只手扶栏，同时转身准备下楼的动作，常被视为适宜上镜头的姿态。

③ Je me demand，qui l'a mis là，均为法语。

⑤ 指前文的"淫秽地"。

词地说了声"喂"而没用惯常的问候语（而她并未在意），同时偷偷地用波吕斐摩斯[①]的器官注视着她的一举一动。在走过维恩先生身边时她用书轻轻扇了一下他的秃头，并将他身旁、凡对面的椅子弄得乒乓作响。她如洋娃娃一般优雅地眨眨眼，给自己倒了一大杯巧克力。尽管已经很甜，这姑娘还是将一块方糖搁在勺子上并将其送入杯中，欣赏着那滚热的褐色液体浸透并溶解了晶体的一角接着是整块糖。

与此同时，行动迟缓的丹叔叔以为头顶有虫子便掸了掸，他抬头环顾，终于看到了刚刚进来的女儿。

"哦，对了，爱达，"他说，"凡急着想了解情况。当他和我在对付大火时，你在干什么，我亲爱的？"

这一询问击中了爱达。凡从未见过女孩子（尤其是皮肤如她一般白皙的），或者任何一个人——不论肤如白瓷还是粉桃——脸会红得这么充分，这么惯常，而这个习惯比其他任何引发它的不得体行为更不恰当地令他痛心。她愚蠢地偷瞥了阴郁的少年一眼，说她在卧室里看到火光快速闪亮起来。

"不是的，"凡毫不客气地打断她说，"你是和我在一起，从书房的窗户往外看到火的。丹叔叔是瞎说。"

"说美国话得悠着点儿[② 124]。"丹叔叔说——接着张开双臂，以父亲的慈爱欢迎跑进来的天真无邪的卢塞特，她的小拳头握

---

① Polyphemus，希腊神话中的独眼巨人，他将奥德修斯和其同伴禁锢于一个洞穴中，直到奥德修斯将其眼弄瞎后逃跑。

② 原文为法语。

着僵硬而又松弛下垂的粉红色的儿童捕蝶网，像举着一面旗帜。

凡不以为然地朝爱达摇摇头。她朝他吐了吐舌尖，这回轮到她的情人在一阵愤慨下气红了脸。就这么点特权。他系上餐巾，退到前厅外的那处 mestechko（"狭小的所在"）。

她也吃完早饭后，他在楼梯平台拦住了塞满了甜奶油的她。他们还有工夫可以计划一下，从历史过程来看，事情还刚刚处于小说的开端，其命运还握在那些住牧师宅第的女士和法国学者手里，[①] 因而这些时刻显得尤为珍贵。她站在那里抓挠一只抬起的膝盖。他们同意午饭前出去走一走，找一个隐蔽的地方。她得为拉里维埃完成一段翻译。弗朗索瓦·科佩？是的。

它们的倒伏是轻柔的。樵夫
看得真切，在它们触及泥土之前，
橡树的叶子是黄铜色的，
枫树的叶子是血红色的。

"它们的倒伏是缓慢的[②]，"凡说，"人们能以视线跟随，认出[③] 125——那个意译出来的'樵夫'和'泥土'，显然纯粹是洛登 126（二流诗人和翻译家，一八一五——八九五）的风格。为了保住这个小节的后半部分背叛了前半部分的原意，这很像

---

① 据布赖恩·博伊德的注释，此处的"小说"与凡和爱达的"风流账"是一体的。"住牧师宅第的女士"是指简·奥斯丁，而"法国学者"应为贝尔纳丹·德·圣皮埃尔（Bernardin de Saint Pierre，1737—1814）。

②③ 原文为法语。

那个俄罗斯贵族，把他的车夫丢下来喂狼，自己也不免跌下了雪橇。"

"我认为你既冷酷又愚蠢，"爱达说，"这本来也没打算弄成一篇艺术精品或才气十足的仿作，这是一个失心疯的家庭女教师向一位操劳过度的可怜女生索要的赎金。到番泻树凉亭那儿去等我，"她又道，"我会正好在六十三分钟后过去。"

她的手是冷的，脖子是热的；邮差的助手按响了门铃；布特过去开门，他是男管家的私生子，他走过门厅时石地板发出洪亮的共鸣。

周日早晨的邮件到得不会很早，因为来自巴尔第康摩、卡卢加及卢加的报纸夹带了大量的增刊。老邮差罗宾·舍伍德穿着鲜绿的制服，坐在马背上，穿过昏睡的乡间将报纸分发到各家。当凡哼着校歌——他唯一会唱的歌——跳跃着奔下露台阶梯时，他看见罗宾骑着他的老枣红马，牵着他的周日助手骑的那匹更加活泼的黑色牝马。助手是个长相英俊的小伙子，在这些蔷薇树篱背后有谣传说，老人对这少年的热情已经超过了工作的需要。

凡来到第三片草坪以及那座凉亭，并仔细察看为即将发生的场景所准备的舞台，"像个乡下人为了去剧院，在收获季节的阡陌上赶了一天的路，马车轮子里夹缠着鲜亮的罂粟花和矢车菊，结果整整早到了一个小时"（福楼波[127]的《厄休拉》）。

几如菜粉蝶大小且同样也来自欧洲的蓝蝶，疾速绕过灌木丛并落在低垂的黄花上。在此后的四十年里，在不那么扑朔迷离的境况中，我们的这对情侣还将会在瓦莱的苏斯滕附近一处森林小道带着惊喜看到同样的飞蝶，同样的球形番泻树。眼下，他正期待着捡拾他日后将重拾的记忆。他伸展开四肢看着莽撞的大蓝蝶，想象着凉亭斑驳的光线中爱达的肢体，并为此火烧火燎起来，但接着又冷冷地告诫自己，事实永远赶不上狂想。凡从树林外的那条又宽又深的小溪中游完泳回来时，头发湿湿皮肤刺痛，他无比欣慰地发现之前想象中那象牙般雪白的尤物竟丝毫不差地重现了，只是她松开了头发，并换上了一件如阳光般明快的棉质短外套，他很喜欢这衣服，而最近他还如此热切地渴望去污损它。

他拿定主意先从她的腿开始，他感到前一天晚上对此还不够尽心；要以吻包裹它们，从末端弓起的 A 形脚背到上端柔滑的 V 形丝绒地带；而一等爱达和他走进紧邻阿尔迪斯与拉多尔之间岩质高地陡峭边缘的那个公园的落叶松林深处，他就达到了目的。

他俩谁也想不起来，事实上谁也不执拗地坚持他是何时何地以何种方式将她"开了苞"的——漫游奇境的爱达偶尔在《弗洛迪百科全书》中发现了对这一粗鄙词汇的解释："以男性的方式或机械手段使处女的处女膜破裂"，配以例句："他心灵的甜蜜被开了苞（杰里米·泰勒[1]）。"是那一夜在围毯之上吗？或是那个白天在落叶松林里？抑或之后在射击场，在阁

---

[1] Jeremy Taylor（1613—1667），英国传教士、神学家及虔诚的作家。

楼，在房顶，在隐蔽的阳台，在盥洗室，或者（不是很舒适地）在飞毯上？我们不知道也不在乎。

（你亲吻着，轻咬着，戳着，捅着，让我如此强烈如此频繁地忧惧着，我的童贞就在手忙脚乱中失去了；不过我能非常确切地回忆起，到了仲夏，那台我们祖先称为"性"的机器已运转得相当良好，如一八八八及以后的年份一样，亲爱的。红墨水写的旁白。）

21

爱达不能随便使用藏书室。根据最新的书目（一八八四年五月一日印），这里容纳了一万四千八百四十一册书，她的女家庭教师甚至连这张干巴巴的目录也不想让她碰——"为了不让她心里动一点念头[①128]"。在爱达自己的书架上自然是分门别类摆放着关于植物学和昆虫学的书籍，当然也有课本以及几本无伤大雅的流行小说。她不可以在无人监管的情况下到藏书室去浏览，非但如此，每一本带到床上或带回卧室的书都要接受她老师的检查，在索引卡上注明"在借[②129]"，记下名字，盖上日期印章。看起来乱七八糟的索引卡片实际上是由拉里维埃小姐仔细保管的，按一种非同寻常的顺序排列（插在其中的还有些粉红色、红色或紫色的小纸片，其内容或是查询，或是悲叹，甚至还有诅咒），其制作者是她的一个表兄菲利普·韦尔热，一位小个子单身汉，沉默且羞怯得近乎病态，每隔一周便溜进来安静地整理几个钟头——那么安静，以至于一天下午，当高高的书库梯很古怪地突然缓缓后倒，并带着一声不吭又抱满了书的他摔向地面时，心怀鬼胎、以为是独自一人在此的爱达（抽出了《天方夜谭》扫了几眼却发现根本不值得冒这个风险）将他的坠落误看成哪个细皮嫩肉的太监偷偷打开的门的影子。

她的亲昵行为与她的亲爱的，多么亲爱的勒内③ 130——她有时带着温和的玩笑这么称呼他——完全改变了她的读书状况（那些条令，不管都是些什么，还钉在墙上呢）。来到阿尔迪斯没多久，凡便警告他先前的家庭教师（她有理由相信他的威胁），他在任何时候都可以从藏书室任意借出他能想象到的一本书、选集、盒装手册或是古版书，不用任何"借出"标记，可借任意长的时间，如若不然，他就将让韦尔托格拉多小姐——他父亲的图书管理员，一位卑顺十足、俯首帖耳的老处女，与韦尔热的规格一样，估计出版日期也差不多——向阿尔迪斯庄园寄来成箱的十八世纪自由派分子的书、德国性学书籍，以及一整套印度性爱宝典（配有文字翻译以及仿冒的附录）。大惑不解的拉里维埃小姐本可以去找阿尔迪斯的主人，但就在那天（一八七六年一月里的一天）他出其不意地（而且平心而论，他相当漫不经心）挑逗了她后，她再也没有和他计较过书的问题。至于亲爱又轻佻的玛丽娜，她只是对拉里维埃说在凡这个年纪，要是禁止她读比方说屠格涅夫的《烟》，她就会用灭蟑硼砂来毒她的女家教。从此以后，只要是爱达要看的或想过要看的书，凡都会放在好几个安全的角落里任由她自取，韦尔热的迷惑和绝望所产生的唯一的可见后果便是他在这单调乏味的工作地点的深色地毯上留下的奇特的雪白色粉末④日渐增

①②③　原文为法语。
④　奇特的雪白色粉末，据布赖恩·博伊德的注释，这看似童话里才有的场景，实则是韦尔热的牛皮癣。

多——对如此洁净的一个小个子男人而言这真是痛苦不堪!

两年前,布拉耶俱乐部曾在拉杜加出资为私人图书管理员举办过一次愉快的圣诞晚会,表现抢眼的韦尔托格拉多小姐注意到,除与吃吃笑的韦尔热分享一块不起眼的小饼干(是无声地掰开的——饼干两头包着的金纸也并没有变出什么糖果或是奇怪之物或是其他什么好运)外,她还和他分享了一种相当不凡的皮肤病,这种病由一位很有名气的美国作家在其《奇龙》① 131 中描述过,而另一为伦敦一家周刊 132 写文章的患者也以令人捧腹的风格对之进行了描述。韦尔托格拉多小姐会用非常微妙的方式通过凡向这位很是不解风情的法国人传递条子,其含义大多言简意赅:"墨丘利②!"或"紫外线灯③ 133 创造奇迹"。同样知晓内情的女家教在一本独卷医学百科全书(那是已故的母亲留给她的,它不仅帮助她和她看管的孩子解决了不少小毛病,还让她为投给《魁北克季刊》的小说里的人物分派了恰如其分的疾患)查到了"牛皮癣"一词。在目前的病例中,能给出的乐观建议便是"每月至少洗两次热水澡,避免辛辣食品";她将此条目打出来,装在一只祝福信封里交给了她表兄。最后,爱达给凡看了昆利克医生关于此病的信件,上面(用英

----

① Chiron,希腊神话中人首马身怪物(centaur)中的智者和医者,这个杜撰的书名应该是暗指约翰·厄普代克(John Updike,1932—2009)的《马人》。

② Mercury,罗马神话中众神的信使,相当于希腊神话中的赫尔墨斯(Hermes)。

③ 原文为德语。

文）写道："长着深红色大斑点、银色鳞屑、黄色硬皮的可怜人儿，没有危害的牛皮癣病人（其皮肤疾患不会传染，从另一方面说也是人群中最健康的——实际上，这种小毛病 [134] 反倒保护他们免遭布巴病[①]和腹股沟腺炎的侵扰，我的老师过去便这么说）常被与麻风病人混为一谈——是的，麻风病人——在中世纪，在西班牙和其他喜欢火刑的国家的公共广场，狂热的人群将即使没有百万也有数以千计的韦尔热们和韦尔托格拉多小姐们绑在木桩上，任由其在烈焰中爆裂和号哭。"不过他们决定不把这张条子夹在这位谦恭的受难者的用作附录的索引卡片里，虽然他们本打算要这么做：鳞翅类学者对各类鳞病饶舌过度。

在一八八四年八月一日这个可怜的图书管理员递交含泪的辞呈[②] [135]之后，小说、诗歌、科学及哲学著作便悄悄溜出了藏书室。它们多少有些像威尔斯小说里的有趣玩意儿，被隐形人带着穿过草坪，沿树篱漫步，最后总能落在爱达的膝头，无论她与凡在哪里幽会。两个人都有一流读者的眼光，能在书中找到兴奋点；两个人都在许多名气不小的作品里捕捉到自命不凡、沉闷以及浅薄的谬误。

当爱达在八九岁初读夏多布里昂一篇写一对浪漫姐妹的故事时，她不太理解"因而这两个孩子便可以肆无忌惮地做爱了[③] [136]"

---

① buba，一种热带痘疹状皮肤病。

② 原文为法语。

③ 原文为法语 Les deux enfants pouvaient donc s'abandonner au plaisir sans aucune crainte，其中的 donc 意为"因而"。

这个句子。而今在一本她可以随心所欲参阅的文集（《缪斯也作乐》[①]）里，有心术不正的评论家解释说，这里的"因而"既指豆蔻妙龄时的不孕，也指温存的血亲间的不育。可是凡说作者和评论者都错了，为说明自己的想法，他要自己的亲密爱人注意读其中的一章"性与法"，它讲的是凭本性任意妄为会给社会带来怎样的灾难后果。

在那些年代里，在这个国家，"乱伦"不但意味着"不贞"——其重点与其说关乎法学毋宁说关乎语言学——还暗示（例如在"乱伦混居"以及其他用语中）对人类进化延续性的干扰。历史早已用常识和大众科学取代了对"神法"的吁求。考虑到这些因素，"乱伦"只是因为近亲繁殖或许是一种罪过才被视为有罪。可是正如巴尔德法官已在一八三五年白化病骚乱中所指出的，几乎所有在北美及鞑靼的农场主和畜牧业者都把近亲交配当做一种繁殖手段，意在保存、激励、维护一个种群或品系里的良种甚至使之重新再生，只要不是操作得过于僵化就行，如若不然，近亲交配将导致多种形式的退化，造成残疾、低能、"弱化变异"，最终便是无可救药的不育。既然现在已有了"犯罪"的意味，既然无法指望谁可以明智地控制不分青红皂白进行近亲交配的放纵行为（鞑靼某地的一个品种的绵羊，经过繁衍所产羊毛越来越多，但在五十代之后戛然而止，只能生出无毛、五条腿、弱不禁风的羔子——砍了不少

---

① 原文为法语 *Les muses s'amusent*，系杜撰的书名。

农民的头也再不能使这个良种复生），那么或许最好就完全禁止"乱伦混居"。巴尔德法官及其追随者则意见相左，他们在"为避免大概存在的邪恶而对可行的益处进行的刻意打压"中认识到了对人的主要权利之一——即享受其进化自由——的侵害，而这种自由是别的生灵无从知晓的。令人遗憾的是，就在传闻中的这起伏尔加畜群与畜牧者的不幸事件之后，在这场争论的白热化阶段，美国出了一则更有实据的新闻[①][137]。育空茨克[②]一个叫伊凡·伊凡诺夫、被描述为一"酗酒成性的壮汉"的美国人（"这是对真正的艺术家的很好的界定。"爱达淡淡地说），竟不知用什么法子——是在睡梦中，他自己和他那一大家子人都辩称——使得五岁的重孙女玛丽亚·伊凡诺夫受了孕，然后过了五年，又在另一次睡梦中让玛丽亚的女儿达丽娅怀上了。玛丽亚——十岁的祖母，带着小达丽娅以及在其周围滚爬的宝宝瓦丽娅的照片登上了所有的报纸，伊凡诺夫家族的众多——且不总是生活严谨的——成员之间的关系在愤怒的育空茨克所造成的宗族系谱闹剧，为人们提供了各式各样的趣味谜题。在这位六旬梦游人得以继续繁衍后代之前，他被关进了修道院，并依照一项古老的俄罗斯法律被监禁十五年。获释之际他请求娶达丽娅以弥补自己的过失，而达丽娅此时已是一位体态丰盈、自己也问题重重的少女了。记者对婚礼大加报道，

①　原文为法语。

②　Yukonsk，杜撰地名，为加拿大的育空（Yukon）和俄罗斯城市雅库茨克（Yakutsk）的混合。

祝福者（新英格兰的老太太、田纳西华尔兹学院的一位进步的驻校诗人、墨西哥一所中学的全体师生，等等）的礼物如潮水般涌来，而就在同一天，甘梅利尔（其时还是一位年轻敦实的参议员）拼命地敲着会议室的桌子以致擂伤了拳头，他要求重新审判并执行死刑。当然，这只不过一个非常随性的姿态；但伊凡诺夫事件给"有利的近亲繁殖"这一小小的问题投下了一个大大的阴影。到了世纪中期，不但堂表亲之间，就连伯叔姨丈的儿女间及侄孙间都禁止通婚；在艾斯托提某些人丁兴旺的地区，大户农家都有多达十几个年龄性别混杂的人口睡在一张如同煎饼[138]的垫子上，他们接到命令，在晚间须将小木屋①窗户的帘子拉开，以便举着汽油火把的巡逻队（"爱偷看的帕特"——排斥爱尔兰的小报这么称呼他们）查房。

因为脑子里满是昆虫的爱达在一本很可靠的《交配习性的历史》里翻出以下段落，凡不禁又开怀大笑起来。"我们那些讲究清规戒律的文人为交配的目的所采用的传教士体位有不少危害和可笑之处，并受到了'野蛮'而又心智健康的毕古力岛民理由充分的奚落。指出其中某些危害与可笑之处的是一位杰出的法国东方学家（有很长的脚注，此处跳过），他描述了普帕尔说过的一种叫 Serromyia amorata 的苍蝇的交配习性。交尾时，两者的腹部紧贴，口器也触碰在一起。当性交的最后一阵抽搐（颤抖）终止时，雌虫从其激情洋溢的伴侣口部吸出了

---

① izba，原指俄罗斯、乌克兰等地区农民用原木建起来的房子。

雄性体液。人们推测（参见佩松等人的著述）[又是一个大容量的脚注]，那堪称珍馐的美味，比如小虫子那汁液丰富、包裹在蹼状结构中的腿，甚或仅仅是一种象征（进化过程中无关紧要的死胡同或微妙的开端——谁知道呢[①][139]！），比如一片花瓣——某些种类的雄蝇（但显然不是 femorata 及 amorata 这些蠢虫）会用一片红蕨叶子很仔细地包好，在交配前带给雌蝇——都象征着一种郑重保证，表示决不辜负那位年轻女郎的好胃口。"

更有意思的是，一位加拿大社会工作者德·雷亚恩－菲基尼的"演说辞"，她用了卡普斯堪[②]的方言（为挽回艾斯托提人及美国人的颜面；同时在其特殊的工作领域变本加厉地训导她的同僚）出版了论文《论避孕方略》。她写道："唯一可靠的欺骗自然的方法便是让一壮汉不断地继续，继续，继续，直到那快感要满溢出来，然后在最后关头切换到另一沟槽里，不过由于处在激情之中或体态笨重的女子无法很迅速地翻身，这一转换便只得求助于 torovago 的体位"；[③]一张附带的词汇表用直言不讳的英语将 torovago 解释为"一种在乡村生活中由所有阶层

---

① 原文为法语。

② Kapuskan，似与加拿大地名卡普斯卡辛（Kapuskasing）有关，后者在安大略省北部，居民说英语和法语，从后文可以看出卡普斯堪方言似乎是法语、英语和西班牙语的混合。

③ 此段原文为 Sole sura metoda, 'she wrote,' por decevor natura, est por un strong-guy de contino-contino-contino jusque le plesir brimz; et lors, a lultima instanta, svitchera a l'altra gropa [groove]; ma perquoi une femme ardora andor ponderosa ne se retorna kvik enof, la transita e facilitata per positio torovago, 据布赖恩·博伊德的注释，该段话是两种语言的滑稽混合。

人士采用的体位，从乡绅到最低等的牲口概莫能外，在美洲大陆从巴塔哥尼到嘎斯普① 尽皆如此。"所以说，凡总结道，我们的传教士已灰飞烟灭啦。

"你的粗俗真是没有止境。"爱达说。

"噢，我宁愿焚身而死，也不愿被谢拉美女妖——随便你管她叫什么——生吞活剥了——还得让我的寡妇在上面下好多绿色的小卵！"

令人感到荒唐的是，"知性的"② 爱达厌倦了那些大部头的知识书籍，厌倦了上面那些关于器官的木版画、幽暗的中世纪妓院的图片，以及中古时代由屠夫和戴了面罩的外科医生在剖腹接生时将胎儿从子宫里硬生生扯出来的场景；而不喜欢"自然史"且很起劲地对各种体罚大加抨击的凡，却无限迷恋于对那些饱受伤痛的人类肉身的描写和记述。除此之外，在比较轻松花哨的方面，他俩的情趣及窃窃嗤笑的德性都是差不多的。他们都喜欢拉伯雷和卡萨诺瓦；他们讨厌那位叫萨德的先生③、叫马索克的先生④ 以及海因里希·穆勒⑤ 140。英国和法国的艳情

---

① 巴塔哥尼、嘎斯普（Patagony、Gasp），在实际美洲地理中指南美的巴塔哥尼亚（Patagonia）和北美的加斯佩（Gaspé），这两个英语单词亦令读者联想到"激动、痛苦"（agony）和"气喘吁吁"（gasp）。

② scient，前文中爱达在与格雷丝玩颠倒字母构词游戏时曾使用过该词。

③ 原文为法语。萨德（Donatien Alphonse François de Sade，1740—1814），法国小说、戏剧、短篇小说作家，其作品以过多地描写性暴力行为为特征。

④ 原文为德语。马索克（Leopold V.Sacher-Masoch，1836—1895），有受虐倾向的奥地利著名作家。

⑤ Heinrich Müller，美国作家亨利·米勒（Henry Miller，1891—1980）的德语拼写。

诗虽然偶有机智与教益，最终还是让他们倒了胃口，其中让僧侣和修女在一起翻云覆雨的描述倾向，特别是在法国入侵前的那些，让两个人既觉不可理喻，又倍感压抑。

丹叔叔收藏的东方春宫图在艺术上只是二流水准，在形体上也不到位。在最欢闹也是最昂贵的一幅图上有一位长鹅蛋脸的蒙古女人，面色空洞，发型丑陋，正在一扇似乎可供观看的窗口里与六位膘肥体壮、同样面无表情的汉子发生着性关系，窗户里还摆满了屏风、盆景、丝缎、纸扇和瓷器。其中的三个男性，身形扭曲成错综而艰难的姿势，同时使用着该妓女的三个洞眼；年纪大一些的两个嫖客享受着她的双手，而第六位是个侏儒，只能靠她蜷曲的足部取乐。另有六个淫棍对她的六个直接性伴侣实施着鸡奸，而居然还有一个在她的腋窝里使着劲儿。丹叔叔当年耐着性子分清楚了所有直接或间接与这位表情绝对恬淡的女子（仍披着几缕罗衫）纠结相连的四肢和肚腹，用铅笔给画作标了价，并定名为"艺妓与十三个情人"。不过凡却找到了慷慨的画家奉献的第十五个肚脐眼儿，但这在解剖学上却无法说清。

藏书室曾在谷仓燃烧之夜以其居高临下的位置展现了那难忘的情景；它敞开了玻璃门；它为爱书者许诺了一首悠长的田园浪漫曲；它或许能成为自身书架上那些旧小说中的一个篇章；一丝滑稽模仿的意味使其主题具有了喜剧性的调剂生活之功效。

22

我的妹妹，你还记得吗
蔚蓝的拉多尔和阿尔迪斯的家？ ①

难道那沐浴在拉多尔湖中的墙壁
不再留存于你的记忆？

我的妹妹，你可还记得 [141]
沐浴在拉多尔湖中的城堡？ ②

我的妹妹，你还记得吗
拉多尔湖浣洗过的城堡的旧墙瓦？

我的妹妹，你可还记得那山，
那高高的橡树，和那拉多尔湖？ ③ [142]

我的妹妹，你可还有印象
舒展的橡树和我的山冈？

哦！谁会将我的阿琳还给我，

还有那大橡树和我的山冈？ ④ 143

哦！谁会归还我的姑娘，

还有那大橡树及我的山冈？

哦！谁会将我的阿代勒还给我，

还有我的山冈及燕子？ ⑤

哦！谁会将我的露西尔 144 还给我，

还有拉多尔湖及灵敏的燕子 145 ？ ⑥

哦！谁能用我们的语言说清

他爱过唱过的柔情？

　　他们在拉多尔湖泛舟、游泳，他们循着人们钟爱的河湾，他们试图为其觅得更多的韵律，他们上山去寻访布赖恩特城堡的黑色废墟，雨燕仍绕着那里的塔楼飞旋。他们去卡卢加旅行，畅游那里的几片水域，他们还去找家庭牙医。凡一边翻杂志一边听爱达在邻屋尖叫，咒骂着"chort（见鬼）"，这可是他

---

① 本诗取材于夏多布里昂的诗作《我拥有怎样的甜蜜回忆》（*Combien j'ai douce souvenance*）。

②④⑤⑥　本段原文为法语。

③　本段原文为用拉丁字母转写的俄语。

从未听她说过的。他们去邻近的德·普雷伯爵夫人家喝茶——夫人企图向他们推销一匹瘸腿马但未能如愿。他们去逛阿尔迪斯维尔的集市，尤其喜欢那里的中国杂技艺人、德国小丑，以及一位魁梧的会吞剑的切尔克斯①王子，他以水果刀开始，继而用一把镶珠宝的匕首，最后连绳子吞下了一整条硕大的意大利腊肠。

他们做爱——大多在幽深的山峡和溪谷之中。

对于普通的生理学者而言，这两个年轻人的精力或许不太正常。他们对彼此的渴求，假如在几小时内没有得到数次满足——无论是在阳光下还是树荫里，在房檐上还是地窖内，随处皆可——便无法忍耐。气血旺盛的凡尽管拥有超常的激情储备，但仍几乎跟不上他苍白娇小的小情人②（法国地方俚语）的步伐。夏天刚开始时，滚滚不尽的青春荣耀与自由在他们面前延展，然而他们对肉体之乐未加节制的享用到了疯狂的地步，若非夏季慵懒地暗示出可能的失败与失手，皮肉的疲弱（这是对自然之声的最后诉求，妙不可言的头韵啊［残花与苍蝇的相拟相仿］）——先是八月末的第一次中断，接着是九月初的第一次沉寂——他们的阳寿大概要折掉不少。那年的果园和葡萄园风景独好，而本·赖特却因放屁被解雇了，那是在他驾车送参加葡萄收获 146 节（在拉多尔附近的布朗托姆）的玛丽娜和

---

① Circassian，苏联高加索部落人。

② amorette，法语词典里并无此词，不过从法语构词法上看，意义应为"小情人"。

拉里维埃小姐回家的途中。

　　这倒提醒了我们[1]。在阿尔迪斯藏书室里"奇技淫巧"之标签下有一部豪华大书（凡知道这本书还得归功于韦尔托格拉多小姐的热心帮忙），题为《被禁的杰作：代表国家展览馆（特藏部）私密处[2]的一百幅画，为维克多国王陛下印制》。这（精美的彩色照片）是意大利的大师们在漫长且充满欲望的文艺复兴时期，在多少次虔诚的幡然觉醒之中允许自己创作的性感而柔美之物。这本画册曾经要么丢失要么被盗要么藏在伊凡叔叔在阁楼的家当里不见天日，其中有些很是古怪。凡记不起脑海里的那幅图是谁画的了，但想来也许是米开朗琪罗·达·卡拉瓦乔的早期作品。那是无边框布上的一幅油画，描绘了一对偷情的赤裸少年男女，躲在常青藤蔓或葡萄架或小瀑布之下，掩映在青铜和墨绿色的枝叶以及大串晶莹的葡萄中间，果实与叶子明快的光影与显露脉纹的肉体奇幻地混杂在一起。

　　总之（这或许纯粹是一种风格上的过渡），他感到自己被引入了那件画作中。那是在一个下午，大家都去了布朗托姆，他和爱达在阿尔迪斯庄园松林里的小瀑布边上晒日光浴，他的小仙女俯身于他以及他那明晰的欲望之上。她长而直的头发原本在树荫下均匀地呈现略带几分蓝色的黑，而在灿烂的阳光下，却是深褐与暗琥珀色相间，分成细长的几缕，遮住了她凹

────────────

[1]　前段尾句中的地名布朗托姆（Brantôme）也是法国作家布朗托姆（Seigneur de Brantôme，1540—1616）的姓氏，而其中的 tôme 与英语 tome（大部头著作）谐音，故有下文。

[2]　private part，该用语（多为复数）亦有"私处"之意，因而为双关语。

陷的脸颊，或优雅地被如象牙般雪白的耸起的肩分开。那棕色发丝的质地、光泽和气味，于这命中注定的暑期伊始便曾挑逗他的感官，并持续地对他起着作用，强劲而浓烈，在他年轻的兴奋感发掘出她其余无法抵御的欢乐之源以后很长时间，这种对她秀发的迷恋仍未消退。在九十岁时凡仍记得，只有他当年第一次落马时头脑的窒息，才堪比趁爱达第一次俯身于他之际抓起她的青丝时自己思维的停顿。它抓挠着他的腿，潜进他的腿根，绵延于整个悸动的腹部。研究艺术的学生可以借此了解错觉效果①画法的巅峰作品，具有里程碑式的意义，作品从黑色的背景中突兀地显出，米开朗琪罗式的光线聚合形成其轮廓②。她抚摩他，缠绕着他：宛如带卷须的攀援植物盘卷于一根柱子，将它愈来愈紧地包裹起来，愈加甜美地咬在他的颈部，让他的劲道消散在深红色的温柔之中。一片葡萄叶子被一只天蛾幼虫咬出了月牙形。一位颇有名气的微鳞翅类昆虫学家在用完了拉丁和希腊名称后，创造了玛丽纹蛾、爱达纹蛾、欧纹蛾③等术语。就是她。此时的笔触又是谁的？令人血脉贲张的提香④？醉醺醺的帕尔马·韦基奥⑤？不，她绝不是个威尼斯

① 原文为法语。

② 此处指的是凡的私处，根据布赖恩·博伊德的注释，米开朗琪罗的画法的确会以这种方式处理肢体和面部容貌，但从未这样描绘过勃起的男性器官。

③ 玛丽纹蛾、爱达纹蛾、欧纹蛾（Marykisme，Adakisme，Ohkisme），其中的文字游戏在于都有"吻我"之意。

④ Titian（1488—1576），意大利文艺复兴时期威尼斯画家。

⑤ Palma Vecchio（1480—1528），意大利文艺复兴时期威尼斯画家。

的金发女人。也许是多索·多西①？被小仙女耗得精疲力竭的"农牧之神"②？乐陶陶的萨堤尔？那颗新补的臼齿是不是磨破了你的舌头？它弄伤了我。开玩笑的，我的马戏团的切尔克斯王子。

片刻之后呈现的便是荷兰画的场景：少女跨进小瀑布下的水池里洗她的衣物，并将其绞干，这些动作同样古老得无法追忆。

我的妹妹，你还记得吗
那塔楼，名为"摩尔人之家"？

我的妹妹，你可曾记否
城堡、拉多尔湖，以及一切所有？

---

① Dosso Dossi（1489—1542），文艺复兴时期的意大利画家。
② Faun，罗马神话中的半人半羊的农牧之神。

23

一切都顺风顺水，直到拉里维埃小姐决定卧床休息五天：她在葡萄收获节的游乐场的旋转木马上扭伤了背。此外，她想把它用作已开始动笔的一篇小说（讲一位市长如何扼死一位叫罗吉特[147]的小姑娘）的场景，而且她从自身经验知道没有什么比床的温暖[①][148]更能激发灵感了。那期间，二楼的女佣弗伦奇负责照顾卢塞特，她不论脾气还是面相都不如甜美可亲、恬静优雅的布兰奇，卢塞特则想方设法躲避这个懒姑娘的监护，而更喜欢跟着表兄和姐姐。弗伦奇的话："好吧，如果凡少爷让你去的话"，或是"好的，爱达小姐肯定不会嫌你跟她一起采蘑菇"，像是对他们自由自在的相爱敲响的丧钟。

床上的那位女士倒是躺得舒坦，正描述着小罗吉特喜欢玩耍的那处溪岸，而此时爱达也坐在相似的河岸边，不时充满渴欲地望着一丛诱惑着她的常青树（时常为我们的爱侣遮风挡雨）以及古铜色躯干、赤着足、卷着工装裤脚的凡，他正找寻着手表，以为手表掉在了勿忘我丛里（却忘记了爱达正戴着它呢）。卢塞特已将跳绳丢在一边，并蹲在溪边让一只胎儿大小的玩具娃娃漂浮在水里。每隔一会儿她便从娃娃身上的一个小洞里挤出一股好看的水来，小洞是爱达穷极无聊时为她在这个光滑的橘红色玩具上钻出来的。那娃娃似乎突然间厌烦了周遭的了无生气，设法让水流冲走了自己。凡在柳树下脱去长裤，将逃亡的娃娃捉了回来。爱达在对眼前的情势盘算了一会儿之后，合上书对通常很容易哄骗的卢塞特说，她，爱达，感觉到快要变成一条龙了，鳞片已经开始变绿了，现在已经是龙啦，得用跳绳将卢塞特和树绑在一起，这样凡可以及时赶来救她。出于某种原因，卢塞特抗拒着这个主意，可是抗拒不了他们的气力。气愤的小俘虏被牢牢捆在柳树干上，爱达和凡则"腾跃"着装作一追一逃，迅速消失在一丛黑黝黝的松林里，他们只有宝贵的几分钟时间。当龙和骑士又腾跃着奔回来时，挣扎不止的卢塞特已经扯开了绳子的一个红色扭结，眼见就要挣脱了。

她向女家庭教师告了状，拉里维埃则完全曲解了整个事件（人们对她的新作也同样如此）。她把凡叫过来，并隔着挡了屏风的床，在一片熏人的药味和汗味之中训导他不要再把卢塞特弄得晕头转向，别让她郁郁寡欢地沉浸在童话里。

第二天爱达告诉妈妈卢塞特非得洗个澡不可，由她来洗，不管女家庭教师同意与否。"好吧[149]，"玛丽娜说（她正准备以"玛丽娜女爵士"[2]的派头接待一位邻居和他的门生[3]，一位年轻的演员），"不过水温得正好是二十八度，这是十八世纪以来的规矩，而且不能让她泡澡超过十分钟或十二分钟。"

"绝妙的主意。"凡边说边帮爱达加热水槽，往破旧的浴缸

---

① ③　原文为法语。

②　故事发生的年代里曾有多位女演员因杰出的表演而荣获爵位。

里注进热水，并暖好了两条毛巾。

尽管只有九岁且尚未开始发育，卢塞特却也像所有红头发小女孩一样长着颇让人疑惑的软毛，腋窝下有几点零落而鲜亮的细绒，而肚腹上也分布着黄铜色的汗毛。

液体囚笼准备停当，闹钟也调好了，整整十五分钟。

"让她先泡着，之后再给她擦肥皂。"凡焦躁地说。

"好的，好的，好的。"爱达嚷道。

"我是凡。"卢塞特说，她站在浴缸里，将紫红色的肥皂夹在腿间，挺起亮闪闪的小肚子。

"你再这样就要变成男孩了，"爱达严厉地说，"那可不是闹着玩的。"

小姑娘警惕起来，并将屁股浸入水里。

"太烫了，"她说，"烫死了！"

"会凉下来的，"爱达说，"快扑通一声坐下去，放松些。这是你的娃娃。"

"快点，爱达，行行好，让她下去。"凡又说道。

"记住，"爱达说，"要是胆敢在铃响之前从那么热乎乎的水里出来，你就会死掉，因为这是昆利克说的。我会回来给你打肥皂的，但是不要叫我；我们要清点亚麻床单，还要拣出凡的手帕。"

两个大孩子将 L 形浴室的门从里面锁上，退到侧面相对隔离的地方，在一只五斗橱和一台老旧弃用的熨平机之间，浴室镜子里的海绿色眼睛是望不到这里的；可是几乎还没等他们在藏匿处干完那猛烈而又不算太舒适的力气活（一只空药瓶在架子上白痴似的打着节拍），卢塞特便已从澡盆里发出响亮的呼喊，女仆也敲起了门：拉维埃小姐也需要热水。

他们各种花招都使尽了。

比如有一次，卢塞特表现得尤让人感到烦心，拖着鼻涕，手始终抓住凡的手不放，哼哼唧唧地缠着他，她对他的陪伴着实已经上了瘾。此时凡使出所有的劝服技巧、吸引力和口才，小声以共谋的语调说："听着，我亲爱的。这本棕色的书是我最珍贵的一样宝贝。我穿校服的时候专门有个口袋放它。坏孩子想偷，为这个我没少打架。这可是一本（虔诚地翻着书页）最美丽最有名的英语短诗集子。比如这首特别短小的诗是桂冠诗人罗伯特·布朗[1]四十年前含着眼泪作的，我父亲有一次指给我看这位老先生，那是在尼斯，他站在高耸的悬崖上，在一棵柏树下俯瞰布满泡沫的青绿色海浪，谁见了都忘不了。诗的名字叫'彼得与玛格丽特'。现在，你有这么（严肃地转向爱达征求意见）四十分钟时间（'给她整一小时吧，她连Mironton，mirontaine [150] 都记不住'）——好吧，整一小时，把这八行诗背下来。你和我，（轻声耳语）要给你又凶又自大的姐姐看看，我们笨笨的小卢塞特什么都会的。如果（用嘴唇轻抚她的短发），如果，我的小宝贝，如果你能背下来，一字不

---

[1] Robert Brown，为作者杜撰，从故事发生的年代（1884）看，四十年前的桂冠诗人是威廉·华兹华斯（William Wordsworth，1770—1850），而与其名相近的勃朗宁（Robert Browning，1812—1889）并未获桂冠诗人称号。

差，给爱达点颜色瞧瞧——你得当心'这里—那里'以及'这个—那个'的区别，还有其他所有的细节——如果你能做到，这本珍贵的书就永远归你了。（'让她试试那首寻找羽毛并且见到孔雀平原的，'爱达冷冷地说——'那要难一些。'）不，不，她和我已经挑了短民谣诗了。好吧。现在到里面去，（打开一扇门）我不叫你不准出来。否则，你就得不到那奖品，会后悔一辈子的。"

"哦，凡，你真好。"卢塞特说着慢慢走进屋子，愣愣地翻着令她着迷的衬页，上面有他的名字，粗花体字，还有他自己漂亮的钢笔画作——一株黑色的紫菀（起源是一个污点），一根陶立克式圆柱（掩饰了一个更下流的构思），一棵精致的无叶树（从教室窗口能望见），几个男孩子的侧像（切西猫、佐格狗、狂想塔特，还有凡自己，画得有些像爱达）。

凡赶到阁楼与爱达相会。此时他很为自己的计谋得意。十七年后，他将带着预感的战栗回忆起此事，彼时，即一九〇一年六月二日，卢塞特从巴黎给在金斯顿的他寄来了最后一张便条，"为以防万一"，上面写道：

"那本你给我的诗集—— 一定还在阿尔迪斯我的儿童房里——我保存了多年；那首你要我背诵的小诗仍历历在目，安居于我纷乱的脑海里，而此刻，包装工人践踏着我的物什，弄翻了我的柳条箱，还有声音在嚷着，该走了，该走了。在布朗的诗里找到了它，再次赞美了我八岁时的聪慧，如同你和快乐的爱达在远去的那天所做的一样，像是有只小小的空瓶子在自己的架子上丁零作响的那天。现在再来读吧：

　　这里，向导说，是牧场，
　　那里，他说，是树木，
　　这里是彼得下跪的地方，
　　那里是公主伫立之处。

　　不，访客说，
　　你是游魂，老向导。
　　香椿和橡树只在世间路过，
　　可她仍在我身边萦绕。"

24

由于"电患"[151]（凡维泰利常开的玩笑！）①在全世界范围内被禁，其名称在（英国的和巴西的②）上上层社会家庭——就像维恩家族和杜尔曼诺夫家族——已成为一个"淫秽"的字眼，而且只在极为重要的"设备"里被复杂的代替品所取代，这些设备包括电话、机动车——还有什么？——嗯，还有不少平头百姓贪婪渴求的玩意儿，他们谈起这个呼吸就变得比猎狗还急促（因为得说上一长串句子），那些琐碎的东西比如磁带录音机，是他以及爱达的祖父辈最喜爱的玩具（泽姆斯基王子曾有过一台，服务于所有和他上床的女同学），现在已经不再生产了，只有在鞑靼地区人们开发了具有秘密构造的"minirechi③"（"会说话的尖塔"）。这些都让凡感到遗憾。假如寻常的人情世故和寻常的法律能准许我们这对博学的情侣将他们在神奇的阁楼里找到的那只神秘的匣子运转起来，他们也许能录下（以便在八十年后能重新播放）乔治·凡维泰利的咏叹调，以及凡·维恩与其心上人的绵绵情话。例如，以下或许便是他们能在今天听到的——带着自娱、尴尬、哀伤、惊奇。

（讲述者：那个夏日，在他们进入过早开始且在许多方面都相当致命的罗曼史的亲吻阶段之后不久，凡和爱达准备去枪房，别名"射击场"。他们先前在地势较高处找到了一间极小的东方风格的屋子，里面有好几只玻璃柜，玻璃已模糊不清，里面曾放过手枪和匕首——从褪色的天鹅绒上的黑印子的形状能判断出这一点。这是个可爱而不无忧郁氛围的隐秘地点，有些霉味，窗口有配软垫的座椅，边橱上立着一尊帕卢坚猫头鹰④标本，一旁还有一只空啤酒瓶，也许是某个已故老园丁留下的，陈旧的商标上印着一八四二）。

"别碰出声音啊，"她说，"我们的一举一动卢塞特都盯着呢，哪天我要掐死她。"

他们穿过一片小树林，又经过一个洞口。

爱达说："从正式关系上说我们是姨表亲，根据特别法令表亲是可以结婚的，**如果**他们保证他们的头五个孩子绝育的话。可是，还没完，我母亲的公公是你祖父的兄弟。对吧？"

"他们是这么告诉我的。"凡平静地说。

"那我们的关系还不够远，"她思索道，"或者够了？"

"够远了，够可以了。"

"真好笑——在你将那首诗变成橘红色之前，我看见它是用小号紫色字印的——就在你开口前一秒钟。⑤语音，云烟。

———————————————

① 电患（Lettrocalamity），形似意大利语中的 elettrocalamita（电磁石），与"凡维泰利"，即 Vanvitelli（Van v.Italii）一样有双关意。

② 这里提及巴西的（Brazilian）仅为与英国的（British）凑头韵。

③ 作者杜撰的词，以拉丁词根 mini（微小）和俄语词根 rechi（说话）组成。

④ Parluggian Owl，为作者所杜撰的品种。

⑤ 纳博科夫曾在回忆录《说吧，记忆》里描述过听觉的色彩："也许用'听觉'不够准确，因为颜色的感觉似乎产生于我一面想象某一个字母的外形，一面口头发出它的声音的动作之时。"

就像先于远处炮声的尘雾。"

"从肉体上说,"她继续道,"我们更像双胞胎而不是表亲,而双胞胎或是亲兄妹当然是不能结婚的,假如一意孤行的话就会坐牢还会被'阉'掉。"

"除非,"凡说,"他们是得到法律判定的。"

(凡已经在开门锁了——在日后各自的梦里,他们多少次用柔若无骨的手敲打着这扇绿色的门。)

还有一次,他们在林中小径及乡村道路上骑车(其间停留了数次),那是在谷仓燃烧之夜后不久,但在偶然发现阁楼里那册干燥标本集之前,那天他们还发现了他俩以一种朦胧、有趣、肉体而非道德的方式预感到的一些事情的证据。凡很随意地提到他出生在瑞士,童年时两度待在国外。她去过国外一次,她说。夏天大都待在阿尔迪斯;冬天则基本住卡卢加城内的家里——过去泽姆斯基 chertog(豪华宅第)的上面两层。

一八八〇年,十岁的凡坐上了有冲淋房的银色火车,陪同他的是父亲、父亲的漂亮秘书、秘书十八岁戴白手套的妹妹(也部分地充当凡的语文家教和保姆),还有他那端正如天使的俄文教师安德雷·安德烈耶维奇·阿克萨科夫("AAA"),他们是去路易斯安那和内华达的度假胜地。他还记得,AAA 向一个曾跟凡打过架的黑人孩子解释普希金和大仲马都有非洲血统,而那个男孩则朝 AAA 伸了伸舌头。这是个好玩的新把戏,凡起初跟着学,却遭到了那对"幸运小姐"中的妹妹的强烈训斥,快收回去,先生,她说。他还记得听一位系了宽腰带的荷兰人在酒店大堂里对另一位说，凡的父亲——刚刚哼着他仅会的三支曲子中的一支从前面经过——是个有名的"骆驼手"（骆驼骑手——是最近引入了戈壁滩^①？不，是"赌徒"）。

在他寄宿学校的生活开始之前，他父亲的漂亮房子——佛罗伦萨风格，**矗**立于两块空地之间（曼哈顿的公园街五号）——曾是凡在他们不去国外旅行时过冬的家（一双巨无霸很快将在两边拔地而起，像是要把这房子拎起来）。避暑则在拉杜加莱，"另一个阿尔迪斯"，比爱达的阿尔迪斯要凉很多，也沉闷得多。有一年他甚至在那儿既过冬又度夏，那一定是一八七八年。

当然，当然，爱达回忆道，因为那是她第一次看见他。他穿着小小的水手服戴着蓝色水手帽。（一个标准的小天使，^②凡用拉杜加的混杂方言评论道。）他八岁，她六岁。丹叔叔出人意料地表达了重访祖上地产的愿望。临行的最后一刻玛丽娜说也要来，且不顾丹的抗议将小爱达、玩具兔子连同她的绣花箍一起抱进了马车。她回想，他们是乘火车从拉多加到拉杜加的，因为她记得脖子上挂哨子的车站工人沿着月台走的情形，他们经过靠站的本地车时一扇接一扇地将门砰砰地关上，每节车厢有六扇门，六扇窗，结合在一起成为南瓜的造型。凡觉得那就是"雾中之塔"（提及美好的回忆时她都会

---

① shamoes，与法语 chameaux（骆驼）谐音。
② 原文 Un régulier angelochek，是法语、用拉丁字母转写的俄语、英语的混杂。

这么说）①。接着乘务员随着火车的开动走上连接每节车厢的踏板，重新将门打开，开始售票、打孔、收票、舐着大拇指，还要找零钱，忙得不可开交，不过亦算是另一座"紫红色的塔"。他们有没有租一台单排座轿车去拉杜加莱？十英里，她猜。十俄里②，凡说。他想起还曾出去与家庭教师阿克萨科夫在阴暗的杉木林里 na progulke（散步），同行的还有巴格罗夫的孙子152——一个邻家男孩，凡总是逗弄他，特别喜欢拿他取乐，那是一个乖巧安静的小家伙，常常悄无声息地屠杀着鼹鼠和其他一切有皮毛的动物，大概是一种病态。不过他们到达时，立刻便明白德蒙并未料到有女士光临。他正在露台上与一个他收养的孤女喝黄金酒③（一种甜威士忌），他说那是一朵动人的爱尔兰野玫瑰，而玛丽娜一眼就看出来她是个相当轻佻的女帮厨，在阿尔迪斯庄园做过很短的一段时间，曾被一位不知名的先生强奸——而这位先生④如今已声名显赫。那个时候，丹叔叔有一副与他表兄一样的单片眼镜，只是看起来更显好色，此时他戴起了眼镜看罗斯，也许表兄答应了给他分一杯羹（凡在这里打断了与他对谈者的讲述，告诉她注意用词）。这个聚会是一场灾难。那孤女慵懒地取下珍珠耳环让玛丽娜鉴定。巴格罗夫大爷刚在卧室里打了盹儿，蹒跚着走出来，准是将玛丽娜错

———————————

① 见第十二章爱达的儿童哲学观。

② 一俄里相当于三分之二英里。

③ goldwine，为作者所杜撰。

④ 该先生指的就是德蒙。

当成了高级娼妓①，怒不可遏的女士后来找机会埋怨可怜的丹时如此推测。玛丽娜不想留下来过夜，气冲冲地要带爱达走。爱达听了父亲和伯父的话，已跑到花园里去玩了，她正拿着罗斯盗用的唇膏在一排小桦树雪白的树干上画红艳艳的记号，一边喃喃自语一边清点着数目，准备做一场游戏（具体玩什么她现在已记不清了——真遗憾，凡说）。此时玛丽娜风风火火地抱起她就走，还是乘着那辆出租轿车径直往阿尔迪斯赶——把丹撇了下来，让他在那里自甘堕落——并在日出时奔到了家。可是，爱达补充说，就在她被卷走，她的彩笔也被夺下（玛丽娜将其扔掉给了魔鬼②，该死的猎犬——而它的确能让人想起罗斯的一只小猎狗，它总是企图抱住丹的腿）之前，她机灵地瞥见了小小的凡，与另一个可爱的男孩，还有留着金色胡须、穿白上衣的阿克萨科夫，向房屋这里走过来。哦，对了，她忘了拿她的绣花箍——不，还在出租马车里。不过，凡本人对此次来访甚或对那个不同以往的暑假没有丝毫印象了，因为他父亲的生活向来都是一座玫瑰园，他自己也被不止一双没戴手套的娇美的手抚爱过，对此爱达也不感兴趣。

那么一八八一年又如何呢？这时的姑娘们——分别八九岁和五岁——已跟大人们去过里维埃拉、瑞士，以及意大利的湖区，同行的还有玛丽娜的朋友、演艺界的大亨格朗·D. 杜

---

① 原文为法语。
② 原文为用拉丁字母转写的俄语。

蒙（那个"D"也代表了 Duke①，他母亲的娘家姓，也就是些爱尔兰乡绅¹⁵³ 吧，嗯？②），他们谨慎小心地搭乘下一班地中海快车或下一班辛普朗③，或下一班东方快车，或者随便哪一列豪华列车④，只要能载维恩家母女、英国女家庭教师、俄国保姆以及两个女佣就好。而处于半离婚状态的丹则赴赤道非洲的某个地方去拍摄老虎（让他感到意外的是没有看到）以及其他名声不佳的野兽，它们被训练得可以大摇大摆地穿过车道。在莫桑比克野外旅行经纪人的高雅屋宅里，还能看到丰满的黑人女孩。她当然还记得在她和妹妹玩"笔记对比"游戏时，她记下的东西比卢塞特多了很多，比如旅行路线、奇花异草、各地风尚、骑廊下琳琅满目的商铺，还有在日内瓦曼哈顿宫的餐厅里，一个留黑胡子、古铜色皮肤的英俊男子一直坐在角落里盯着她；而卢塞特虽然年幼不少，却也记得一大堆琐碎的玩意儿：小"塔"和小"桶"之类的东西，过去的小玩意儿¹⁵⁴。她，这位卢塞特⑤，就像《啊，这条线》⑥（一部流行小说）里的那个姑娘，是"直觉、愚蠢、天真和狡黠的混合体"。顺便提一句，她已经坦白了——是爱达令她坦白的——正如凡所怀疑的，那天的实际情形并非如他们所见：当

① Duke 亦有"公爵"之意。

②④⑤　原文为法语。

③　Simplon，欧洲第一列横贯大陆的快车，最初全程逾 2 740 公里，1919年后路线延伸，由加莱和巴黎到洛桑，经过辛普朗隧道到米兰、威尼斯、札格拉布和更远的地方。

⑥　原文为法语，系杜撰的法语小说书名。

他们折回来解救这个被困的少女时，她正忙不迭地想把自己重新捆起来而不是要逃脱，此前她已经挣松了绳子，透过松树丛窥探到了他们。"天哪，"凡说，"这解释了她怎么懂得把肥皂夹成那个角度！"① 哦，那又如何，谁在乎，爱达只希望这可怜的小家伙在爱达的岁数时能与现在的爱达一样快乐，我的爱人，我的爱人，我的爱人，我的爱人。凡希望他们停在灌木丛里的自行车可别透露出金属的反光，让林间路上的过客看见。

接下来他们试图研究一下，他们那年在欧洲的路线有没有会合或是近在咫尺。一八八一年春天，十一岁的凡与他的俄国家庭教师和英国男仆到尼斯附近祖母的别墅里住了几个月，与此同时，待在古巴的德蒙可比待在莫古巴②的丹过得快活多了。到了六月，凡跟着大人去了佛罗伦萨、罗马和卡普里③，他父亲在那儿小住了一段时间。之后他们又分手，德蒙搭船返回美国，凡则与家庭教师先去了加尔达湖畔的加尔登④，在那里阿克萨科夫虔诚地指给他看歌德和邓南遮⑤的大理石足印。

---

① 见前章情节："'我是凡，'卢塞特说，她站在浴缸里，将紫红色的肥皂夹在腿间，挺起亮闪闪的小肚子。"

② Mocuba，莫桑比克的地名。

③ Capri，意大利南部岛屿，位于那不勒斯湾南部边界。

④ Gardone on Lake Garda，加尔登（Gardone）在意大利北部，加尔达（Garda）为意大利最大湖泊。

⑤ Gabriele d'Annunzio（1863—1938），意大利诗人、记者、小说家、戏剧家和冒险者。他常被视作贝尼托·墨索里尼思想的先驱，在政治上颇受争议。主要作品有《玫瑰三部曲》。

秋季，他们在莱芒湖①（卡拉姆津②和托尔斯泰伯爵在这里漫步过）边山坡上的一家酒店歇了数日。玛丽娜有没有猜想到在整个一八八一年，凡大体都在离她很近的某处活动？大概没有。在戛纳时两个姑娘都得了猩红热，而玛丽娜正和她的爵爷③待在西班牙。仔细比对回忆之后，凡和爱达得出结论，在蜿蜒的里维埃拉公路上，他们并非没有可能乘着各自租来的四轮折篷马车擦辙而过。他俩都记得很清楚，那马车是绿色的，配着绿马具。也有可能乘坐了两辆不同的火车，或许还是沿着同样的路线行进，小姑娘坐在卧铺窗口，看着并行的一列火车的棕色卧铺车厢，看着这火车缓缓地与她们分开，驶向亮闪闪的延展的海面，而坐在轨道对面的小男孩则可以将海景尽收眼底。这种偶然性平淡得不足以引发任何浪漫的故事，而就算他们在一座瑞士小城的码头走着或跑着擦肩而过，也不大会引出多大的震撼。往昔的记忆如同迷宫，那些装了反光镜面的窄窄的路径不但迂回曲折，而且分列不同的层面（就像一架骡车于高架桥拱之下蹒跚路过，而汽车则在其头顶绝尘而去），当他随意用回溯的思绪的探照灯照向那迷宫时，他发现已经在思考——虽然还很模糊且无实质进展——成年之后一直萦绕心头的学科：关于空间与时间的问题，空间对时间，时间被扭曲的空间，作为时间的空间，作为空间的时间，以及存于人类冥思的终极悲

①　Leman Lake，即日内瓦湖。

②　Nikolay Mikhailovich Karamzin（1766—1826），俄国作家、历史学家。

③　Grandee，与上文提到的此人姓名格朗·D（Gran D.）谐音。

剧性胜利中挣脱了时间的空间——我死故我在。

"可**这一切**是确定无疑的，"爱达大声说道，"这是现实，这是纯粹的事实——这森林，这苔藓，你的手，我腿上的瓢虫，是抹不掉的，对吧？（会抹掉的，已经抹去了）。**这一切**都聚拢来了，不管那些路径是如何缠绕，是如何彼此蛊惑，是如何弄得一团糟，它们不可避免地在这里相会了！"

"我们得找到我们的自行车，"凡说，"我们迷失'在森林里的另一处地方'[①]了。"

"哦，别急着回去，"她叫道，"哦，等等。"

"可是我想确认一下我们处于何地，处于何时，"凡说，"这是一种哲学需要。"

天色渐暗；剩余的阳光呈条带状，欢快地逗留在多云的西边天空。我们都见过这样的场景：一个人在向朋友热情致意后过马路，笑容仍挂在脸上，迎面而来的陌生人则瞪着他，因为后者不明白为什么他要打招呼，错将这当做不怀好意的愚蠢之举。在说完这个比喻后，凡和爱达觉得真的该回家了。当他们骑经加姆雷特时，一家俄罗斯酒馆[155]使他们食欲大动，于是他们下车进了这家光线幽暗的小酒馆。一位马车夫用宽大的手掌端着碟子喝茶，嘴唇发出响亮的吸吮声，完全是那些清一色的旧小说里的人物。此外，蒸汽缭绕的酒店里只有一位围头巾的女人在恳求一个荡着腿、穿红衬衫的少年把鱼汤喝完。原来

---

① in another part of the forest，莎剧中常用的场景提示，如在《皆大欢喜》（*As You Like It*）中该提示多达十一次。

这就是酒馆老板娘，她站起身，"手在围裙上擦了擦"①，给爱达（她一眼就认出了）和凡（她不无正确地认为他是小女主人的"情郎"）端来一些俄式小"汉堡"，称作 bitochki。他俩每人狼吞虎咽了半打——之后从茉莉花丛下取了自行车继续向前蹬。他们得打开电石灯了。在抵达阿尔迪斯庄园的那片黑暗之前，他们停顿了最后一次。

真是一个愉快的巧合：他们发现玛丽娜和拉里维埃小姐也在俄式阳台上喝晚茶，这里有玻璃围栏，光顾的人不多。小说家已经差不多康复了，但仍穿着印花睡衣，她刚刚向啜着匈牙利葡萄酒的玛丽娜朗读了新创作的小说的校样（准备第二天打印）。寻求杯中忧愁② 156 的玛丽娜特别有感于那位先生（"长着鳏夫的粗红脖子，仍然精力充沛"③ 157）的自杀，此君因他的受害者的恐惧而畏惧，把他怀着不可饶恕的贪念 158 ④强奸的小女孩的脖子掐得太狠了。

凡喝了杯牛奶，忽然间一波甜美的疲倦袭遍了四肢，他很想直接上床睡觉了。"真糟糕⑤ 159，"爱达边说边贪婪地把手伸向 keks（英式水果蛋糕）。"吊床？"她询问道；但步履已不太稳当的凡摇了摇头，吻过玛丽娜忧郁的手后，便回屋了。

"真糟糕，"爱达重复道，同时带着填不饱的胃口将一块厚

---

① 此处的引号揶揄了为众多小说所用的陈词滥调。

②④⑤ 原文为法语。

③ 原文为法语。这里的情节对应莫泊桑的《小罗克》。第二十三章第一段曾提到拉里维埃在病榻上写《罗吉特》（*Rockette*）。

厚的蛋糕的黄色粗糙表面及其内容丰富的硬壳——提子、当归、糖渍樱桃、橘皮——涂上奶油。

拉里维埃小姐一直惊异且嫌恶地盯着爱达的动作，说道：

"我一定是在做梦。竟还有人在这么难以下咽、粗陋的英国面团上涂黄油。"① 160

"这才第一块，② 161" 爱达说。

"要不要给你的酥酪③ 162 撒点肉桂？"玛丽娜问。"你知道吗，贝尔④？"（转向拉里维埃小姐）"她还是小宝宝的时候，管这个叫'沙子雪'。"

"她从来就不是小宝宝，"贝尔一字一顿地说，"她还不会走路就能打折小马的背。"

"我不明白，"玛丽娜问道，"你们骑了多少英里，把我们的运动员累成这样了。"

"只有七英里。"爱达一边唔吧唔吧地吃着一边微笑道。

———————————

①②③　原文为法语。
④　卢塞特对拉里维埃的称呼。

194

25

九月一个晴朗的早晨，树木仍然郁郁葱葱，但沟壑和地穴已落了不少紫菀和飞蓬。凡要出发去拉杜加与父亲及三位家庭教师住两周，然后便要返回在美因州卢加的学校了。

凡亲了亲卢塞特两腮的酒窝以及脖子——朝装束整洁的拉里维埃眨了眨眼，而后者则看了看玛丽娜。

该走了。众人目送着他：穿着晨衣 [163] 的玛丽娜、抚摸着达克（作为替代）的卢塞特、拉里维埃小姐，她还不知道凡将她前一天晚上送他的签了名的书留了下来，还有一干受过凡不少恩惠的仆佣（在其中我们注意到有拿着照相机的厨子基姆）——基本上屋子里的人都到了，除得了头疼病的布兰奇和富有责任感的爱达，她已许诺去看望一个年老体弱的村民因而请了假（她有一颗金子般的心，这孩子，真的——玛丽娜常常这么欣慰而智慧地评价）。

凡的黑旅行箱和黑手提箱，以及一对黑色特大加长哑铃，都堆在了家里的汽车尾箱里；布泰兰戴了顶过大的船长帽以及湖蓝色的风镜，"挪一下您的①臀部，我来开。"凡说——于是一八八四年的夏天结束了。

"她开起来很轻快，先生，"布泰兰用奇特的旧式英语说，"轮胎都是新的② [164]，但是，唉，路上有不少石头，年轻人又开得快。先生要小心啊。野外的风是如此鲁莽。于是一朵野百合委身荒野③ 165——"

"你还挺忠实于旧喜剧的，是吗？"凡干巴巴地说。

"不，先生，"④布泰兰说，同时按住帽子，"我只是非常喜欢您，先生，还有您年轻的小姐。"⑤ 166

"假如，"凡说，"你是在想小布兰奇，那么你那句德利尔的话最好不要冲着我说，而冲着你儿子，他没准哪天就把她肚子搞大了。"

年迈的法国人斜斜地瞥了一眼凡，pozheval gubami（咬咬嘴唇），但什么也没说。

"可以在这里停个几分钟，"凡说，他们到达了林子岔口，就在阿尔迪斯的边界之外，"我要为父亲采些牛肝菌，我一定（布泰兰匆匆敬了个谦恭的礼）转达你的致意。这手刹准是——该死的——在路易十六迁居英格兰之前就在用了。"

"得上些油，"布泰兰说着看了看表，"是的，我们有充裕的时间赶九点零四分的车。"

凡一头扎进了浓密的下层丛林里。他穿着真丝衬衫、天鹅绒夹克，黑色马裤，脚蹬带星式马刺的长筒靴——这套行头并不适宜 klv zdB AoyvBno wkh gwzxm dag kzwAAqvo a gwttp vq

———————————

①②④⑤　原文为法语。

③　原文为法语。该句源自法国作家德利尔神甫（Abbé Jacques Delille，1738—1813）的作品《自然三界》（*Les Trois Régnes de la Nature*）。

wjfhm，xliC mujzikml。①之后她说：

"是的——这样就不会忘了。这是我们通信的公式。记牢了，然后像个尽职的小特工那样吃下去。"

"咱俩都使用留局自取②的方式；我每周至少要收到三封信，我雪白的爱人。"

这是他第一次看见她穿那件闪亮的外衣，几乎薄如睡裙。她将头发梳成辫子，他说她很像柴诃夫的歌剧《奥涅金与奥尔加》③写信那一幕里年轻的女高音玛丽亚·库兹涅佐娃。

爱达拿出最端庄的女性姿态来抑制和转移自己的抽泣，将之化作饱含情感的惊叹，指着一些落在白杨树干上的可恶虫子。

（可恶吗？**可恶吗**？那是新近才得以描述、极为稀罕的丹尼亚斯-纳博蛱蝶幼虫，橘棕色，前梢呈黑白色，如其发现者、内布拉斯加巴比伦学院的拿波尼度④所认识到的，黑脉金斑蝶并非它的直接拟态对象，副王蛱蝶**才是**，黑脉金斑蝶最出名的模拟者。爱达怒气冲冲的笔迹。）

"明天你会拿着你那副绿网到这儿来的，"凡酸楚地说，

① klv zdB AoyvBno wkh gwzxm dag kzwAAqvo a gwttp vq wjfhm，xliC mujzikml，据布赖恩·博伊德的注释，这是凡和爱达用的（后文将要提及）密码，意为"穿林涉溪去与爱达相会、两人拥抱在一起"。

② 原文为法语。

③ Tschchaikow's opeia *Onegin and Olga*，作者故意张冠李戴以调侃对文学文本的舞台改编，原本应指柴可夫斯基据普希金的《叶甫盖尼·奥涅金》改编的同名歌剧，奥尔加是其中角色达吉亚娜的妹妹。

④ Nabonidus，本是巴比伦尼亚国王（公元前556—前539）。

"我的蝴蝶。"

她吻遍了他的脸，她吻他的手，接着是他的唇，他的眼睑，他柔软的黑发。他吻她的足踝，她的双膝，她柔软的黑发。

"什么时候，我的爱人，什么时候再一次？在卢加？卡卢加？拉多加？何时？何地？"

"那不是紧要的，"凡叫道，"紧要的，紧要的，紧要的是——你会忠诚吗，你会忠诚于我吗？"

"你把唾沫都溅出来了，"爱达无力地笑笑说道，同时擦了擦脸，"我不知道。我喜欢你。在我生命中我再也不会像喜欢你这样去爱任何人，不管何时何地，不论在永恒的时间里还是在无际的空间里，即便在拉多尔或在据说是我们灵魂归属的'地界'也不会。但是！但是，我的爱人，我的凡，我是有血有肉的，热血之躯，我不知道，我很坦白，对此我又有何办法① 167？哦，亲爱的，别问我了，我们学校有个女孩在爱着我，我不知道我在说什么——"

"女孩没关系，"凡说，"我要干掉的是男人，假如他们凑近你的话。昨晚我试着为你作一首这样的诗，可是我不会写诗；只有开头，只写了开头的：爱达，我们的爱欲和爱木——但其余的都在云里雾里，你就想象其余的吧。"

他们又拥抱了最后一次，接着他便飞奔而去不再回头。

---

① 原文为法语。

凡踉踉跄跄地走过瓜地，并用短马鞭将那些高大傲慢的茴香粗暴地斩断 [168]，他回到了林子岔口。他最喜爱的那匹黑马莫里奥站在那儿等他，由莫尔牵着。他给了年轻的马夫一把金币表示感谢，然后绝尘而去，泪水打湿了手套。

26

在他们第一次分开时，凡和爱达发明了一套密码，在凡离开阿尔迪斯之后的十五个月里他们将其不断进行完善。这一分别跨越了差不多整整四年（爱达称其为"我们的黑色之虹"），从一八八四年九月到一八八八年六月，其间有短暂的两次快乐无比的相逢（一八八五年八月和一八八六年六月）以及两次邂逅（"隔雨相望"）。密码解释起来很讨厌，但是一些基本内容还得交待，不得已。

单个字母的词就原封不动了。在任何长一些的词里，每个字母由字母表里的后继字母代替——之后的第二个、第三个、第四个等等——对应的是该词的字母数。这样一来"love"，一个四个字母的词，就成了"pszi"（"p"在字母表序列中是"l"后的第四个字母，"s"是"o"后面的第四个，以此类推），而"lovely"（较长的延展使得在两处地方有必要在用尽字母后又从头再来）成为"ruBkrE"，溢出来流进新字母表里从头算的以大写表示，例如B指的就是"v"，它的替代必须是后面第六个字母（"lovely"由六个字母组成）：wxyzAB，而"y"就更深入到下一个字母表序列了：zABCDE。讲述宇宙理论的科普读物有个坏毛病，起先总是很轻松活泼，以平直的家常话开始，接着便急转直下冒出了数学公式，将读者的头脑弄得一片茫然。我们可不会这么做。假如关于我们的情侣密码的描述（这个"我们"本身也许有点儿让人恼火，不过没关系）为读者多着想一点，少一点面目可憎之处，那么我们相信，头脑最简单的读者也能理解"溢出来"流进新 ABC 是什么意思。

遗憾的是仍然会节外生枝。爱达提出了某些改进，比方说每次以密码化的法语开始，接着第一个双字母单词之后转为密码化的英语，在第一个三字母单词后切换回法语，并如此循环往复。由于这些改进，读信变得比写信还要困难，特别是有时候两人在柔情怒放之时，都会插入自己的追思，删了又加，修改插入的语句，把删除的又恢复过来，还有弄错的拼写、弄错的密码，这些既是因为他们挣扎在无法言传的忧伤中，也是由于编码系统太过复杂。

在始于一八八六年的第二段分离期里，编码方法发生了很大改变。凡和爱达仍都能背诵马弗尔的七十二行诗"花园"和兰波的四十行诗"记忆"，写信所需的字词便从这两个文本里择取。比如，l2.11.l1.2.20.l2.8 意思就是"love"，"l"以及随后的数字指示马弗尔诗中的行数，第二个数字指该词在该行诗中的位置。l2.11 意思就是"第二行的第十一个词"，我认为这很明了；当要避免出现容易误解的情况时，就用兰波的诗，指示行数的字母变成大写的就行了。这解释起来还是很麻烦，而且只有怀着在这些例子中寻错的目的（不能如愿了，恐怕）时才会读起来有意思。总之，这一套密码的缺陷很快就显得比第一套更严重。为安全起见，他们不能带着印刷版或手抄版的诗，所以不管他们的记忆力有多么强大，错误仍然越发地层出不穷。

一八八六年间他们仍像以前那样频繁通信，每周至少一封；但是很奇怪，在第三个分离期内，即从一八八七年一月到一八八八年六月（在一次超长的长途通话和一次非常短暂的会晤之后），他们的信变得稀少了，爱达的信锐减至只有二十封（一八八八年春天只有两三封），凡那边则有两倍之多。这里无法摘取其中的段落，因为所有的信都在一八八九年被销毁了。

（我建议把这一小段整个儿省掉吧。爱达的旁注。）

27

"玛丽娜一个劲儿夸你呢，并说已经感到是秋天了①。这相当的俄语化。你的祖母每年到这个时候都会念叨'已经感到是秋天了'，即便是在安米娜别墅最热的天气里。玛丽娜始终没有意识到这是那片海域而非她的名字的颠倒拼写。你看上去好极了，我的儿子②，不过我想象得出你是怎么受够了那两个丫头。所以，我有个提议——"

"哦，我非常喜欢他们，"凡愉快地说，"尤其是亲爱的小卢塞特。"

"我的提议是，今天跟我去参加一个鸡尾酒会吧。主人是一个说不上名堂的德·普雷上校的遗孀，人很不错——与我们新近的邻居也有说不上名堂的亲戚关系③，照片拍得不错，但那天波士顿公园的光线太差了，还有一个好管闲事的捡垃圾的人不合时宜地叫了一嗓子。唔，那位很不错很有影响的夫人希望帮我一个朋友的忙，"他清了清喉咙，"我听说她有一个十五岁的女儿，叫科朵拉，你在阿尔迪斯树林里和两个黄毛丫头玩了一个暑假的捉迷藏，科朵拉肯定可以补偿你。"

"我们主要玩拼拆字游戏，"凡说，"那个需要帮助的朋友也是我这个岁数？"

"她是个初露头角的杜塞④，"德蒙正色道，"而酒会严格地说是一次'职业推介'。你得陪着科朵拉·德·普雷，我则要给科迪莉亚·奥利里护驾。"

"好的⑤169。"凡说。

科朵拉的母亲，一位体态过熟、衣饰过繁、评价过誉的喜剧演员，将凡引介给了一位土耳其杂耍演员，他长着好看的如猩猩般的手掌，手背有茶色的汗毛，有一双江湖骗子的暴躁的眼睛——但他不是江湖骗子，还算得上马戏圈子里一位伟大的艺术家。凡沉迷于他的侃侃而谈，他慷慨传授给这个如饥似渴的少年的训练技巧，还有艳羡、野心、敬仰以及其他种种年轻的情绪里，以至于几乎无暇顾及圆脸、娇小矮胖、穿暗红色高领羊毛衫的科朵拉，甚至也没多看几眼德蒙陪同的那位艳惊四座的年轻女郎，德蒙总是将父亲般的手轻巧地落在她裸露的背部，领着她去见这个或那个能派上用场的客人。可就在同一天晚上，凡在一家书店里又邂逅了科朵拉，她说："顺便告诉你，凡——我能这么称呼你，是吧？你的表妹爱达是我的同学。哦，是的。现在请解释一下，你把我们难伺候的爱达怎么了？在头一封发自阿尔迪斯的信里，她便赞不绝口——我们的爱达竟赞不绝口！——多么可爱、聪明、不同寻常、难以抵挡——"

---

① ② 原文为用拉丁字母转写的俄文。

③ 指阿尔迪斯附近的德·普雷伯爵夫人家。

④ Eleonora Duse（1858—1924），意大利舞台剧女演员，为现代舞台剧改革者。

⑤ 原文为法语。

“傻姑娘。那是什么时候的事？”

“六月，我想。她之后又来了信，不过她的回答——因为我很嫉妒你，真的很嫉妒，就连珠炮似的回问了她很多问题——嗯，她的回答躲躲闪闪的，而且对‘凡’的名字基本不提。”

他比先前更仔细地端详她。他在哪里读到过（我们要试试的话也许能回想起确切的标题，不是“提尔提尔”，那是在“蓝胡子”里……），可以用以辨认出年轻单身（因为已有经年默契的一对儿瞒不过任何人）的女同性恋者的三个综合特征：略微颤抖的手，带鼻音的说话声，还有慌乱的眼神，假如你正巧以一副显然要审视的态度捕捉到也许是应了场合不得不摆出来的迷人姿态（比如说，可爱的肩膀）的话。看来哪条都不（对了，是《弥狄莱勒斯，我的小岛》[①]，路易斯·皮埃尔著）适用于科朵拉，她穿着件“嘉宝雨衣”[②]（有腰带的橡胶雨衣），裹在那件累赘至极的高领毛衣外面，当她迎着他注视的目光时双手深插在衣袋里。她的短发呈现出一种中性色泽，介于干稻草和湿稻草之间。她浅蓝色的虹膜能与法语区艾斯托提数以百万计相似的眼睛般配。她的嘴有几分洋娃娃的娇美，当她故意很造作地噘起来以营造肖像画家所谓的两道“镰刀褶”时，往好里说那是椭圆形的酒窝，往差里说便是那些推苹果车女孩冻硬的脸颊上的皱痕。当嘴唇分开时——现在她就这么做

① 原文为法语。

② 据布赖恩·博伊德的注释，这是指著名演员葛丽泰·嘉宝在其第一部有声电影《安娜·克里斯蒂》中所穿的雨衣。

了——戴了牙套的牙齿便暴露出来，不过她还是记得立刻闭上了嘴。

"我的表妹爱达，"凡说，"是个十一二岁的小姑娘，幼小得还不知道能跟谁恋爱呢，也许只跟书中的人物。是的，我也觉得她很可爱。有一点女学究的派头，也许，但同时又放肆且反复无常——不过，是的，很可爱。"

"我真不明白，"科朵拉喃喃道，那若有所思的语气使凡无法辨清她意在结束这个话题，还是留个尾声，还是开启一个新的。

"我怎么联系你？"他问，"你愿意到沿河路中学来吗？你是处女吗？"

"我不和流氓阿飞约会，"她平静地答道，"不过你完全可以通过爱达'联系'我。我们不在一个班，从很多方面说都是如此。"（笑起来）；"她是个小才女，我只是个平常的中向性格的美国人，但是我们都加入了同一个高级法语组，而同组成员是分派在同一间宿舍的，于是有十二个金发的、三个黑发的和一个红头发俄罗斯女孩①，睡觉时可以用法语窃窃私语。"（她顾自笑了起来。）

"真有意思。好吧，谢谢了。偶数意味着是上下铺吧，我猜。嗯，我会来找你的，阿飞都这么说。"

在下一封写给爱达的密码信中，凡询问科朵拉是不是爱达

---

① 原文为 La rousse，在法语中既有"红头发"之意，也指"俄罗斯（女人）"。

曾带着不必要的歉疚提到的那位年轻的女同性恋[①]。我很快就要嫉妒起你自己的那只小手了。爱达答道："胡扯，别在这儿提她的名字"；不过尽管凡还不知道爱达为庇护同伙会如何大耍花招，他还是心存狐疑。

她读的是一所老式学校，规矩严格到让人精神错乱的程度，不过这却让玛丽娜怀念起育空茨克的那所俄罗斯贵族女子学校（她在那里不断地破坏着规矩，比爱达或科朵拉或格雷丝在布朗希尔干得轻松得多也漂亮得多）。女孩子只获允每学期在女校长会客室见男孩子三四次，每次只能就着难以下咽的茶水和粉红色蛋糕。每隔两个礼拜天，满十二岁或十三岁的姑娘可以在一家有营业执照、离学校只隔几个街区的奶吧里与体面人家的儿子会面，还得有一位品行无可指责的学姐陪同。

凡鼓起勇气借此机会去见爱达，希望用他的魔杖将任何陪同前来的年轻女子点化为勺子或是萝卜。这种"约会"得至少提前两周得到受害人母亲的首肯。说话温软的校长克莱夫特小姐给玛丽娜打了电话，后者告诉她，爱达跟一个整个夏天都能终日单独陪她漫游的表兄出去，大概是不需要女伴陪同的。"正因为如此，"克莱夫特答道，"两个年轻的漫游者特别容易纠缠到一块儿去，花刺和花苞总是靠得很近。"

"可他们实际上是兄妹。"玛丽娜脱口喊道。就像许多蠢人一样，她认为"实际上"具有双重功效——既降低了陈述的真

---

① 原文为用拉丁字母转写的俄语。

实性，又使其真实性听起来更为逼真。"这只能让情况变得更危险，"克莱夫特温和地说道，"不管怎样，我会作出妥协的，请亲爱的科朵拉·德·普雷作为第三人：她很欣赏伊凡，也很喜欢爱达——这样只会为热情增添趣味（陈腐的俚语——在那个年代就已经陈腐了）。"

"天啊，真是 figli-migli（假正经）。"玛丽娜挂了话筒后说。

凡怀着阴郁的情绪在校门口的路边等待爱达，丝毫不知道会发生什么（战略性的预见力也许会有助于面对痛苦的折磨）。那路是一条阴暗偏僻的巷子，一摊摊积水映照着沉闷的天空以及曲棍球场的围栏。一个当地的男中学生，"一身打手装束"，站在门边，与他隔着段距离，另一个苦苦守候的家伙。

凡正准备返回车站时爱达出现了——和科朵拉一道。真是惊喜！① 170 凡的样子热情得让人受不了（"你怎样，亲爱的表妹？啊，科朵拉！谁是陪同女伴，是你，还是维恩小姐？"）。亲爱的表妹惹人注目地穿着一件亮闪闪的黑雨衣，头戴一顶边檐下坠的漆布帽，仿佛有谁要靠她从水深火热的生活或茫茫大海中救起。② 一粒极小的圆斑点遮不住她下巴一侧的一颗粉刺。她的呼吸散发着乙醚的味道。她的情绪比他还要阴郁。他快活地说他猜想要下雨了。真的下了——还很大。科朵拉评论说他

---

① 原文为法语。

② 这里继续沿用了上文对嘉宝的电影《安娜·克里斯蒂》的指涉，电影中嘉宝扮演的安娜与父亲在惊涛中救起了一位无礼而英俊的水手。在该场戏中，安娜身穿防水布雨衣，戴着帽子。事实上爱达和科朵拉与嘉宝都不相像，不过嘉宝据传有同性恋情人。

的军用防水短上衣很别致。她觉得不值得回去拿伞了，那充满美味的目的地就在街角，转过去就到了。凡说角又不是圆的怎么转呢——一个还算巧妙的双关。科朵拉笑起来。爱达没有笑：显然她谁也没救起来。

奶吧太拥挤了，他们决定沿拱廊下面走到车站餐厅去。他知道（但也无能为力）整个晚上他都将叹息自己故意忽略了这样一个事实——一个重要且令他痛苦难忍的事实——他将近有三个月未见爱达了，在她最后一封信里，那种激情已燃尽，密码堆起的泡沫已破灭，只可见信誓旦旦的片言只语，流露出几行目中无忌又不羁、未加编码的爱情表白。他们现在表现得似乎是初次相逢，似乎是由女伴介绍安排的一次约会。怪异、恶意的思想在他脑际盘旋。究竟——这本身并不重要，而是一个人的自尊心和好奇心在作祟——这两个穿戴不成体统的丫头在上学期、在这学期、在昨晚、在每晚穿着睡衣躲在她们那变态的宿舍里都干了些什么，在一片耳语和呻吟中？他该问吗？他能找到适当的措辞吗：既不伤害爱达，又能让那匹跟她同床的小雌马明白，他鄙视她这样撩拨一个孩子，她这么黑发白肤，煤一般乌黑，珊瑚般雪白，细长柔韧的四肢，在全身酥软的高潮时刻呜咽不已。片刻之前，当凡看见她俩走过来时——平实的爱达，虽然晕船但忠于职守，还有科朵拉，像一只侵害苹果的尺蠖却也不乏勇气，她们像戴了镣铐被牵到了征服者面前——他暗下决心要报复她们对他的欺骗，办法就是礼貌而详尽地描述最近发生在他学校的一起同性恋或更像是伪同性恋丑闻（一个高年级男生——科朵拉的表兄——被抓住与一个伪装成少年的少女在一位持中立态度的级长的屋里厮混）。他会看着姑娘们畏缩回去，他会要求她们也讲讲同样的故事来助兴。那一冲动已经消退。他仍希望一时间能抛开浑噩的科朵拉，并找一些冷酷的语句来使浑噩的爱达溶解在清洌的泪水里。可是这一切都是由他的干净之爱①，而非她们的肮脏之爱而起② 171。他宁愿死的时候还能说上一个过了时的双关语。而且为什么"肮脏"呢？他感受到了普鲁斯特式的伤痛吗？丝毫没有。相反，她们彼此爱抚的隐秘场景总以反常的满足感刺激着他。在他内部充血的眼睛面前，出现了爱达的重影，更丰富了，因成双人对而有了双重意义，给予着他所给予的，摄取着他所摄取的：科朵达，爱朵拉。他深感这伯爵夫人家的矮胖小姑娘与他所遇的第一个妓女很相像，这更加剧了他的渴望。

他们谈起了各自的学习和老师，凡说：

"我想就下面这个文学问题听听你的意见，爱达，还有你，科朵拉。我们的法语文学教授坚持认为，在马塞尔与艾伯塔绯闻的整个处理过程中，有一个哲学的因而也就是艺术上的严重缺陷。假如读者知道叙述者是同性恋，艾伯塔丰满的胖脸蛋就是艾伯特丰满的肥屁股，那么一切都好解释。可是假如不应假设，或不应要求了解这位或任何其他作者在性

---

① 原文为法语 amour-propre，兼有"自爱"与"干净的爱"之意，故有下文的双关语之说。

② 原文为法语。

爱习惯方面的情况，以充分领略艺术佳作，那么这一切就不合理了。我的老师称，如果读者对于普鲁斯特的性反常一无所知，那么详尽描述一个对女同性恋者充满猜疑和戒惧的男异性恋者便是荒谬的，因为一个正常的男性对女友及其女伴的玩闹只会一笑了之，事实上还会被逗乐呢。教授的结论是，如果一部小说只能由检查过作者的脏内衣的某个小洗衣女工①[172]欣赏到，那么它在艺术上就是失败的。"

"爱达，他到底在说什么呢？他看过的什么意大利电影？"

"凡，"爱达用疲累的声调说，"你不知道我们学校的高级法语组才学到拉康和拉辛②。"

"那就算了。"凡说。

"不过你马塞尔读太多了。"爱达咕哝道。

火车站有一间半私密的茶室，由站长夫人管理着，愚蠢的学校则提供了资助。茶室空荡荡的，只有一位穿黑色丝绒衣服、戴一顶漂亮的黑色丝绒阔边帽的窈窕妇人，背对着他们坐在一处"滋补吧台"③旁，一直没有转过头来，却挑起了他的思绪，使他想象这是土鲁斯[173]笔下的风尘女子。我们这湿漉漉的一行三人找到了一张不错的角桌，很俗套地吁了口气并脱了雨衣。他希望爱达能拿掉那顶在大海里戴的帽子，可是她没

---

① 原文为法语。

② 拉康（Seigneur de Racan，1589—1670），法国贵族、诗人及戏剧家，法兰西学院创始人之一；拉辛（Jean Racine，1639—1699），法国最著名的悲剧作家之一。

③ tonic bar，即专售软饮料的地方。

有，因为她由于讨厌的偏头痛而剪了头发，因为她不愿他看见她像个垂死的罗密欧的样子。[①]

（看完小小的普鲁斯特[②]之后，应该再看大大的乔伊斯[③]。爱达可爱的旁注。）

（不过读下去；这可纯粹是 V.V.[④] 的手笔。注意那个妇人。凡花哨潦草的旁注。）

爱达伸手去拿奶油时，凡捉住了她仵死的手[⑤]并审视着。我们记得那"坎伯威尔美人"[⑥]一时间紧紧收拢了翅膀停在我们手掌上，忽然我们的手就空无一物了。他很满意地看到她现在留着长而尖尖的指甲。

"不算太尖，是吧，我亲爱的。"他问这些都是因为有傻瓜[174]科朵拉在，她真该去"化妆间"——希望渺茫。

"不太尖，怎么了。"爱达说。

"你在抚摩小精灵时不会抓伤小精灵？"他忍不住继续道，"瞧瞧你小女朋友的手，"（抓住它）"瞧瞧这优美的短指甲（冰凉天真驯顺的小爪子！）。小精灵们穿着最奇异的丝缎，**她**是抓不住的，哦，抓不住的，是吗，爱朵拉——我是说，科朵拉？"

---

① 据布赖恩·博伊德的注释，这里暗示爱达不愿凡因她剪发而误认为她在女同性恋中扮演了男性角色。

②③ 原文为法语。

④ 即凡·维恩。

⑤ 这是对前文"垂死的罗密欧"的呼应。

⑥ the Camberwell Beauty，伦敦郊区常见的一种颜色艳丽的蛱蝶。

两个姑娘都吃吃地笑起来，科朵拉吻了吻爱达的脸颊。凡几乎不知道自己期待有何反应，不过他发觉这个小小的吻既令他放心又让他失望。雨声淹没在愈益隆隆的车轮声中。他看了看表，又瞥了一眼墙上的钟。他说他很抱歉——他的车到站了。

"没关系，"爱达在回应他后来凄楚的道歉时写道（此处变换了措辞），"我们只是以为你喝醉了；不过我再也不会请你到布朗希尔来了，我亲爱的。"

28

一八八〇年（阿卡尚在人世——以某种方式，在某个地方！）在他漫长、太长、永不嫌长的一生中，是个最难忘、才华最横溢的年份。他十岁。他父亲一直逗留在西部地区，那里多姿多彩的群山熏陶着包括凡在内的所有俄罗斯天才少年。他会解欧拉公式，能用不到二十分钟背出普希金的诗《无头骑士》[175]。他与穿白上衣、大汗淋漓的安德雷·安德烈耶维奇一道，在粉红色山崖的紫色阴影中懒洋洋地待上数小时，研读大大小小的俄国作家——在莱蒙托夫[176]铿锵如金玉的四音步句中苦苦思索那其间对他父亲在另一生命中[①]的飞翔与爱情有些夸张但总体而言不无恭维的暗示。当他们在犹他州一家汽车旅馆里目睹用陶土保存的托尔斯泰农民般的赤裸足印时，AAA搭着肥大的红鼻子唏嘘不已，而他也是强忍眼泪。托尔斯泰在这里写下了穆拉[②]的故事，讲一位纳瓦霍头目——一个法国将军的私生子，被科拉·戴枪杀在了游泳池里[177]。科拉真是了不起的女高音！德蒙带凡去西科罗拉多的特柳赖德那家举世闻名的歌剧院，在那里他欣赏到了（有时也很厌烦）最棒的国际性演出——英国无韵体诗剧，法国韵体双行诗悲剧，还有雷鸣般的德国音乐剧，其间上场的还有巨人、魔术师以及一匹掉着粪蛋的白马。他体验了各种小小的激情——沙龙魔术、象棋、集市上的轻量级拳击赛、特技骑术——当然还有那些难忘的、太早到来的启蒙教育：他年轻可爱的英国女家庭教师在为他做奶昔、送他上床睡觉时都会娴熟地抚弄他。她常常为赶某个晚会当着他的面试衣服，穿裙子，露出不算丰满的胸部线条。同去赴宴的经常有她的妹妹、德蒙，还有一位普伦基特先生，德蒙的赌友、保镖、守护天使、监督者及顾问，一个改过自新的老千。

普伦基特在他冒险生涯的全盛时期，不论在英国还是美国都是最了不起的老千③，说得好听点就是"赌博魔术师"。四十岁时，在一局赌牌中，他因心血管的毛病昏厥过去，由此漏了馅儿（唉，一个卑鄙的输家将脏手伸进了他的口袋），并坐了几年牢，重新皈依了他先祖的罗马天主教。他在即将被释放之时做了些传教士的工作，写了一本关于魔术的书，在多种报纸上主持桥牌专栏，还帮助警方探案（他有两个坚毅的当警察的儿子）。时间的无情摧残以及他那粗糙的脸部经受的某种外科手术，使他灰色的面孔不再有吸引力，不过除几个老友外，其余人至少也认不出他了，反正他们对他日渐潦倒的公司唯恐避之不及。在凡看来，他比金·温更有魅力。外表粗糙实则和善的普伦基特先生也忍不住要利用这种魅力（我们都喜欢被喜

---

① 凡父亲的名字德蒙 demon 在英语中有"魔鬼"之意，而莱蒙托夫写有《魔鬼》一诗。

② Murat，托尔斯泰写的其实是《哈吉·穆拉德》（*Haji Murad*），他也从未到过美国。

③ 原文为用拉丁字母转写的俄语。

欢），他的办法便是把一门艺术的诀窍介绍给凡，这些诀窍现在已变得纯洁和抽象化了，因而也成了真实。普伦基特先生认为，机械媒介（如镜子和粗俗的"袖耙"）将不可避免地导致表演穿帮，正如凝胶剂、薄棉布、橡胶手等玩意儿总是会玷污专业媒介的表演生涯并加速其终结。他教凡如何识破骗人的把戏，那些人往往身边放着惹眼的东西（"圣诞树"或是"发亮的东西"，专业人士在评论业余表演者——其中有些还是挺有身份的社交活动家——时常这么说）。普伦基特先生只相信熟能生巧；秘密衣袋很有用（但也许会被翻个底朝天，反而坏事）。最基本的是对一张牌的"感觉"，握于掌中的那种微妙的触碰、指间的腾挪、障眼洗牌法、通吃、盖牌、发牌前的预处理，而最重要的是手指的灵动，它可以化有为无，或反过来无中生有变出一张王牌，或是将两个对子转成四个K。一项绝对必需的本领——假如要秘密使用额外的一副牌的话——便是要能在手头没有预先准备好的情况下记住出过的牌。凡练了两个月牌技，然后便转向了其他娱乐。他是个掌握技能很快的学徒，能让那些技法烂熟于胸，留待日后使出来。

　　一八八五年，在完成了预科班的学习后，他去了英国的乔斯大学。他的父辈们已先期到了英国，并频繁现身于伦敦或是鲁特 [178]（富足但并不过分讲究的英国殖民地居民这么称呼海峡对面那个珍珠色的可爱而伤感的城市）。

　　一八八六至一八八七年间的冬天，他在阴冷的乔斯与两个法国人和一个我们将称作迪克的同学打牌，在迪克安宁公寓中装修漂亮的房间里。他注意到法国双胞胎总是输牌，不仅因为喝得无忧无虑也无可救药，也因为**贵族老爷**在普伦基特的词汇里便是"水晶白痴"，一个带着很多镜子的人——有许多小小的反射面，角度、形态不一，在手表或图章戒指上小心地闪烁着，如同矮树丛里的雌萤火虫，虚虚掩掩地藏在桌腿上、袖口或翻领内、烟灰缸的边沿，他的位置之近使得迪克不经意地变换着坐姿——可任何一个老千也许都会告诉你，这一切都既愚蠢又多余。

在输了几千块并等到适当的时机后，凡决定将以前所学的技艺付诸实践。牌局中间有一次暂停。迪克起身到墙角对着通话管要了更多的酒。倒运的双胞胎兄弟相互传着一支钢笔，将笔按了又按，挤了又挤，弄得一塌糊涂。他们计算着输了多少钱，显然输得比凡多。凡把一副纸牌放进口袋，活动了一下结实有力而有点僵硬的双肩。

"我说，迪克，在美国时有没有遇到过一个叫普伦基特的赌徒？我认识他时，他是个脸色灰白的秃头。"

"普伦基特？普伦基特？准是在我之前的。是转做神甫的那位或其他什么人吗？怎么了？"

"我父亲的一个朋友。伟大的艺术家。"

"艺术家？"

"是的，艺术家。我也是艺术家。我猜你觉得自己也是艺术家。很多人都这样看自己。"

"到底什么是艺术家？"

"就是地下观测站。"凡不假思索地答道。

"那是某部现代小说里的吧。"迪克说，他贪婪地吸进几口烟后丢掉了烟蒂。

"那是凡·维恩说的。"凡·维恩说。

迪克踱回到桌边。他的仆人端来了酒。凡退进盥洗室，开始"修牌"，老普伦基特过去就是这么说的。他记得上一次他玩牌魔术是那次耍给德蒙看——父亲不赞成他们的扑克把戏。噢，对了，还有在病房里试图让那疯狂的魔术师放轻松那一回。那时他痴迷于重力对神的血液循环的作用。

凡对自己的技巧——以及**贵族老爷**的愚蠢——很有把握，却不确定自己能维持多久。他对迪克有些过意不去，除了是个三脚猫无赖之外，他脾气倒也不坏，懒惰些罢了，脸色苍白，身体软弱——一根羽毛就能打倒他。他还坦然承认，假如家里人仍拒绝支付他的巨额债务（且是陈年老账），那他只得到澳大利亚去筑新债台了，还要在半路上伪造些支票。

此时迪克愉快地看着[1] [179]，告诉他的猎物们，离满足他最无情债主要求的最低金额只差几百英镑了，于是他继续孤注一掷地对可怜的让和雅克使诈，之后得到了三张货真价实的幺牌（是凡亲热地发给他的），正好能敌得过机敏的凡收集到的四张九。接着凡欺骗性地下了一注，慷慨地对这位两眼闪动着绝望之光的公子哥儿施以援手（虽然援助并没有全到位），后者的

————————

①② 原文为法语。

苦难终于豁然到了头（伦敦的裁缝在浓雾中摩拳擦掌，一位放债人，乔斯著名的牧师，请求约见迪克的父亲）。在放出凡见过的最大赌注后，雅克亮出一套毫无希望的同花顺②（他用奄奄一息的口气如是声称），而迪克在他的折磨者的王牌面前即使有同花顺也只好认输。凡一直轻而易举地隐蔽着自己精细的小动作不让迪克那些愚蠢的镜子照到，此时却欣然让他瞥见自己手里掌握的第二张王，那是他，凡，所拿到的，他挥起牌抱在胸口，这可是"彩虹象牙"——普伦基特总是诗意十足。那对孪生兄弟戴上领结穿起大衣，说他们没法再玩了。

"我也一样，迪克，"凡说，"真遗憾你得指望着那些水晶片。我经常纳闷为什么俄语里的这个词——我想我们有一位共同的俄罗斯祖先吧——与德语里的'男学生'是同一个词，只是去掉那个变音。"凡一边说着一边飞快地写下一张支票，把钱还给了又惊又喜的法国人。接着他收拾好纸牌、筹码，并将其猛地掷在迪克的脸上。他一出手便已经后悔这残忍而又司空见惯的故作姿态①，那可怜的家伙作不出任何反应，只是坐在那里遮住了一只眼，并用另一只（还流了一点血）察看被砸坏的眼镜，法国孪生兄弟用两块手帕按住他的伤口，他却友善地将其推开。玫瑰色的晨光在绿色的安宁公寓里颤动。② 勤勉的老乔斯城。[180]

---

① 原文为 bewgest，法语 Beau geste 的英文发音。

② 典出波德莱尔的《晨光熹微》（*Le Crépuscule du matin*），其中诗云："黎明披上红绿衣衫，瑟瑟发抖。"

（该亮出一块牌子指示大家鼓掌。爱达的旁注。）

凡整个上午都气咻咻、怒冲冲的，在泡了一个长长的热水澡（浴室是世界上最好的顾问、敦促者、启发者，当然马桶除外）后，决定书写①——用的是"书写"一词——一封道歉信给那个受骗的骗子。在他穿衣服时一个信差给他送来发自 C 勋爵（他是凡在沿河路中学一个同学的表兄）的短信，迪克在信中慷慨提议，作为对他债务的抵偿，他介绍凡入"艳屋俱乐部"，那是他整个家族所属的。任何一个十八岁的少年都别指望得到这么高的奖赏。那是进天堂的门票。凡与自己略微有些超重的良心较量了几个回合（两者像在昔日健身馆里的老友一样，都会心地笑起来）——便接受了迪克的提议。

（我认为，凡，你得说得更清楚一点，为什么你，凡，最骄傲最清白的男人——我不是说那可鄙的肉体，我们都是一样的血肉——为什么你，纯洁的凡，会接受他的邀请，这样一个无赖在那次惨败之后无疑还会"发亮又闪烁"。我认为你应该这么解释，首先②是你疲劳过度，其次③是你不能忍受这样一种想法，即这个无赖很清楚，自己既然很无赖你便没法激他出来干一场，因而也就很安全，可以说。是这样吗？凡，你听见了吗？我认为——。）

---

① pen，根据"京都读书会"的注释，pen（亦有畜栏之意，或暗指 penis，阴茎）和迪克的名字（Dick，俚语中有阴茎之意）都是双关，影射切希尔／乔斯交际圈的性堕落。

② 原文为意大利语。

③ 原文为拉丁语。

他并没有再"闪动"很长时间。在五六年之后的蒙特卡洛，当凡路过一家露天餐馆时，一只手抓住了他的胳膊，满面红光、神采奕奕、较过去更为体面的迪克·C越过长在栏杆格子里的牵牛花朝他探出身：

"凡，"他嚷道，"我把那些劳什子镜片全扔了，祝贺我吧！听着，唯一安全的方法是作记号！等等，这还没完，你能想到吗，他们发明了一种贵金属欧福里翁①的显微点——我真的是说显微——可以插在你的拇指指甲下，肉眼是看不见的，但是可以在单片眼镜上制造极小一块区域，用于放大你作的记号，就像捏死一只跳蚤那么简单，在打牌时一张接一张作，这就是它的优势，不用准备，不用道具，什么也不需要！作记号！作记号！"当凡走开时，好心的迪克还在鼓噪着。

---

① Euphorion，希腊诗人（Euphorion，约前275—前187），也是一种澳大利亚蝴蝶名。

29

一八八六年七月中，当凡正在一艘"豪华"邮轮（现在坐这样的白色豪华轮从多佛到曼哈顿的体面旅行要花费整一星期！）的乒乓球锦标赛上高奏凯歌时，玛丽娜、她的一双女儿、她们的女家庭教师以及两个女仆都在俄罗斯流感的侵扰下瑟瑟发抖，且病情发展的阶段都差不多。她们乘火车从洛杉矶到拉多尔，一路走走停停。一封于七月二十一日（她可爱的生日！）从芝加哥发到凡父亲家提前等着他的水电报[①]说："达达派患得患失之患者于二十四号与二十七号之间致电多里斯可见面问候就近。"

"这让我很难过地想起了阿卡以前常给我的蓝色小蝴蝶[181]（气动邮政[②][182]），"德蒙叹口气说道，"'就近'是我认识的什么姑娘吗？因为无论你怎么吹胡子瞪眼，这都**不是**一封医生发给医生的电报。"

凡抬眼看着早餐厅绘有布歇[③]装饰画的天花板，以嘲弄的欣赏姿态摇了摇头，对德蒙的敏锐作了评论。是的，说得没错。他得不顾一切地去找加德斯（"问候［regards］"的字母颠倒构成的字，明白了吧？），去与莱瑟姆[④]（明白了吧？）反方向的一个小村庄，去看望一位叫多里斯或欧多里斯的发了疯的艺术家姑娘，她只画马和甜爹[⑤]。

凡用假名（布歇）在马拉哈尔唯一的一家旅店租了一间屋，这是拉多尔河畔一个寒碜小村庄，离阿尔迪斯约二十英里。他用了整个夜晚与闻名此地的蚊子⑥或是其堂兄[183]搏斗，它们比阿尔迪斯的那些虫子还喜欢他。楼梯口的厕所是个黑黑的洞，两只硕大的蹲坑脚垫之间依稀可见飞溅的排泄物痕迹。七月二十五日早上七点，他从马拉哈尔邮局给阿尔迪斯打水话，并与布特连上了，后者正与布兰奇如胶似漆呢，他把凡的声音错认成了男管家的。

"该死的，老爸，"他对着床头的话机说，"我忙着呢！"

"我找布兰奇，你这蠢货。"凡咆哮道。

"哦，请原谅，"⑦布特说，"稍等，先生。"⑧

能听见酒瓶开塞的声音，（在早上七点喝葡萄酒！）布兰奇接过了话筒，但还没等凡仔细斟酌一句可以带给爱达的口信，已经守了一整晚的爱达自己从儿童室接过了对话，全家声音最清晰的水话机便在那里，在一台死气沉沉的气压计下颤抖着，泛出泡沫。

---

① hydrogram，为作者杜撰的词。

② 原文为 golubyanki（petits bleus），用拉丁字母转写的俄语以及法语。作者在尾注中说明了，这是指一种写在蓝纸上的快递信件。

③ Francois Boucher（1703—1770），法国洛可可风格画家。

④ Letham，也是"小村庄"（hamlet）一词字母颠倒构成。

⑤ sugar daddy，美国俚语，指施恩或送贵重礼品以博取年轻女人欢心的老色迷。

⑥ 即前文曾提到过的作者所杜撰的"夏多布里昂布朗蚊"。

⑦⑧ 原文为法语。

"四十五分钟后在林子岔口。抱歉把唾沫溅出来了。"①

"塔！"她用甜美如银铃的声音答道，如同空军飞行员说"收到"。

他租了一辆摩托车，是一台古老的机器，配有包弹子球布的软车座以及花哨的仿祖母绿手把。他驾车上了路，颠簸在一条狭窄的布满树根的"森林"车道上。他第一眼看见的便是她弃于一旁的自行车所反射的光亮：她站在旁边，两手叉腰，黑发白肤的天使，穿着带绒穗的长袍以及卧室用的拖鞋，在不知所措和羞涩中背过脸去。当他抱着她来到最近的一丛灌木时他感到了她身体的热度，不过直到两次进射之后他才意识到她病得多么厉害。她站起来，身上沾了无数只极小的棕色蚂蚁，步履踉跄几欲瘫倒，嘀咕着什么吉卜赛人偷走了他们的吉普车。

这是一次野蛮而美丽的幽会。他一点儿也记不起——

（对，我也记不得了。爱达。）

——他们说了什么，问了什么答了什么。他匆匆（把她的自行车踢进了欧洲蕨丛里）将她送回到他胆敢送达的屋子最近之处——当晚他给布兰奇打电话时，她像念戏词似的悄声说小姐②很抱歉，先生，小姐得了轻度肺炎③ 184。

三天后爱达的身体好多了，但是他必须返回曼哈顿去搭乘同一艘船返回英国——还要参加一个巡回马戏团，他可不想让

----

① 原文在此处连续有四个以 f 开首、容易溅出唾沫的词：Forest、Fork、Forty、Five，这里也是对两人上次在林子岔口惜别时爱达之语（"你把唾沫都溅出来了，"爱达无力地笑笑说道）的呼应。

②③ 原文为法语。

224

那儿的人失望。

父亲送他上了船。德蒙将头发染得比乌黑还要黑。他戴着一枚钻戒，闪亮如高加索的雪峰。他那长而漆黑、带蓝色斑点的翅在海风中飘动并颤抖着。① Lyudi oglyadivalis' ②（人们侧目而视）。一位临时的塔玛拉涂着浓重的眼影粉，抹着卡兹别克风格的唇膏，戴着火红的围巾，百般取悦她的魔鬼情人③——只是作无病呻吟状，对他英俊的儿子毫不理会，或只是觉得性情乖张的凡具有蓝胡子④那种阳刚之力，而凡则无法忍受她那七块钱一瓶的高加索香水戈蓝妮儿·马萨185。

（知道吗，这是到目前为止我最喜欢的一章，凡，我不知道为什么，但就是喜欢。你可以把你的布兰奇放到她那个小伙子的怀里，就连这也没关系。爱达最柔情的手迹。）

---

①　据"京都读书会"的注释，这里既指蝴蝶的蓝色，也指维恩家族的深蓝色，而德蒙的翅还可以指堕落天使的翅。

②　用拉丁字母转写的俄语。

③　此处作者出于讽刺借用了莱蒙托夫《魔鬼》中纯洁的女主人公塔玛拉的名字代指德蒙的新情人。卡兹别克借自高加索山脉最高峰之一卡兹别克山（Mt. Kasbek）。

④　bluebeard，（旧民间传说中）青须公，残酷的丈夫，乱娶妻妾然后将她们杀害的男人。

30

一八八七年二月五日，《叫嚷者》（通常喜欢讽刺挖苦吹毛求疵的乔斯的周刊）的一篇社论把马斯科达伽马的表演描述为"献给音乐厅里疲乏的观众的最有想象力、最非凡的杂技艺术"。表演在兰塔里维俱乐部反复上演了数场，但无论是节目单还是公共海报，除了给出"海外猎奇"的解说外，只字未提"绝技"的准确性质或是表演者的身份。马斯科达伽马的朋友很小心很聪明地放出谣言，引得人们去想他是不是来自金幕①之外的神秘来客，尤其是当时一家大型"好意马戏团"中至少有半打来自鞑靼的成员（也就是说，在克里米亚战争的前夕）——三个舞女，一个年迈多病的小丑带着他会说话的老山羊，以及其中一个舞女的丈夫，充当化妆师（毫无疑问是个多面手）——已经开了小差，逗留在法国和英国之间，躲在新建的"海峡隧道"②的某个地方。马斯科达伽马光临的剧场式俱乐部习惯上只限于演出伊丽莎白时代的剧目，皇后和仙女由漂亮的男孩子扮演，而这次他获得的辉煌成功首先给了漫画家强烈的冲击。主持牧师、当地政客、国家政要，当然还有金帐汗国③的现行统治者，都被热门幽默家描绘成马斯科达伽马式的形象。一个怪异的模仿者（实际就是马斯科达伽马本人，他过于老练地滑稽模仿了自己的行为！）在牛津（附近的一所女子大学）遭到了当地小混混的一片嘘声。一位敏锐的记者听到他咒骂舞台地毯上的一道皱痕后，在其"美国佬的鼻音"专栏里作了评论。亲爱的"瓦斯科达伽马④"先生受到了来自温莎城堡主人的邀请，他也是凡本人父母祖先的后代之一，不过凡拒绝了，他由那个印刷错误怀疑（后来才得知这个怀疑是错误的）自己的化名被乔斯的某个专业侦探识破了——也许就是同一个侦探最近将精神病学家 P.O. 乔姆金从波将金王子的匕首下解救了出来，而后者则是一个来自伊德的塞瓦斯托波尔的愣头青。⑤

　　在第一个暑假里，凡在乔斯著名的乔姆金诊所工作，雄心勃勃地准备作一篇从未能完成的论文"地界：隐者之现实抑或集体之梦⑥？"。他去见了许许多多的精神病患者，其中不乏杂耍艺人和文人，至少有三个头脑清楚但在精神上已然"失落"的宇宙学家，他们要不是在心灵感应上达到了不约而同（他们从未谋面，甚至不知道彼此的存在），要不就是发现了——

---

① the Golden Curtain，意指铁幕（苏联）之前的俄罗斯。

② the Chunnel，为作者所假想，该隧道于 1996 年方建成通车。

③ the Golden Horde，原蒙古帝国统治过的俄罗斯疆域。

④ Vascodagama，音同瓦斯科·达·伽马（Vasco da Gama，约 1460—1524），葡萄牙航海家。

⑤ 据布赖恩·博伊德的注释，乔姆金是个真实的俄罗斯姓氏，名以及父名的开首字母（此处即 P.O.）的处理是正规俄罗斯文本的做法。波将金王子（Prince Grigoriy Alexandrovich Potyomkin，1739—1791）是叶卡特琳娜女皇宠爱的情人。纳博科夫于 1919 年从塞瓦斯托波尔登船离开祖国。另据"京都读书会"的注释，"伊德"（Id）一可用于与前文"愣头青"（mixed-up kid）押韵，二可指美国爱达荷州（Idaho），三可指弗洛伊德理论中的本我（the Id）。

⑥ Collective Dream，影射荣格的集体无意识理论。

谁也不知是如何或在哪里做到的，也许借助于某种被禁的"微波"——一个绿色的世界，在空间中旋转，在时间中螺旋上升，从物质和精神上说很像我们的星球，他们三个人以相同的细节描述了那个世界，就如同三个人在同一条街上从三个不同的窗口观看狂欢节表演似的。

空闲时间里他则放纵无度。

八月的一天他收到了伦敦一家著名剧场的合约，邀他整个冬季在圣诞假日及周末演出日场和夜场系列。他欣然同意了，他太需要脱离充满危险的研究工作换换脑子了：乔姆金的病人所受的那种特殊的困扰有某种能让年轻一些的研究者感应到的东西。

马斯科达伽马的名声不可避免地传到了美国最偏僻的角落：一八八八年的头几周，拉多尔、拉多加、拉古娜、卢加诺以及卢加的报纸都转载了他的照片，虽然戴着面具，但没法糊弄至亲的家属和忠心耿耿的家仆；不过同时登出的报道则未被转载。那是一位诗人的大作，也只有诗人（"尤其是黑钟楼诗派①"，某贤哲如是说）才能充分描述出凡的绝技所带给人的那种惊悚。

幕帘升起时舞台是空的；接着，戏剧性的悬念持续了五次心跳之后，一个身影伴随着托钵僧的鼓声从侧厢掠出，巨大而黝黑。他强劲而突兀的出场给了观众中的儿童太过强烈的震

---

① the Black Belfry group，爱伦坡的《黑猫》和《钟楼里的魔鬼》的混合。

撼，以至在很长时间之后，在饮泣的失眠的黑暗中，在汹涌的噩梦的逼迫下，忐忑不安的小男孩和小女孩仍然在个人成长过程中重新体验着与那"原始的疑虑"很相似的东西，一种飘忽无形的淫秽，难以名状的双翅发出的嗖嗖之声。来自那怪诞舞台上的热力，如深穴之风，并不断地膨胀，令他们难以忍受。一位戴面罩的巨人奔进铺着俗丽地毯、强光照射的场地，他身高足有八英尺，龇牙咧嘴，穿着哥萨克舞者的软靴强劲有力地奔跑着。一袭硕大而粗糙、类似厚呢短斗篷①的黑色披风，将他令人不安的[186]侧影②（这是索邦神学院③一位女记者写的——我们保留了所有的剪报）裹起来，从脖子到膝盖乃至全身莫不如此。他头戴一顶波斯羔皮帽。长有浓重胡须的上半边脸用黑色面具遮了起来。这个令人不快的庞然大物不断地在舞台上大踏步地走来走去，过了一会儿他的步伐又变得像关在笼里的疯子一样焦躁不安，接着他疾速地转起圈来，随着乐队里钹的撞击以及坐席间的一声恐惧的尖叫（也许是假造的），马斯科达伽马在空中翻着筋斗并以头着地倒立在了舞台上。

这是个不可思议的姿势，他的帽子成了类似动物伪足的软垫，他像儿童玩的弹簧单高跷那样上下跳着——接着，突然间这些行头全都脱落开来。凡的脸上淌着晶莹的汗珠，他在靴子的两腿之间咧嘴笑着，只是靴子里穿着的仍然是他坚挺地舞动

① 原文为用拉丁字母转写的俄语。
② 原文为法语。
③ Sorbonne，巴黎大学的前身。

着的双臂。与此同时，他真正的脚踢掉了假脑袋及其揉皱的帽子和戴着胡须的面具。这神奇的颠倒先是"压得满屋子的人喘不过气"，随之而来的便是疯狂的（"震耳欲聋的"、"癫狂的"、"急风暴雨般的"）掌声。他跳跃着退出舞台——旋即又返回，此时他换了黑色紧身衣，用手跳起了快步舞。

我们花那么多笔墨描绘他的表演，不仅因为"怪异"族群的杂耍艺人特别容易被很快遗忘，而且也因为他们所带来的刺激值得去分析。无论是板球场上的神奇接球、足球场上的惊艳射门（他在这两种壮观的竞赛中都是校队成员），还是更早先所展示的技击，例如在沿河路中学的第一天就打倒了最强的小霸王，这些都不能给凡带来扮作马斯科达伽马时体验到的那种满足。这并非与事业竟成的激动有直接关联，虽然作为垂暮老者，在回首不为人知的奋斗的一生时，凡还是带着欣慰的喜悦——比他当初所实际感到的更加欣喜——享受着在他青春年华里曾短暂围绕在自己前后左右的那些世俗的欢呼和庸俗的艳羡。这种满足的实质更与日后他从强加给自己的、极端困难、貌似荒谬的使命中获取的满足感属于同一类型。凡·维恩在这些使命中寻求某种东西，在得以表达**之前**，这东西仅仅是一种熹微的存在（或者根本就不存在——根本就是空无，是对那即将临近的表达向后延伸的绰绰阴影所产生的幻觉）。那是爱达的纸牌城堡。那是一个倒立着的隐喻，并不是为追求其技巧的难度，而是为了感知水流向上的瀑布或逆反的日出：从某种意义上说，是一种超脱了时间中的阿尔迪斯的胜利。因而，年轻的马斯科达伽马通过克服重力而获得的狂喜便类似于艺术的顿悟，对于无知的艺术批评家、社会评论员、道德家以及空想家之辈而言，这完全且自然是陌生的。凡在舞台上用自己的身体演绎出他用比喻在日后生活中所演绎的、出人意表并吓坏了孩子们的绝妙杂技。

而疯癫的舞步所带来的纯粹肉体的欢愉也不是个可以忽略的因素，当他不用手套而翩翩起舞时，手掌便沾染了地毯上的孔雀爪印，这似乎就是那个由他首先发现的色彩斑斓的下界的映像。最后一次的巡回演出所跳的探戈使他功德圆满，杂技团为他配了搭档，一位克里米亚酒店舞女，穿着一件亮晶晶的短外衣，背后开口剪得很低。她用俄语唱出了探戈舞曲的歌词：

Pod znóynïm nébom Argentïnï,

Pod strástnïy góvor mandolïnï

在闷热天空下的阿根廷，

和着炽烈吟唱的曼陀林

体态纤弱一头红发的"丽塔"，是一个来自楚伏凯尔的漂亮的卡拉派信徒[①]，她满怀乡愁地说，那儿的克里米亚山荼萸"吉泽

---

① Karaite，卡拉派是 8 世纪兴起于中东的犹太教的一派，反对口传律法《塔木德》，主张一切教义和习俗都应以希伯来《圣经》为根据。楚伏凯尔（Chufut Kale）在乌克兰西部，曾是卡拉派信徒的聚居中心。

尔"在贫瘠的岩石间绽放着黄色的花。她和十年后的卢塞特有一种奇特的相像。在跳舞的时候，凡能看到的只是她的银色鞋子，与他的手掌底部随着节拍灵巧地旋转和移步。在排演的时候他就设法补偿自己，并在一天晚上向她提出了约会的请求。她愤怒地拒绝了，说她很爱丈夫（那个做化妆师的家伙），很讨厌英国。

乔斯对于其聪慧的爱玩闹者而言一向以规则严明著称。马斯科达伽马的身份逃不过权威人士的兴趣和察知。他的大学辅导老师是个年老体衰、阴沉寡言的同性恋者，毫无幽默感可言，并且对校园生活的所有成规都有一种与生俱来的恭敬。他向盛怒且差不多丢掉了礼貌的凡指出，在乔斯的第二年学业里，他不应该将大学学习和马戏团掺和起来，如果他坚持想当个杂耍艺人就将被开除。老先生还致信德蒙，请他让儿子为了哲学和心理学课程而忘掉杂技课，尤其凡还是第一个（在十七岁时！）荣获达德利奖（为他的一篇研究"疯狂与永生"的论文）的美国人。一八八八年六月初，凡启程返回美国，此时，对于傲慢与审慎会达成何种妥协，他也并无多少把握。

31

　　凡在一八八八年重访了阿尔迪斯庄园。他是在六月一个多云的下午到达的，不期而至，不请而至，不需而至；一条钻石项链松散地缠绕在他的衣袋里。走近侧面一块草坪时，他看见了一个为一幅不为人知的图画所预演的某个新生活场景，其间没有他，也不是为了他。一个大型聚会似乎正临近尾声。三位姑娘身穿瓦斯设计的黄蓝色外衣[187]，系着时新的七彩腰带，围着一个有点矮胖、有点浮夸，还有点秃顶的青年男子，那人站在那里手持一杯香槟，目光从客厅外的柱廊瞄向一位穿无袖黑衣的女郎：一辆旧单座敞篷车正由一名头发灰白的司机开到门廊前面，每往前动一下都颤抖不止，而那双赤裸的胳膊伸展开来，越过了冯·斯库尔男爵夫人的白色披肩，那是她的一个姑婆。在白色披肩的映衬下，爱达清新颀长的身形由黑色勾勒了出来——那墨黑来自她漂亮的丝质裙子，没有衣袖，没有修饰，没有记忆。动作迟缓的老男爵夫人站立着，在两边的腋下前后摸索着——摸索什么？拐杖吗？缠成一团的手链吗？——而当她半转过身子准备接穿斗篷（由一位反应慢的新男仆从她的侄孙女手里接了过去）时，爱达也半转过身子，跑上走廊台阶，还没戴上项链的脖子显得那么白皙。

　　凡跟随她进了屋，他们穿过廊柱和一群客人，走向远处一张桌子，桌上有用水晶酒壶盛的樱桃佳酿①。她没穿长袜，显得有些不合时宜；她的小腿结实而苍白，而（我这里有一段注解，是为小说的幽灵准备的）"她黑裙子低开的后领容留了他所熟悉的她肌肤那种无光泽的雪白与她新绾的黑得触目的马尾辫之间强烈的反差"。

心中秘藏的痴迷将他分裂成了两半，并相互排斥着：一方面他有着毁灭性的确信，相信一旦走进——在噩梦的迷宫中———间他清晰可忆、有一张床和儿童盥洗盆的小屋里，她清新柔滑苗条的美丽身形便会飘然而至；而在阴暗的一面，他又怀着悲痛和惊恐发觉她变了，她厌恶他的要求，谴责他大错特错了，向他说明糟糕的新情况——他俩已经死了，或只作为临时演员存在于一座为拍片而租下的房子里。

可是向他呈献着酒或杏仁或它们展开的自身的一双双手，阻挠着他的追梦。他仍勉力向前，对认出他之后横亘于前的众人置之不理：丹叔叔惊呼一声将他指给一个陌生人看，后者则假装讶异于这一视觉戏法——而片刻之后，粉妆一新、戴着红发套、醉醺醺且泪汪汪的玛丽娜便将沾满樱桃伏特加酒气的朱唇贴在了他的下巴和所有未加防护的身体部位上，带着溺爱的母亲的呢喃，一半像母牛闷哼，一半如愁苦呻吟，满怀着俄式的慈爱。

他挣脱开来继续向前追索。此刻她已步入客厅，但从她后

① ambrozia，用拉丁字母转写的俄语，"神的食物；美味"。这里指伏特加酒。

234

背的姿态，从她肩胛骨的拉紧，凡明白她已意识到他来了。他擦了擦湿漉漉且嗡嗡作响的耳朵，并向那个敦实的金发男子（珀西·德·普雷？要不珀西还有个哥哥？）举起的酒杯点了点头表示致意。第四个姑娘出现了，仍然追随那个加拿大女设计师的玉米黄-矢车菊蓝的夏季"创新"。[①]她拦住凡，俏生生地噘起嘴说他把她忘了，而实际情形也的确如此。"我累得要命，"他说，"我的马在过拉多尔桥时蹄子卡在烂木板洞眼里，不得不吃了子弹。我走了八英里。我想我是在做梦。我想你就是叫'也做梦'吧。""不，我是科朵拉！"她嚷起来，可是他又走开了。

爱达消失了。他丢掉了拿在手里如同入场券的鱼子酱三明治，转而进了餐具室，叫来布特的弟弟——新来的贴身男仆——让他领自己去原先的房间，并为他拿一只四年前他还是孩子时用过的橡胶浴盆。再取几件为别人准备的睡衣。他的火车在拉多加和拉多尔之间的田野里趴了窝，他走了二十英里，上帝才知道行李什么时候会送来。

"刚刚送到。"布特本人笑着答道，他的笑容既诡秘又悲苦（布兰奇抛弃了他）。

坐进浴缸之前，凡将脖子伸出窄窄的窗户去看前廊一侧的月桂树和紫丁香，那里有欢闹着道别的人群。他看到了爱达。他注意到她在追赶珀西，那人已戴上了灰色的大礼帽，正穿越

① 指本章第一段的"三位姑娘身穿瓦斯设计的黄蓝色外衣"，科朵拉即是第四个穿该式样衣服的姑娘。

草坪准备离去，这立即在凡的脑海里与关于一块围场的转瞬即逝的记忆重叠了起来，他和凡正巧在那块围场上讨论过一匹瘸腿马①和沿河路中学。爱达在一块突兀的阳光中赶上了那个年轻人；他停了下来，她站着和他说话，并把脑袋甩向一边，她紧张或生气的时候就会这样。德·普雷吻了她的手。虽说算是法式礼仪，可确实吻了。当她说话时，他就拿着这只他亲吻过的手，并又吻了一下，太不应该了，太可恶了，令人忍无可忍。

　　脱光了的凡离开窗口的位置将衣服又穿了起来。他找到了项链。在冰冷的狂怒中他将项链扯成了三四十个闪亮的冰雹珠子，有几个正好就在她冲进屋时跌落于其脚下。

　　她的目光扫过地面。

　　"真可惜——"她开口道。

　　凡平静地引用着拉里维埃小姐那出了名的小说的点睛之笔："可是，我可怜的朋友，这是仿制的珠宝啊"② 188——这是一个悲苦的谎言；可是在捡起散落的钻石之前，她锁上门抱住了他，抽泣着——她肌肤与罗裙的触碰便是生活全部的魔力，可为何所有人见了我都以泪相迎？他还想知道那是不是珀西·德·普雷？是的。谁被开除出沿河路的？她猜就是他。他变了，变得像猪一样肥胖。他是变了，难道不是么？他是她的新欢吗？

----

① 第二十二章曾提到"他们去邻近的德·普雷伯爵夫人家喝茶——夫人企图向他们推销一匹瘸腿马但未能如愿"。

② 原文为法语。

"从现在开始，"爱达说，"凡不能再这么粗俗了——我的意思是，再也不能了！因为我曾经、现在、将来都只有一个情郎，只有一匹野兽，只有一种悲哀，只有一种喜悦。"

"我们可以过会儿再去捡拾你的眼泪，"他说，"我等不及了。"

她敞露的亲吻炙热而充满了震颤，但当他企图脱去她的裙子时，她退缩了，喃喃地表示着不情愿的拒绝，因为门口有了动静：他们听见两只小拳头在用他们都很熟悉的节奏从外面擂着门。

"嗨，卢塞特！"凡叫道，"我在换衣服，走开。"

"嗨，凡！他们要找爱达，不是你。他们要你下去。爱达！"

爱达的一个姿态——每当她不得不在默然的一瞬表达出她身处困境的所有方面时（"瞧，我说对了吧，就是这么回事，什么也干不了[189]"）——便是用双手从边缘到底部勾画出一只无形的腕，并随之忧伤地欠一欠身。此刻她在离屋前便是这么做的。

几个小时之后，两人的好事又被搅局了，不过这回让他感到愉快了许多。爱达为晚餐换了一件衣服，深红色的棉质长裙，当他们在夜晚幽会时（在那间旧工具房，只有一只电石灯笼照明）他拉开了她的拉链，把她所有的美丽全然暴露出来，他的动作莽撞得几乎将裙子扯成了两截。正当他们缠绵得热火朝天（还是在那张长椅上，盖着同一条格子呢围毯——考虑得很仔细）时，外面的门无声地打开了，布兰奇像轻率的幽魂溜了进来。她刚与老索尔——那个勃艮第守夜人——约会归来，自己带了钥匙，此时她像傻瓜一样张口结舌地看着这对情侣。"下次记得敞门。"凡咧嘴笑着说，他都没费神停下动作，实际上他乐意看到这幽灵的现形：她穿着爱达在林子里丢失的一件白鼬毛皮斗篷。哦，她变得漂亮极了，而且她贪婪地看着他[①] 190——但爱达啪地熄灭了灯笼，于是那放荡的姑娘歉意地哼了几声便摸进了里屋的走廊。他的挚爱禁不住咯咯笑了，而凡继续挥洒着激情埋头苦干起来。

他们爱了又爱，难以分开，心里很清楚假如有人纳闷为什么他们的屋子彻夜无人，那随便找个理由都可以打发。第一缕晨光将一只工具箱抹上了一层新鲜的绿漆，此时他们终于耐不住饥饿起身悄悄地去了食品间。

"Chto, vïspalsya, Vahn[②]（嗯，睡足了吧，凡）？"爱达说，她惟妙惟肖地模仿着她妈妈的嗓音，并继续用她妈妈的英语说，"从你的胃口可以判断。而且我猜这只是你的第一顿**早忏**（餐）。"

"喔，"凡咕哝道，"我的膝盖骨啊！那长椅让我好痛。而且我肚子**噢**（饿）得要命。"

他们面对面坐在餐桌旁，嚼着抹了新鲜奶油的黑面包、弗吉尼亚火腿以及地道的爱蒙塔尔干酪——这儿还有一罐透明的蜂蜜：兴高采烈的表兄妹"洗劫着冰箱"，就像过去童话故事

---

① 原文为法语。
② 用拉丁字母转写的俄语。

里的孩子们那样，画眉在鲜绿色的花园里甜美地鸣啭，深绿色的树影则挨近了它们的爪子。

"我戏剧学校的老师认为我演滑稽戏比演悲剧更合适，"她说，"他们要能知道就好了！"

"没什么要知道的，"凡反驳说，"什么也没改变，什么也没有！不过那只是泛泛的印象，光线太暗，无法体察细处，我们明天去我们的小岛上看看：'我的妹妹，你还记得……'"

"哦，闭嘴！"爱达说，"我早就不玩这些了——流亡诗歌和蚕宝宝①191……"

"得了，得了，"凡嚷道，"有些韵律对于孩子的心思来说就是高超的杂耍：'哦！谁会将我的露西尔还给我，还有那棵大橡树及我的山冈。'②""小露西尔，"他又补充道，努力想用玩笑来驱散她皱起的眉头，"小露西尔变得真漂亮，你要是老这样发脾气我就转而追求她。我记得你第一次对我发火是我朝一尊雕像扔石头吓飞了一只雀子。那是记忆！"

她的记性可没那么好。她觉得仆人们很快就要来了，那他们可就有热门话题了。全是好料，真的。

"怎么，突然间那么忧伤？"

是的，很忧伤，她答道，她正处于严重的危难之中，倘若她不知道自己还是心地纯洁的，那么她的困境会把她逼疯。她

---

① 原文为法语。

② 原文为 Oh ! qui me rendra, ma Lucile, et le grand chêne and zee big hill，用法语及英语的混杂对第二十二章诗的改写。

最好还是用一个比方来解释。她就像他很快能看到的那部电影里的姑娘，深陷悲剧的三重惨痛之中，她还必须将之掩藏起来，否则便会失去唯一的真爱，那是箭头，是痛楚最尖锐的部分。她暗地里同时与三种痛苦作斗争——试图了结与一个她所怜悯的已婚男子乏味又拖沓的风流账；试图把与一个她更加怜悯的愚蠢而英俊的小生的疯狂冒险扼杀于萌芽（多么鲜红而多刺的蓓蕾）状态；还有试图完好无损地保存与一个男人的爱，唯有他是她生命的全部，高于怜悯，高于她女性怜悯心的贫乏，因为正如剧本上说的，他的自我远比那两只可怜的蠕虫所能想象到的更丰沛且充满了骄傲。

在昆利克过早寿终之后她对两只可怜的蠕虫究竟干了什么？

"哦，放掉了。"（一个大大的、茫然的手势）"放了出去，将它们放到了合适的植物上，把它们藏在茧里，叫它们趁鸟儿们没注意——或是，哎，装作没注意时快溜。"

"唔，我来让你的比喻善始善终吧，因为你有本事打断并转移我的思路。从某种意义上说，我也在三种隐秘的折磨中受着煎熬，最主要的折磨当然要数雄心了。我知道我成不了生物学家，我对那些爬虫的兴致很高，但并非高于一切。我知道我会一直喜爱兰花、蘑菇以及紫罗兰，你还会见到我独自出门，独自在林子里漫步，然后握一支小小的孤独的百合独自返回；然而一旦我具备了实力就必须放弃这些花花草草，无论诱惑力有多么大。保留着雄心壮志与最大的恐惧：梦想着最高贵、最遥远、最艰难的辉煌的攀登——或许结局也不过如芸芸蜘蛛般的老处女中的一个，给戏剧专业的学生授课，心里很清楚，虽然你会坚持，险恶的坚持者，但我们不能结婚，挡在我面前永远都有可悲的、二流的、勇敢的玛丽娜，她就是个糟糕透顶的榜样。"

"唔，关于老处女的那个部分是废话，"凡说，"我们得设法逃走，我们将在精心伪造的文件上成为越来越远的亲戚，最后我们不过就是同姓氏罢了，或者在最坏的情况下我们就平静地生活，你做我的女管家，我当你的癫痫病人①，然后，就像你读的契诃夫的书里描述的一般，'我们会看到满天的钻石。'"

"你都找到了吗，凡舅舅 192？"她询问道，同时叹了口气并将哀伤的脑袋靠在他肩上。她已经告诉了他一切。

"差不多，"他答道，他并没有意识到她已倾诉了一切，"不管怎样，我已对一个传奇人物弄出的积灰的地板进行了最仔细的研究。一个聪明的小家伙曾在床下滚来滚去，那儿都长出绒毛和真菌的原始森林了。哪天我开车去拉多尔时要把这些都重新收拾好。我有好多东西要买———件华丽的浴衣，以向你的新泳池致敬，一种叫'菊花'的面霜，一对决斗用的手枪，一副折叠沙滩垫，最好是黑色——我要更凸显你的雪白，在我们的**拉多尔岛上**。"

---

① 据"京都读书会"的注释，这里的"癫痫病人"指的并非下文引用的契诃夫的剧本《万尼亚舅舅》，而是陀思妥耶夫斯基的小说《白痴》里的主人公。

"这些都很好，"她说，"但我不赞成到纪念品商店里去踅摸什么手枪让人笑话，特别是阿尔迪斯庄园有的是长短火枪、左轮手枪，还有弓箭——你记得的，当你和我还是孩子时我们练过很多的。"

哦，他记得，他记得的。还是孩子的时候，是的。实际上，我们总是会把最近的过去等同于在幼儿园的时光，这真令人大惑不解。因为什么也没改变——你还是和我在一起，是吧？什么也没变，除了地面上的一些修缮和女家庭教师。

是的！让人刮目相看，不是吗？拉里维埃成功了，成为大作家了！轰动一时的加拿大畅销书作家！她的小说"项链"（*La rivière de diamants*）已成为女子学校的经典教材，她那华丽的笔名"纪尧姆·德·莫泊纳塞斯[①]（省去那个"t"使其更显亲昵呢）[②] 从魁北克到卡卢加人尽皆知。正如她用异国风味的英语写的："名声袭来，卢布滚来，美元涌来"（那时在东艾斯托提地区两种货币都可通行）；可是好心的艾达根本没想要弃玛丽娜而去，自从她在"比利提斯"[③] 里见到她后便一直于精神上无可救药地爱着她。她责备自己耽于文学而忽略了卢塞特；于是在卢塞特修完第一个（痛苦的）学期之后，她在假

---

① Monparnasse，第十三章中提到，拉里维埃小姐在听说日本帕纳塞斯蝶后便宣称小说发表时她将使用一个相关的笔名，而这个笔名显然也融合了莫泊桑的名字。

② Monparnasse 如有 t 则是 Mont Parnasse（即希腊的帕纳塞斯山），没有 t 在法语中则与 Mon Parnasse（我的帕纳塞斯）同音。

③ Bilitis，出自法国作家皮埃尔·路易的《比利提斯之歌》（*Chansons de Bilitis*），涉及女同性恋内容。

日里便把热情全倾注给了这个孩子，比她在可怜的小爱达（爱达这么说的）十二岁时花的精力多多了。凡真是个白痴：竟怀疑科朵拉！贞洁文雅又愚蠢的小科朵拉·德·普雷，爱达以各种编码不止一次地向他解释过，她只是杜撰了一个下流又温柔的同学，因为那时她实际上是与他割裂开的，只能臆想——可以说是预想——这么一个女孩的存在。是她想从他那儿得到的空白支票；"啊，你得到了，"凡说，"而现在它已被撕毁且不得重新申领；但你为什么要追一身肥肉的珀西，有什么紧要的？"

"哦，很紧要，"爱达说，一滴蜂蜜落在她下唇上，"当时他妈妈正在水话机上，他说请告知她他正在回家途中，而我把这一切都忘了，奔过来吻你！"

"在沿河路中学的时候，"凡说，"我们习惯把这个叫做'炸圈饼真理'：唯一的真理，全部的真理，只是这真理中间有个洞。"

"我恨你。"爱达叫道，并做出一个她称作青蛙脸的表情以示警告，因为布泰兰走了进来，他的八字胡剃掉了，没穿外衣也没打领带，深红色的背带将鼓鼓囊囊的黑长裤提到了胸口。他又走了出去，答应为他们端咖啡来。

"可是我来问问你，亲爱的凡，我来问你些事情。自一八八四年九月以来，凡有多少次对我不忠呢？"

"六百一十三次，"凡答道，"其中至少有两百个妓女，她们只是爱抚我。我是对你绝对保持忠贞的，因为这些仅仅是

'伪操作'（那些冰凉的手假意、无聊地抚摩我，而我早已忘记了手的主人）。"

男管家此刻穿戴整齐后将咖啡和烤面包片端了进来。还有《拉多尔公报》。上面有张玛丽娜的照片，一个年轻的拉丁裔男演员正在讨好她。

"嗬！"爱达叫起来，"我全都忘了。他今天要来，还要带个电影圈里的人，我们的这个下午要毁了。不过我感觉精气神很足。"她（在喝了第三杯咖啡后）补充道。

"离七点只差十分钟了。我们得到外面去好好走走；有一两个地方也许你还能认得。"

"我亲爱的，"凡说，"我的魅影兰，我可爱的球形番泻树！① 我有两宿没睡觉了——头天晚上我忙着遐想第二天晚上，结果这第二天晚上已超乎我的遐想。此刻我撑不下你了。"

"算不得很好的恭维。"爱达说，她把铃摇得叮当作响，要更多的面包片。

"我都恭维你八次了，就像某位威尼斯人② 说的——"

"我对那些俗气的威尼斯人不感兴趣。你变得如此粗鄙，亲爱的凡，如此陌生……"

"对不起，"他说着站起来，"我不知道自己在说什么，我

① 魅影兰（phantom orchid），球形番泻树（bladder-senna）：此处的 orchid 源自希腊语 orchis，有"睾丸"之意，而 bladder 亦指膀胱，两次均影射凡的私处。
② 指凡和爱达都喜欢的意大利作家卡萨诺瓦（Giacomo Girolamo Cassanova，1725—1798）（生于威尼斯）。

累极了，午饭时见。"

"今天不会有午饭，"爱达说，"泳池边会供应些杂七杂八的点心，另外甜腻腻的饮料总会有的。"

他想在她柔滑的头上亲吻一下，但布泰兰此刻走了进来，当爱达气咻咻地责备他烤面包做少了时，凡溜走了。

32

　　电影剧本准备停当。玛丽娜身着条纹印度棉袍和苦力帽，斜倚在院内的一把长椅里读书。她的导演 G.A. 弗隆斯基已过中年，谢了顶，肥厚的胸脯上有一溜灰白的毛，他时而啜几口苏打伏特加，时而从文件夹里拿打印稿给玛丽娜。在她另一边，佩德罗（不知道姓氏，也忘记演什么角色了）盘腿坐在垫子上，这是一个英俊得令人厌恶的年轻演员，几乎是赤条条的，长着萨堤尔般的耳朵，歪斜的眼睛，以及猞猁般的鼻孔，是她从墨西哥带来的，目前由她安顿在拉多尔的一家旅店里。

　　爱达躺在泳池边上，一个劲儿地要让害羞的达克斯猎犬面对镜头坐得稍稍直一些，摆个体面的姿势，给它照相的是菲利普·拉克，一位无足轻重但总体而言挺讨人喜欢的年轻音乐家，他穿着臃肿的游泳裤，这使他比穿绿色丝绒西装的时候看起来更丧气，更局促，而那件绿西装是他在给卢塞特授钢琴课时穿的，他觉得倒挺合适。此刻他正想方设法给这舔着嘴唇竭力反抗的畜生以及姑娘分离的双乳拍照，她半倾的姿势使得泳装的中空部分暴露了出来。

　　如果推着摄影车移至几步开外在院子拱门的紫色花环下对准另一群人，便能以中景拍摄到这位年轻作曲家怀孕的妻子，她穿着圆点裙子，就着盐焗杏仁频频举杯，还有我们杰出的女作家，在紫红荷叶边、紫红帽子、紫红鞋子的映衬下容光焕发，她正将一件斑马纹背心硬套给卢塞特，后者则出言不逊地抵制着，那些脏话是从女仆那儿学来的，不过她说出来时耳背的拉里维埃小姐正好没听到。

卢塞特仍然袒胸露背。紧密光滑的皮肤是那种浓桃汁的色泽，柳绿色短裤里的小屁股滑稽地摇晃着，阳光顺滑地倚在她赤褐色的短发及有些胖乎乎的躯干上：只依稀可见一些女性的体态。凡带着复杂的感情闷闷不乐地回忆着她姐姐在还不到十二岁时已比她发育得成熟许多。

那天的大部分时间他都在房间里酣睡，一个冗长、离散、沉闷的梦以一种毫无意义的滑稽方式不断重复着他与爱达度过的那个轰轰烈烈的"卡萨诺瓦式的"夜晚以及随后不祥的晨间谈话。现在由于是我执笔的——在经历了那么多时间的空洞与高潮之后——我发觉已经很难将我们的交谈分隔开，以一种不可避免的程式化的形式记录了下来，而嗡嗡作响、愈发可鄙的抱怨声暴露了一个沉湎于梦魇之中的凡。抑或他正梦到他已经做过的梦？是不是有位怪诞的女家庭教师真的写了一本题为《受谴的孩子们》[①][193]的小说？由一帮冒牌货搬上了银幕，而这伙人正在讨论剧情改编？改得比原先那本《双周记》及其夸夸其谈的介绍词更俗不可耐？他有没有像在梦中那样憎恨爱达？有的。

---

① 　原文为法语，影射小说及其同名电影《言而无忌的孩子们》（*Les enfants terrible*），其中女主人公与其兄有不伦之爱。

如今正值十五妙龄的她美艳得让人气恼和绝望；那也是一种蓬乱的美；仅仅在十二小时前，在昏暗的工具房里他在她耳边说了个谜语：什么词以"de"开始，读起来韵律多少有些像西里西亚河蚂蚁[①]？她在习性与穿着上都与众不同。她对日光浴丝毫不感兴趣，修长的四肢和瘦削的肩胛骨上的那种心安理得的白皙里找不到任何卢塞特那如加州人般的棕褐色。

此刻她只是一个远房表妹，不再是勒内的妹妹[②]，甚至算不上同父异母（对此莫泊纳塞斯以抒情的语言作了强烈谴责）的妹妹，她像跨一根原木一样从他身上跨过去，将局促不安的狗还给了玛丽娜。那个演员——在下个场景中大概要挨拳头——用蹩脚的法语讲着脏话。

"你不准听哦 194？"爱达对德国达克斯犬耳语道，之后才将它送还给玛丽娜，后者膝上还放着本《受谴的孩子们》。"在狗面前不能这么说[③] 195，"爱达又道，并对佩德罗不屑地瞥了一眼，但他站了起来，重新活动了一下胯部，以一个尼因斯基[④]式的跳跃把她打到了泳池边。

她真的很美吗？至少是人们所说的迷人？她就是惹人恼怒，她就是折磨。她傻乎乎地将头发盘在橡皮帽里，这使她的脖子看起来很陌生，令人隐约联想到诊所里的情景，还有那古

---

① Silesian riverant，西里西亚河即奥德河（the Oder），因而该词是 deodorant（除臭剂）。

② 见第二十一章，爱达有时开玩笑地称呼凡为"勒内"。

③ 原文为法语。

④ Vaslav Nijinsky（1889—1950），俄罗斯杰出的芭蕾舞演员。

怪的黑发辫，仿佛她得到了一份护士的工作，再也不跳舞了。她那褪色、灰中带蓝的连体泳衣上有油污点，臀部上方还有个洞——可以猜测说不定是哪只饿晕的蝴蝶幼虫咬穿的——而且短得似乎让人没法自在舒适。她闻起来有湿棉布、腋毛以及睡莲的味道，就像疯了的奥菲莉亚[①]。假如她与他是独处的，那么这些鸡毛蒜皮的事情都不会让凡不快，可是那个雄性气概十足的演员的在场使一切都变得淫秽、单调、无法容忍了。我们把镜头拉回到泳池边。

我们的小伙子不是一般的 brezgliv（神经质的，很容易心生厌恶），他可不愿与其他两个男人分享几立方米碧绿的 celestino（碧蓝的泳池）。他绝不是日本人。他总是带着憎恶的寒战回想起预备学校里的室内泳池、流涕的鼻子、长粉刺的胸膛、与讨厌的男性躯体的偶然接触、如小型臭气弹似的迸裂的可疑泡泡，尤其是，尤其是那个冷漠、狡诈、洋洋得意且讨嫌至极的家伙，他站在齐肩深的水里偷偷摸摸地小便（上帝，他将他狠揍了一顿，尽管那个维尔·德·维尔比他要大三岁）。

他小心规避着佩德罗和菲尔喷着鼻息在臭烘烘的浴水里胡闹所溅起的水花。此刻那钢琴家浮上来，满面奴相地咧嘴一笑露出丑陋的牙龈，他挨近贴了瓷砖的泳池边缘，企图将正伸平了四肢的爱达拽入水中，不过她抱住了刚从水里捞起的一只橘色的大球，从而躲过了他那拼命的一抓，并以此为盾将他推

[①] 在《哈姆雷特》中，奥菲莉亚公主疯后溺水而亡。

开。接着她将球抛给凡，而凡则将球扇到了一边，拒绝这样的开局，不愿理睬这样的对局，更藐视这一赌局。

此时佩德罗将身子撑上了岸边，与可怜的姑娘调起情来（他这老一套的殷勤，丝毫也烦不到她）。

"你那细孔得修补。"[1] 他说。

"天哪，你在说什么[2] 196？"她问道，而没有给他反手一击。

"请允许我碰一下你这可爱的隐秘处。"这个白痴说着便执拗地将湿湿的手指伸进了她游泳衣的那个洞里。

"噢，那个呀，"（耸了耸肩，并重新整理了一下因此而滑落的肩带）"没关系。也许下次，我会穿上我那件特别好看的新比基尼。"

"也许下次，就没有佩德罗了？"

"太糟了，"爱达说，"现在做一只乖狗狗，帮我去拿杯可乐。"

"你呢[3]？"佩德罗经过玛丽娜的椅子时问她，"还是螺丝刀[4]吗？"

"是的，亲爱的，但要加柚子汁，不要加橙汁，再来一点糖[5]。我真不明白，"（转向弗隆斯基）"为什么我在这一页上老气横秋得像一百岁，到了下一页又变成了十五岁？因为假如那

---

[1] 细孔，原文为带异国口音的英语 leetle aperture；修补，原文为 raccommodated，系英语化的法语 raccommoder（修补）。佩德罗的话里带着明显的色情暗示。

[2][3] 原文为法语。

[4] screwdriver，一款伏特加橙汁鸡尾酒。

[5] 原文为意大利语。

[6] 用拉丁字母转写的俄语。

是闪回——的确是闪回，我想，"（她读成了"伞回"）"那么伦尼还是叫什么来着，勒内，就不应该知道他似乎已知道的。"

"他不知道，"G.A. 嚷道，"这只是个缺乏诚意的闪回。不管怎样，这位伦尼，这位情人一号，当然并不知道她企图解决掉情人二号，同时她也一直在考虑是否染指情人三号，那个乡绅，明白了？"

"Nu, eto chto-to slozhnovato[6]（哦，有些复杂），格里戈里·阿基莫维奇[1]。"玛丽娜边说边挠着腮帮子，因为她纯粹出于自我保护，总倾向于从自己的过去出发怀疑那些更为复杂[2]的模式。

"继续读，读吧，一切都会清楚的。"G.A. 说着也漫不经心地翻了翻自己的那本。

"顺便说一下，"玛丽娜道，"我希望亲爱的艾达不会反对我们不单把他塑造成诗人，还当他是一位芭蕾舞蹈家。佩德罗跳得很棒，但没法让他背诵法国诗。"

"如果她抗议，"弗隆斯基说，"她可以去贴电线杆子——那儿才是法国诗的归宿。"

这个不雅的说法引得原本就暗地里喜欢下流笑话的玛丽娜像艾达那样纵声大笑（pokativshis' so smehu vrode Adï[3]）："可我们还是认真点，我仍旧不明白他的妻子——我的意思

---

① Grigoriy Akimovich，俄语姓名，其开首字母缩写也是 G.A.。

② 原文为用拉丁字母转写的俄语。

③ 用拉丁字母转写的俄语，纵声大笑。

是说那第二个人的妻子——如何以及为何要接受这一情形（polozhenie①）。"

弗隆斯基伸开手指和脚趾。

"Prichyom tut polozhenie②（情况－情肛）？她乐得不知道他们的风流账，而且她知道自己既胖又矮又狭隘，简直无法与风头很健的海伦比拼。"

"我懂了，但有些人会看不懂。"玛丽娜说。

就在这时，拉克先生③又游过来与爱达一起坐在池边，爬上岸的过程中差点蹭掉了他那件鼓鼓囊囊的泳裤。

"让我给你带一杯冰凉可口的俄式可乐④吧，伊凡？"佩德罗说——的确是一位温文有礼的人，内心里还很年轻。"你自己去采椰子吧⑤。"脾气坏透的凡答道，他想试试这个可怜的"农牧之神"能懂多少，后者毫无觉察，愉快地呵呵笑着躺回自己的垫子上。克劳狄斯至少还不会向奥菲莉亚求爱⑥。

忧郁的德国小伙子的情绪正从自我思辨走向自我毁灭⑦。他不得不和他的埃尔茜回到卡卢加诺，艾克瑟荷医生认为"她

---

① 用拉丁字母转写的俄语，情形。

② 用拉丁字母转写的俄语。

③ 原文为德语。

④ 原文为用拉丁字母转写的俄语。

⑤ 据"京都读书会"的注释，此句隐约与哈姆雷特对奥菲莉亚所说"你自己去尼姑庵吧"（Get thee to a nunnery）呼应。

⑥ 克劳狄斯是《哈姆雷特》中的丹麦国王，谋害了哈姆雷特的父亲并娶其母亲。

⑦ 此说法仍然围绕着《哈姆雷特》的主题。

将会在干涸的数个礼拜里给予他甘露"。他憎恨卡卢加诺——他和她的家乡，在那里，在一次愉快的公司聚会之后，在一阵"相互失态"的冲动中，她就在一张公园长凳上把自己全给了他。聚会是在穆萨科维斯基管风琴店举行的，那个可怜的花痴在那儿有份不错的工作。

"你什么时候走？"爱达问。

"星期四¹⁹⁷——等过了明天。"

"好的。很好。一路顺风，拉克先生。"

可怜的菲利普蔫蔫地用手指在一块湿漉漉的石头上哀伤而毫无意义地比划着，摇晃着沉重的脑袋，简直可以看得见他在吞咽着什么。

"感觉……感觉，"他说，"感觉只演了一个角色，就忘掉了下面的台词。"

"听说很多人都有这感觉，"爱达说，"肯定是一种可怕的¹⁹⁸感觉。"

"得不到任何帮助？不再有任何希望？我快要死了，对吗？"

"你死了，拉克先生。"爱达说。

她在这场令人生厌的谈话中一直左顾右盼着，此刻她看见了纯洁而暴躁的凡远远地站在鹅掌楸下，单手叉腰，头向后仰，喝着一瓶啤酒。她离开尸首横陈^①的池边，向那棵鹅掌楸走去，她在女作家和领衔女主角之间作了一个战略迂回，前者

---

① 原文用了 corpse（尸体）一词，或表示凡对拉克的厌恶情结。

正在一张折叠帆布躺椅上打瞌睡（她圆胖的手指像粉红的蘑菇一般从木扶手间伸出来），尚不知他们怎么处理了她的小说，后者则在苦苦琢磨一出爱情戏，其中提到了城堡的年轻女主人是如何"容光焕发的美艳"。

"可是，"玛丽娜说，"怎么把这'容光焕发'演出来，容光焕发的美艳是什么意思？"

"苍白的美，"佩德罗一边启发她一边瞟了一眼从身边走过的爱达，"很多男人剁了自己的胳膊、腿儿都想换取的美。"

"好吧，"弗隆斯基说，"我们继续看这该死的脚本。他离开了泳池边的院子，既然我们准备把这部分做成彩色的——"

凡离开泳池边的院子，踱到了外边。他拐进了一条边廊，这儿通向花园里茂密的树丛，并悄然与庄园本身融为一体。此刻他注意到爱达已匆匆跟了过来。她举起一只臂肘，露出腋窝里的一星黑色，她扯掉了浴帽，甩了甩头解放出一袭长发，面孔红扑扑的卢塞特小跑着跟在她后面。出于对姐妹俩的赤足的怜惜，凡走下砾石小路，踏上了柔软的草坪（与埃罗[199]医生正好背道而驰，后者在英国小说的一部巅峰之作中，被那个"隐形的阿尔比诺"追踪着）[1]。她们在那片次生矮树林里追上了他。卢塞特经过时停下来捡起姐姐的帽子和太阳镜——阳光女孩的太阳镜，扔掉多可惜！我的整洁的小卢塞特（我永不能忘记

---

[1]　据"京都读书会"的注释，这里指涉威尔斯（H.G.Wells, 1866—1946）的《隐形人》（*The Invisible Man*）的情节，主人公坎普医生受到隐形人的追踪，从希拉斯先生宅第的前院奔上了山路。埃罗医生（Dr Ero）可能变化自"主人公"（Hero）。

你……）将两件物什搁在一只空啤酒瓶旁边的树墩上便继续向前跑，然后又折回头来，带着粗重的鼻息察看一丛挨着树墩的粉红色蘑菇。双重考虑，双重曝光。

"你发那么大火，是不是因为——"爱达追上他时说道（她本已准备好了说辞：她总要对一位钢琴调音师客气一点，他实际上就是仆人，有着说不清的心脏病和粗俗可怜的妻子——可是凡打断了她）。

"我有两点抗议，"他的话像火箭一样迸发出来，"黑头发的女孩，就算很邋遢的那种，在露出大腿根之前也得先剃一下吧，还有懂教养的姑娘怎么能允许一个畜生般的色鬼对自己的肋部戳戳点点，就算她非得穿一件虫蛀的、短得根本没法配她的臭破布。""啊，"他又说，"真见鬼，我干吗要回阿尔迪斯！"

"我保证，我保证从今往后会更小心，不让肮脏的佩德罗再靠近。"她快活而严肃地点着头——还愉快地吁了口气，个中原因就得等到很久之后才会折磨凡了。

"哦，等等我！"卢塞特喊道。

（折磨，我可怜的爱人！折磨！是的！可那一切都已沉寂。爱达之后的旁注。）

一行三人扑倒在松树下的草地上，组合为一幅优美的田园牧歌般的画面。那株大垂松特异的枝干平伸出去，形成一顶东方人的华盖（就像这部小说一样，它用自己的血肉作支架，将华盖四面撑开），罩着两个黑色的、一个金红色的脑袋，如同它在我们还是莽撞快乐的孩子时，在漆黑火热的夜晚笼罩着你我。

凡四仰八叉地躺着，咀嚼着苦涩的回忆，他将手垫在颈后，眯缝着眼瞧着枝叶间隙中天空黎巴嫩式的蔚蓝[①]。卢塞特钦慕他的长睫毛，同时也怜惜他脖子与下颔之间柔软的皮肤上长出的红肿的粉刺，这给他刮胡子带来了大麻烦。爱达倾身而坐，其侧影如同一尊纪念品，忧伤的抹大拉的马利亚[②] 长发顺着白皙的手臂垂下来（与垂松的倒影同病相怜），她恍惚地查看刚拣起的一朵蜡白色火烧兰的黄色管颈。她憎恨他，她热爱他。他那么粗暴，她如此不堪一击。

卢塞特总是扮演着黏人、难缠又可爱的小妞角色，她把两只手都放在凡毛茸茸的胸脯上，想知道他为什么那么生气。

"我没跟你生气。"凡终于开了口。

卢塞特吻了吻他的手，接着便向他发起了攻击。

"别闹了！"他说。她顶着他赤裸的胸膛使劲扭动着。"你冰冰凉的难受死了，孩子。"

"不是的，我很热。"她反驳道。

"冷得就像桃子罐头里的两块果肉。好了，下来吧，拜托。"

"为什么是两块？为什么？"

"是啊，为什么。"爱达随着一阵快活的战栗娇叱道，同时

----

① 这可能是凡自黎巴嫩雪松而引发的联想。

② Magdalene，《圣经》人物，耶稣最著名的门徒之一，为一妇女，耶稣曾从其身上逐出恶鬼。

俯身吻他的嘴。他挣扎着想起身。此时两个女孩轮流亲吻他，接着互相亲吻，接着又在他身上忙活开来——爱达危险地沉默着，卢塞特则快乐地轻声尖叫着。我不记得受谴的孩子们在莫泊纳塞斯的中篇小说中都干了什么或说了什么——他们住在布赖恩特城堡里，我想，故事开始时，蝙蝠一只只从塔楼的窄洞①钻出来飞入夕照之中。然而，假如探头探脑的基姆，那个照相成癖的厨子能得到所需器材，那么这些孩子（奇妙的是，小说家并不真正了解他们）或许也会遭到很有意思的抓拍。写下这些东西是很讨厌的，书面的描绘从美学角度上看是那么不合时宜，可仍不由得会在风烛残年（在这样的年岁里，艺术上的瑕疵比起在橘红色夕阳映照且昆虫稀少的荒野里觅食的亡命蝙蝠来更加黯淡无光）回想起，卢塞特清纯的形象不但没有贬损，反倒强化了凡对他情有独钟的女孩最轻微的——无论是真实的还是想象的——触碰的永恒的反应。爱达如丝般光滑的长发掠过他的乳头和肚脐，似乎她很乐意做一切事情来撩拨我此刻的笔，很乐意——在那遥远的可笑的过去——做一切事情来引得她天真的小妹妹注意并记下凡所不能控制的行为。此时，二十只拨弄的手指在他黑色运动裤的橡胶皮带之下欢快地碾压着那朵已被揉碎的花。它作为装饰是没有价值的，作为游戏则既可笑又危险。他挣脱开折磨他的漂亮姑娘们，倒立着走到一边，黑色的面罩捂住了他狂欢的鼻子②。就在此时女家庭教师喘着气

---

① oeil-de-boeuf，法语，原指牛眼（即靶心），此处应指窄小的窗户或空洞。
② 指被黑色裤子遮住的凡的男性器官。

叫嚷着赶过来。"可是你的表兄把你怎么了？[①] [200]"她焦急地问，与此同时卢塞特扑进了她穿着紫红色衣袖的怀里，和当初的爱达一样，毫没来由地泪流满面。

[①] 原文为法语。

33

第二天一早是蒙蒙细雨，不过午饭后就放晴了。卢塞特跟着快快不乐的拉克先生上完了最后一节钢琴课。叮叮咚咚吟咏着的琴声不断传到正在二楼过道里探头探脑的凡和爱达的耳朵里。拉里维埃小姐在花园，玛丽娜风风火火地去了拉多尔，于是凡建议利用卢塞特"可听闻的不在场"躲进楼上的一间更衣室里。

屋里的一角放着卢塞特的第一辆三轮车；印花布沙发椅之上的一只架子搁着她"谁都不准碰"的宝贝，其中就有那本四年前他送给她的诗集，现在已经破烂不堪了。门锁不上，可凡等不及了，音乐声铁定还会再持续至少二十分钟。就在他已把嘴埋入爱达的颈背时，她僵直了身子，警惕地举起一根手指。沉重而缓慢的脚步顺着主楼梯踏上来。"把他打发走。"她咕哝道。"Chort（见鬼）。"凡边骂边整了整衣服走到房间外的楼梯平台。菲利普·拉克吃力地走上来，喉结滚动着，胡子拉碴，面色铁青，牙龈暴露，一只手放在胸口，另一只抓着一卷粉红色的纸，同时音乐还在继续，仿如自动机器在弹奏。

"楼下门厅里有一间。"凡说，他以为或佯装以为这个倒霉鬼肚子疼或是要呕吐。可是拉克先生只是想"道别"，向——伊凡·德蒙诺维奇（很刺耳地将重音放在第三个音节上），向爱达小姐①，向艾达小姐②，当然还有向夫人辞行。哎呀，凡的表妹和姨妈都进城了，不过菲尔一定能找到在玫瑰花园里奋笔疾书的朋友艾达。凡能肯定吗？凡非常肯定。拉克先生握了握凡的手，长叹一口气，往上瞧瞧又向下看看，用他那神秘兮兮的粉红色纸筒敲了敲楼梯扶栏，便走回音乐室，那儿莫扎特的曲子已开始变得踌躇不定了。凡等了片刻，听了一会儿，不由得皱皱眉，便回到爱达身边。她坐在那里，膝上摊了一本书。

"我得在碰你以及做其他事情之前把右手好好洗一洗。"他说。

她并没有真在读书，而是紧张、恼怒、漫不经心地翻着，恰好就是那本旧诗集。她正是那种人，在任何时候只要拿起一本书便会如鱼得水，"从书的边缘"滑进去并立刻沉浸其中，无论其内容如何。

"我一辈子还没握过比这更湿滑、更软弱、更肮脏的前肢。"凡说，他咒骂着（楼下的乐声已停止）向儿童室的洗手间走去，那里有水龙头。他从那儿的窗户看见拉克将粗笨的黑色手提箱放了自行车的前筐，并且摇摇晃晃地骑了上去，还向一个无动于衷的园丁脱帽致意，而这无用的手势却让笨拙的骑车人失去了平衡，一头撞进了小路另一边的树篱上并翻了车。一时间拉克趴在那儿与女贞树篱缠在一起，凡在想是不是

————————————

① 原文为德语。
② 原文为法语。

该下去帮他一把。园丁是背对着这位患了小恙或是喝高了的音乐家的，谢天谢地，他现在总算爬出了灌木丛，把行李箱重新在车筐里放好。他慢慢地骑走了，一阵莫名的厌恶使得凡往抽水马桶里啐了一口。

他回到更衣室时爱达已经离开。他在阳台上找到了她，她正在给卢塞特削苹果。好心的钢琴师总是给她带一个苹果，有时是一个啃不动的梨，或是两枚小小的李子。不管怎样，这是他最后的礼物了。

"老师在叫你哪。"凡对卢塞特说。

"唔，她得等等了。"爱达说，同时从容不迫地继续着她的"完美削皮"，卢塞特带着崇敬的迷恋看着那螺旋状的黄红色果皮。

"有功课得做，"凡不假思索地说，"烦得简直没法说。我准备去藏书室。"

"好吧。"卢塞特头也不回很干脆地答道，而当她拿到完整削下的果皮彩花时又发出一声欢呼。

他花了半小时找一本他归错位的书。当最终找到时，他发现自己已经评注过，不需要了。他在黑沙发椅上躺了一会儿，可那只能使他更耽迷于激情之中。他决定从那耳蜗般的旋梯回到楼上去。他在那里痛苦地回忆着，那段销魂而复得无望的迷情，在谷仓燃烧之夜她秉烛匆匆而来，这些永久地摄住了他的记忆——她的臀部及腿部，轻灵的肩，流瀑般的头发，在其身后是他以及他跳动的目光，巨大的黑色几何图形的阴影汹涌地压在他们头顶，随着他们沿黄色的墙拾级盘旋而上。此时他发觉三楼的门从里头锁住了，他不得不折回藏书室（无名的愠怒已将记忆遮掉），从主楼梯上去。

当他走向光线明快的阳台门时，他听见爱达在向卢塞特解释着什么。是件有趣的事情，与什么有关呢——我记不清了，也不能杜撰。爱达的习惯是在喜笑颜开之前赶紧将话说完，不过有时候，比如现在，短促的嬉笑使得语句如爆破出来一般，然后她又接上话头，忍住笑并更加匆忙地说完，随最后一个词而来的便是嘹亮的、带喉音的、放荡的、相当开怀的大笑。

"现在，我的宝贝，"她又说道，同时亲了亲卢塞特带酒窝的脸蛋，"帮我一个忙：跑下楼去告诉讨嫌的贝尔，早就该给你喝牛奶吃小饼干[①][201]了。Zhivo（快）！这会儿凡和我要待在盥洗室——或是有面漂亮镜子的什么地方——我要给他理发；他太需要理了。是不是，凡？哦，我知道我们该去哪儿了……快跑，跑吧，卢塞特。"

---

① 原文为法语。

34

那次在垂松下的嬉闹真是个错误。现在只要卢塞特不在精神分裂的家庭教师的监管之下，只要没带她读书、散步，只要没让她上床睡觉，她就是个麻烦。到了晚上，玛丽娜有时会与她的宾客在新装的花园灯下饮酒，金黄色的灯盏星星点点地在突兀的绿色草木之中闪动，煤油烟气与向日葵及茉莉花的芬芳混合在一起。要是玛丽娜哪一天偃旗息鼓了，这对情侣便悄悄地溜进更浓重的夜色里，直到夜①——夜风——乍起，吹动起树叶"troussant la raimieé"②，那个下流的守夜人索尔就是这么说的。有一次他提着翡翠绿的灯笼正好撞见了他们，还有几次布兰奇如鬼魅般从他们身边溜过，轻声笑着，找一个更粗陋的隐蔽所与那只精力旺盛且已由凡打点妥帖的老萤火虫寻欢。然而终日等待一个幸运的夜晚对于我们这对急不可耐的情人来说实在太难熬了。他们常常在晚餐之前便把自己折腾得精疲力竭，就像过去一样；而卢塞特似乎躲在每架屏风之后，利用每面镜子窥视他们。

他们试过阁楼，但及时地注意到地板上有一道裂缝，他们透过这道缝隙可以见到另外一个女仆弗伦奇穿着胸衣和衬裙走来走去。他们环顾四周，无法理解当初他们如何能在这些破裂的箱子和突兀的钉子之间缠绵，如何能够从天窗腾挪到房顶上的，那儿随便哪个四肢晒成古铜色的愣头青都可以很容易地在大榆树的树杈上窥见。

还有射击场斜坡下面那间挂了东方风格窗帘的小屋。可是现在那里爬着臭虫，散发着走气啤酒的怪味，又脏又油腻，很难想象能在此处宽衣解带或是用那张小沙发椅。对于这次重逢的爱达，凡所能见的便是她那仿象牙的③大腿和臀部，而当他第一次抓住这些部位时，她便在他还沉浸于健旺的快感时示意他从她肩头往窗外望，他于是看见了卢塞特正沿着灌木丛里的小道跳着绳跑过来，而爱达在正消退的身体悸动中，仍紧抓住窗架。

之后的两三次里又重复了相同侵扰。卢塞特越靠越近了，时而摘下一朵鸡油菌，佯装生吃一口，时而蹲下捉蚱蜢，或至少也是在林子间轻松自在地闲荡探寻。她会前进到那座严禁走入的棚架④前面杂草丛生的操场中央，在那里，她带着一副如梦般纯真的模样，轻摇起一副旧秋千上的木板，秋千是挂在颀长高大的"秃子"的枝干上的，那是一棵失去了部分枝叶但仍很健硕的老橡树（哦，我记得的，凡！这棵树在一幅有百年历史的阿尔迪斯平版画上也能找到，作者是彼得·德·拉斯特，橡树在他的画笔下尚是风华正茂的巨擘，

① 原文为西班牙语。

② 法语，吹动起树叶。

③ 作者在这里用了仿象牙（ivorine）一词，"京都读书会"注解道，这或许暗示爱达已非像他们的第一个夏天那样是凡的如象牙般纯洁的情侣。

④ forbidden pavilion，即射击场。

庇护着四只母牛和一个衣衫褴褛的少年，他裸露着一侧的肩膀）。当我们的情侣（你很喜欢用第一人称物主代词，是吧，凡？）无意中往外看去时，卢塞特正在摆弄着那只闷闷不乐的达克，或是仰望一只她假想的啄木鸟，或是用各种可爱又古怪的姿势慢腾腾地爬上那块灰色环形的秋千板，小心翼翼地轻轻荡起来，好像从没玩过似的，而愚蠢的达克则朝锁住的棚架吠叫着。她狡黠着加快了节奏，而爱达和她的骑士，在情有可原的愈益勃发的欢愉之中，根本没有察觉就在那圆润而长着红雀斑的小脸俯冲下来时，那双绿眼睛正瞄着这对一前一后令人诧异的身形。

卢塞特如影随形，从草坪到阁楼，从门房到马厩，从水池旁边现代化的冲淋房到楼上古老的浴室。玩偶卢塞特[1]蹦出了盒子。卢塞特希望他们带她去散步。卢塞特坚持要和他们玩"跳蛤蟆"[2]——爱达和凡阴郁地交换了一下眼神。

爱达想出了一个既不简单也不聪明的主意，结果事与愿违。也许她是故意的。（划掉，拜托划掉，凡。）这个点子是为了欺骗卢塞特，让凡当着爱达的面抚爱她，同时他便可以亲吻爱达，而在爱达去树林时（"去树林"，"搞植物研究"）他就爱抚并亲一亲卢塞特。爱达断定，这样可以两全其美——减弱这

---

[1] Lucette-in-the-Box，英语中有名词 jack-in-the-box，揭匣盖就跳起的玩偶；玩偶匣。

[2] leaptoad，疑是卢塞特将 leapfrog（跳蛙游戏或跳背游戏：分开两腿从弯背站立者身上跳过）误记为 leaptoad，而这也可能是爱达就她与凡的行为对卢塞特所作的解释。

个怀春小姑娘的嫉妒心，而要是被她发现他们有更暧昧的举动也好有个托辞。

三个人如此频繁且投入地搂搂抱抱，终于在一天下午，在那张饱受蹂躏的黑沙发床上，他和爱达再也抑制不了爱欲的骚动，便找了个荒诞不经的捉迷藏的借口将卢塞特锁在了存放《卡卢加水域》及《卢加诺太阳报》合订本的储藏室里，随即疯狂地做起爱来，同时那孩子又是敲又是叫又是踢，直到钥匙掉落下来，锁孔变成了一片狂暴的碧绿[1]。

在爱达看来，比那阵耍性子发脾气更讨厌的，是当卢塞特抱住凡时脸上所表现的那种被击中的迷狂神色，她会用臂膀、膝盖、一切能缠绕他的肢体紧紧贴着他，仿佛他就是树干，甚至是会走路的树干，做姐姐的只有狠狠扇她一巴掌才能把她赶下来。

"我得承认，"当他们乘一叶红色小舟顺流而下，驶向拉多尔湖心小岛一片垂幕般的柳林时，爱达对凡说，"我得羞愧并难过地承认，凡，这条妙计是个馊主意。我觉得这小妮子的想法很下流。我觉得她罪恶地爱上了你。我觉得我得告诉她你是她的异父哥哥，与异父兄弟调情是违法的，根本就是丑恶的。模棱两可的难听话可以吓住她，我知道的；我四岁时就被吓唬过；[2] 不过她基本上是个不开窍的孩子，应该保护她远离噩梦

---

① 指卢塞特的绿眼睛。
② 卢塞特出生时爱达四岁，她或许获悉了一些关于生育或性的道听途说。

啊种马什么的。如果她执迷不悟，我总可以向玛丽娜告状，说她打扰了我们思考和学习。但也许你无所谓？也许她让你兴奋了？是吗？她让你兴奋了，承认不？"

"今年夏天比那一年糟糕多了。"凡轻声说。

35

此时我们所在的这座生长柳树的小岛位于蔚蓝色的拉多尔湖最僻静的一隅，一边是湿地，另一边可望见布赖恩特家的城堡，那橡木材质的尖角显得遥远、黝黑而富于浪漫气息。在这椭圆形的世外之地，凡对他的新爱达作了一番比较研究；将两个爱达并置不算很难，四年前他对她的了解已巨细无遗，如今那个女孩仍在他脑海里栩栩如生，背景同样也是流溢着的蓝色。

她的前额区域似乎减小了不少，不仅因为她长高了，也因为发式有了改变，前面多了很生动的刘海；雪白的皮肤上不再有雀斑疵点，但多了些席垫状的条纹和细软的褶皱，仿佛这么多年她总是紧锁眉头，可怜的爱达。

眉毛还似以前那般庄重而浓密。

眸子。眸子还保留着肉感的眼睑折痕；睫毛，色黑而质硬；外凸的虹膜，能像印度人那样引你入眠；眼皮，即便在最短暂的拥抱中它们也无力警醒地完全睁开；然而那眼神——当她吃苹果，或是审视找到的一样东西，或是倾听一只动物或一个人时——已起了变化，似乎又有新的缄默与哀愁已然堆积起来，虚虚实实地遮掩着瞳孔，而富于光亮的眼球则在姣好狭长的眼窝里流转，显得比先前多了好些不安分："催眠杀手"[①]小姐，"她的目光从未盯上你，却也刺穿了你"。

她的鼻子并不像凡一般具有爱尔兰人那种逐渐增厚的轮廓；但是其鼻梁无疑显得更为粗大，鼻尖翘起得更为有力，还有一道细细的垂直凹槽，这是他在她十二岁少女时代所未见的。

在强烈的光线中依稀可辨在鼻口之间长着淡黑的汗毛（与前臂上的相似），不过不会留太久的，她说，秋季的第一次化妆②就将消灭它。一抹淡淡的口红反倒使她的嘴显得冷淡沉闷，而与之形成对照的是，当她在喜悦或是贪婪中露出宽大潮湿亮闪闪的牙齿以及红艳艳的舌和上腭时，那口红则更可以让乍现的惊艳增色不少。

她的脖子一向——也仍然——能牵动他最精细且鲜明的欢愉之感，尤其是当她让长发自由地松垂下来，温润白皙且迷人的肌肤在黑亮的青丝偶尔露出的间隙中隐现出来时。疖子和蚊虫的叮咬已不再侵扰她，但他发现在与她腰部以下的椎骨平行的地方有道一英寸长的淡淡伤痕，那是去年八月给一枚古怪的帽针重重地划了一下——或是在舒服的干草堆里被带刺小树枝擦伤的。③

（你真是冷酷无情，凡。）

这个隐秘小岛（周日出游的情侣是禁止上岛的——小岛属

---

① 原文为 Hypnokush，hypno 正是前文"催眠"（hypnotic）的前半部分，kush 在印度语中为"杀手"。

② 据"京都读书会"的注释，或许爱达年满十六，是初入社交圈的时候了。

③ 凡可能故意用爱达或许会编造的理由来暗示她可能的不忠。

于维恩家族，一块公告牌不动声色地称，"逾矩者可能会遭阿尔迪斯运动健将的枪击"，丹的措辞）上的植被包括三棵巴比伦垂柳，一溜子桤木，大片的杂草、香蒲、水菖蒲，还有几株紫唇双叶兰①，爱达对着后者像对待小狗小猫那样低吟浅唱。

就在那些看似神经质的柳树下，凡继续着他的体察。

她的双肩优美得令人难以忍受。我绝不能允许有如此香肩的妻子穿无带睡衣，可她怎能是我的妻子呢？在莫泊纳塞斯那个有点搞笑的故事的英文版中，伦尼对内尔说："我俩不伦之恋的肮脏阴影将会一直纠缠着我们直到地狱底层，而正是我们在天国的父亲大手一挥把我们引向了那里。"出于某种古怪的原因，比较糟糕的翻译版本并非来自中文，而就是平常的法语。

她的乳头此刻俏脱而红润，周边围着细软的黑汗毛，这也得去掉，她说，不体面 202。她是从哪儿学来这个可怕字眼的？他很想知道。她的乳房很漂亮，白而丰满，可不知何故他还是更倾心早年那个胸脯微微隆起，长着还未成形的蓓蕾的女孩。

他欣赏着她年轻平坦的小腹，那熟悉的、颇具个性的、优美的入口，妙不可言的"动作"，其倾斜状肌肉的率直、渴望的表达，以及她肚脐的"微笑"——借用肚皮舞艺术的语汇。

有一天他将自己的刮胡用品带了来，帮她把三处体毛都剃掉了：

---

① purple-lipped twayblade，兰花的一种。

"现在我是山鲁亚尔①，"他说，"你就是他的爱达，那就是你绿色的祈祷毯子。"

在小岛上的流连镌刻在对那年夏天的记忆中，打了死结再也无法解开。他们看见自己站在那里，拥抱着，唯一裹身的就是婆娑的叶影，他们随红色小舟携着倒映的涟漪载着他们漂去，挥动着、挥动着他们的手绢儿。使这些编排在一起的场景更增几分神秘色彩的，是看似在后退的船重又漂了回来，船桨在光线的折射下似已切断，而粼粼波光在类似如同滚滚而过的游行彩车的计数轮的滤波作用下朝反方向散发开去。时间捉弄着他们，令其中一人提出能够记得的问题，让另一人给出已然忘却的答案。有一回在一小片桤木丛里——那里碧蓝的溪水将树丛映衬得更加郁黑——他们找到了一根吊袜带，肯定是她的，她无可否认，不过凡也相当肯定，夏天她到这个神秘岛来是从不穿袜的。

她可人而强健的双腿也许长得更修长了，但仍保留着女童时那种光洁的苍白与柔韧。她仍能吮吸到自己的大脚趾。右脚背和左手背有着相同的庄严的胎记，不算大也不惹眼却不可磨灭，而大自然留在他身上的签名则在右手和左脚。她尝试用山鲁佐德漆（八十年代一种极怪异的时髦）涂指甲，可是她在穿衣打扮上既邋遢又健忘，那指甲油剥落下来，不伦不类的斑驳一片，于是他要求她复归"无光泽"状态。作为补偿，他在拉

---

① Scheher，欧化的《一千零一夜》起始故事里的国王（Shahrya）名字。

多尔城（挺别致小巧的度假胜地）里买了一根金质的足踝链，然而在他们的激情时刻她丢了链子，当他表示无所谓、某月某天另有某情人会帮她找回来时，她却出其不意地哭了。

她的聪颖，她的天才。诚然她四年来改变了不少，可是他也在变，同步发展，于是他们的思维和感官仍保持着相谐相映，以后也一直如此，无论有多少分合。两人都不再像一八八四年那样少年得志目空一切，但若论掌握的书本知识他们对同龄人的超越却比以前更加离谱；从正规学制上说，爱达（生于一八七二年七月二十一日）已经修完了私立中学课程；比她高两级半的凡则希望在一八八九年末时拿下硕士学位。她的谈吐也许少了些嬉闹的神采，而她日后定名为"我的无果之命"（pustotsvet-nost'）的淡淡的阴影初次显露出来——至少回首往事确是如此；不过她的天资发展得更为深厚了，那种奇异的（凡称之为）"超经验论"的潜质在其体内倍增，由此使得她最素朴的思想的最素朴的表达也显得那么丰富。她和他一样如饥似渴地博览群书，但两人多少还是有了各自"宠爱的"主题——他喜欢精神病学领域里的"地界"心理学，她则钟情于戏剧（尤其是俄国的），他觉得这一"宠物"在她的确算是"玩物"，① 不过他希望这也只是她一时的心血来潮。她的植物癖经久不衰，唉；只是昆利克医生在花园里因心脏病发作过世（一八八六年）后，她将自己所有的活蝶蛹放进了他尚未盖棺

---

① "宠物"、"玩物"在原文中分别是 pet 和 pat，后者兼有"合适"与"迂腐"之意。

的灵柩里，她说那些蝶蛹放在里面白白胖胖的如同在活的有机体内①。

青春豆蔻时节本该多愁善感犹疑难决，而爱达的情欲甚至比她原已热烈得不正常的儿童时代更具进攻性，更有求必应。作为研究病史的勤勉学生，凡·维恩博士一直无法在他的文案里将那个十二岁热情洋溢的爱达与一个绝无过失、绝无慕男狂倾向、智力高度发达、精神上非常快乐、正常的英国女孩联系起来，尽管有许多类似的小姑娘在法国及艾斯托提的城堡里如花儿般绽放——并且还结了籽——这在放肆的传奇故事和老者的回忆录里多有描写。凡觉得，自己对她的激情更难以研究分析。回顾在"艳屋俱乐部"一场场寻欢中得到的种种爱抚，或是早些年去逛兰塔或利维达河边窑屋的经历时，让他感到满足的是他对爱达的反应仍然超越了所有这些，在血脉贲张之后，她的手指或唇只消轻轻一触，便能引发强烈的欢愉②，不仅甚于最老练的年轻妓女所做的最舒缓的爱抚，而且根本不可同日而语。那么，究竟是什么将动物行为提升到最精湛的艺术或纯科学最狂野的飞翔的水平之上呢？若说他在与爱达交欢之中发现了剧痛，火 [203]，极度"现实"的痛苦，那并不充分。不若说，现实失去了它留着的爪子一般的引号——在一个独立与独创的思想为规避疯狂或死亡（那是疯狂之王）必须要么依附，要么批判的世界。就一两次爱欲的喷涌而言，他还是安全的。这新

① 原文为拉丁语。
② 原文为西班牙语。

的赤裸的现实不必有什么触须或依靠；它能够持续片刻，但只要他和她的身体还能时常做爱，它就能反复再现。那瞬时的现实光色与火焰只取决于他所能感知到的爱达的身份。从很大的意义上说，这与美德或美德的虚名无涉——事实上日后对于凡而言，在那个夏季的火热之中，他始终知道她一直并仍然对他极不忠实——正如早在他时不时告诉她之前她就明白一样，在他们分别期间，他时断时续地像许多精神紧张的男子那样租用几分钟那些活的机体。这些都在一套三卷本《娼史》中描述过，该书配有丰富的木版画和照片，她早在十岁或十一岁时就在《哈姆雷特》和格兰特上校的《微星系》[204]之间翻出来看了。

　　阅读**这本**禁书的学者或许暗自兴奋（他们也是人啊）地暗自躲在图书馆的角落（在这种地方，肮脏的色情文学作者的唠叨、编排及描述的屁股都被虔敬地保留着）里——为了他们着想，本书作者必须在一位卧病在床的老者英勇修改过的长条校样稿（长而滑溜的稿纸像蛇一般给作者带来了最后的痛苦）空白处补书几笔……［该句末尾部分无法看懂，不过好在下一段是写在单独一张稿纸上的。编者按。］

　　……为她的身份所痴狂。有笨蛋也许真的以为，在永恒的星光中，我，凡·维恩，和她，爱达·维恩在十九世纪北美某地的结合，只代表了一颗微渺的行星之分量的百万兆分之一大小的百万兆分之一，那么这些笨蛋则会嘶叫起在别处[①][205]，在

——————————

① 原文为法语。

别处，在别处来（要是换了英文则没有了这种象声词的成分，老维恩还是仁慈的）。因为她的那种痴狂，若是置于现实的显微镜下（那也是唯一的现实），便会展现出感官所穿越的那些微妙之桥构成的复杂体系——嬉笑、拥抱、向空中扔花束——在隔膜与脑膜之间，向来是且现在仍是一种记忆的形式，甚至在其被认知的那一刻也是如此。我很虚弱。我字写得歪歪扭扭。也许今晚我就会死。我的飞毯不再能掠过树梢及张着嘴的雏鸟，以及她最稀罕的兰花。插几句话。

　　书生气十足的爱达曾说过，出于表达以外的需要而去查词典——不论是为了教学还是艺术——是介乎装饰性插花（她承认这在偏着脑袋的少女眼里也有几分浪漫）与蝶翅拼贴画（总是很粗俗，常常还是罪恶的）之间的行为。相反[①]，她向凡提出，口头语言的杂耍，"表演台词"、"阿狗涂鸦"，等等，并不逊于需要靠聪明头脑的高质量劳作创造的精妙字谜与精彩的双关，当然也不应排除词典的帮助，不论这帮助是粗暴的还是自以为是的。

　　因此她认可了"Flavita"。该名变自 alfavit[206]，一种古老的俄罗斯游戏，基本玩法是利用机会和技巧对字母进行拆装。这在一七九〇年左右的艾斯托提和加拿第一度十分风靡，到了十九世纪初"蛮憨特"（新阿姆斯特丹居民曾这么称呼）使其复兴，[②]经过短暂的沉寂后于一八六〇年前后又盛极一时，而现在一个世纪之后似乎再次时髦起来，我听说是这样，取名"拼字游戏"，由某些天才独创，与原先的形态或诸种形态并不相干。

　　爱达儿时流行的俄式拼字游戏都是在乡间大宅里玩的，共有一百二十五个字块。游戏目标是在有二百二十五个格子的板上拼成横排、竖排的单词，其中二十四个棕色的，十二个黑色的，十六个橘色的，八个红的，其余为金黄色（也就是硫黄色，算顺从了该游戏原本的名字）③。每个西里尔字母④都有额定的点数（比较稀罕的俄语字母 F 可以值十点，而普通的 A 只有一个点）。棕色可以使字母的基本点值翻倍，而黑色则可以翻三倍。橘色能使整个单词的总点数翻番，红色则可使总点数翻三番。卢塞特后来说起过她的姐姐于一八八八年九月在加州得过一次严重的链球菌感染发热，而烧得神志不清的她竟高奏凯歌，在拼字游戏中拿到两倍、三倍甚至于九倍（赢取了双红色块）的点数。

在每轮游戏中，每个人从盒子里取七枚面朝下的字块，依次排列在游戏盘上组成他想要的词。开局时游戏盘上仍很空旷，他只需动用他七个字母中的两三个或全部，意在用咄咄逼人的七边形做成一个中心方形。接下来，必须使用作为催化剂的其中一枚字块来构词，横竖皆可。谁通过赢下一个个的字、一条条的词并拿到最大的点数，谁便是获胜方。

我们这三个孩子的拼字棋是一八八四年家里的一个老朋友（玛丽娜过去的情人都被如是认知）克利姆·阿维多夫⑤男爵赠送的，包括一张摩洛哥革制的可折叠大游戏盘，以及满满一盒沉甸甸的黑檀木方棋，内嵌白金字母，其中只有一个是罗马字

---

① 原文为西班牙语。

② 新阿姆斯特丹（New Amsterdam），即纽约，而"蛮憨特"（Madhatter）应该是指曼哈顿（Manhattan）居民。

③ 根据上文，该游戏原本名字是 Flavita，而"硫黄色"则为 flavid。

④ Cyrillic alphabet，古代斯拉夫语的字母。

⑤ Klim Avidov，据"京都读书会"的注释，这一姓名是弗拉基米尔·纳博科夫（Vladimir Nabokov）名字字母改组得出的。

母，即两枚王棋上的字母 J（摸到该棋的兴奋程度不亚于得到了朱庇特或是寿老人①签的空头支票）。顺便说一句，正是这个直爽但有些暴躁的阿维多夫（许多对那年月体味很深的记述都提到过此君），曾一记上勾拳将一个倒霉的英国游客揍倒在门房里，只因后者开玩笑说把一个人名字的第一个字母去掉该多妙呀，这样就可以将其用作小品词② 207 了，威尼斯洛萨的格利兹酒店就是这样。

到了七月，十个 A 只有九个了，四个 D 也只剩三个。丢失的 A 最终在一张套了布罩的扶手椅下面找到了，但那个 D 却再无踪影——假冒了其可加引号的替身的命运，正如沃尔特·C. 基维大人所想到的那样，后者被阿维多夫揍倒在一位身穿双排铜扣礼服大衣的寡言的多国语言专家③怀里，手上还抓着几张未盖邮戳的明信片。维恩家的人（爱达在旁白处说道）智慧是无穷的。

凡堪称一流棋手——他赢得了一八八七年乔斯大学的棋赛，击败了明斯克出生的帕特·利辛 208（安德希尔以及北卡罗来纳州的威尔逊的冠军），可是让他大惑不解的是爱达无法再提高她那——可以这么说——毫无定力的小姑娘的游戏水准，她充其量也只是旧小说或去头屑的彩色广告照片里的年轻女子，一个漂亮的模特儿（是为其他游戏而非象棋塑造的），盯

---

① Jurojin，日本民间所供"七福神"之一。

② 原文为法语。

③ 据"京都读书会"的注释，这指的就是看门人。

着对手被衣着遮蔽的、意料之外堪称完美的肩膀，中间隔着一堆混乱不堪的"拉拉露哈"①式的红白棋子，雕刻得纷繁复杂却不易辨认——连白痴都不愿下的棋，即便有人出了大价钱，也没人愿意在最心动的利诱下用最简单的想法走一步臭棋。

有时候爱达倒也能玩出些丢车保帅的花样，比方说在祭献出王后之后的两三步内又巧妙地将棋赢回来；只是她常顾此失彼，往往在僵局之后的极度疲软中忽略了对手用意明显的反攻组合，假如她放出的大诱饵不能让其上钩的话，那必然便导致她的失利。然而在拼字盘上，同样是这个外强中干的爱达却摇身一变成为一架优雅的计算机器，而且手气极佳，以智慧、远见及对机会的把握，从最没希望的残余字块中组合出妙不可言的长单词，从而将困顿的凡远远甩在后面。

他感到这个游戏已经耗尽了自己的脑力，因此临近结束时已玩得草率而漫不经心，不屑再去理会"罕见"或"荒废"的词，只认忠实的词典所给出的都能接受的可能选择。而踌躇满志却不大会玩且喜怒无常的卢塞特，都十二岁了还要凡为她小心地出谋划策，凡这么做主要是想节省时间，让那美好的一刻再早些到来，届时可以把她哄走送进儿童房，让这甜蜜的夏日再掀起第三次或第四次小小的高潮。最讨厌的是姑娘们对这个词或那个词的合法性的争论：固有名称以及地名是禁用的，但也有打擦边球的例子，这便引起了无尽的烦恼，凡不无怜悯地

---

① Lalla Rookh，托马斯·莫尔（Thomas Moore，1779—1852）同名诗中的印度公主，其中 Rookh 音谐 rook，即象棋中的车。

看着卢塞特紧捏着她的最后五个字块（盒子里已经没有了），拼出了漂亮的 ARDIS[①]，女家庭教师曾告诉她那是"箭头"的意思——可是，唉，是在希腊语里。

特别令他头疼的是不得不带着一肚子火或是轻蔑去翻一大堆词典，查那些可疑的字词，这些词典或坐或立或摊在姑娘们周围，丢在地板上、卢塞特跪着的椅子下面、沙发椅上、放游戏盘和字块的大圆桌上以及旁边的五斗橱上。愚蠢的 *Ozhegov*[②]（一本庞大、蓝色、装订很差的词典，收有五万二千八百七十二个词）与虽然小但同样乏味的埃德蒙森[③]词典（格申哲夫斯基[209]博士"至尊版"）之间的抵牾；删减过的粗蛮之作总是一问三不知；四卷本的达尔[④]洋洋洒洒不拘一格（"我亲爱的大丽花[⑤]呀，"爱达在从这位和蔼的长胡子人种学家那里获得了一个废弃的隐语词时如此叹息道）——假如不是拼字棋与占卜写板[⑥]之间在某些方面古怪的相似性激起了凡的好奇心，他肯定会觉得无聊透顶。他在一八八四年四月的一个傍晚便感受到了这一点，那时他们正在儿童房的阳台上，夕阳的最后一

---

① 即阿尔迪斯庄园。

② 一部纳博科夫本人很不喜欢的俄语词典。

③ 暗指与纳博科夫针锋相对的批评家埃德蒙·威尔逊（Edmund Wilson, 1895—1972），故下文的"至尊版"应有反讽之意。

④ Dahl，指弗拉基米尔·伊万诺维奇·达尔（Vladimir Ivanovich Dahl, 1801—1872），俄罗斯杰出的词典编撰家，著有四卷本《通用俄语大词典》（*Explanatory Dictionary of the Living Great Russian Language*）。

⑤ dahlia，音谐达尔。

⑥ planchette，迷信活动用的一种道具。

线火红蜿蜒于水库的一角，鼓动着最后一批雨燕，并使得卢塞特黄铜色的卷发看起来更加金黄。摩洛哥革制的游戏盘摊在了一张墨迹斑斑、印有花押字、刻有凹槽的游戏桌上。漂亮的布兰奇的耳垂和拇指指甲上也染上了粉红的暮色——还散发着女仆们所说的"白鼬麝"的香水的芬芳——她带了一盏此刻还用不上的台灯。爱达通过抓阄拿到了先手，并开始相当机械、不假思索地从敞开的盒子里将她那七个"吉祥字"一个个地收集起来。盒子里的字块都是面朝下的，每块都千篇一律地只露出黑色背面，嵌在各自的硫黄色天鹅绒格子里。与此同时她的嘴也没闲着，随口说道："我还是更喜欢本藤灯，不过煤油用完了。宝贝（对着卢塞特），做个好孩子，去叫她——天哪！"

她已取了七个字块：S、R、E、N、O、K、I，并正从她的 spektrik（上了日本漆的小木钵，每位游戏者前面都有一只，她的这只此刻正迅速地、可以说是自我冲动式地重新整理着字块）里拣出通过任意组合后产生的偶然句子中的关键词。

还有一次是在藏书室的隔间里，一个电闪雷鸣的傍晚（就在谷仓燃烧前几小时），卢塞特的一排字块拼出了好笑的 VANIADA[1]，她从中选取了可以拼出她正用倔强的小嗓音道出的那件家具的字块："可是也许我也想坐坐那张沙发椅。"[2]

不久之后，就像游戏、玩具以及假日里发展的友谊所经常发生的情形，拼字棋循着青铜色及血红色的树遁入了秋天的雾

---

[1] 其中有凡和爱达的名字。

[2] 卢塞特从 VANIADA 中拼出的是"沙发椅"（divan）一词。

霭之中；接着这黑盒子放错了地方，然后便被忘却了——四年后的一八八八年七月中旬无意间又重见天日（混迹于放餐具银器的盒子之间），就在此后没几天卢塞特去了城里并和父亲在那里待了数日。这恰巧是三个维恩家的年轻人最后一次在一起玩拼字棋。要么是因为它正好是在一段关于爱达的难忘的记录中结束的，要么是因为凡作了些许记录，寄希望于——可以说是实现了——"窥见时间的衬里"（日后他写道：这可是"关于预兆和预言的最佳非正式定义"），反正这一特别游戏的最后一轮对他而言仍记忆犹新。

"我什么也不会做① 210，"卢塞特哀号道，"什么也没有② ——我这白痴一般的字母 211，REMNILK，LINKREM……"

"瞧，"凡轻声说，"很简单的③ 212，变换一下那两个音节，就可以得到古俄国的一座城堡啦。"

"哦，不，"爱达边说边以固有的方式在额头的高度摇晃着手指，"哦，不。那个好听的词在俄语里不存在。一个法国人发明的。根本没有第二个音节。④"

"不能为一个小孩发发慈悲吗？"凡争辩道。

"不能！"爱达嚷道。

"好吧，"凡说，"你总可以弄点奶油的，KREM⑤ 或是

---

① ② ③　原文为法语。

④　据"京都读书会"的注释，所提到的俄语词是 кремль，只有一个发音的元音（整个词构成一个音节）。

⑤　用拉丁字母转写的俄语，奶油。

KREME——还有更好的——KREMLI，意思是育空监狱。翻一翻她的 ORHI-DEYA。"

"翻一翻她傻乎乎的兰花[1]吧。"卢塞特说。

"现在，"爱达说，"爱达奇卡下面要干更傻的事儿啦。"那排极能衍生单词的字块中的第七个点数低廉，本是爱达无心放置的，此时却派上了用场。爱达欢喜地深吁了口气，翻出一个棕色的 F 字块，接着是两个红色字块（37×9=333 点），拼出了形容词 TORFYaNUYu[2]并赢得了额外的五十点（因为她一举拼好了所有七个字块），总点数达到三百八十三，这是俄罗斯拼字游戏中拼单个词所能得到的最高分。"好啦！"她说，"嗬，真不容易[3] 213。"她用白皙的手的玫瑰色指节捋掉额头上的深棕色头发，以得意又悦耳的嗓音将自己拿到的分重数了一遍，就像一个公主在讲述如何用一杯毒酒杀死了一个多余的情人。与此同时，面对着生活的不公正，卢塞特用无言而愤懑的乞求眼神盯着凡——继而又看了看游戏盘，蓦地迸发出满怀希望的嚎叫：

"这是地名！不能用！这是过了拉多尔桥后的第一个小车站的名字！"

"没错，乖乖，"爱达叫道，"哦，乖乖，你说的没错！是

---

① orchid，与上文中的 ORHIDEYA 一词近似。

② 据"京都读书会"的注释，托弗扬卡（Torfyanka）是俄罗斯远东勘察加半岛的一城市，但在本书中则为布兰奇所住的村子。

③ 原文为法语。

的，Torfy-anaya，或者按布兰奇的说法，La Tourbière，的确是一座漂亮但湿气重了点儿的村子，我们灰姑娘 [214] 的家就在那里。我亲爱的[①]，在我们的母语中——事实上[②][215]，那是我们共同的外婆所说的语言——一种丰富多彩的加拿大法语——这个相当常用的形容词意思是'泥炭的'，阴性宾格。是的，这一招让我赚了差不多四百点。真糟糕——ne dotyanula（没能渡过这一关）。"

"Ne dotyanula！"卢塞特向凡控诉道，她鼻孔张开，肩膀因气愤而抽动着。

他翘起她的椅子让她滑下来并打发她走开了。可怜的孩子在约十五轮的游戏之后最终得分还不到姐姐那妙手的一半，凡也好不到哪里去，可是谁在乎！花影投向爱达胳膊上的斑纹，淡蓝色的静脉，散发着焦木的气味，并因伴着羊皮纸灯罩（绘有明澈的湖景及日本龙）而绽放棕色光泽的秀发，这些得分永远高于那十指紧扣的铅笔头在过去、现在或未来所赢分数的总和。

"谁输了得**马上上床**，"凡快乐地说，"并且待在床上，不多不少十分钟后我们会送过去一大杯（那种深蓝色的大杯子！）可可（甜甜的，黑黑的无皮吉百利可可！）。"

"我哪儿也不去，"卢塞特抱着胳膊说，"首先，因为现在才八点半；其次，因为我完全明白你们为什么要摆脱我。"

"凡，"爱达过了片刻说，"请你去叫一下家庭教师；她正

---

①② 原文为法语。

在和妈妈研究一段不会比这个讨厌的孩子更愚蠢的剧本。"

"她说得很有趣，"凡说，"我很想知道她的意思。问问她，亲爱的爱达。"

"她以为我们会不带她玩拼字棋，"爱达说，"或者不带她玩东方人的体操，你记得的，凡，你教过我一个开头，你记得的。"

"哦，我记得！你记得我给你表演过我的体育老师教我的动作，你记得他的名字，金·温。"

"你记得的真多，哈哈。"卢塞特说，她穿着绿色睡衣站在他们面前，敞露着晒黑的胸口，两腿分开，双手叉腰。

"也许最简单的——"爱达发话道。

"最简单的回答，"卢塞特说，"就是你们两个没法告诉我为什么要摆脱我。"

"也许最简单的回答，"爱达续道，"就是你，凡，好好地狠狠地在她屁股上揍一记。"

"看你敢！"卢塞特挑逗似的转了身。

凡非常轻柔地摸了摸她丝一般滑的头顶，吻了吻耳后根，卢塞特爆发出一阵可怕的抽泣，冲出了屋子。爱达反身锁住了门。

"她是个彻头彻尾的疯狂的吉卜赛小荡妇，毫无疑问，"爱达说，"可是我们得比任何时候都要小心了……哦要特别、特别、特别小心了，哦我亲爱的。"

37

天正落着雨。从藏书室凸窗所见的沉闷图景中，草坪显得更加葱绿，水库显得更加灰白。凡枕着两只黄色靠垫，身着训练服和衣而卧，阅读拉特纳论"地界"的著作，一本难懂又让人感到压抑的书。他不时瞥几眼那高高的、暮气沉沉的大自鸣钟，它居于一只代表硕大而老旧地球的棕褐色鞑靼光光的秃顶之上，伫立在愈益稀微，显得更适合十月初而非七月初的光线里。爱达穿了一件他很不喜欢的过时的束腰雨衣，肩挎手提包去了卡卢加并要在那里待一天——名义上是要试几件衣服，实则是要去咨询昆利克医生的表弟、妇科医生塞茨（或"扎亚茨"，她在脑海里如此音译，因为它类似于"兔子医生"，在俄语中也像兔子的发音）。凡可以肯定，在一个月的做爱中，他没有一次不采取一切必要的预防措施，有时甚至很怪异但毋庸置疑是非常可靠的。近来他还弄到了形如剑鞘的避孕用具，出于某种古怪而古老的原因，在拉多尔县只有理发店才准卖这个。可是他仍然感到焦虑——并为自己的焦虑而感到恼火。而拉特纳呢，他在书中不经意地否认了这颗姐妹星[①]上有任何客观存在，但又在含糊其词的注释（很不方便地被置于各章之间）中勉强承认了。此人无趣得如同这雨，可以用平行的铅笔线条画下来，其后是色泽更深的落叶松林，爱达说这是从"曼斯菲尔德庄园"②借来的情景。

　　五点差十分时，布特带着点燃的煤油灯悄然走进来，并捎来了玛丽娜要凡去她房间一叙的邀请。布特走过那只地球仪时碰了一下，不以为然地看了看弄脏的手指。"世界真脏，"他说，"应该打发布兰奇回她的村子。她又笨又坏③ 216。"

　　"好吧，好吧。"凡咕哝着头又埋进书里。布特出了房间，仍然摇晃着剪成平头的蠢脑袋，而凡则打着哈欠任由拉特纳的书从黑色的沙发椅滑到了黑色的地毯上。

　　当他再次抬头看钟，它正攒着气力准备敲整点呢。他匆匆从沙发上坐起来，同时记起布兰奇刚刚进来过，央求他向玛丽娜说一下，爱达小姐又不让她搭车去"啤酒塔"217 了，当地爱开玩笑的人是这么叫她那穷苦的村子的。一时间这短促而昏暗的梦与现实事件如此紧密地混合在一起，以至当他回忆起布特将手指放在那个偏菱形、盟军刚刚登陆④（如鹰展翼般横于藏书室桌子上的拉多尔报纸如此宣称）的半岛上时，仍可清晰地看到布兰奇正用爱达丢失的一块手绢儿将克里米亚擦拭干净。他从旋梯去儿童房的盥洗室，远远便能听见女家庭教师与她可怜的学生在背诵可怕的《贝雷妮丝》⑤（沙哑的女低音和一个完全不带感情的童音交替响起）。前几天他曾说想在十九岁即最

---

① 　指"地界"（Terra）。

② 　Mansfield Park，简·奥斯丁同名小说中的庄园。

③ 　原文为法语。

④ 　指小说中"反地界"（Antiterra）上的克里米亚战争。

⑤ 　Berenice，爱伦·坡的短篇小说。

早的志愿年龄报名入伍，他认定布兰奇——或者玛丽娜更是如此——大概很想知道他是不是认真的。他还花了片刻工夫思索了一下这样一个悲哀的事实（他从自己的研究中很清楚地明白这一点）：两种现实——一个带单引号，一个带双引号——的混淆，是即将迫近的精神错乱的症候。

玛丽娜脸上什么也没涂抹，头发颜色暗淡，裹在一件最旧的睡衣里（她的佩德罗突然去了里约），斜倚在桃花心木床上，盖着金黄色被子，喝着加马奶的茶，这是她赶的时髦之一。

"坐，来一杯茶[218]，"她说，"牛乳在小一点的罐子里，我**想**是的。对的，在这里。"凡吻过她长了雀斑的手，矮身坐在了 ivanilich[219]（一只会发出叹息声的旧皮坐垫）上。"凡，亲爱的，我希望和你说几句，因为我知道我以后不必再重复了。贝尔以她向来擅长的一针见血，给我说起'表亲是危险的邻居'[①][220]的格言——我是说格言，我总是念错这个词——还向我抱怨每个角落里都在发生着亲吻[②][221]。是真的吗？"

凡的思绪飞跑在了他的言语前面。这太言过其实了，玛丽娜。有一回那愚蠢的女家庭教师曾看到他抱爱达趟过小溪并亲吻了她，因为她大脚趾受了伤。我就是最悲伤的故事里的那个人人皆知的乞丐。

"Erunda（胡扯），"凡说，"有一回她看见我抱着爱达趟过小溪，我们磕磕碰碰挤成一团的模样一定让她误解了

---

①② 原文为法语。

（spotïkayushcheesya sliyanie）。"

"我不是指爱达，傻瓜，"玛丽娜轻轻地哼了一声说道，同时忙着摆弄茶壶，"阿佐夫，一位俄罗斯幽默作家，从德语又是这儿又是那儿 hier und da[222]，派生出了胡扯（erunda）[223]，意思是既非此也非彼。爱达是大姑娘了，大姑娘嘛，唉，有自己的烦恼。拉里维埃小姐说的当然是卢塞特。凡，那些不温不火的游戏不要玩了。卢塞特十二岁了，还很天真，我知道游戏没别的也就是好玩而已，可是（然而①）对于一个情窦初开的小女子，再委婉②也不会过分的。顺便说一句，③ 在格里鲍耶陀夫④ 的《聪明误》⑤中，'聪明反被聪明误'，一出诗剧，写于普希金的时代，我想，主人公使索菲想起了他们的童年游戏，他还说道：

> 那时我们常常一起坐在角落里
>
> 那么做又何伤大雅？

可在俄语中这就有些模棱两可了，再来一点儿，凡？"（他摇摇头，与此同时又像他父亲那样抬起了手），"因为你瞧——哦不，反正也没剩的了——第二行，i kazhetsya chto v etom 也可以直译为'**那样一种做法，我以为**'，同时主人公指向屋子一

---

①② 原文为用拉丁字母转写的俄语。

③⑤ 原文为法语。

④ Alexander Griboyedov（1795—1829），俄国剧作家。1795 年 1 月 15 日出生于莫斯科一个贵族家庭，1829 年 2 月 11 日在任驻波斯大使时被杀害于德黑兰。

角。想想看，当我和卡恰洛夫在斯坦尼斯拉夫斯基的育空茨克的海鸥剧院排演这出戏时，康斯坦丁·谢尔盖耶维奇的确要他做那个好看的小动作的（uyutnen' kiy zhest）。"

"真有意思。"凡说。

那只狗走进来，抬起水汪汪的褐色眼睛看了看凡，又蹑向窗口，似个小人一般望一望外面的雨，又返回到隔壁屋里它那脏兮兮的垫子上。

"我怎么也受不了这种狗，"凡说道，"达克斯恐惧症。"

"但姑娘呢——你喜欢姑娘吗，凡，你有很多姑娘吗？你不是搞鸡奸的，像你叔叔那样，是吧？咱们的先祖有些很变态，不过——你笑什么？"

"没什么，"凡说，"我只是想声明我是喜欢姑娘的。我十四岁时有了第一个。可是谁会将我的埃莱娜还给我呢？[①]她有着乌黑的头发，肤如凝脂。我后来还有过皮肤更白嫩的。而且似乎就是这样？[②]"

"真奇怪，好悲哀！悲哀是因为我对你的生活几乎一无所知，我亲爱的（moy dushka）。泽姆斯基家的人都是淫棍（razvratniki），其中有一个就爱幼女，还有一个迷恋他的一匹小母马[③] 224，还用一种特别的方式将她捆起来——别问我是怎么捆的"（双手做了个惊惧而无知的样子）"——当他在她的马棚里和她幽会的

---

① ③　原文为法语。
②　原文为用拉丁字母转写的俄语。

时候。顺便说一下①(à propos),我真弄不明白单身汉是怎么遗传自己的种的,除非基因可以像象棋里的车那样跳跃。上次下棋时我差点儿就赢了你,我们得再下一盘,不过不是今天——今天我太伤心了。我真想早些知道一切,一切关于你的事情,可现在太迟了。记忆总是有些'定型'(stilizovanï),你父亲以前常这么说,一个又可爱又可恨的人,而现在,就算你捧给我你的旧日记,也激发不出我的真实感情了,虽然女演员都会哭鼻子,就像我现在。你瞧(在枕头下面翻她的手帕),当孩子小(takie malyutki)的时候,我们无法想象丢开他们不管,哪怕只几天工夫,然后我们就放得下了,几周都行,接着是几个月,灰白的岁月,黑色的几十年,然后便是基督徒之永生的滑稽戏②。我觉得甚至最短暂的离别也是为'天堂运动会'所做的一种训练——这是谁说的?我说的。而你的装束,尽管很合适,却在某种意义上 traurnïy(像参加葬礼)。我是满口胡言呢。原谅我这些愚蠢的眼泪……告诉我,我能为你做些什么呢?想点儿东西出来!你想要一条漂亮的基本是九成新的秘鲁围巾吗?是他留下的,那个疯疯癫癫的小伙子。不要?不是你的风格?好了去吧。记住什么也别和可怜的拉里维埃小姐说,她是好意!"

爱达刚好在晚餐前回来了。烦恼吗?他在她疲倦地爬主楼梯时遇见了她,她拿着小提包的带子,就让提包在身后的阶梯上拖着。烦恼吗?她散发着烟草的气味,要么因为(她如是

---

① 原文为用拉丁字母转写的俄语,其后紧跟的括弧里是同义法语。
② 原文为法语。

说）她在吸烟车厢里待了一个小时，要么因为（她又补充说）自己在候诊室里抽了一两支，抑或因为（这她可没说）她那不知名的情人是个烟鬼，他的血盆大口里翻滚着蓝色的烟雾。

"嗯？一切都好① 225？"凡在草草吻过之后问道。"不用担心了？"

她朝他瞪眼，或说是佯装瞪眼。

"凡，你不该给塞茨打水话的。他连我的名字都不知道！你保证过的！"

停顿片刻。

"我没有。"凡安静地答道。

"这样更好② 226，"爱达仍然言不由衷地说，同时他在过道里帮她脱掉了外衣，"是的，一切都好③。你别这样嗅我行吗，亲爱的凡？事实上，在回家的路上那该死的东西来了。让我过去，拜托。"

她自己的担心么？还是她母亲无意识杜撰的？漫不经心的陈词滥调？"谁没有烦恼"？

"爱达！"他喊道。

她在打开自己（总是锁着的）房门之前扭过头来。"什么？"

"Tuzenbakh227，并不知道说什么好。'今天我还没喝咖啡。叫他们给我弄些来。'随即走开了。"

"很有意思！"爱达说着进屋并锁上了门。

---

①②③　原文为法语。

292

38

七月中旬，丹叔叔把卢塞特带到了卡卢加，她要在那儿和贝尔以及弗伦奇待五天。利亚斯加芭蕾舞团和一家德国马戏团在城里，孩子们也不想错过女生曲棍球及游泳比赛，而童心未泯的老丹叔叔每逢赛事都是虔诚的观众之一；此外卢塞特还得去塔鲁斯医院接受一系列"检测"，以搞清是什么总让她的体重和体温如此反常地摇摆不定，尽管她胃口颇好且感觉颇佳。

周五下午，当她父亲计划与她返回时，他还想带上一位卡卢加的律师来阿尔迪斯，而德蒙也要来，这可是非同寻常的。要讨论的生意是堂兄弟俩共有的某块"蓝色"（泥炭沼）地产，且两人出于各自不同的原因都急着要脱手。正如丹最精心筹措的事情往往不能如愿一样，律师只能保证晚上赶来，而就在德蒙到达之前，他的堂兄弟拍电报来让玛丽娜"好酒招待德蒙"，不用等他和米勒了。

这一 kontretan[228]（玛丽娜的幽默用语，表示并不一定让人感到讨厌的意外）让凡大为欢喜。那年他还没怎么见过父亲。他怀着一种轻松自在的热情爱着父亲，他曾在儿时崇拜过他，到了心地宽厚但心知肚明的少年时节则对他抱有坚定的敬意。再往后，些许的反感（如同他对自身的伤风败俗的感受）便与爱及尊崇交织在一起；不过在另一方面，他越长大越是笃信，在任何可以想见的情形中，他都愿意骄傲并快乐地为父亲——毫不犹豫地——奉献自己的生命。玛丽娜在九十年代末老朽之时还常聊起已过世的德蒙的"罪过"，其间不乏令人尴尬和厌恶的细节，每逢此时他便对他和她充满了怜悯，但对玛丽娜的淡漠以及对父亲的爱戴则丝毫未变——至今依然如此，虽然时光已难以置信地来到了二十世纪六十年代。没有哪个可憎的归纳者，能够用卑微的头脑以及如无花果般干枯的心来解释（而这便是我对自己毕生事业所遭遇的所有诽谤最美好的报复）那些事情及相似的事情中所发展出的独特的妄想。若非这种妄想，就不会存在艺术家和天才，而这是可以盖棺定论的，让小丑和蠢货们都去见鬼吧。

德蒙近年来何时拜访过阿尔迪斯？一八八四年四月二十三日（就在那天，他提出、计划并许诺凡在阿尔迪斯度过第一个暑假）。一八八五年暑假有两次（那时凡在攀登西部诸州的山脉，而维恩家的女孩则在欧洲）。一八八六年六月或七月间来吃过一次饭（凡在哪儿呢？）。一八八七年五月逗留数日（爱达正和一位德国女子在艾斯托提或加利福尼亚研究植物。凡则在乔斯嫖妓）。

凡利用拉里维埃和卢塞特不在的时机与爱达在舒适的儿童室里尽情戏耍，不过此刻他们站错了窗口，看不清车道，而父亲座驾底气十足的轰鸣已然在耳。他冲下楼——飞速在扶手上摩擦引起的手掌的灼热感使他愉快地回忆起童年的相似经历。大厅里空无一人。德蒙已从侧廊进了屋，正安坐在洒满阳光的音乐室里，一边用特制的 zamshinka（"麂皮革"）擦拭单片眼镜，一边等着他的"拜前"白兰地①（一个有年头的文字游戏）。他的头发染得乌黑，牙如猎犬的利齿般雪白。他光洁的棕色面孔、修剪整齐的黑胡须以及湿润的深色眼睛都在朝儿子微笑，表达着喜悦的挚爱，而凡也以同样的情感应答，也都徒劳地以惯常的玩笑寒暄试图遮掩。

"你好，老爸。"

"哦，你好，凡。"

太美国化了②。校园里。砰地关上车门，从雪地里走过来。总是戴手套，从不穿外套大衣。要去"盥洗室"吗，爸爸？我的土地，美好的土地。

"你要去'盥洗室'吗？"凡眨眨眼问道。

"不，谢谢，我今早洗过了。"轻叹一声，表示对时间流逝的承认：他也记得父子俩在一起时的所有细节：沿河路中学共进晚餐，为父亲及时而殷切地指认厕所，精神饱满的小少爷们，低劣的饭食，拌奶油的肉末杂菜，上帝拯救美国吧，局促的儿子，粗俗的老子，带头衔的英国人和希腊贵族，与之般配的是巴哈慕大群岛的游艇。我能悄悄地把这美味的抹了糖霜的粉红色合成物从我的盘子里挪到你那儿吗，儿子？"你不喜欢吃，老爸！"（作严重受伤状。）上帝拯救他们可怜的小小的美

---

① prebrandial brandy，其中 prebrandial 一词并不存在，疑取自 preprandial（饭前）与 brandy（白兰地）构成谐音。

② 原文为法语。

国味蕾吧。

"你的新车声音听起来美妙极了。"凡说。

"是吗？的确如此。"（问凡关于 gornishon 的情况。gornishon，法—俄混合俚语，表示小巧可爱的年轻女仆[229]的最低等语级。）"你怎么样，我亲爱的孩子？上次看见你还是在你从乔斯回来的时候。我们在分离中虚度光阴！我们是命运的傻瓜！哦，咱俩在米迦勒节①之前到巴黎或伦敦住一个月吧！"

德蒙取下单片眼镜，从短礼服的胸袋里拿出时下流行的花边手绢擦了擦眼睛。在并无真正的悲伤需要自我控制时，他的泪腺总是行动快捷。

"你看上去像恶魔般容光焕发，老爸。尤其是你那翻领上还带着锁眼。我估计你最近没怎么去曼哈顿——上一次是去哪儿把自己晒成了古铜色？②"

维恩家传的双关语。

"我实际上③[230]由着自个儿的性子去了趟阿卡浦尔克沃（Akapulkovo），"德蒙答道，同时毫无必要且毫不情愿地（像是受到了急转直下的冲击力，也让他的孩子们遭了殃）回忆起养在碗里的一条紫黑条纹的鱼，一张相似条纹的睡椅，亚热带的阳光将石质地板上的一只缟玛瑙烟灰缸的纹理照得通明；一

---

① Michaelmas term，9 月 29 日，纪念天使长米迦勒的基督教节目。

② 原文直译为"你是在哪儿得到它（Manhattan）的最后一个音节的"，最后一个音节即 tan（古铜色）。

③ 原文为法语。

叠沾了橘汁的旧 Povesa（《花花公子》）杂志，留声机里一个女孩梦幻般的嗓音"鲜花遍地田野里的黑人小孩[①231]"，还有那位非常昂贵、非常水性、极为可人的克里奥尔[②]女郎令人倾心的肚皮。

"那个叫什么来着的女人跟你一块儿去的？"

"噢，我的孩子，老实说，现在的术语越发让人糊涂了。我们说得简单些吧。饮料呢？刚才经过身边的天使答应让他们端给我的。"

（经过身边的天使？）

凡拉了一下铃绳，向食品房传递出悦耳的信号，使放在音乐室角落里的那只老式带铜框的小鱼缸——连带着那孤独的囚徒，一条丽鱼——也应声泛出鸣响（一种古怪或许是自动充气的反应，只有基姆·博阿尔纳那个厨房的小伙子才懂）。"是不是该饭后叫她呢。"德蒙寻思。那时会是几点了？没什么好处，对心脏有害。

"我不知道你是否知道，"凡说着重又坐在父亲椅子的宽大扶手上，"丹叔叔要在晚餐后带律师和卢塞特回来。"

"好极了。"德蒙说。

"玛丽娜和爱达马上就下来——将是一顿四个人的晚餐[③232]。"

"好极了，"他又重复了一遍，"你气色棒极了，我亲爱的

①② 原文为法语。

③ Créole，安的列斯群岛等地的白种人后裔，操克里奥尔语（一种法语、西班牙语、葡萄牙语和本地语的混合语）。

亲爱的小伙子——我没有必要夸大其词，不像有的人在恭维头发仍浓黑油亮的长者时说的那样。你的短礼服也很漂亮——或者说那么漂亮是因为看出来是我的老裁缝在为我的儿子做衣服——就像发现了自己在重复一种祖传习性——比如说，这个（将左手食指举在前额的高度摇了三下[233]），我妈妈在表示婉言谢绝时就这么做；这种基因没有传给你，但当我不同意我的理发师在谢顶部位搽油膏时，我在他的镜子里看见了这传家宝；你知道谁还有这个习惯——我的姨妈基蒂，她跟那个讨厌的耍笔杆的色鬼列夫卡[234]·托尔斯泰离了婚，嫁给了银行家波伦斯基。"

在沃尔特·司各特和狄更斯之间，德蒙更喜爱前者，而且他对俄国作家评价甚低。凡像往常一样觉得应该作出纠正：

"是个具有奇特艺术美感的作家，老爸。"

"你是个奇特迷人的小伙子。"德蒙说着又滴下了晶莹的泪珠。他将凡强壮有力的大手贴在自己脸颊上。凡吻了吻父亲毛茸茸的拳头，后者已经在握着一杯还未现形的酒了。维恩家族尽管具有爱尔兰人的孔武，但所有带俄罗斯血液的成员在习以为常的情感泛滥中流露着许多温柔，同时却也不善用言辞表达。

"我说，"德蒙叫道，"是怎么搞的——你的胳膊跟木匠的似的。给我看看另一只手。天哪，"（咕哝道：）"维纳斯丘破了形，生命线伤痕累累，但长得离奇……"（改换成一种吉卜赛人的祈祷调门：）"你会活到看见'地界'的，回来时会更加智慧，更加快乐，"（复原到平日的说话声：）"让我这个看手相的大惑不解的是你的姐妹线。还那么粗糙！"

"马斯科达伽马。"凡喃喃地说，同时抬起了眉毛。

"啊，当然了，我真迟钝（愚蠢）呀。现在告诉我——你喜欢阿尔迪斯庄园吗？"

"我很喜爱，"凡说，"对于我而言，这里就是流经拉多尔河的城堡①。我挺乐意在此度过我伤痕累累千奇百怪的一生。可那是无望的幻想。"

"无望？我可得想想。我知道丹想把这儿留给露西尔，不过丹很贪心，我能做的就是去满足他的贪得无厌。像你这个年纪时，我认为语言中韵律最甜美的词莫过于'弹子球游戏'，我现在知道自己是对的。儿子，如果你对这块地产情有独钟，我可以想法子买下来。我可以对我的玛丽娜施加一定程度的压力。当你坐在她身上时，她会发出厚坐垫般的吁气声，可以这么说。该死的，这儿的仆人一点儿不像墨丘利。再拉一下绳。是的，或许丹不得不把房产卖掉。"

"你可真邪门啊，老爸。"凡满足地说道，他用的俚语是从温柔年轻的保姆鲁比那儿学来的，她生于密西西比河流域，那儿大多数地方官员、公共捐助人、形形色色"教派"的高级牧师以及其他可敬而慷慨的人士都拥有其西非祖先黑色或浅黑的肤色，他们是第一批到达墨西哥湾的航行家。

---

① 原文为法语。

"我来想想，"德蒙沉吟道，"这花费不了两三百万，还要扣除丹堂弟欠我的，扣除拉多尔的几座牧场，那里已经搞得一塌糊涂了，得慢慢脱手，如果当地官员不捣毁新建的煤油蒸馏厂的话，这真是我们国家的 stïd i sram（耻辱）。我对阿尔迪斯没有特别的好感，但也不反感，尽管我不喜欢周围的地区。拉多尔城简直就成了下三烂的酒馆，赌博生意也大不如前。邻居都是古里古怪的，可怜的埃尔米宁爵爷家尤其疯癫。前些天在赛马场上，我和一个女人聊天来着，多年前曾猎取过她，之后过了不少时间，摩西·德·维尔背着我给她丈夫戴了绿帽子，而竟当着我的面枪杀了他——这讽刺短诗你听说，无疑就是从这些嘴里听来的——"

（接下来便会是"父亲特有的重复唠叨"。）

"可是一个好儿子应该容忍父亲特有的重复唠叨——嗯，她告诉我她儿子和爱达经常见面，诸如此类。是真的吗？"

"并非如此，"凡说，"他们时常见面——就是在普通的聚会上。两人都喜爱马，还有赛马，不过仅此而已。没有诸如此类，那是不可能的。"

"很好！啊，那不祥的脚步声近了，我听到了。普拉西科维·德·普雷具有势利小人身上最坏的缺点：说大话。晚上好[①]，布泰兰。你看上去和本地产的葡萄酒一样红润——可是我们不再年轻了，就像那些美国梦说的。而我那可爱的信使准是

---

① 原文为法语。

给某个年轻些也更走运些的追求者截住了。"

"Proshu, papochka（求你了，爸）。"凡咕哝道，他总担心爸爸古奥的玩笑话会让仆人不愉快——因说得太简略而让自己成了罪人。

然而——用一个古老的表达方法说——这位法兰西老人太了解先前伺候的主人了，对他派头十足的幽默并不以为意。他的手还存留着很舒服的刺痒，因为刚打过布兰奇紧致年轻的屁股，姑娘则曲解了维恩先生很简单的要求，还激动得打碎了一只花瓶。他将托盘放在一张矮桌上，向后退了几步，手指仍曲成端托盘的形状，这才以深鞠躬答谢德蒙的欢迎词。先生一向可好？不错不错。

"我想要一瓶埃斯托克的拉图尔堡①来佐晚餐，"德蒙说；而当老管家又行了一礼，顺便②从钢琴顶盖上拿走一条揉皱的小手绢，正往外走时，德蒙又道："你和爱达处得怎么样？她多大——差不多十六岁了吧？非常爱音乐非常罗曼蒂克吧？"

"我们是亲密的朋友，"凡说（他早料到这个问题会以这样或那样的形式被提出来，所以是有备而答），"的确我们比寻常的情人或表兄妹或兄妹有更多的共同语言。我是说，我们真的难分难舍了。我们博览群书，她自学能力超群，这要归功于她祖父的藏书室。她知道周围所有花草鸟雀的名字。她是个极有意思的女孩。"

---

① 原文为法语，系杜撰的酒名。
② 原文为法语。

"凡——"德蒙欲言又止，过去的几年总是如此。总有一天要说出来，但现在不是时候。他戴上单片镜研究那些酒瓶："顺便问问，儿子，你喜欢这些开胃酒吗？我父亲准许我喝利尔拖伏加吃伊利诺斯小香肠——蹩脚的食品，你知我知[235]，就像玛丽娜说的。我怀疑你叔叔在书房的索兰德盒①后面有酒窖，藏着比这'远道而来的俄罗斯'②更好的威士忌。好吧，咱们按预定的想法来喝点儿这上等白兰地吧，除非你是水之子[236]？"

（没有双关的意思，但会使人发愣并浮想联翩。）"哦，我比较喜欢红葡萄酒。待会儿再来全力对付（nalyagu）这瓶'拉图尔'吧。不，我绝不是滴酒不沾的，而且阿尔迪斯的自来水实在不敢恭维！"

"我得警告玛丽娜，"德蒙用酒漱了漱齿龈并慢慢喝下后说，"她丈夫不能再喝这种泔水了，要抱定法国葡萄酒或是加州引进生产的法国葡萄酒——尤其是在他那次轻度中风之后。最近我在城里见到过他，在麦迪逊大街附近，瞧见他很正常地朝我走来，可接着当他在一个街区开外看见我时，他的发条机构便慢下来，然后在遇见我之前停住了脚步——哦，真是没有办法！很难说是正常的。好吧，千万别让我们的宝贝儿们在乔斯相遇，我们以前常这么说。只有育空人才相信上等白兰地对肝脏有害，因为他们只喝伏特加。唔，很高兴你和爱达相处

---

①　Solanders，一种放文件、标本等的书状盒。

②　原文为 usque ad Russkum，据布赖恩·博伊德的注释，usque 来自盖尔语 usque-baugh 即威士忌最早的名称。usque ad Russkum 或为作者杜撰的品牌"远道而来的俄罗斯"。

得这么好。很不错嘛。刚才在走廊里我撞见了一个相当漂亮的小骚娘们儿。她眼睫毛抬都不抬，用法语回答我——拜托，我的孩子，把屏风挪一挪，对了，西晒刺眼得很，特别是在积雨云下面的，我这糟糕的眼睛受不了。或者说我糟糕的心室受不了。你喜欢这种类型吗，凡——低垂的小脑袋，光溜的脖子，高跟鞋，小碎步，扭着身子，你喜欢的，对吧？"

"先生，这——"

（告诉他我是最年轻的"艳屋俱乐部"会员？他也在其中吗？出示一下标牌？还是算了。杜撰吧。）

"——唔，我正处于热火朝天的恋情之后的休整状态，那是在伦敦，和我的探戈舞伴，你上回飞过去看最后一场表演时见过的——记得吗？"

"真的，我记得的。奇怪得很，按你的说法。"

"我想，先生，你的白兰地喝得够多了。"

"是啊，是啊。"德蒙说，他在思索一个微妙的问题，那种只有总在揣度亲戚关系的不适当性的玛丽娜才会允许它从旁门左道进入大脑的问题；因为不适当性总能成为多重性的同义词，而没有什么比空空的脑袋更饱满了。

"很自然，"德蒙说，"在乡间待一个宁静的暑假，被说闲话也正常……"

"不过是野外生活，诸如此类。"凡说。

"简直难以置信，一个小伙子会管他爸爸喝酒，"德蒙说着给自己倒了第四小杯，"从另一方面说，"他一边把玩着那只细脚金边酒杯一边继续道，"少了些夏季韵事，野外生活可能就比较沉闷了，周边也没多少像样的女孩子，我也认为。埃尔米宁家的姑娘还挺可爱，一位很有贵族气质的犹太小姑娘①²³⁷，可我知道她订婚了。顺带提一下，那个姓德·普雷的女人告诉我她儿子参军了，很快就要去蹚那趟咱们本该不去理会的浑水的。我不知道他有没有留下什么仇家？"

"天哪没有吧，"诚实的凡回答道，"爱达可是淑女，周围没有野蜂浪蝶——除了我，还行²³⁸这没什么好说的²³⁹。好了，爸爸，究竟究竟究竟是谁说那个话的？"

"哦！金·温！当我问他有多喜欢他的法国妻子时。嗯，这对爱达是好事。她喜欢马，你说的？"

"她喜欢美女所喜欢的一切，"凡说，"舞会、兰花，还有《樱桃园》。"

此时爱达本人奔进屋里。好啊好啊好啊好啊，我来啦。喜气洋洋！

老德蒙隆起亮闪闪的双翅，②刚要站起又坐了回去，一只胳膊揽住爱达，另一只手端着杯子，亲吻着姑娘的脖子、秀发，以超越伯父的热忱一头扎在她的芬芳之中。"哎呀，"她嚷道（这声小姑娘时就学会的娇呼，其感动、柔情、③销魂的柔媚，对凡的感染甚至超过了他父亲的体会），"见到你真是太好

---

① 　原文为法语。
② 　此处仍是对德蒙名字的双关意义（亦有"魔鬼"之意）的提示。
③ 　两个词的原文分别为用拉丁字母转写的俄语、法语。

了！扒开了云朵！猛扑向塔玛拉的城堡！"

（由洛登[1] 意译的莱蒙托夫诗句）。

"上回品尝你的香泽还是在四月里，"德蒙说，"那时你刚看完牙医，穿着防雨衣，戴黑白色围巾，散发着类似砒霜的刺鼻气味。珀尔曼医生娶了他的接待员，你会很高兴知道这个。现在说正经的吧，我亲爱的。我可以接受你的裙子，"（无袖黑色紧身衣）"我可以忍受你那浪漫的发型，我也不管你 na bosu nogu（光脚）穿无带鞋，你的 Beau Masque[2] 香水——也还说得过去[3] 240，但是我的宝贝，我痛恨并抵制你那青黑色的唇膏。或许这在纯良守旧的拉多尔是一种时尚。可在曼哈顿或伦敦是行不通的。"

"Ladno（好吧）。"爱达说着便露出宽大的牙齿，并从怀里掏出一方小手绢猛擦起嘴唇来。

"还是乡下人啊。你应该带一只黑色真丝钱夹。现在我来展示一下占卜的本事：你的梦想是在音乐会上演奏钢琴！"

"不是的，"凡愤愤不平地说，"一派胡言。她一个音符也弹不出来！"

"噢，没关系嘛，"德蒙说，"观察并非总是演绎之母。不过把一块手帕扔在一架贝希施泰因钢琴上也无伤大雅。我亲爱

---

① Lowden，见第二十章的叙述："……显然纯粹是洛登（二流诗人和翻译家，一八一五——八九五）的风格。"

② 法语，美的面具。

③ 原文为法语。

的，你没必要脸红得这么热烈。我引述几句来搞搞笑吧：

当这位不幸而高贵的少女的未婚夫奔赴战场时，她合上了
钢琴……卖掉了大象[241]

那贪吃的孩子①是真的，不过那大象是我编的。"

"你可别这么说。"爱达笑道。

"我们伟大的科佩的确挺糟糕，"凡说，"不过他倒是有一
首可爱的小诗，我们的爱达员外不止一次将它弄成了英语，还
算成功吧。"

"哦，凡！"爱达带着不同寻常的狡黠插话道，并用手捧
起一撮盐焗杏仁。

"让我们听听，让我们听听。"德蒙嚷道，同时从她拢起的
手掌里捡了一颗坚果。

言谈的优雅而和谐的互动，轻松直率的家庭团圆，从不纠
缠在一起的木偶牵线——所有这些描述起来都比想象起来要
容易。

"过去讲述故事的方法，"凡说，"也许只有非常了不起同
时还不近人情的艺术家才能模仿得来，而我也只能原谅非常亲
近的家人对于好诗的解释。让我先说说一位表妹——任何人的
表妹——的成就吧，就讲一点点普希金吧，这是为押韵所作的

---

① 原文为法语，即诗句里说的少女。

取舍——"

　　"为押韵作的曲蛇吧！"爱达叫道，"对诗作的解释，哪怕是我的解释，也像'蛇根草'讹传成了'灯芯草'——好端端的马兜铃就成了这个。"①

　　"为了我小小的需要，这足够了，"德蒙说，"满足我的小朋友们也够了。"

　　"诗文如下，"凡继续说（他并未理会德蒙不得体的暗示，因为在过去，拉多尔地区的古居民没怎么把那倒霉的植物当做治蛇咬伤的草药，而是用作一种助稚龄女子顺利生产的灵符；不过也不用理会了）。"该诗很意外地被保留下来了 242。事实上我会背的。诗这样写道：Leur chute est lente，大家都知道……"

　　"哦，我知道的。"德蒙插话说：

　　它们的倒伏是缓慢的。人们能以

　　视线跟随

　　从铜色的叶子认出橡树

　　从血红色的光亮中知晓枫树②

　　"好诗！"

_____

① 前文凡所言"为押韵所作的取舍"原文为 for the sake of rhyme；爱达的"为押韵作的曲蛇吧！"原文为 for the snake of rhyme；"蛇根草"原文为 snakeroot，为一种蛇药；"灯芯草"为译者杜撰，因原文 snagrel 查无此词，疑为作者根据 snakeroot 字形杜撰；而"马兜铃"原文为 birthwort，在民间医药学中用于助产，故有下文。

② 原文为法语。

"是的，那是科佩的，以下是咱表妹的。"凡说着又背诵起来：

> 它们的飘落是轻柔的。叶行者[①]
> 能够跟踪每一树种，能认出
> 橡树因其叶子闪亮着铜色
> 而从血红的光泽辨知枫树。

"切！"该翻译家嗤之以鼻。

"别这样嘛！"德蒙叫起来。"那个'叶行者'是个了不起的发现，姑娘。"他将姑娘拉到跟前，她坐在他的安乐椅[243]扶手上，他厚重湿润的嘴唇透过她一缕缕浓密的黑发贴在她滚烫发红的耳朵上。凡感到一阵愉悦的颤抖。

此时轮到玛丽娜出场了，在完美的明暗光影的配合下，穿着有亮片的裙子，脸庞正处于那种风韵成熟的明星所追求的软焦点中，双臂伸展开来；跟在她后面的是琼斯，他端着两只大烛台，并不失风度地踢着后面阴暗处一个晃动的棕色影子让其走开。

"玛丽娜！"德蒙以敷衍的热情叫道，并在她往靠背长椅上坐下时拍了拍她的手。

琼斯发出有节奏的呼哧声，将一只雕有缠绕的龙的漂亮烛

---

① 原文为作者据 eavesdropping（偷听）杜撰的词 leavesdropping，故译文以"夜行者"杜撰出"叶行者"。

台以及闪烁着微光的饮品放在短脚衣橱上，正当他将另一只烛台端给寒暄得越来越欢的德蒙和玛丽娜时，女主人飞快地示意他将烛台放到条纹鱼旁边的架子上。他气喘吁吁地拉上窗帘，因为这一天的美景已渐趋破败。琼斯是新来的，办事高效，外表庄重而迟缓，别人还得慢慢习惯他的行为方式以及那喘息声。多年之后，他帮了我一个令我永生难忘的大忙。

"她是个注定不幸的姑娘[①]，一位苍白的、令人心碎的美人。"德蒙向他的老情人袒露道，他并不着意去留心他所赞美的对象会不会在屋子的另一头听见他的话（她听见了），她正在那里帮凡捉狗呢，并在这一过程中露出了一大截玉腿。我们的老朋友嘴里衔着一只旧银鼠皮拖鞋，变得和其他重聚的家庭成员一样兴奋，并追着玛丽娜蹦跳着。拖鞋是布兰奇的，她的任务是将达克赶到她房间里，可是与往常一样没把它关好。两个孩子都因体验到一阵既视感[②]而战栗（事实上当他们沉浸于对美好往昔的回忆时，体验到的是双重的既视感）。

"Pozhalsta bez glupostey（拜托，别胡闹了），特别是在下人面前[③ 244]。"玛丽娜说（像她祖母那样将末尾的"s"发出了音），而她实则满意至极；当这位慢条斯理并且像鱼一样张着嘴的男

---

① 原文为法语。

② déjà-vu，法语，是人类在现实环境中突然感到自己曾于某处亲历某个画面或者经历一些事情的感觉，就是仿佛见过其实没见过的场景、事物的一种错觉。既视感是因人的左右大脑信息处理不对称而产生的。

③ 原文为 devant les gens，法语，其中 gens 末尾的 s 是不发音的，故有下文。

仆抱走仰卧并耸动着前胸的达克及其可怜的玩物时，她继续说道：“真的，跟本地的姑娘相比，比方说跟格雷丝·埃尔米宁或科朵拉·德·普雷比较起来，爱达可是个屠格涅夫甚至简·奥斯丁笔下的淑女。”

“事实上我就是范妮·普莱斯[245]。”爱达评说道。

“楼梯上那场戏。”凡补充道。

“别理会这些只有他们自己明白的笑话了，”玛丽娜对德蒙说，“我永远也搞不懂他们的游戏和小秘密。不过拉里维埃小姐写过一部很棒的电影剧本，讲述神秘的孩子在古老庄园里做着奇怪的事情——但今晚不要给她话头谈文学成就，否则咱们就没命了。”

“我希望你丈夫可别回来得太晚，”德蒙说，“夏天过了晚上八点，他可就不在状态了，你知道的。对了，卢塞特好吗？”

正在此时，布泰兰庄重地豁然将门推开，德蒙将胳膊kalachikom（弯成俄罗斯新月形）伸给玛丽娜。凡，有父亲在场时很容易流露出一种没头没脑的顽皮模样，他邀爱达进去，而她以妹妹的肆无忌惮① 将他的手腕打开，这可不是范妮·普莱斯会赞同的。

另一位普莱斯—— 一位模范的、模范极了的老家仆，玛丽娜不知出于何种原因给他起了个绰号叫“格里布”[246]（G.A. 弗隆斯基在与她发生短暂的恋情时也这么叫他）——为德蒙在

---

① 原文为法语。

桌边摆了一只缟玛瑙质地的烟灰缸，因为后者喜欢在席间吸烟——标志俄国血统的吞云吐雾。一张边桌上还放了——仍然是俄式风格——红、黑、灰及米色的各式开胃小吃，用餐巾纸盛着的鱼子酱（salfetochnaya ikra），用美味多汁的腌牛肝菌与盛"灰珠"的罐子（ikra svezhaya）隔开，显出"白色"和"subbetu-line①"，而熏三文鱼的粉色又与威斯特伐利亚火腿的肉红色争相辉映。在另一只托盘里，各种调味的伏特加[247]闪烁着迷人的光晕。法式烹饪奉献着自己的肉冻②和鹅肝③。有一扇窗是开着的，蟋蟀在漆黑而纹丝不动的枝叶丛中鸣叫着，叫声急促得令人发毛。

　　这是一顿——如顺着小说结构继续写——够长、够欢快、够丰美的晚宴，虽然谈话内容主要也就是些俏皮的私房话和快活的家长里短，但那次团聚一直留存在某人记忆中，作为一次具有奇特意义、并非完全愉快的经历。某人将它珍藏在心里，如同爱上了画廊里的一幅作品，或是牢记的一场梦的风格、梦的细节，其颜色与线条有着意味深长的丰富，而换作在另外的情景中出现则毫无意义。必须留心的是，谁也没有，甚至读者也没有，甚至布泰兰也没有（他弄碎了一只昂贵的软木塞，唉）在那场特别的聚会中处于自己的最佳状态。一丝淡淡的闹剧和虚假成分使得它有了瑕疵，让天使——如果天使会光临阿

---

① 据布赖恩·博伊德解释，subbetuline 从构词看指在白桦树下，应为一种树下生长的菌菇。
②③ 原文为法语。

尔迪斯的话——也不能完全随心所欲；不过这仍是一场精彩的表演，任何一位艺术家都不会放弃观摩的机会。

桌布及烛焰将胆小胆大的蛾子都吸引过来，爱达如有灵助，禁不住从其中认出许多"拍翅膀的老朋友"。有的色泽苍白，冒失地闯将进来，慌不择路地将精巧的羽翅摊在某个光滑的表面上；有的长着基尔特绒毛，胡乱撞着天花板；有的五短身材，生着毛茸茸的触须，显得放荡得很；还有喜欢充当不速之客的天蛾，亮出镶黑带的红色腹部，在浓黑湿热的夜晚，或翩翩然或急匆匆，或安静或鼓噪地飞进餐厅里。

这是一八八八年七月中旬一个浓黑湿热的夜晚，在拉多尔县的阿尔迪斯，让我们别忘记，千万别忘记，一家四人围椭圆餐桌而坐，被鲜花和水晶杯盘簇拥着——对于一位端坐花园里的丝绒座椅上的观众而言，这也许——不，**肯定**——不像剧中的场景。从玛丽娜与德蒙勾搭的三年结束时算起，十六年过去了。那三年里也有长短不一的断续——一八七〇年春天暂停了两个月，[①] 另一次是一八七一年中，差不多中断了四个月——这在当时只会使柔情和折磨倍增。她黯然失色的面容，她的衣服，那件缀了金片的裙子，她染成草莓红色的头发上罩着闪闪发亮的网罩，她晒得通红的前胸皮肤以及情节剧里

---

① 从第四部凡的自述（"我最早的记忆可追溯至1870年7月中旬，即我七个月时"），可大致推断此处"暂停的两个月"即玛丽娜生育凡的时间。另外，据俄罗斯学者阿列克谢·斯克利亚连科考证，小说中凡出生以及与爱达最终团聚的时间（1870、1922），也正是作者的父亲 V. D. 纳博科夫（1870—1922）的生卒年份。

的那种涂脂抹粉（赭石色和栗色用得太多），这些令曾经视她为猎艳生涯中之最爱的德蒙几乎回想不起玛丽娜·杜尔曼诺夫之美，那种夺目、光彩和激越。这使他伤感——往昔已全然塌陷，巡回往复的求爱与轻歌曼舞已烟消云散，而将此时令人犹疑的现实与毫无疑问的记忆联系起来的无望，却也在情理之中。甚至阿尔迪斯庄园这张放开胃菜的桌子[248]上的开胃菜乃至这间华丽的餐厅都与这些亲密的晚餐[①][249]无甚关联，尽管，上帝知道，由三个品种组成的头道主食总是老一套——腌小牛肝菌，浅黄褐色的菌帽紧凑而光亮；灰色的鲜鱼子酱；以及拌佩里戈尔松露的鹅肝泥。

德蒙将最后一口夹了柔韧小鲑鱼的黑面包吞进嘴里，一口喝下最后一小杯伏特加，坐在了椭圆桌旁与玛丽娜相望的位子上，视线绕开了水果碗，那只青铜大碗盛着如雕刻出来一般的卡尔维尔苹果和长圆形珀斯提[250]葡萄。如往常一样，他精力旺盛的机体所吸纳的酒精，使他重新打开了高卢人习惯说的罪恶之门，而此时，当他像所有人那样一边摊开餐巾一边不由得打了个哈欠时，他打量着玛丽娜做作的如满天星辰一般[②][251]的发型，试图去认识（从该词的全部意义上说），试图通过将一个事实强行施加于感官中心来理解这样一个事实的现实意义：这是一个他曾爱到无以复加的女人，她对他的爱也到了歇斯底里喜怒无常的程度，她坚持要将毯子和垫子铺在地板上

―――――――――

①② 原文为法语。

做爱（"就像底格里斯—幼发拉底河谷的体面人家那样"），她在分娩两周后便坐在长雪橇上沿松软的雪坡呼啸而下，或是带着五只箱子、达克的祖辈以及一名女仆乘东方快车来斯特拉·奥斯潘科医生的诊所①看他，只因他在那里养一场决斗中的剑伤（在过了近十七年后仍可在他第八根肋骨下见到一条白色瘢痕）。真奇怪，当重逢久别的密友或一位从儿时起就非常喜欢的胖姨妈时，那种友谊中牢不可破的温暖人情便可以立即重新找回，而与老情人重聚却绝没有这样的情形——爱情的人性部分似乎与非人性冲动的糟粕被同时一举扫除了。他看着她，称赞着肉汁完美的浓香，可是她——这位相当壮实的女人，心肠无疑是不错的，光洁的面孔却流露出乖戾尖酸之气，鼻子、前额莫不如此，还涂抹了一种偏棕色的油膏，她觉得比搽粉要显得"嫩"——看起来比布泰兰还要陌生，他还曾经将假装晕过去的她从拉多尔的一幢别墅里抱出来送进出租车，那是在她出嫁的前夜，在最后一次，真的是最后一次争吵过后。

玛丽娜本质上是个装成人类模样的玩偶，根本体验不到这些内心的曲折，缺乏那第三种目光（个体性的、绵密得不可思议的想象力），而这是许多普通而顺从的人也能具备的，不过要是没了这样的目光，那么记忆（即便属于深刻的"思想家"或技术天才）——让我们直面它吧——就成了陈见或是广告样

---

① 原文为意大利语。

本。我们不希望太贬低玛丽娜；毕竟她的血也搏动在我们的手腕和太阳穴里，我们的很多忧伤都像她，而不是他。然而我们无法宽容她灵魂的粗劣。这个坐在桌首的男人——将他与她联系在一起的是一对快乐的年轻人，"小生"（按演戏的行话）在她右边，"天真少女的角色①"在她左边——与在普拉兰岛过最后一个圣诞时坐在她身旁的德蒙毫无区别，当时他也穿着几乎同样的黑色夹克（不同的也许只有他显然是顺手牵羊从花瓶里摘得的康乃馨，花瓶是布兰奇奉命从画室里捧来的）。每次遇见她，他都感到一阵如临深壑的眩晕，那让人望而却步的"生命的奇迹"伴随着一大堆地质学上的错误，且不可能由她所认作如虚线般时断时续的相遇来填补："可怜的老"（她所有的枕边人都以此封号退休）德蒙像无甚恶意的幽魂般出现在她面前，在剧院的休息室里，"游走于镜子和扇子之间"，或是在共同好友的客厅里，还有一次在林肯公园，他用手杖指了指靛青屁股的猿猴，并且根据这个美丽的世界②的规则没有向她致意，因为他正和一位风尘女子厮混呢。再往以前，往以前推好些年的某个所在，使她那因银幕而走火入魔的思想安然转化为陈腐的情节剧的是她与德蒙长达三年幽会频仍的热恋，《火热的韵事》（这是她唯一走红的电影片名）、**豪宅**中的激情、棕榈树与落叶松丛中、他的"满腔热情"、他的臭脾气，还有分离、和解、"忧郁的火车"、眼泪、背叛、恐怖、一个精神失常的妹

---

①② 原文为法语。

妹的威胁、无助，这都是毫无疑问的，然而还是将他们的激情留在了梦境的帏帐上，尤其是当潮湿和黑暗使人狂热兴奋起来的时候。还有投于后墙（上面竟还有可笑的法律注释）的报应的阴影。所有这些都不过是逢场作戏，可以很轻易地打包贴上"见鬼去"的标签送走了事；只在非常偶然时某种回忆会冒了出来——比方说，看两只绞在一起的异性左手的近镜头特写时——他们在做什么？玛丽娜回忆不起来了（尽管只过去了**四年！**）——双人①游戏吗？——不，谁也没上钢琴课——在墙上做个小兔子的影子吗？——更贴近了，更有暖意了，但仍然错了；权衡着什么吗？可那是什么呢？爬上一棵树？磨亮了的树干？可是在哪里，何时？总有一天，她寻思，得将过去的事情理顺。润饰一番，补摄一下。得在图片里"抹掉"什么，"插入"什么；感光乳剂中的某种警示性的磨损必须得到修正；用"淡出"的方法小心地将不要的、令人难堪的"连续镜头"去掉，而且一定要确保落实；是的，总有一天，在死亡用场记板终结这出戏之前。

今晚她则很满足于这场并非刻意安排的招待，她告诉他自己所能记起的事情，或多或少也都确有其事，同时计划着菜单，拿出他最喜欢的食物 zelyonïya shchi，一种碧绿柔滑的酸模菠菜汤，内盛滑溜的煮鸡蛋，并配上滚烫的、柔嫩得无法抵御的饺子（pirozhki），有肉馅，或胡萝卜馅，或大白菜馅——

---

① 原文为法语。

peer-rush-KEY，就是这么发音的，这么被赞美的，在这里永远如此。然后，她打定主意还要奉上撒了面包屑、配有煮土豆的鲈鱼（sudak）、榛子鸡（ryabchiki），以及那种专用的芦笋，它不会产生普鲁斯特所说的"后效应"，烹饪书上这么说的。

"玛丽娜，"在头道菜快结束时德蒙低语道，"玛丽娜，"他提高了嗓门重复道。"本不该由我，"（他的口头禅）"来对丹的白葡萄酒品位或是你的用人的①行为举止评头论足。你了解我的，我是坏透了的，我……"（做了个手势）；"不过，我亲爱的，"他继续道，并切换成俄语，"给我端来小馅饼②的人③——那个新来的、胖胖的长眼睛的（长着一双眼睛④）——"

"每个人都长眼睛的。"玛丽娜干巴巴地说。

"唔，**他的**眼神就好像要伸过去抓他端来的食物似的。不过这还不是主要的。他在喘气，玛丽娜！他得了某种 odishka（呼吸短促）病。他应该去找昆利克医生看看。这真让人气闷。那种有节奏的抽气声。把我的汤都吹起波纹了。"

"听我说，老爸，"凡说，"昆利克医生无能为力了，因为，你很清楚，他死了，玛丽娜也不能不让仆人们呼吸，因为，你也很清楚，他们还活着。"

"维恩家的智慧，维恩家的智慧。"德蒙喃喃说道。

"太对了，"玛丽娜说，"我可不想去管那个。而且可怜的琼斯根本没有哮喘病，只是急着要讨好有些紧张而已。他跟公

---

① 原文为法语。

②③④ 原文为用拉丁字母转写的俄语。

牛一样健壮，这个夏天他多次划船把我从阿尔迪斯维尔送到拉多尔，还乐在其中。你真冷酷，德蒙。我不能对他说'不准喘气²⁵²'就像我对基姆说不要偷偷拍照那样，就是厨房里的那个小子——很能抓镜头，不过此外倒是个讨人喜欢、温文尔雅的诚实小伙子；我也没法叫我那法国小女仆不要接受邀请，去参加拉多尔最高档的化装舞会①，而她总有办法去。"

"这很有意思。"德蒙道。

"他是个老淫棍！"凡快活地嚷道。

"凡！"爱达说。

"我还算**年轻**的淫棍吧。"德蒙叹了口气。

"告诉我，布泰兰，"玛丽娜问道，"我们还有什么好酒——你能推荐什么？"老管家微微一笑轻轻吐出一个惊人的名称。

"对呀，哦，对呀，"德蒙说，"啊，我亲爱的，你可不能单靠自己凭空把晚饭想象出来。说到划船——你刚才提到的……你知道吗，跟你配对的我②，在一八五八年可是划船健将？凡更喜欢足球，但他只是校队的，是不是呀凡？我网球也比他打得好——当然不是教区牧师玩的那种草地网球，而是'场地网球'，在曼哈顿都这么说。还有什么，凡？"

"你击剑也比我强，可我是个好射手。那不算真正的鲈鱼，爸爸，虽然也是上等的，我向你保证。"

———————————————

①② 原文为法语。

（玛丽娜没能及时为这顿饭弄到欧洲货，只能挑最接近的了，斜眼梭子鱼，或叫"海鲂"，佐以鞑靼沙司和煮嫩土豆。）

"啊！"德蒙一边品尝"拜伦勋爵霍克①"一边说，"这可以弥补'圣母之泪'的不足了。"

"就在刚才我还跟凡说起了你的丈夫，"他提高了嗓门继续道（陷入了玛丽娜已经相当耳背的错觉中），"我亲爱的，他喝多了杜松伏特加，实际上有点晕乎乎怪兮兮的。有天我偶然走过第四大道旁边的帕特路，他简直就是打着转儿过来了，开着那辆可怕的轿车，老掉牙双座带转动柄的。呵，他看见我了，老远就挥起了手，于是那玩意儿整个摇摆开了，最后停在半个街区远的地方，他还扭着屁股想让车动起来，你知道的，就像三轮车卡住时小孩儿的做法，而当我向他走过去时，我分明感到熄火的不是车而是他**本人**。"不过宅心不算仁厚的德蒙还有点儿善意，并没有告诉玛丽娜，这个白痴瞒着他的艺术顾问艾克斯先生，偷偷地从德蒙的一个赌友那里并在德蒙的支持下花了几千美元购得两幅柯勒乔②的赝品——结果算是傻人有傻福，竟以五十万美元卖给了同样白痴的收藏家，从此德蒙总想着那是他堂兄弟欠他的一笔贷款，总有一天得还给他，假如这颗双子星③上还存在些理智的话。而反过来，玛丽娜也忍着没跟德

---

① Lord Byron's Hock，其中 Hock（霍克酒）为原产于莱茵河的白葡萄酒。

② Antonio Allegri da Correggio（1489—1534），意大利画家。

③ 本书中，人们住的星球称作"反地界"（Antiterra），与"地界"（Terra）构成双子星。

319

蒙说起自从丹上次生病以后一直和他胡闹的那个小护士（顺便说一句，就是这位好管闲事的贝丝，在一个难忘的场合受到丹的央求，帮他"为一个有一半俄罗斯血统、对生物学感兴趣的孩子弄点好东西"）。

"你对我实在太好了① 253，"德蒙指着勃艮第葡萄酒说，"尽管诚然 254，我外公一定会离席而去，不想看着我喝红葡萄酒而非就着榛鸡② 255 喝香槟酒。真棒，亲爱的（他朝着由烛焰和银质杯盘围成的狭长通道送出一个吻）。"

随烤榛鸡（更确切地说是其在新世界的代表，在当地被称为"山松鸡"）一块儿端来的是蜜制越橘（当地人叫"山蔓越橘"）。德蒙在切成小块的棕色鸡肉中挑了一块特别多汁的放在他鲜红的舌头与坚固的犬齿之间，揉成了一颗圆圆的鸟枪子弹："狄安娜的蚕豆③，"他说着便小心地将其搁在盘子边缘，"车子怎样了，凡？"

"还很难说。我订了一辆像你那样的罗斯利，但圣诞节前到不了货。本想找一辆带边斗的'赛轮霆'，但因为打仗没法弄到，尽管战争与摩托车之间的关联还真是个谜。不过我们能应付，爱达和我，我们能应付的，我们骑马、骑车，甚至还骑飞毯。"

"我怎么立刻想到了我们伟大的加拿大诗人关于羞红了脸的伊雷娜的佳句：

---

①②③　原文为法语。

处子的曼妙之火

流溢在她的额头……①[256]"

狡黠的德蒙吟道。"好吧。你可以把我那辆车运到英国去，假
如——"

"顺便问一下，德蒙，"玛丽娜插话道，"在哪儿可以弄辆
老旧但很宽敞的大轿车？怎么弄？可以让一位职业老司机开
的，就像普拉西科维的那种，他已经有了好几年了。"

"不可能了，亲爱的，它们要么上了天堂，要么就在'地
界'。不过爱达，我沉默的小可爱，过生日想要什么呢？是下
周六吧，po razschyotu po moemu[257]（我估摸着），是吗？钻石
项链②？"

"我抗议[258]！"玛丽娜嚷道，"我可是认真的[259]。我反对
你给她 kvaka sesva（无论是什么③[260]），丹和我会办好的。"

"再说，你也会忘记的。"爱达笑着说，同时俏皮地向凡吐
了吐舌尖，后者正留意着她对"钻石"一词的条件反射呢。

凡问道："假如什么？"

"假如你没看见有辆车已经在兰塔路乔治家的车库里等候你
的话。"

"爱达，你很快就得一个人骑飞毯了，"他继续道，"我要
让马斯科达伽马在巴黎为他的假期画上个完美的句号。流溢在

———————————

①②③　原文为法语。

她的额头，展现其美丽！ ① 261"

于是家常闲话继续着。谁没有在思想最黑暗的港湾里珍藏如此欢快的记忆呢？当耀眼的过去向自己投来一瞥时，谁不会动容并以手掩面？在长夜的恐惧与孤寂之中，谁——

"那是什么？"玛丽娜惊叫道，她比拉多尔县的"反电派"② 更容易被 certicle[262] 的风暴吓着。

"片状闪电。"凡提示说。

"要问我的话，"德蒙边说边转动椅子凝视着翻腾的窗帘，"我就猜那是相机的闪光灯。毕竟我们这儿有一位著名女演员和一位大牌杂技演员。"

爱达奔向窗口。一位白面后生站在那株令人焦虑的木兰树下，用相机对准这群温良快活的家人，他两旁各有一个张大了嘴的女仆。不过这只是夜的幻象，出现在七月里并不足为奇。除了霹隆③，那位不宜多提的雷神之外，谁也不会在此时拍照。玛丽娜开始屏声默数，等待着雷声，似乎在祷告或是为一病入膏肓者把脉。似乎她认为一次心跳即可在黑色夜空里跨越一英里，在一颗鲜活的心和一位命该完结的牧人之间搏动，后者被击倒在了什么地方——哦，很远处——山巅之处。雷声

---

① 原文为 Qui something sur son front, en accuse la beauté, 掺杂了英语（something）的法语。

② Antiamberians, 据布赖恩·博伊德的注释，amber（琥珀）来自拉丁语 electrum, 显然又与"电"有关，因而在小说中这个视电为祸害的世界里，Antiamberians 或可译作"反电派"。

③ Perun, 古斯拉夫人所崇奉的雷神。

终至——不过已是强弩之末了。第二道闪电照亮了落地窗的框架。

爱达回到座位上。凡从她椅子下面捡起她的餐巾，而就在短促的一俯一拾间，他的额头擦过了她膝盖的侧面。

"我可以再来一份彼得森松鸡吗，彼得森松鸡[263]？"爱达矜持地问道。

玛丽娜叮叮当当地摇响了铜质牛颈铃。德蒙将手掌放在爱达手背上，请她把这个会叫唤的古怪物什递过来。她在断续的闪电中照做了。德蒙戴上单片眼镜仔细查看铜铃，同时掩住记忆的喉舌；然而这并非曾经摆在拉皮内医生山中居舍里昏暗小屋床头的那只；甚至不是瑞士造的；不过是个声音悦耳的仿品罢了，真货一拿出来，仿造者的诠释立刻便相形见绌。

啊，这禽鸟终究没逃过"所受到的尊崇"，在和布泰兰稍事商量之后，一小份略显不合时宜但极其美味的阿尔勒腊红肠与这位小女子要的连同芦笋①一起端了上来，而所有的人也都沾了口福。她和德蒙吃东西时的愉悦几乎让人感到敬畏：以完全如出一辙的架势歪咧开双唇油亮的嘴，将那栖于摩天之山巅、与山谷里洁白的百合结为艳友的飞禽送进嘴里，用同样并拢的手指抓住骨头，和那改良过的"划十字手势"②（一个可笑的小教派将大拇指与食指张开约一英寸）并无二致，仅仅在两个世纪之前，有那么多的俄罗斯人为抗议这一改变被其他俄

---

① 原文为法语。

② 俄国东正教经尼康改革后，规定划十字时改用三根而不是两根手指。

罗斯人烧死在大奴湖畔①。凡记得他家庭教师的挚友、学识广博但却循规蹈矩的谢苗·阿发纳谢维奇——其时还是年轻的副教授，但已是很有名气的普希金专家（一八五五——九五四）了——曾说过，在他选取的作家作品中，唯一粗俗的段落是《叶甫盖尼·奥涅金》中一个未完成的诗章，其中年轻的美食家们怀着吃人族般的兴致将"丰满而鲜活"的牡蛎从其"闭关修道的地方"扯了出来。不过话说回来，"萝卜青菜，各有所爱"，正如英国作家理查德·伦纳德·丘吉尔在关于某克里米亚君王的小说（曾在记者和政客之中名噪一时）中两度误译的那则法国成语（每个人都有自己的喜好②），当然按狡黠而不无偏见的纪尧姆·莫泊纳塞斯的说法，这位君主可是"一位大好人"264。而爱达呢，此刻一边倒垂着指尖蘸进一只碗里，一边向以同样优雅姿态履行同样仪式的德蒙介绍莫泊纳塞斯新近鹊起的名声。

玛丽娜从土耳其水晶烟盒里取了一支末端镶有红玫瑰花瓣的"奥尔巴尼"，并把烟盒递给德蒙。爱达也有些忸怩地拿了一支点燃了。

"你很明白的，"玛丽娜说，"你爸爸不赞成你在饭桌上吸烟。"

"哦，没关系。"德蒙低声说。

"我在说丹的看法，"玛丽娜没好气地解释道，"他在这一

---

① the Great Lake of Slaves，在加拿大西北部马更些地区南部。
② 原文为法语。

点上很谨慎。"

"唔，我还好。"德蒙答道。

爱达和凡不禁大笑起来。都是善意的取笑——虽然不算明目张胆，但仍然是取笑。

然而过了片刻，凡说："我想我也来支'偶帮尼①，——我是说一支'奥尔巴尼'。"

"各位请注意，"爱达说，"他是故意② 265 说错的！我采蘑菇时喜欢来一支烟，可是我回来时这位爱戏弄我的讨厌鬼总坚持说我闻起来有浪漫的土耳其或阿尔巴尼亚人③的味道，准时在林子里遇见的。"

"嗯，"德蒙说，"凡做得很对，是该留意你的行为举止。"

地道的俄国泡芙④（"l"发音很轻）最早是由本国的厨师于一七〇〇年以前在噶瓦纳制出的，由较大块的松饼组成，上面涂抹着乳浆层更厚的巧克力，而不像欧洲餐馆里那种又黑又纤细的"奶油卷"。我们的朋友吃完蘸满牛奶巧克力⑤沙司的甜食，等着上水果，此刻布特堂而皇之地走了进来，后面跟着他父亲和笨重的琼斯。

屋子里所有的盥洗室和水管忽然如抽风般咕咕咕响声大

---

① 原文为 Alibi（不在现场的证明、托辞），与"奥尔巴尼"（Albany）音谐，此处为保持音谐而改为此译。

②⑤ 原文为法语。

③ 这里的"阿尔巴尼亚人"（Albanian）与"奥尔巴尼"（Albany）音谐。

④ 原文为 profitrol'，与奶油泡芙（cream puff）类似的甜点，这里似是下文"profit rolls"（译为奶油卷）的拉丁化俄文拼写。

作。这一向意味并预示着有人打长途进来了。玛丽娜几天来一直在等待她寄到加州的一封热情似火的信的回音，现在她几乎再也按捺不住激情，第一声咕咕的抽动声响起时她便准备抬腿往大厅里的水话机奔去。就在此时年轻的布特快步走进来，拖着长长的绿缆（肉眼便可见其有一连串跳动并收缩的鼓包，酷似一条蛇正在消化吞掉的田鼠）。绿缆一头连着纹饰华丽的镶珠铜质话筒，玛丽娜一边热烈地叫着"你好①"一边将话筒紧贴耳际。不过，那只是爱大惊小怪的丹打来的，通知大家米勒今晚来不了了，会在第二天欢快地起早陪他到阿尔迪斯来。

"早会很早，欢快就难说了。"享够了家庭愉悦的德蒙，此时因错过了在拉多尔的上半场牌局而略略有些不快，到这儿来只吃到了用心良好却不算上乘的晚餐。

"我们到那间黄客厅里去喝咖啡。"玛丽娜垂头丧气地说，仿佛要让人联想到什么凄凉的流放地。"琼斯，**拜托**，别踩着话机线。你一点儿也不明白，德蒙，我是多么害怕在那么多年之后又要见这位讨厌的诺贝特·冯·米勒，他大概更傲慢又更会巴结了，而且我敢肯定，他还不晓得丹的老婆是我。他是波罗的海地区的俄罗斯人，（转头对凡说）但实际上是个地道的德国人²⁶⁶，尽管他妈妈的娘家姓伊凡诺夫还是罗曼诺夫什么的，在芬兰还不知是丹麦有一家印花布工厂。我真想不通他

---

① 原文为 A l'eau，法语，从字面看意为"就着水"，但音同法语 allô（电话用语，你好）。

是怎么得到爵位的；二十年前我认识他时，他就是普通的米勒先生。"

"他仍然是，"德蒙冷冷地说，"因为你把两个米勒搞混了。为丹效力的律师是我的老朋友诺曼·米勒，来自法因利—费格勒尔—米勒律师事务所，外表非常像威尔弗里德·劳里埃①。而我所记得的诺贝特长了一颗像保龄球 267 似的脑袋，对你的婚姻可是一清二楚，也是个不值一提的二流子。"

德蒙匆匆喝了杯咖啡和少许草莓利口酒便起了身。

"离开便是短暂的离世；而离世便是有点太久的离开。② 268 务必告诉丹和诺曼，明天我在布赖恩特随时都可以招待他们茶点。对了，卢塞特怎样？"

玛丽娜锁起眉，摇摇头，扮起了一个慈爱而担惊受怕的母亲，尽管实际上，她对女儿们的爱，甚至比对伶俐的达克和可怜的丹还要淡薄。

"哦，我们可是吃惊不小，"她临了回答说，"真着实吃了一惊。不过现在，显然——"

"凡，"他父亲说，"要乖乖的。我没戴帽子，不过我戴了手套的。叫布泰兰到走廊找，我可能丢在那儿了。不。别去了！没关系。我可能放在车里了，因为我回想起了这花儿的凉气，我经过时从花瓶里摘的……"

此时他扔掉了花儿，随之丢弃的还有那隐约的转瞬即逝地

---

① Wilfrid Laurier（1841—1919），加拿大第七任总理。

② 原文为法语。

将双手投入那温软的胸部的冲动。

"我原本希望你在这儿过夜呢，"玛丽娜说（并不太在意措辞），"你住的旅馆房间号是多少——不会碰巧是二二二吧？"

她就是喜欢罗曼蒂克的巧合。德蒙瞧了瞧钥匙上的标签：二二一 ——够意思，挺有预言能力也算得上佳话了。俏皮的爱达当然要瞟一眼凡，后者则收了收鼻翼作了个苦相，模仿着佩德罗那窄而漂亮的鼻孔的倾角。

"他们在取笑一个老太呢，"玛丽娜不无撒娇地说，并在她的客人拾起她的手凑向嘴唇时，以俄式风格吻了吻其前倾的额头："恕我不送到走廊了，"她补充道，"我现在对潮湿和黑暗很是敏感；我敢肯定我现在的体温至少已有三十七度七了。"

德蒙瞧了瞧紧挨着门的气压计。它给敲得次数太多，已经不能正常显示了，一直停留在三又四分之一处。

凡和爱达送他出去。夜晚相当湿热，下着拉多尔农民所说的绿雨。蛾群飞舞的廊灯下，德蒙的黑色轿车在油亮亮的月桂丛中蒙上了一层优雅的光。他温柔地亲吻两个孩子，吻了女孩的一边脸颊，男孩的另一边脸颊，接着又吻了吻爱达——在紧抱住他脖子的白皙手臂所围成的空圈之中。谁也没注意玛丽娜，她从一扇橘柚色[269]的凸肚窗旁向他挥一方饰有亮片的披肩，尽管她只能见到引擎盖闪亮的光泽以及车灯下斜斜的雨丝。

德蒙戴上手套疾驰而去，湿湿的砾石路上发出巨大的咆哮声。

"最后一下亲吻有点儿过了。"凡嬉笑道。

"哦，嗯——他的嘴唇滑溜得很。"爱达笑着说，两人边笑边相拥着于黑暗中沿房屋的边缘行走。

他们在一棵仁厚的树下驻足片刻，许多客人都曾在饭后到此吞云吐雾。他们各自以听天由命的态度肩并肩站着，恬静而纯真，将涓流与喷涌汇入这更为世故的夜雨声中，接着他们又盘桓了一会儿，手牵着手，在方格镂空的走廊的一角等着所有窗户里的灯光都熄灭。

"今晚整个有点什么不对劲的，不是吗[①]？"凡轻声说，"你注意到了吗？"

"当然了。不过我还是很喜欢他。我想他够疯狂的，没有职位也没有职业，无快乐可言，而且处之泰然地毫无责任心——像他这样的人找不到第二个。"

"可是今晚怎么不对劲了？你说话的时候吞吞吐吐，我们所说的一切都是虚假的[270]。我不知道他会不会有一只看不见的鼻子嗅到了我中的你，你中的我。他想法子问我来着……哦，这可不是喜人的家庭团圆。吃饭时究竟什么地方不对劲了？"

"我的爱人，我的爱人，好像你真一无所知似的！也许我们应该永远戴好面具，直到死神让我们分离，然而我们永远也不能结婚——在他俩还都活着时。简直就改变不了，因为他按照自己的方式，甚至比法律和那些庸碌之辈更循规蹈矩。我们

---

① 原文为用拉丁字母转写的俄语。

没法贿赂自己的父母，而等上四五十年他们过世根本就是难以想象的——我是说，单是想想竟有人在等待这样的事情都觉得有违天性，都是残酷和荒谬的！"

他温柔而"规矩"地亲吻了她半合的唇，他们陷入了片刻的深沉，让自己从绝望的情愫中解脱出来。

"不管怎样，"他说，"两个人在陌生的国度里做秘密特工也挺好玩。玛丽娜上楼去了。你的头发是湿的。"

"从'地界'来的间谍吗？你相信吗，相信'地界'的存在？哦，你真相信！你接受了。我了解你！"

"我将它作为一种精神状态加以接受。这可不是一回事。"

"没错，不过你很想证明是一回事。"

他又以一个修士般的吻拂过她的朱唇，然而欲火也就此缓缓燃起。

"总有一天，"他说，"我要请求你重温那场鸳梦。你就像四年前那样坐着，坐在同一张桌子旁，在同样的灯光下，画着同样的花儿，而我怀着多少喜悦，多少骄傲，多少——怎么说呢——感激，走进同样的场景！瞧，现在所有的窗户都是一片黑暗。在必要的时候，我也能译诗的。听这个：

> 房间里的灯光悉数熄灭。
>
> 吐纳着芬芳的是那玫瑰。
>
> 我们一块儿坐在树荫里
>
> 庇护着我们的是那繁叶阔枝的白桦。[271]"

"是啊，就是'白桦'让译者'白花'了那么多脑筋，不是吗？那是康斯坦丁·罗曼诺夫的一首糟糕的小诗，是吧？刚当选了利亚斯加文联主席，是吧？蹩脚的诗人和快乐的丈夫。快乐的丈夫！"

"你得知道，"凡说，"我真觉得在正式场合你总该在下面穿点什么。"

"你的手很凉。为什么算正式场合？你自己说过这是一次家庭聚会。"

"就算家庭聚会也是如此。每当你弯腰或是四仰八叉的时候都很悬呢。"

"我从来不四仰八叉！"

"我敢肯定这是不卫生的，或者也可能我有些嫉妒。关于'一把快乐的椅子的回忆录'。哦，我亲爱的。"

"至少，"爱达低语道，"很适合现在，不是吗？到槌球房？还是就这样[1] 272？"

"就这样，仅此一次。"凡说。

---

① 原文为法语。

39

尽管折中主义在一八八八年大行其道，但拉多尔的风尚并没有阿尔迪斯人所想的那么自由。

爱达为自己十六岁的豪华野餐会穿了件朴素的亚麻罩衫，玉米黄色的休闲裤以及平底鹿皮鞋。凡要她把头发放下来；她提出抗辩，说在乡下留长头发很不舒服，不过最终还是让了步，将其放下一半用黑绸丝带扎在脑后。凡穿着蓝色运动衫，齐膝的灰色法兰绒裤，脚蹬运动"胶底鞋"，这就是他夏季惯有的优雅行头。

正当人们在那块常用的洒满阳光的松林空地着手准备这顿野地大餐时，狂野的女孩和她的爱侣怀着贪婪的情欲瞅空儿溜进了一处长满蕨草的溪谷。高大的本莓丛中，涧溪在岩层之间流淌着。天热得人喘不过气来。即便最幼小的松树上也有知了在鼓噪。

她说："用旧小说人物的话说，那就是多年以前，很久以前[①]，我曾在这里和格雷丝以及另外两个俏姑娘玩构词游戏来着。'Insect，incest，nicest'。"[②]

她以植物学家及疯女人的口吻侃侃而谈，说英语里最了不起的词是"husked[③]"，因为它可以表示相反的东西，裹住的和揭开的，裹得紧紧的但又易于去壳的，意味着很容易剥开，你用不着扯腰带，你这野兽。"被很仔细地剥了壳的野兽。"凡轻柔地说。时间的流逝只更增添了他对怀中尤物的柔情蜜意，这让他钟爱的尤物，如今她的动作更加柔顺，腰臀更如竖琴般凹凸有致，他已解开了她的发带。

他们蹲伏在溪岸众多结晶状礁石中的一块的边缘，这礁石似是在跌入水中之前还要搔首弄姿一番。凡在最后一阵抽搐之后，从水中的倒影里看到了爱达警惕的神色。类似的表情以前也在什么地方出现过：他无暇让回忆清晰地浮现，而回忆却已让他立刻辨清了身后的跌绊声。

他们在嶙峋的岩石间发现了可怜的小卢塞特并安慰起她来，因为她脚下打滑跌在了乱树丛里的一块花岗岩石板上。孩子脸色晕红而慌张，作出十分夸张的痛苦表情揉着大腿。凡和爱达嬉笑着各抓住她的一只小手，跑着将她送回林间空地，她在那里欢笑着、扑倒在地，向一张展开的折叠桌上恭候她的水果馅饼扑去，那是她最喜爱的。她像剥了壳般脱去运动衫，拉了拉绿短裤，蹲坐在赤褐色的地上起劲地吃起来。

爱达除了埃尔米宁孪生兄妹外谁也没有邀请；不过她并没有在妹妹不来的情况下让哥哥单独来的打算。姑娘来不了了，她去新科伦顿去送别一位年轻的鼓手，那是她的初恋男友，正

---

① 原文为用拉丁字母转写的俄语。

② 见第十三章。

③ 动词 husk（"去壳、削皮"）的过去分词形式，意即"去了壳的，削了皮的"。

要和他的一帮同伴迎着日出扬帆起航呢。不过格雷格总还是要邀请的：前一天他来看她，捎来他病重父亲赠送的一只"护身符"，老人要爱达像他的祖母那样珍藏这只小巧玲珑的黄色象牙骆驼，是五个世纪以前在基辅雕琢的，那还是帖木儿和纳博克的统治时期。

凡相信爱达并不为格雷格的倾情所动，而他想得没错。此刻他怀着欢愉与他重逢——这样一种在道德上并非纯洁的欢愉，一种得胜的敌手面对谦谦君子时所怀有的掺入了些许寒意的友好。

格雷格将他那辆漂亮簇新的"赛轮霆"摩托停在森林车道上，说：

"我们有伴儿了。"

"的确如此，"凡赞同道，"Kto sii（他们是谁）？你知道吗？"

谁也不知道。穿着雨衣、素颜阴郁的玛丽娜走过来顺着凡指的方位向树林里张望。

十几个已过中年、穿着破旧粗俗的深色衣服的城里人满怀敬意地打量着那辆"赛轮霆"，然后跨过小路走进林子里，并坐下来吃一小份包括奶酪、小圆面包、意式腊肠及基安蒂红葡萄酒在内的早餐①。他们离我们的野餐会足够远了，一点也不用操心他们。他们也没带什么机械音乐盒。他们压低了嗓门，举止也格外小心。最大的动静似乎也习惯性地限于将牛皮纸或粗

———————————

① 原文为意大利语。

糙的新闻纸或烘炉纸（质轻易破的那种）揉成一团，用无声、抽象的方式扔到一边，而其余忧郁的使徒般的手则把食物包装打开，或是出于这样那样的原因又将其包好，在松树庄重的阴影之下，在刺槐卑微的阴影之下。

"真怪。"玛丽娜边说边挠着被阳光照亮的一块秃顶。

她打发男仆去查查怎么回事，并告诉那些吉卜赛政治家，或是卡拉布里亚①壮丁，维恩员外要是发现有人擅入他的林子会大发雷霆的。

男仆摇着头回来了。他们不懂英语。凡走了过去：

"请走开，这里是私人领地。"凡分别用平民拉丁语、法语、加拿大法语、俄语、育空俄语说道，然后又用非常古旧的拉丁语说了一遍：私人领地②。

他站在那里看着他们，几乎未被他们注意到，几乎未被枝叶的阴影触及。他们胡子拉碴，下巴发青，穿着体面的旧衣服。有一两个的领子已经不在了，但还保留着饰钮。其中一人留着胡子，湿润的眼睛半眯缝着。高档靴子，缝隙里有尘土，还有或方头或尖头的橘棕色鞋，都被脱下来塞在牛蒡草下面或是搁在土褐色林中空地的老树桩上。真奇了怪了！当凡重复了他的要求时，这些冒失鬼用一种完全无法听懂的切口相互叽咕起来，并冲着他做着投掷的小动作，像是漫不经心地赶走小虫子。

---

① Calabria，在意大利西南部。
② 原文为拉丁语。

他问玛丽娜——需要他动武吗，然而可亲可敬的玛丽娜拍着头发，一只手搭在胯上答道，不了，别理会他们——特别是他们现在又往林子里退了一点——瞧，瞧——有几个正将放盆盆罐罐的那块像旧床单的布向后[1]拉呢，像渔船一样被拖过卵石沙地，而其他人则礼貌地将揉皱的包装纸转移到更远处的藏匿地，配合伙伴们将物什重新摊开：但这是什么意思？什么吗？

他们的存在逐渐在凡的脑子里淡化了。所有的人此刻都兴高采烈。玛丽娜脱掉了那件为野餐准备的灰白色雨衣或叫“防风衣”（毕竟，总而言之，她在家穿的那套带粉色披肩的灰裙子对一个老太婆而言已经够活泼了，她宣称），举起空杯子，生动且非常婉转地唱起了“绿草咏叹调”：“斟满，将酒杯斟满！为爱干杯！为爱的痴迷干杯！”凡禁不住总要怀着敬畏、怜悯——而没有爱——回头去看特拉维迪亚塔[2]可怜苍老的头上的那块可怜的秃斑，被染发剂擦亮了的头皮透着难堪的松锈色，比她那了无生气的头发还要扎眼。他像以前很多次所尝试的那样企图挤出些许对她的温情，然而也像往常一样无法做到，他也照常告诉自己，爱达也不爱自己的母亲，真是一种含糊而懦弱的安慰。

格雷格有着令人同情的简单头脑，认为自己的行动一定会

---

① 原文为法语。

② Traverdiata，为作者杜撰，似由意大利最负盛名的作曲家威尔第（Giueppe Verdi，1813—1901）的歌剧《茶花女》（*La Traviata*）之名转来。

为爱达注意并赏识，因而向拉里维埃小姐大献殷勤——帮她脱去紫红色外套，拿着热水瓶代她为卢塞特的杯子里倒牛奶，分发三明治，频频为她斟酒，堆着全神贯注的笑容听她诽谤英国人，照她的说法，她讨厌英国人更甚于鞑靼人，或是，唔，亚述人。

"英国！"她嚷道，"英国！这么个国家，每有一个诗人，就有九十九个肮脏的小市民[①273]，有些人的血统搞不清是什么来历！英国竟敢效颦法国！我在那只大篮子里放了本知名度很高的英国小说，说的是一位女士得到了一瓶香水——昂贵的香水！——叫做'影子骑士[②]'，其实也就是大路货——不错的哦，的确，但并不适合熏手绢儿。刚到下一页就有一位自命不凡的哲学家说到了'一场免费演出的戏[③]'，似乎所有的戏都是阴性的，接着故事里一位自命不凡的巴黎旅店老板将'我很抱歉'说成了'我我抱歉[⑤]'！"

"好吧[④274]，"凡插话道，"不过对英文的拙劣法译又怎么说呢，比如——"

不走运的是，或者也许走运的是，就在此时，爱达用俄语发出一声表示极度厌恶的惊叹，因为一辆铁灰色的敞篷车驶进了那块空地。车尚未停稳便被那伙市民围住，那些人因为脱掉

---

① ② ⑤　原文为法语。

③　原文为 une acte gratuite，法语，其中各词都为阴性，故有下文。

④　原文为法语，巴黎旅店老板将 Je regrette 说成了 je me regrette，错误地用了自反代词形式。

了外衣及马甲而非常奇怪地显得人数多出来不少。年轻的珀西·德·普雷穿着花边衬衫和白裤子，带着十足的恼火和轻蔑从他们的圈子中挤出来，向玛丽娜的躺椅阔步走去。玛丽娜邀请他参加野餐会，尽管爱达试图用警告性的瞪眼和暗暗轻微的摇头阻止愚蠢的母亲，还是无济于事。

"我没敢指望……哦，我非常乐意接受邀请。"珀西回应道，随即——真是话音刚落——这个看似健忘实则工于心计又泰然自若的歹徒大踏步地回到车里（最后一个被这座驾惊呆的艳羡者还盘桓在那里），取出一束存放在靴子里的长茎玫瑰。

"真遗憾我竟然很讨厌玫瑰。"爱达边说边十分谨慎地接受下来。

麝香葡萄酒开了塞。为爱达及艾达的健康干杯。"原本的讨论变成了泛泛而谈"，照莫泊纳塞斯的写法就是这样。

德·普雷伯爵转向伊凡·德蒙诺维奇·维恩。

"人家告诉我你喜欢变态的身体姿势？"

这一半询问中夹带着一半调侃。凡透过举起的卢奈尔白葡萄酒，瞧着蜂蜜色的太阳。

"此话怎讲？"他问。

"唔——就是那个倒立行走的把戏。你姨妈的一个仆人是我们一个仆人的姐姐，两个饶舌女人一台戏。"（嬉笑着）"传言说你终日倒立，走到哪个角落都是如此，可喜可贺！"（鞠了一躬。）

凡答道："传言太抬举我的专长了。实际情况是，我每隔一晚练习几分钟，是吧，爱达？"（环顾四周寻找她）。"要不要给你——露两手——伯爵？这是个蹩脚的双关语，不过可是我想出来的。"

"亲爱的凡，"玛丽娜饶有兴味地听着两个英俊小生轻松自在的闲聊，"告诉他你在伦敦的成功。Zhe tampri[275]（拜托）！"

"好的，"凡说，"一开始也就是找些乐子，你知道的，在乔斯的时候，可是接下来——"

"凡！"爱达尖声叫道，"我有话和你说，凡，过来。"

多尔恩（翻着一本文学评论杂志，对特里果林[276]说）："瞧，大约两个月以前，这份杂志上发表过一篇文章……从美国来的一封信，我还碰巧想问你的呢。"（搂着特里果林的腰将其引向舞台前缘）"因为我对这个问题很感兴趣……"①

爱达背靠一棵树站着，像一位刚拿掉面罩的漂亮间谍。

"刚才我碰巧想问你呢，凡，"（继续耳语道，同时恼火地甩甩手腕）——"别表现得像个愚蠢至极的主人；他醉得跟什么似的，你看不出来吗？"

这幕场景被丹的到来打断了。他开车鲁莽得出奇，常常如此，天知道为什么，许多言语不多的沉闷家伙都这样。他驾着那辆红色单座敞篷车在松树之间飞快地穿梭，在爱达跟前戛然而止，并送上妙不可言的礼物，一大盒薄荷糖，白的、粉红的，哦，好家伙，还有绿色的！他还给她拍了无线电报，他挤

---

① 此段落出自契诃夫剧本《海鸥》的结尾情节。

挤眼说。

爱达撕开了电报——并非如自己所担心的那样来自阴沉的卡卢加诺，也不是写给她的，而是写给她母亲，发自洛杉矶，一个更欢快的地方。玛丽娜一边读信，一边流露出轻狂少女才会有的喜色。她炫耀似的把它拿给拉里维埃—莫泊纳塞斯看，后者读了两遍，带着谴责而又纵容的微笑偏了偏头。玛丽娜决然地顿顿足，高兴地叫起来：

"佩德罗又要来了。"她对冷静的女儿发出一阵阵咯咯的笑声。

"而且我猜，他会一直待到夏末。"爱达发话道——接着与格雷格和卢塞特坐下来，在一件摊开的短睡袍上玩拆字游戏，睡袍下是小蚂蚁和干燥的松针。

"哦，不，不是①，只待两周。"（像姑娘家那样吃吃笑着）"之后我们会去豪赛，好莱坞 277，"（玛丽娜真是状态甚佳）——"是的，我们都去，作家、孩子们，还有凡——假如他愿意的话。"

"我很愿意，可是我不能去。"珀西说（他的典型幽默）。

与此同时，穿着光鲜的樱桃红条纹夹克、戴着富喜剧色彩的草帽的丹叔叔对邻近那群野餐者发生了浓厚的兴趣，一手端着"英雄"牌葡萄酒，另一手拿着涂鱼子酱的吐司走了过去。

"《受谴的孩子们》。"玛丽娜给了珀西想知道的回答。

---

① 原文为用拉丁字母转写的俄语。

珀西，你很快就会死去——并非死于在克里米亚峡谷里射入你粗腿的那粒弹丸，而是在几分钟后，当你睁开眼，在灌木丛的阴影下感到放心又安心时。你很快就要死了，珀西；可是在拉多尔县的那个七月天里，你懒洋洋地闲荡着，在先前的什么宴会上喝得酩酊大醉，心怀着渴欲，长了金黄色汗毛的强壮的手里握着黏糊糊的酒杯，听着文人的夸夸其谈，与半老徐娘似的女演员聊天，还色眯眯地盯着她愠怒的女儿，你在这生动的场景里寻到了不少乐子，老伙计，好啊请便请便，一点儿都不奇怪。你魁梧、英俊、如狼似虎、玩橄榄球的健将，泡乡下妞儿的高手，你把下了球场的运动员的魅力与一个赶时髦的混蛋那种慢条斯理的迷人腔调结合在了一起。我觉得，你那俊俏的满月般的脸最让我讨厌的就是那婴孩般的肤色，光滑的下巴，剃起胡子来毫不费事儿。而我，现在每次刮脸都要挂彩，而且还要挂七十年。

"那个绑在松树干上的鸟舍里，"玛丽娜对她年轻的赞美者说，"曾有过一台'话机'，现在要是还在该多好！啊，他回来了，终于[①][278]！"

她丈夫带着好消息踱了回来，手上的酒杯和鱼子酱吐司已经没了。他们是一群"精致文雅"的人。他听出了至少十几个意大利语单词。据他所知，他们吃的是牧羊人的茶点。他觉得他们也把他当做了放羊的。他们用的垫布下面或许是卡洛·

———————————

① 原文为法语。

德·梅迪奇红衣主教收藏的一幅油画。小个子丹叔叔很兴奋，简直兴奋过度了，他坚持要求仆人给他新交的杰出朋友端去酒食，自己忙不迭地拿起一个空瓶子和一只大篮子，篮子里装的就是那本奎格利的英文小说、毛线针和一卷卫生纸。然而玛丽娜解释道，职业操守要求她立即致电加利福尼亚，不能耽搁；而他则将自己的计划抛在脑后，很乐意地开车送她回家。

迷雾长久地隐藏在一系列事件的连接迂回之中，不过——大约就在他们离去，或是离去后不久——凡站在溪边（下午早些时候，正是在这里倒映着两双叠在一起的眼睛）与珀西和格雷格一道，将卵石砸向对岸一块老旧生锈、无法辨认的标牌的残余部分。

"哦，nado（我必须），小便[279]！"珀西用斯拉夫俚语装腔作势地喊道，鼓足了腮帮子，同时在裤子纽扣盖处乱摸一气。向来不轻易动声色的格雷格对凡说，他长这么大还没见过这么丑陋的器具，手术切去了包皮，个头大得吓人，色泽鲜艳，那么扎眼的牛心[①][280]；而这两个看呆了同时又很骄傲的男孩子也从未见过如此持久、划着如此坚实的弧线、差不多是源源不绝的液流。"嗬！"那少年如释重负般嘟囔道，并重新系好了纽扣。

那场混战是怎么开始的？三个人都踩着滑溜的石头过了小溪？珀西推了格雷格吗？凡撞了珀西？动家伙了吗——棍棒？

---

① 原文为法语。

是靠拳头解决的？擒住手腕又松开？

"哦，"珀西说，"你真淘气，伙计！"

格雷格的灯笼裤的一条裤腿浸湿了，他无望地看着他们——这两人他都挺喜欢——他们在溪边打了起来。

珀西年长三岁，而且比凡要重二十公斤，但是凡却能轻松对付这更魁梧结实的蛮牛。几乎顷刻间，伯爵那张暴怒的脸便被钳在了凡的臂弯里。伯爵拱起背部在草地上蹒跚地移动着，嘴里骂骂咧咧。他挣脱出一只通红的耳朵，接着又被夹住、扑倒，并瘫在了凡的脚下，凡随即将他"肩胛骨着地"，肩胛骨着地①，用金·温的摔跤行话说就是这样。珀西像垂死的角斗士一样躺在那里喘着粗气，两块肩胛骨都被他的折磨者紧压在地上，而凡则用大拇指使劲地在其起伏的胸膛上发起力来。珀西立刻发出痛苦的闷哼，叫道自己受够了。凡要求他将投降的意思表达得更明确点，而那位也照做了。格雷格担心凡没有听清那咕哝出来的求饶声，又用第三人称重复了一遍。凡放开了倒霉的伯爵，伯爵立刻坐起来，吐了口痰，摸了摸喉咙，理了理裹在粗壮身躯上揉皱的衬衣，同时用粗壮的嗓音请格雷格帮他找一粒袖扣。

凡找了小溪一处低洼的地方洗了洗手，他尴尬又感到好笑地看见了水里那颗透明、管状的袖扣，很像是海鞘，在顺流而下的途中被羁绊在了勿忘我花丛的外缘，也是挺好的名字。

---

① 原文为用拉丁字母转写的俄语。

他返身走向野餐空地，此时一座山从背后压将下来。他猛地把袭击者掀过头顶。珀西重重地摔在地上，仰面躺了半晌还起不来。凡的手如蟹爪一般钳着已经就范的敌人，端详着他，希望找到一个借口能将一套在实战中还没机会使过的奇门招数用在他身上。

"你把我的肩膀摔断了，"珀西嘟囔着说，一边半站起来，揉着粗大的手臂，"比我控制得稍微好一点儿而已，小魔头。"

"站起来！"凡说，"来呀，站起来！你想再尝尝同样的滋味，还是去找女士们？找女士们？好吧。不过，这回劳驾你走在我前面。"

当凡及其俘虏走近空地时，他责备自己被刚才的偷袭扰乱了心神；他暗自觉得喘不过气来，他的每根神经都紧绷得可以拨响，他发觉自己足膝酸软得跛行起来并立即加以纠正——而珀西呢，他的裤子竟然神奇地保持了雪白无瑕，他随意披着有些皱褶的衬衫大踏步地走着，轻快地摆动着胳膊和肩膀，显得平静得很，事实上还挺高兴。

此刻格雷格赶上了他们，将那只袖扣带了过来——仔细查找的小小成果，而珀西来了句老一套的"好小子！"便将银质的袖扣锁上，于是那骄横劲儿又完全恢复过来。

他们忠实的同伴还在跑着，并第一个到达已经结束的野餐宴所在地；他看见了爱达，后者面朝着他，一手拿了两只带彩点茎的红盖牛肝菌，另一手则拿了三只；好心的格雷格爵士将她在听到他重重的脚步声时所露出的惊愕误读为某种关切，于是老远便赶忙叫道："他没事！他没事，维恩小姐"——盲目的同情心使年轻的骑士忘记了她还不可能知道在美男与野兽之间发生了怎样一场冲突。

"我的确没事，"美男说道，同时从她手里拿走了两只伞菌——姑娘最爱的佳肴——并摩挲着平滑的菌帽，"我怎么会有事呢？你的表哥可是以对东方的思克罗托莫夫——或者也许叫其他什么名字——最刺激的展示款待了格雷格及你卑顺的奴仆。"

他让仆人们端酒——可是剩下的酒瓶都已拿给邻近空地上那些神秘的牧羊人了，而他们那位赞助人也不见了踪影：他们或许派走了一个伙伴并把他藏了起来，假如吊在刺槐枝上的硬衣领以及那像爬虫似的领带是他留下的话。而那束玫瑰也不在了，爱达命人将其放回了伯爵座驾的那只靴子里——还是别浪费在她身上了吧，她说，给布兰奇可爱的妹妹比较好。

此时拉里维埃小姐拍手唤起还在午睡的基姆——她的轻便马车的车夫，以及特罗菲姆——孩子们的黄胡子车把式。爱达把她的牛肝菌又紧紧攥在手里，珀西的吻手礼① 只碰到一只冷冰冰的拳头。

"见到你很开心，伙计。"他边说边轻拍了凡的肩膀，鉴于刚才发生的事情，这一举动显得极不适宜。"希望能很快再跟你玩玩。我不知道，"他压低嗓门又道，"你射击的功夫是不是

① 原文为德语。

和摔跤一样棒。"

凡跟着他来到敞篷车旁。

"凡，到这儿来，凡，格雷格要道别了。"爱达喊道，但他没有转身。

"这算挑战吗，me faites-vous un duel[①]？"凡询问道。

珀西坐在方向盘前眯缝着眼笑了笑，身子倾向仪表盘又微笑了一下，但什么也没说。发动机咔哒咔哒作响，接着轰鸣起来，珀西戴上手套。

"随时奉陪，伙计。"[②][281]凡说着拍了拍挡泥板，用了粗暴的第二人称单数，那是昔年法国决斗者的用法。

汽车一溜烟跑了。

凡回到野餐地，他的心愚蠢地怦怦直跳；他顺势向格雷格挥挥手，后者正在路旁与爱达攀谈。

"真的，我向你保证，"格雷格正对她说，"不是你表哥的错。是珀西挑起的——并在一场公正的克罗汤姆式摔跤中被击败了，这种技法在特里斯坦和索洛卡特也使用——我敢肯定我父亲可以讲得头头是道。"

"你是个可爱的人，"爱达答道，"不过我觉得你的脑瓜不太好使。"

"在你面前永远也好使不了。"格雷格说，随即骑上他那漆黑沉默的战马，他恨这坐骑，恨自己，恨那两个小霸王。

---

① 法语，意同前句。

② 原文为法语。

他调整了一下风镜不声不响地开走了。拉里维埃小姐接着也上了自己的马车，顺着斑驳而狭长的森林车道离去了。

卢塞特奔向凡，很舒服地环绕着大表哥的臀部抱住他，并缠了他一会儿，双膝几乎跪地。"好啦，"凡说着将她举起来，"别忘了你的运动衣，可不能光溜溜的呀。"

爱达走上前来。"我的英雄。"她说，目光几乎没在他身上停留，她那高深莫测的神情让人猜不透，她表达的到底是讽刺还是欣喜，抑或对其中之一的戏仿。

卢塞特边摇着蘑菇篮子边唱道：

他啃下了一个奶头，

他留给他一只破篓……

"露西·维恩，闭嘴！"爱达朝那淘气鬼叫道；而凡作出生足了气的样子，甩了甩他牵着的小手腕，同时朝他另一边的爱达风趣地挤挤眼。

于是，三个无忧无虑的年轻人一起向等候的四轮折篷马车走去。车夫正一边惊愕地拍着大腿一边数落着一个头发蓬乱的仆人，他是从灌木丛里钻出来的。他刚才躲在那里安享一本皱巴巴的"赌马经"，里面有一匹身材长得出奇的赛马的大幅图片。于是他就被装载脏碗碟和昏昏欲睡的仆人的大车丢下了。

他爬上驾车座坐在特罗菲姆身边，后者向不断退后的枣红马打出带颤音的嗯哨。此时卢塞特则用黯淡的绿眼睛盯着平常本属于她的位子。

"你得带她坐在你这半个哥哥的膝盖上啦。"爱达不温不火地说。

"可是那条糊涂河①²⁸²难道不会反对吗。"他心不在焉地说，他在努力抓住对这似曾相识的命数的一丝感觉。

"拉里维埃可以试试啊，"（爱达甜美而苍白的嘴唇重复着加弗隆斯基生硬而沙哑的声音）……"卢塞特也可以嘛，"她又说。

"你说得很随意呀²⁸³，"凡评论道，"你是不是对我很恼火？"

"哦，凡，我没有！事实上我很高兴你打赢了。不过今天我满十六岁了。十六了！比祖母第一次离婚时年龄还大。这是我的最后一次野餐了，我猜。童年已经七零八落了。我爱你。你爱我。格雷格爱我。所有人都爱我。我周围到处是爱。快一点，不然她会把那个活栓扳下来——卢塞特，别碰他快闪开！"

马车终于开始了愉快的归途。

"哇哦！"那圆圆的重物落下时凡哼哼道，他牵强地解释说右膝盖骨磕到了一块石头。

"当然了，喜欢乱动胡闹的就会这样……"爱达咕哝道——接着打开一本扎着翡翠绿丝带的棕色小书，途经的斑斑点点的阳光将其印染成金色。在来野餐的路上她已开始看了。

"我还真很想胡闹一下呢，"凡说，"相当刺激呢，原因也不

---

① 原文为 La maudite rivière，法语，这里是在拿拉里维埃（Larivière）小姐的名字开玩笑。

止一个。"

"我看见过你胡闹的。"卢塞特扭过头来说。

"嘘——"凡悄声说。

"我是说你和他。"

"我们对你的印象不感兴趣,丫头。不要老是回头看。你知道你会晕车的,当路——"

"巧合:'忙着把脑袋从他身边偏开① 284……'"爱达简短地冒出一句。

"当路'从你脚下生出来的时候',你姐姐像你这么大时这样说过。"

"还真是。"卢塞特用好听的嗓音若有所思地说。

她经劝说总算用衣服裹住了蜜棕色的身子。她的白色运动衫从最近活动过的地方沾来了不少东西——松针、几抹苔藓、一粒蛋糕屑、一只小毛毛虫。她的绿短裤塞得鼓鼓囊囊,还染上了本莓的紫色汁液。她火红的头发撩上了他的脸,散发着刚过去的夏季的气味。家族的气味;是的,巧合:略显错位的巧合;不对称的艺术。她坐在他膝上,沉甸甸的,神色恍惚,满是鹅肝②和桃汁潘趣酒的味道,裸露的、棕色发亮的胳膊的后部几乎碰到了他的脸——当他左右俯视地上的蘑菇有没有给摘掉时,脸就真的蹭了上去。蘑菇的确摘走了。那个小听差正一边读书一边抠着鼻子——从他手肘的挪动便可以看出来。卢

---

① ② 原文为法语。

塞特紧绷的屁股和沁凉的大腿似乎越来越深地陷进了如梦、如重述的梦呓、如扭曲的传奇故事的过去的流沙里。爱达坐在他身旁，翻动着她那本小些的书，翻得比驾驶厢里的小伙儿还要快。当然，比起四年前的那个夏天，她显得妩媚、专注、隽永，更加可人，也有更多的热情在暗中涌动——可现在他重新体验的是上回的那次野餐，而他此刻支撑的似也成了爱达柔软的臀部，仿佛她分了身，用两种不同的印刷色复制了自己。

他透过一缕缕黄铜色的发丝斜斜地看着爱达，后者则噘起朱唇像是发射了一个吻（终于原谅了他的打架行径！），旋即埋首重返她那册牛皮纸装订的小书里，《光影与色彩》[①] [285]，夏多布里昂一八二〇年版的短篇小说集，内有手绘小插图以及压得干扁的银莲花标本。团团簇簇的林木阴影掠过她的书、她的脸庞、卢塞特的右臂，他禁不住亲吻了那胳膊上的一处蚊叮，纯粹是出于对这复制品的致敬。可怜的卢塞特淡淡地偷看了他一眼便移开了目光——盯住了马车夫的红脖子，而另外那个车夫[②]，几个月来则一直萦绕在她的梦境里。

我们并不着意去追寻扰乱爱达心神的那些思绪，她对书的专注比表现出来的差远了；我们不会去追寻的，不，也无法胜任于此，因为比起光影或色彩，或青春欲望的搏动，或是黑暗天堂里的一条绿蛇，思绪在记忆中还要飘渺得多。于是我们就舒舒服服地坐在凡的内心里吧，同时他的爱达则坐在卢塞特的

---

① 原文为法语。
② 应指凡。

内心里，她们俩又都坐在凡的心里（而三者也在我心里，爱达补充道）。

他在倏忽间翻涌出来的快乐中，回忆起爱达那时穿的可以纵容他放肆的短裙，那么乐陶陶爽飘飘，按乔斯的那些小妞的说法就是这样，而他感到遗憾（莞尔一笑）卢塞特今天穿的是朴素的短裤，而爱达穿着"没去壳的"长裤（开怀大笑）。事实上，即便在最难忍的病痛中，有时候（肃然颔首），有时候也能享受到极为安宁美好的晨间——并非拜某种药物或药剂所赐（指着床头凌乱的一堆），抑或至少不知道那只关爱而绝望的手曾悄悄然间让我们服下了药。

凡闭上眼，以更专注于那勃然膨胀的快慰。多年之后，哦，许多、许多年后，他惊奇地回忆（一个人如何能够承受这样的狂欢？）那极乐的时刻，那彻骨的折磨人的疼痛引起的完全的消退，陶醉的逻辑，循环论证：假如最离经叛道的女孩爱上了一个人，正如那人也爱着她，那么她也会情不自禁地忠贞于他。他看着爱达的手镯随着马车的摇晃而有节奏地闪烁，从侧面看着她丰唇微启，那极纤细的横向肌理在阳光下显露出干结的殷红的唇膏的残余。他睁开眼：手镯果真闪烁着，而她唇上的口红已荡然无存。他确信不消多久，他就将触到那火热而苍白的肉质，这引起了被另一个正襟危坐的孩子压着的私处的危机。然而这位替代者汗津津的脖子却也惹人怜爱，她的坐姿稳固得令人放心，令人冷静，毕竟没有哪部私藏小说可以与即将在爱达的凉亭里等候着他的事情相提并论。膝盖骨的一阵疼痛也挽救了他，诚实的凡责备着自己，企图利用童话里小小的贫儿而不是公主——"公主的千金之躯怎能承受巴掌的惩罚，"彼得森版本里的丑角儿说道。

随着那无常的烈焰的消退，他的心境也在改变。得说些什么，得发出某种指令，事态挺严重，或者说也许会变得很严重。他们很快就要进入加姆雷特，那个俄罗斯小村子了，从那里上一条栽了白桦树的路很快就能到达阿尔迪斯。一小队裹头巾的农家少女正徒步穿过一片矮树林，她们袒露着富有光泽的肩，胸衣将乳房束托得高耸丰满，因而虽然满身泥污，却也婀娜可人。她们用动人的英语唱着一首过去的小调：

荆棘和荨麻

送给一群傻丫：

啊，扯碎了花束，

啊，散落了珍珠！

"你后面的兜里有支铅笔头，"凡对卢塞特说，"能借我吗？我想把那歌词写下来。"

"只要你别挠痒我。"小女孩说。

凡伸手去拿爱达的书，并在书皮底纸上写着什么，她以古怪而机警的眼神看着他：

我不想再见到他。

不开玩笑。

告诉 M. 不要再接待他否则我就走。

不需要回答。

她读过之后缓慢而默然地用铅笔另一头擦掉字迹，接着把笔递回给凡，后者又将笔放回到卢塞特的裤兜里。

"你一点儿都不安分，"卢塞特头也不回地说，"下回，"她又说道，"我一定不让他拉我。"

此刻他们已冲上了回廊，特罗菲姆不得不用巴掌扇了一下穿蓝制服的书呆子，令他放下书，跳下去接爱达出车。

40

凡正躺在鹅掌楸下他那网织的窝里，阅读关于拉特纳的
"反地界论"①。他的膝盖搅了他一整夜；此刻，午饭之后，情
况似乎好了一些。爱达骑马去了拉多尔，他希望她会忘了玛丽
娜吩咐她为他买的那脏兮兮的松节油。

他的男仆穿过草坪向他走来，后面跟着一个信使，是一位
纤瘦的少年，从脖子到脚脖子都裹着黑皮革，栗色的卷发从帽
舌下逸出。这个古怪孩子以业余悲剧演员那种夸张的姿态打量
着周围，并递给凡一封标有"机密"字样的信。

亲爱的维恩，

　　过几天我得离开一段时间，去海外服兵役。如果您愿在我
走之前见我，我很乐意明天黎明时分奉陪（也欢迎您带来的任
何一位先生），地点在梅登海尔路与图尔比埃尔车道的交叉口。
假如不愿意，那我恳求您写一张简单的字条，肯定您对我没有
怨恨，正如没有任何怨恨，会来自您忠实的仆佣

　　　　　　　　　　　　　　　　　　　珀西·德·普雷

不，凡不愿意见伯爵。他这么对漂亮的信使说道，信使
此刻站在那儿一手叉腰，一只膝盖外屈，像个临时演员，等

待着信号，让他在卡拉布罗的咏叹调之后加入乡村舞蹈的行列中。

"等一下②，"凡补充道，"我很有兴趣知道——这马上可以在那棵树后面判定——你是男的女的，是看马的小伙儿还是养狗的姑娘？"

信使没有回答，并被布特吃吃笑着带走了。在遮掩了他们退路的月桂后面传来一小声尖叫，听来似是有人被下作地拧了一把。

很难判断那个粗笨而自命不凡的大个子是不是受到恐惧的驱使，漂洋过海为自己祖国打仗，也许可以被分析为逃避更加私人化的决斗诺言；抑或其中的求和论调是被人要求的——也许是个女人（比方说他出生于普拉西科维·兰斯科伊的母亲）；不管怎样，凡的名誉没有受损。凡一瘸一拐地挪到最近的垃圾箱，把信烧了，连那印了纹章的蓝色信封也没留下，便将此事从脑子里清除掉了，只是此时意识到，至少爱达现在不会再受到这家伙百般纠缠了。

她下午很迟才回来——谢天谢地总算没买那涂擦药水。他仍懒洋洋地靠在低悬的吊床里，一副萧索阴沉的神色，而她在环顾四周（比那棕色头发的信使可表现得自然雍容多了）之后，撩起了面纱，挨着他跪下抚慰起他来。

---

① 阅读关于拉特纳的"反地界论"（reading Antiterrenus on Rattner），而在第三十七章首段则有这样的语句："阅读拉特纳的地界论（reading Rattner on Terra）"，原文如此。

② 原文为法语。

当闪电两天后亮起时（一个老一套的意向，表明闪回至那座旧谷仓），凡意识到，在铅灰色的对峙中，两个秘密的见证人汇聚了；自他命中注定返回阿尔迪斯的第一天起，他们便一直萦绕在他脑海：其中一个目光躲躲闪闪地呢喃道，珀西·德·普雷不过是——今后也只是——一个舞伴，轻佻的追随者；另一个则带着鬼魅般的执着不断地暗示说，有某种莫名的烦恼，总在威胁着凡这位苍白、不忠的情人的心智。

在他平生最痛苦的那个日子的前一天，他发觉弯腿时不用吃痛了，但他不该到一块久无人光顾的槌球场去和爱达及卢塞特吃一顿即兴午饭，结果回来时就已步履蹒跚了。不过在泳池里游了一阵，又在阳光下晒干身子后就好多了，到了怡人温热而又漫长的下午，疼痛其实已消失了，此时爱达也从其漫长的"植游"之旅——她如此称呼其"植物学漫游"——归来，言语不多，情绪有点低落，因为这一带的植物除她最喜闻乐见的几种外，其余都已不再生长。玛丽娜穿着一件奢华的睡衣，坐在搬上了草坪的梳妆台旁，面前架着一面硕大的椭圆镜子，她正在这里请年事已高但仍手法精妙、活跃于里昂和拉多尔的维奥莱特先生为她做头发。这可是不同寻常的户外活动，她辩解说自己的祖母也喜欢在露天做头发[①][286]，以防西风的干扰（就像决斗的人先带着拨火棍走一走，以稳定手感）。

"这是我们最优秀的表演家。"她说着将凡指给维奥莱特

---

① 原文为法语。

看，后者则将他错认作了佩德罗，并带着心领神会的神色①287
鞠了一躬。

凡一直盼着在晚饭前能和爱达散一会儿步作为恢复性的锻
炼，可是她却瘫在花园椅子上说自己又累又脏，得去洗脸洗
脚，还要准备硬着头皮帮妈妈招待那些拍电影的，预计他们晚
上会到。

"我在塞克西欧见过他。"维奥莱特低声向玛丽娜说，他用
双手掩着她的耳朵，同时移动着镜子对着她的头左右打量。

"不，有些迟了，"爱达咕哝道，"再说，我答应了卢塞
特——"

他烦躁地压低声音还想坚持要去——不过他也非常清楚，
企图改变她的主意是多么徒劳，尤其是在这种情爱之事中；然
而不可思议也是好没来由地，她昏沉沉的眼神化作了一片和颜
悦色，似乎突然焕发出了新的活力。这仿佛一个孩子意识到噩
梦过去，带着初醒的微笑凝视着天空，或是一扇门没有锁上，
可以溜出去在变暖的天气里肆意戏水。爱达取下用于收集植物
的小肩包，维奥莱特慈祥的目光越过玛丽娜镜子里的脑袋，送
他们踱上了通向僻静处的花园小路，正是在那里她曾向他演示
自己玩的阳光—阴影游戏。他抱住她，亲吻她，又再次亲吻
她，就好像她刚从遥远的险途归来。她笑容里的甜美着实出乎
意外，相当的特别。不是那种他所记忆或期待的情欲产生的狡

黠而充满魅惑的微笑，而是因无忧又无为才具有的细腻而不乏人性的光泽。所有充满激情的快乐的喷涌，从谷仓燃烧之夜到本莓溪的戏耍，与这光点①，这微笑神韵的"阳光之闪耀"比起来都不算什么。她的黑色套头衫和带围裙口袋的黑裙子失去了"哀悼失去之花"的意味，那可是充满了遐想的玛丽娜所赋予的含义（"nemedlenno pereodet' sya②，快换衣服——！"她对着碧亮的镜子叫道）；相反，这穿着倒是具有了一位利亚斯加老式女生校服的可爱。他们站在那里额头贴着额头，棕色皮肤贴着白色皮肤，黑发贴着黑发，他托着她的胳膊肘，她柔软的手指拂过他的锁骨，而他说，他真"睐多尔"③她秀发的那种隐秘的芬芳，还混合着碾碎的百合杆茎、土耳其香烟的味道以及"豆蔻少女"才有的"豆蔻"之气④。"不，不，不要，"她说，我得洗一洗，快快，爱达得洗一洗；然而又过了不朽的一刻，他们便在这寂静无声的小路上相拥而立了，享受着他们从未享受过的、在那些没完没了的童话故事的尽头才有的"从此快乐地生活在一起"的感觉。

　　这一段写得挺漂亮嘛，凡。我得哭上一整夜了（之后的补白）。

-----

① 原文为用拉丁字母转写的俄语。

② 用拉丁字母转写的俄语，快换衣服。

③ ladore，是利用喜爱（adore）与阿尔迪斯庄园所处的拉多尔（Ladore）的词形相似性所做的文字游戏。

④ "豆蔻少女"才有的"豆蔻"之气，原文为 the lassitude that comes from 'lass'，以其中的"lassitude"（慵懒）和"lass"（少女）形成文字游戏。

当最后一束阳光照向爱达时，她的嘴和下巴仍浸淫在他整脚而徒劳的亲吻之中。她摇摇头说他们得分开了，她吻了吻他的手——只有在极度的柔情时刻里才会这么做——然后便转身离去，于是他们真的分开了。

只有一株寻常的兰花"欧洲芍兰"蔫蔫地搁在小肩包里，包本来是放在花园桌上的，此刻也给她拖上楼了。玛丽娜和镜子也不见了踪影。他脱下训练服，最后一次跳入池中，男管家背着手若有所思地望着蓝得不真实的水面。

"我不知道刚才是不是看见了一只蝌蚪。"他说。

小说的主题此时着实向前突进了一大步。当凡回屋时，带着预兆不祥的惊愕，他注意到自己无尾礼服的胸袋里伸出一张字条。字是用铅笔写下的大号手写体，每个字母的轮廓都故意弄得歪歪扭扭，只有一句匿名的告诫："你不应当受到愚弄①。"只有说法语的人才会用那个表示"愚弄"的词，而在仆人中，至少有十五个是法国血统——其先人在英国于一八一五年吞并了他们美丽而不幸的祖国之后②便移居美洲了。将他们都抓来拷问一番——男的暴打，女的强奸——当然是荒谬而可耻的。他在盛怒之下使出孩子气，扯碎了他最精美的黑蝴蝶标本。利齿咬出的剧痛现在钻入了他的心里。他另找了根领带，穿好衣服便去找爱达。

---

① 此处的原文 berne 为法语，其原形动词为 berner，整个字条内容（One must not berne you.）亦为相当法语化的句式。

② 这与真实的历史有出入，1815 年只是拿破仑二次战败于英国。

他在一间"儿童客厅"里找到了两个姑娘及其家庭教师，这是一间赏心悦目、带阳台的起居室，拉里维埃小姐正坐在一张彭布罗克①产的装饰精致的桌子旁，怀着复杂的心情读着《受谴的孩子们》第三稿剧本，其间还夹杂着滔滔不绝的评注。内屋中央一张更大的圆桌旁，卢塞特正在爱达的指导下学画花草；几本大大小小的植物学图册随意放着。一切都显得与从前一样，天花板上绘着小仙女和山羊，白日里甜醇的光线如瓜熟蒂落般凝成黄昏的暮色，远处传来布兰奇哼唱叠衣曲"马尔博洛夫"时的梦呓般的节奏（不知他何时归来，不知他何时归来……②288），而眼前两颗可爱的脑袋，深铜色的和赤铜色的，正倾在桌子上方。凡意识到在与爱达商议之前——或者说实际上是告诉她他想与她商议之前——他得按捺住自己。她看上去愉快而优雅；她第一次戴起了他送的钻石项链；她穿上了镶黑花边的新晚礼服，还有——也是第一次——穿了透明长统丝袜。

他拣了张小沙发坐下，随意找了本摊开的图册，厌恶地瞧着一丛艳丽茂盛的兰花，书上说，蜜蜂对它的依赖"取决于各种有吸引力的味道，从死掉的工蜂到雄猫的气味不一而足"。死掉的兵蜂或许更好闻。

与此同时，倔犟的卢塞特坚持认为，画花最简单的方法就是用一张透明纸蒙在图画上（此时她指的是一棵很不雅观地展露着其内部结构的红须朱兰，拉多加沼泽独有的植物），用彩

---

① Pembroke，英国郡名。
② 原文为法语。

色墨笔描出轮廓就行了。耐心的爱达教她不要机械临摹，而是"要从眼到手再从手到眼"，并以另一株长着棕色褶囊和紫色萼片的兰花作为活样本来画；不过片刻之后，她欣然让步，将插着她采来的那支欧洲芍兰的小花瓶放在了一边。她随意而轻松地继续解释兰花各个器官的功用——不过卢塞特依着自己的古怪念头，只想知道：蜜蜂小伙子能凭着自己的绑腿或毛线衫或别的什么让花儿姑娘怀上小宝宝吗？

"你知道，"爱达用滑稽的鼻音说，同时转向凡，"你知道，这孩子有着最肮脏的想法，好了，她要为此朝我发火了，会扑到拉里维埃的怀里抽泣，抱怨说因为坐你腿上而被传了花粉了。"

"可是我不会对贝尔谈肮脏东西的。"卢塞特说得既温和又很有道理。

"你怎么了，凡？"目光锐利的爱达询问道。

"你为何有此一问？"凡反问道。

"你的耳朵在扯动，你还在不停地清嗓子。"

"这些该死的花你画好了没有？"

"画好了。我要去洗手。在楼下见吧。你的领带歪歪扭扭的。"

"好吧，好吧。"凡说。

我的侍从，我英俊的侍从，[289]

—米隆冬—米隆冬—米隆丹—

我的侍从，我英俊的侍从……①

楼下，琼斯已经拉响的晚饭铃从门厅传来。

"好了，怎么了？"当他们一分钟后在客厅露台碰面时她问。

"我在上衣口袋里找到了这个。"凡说。

爱达将字条读了又读，中指紧张地在硕大的门牙上摩挲着。

"你怎么知道是写给你的？"她问道，同时将这张从抄写本上撕下的纸条还给他。

"好，我告诉你。"他嚷道。

"Tishe（小声点）！"爱达说。

"我告诉你我是在这儿找到的。"（指了指心口。）

"撕掉并且忘掉。"爱达说。

"你的忠实的奴仆。"凡答道。

① 原文为法语，其中第二句为民歌中无意义的叠句。

41

　　佩德罗还没有从加利福尼亚赶回来。花粉热和墨镜让
G.A. 弗隆斯基的外表更令人生厌。《仇恨》里的那个影星阿多
诺带了新妻，而她竟是另一位客人的前妻之一（也是最心爱
的一个），这位客人是位名气要大很多的喜剧演员，他在饭后
打点了布泰兰，让他佯装送信过来，使他得以立刻离去。格里
戈里·阿基莫维奇①和他一起去了（和他乘同一辆豪华轿车来
的），而将玛丽娜、爱达、阿多诺和他那位可笑地吸着鼻子的
玛丽安留在了牌桌上。他们玩的是"波约克"——惠斯特牌②
的一种——并且直至叫到了一辆拉多尔来的出租车才歇手，那
时早已经过了凌晨一点了。

　　与此同时，凡重又换上短裤，用格子花毯裹了身子，退回
到林子里，这儿并未被贝加莫路灯照亮，也就没有玛丽娜所预
期的喜庆气氛。他爬上吊床，困倦中排查起说法语的仆人，他
们中有一个塞了那张匿名但据爱达看来毫无意义的条子。首先
最可疑的就是歇斯底里疯疯癫癫的布兰奇——假如她不是怯懦
生怕被"炒"的话（他回忆起一个十分不快的场景：她匍匐在
拉里维埃脚边，苦苦哀求她，后者则指责她"偷"了个什么小
玩意儿，最后被发现是在拉里维埃自己的鞋子里）。接下来红
脸膛的布泰兰及其笑眯眯的儿子浮现在凡想象里的核心位置；

不过此刻他睡着了，梦见自己在山上，埋在雪地里喘不过气来，周围是被雪崩冲下来的人、树和一头母牛。

不知是什么将他从那种凶险麻木的状态中唤醒。起初他以为是正在沉寂的夜所散发的寒凉，然后他听出来有轻微的咯吱声（在他那懵懂的噩梦里原是一声厉呼），抬起头时他看见丛林中一簇昏暗的光，工具房的门被从里往外推开了。他与爱达很少在夜间幽会，即使有，他们也一定会仔细地计划每个步骤。他翻下吊床，悄悄走向亮着灯的门口。站在他面前的是布兰奇苍白而摇曳不停的身形。她的现身很是古怪：赤裸着胳膊，穿着衬裙，一只长袜用吊袜带吊住，另一只则直褪到了脚踝；没穿拖鞋；腋窝汗津津地反射着亮光；她披头散发，像是在表演着被诱奸的悲惨场面。

"这是我在庄园的最后一夜了③²⁹⁰。"她轻声说，同时用她那怪异的英语复述了一遍，哀婉而飘渺，只有在陈腐的小说里才能见到。"此乃我与你的最后一夜。"

"你的最后一夜？和我？你在说什么呢？"他怀着怪诞的不安思量着她的话，仿佛在听一个疯子或是醉鬼的胡言乱语。

可是尽管貌似精神错乱，布兰奇实则是完全清醒。她两天前打定了主意要离开阿尔迪斯庄园。她已经将辞呈塞在了夫

---

① 即 G.A. 弗隆斯基。

② whist，桥牌的一种原始形式，玩时由两位玩手组成的两方各玩一副纸牌，最后所发的一张牌为王牌，玩时以四张牌为一圈进行，第一圈中各方所赢得的每个点都被算作 6 分。

③ 原文为法语。

人的房门下面，还附了注脚评论大小姐的言行。她过几小时就要离开了。她爱他，他让她"神魂颠倒"，她希望能和他私密地待一会儿。

他走进工具房缓慢地将门带上。这动作的缓慢自有其很不自在的原由。她已将提灯搁在了一架梯子的横档上，并已经开始撩起原已无法蔽体的衬裙。怜悯、善意以及她的投怀送抱，本可以积聚起欲望的冲动，在她看来这是当然的，而他却并无兴致，对此他小心翼翼地用格子呢毯子掩藏起来；不过除了害怕感染之外（布特曾暗示过这个可怜的丫头的麻烦），一个更严重的问题缠绕着他。他将她大胆的手拿到一边，并与她在长凳上坐下。

把字条塞进他衣袋的是她吗？

是的。假如他仍受着愚弄、欺骗、背叛，那她无法就这么离去。她又以天真的强调语气补充道，她向来很肯定他一直渴望着她，这可以以后谈。我是你的，天就要亮了，^① 291 你梦想成真了。

"你是在自说自话吧^② 292，"凡答道，"我没有做爱的兴致。而且我告诉你，要是你不立刻把整个事情原原本本地告诉我，我就掐死你。"

她点点头，恐惧和爱慕充盈在她雾蒙蒙的眼里。何时且又是如何开始的？去年八月，她说。您的大小姐^③在采花，他在

---

①②③　原文为法语。

长得很高的草丛里陪护她，手里拿了一支长笛。哪个他？什么长笛？哎，就是那个教音乐的德国人，拉克先生。[1] 这位急切的举报人正和自己的情郎躺在树篱的另一头。我们的举报人弄不明白，怎么会有人跟这位坏得没法说的 293 拉克先生[2] 扯在一起呢，他有一次还把马甲忘在了干草堆上。也许因为他为她谱了曲子，有一支非常好听的还在拉多尔赌场那间大舞厅里放过呢，是这么唱的……别管怎么唱的，继续说。一个星辰满天的夜晚，我们的举报人和她的两位多情种子还躲在柳丛中听见拉克先生在河中的船上讲述其童年的哀婉故事，他饥寒交迫、充满音乐和孤独的岁月，他的情人抽泣着仰面朝天，而他的嘴趁机凑上了她的喉咙，用恶心的亲吻吞没了她[3] 294。他这样对她准不止十几次了，他没有另外一位先生那么强壮——噢，废话少讲，凡说——到冬天时，大小姐知道了他已成家，并非常怨恨那位冷酷的太太，四月他开始给卢塞特上钢琴课时，他们的风流事又继续了，不过那会儿——

"可以了！"他叫起来，并用拳头击打着脑门，跟跟跄跄地撞进阳光里。

挂在吊床网格上的腕表显示此时是六点差一刻。他双脚冰凉。他摸索到便鞋，到矮树林里漫无目地走了一会儿，画眉鸟在这里唱着华丽的歌，圆润而洪亮，清澈而繁复，让人无法忍受现实中意识的痛苦、生活的肮脏，无法忍受失去，失去，失去。

---

① ② ③　原文为法语。

然而，他不可思议地设法将爱达的形象远远地排斥在意识之外，从而又恢复了外表的自制力。这一排斥造成了头脑里的真空，各种原不足道的思绪涌了进来，像是理性思维在上演一场哑剧。

　　他在泳池边的小棚子里冲了把温水澡，像演滑稽戏那样将每个动作都做得慎重无比，极缓慢、极小心，生怕打碎那个刚刚降生的、新的、未知的、易碎的凡。他看着自己的思想在旋转、起舞、阔步，有点像个小丑。他发现可以很愉快地想象，比方说，一块肥皂对于蜂拥而至的蚂蚁而言是多么实实在在又美味至极啊，而在那暴饮暴食中溺毙又是如何令其震惊。他细细琢磨道，那套规矩是不允许用来向非绅士出身的人挑战的，但也许可以例外地向艺术家、钢琴家、长笛手网开一面，而假如那个胆小鬼拒绝应战，就可以用无数记巴掌扇得他吐血，或者更厉害的，用结实的手杖狠狠揍他——别忘了到前厅壁橱里挑一根，然后就永远地离开，永远。太好玩了！他玩味着一个光腚家伙试图套上短裤时跳的独腿舞，觉得那是特别有趣的事情。他在边廊里闲荡。他登上了主楼梯。房子空荡荡的，很凉爽，能闻见康乃馨的芬芳。早上好，再见，小卧室。凡刮了脸，凡修剪了脚指甲，凡精心打扮着：灰短袜，丝质衬衣，灰领带，新熨的深灰色西装——鞋子，啊，是的，鞋子，不能忘了鞋子，其他个人用品就甭管了，往麂皮钱包里塞了几十个二十美元的金币，给僵硬的身躯上配了手帕、支票本、护照，还有什么？没什么了。在枕头上别一张字条，请他们将他的物什打包送到他父亲住处。儿子丧身于雪崩，帽子找不到了，避孕用品捐给"老向导之家"。八十载岁月过去了,所有这些听来都十分可笑和愚蠢——然而在彼时,他就是如梦游般四处游荡的行尸走肉。他弯下腰时哼唧了一声,诅咒着自己的膝盖。他准备在纷飞的大雪中修理一下坡头的雪橇,可是雪橇不见了,捆绳原来只是鞋带,而那雪坡不过是楼梯罢了。

他下楼走到马房,告诉一个差不多和他一样昏昏欲睡的年轻马夫,他想在几分钟后去火车站。马夫流露出困惑的神色,凡将他骂了一顿。

腕表!他回到吊床那儿,手表正系在网眼里。在绕过屋子返回马棚的路上,他无意间目光上挑,瞧见了一个十六岁左右的黑发少女,穿着黄色便裤、黑色短衣,站在三楼阳台上向他招手。她像发电报似的打着信号,手势大开大合,指着万里无云的天穹(万里无云的天穹啊!)、怒放的蓝花楹的冠部(蓝色!怒放!),一只光脚高高抬起,搭在扶栏上(只须穿上我的鞋子!)。凡惊恐而羞耻地看见凡等着她下来。

她踏过亮闪闪的草坪轻快地向他走来。"凡,"她说,"我得趁自己还记得的时候把做的梦告诉你。你和我在高高的阿尔卑斯山上——你穿得这么正经究竟是为什么?"

"唔,我会告诉你的,"凡梦呓般懒懒地说道,"我从一个卑微而可靠的消息来源得知,我是说来源,很抱歉我带口音了,我刚得知每一树篱后面都有人和你玩摔跤[①] 295。我在哪儿

————————

① 原文为法语。

能看到你找来的摔跤手？"

"哪儿都没有。"她相当冷静地答道，对他的粗鲁视而不见甚或浑然不觉，因为她早就知道灾难总有一天要来，只是时间的问题或者说在时间上只能听任命运的选择。

"可是他存在着，他存在着的。"凡咕哝道，目光朝下盯着草皮上一张五彩的蛛网。

"我想是吧，"傲慢的女孩说，"不过他昨天走了，去了哪个希腊或土耳其的港口。还有，他正不顾一切地要玩命，如果你需要知道这些的话。现在听着，听我说！那些林间散步没有任何意义。等等，凡！你把他打成那样时，我只有过两次觉得有些受不了，或许总共有这么三次。拜托！我没法一口气说清楚，不过你最终会明白的。不是所有人都像我们这般快乐。他是个可怜、无助的笨孩子。我们所有人都有着注定的命运，可是有些人比其他人更难逃命定的劫数。他对于我什么也算不上。我再也不会见他。他什么也不是，我发誓。他喜欢我到了发疯的程度。"

"我想，"凡说，"我们谈错了情人吧。我是问拉克先生的事情，他那牙龈讨人喜欢极了，也喜欢你到了发疯的程度。"

谈话间他一转鞋跟，向屋子走去。

他可以发誓没有扭头朝后看，从任何余光，以任何视角都不可能在他离去时用肉眼看见她；然而他一直保留着她伫立于他离开之地的合成图像，且清晰得可怕。这幅图——透过脑后的一只眼睛，透过玻璃质的脊椎槽洞穿了他，并永不会消逝，永远也不会——由挑选出来又随意排列组合的她的肖像及表情组成，化作无可忍受的追悔，在逝去岁月的不同时段敲击着他。他俩之间的争执少之又少，且转瞬即消，却足以构成留存恒久的镶嵌画。有一次她背靠树干站着，直面一个背叛者的命数；其时，他拒绝给她看在乔斯拍的一些赌场小姐的照片，并在盛怒之下将照片撕了，而她紧锁眉头将目光投往别处，眯缝着眼瞧着窗户里一处看不见的风景。或者是那次，她踌躇良久，眨着眼睛，用口形无声地说出一个词，疑心他陡然厌烦起她那种古怪又古板的言谈，因为他粗暴地向她挑战，提出要找一个与"天井"押韵的字，而她不能断定他是否已想出了某个肮脏的字眼，如果真是，那又该如何发音。也许最糟糕的一回，是她站在那儿拨弄着一束野花，温和而略带笑意的神情流连在眸子里而不带任何喜怒之色，朱唇噘起，脑袋含糊地做着小幅度的动作，似乎以指向自身的颔首来标记私密的决定以及某种无声契约中的某些条款，那是与自己缔结的契约，也是与他、之后又与叫做"不安适"、"无益处"、"欠公正"等达成的合约。与此同时，他正沉湎于突如其来的暴怒之中，其原由是她提议——娇声而又轻描淡写地（似乎只是要到溪边去散散步，看看有没有兰花开了）——他俩去将要路经的一座墓地看看昆利克的新坟，而他却骤然吼起来（"你知道我讨厌墓地，我蔑视、谴责死亡，死尸太可笑，我可不想盯着这么块压着个正在腐烂的波兰矮胖子的石头，让他安安稳稳地喂蛆吧，死亡昆虫学让我全身冰冷，我憎恨，我蔑视——"），他又如此发作了几分钟，然后却又扑倒在她足下，吻着她的足，乞求她的原谅，她用沉郁的眼神多凝视了他一会儿。

这些都是镶嵌画的碎片，还有其他的，有比这些还要琐碎的；然而这些看似无害的部分在拼合起来时却成为一个致命的统一体，而那个黄裤黑衣的女孩，背手而立，肩部轻轻晃动，若即若离地靠着树干，甩动着秀发——一幅他知道自己在现实中从未目睹的图景——却留存在他心里，比任何真实的记忆更真实。

玛丽娜穿着晨衣，满头卷发夹子，由仆人簇拥着站在门廊前，提着无人能答的问题。

凡说：

"我可没打算和你的女仆私奔，玛丽娜。那是错觉。她离开你的原因跟我无关。我像傻瓜似的，有些要办的事情一直拖着不办，现在必须在去巴黎之前办好。"

"爱达现在让我担心极了，"玛丽娜说着伤心地蹙起眉头，并作了个俄式的摇晃腮帮的动作，"请尽快回来。你对她有多么大的正面影响啊。再会[①]。我现在见谁都来气。"

她提起睡袍登上门廊台阶。背后还是那条银色的龙，按照她大女儿——一位科学家——的说法，那是食蚁兽的舌头。她那可怜的妈妈知道其中的分别吗？几乎一无所知。

凡与伤心的老管家握了握手，并感谢布特为他找来了一根

———————————————————

① 原文为法语。

银质把手的拐棍以及一副手套。他又向其他仆人点了点头，便走向双驾马车。布兰奇身穿灰色长裙，头戴草帽，提着漆成桃花心木红、用绳带交叉捆扎的廉价小箱子，像极了西部片里一位即将出发去教书的年轻女士。她主动提出坐俄罗斯马夫身边的位子，但他请她坐在了马车里。

　　他们行过麦浪起伏且点缀着缤纷的罂粟花和矢车菊的田野。她一路都在谈年轻的女主人及其最近的两个情人，语音低沉，娓娓道来，仿佛在恍惚之中，仿佛有逝去的吟游诗人的精灵附体。就在前几天，在那排长得很密的杉树后面，看那儿，在你右手（但他没有看——默然坐着，双手握住杖头），她和她的妹妹马德隆抱了一瓶酒，看着伯爵先生在苔藓地上向小姐求爱，像一只咕哝咕哝叫的狗熊压着她，就像压马德隆一样——有好多次呢！马德隆说她，就是布兰奇，得警告他，也就是凡，因为她有点吃醋了，但她也说——因为她心肠好——最好等到"马尔布鲁克"①上了战场②，不然他们要打起来的；他整个早晨都拿着手枪对着稻草人射击，所以她才等了那么长时间，现在枪在马德隆手里，不在她这儿。她不停地絮叨着，直至来到了图尔比埃尔，此地有两排屋舍和一座镶嵌彩色玻璃的黑色小教堂。凡让她下了车。三姐妹中最小的一个走了过来，这个栗色卷发的美少女眼神放荡，胸部不停地晃动，她将

————————

① Malbrook，与小说中科朵拉的同名别墅并无关联，而是来自出处不详的法语歌谣《马尔布鲁克上了战场》（*Malbrouks'en va t'en guerre*）。
② 原文为法语。

布兰奇的小提箱和鸟笼拿进了一间破旧的小屋，房子爬满了玫瑰花，但此外就寒碜得没法说了。他吻了吻"烧火丫头"羞怯的手，并重新回到马车的座位上，清了清喉咙，掸了掸裤子，然后跷起了二郎腿。自负的凡·维恩。

"快车不会在托弗扬卡停，是吧，特罗菲姆？"

"我会带您走五俄里穿过沼泽地，"特罗菲姆说，"最近的站在沃罗斯扬卡。"

他所操的低等俄语指的是梅登海尔；有信号指示火车停靠的小站；车估计很拥挤。

梅登海尔。蠢货！本来珀西小伙子此刻说不定已经葬身于此！梅登海尔。该地名源自月台尽头那棵硕大而舒展的掌叶铁线蕨，[①]一度对这种树与本土的铁线蕨稍稍有些混淆。在托尔斯泰的小说里，她走向月台尽头。内心独白的第一次图解，该表现手法以后又为法国人和爱尔兰人[②]所运用。不是绿色，不是绿色。值四十金埃居的树，[③]至少在秋天是如此。我再也再也不想听她那"植物学的"的音调落在银杏[④]上了，"对不起，我的拉丁文冒出来了。"Ginkgo[⑤]，银杏，墨水，inkog。被人称作索尔兹伯里的adiantofolia[⑥]，可怜的索尔兹伯里亚：沉没；可

① Maidenhair，如不作地名则指掌叶铁线蕨。
② 法国人和爱尔兰人，分别指意识流小说家普鲁斯特和乔伊斯。
③ 原文为法语。埃居（écu）是法国古货币单位。
④ biloba，银杏（白果树）的拉丁学名，全称为 Ginkgo biloba。
⑤ 即银杏。
⑥ 铁线蕨属植物，前文提到的植物皆为此类。

怜的意识流，此刻已成为黑潮①²⁹⁶。谁想要阿尔迪斯庄园！

"Barin，a barin。"特罗菲姆说着将长了金黄胡子的脸转向车上的乘客。

"Da？"

"Dazhe skvoz' kozhanïy fartuk ne stal-bï ya trogat' etu frantsuzskuyu devku。"

Barin：少爷。Dázhe skvoz' kózhanïy fártuk：甚至要借助一条皮围裙。Ne stal-bï ya trógat'：我可不想碰。Étu：这个（那个）。Frantsúzskuyu：法语（形容词，宾格）。Dévku：少女。Úzhas，otcháyanie：恐怖，绝望。Zhálost'：怜悯。Kóncheno，zagázheno，rastérzano：完了，搞臭了，扯碎了。

42

阿卡说过，只有非常冷酷或非常愚蠢的人，或是天真的婴孩，才可以快乐地生活在"魔亚"①——我们壮丽的星球上。凡感到，自己如要存活于这可怕的"反地界"、这个诞生了他的多彩而邪恶的世界，他就必须摧毁两个男人，至少要让他们终身残废。他得立刻把他们找出来；延误本身也许便意味着他生存力的损失。毁灭他们所得到的狂喜并不能治愈他的心病，但肯定可以清洗他的头脑。这两人分处不同的地点，且两个地点都无法准确定位，找不到明晰的街道名和可以确认的住处。他希望在命运之神的帮助下，以体面的方式惩罚他们。他对命运在引领他继续向前时所展示的夸张得可笑的热忱毫无准备，命运闯了进来，并且和他配合得未免过火了些。

首先，他决定去卡卢加诺，和拉克先生作一番了结。他坐的这列最好的快车以一百英里的时速向北方突进，车里到处伸着陌生的腿，充斥着陌生的声音，而处于极度困顿中的他在车厢一角睡着了。直到中午他才从昏睡中醒来，并在拉多加下了车，经过漫长的等待之后又上了另一列更加颠簸、拥挤的车。当他摇摇晃晃地穿过一条又一条通道、暗自诅咒那些呆望着窗外屁股也不肯挪一下好让他过去的乘客，无望地在四座头等厢里找寻一个舒适的角落时，他看见科朵拉和她的母亲面对面坐在窗边。占据另两个位置的，分别是一位上了年纪的先生和一位戴眼镜的男孩，前者体态敦实，套着过时的棕色中分假发，后者则穿着水手服挨科朵拉坐着，科朵拉正要将自己的巧克力掰一半给他。凡灵机一动走了进去，可是科朵拉的母亲并未立即认出他，于是忙乱中的重新介绍加上火车的一个急转，使得凡踩在了那位年长绅士穿毛线鞋的脚上，老先生尖叫一声，口齿不清而又不乏礼貌地说道："饶了我的痛风病吧（或许是'要小心啊'或是'要留神点'），年轻人！"

"我不喜欢人家叫我'年轻人'。"凡立刻对这位病弱的老者回敬道，语气蛮横得毫无必要。

"他伤着你了吗，爷爷？"小男孩问道。"是的，"爷爷说，"不过我并不想以我叫疼的喊声来冒犯任何人。"

"就算叫疼也该文明些。"凡继续说道（而同时，较为善良的凡则既震惊又羞愧，在他心里使劲拽他的袖子）。

"科朵拉，"那位资深女演员说（有一次，一位消防队员的猫溜上了《不易褪之色》的舞台，也是在她说到最精彩之时，而当她抱起猫时，也带着和此时一样的从容得体），"你何不带这位火气很旺的小魔头去餐车呢？我觉得我的眼皮要跳第三十九次了。"

"出什么事儿了？"他们刚在宽敞而颇有洛可可风格的

①　Demonia，即"反地界"，其中亦含德蒙（Demon）之名。

"烤饼屋"——卡卢加诺学院的学生在八九十年代喜欢这么称呼餐车——坐定，科朵拉便问道。

"什么事儿都出了，"凡答道，"不过你为什么要问？"

"噢，我们跟普拉托诺夫医生不熟，你对这位可亲的老先生如此粗暴地出言不逊，实在是没有道理。"

"我很抱歉，"凡说，"我们来一份传统茶吧。"

"另一件怪事就是你今天竟然能看见我，"科朵拉说，"两个月前你可没把我放在眼里。"

"原来觉得你变化很大。你变得可爱了，还有几分懒散。而你现在更迷人了。科朵拉不再是小姑娘了！告诉我——你可碰巧知道珀西·德·普雷的地址？我是说我们都知道他要准备参加鞑靼远征军了——可是怎么给他写信？我可不稀罕让你那爱管闲事的姨妈捎什么信。"

"我敢说弗拉塞尔家的人知道，我会去找一找。可是凡这是上哪儿？我上哪儿找凡呢？"

"在家——公园道五号，过一两天就去。现在我是要去卡卢加诺。"

"那可是个鬼地方。找姑娘？"

"找男人。你熟悉卡卢加诺吗？认识牙医？最好的旅馆在哪儿？还有音乐厅？知道我表妹的音乐老师吗？"

她摇了摇留着短卷发的脑袋。不——她很少去。有两次是去音乐会，在一片松林里。她先前并不知道爱达还上音乐课。爱达怎么样？

"是卢塞特，"他说，"卢塞特现在或者说以前是上音乐课的。好吧。不谈卡卢加诺了。这些个烤饼屋简直就是乔斯那边的火车厢的穷亲戚。你说得对，我有烦心事①²⁹⁷。不过你可以使我忘掉烦恼。跟我讲讲能让我转移注意力的事情，虽然你已经转移我的注意力了，就像条顿人在故事里说的那样是一块小青蛋白石②²⁹⁸。跟我讲讲你的罗曼史吧。"

她并非是个聪明伶俐的小女子。可她是个爱饶舌而且确能让人兴奋的小女子。他在桌下抚弄起她来，但她轻轻地挪开他的手，耳语着什么"例假"③，那古怪劲儿如同在另一个梦里另一个女孩的行为。他大声清了清喉咙，叫了半瓶装上等白兰地，并按照德蒙的建议让侍者当面打开。她喋喋不休地说着，而他没法理清其中的头绪，抑或是那头绪已然迷失在了飞速变幻的窗外景致里：他的目光越过她肩头，凝视着外面，骤然显现的山涧记录下了某君在和妻子通话时的言语，或是苜蓿地里的一株独树俨然化作了被抛弃的另一位先生，或是顺崖而下的一条奇异的溪流倒映出与奎兹·奎萨纳侯爵的一段短促而欢快的韵事。

一片松树林败退下来让位给了工厂的烟囱。火车咔啦咔啦地通过了一座调车房，然后叹息着慢了下来。阴森的车站映黑了天色。

"老天，"凡嚷道，"我的站到了。"

———————————————

①② 原文为法语。

③ womenses，为女权主义者对 menses（例假）的"修正"。

他将钱放在桌上，吻了吻科朵拉满心情愿的嘴唇，朝出口处走去。快到走廊时他向她回眸，并用抓着的一只手套朝她挥了挥——却与一个俯身拾包的人撞了个满怀："真是下作坏①²⁹⁹。"后者说。这是个魁梧的军人，长着红胡子，戴上尉徽标。

凡与他擦肩而过走在了前面，当两人都上了月台时，他用手套在军官的脸上狠狠地扇了一下。

上尉拾起帽子，朝这位油头粉面的花花公子冲过来。与此同时凡感觉到有人从后面抱住了他，并无恶意却显然很不公平地限制了他的活动。他头也不回便轻巧地用左肘来了个"活塞击打"，摆脱了这个看不见的好事者，同时右掌出击使上尉一个趔趄退回到自己的行李堆上。此刻几个免费表演的业余拳击手围拢过来；于是凡冲开包围，挟着上尉的胳膊大踏步地将其带入候车室。一位脸色难看得好笑的行李员随后带着上尉的三个包走进来，把其中一个夹在腋下，他还一个劲儿地流着鼻血。那些小提箱上花花绿绿地系着些颇有立体艺术感的标签，上面登记着遥远如传说的地名。他们交换了名片。"德蒙的儿子？"卡卢加诺"野紫罗兰兄弟会所"的塔珀上尉³⁰⁰咕哝道。"没错，"凡说，"我想我会住在'宏威酒店'；如果不是，我会给你的副手或副手们留个条子。你得给我找一家，我让门房找不太合适。"

---

① 原文为法语。

这么说的同时，凡从一把金币中挑出一枚二十美元的，笑嘻嘻地递给受了伤的老行李员。"去弄块黄棉蜡布，"凡补充道，"两个鼻孔都塞。很抱歉，伙计。"

他双手插在裤兜里横穿广场向宾馆踱去，使得一辆汽车在潮湿的沥青路面上带着尖利的刹车声打了个急转。他毫不理会横在路上的汽车扬长而去，趾高气扬地推开宾馆的旋转门，感觉比起过去的十二个钟头，现在就算没有快乐多少，至少也快活了不少。

"宏威"湮没了他的身影。这是一幢高大的老楼，外表饱经风霜，内里则处处裹着皮革。他想要个带浴室的房间，却被告知房间全被一个承包商大会订下了。他以维恩家的派头不容分说地打点了前台接待，拿到了带过道的三室套间，配备镶桃木的浴缸、古色古香的摇椅、机械钢琴以及带紫色床罩的双人床。他洗过手后立即下楼打听拉克的去处。拉克家没有话机；他们大概在市郊租了房子；门房抬头看了看钟，拨了某地址管理办公室或寻人处。看来要到第二天早上才会有人。他建议凡去主街的乐器店问问。

半路上他买了第二根手杖：阿尔迪斯庄园那根银柄的丢在了梅登海尔车站餐厅里。这是根粗粝而结实的家伙，有很便利的把手，杖尖能抠出半透明的金鱼眼。他在邻近一家店里买了只手提箱，接着买了衬衫、短裤、袜子、休闲裤、睡衣、手帕、浴袍，一件套头衫，一双像蜷缩的胎儿似的折放在一只皮套里的山羊革浴室拖鞋。他将采购的物什装在箱子里并立即差人送到宾馆。他正准备进乐器店时，蓦地想起没给塔珀的副手留条子，于是又原路折回来。

他发现他们正坐在休息室里，于是要求他们赶紧去安排——他还有更重要的事呢。"Ne grubit' sekundantam（千万别粗暴对待副手）"，德蒙的声音在他脑海里说。阿尔温·伯德伏特是卫队里的中尉，金发，身体柔弱，粉红色的嘴唇湿漉漉的，衔着根一英尺长的烟斗。约翰尼·拉菲尼阁下[301]则长得短小精悍，皮肤黝黑，足蹬蓝色小山羊皮鞋，戴一条难看的茶色领带。伯德伏特很快不见了踪影，留下凡和约翰尼研究细节，后者虽然忠实地渴望为凡提供帮助，却无法掩饰凡的对手才是他的心之所属。

上尉是一流枪手，约翰尼说，还是 Do-Re-La[302] 乡村俱乐部的会员。嗜血成性的野蛮与其英国人的秉性格格不入，但其军事及学术背景又要求他捍卫自己的荣誉。他在地图绘制、马术、园艺方面都是行家。他是个有钱的地主。维恩男爵只消作出最轻描淡写的道歉暗示，事情就能圆满而优雅地了结。

"假如好心的上尉有此期待，那么他可以圆满而优雅地将手枪塞在自己的屁股里。"

"这么说可不厚道，"约翰尼皱着眉说，"我的朋友不会赞同的。我们得记住他是个非常有教养的人。"

约翰尼到底是凡还是上尉的副手？

"我是您的副手。"约翰尼没精打采地说。

他或是有教养的上尉，认识一个德国出生的、有妻室、大概有三个孩子的钢琴家菲利普·拉克吗？

"恐怕在卡卢加诺我不认识多少有孩子的人。"约翰尼略带轻蔑地说。

附近有像样的妓院吗？

他可是过惯了单身生活的，约翰尼的语气里有了更多的轻蔑。

"嗯，好吧，"凡说，"我得在商店打烊之前再出去一趟。我是不是该去买一对决斗手枪，还是上尉借我一把军用的？"

"我们可以提供武器。"约翰尼说。

凡来到乐器商店门前时发现店门已锁上了。他透过窥镜往里凝视片刻，竖琴、吉他以及储物柜上插于银瓶中的花都在暮光中渐渐褪去色泽。他回想起五六年前那个让他心仪不已的女生——罗斯？罗萨？是这个名字吗？和她在一起，会比与他那个苍白的要人命的妹妹在一起更快乐吗？

他沿着主街——百万条主街中的一条——走了一会儿，然后怀着一阵强烈的饥饿感走进了一家看上去还挺让人中意的餐厅。他点了牛排加烤土豆片、苹果馅饼和红葡萄酒。在屋子另一头，一位扮相雅致的黑衣妓女坐在吧台边——紧身胸衣、宽大的短裙、黑色长袖手套、黑丝绒阔边帽——用吸管呷着一种金黄色的饮料。吧台后面的镜子里，在一片多彩的闪光中，他能依稀瞥见其红褐色的秀发；他思忖着过后或许可以去找她，可当他再瞥过去时她已走了。

他吃着，喝着，盘算着。

他热切地盼望着这场对决。再想不出还有什么更令人血脉贲张的事情了。与这个无意撞见的小丑打打枪，给了他意想不到的痛快，特别是在拉克无疑宁愿挨一通鞭子也不想决斗的情况下。他乐此不疲地构思着那场小小的决斗中会发生的种种意外，这或许可以和慷慨的机构、福至心灵的行政长官、有独创精神的精神病学家教给小儿麻痹症患者、疯子、罪犯的有益的兴趣爱好——例如装订、将蓝胡子贴到其他罪犯、半身不遂者以及疯子所制作的玩具娃娃的眼皮下——相提并论。

起初他玩味着杀死敌手时的情景：从数量上说，这给予了他最大程度的发泄；就质量而言，这意味着林林总总的道德及法律的纠纷。击伤对手看来是个折中办法。他决定要干得有艺术性和技巧性，比如把那家伙手里的枪打掉，或是给他浓密如毛刷子般的头发吹个中分。

在回阴沉的"宏威"酒店的路上他又添置了好些玩意儿：装于长匣子里的三块圆肥皂、装在冰凉的弹性管里的剃须膏、十片安全剃刀、一块大海绵、一块小一点的皂洗海绵橡皮、一把梳子、斯金纳香脂、装在塑料盒里的牙刷、牙膏、剪刀、钢笔、记事日记本——还有什么？——对了，一只小闹钟——不过即便有闹钟的贴心提示，他还是告诉门房早上五点叫醒他。

此刻仅仅是夏末晚间九点；假如有人告诉他已是十月的午夜，他也不会意外。这一天漫长得令人难以置信。他的思想几乎把握不了这样的事实：就在今天早晨，黎明时分，一个如多米罗那小说（女佣最爱看了）里走出的神经兮兮的人物，衣不蔽体、浑身颤抖地在阿尔迪斯庄园的工具房里和他说了一番话。他不知道另外那个女孩是否还笔直地背靠一棵呢喃的树，被爱慕也被憎恨着，心如止水亦心如刀绞。他不知道鉴于明天的野餐会① 303，他该不该给她写一张"当你收到此信"式的便条，轻佻、冷酷，如垂冰一般锋利。不。还是写给德蒙吧。

亲爱的老爸：

　　由于和"野紫罗兰兄弟会所"的塔珀上尉发生了小小的过节——我在火车过道里无意踩到了他，今天早上在卡卢加诺附近的林子里我和他进行了手枪决斗，此刻我已不复存在。尽管我结果的方式可被视为轻易的自杀行为，但这场对决以及那位我不应说出名字的上尉与年轻的维恩的悲剧丝毫没有关系。一八八四年，在我到阿尔迪斯度的第一个暑假里，我诱引了你的女儿，那时她十二岁。我们的风流韵事一直持续到我返回沿河路中学；四年之后，也就是去年六月，我们又续上了旧情。这是我一生中最大的乐事，我无怨无悔。不过就在昨天，我发现了她对我的不忠，于是我们分手了。我认为塔珀也许就是因在你的一家赌场里企图和盥洗室侍者（一个老掉牙的跛子，第一次克里米亚战争的老兵）口交而被赶出来的那位。请给我大捧的鲜花吧！

　　　　　　　　　　　　　　　　你亲爱的儿子，凡

----

① 原文为法语。

384

他仔细地重读了信——又仔细地撕掉了信。最终放进外衣口袋里的条子要简洁多了。

老爸：

我和一个陌生人发生了小小的口角，当时我扇了他的脸，他则在卡卢加诺附近跟我的决斗中杀了我。抱歉！

凡

凡被守夜的门房叫醒了，门房将咖啡以及当地一种"鸡蛋面包"端到他床头柜上，并且很熟练地拿走了他所期待的金币[①]。他有点像十年前的布泰兰，像他在梦里出现的样子，此时凡尽力回想并构建出这个梦：梦中，这位原先德蒙的贴身男仆向凡解释道，一条受人爱慕的河中的"dor"与"水话机"中的"水"同样都是堕落的[②]。凡常常做带有文字的梦。

他刮了脸，处理掉两副沾了血的刀片，将其丢在一只硕大的铜质烟灰缸里。大解之后他感到通体舒坦，快速洗了个澡，迅捷地穿戴整齐，将包留给门房，付了费，准时于六点同下巴刮得青亮、臭烘烘的约翰尼一道挤进了后者的"帕拉多克斯"里，那是一辆"准跑车"。有两三英里的路他们都行驶在阴沉的湖岸上——煤堆、窝棚、船库、一长条铺满卵石的黑沼泥，以及在远处，在围住秋雾迷蒙的湖水的曲折的岸上，那些庞大

---

① 原文为用拉丁字母转写的俄语。

② 在该句中，"受人爱慕的"的原文为 adored，"水话机"为 dorophone。

工厂群的茶色浓烟。

"我们到哪儿了，亲爱的约翰尼？"凡问道，此刻他们已驶离湖岸，直奔向一条郊区大路，路旁的松树上拴了晾衣绳，其间散布着板木房。

"多罗费路，"驾车的人大声喊道，企图盖过引擎的叫嚣，"紧挨着林子。"

紧挨着。凡感到膝盖一阵隐约的刺痛，在一周前，在另一片林子里，在受到背后攻击时，他的膝盖狠狠撞在了一块石头上。就在他的脚触到遍地松针的森林土路时，一只通体透明的白蝴蝶飘然而过，凡确信他的生命只剩下几分钟了。[①]

他扭头对助手说：

"这装在'宏威酒店'信封里并盖了戳的信，你明白，是给我父亲的。我现在把它放在长裤后袋里。假如上尉失手杀了我，请将信寄走，我看见他来了，开了一辆豪华轿车，挺像殡葬车的。"

他们找了一块便利的空地，决斗的主角儿间隔约三十步持枪对立，这一单打独斗的场面，俄国作家大都描述过，其中出身名门者更都对此津津乐道。当阿尔温拍了拍手，非正式地示意允许自由射击时，凡注意到右边有什么斑驳的东西在移动：有两个小观众———一个胖女孩和一个穿水手服的男孩，戴着眼

---

① 据俄罗斯学者阿列克谢·斯克利亚连科（Alexey Sklyarenko）的解释，虽然凡自己将蝴蝶视为不祥之兆，小说家却在此呼应了佐可夫斯基（V. Zhukovsky，1783—1852）在其诗《飞蛾与花儿》中将飞蛾称为"永生之使者"的说法，暗示凡将逃过此劫。

镜，他俩抬着一篮子蘑菇。不是科朵拉车厢里那个吃巧克力的孩子，但是很像，当这一念头闪过脑海时，他感到子弹强劲地撕扯开了他整个左边躯体，或说感觉如此。他摇晃了一下但还是保持住了平衡，并不无尊严地朝半是阳光半是雾霭的空中开了一枪。

他的心脏平稳地搏动着，他吐的唾液是清的，他的肺部感觉良好，可是左边腋下某处却发出火辣辣的剧痛。鲜血渗透出了衣服，并顺着裤管滴下来。他坐了下来，动作缓慢而谨慎，并倚在左胳膊上。他很怕失去知觉，但是，也许，他真的晕眩了一小会儿，因为下一刻他意识到约翰尼取走了那封信，并正装进自己口袋里。

"把信撕了吧，你这蠢货。"凡不自觉地呻吟着。

上尉踱上前来，相当沮丧地嘀咕道："我敢打赌你已经没法继续了，是吗？"

"我打赌你已经等不及——"凡发话道。他本打算说："你已经等不及让我再扇你一下。"可是正好在说"等"时他笑了，那肌肉被愉悦地牵动起来，引发了剧烈的疼痛，致使他说到一半便止住，皱起了布满汗珠的额头。

与此同时，豪华轿车已经被阿尔温布置成了救护车。报纸撕开了垫在座套上，爱挑剔的上尉更在储物柜里找出了像是马铃薯袋之类的破烂玩意儿铺上。在后备厢里倒腾了一阵、嘴里唠叨着"该死的，真糟糕"（照字面意义还真不夸张）之后，他又决定贡献出一件既旧且脏的马金托什雨衣，曾有他的一只衰老的爱犬在去看兽医的途中伏在上面也死在了上面。

　　有这么半分钟时间，凡仍很肯定自己还在车上，实则却已躺在了湖景（湖景！）医院的普通病房里，睡在两排人中间，他们缠着各种绷带，或打着鼾，或说着胡话，或呻吟不止。当他回过神来，第一个反应便是愤怒地要求转到最好的私人病房[304]，还要求把在"宏威"的箱子和手杖取来。他下一个要求是他们得告诉他，他伤得有多严重，他得这样软弱无力地待多久。他的第三个反应是要继续完成促使他造访卡卢加诺（造访卡卢加诺！）的唯一使命。他的新病区——肝肠寸断的贵人们在换病房的过程中被折腾得够呛——活像他的宾馆套房的白色翻版——白色家具，白色地毯，白色床帘。嵌在其中的——可以这么说吧——是塔蒂亚娜，一位格外漂亮又骄傲的年轻护士，头发乌黑，皮肤细致（她的某些言谈举止，颈部与眉眼间的协调感，那种并非隐秘但仍需去探索的女性的优美，令他惊叹并痛苦地想起了爱达，而为逃避脑海里的那个形象，他对迷人的塔蒂亚娜流露出强烈的反应，这是一位凭自身魅力让人欲罢不能的天使。身体动弹不得使他无法像俗套的动画片人物那样追逐争夺她。他乞求她为自己按摩腿部，可是她用严肃漆黑的眸子打量着他，然后把这项任务派给多罗费，一位手掌结实的男护士，健壮得能将他从床上拎起来，而这病痛中的少年此时只得紧紧抓住那粗壮的脖子。当凡终于有了一次机会抚弄她的胸部时，她警告他道，要是他再"轻轻地晃悠她"——她的说法比她料想的更恰当——她可就要告状了。他显现出了身体的骚动，并且死乞白赖地求她摸摸自己让他恢复得更快些，却招来冷冰冰的正告：那些名流若是在公园里做出这等事，可是要坐不少牢的。然而，在很久以后，她却在粉红信笺上用红墨水给他写来风情万种而又郁郁寡欢的信，可这期间其他的情感和事件接踵而至，他再也没见过她）。他在酒店里的衣箱很快送了过来；而手杖却没了踪影（如今它准是跋涉在惠灵顿山上，或许扶助着一位太太在俄勒冈"披荆斩棘"呢）；于是医院为他提供了"第三根手杖"，一根挺漂亮有很多木结的棍子，带着弯曲的把手以及黑橡胶杖尖套。菲茨毕晓普医生祝贺他死里逃生，只是表面肌肉创伤，子弹轻微划破了——或者他可以这么说——擦伤了大锯肌。菲茨医生说凡具有惊人的愈合能力，这显而易见，如果前三天他能像一根倒伏的树干那样待着别动，他便允诺，十天左右就可以停用消毒剂并拆线。凡喜欢音乐吗？运动员通常都喜欢的，是吧？他想不想在床头放个索诺若拉音乐喇叭？不，他不喜欢音乐，不过作为音乐会常客的这位医生，或许知道可以在哪儿找到一个叫拉克的音乐家？"五号房。"医生随即答道。凡误以为这是某个曲名，便又重复了问题。他能在哈珀乐器商店找到拉克的地址吗？噢，他们以前在多罗费路那头租过一间小屋子，不过现在住了别人了。五号房都是给康复无望的人留的。那个可怜人一直有很厉害的肝病，还有一颗散乱的心，不过最要命的是他的肌体中渗入了一种毒素；本地的"实验室"无法确定是什么毒，现正在等一份报告，是对取自卢加当地人一种奇特的蛙绿色粪便的化验。假如是他自己用手将那东西弄在了身上，那他什么都没说；更有可能是他妻子的杰作，她喜欢搞些印度—安第斯人伏都教的玩意儿，且刚刚在妇科病房流了产。是的，三胞胎——他怎么猜的？不管怎样，假如凡这么急切地想看望老朋友，那也得等到能坐轮椅由多罗费推着去五号房的时候，所以他最好也敷上一点点伏都的东西，哈哈，用在自己的血肉上。

　　这一天来得很快。去五号房的路是段长长的旅程，要经过好几段走廊，要磕碰到不少有趣的小玩意儿，还有到处甩动的体温表。先是要坐分别向上和向下的两台升降机，其中后一台非常宽敞，一只带金属把手的黑盖子靠在壁上，散发着肥皂气味的地板上撒着冬青或月桂做的香料。多罗费像奥涅金的马车夫似的，说了句 priehali（"我们到了"）并轻轻地把凡推出来，经过两张拉了帷帘的床，向靠窗的第三张走去。他把凡留在那里，自己则在门口角落里的一张小桌旁坐下，悠闲地摊开一张俄语报纸 Golos（《圣子》）。

　　"我是凡·维恩——以免你已经糊涂得认不出只见过两次面的人了。医院记录上你是三十岁；我原来以为你还要年轻些，不过即便如此，你要是死了也算是英年早逝了——不论是他妈[305]——半吊子天才还是实打实的无赖，或者两样都算。也许你从这间静悄悄的屋子简单而深沉的内饰可以猜到，按行话说你的病情已不可逆转，换种说法讲你就是只死虾子。任何制造氧气的玩意儿都不能帮你避开那'痛苦之痛苦'——拉莫尔教授精致的冗言。你将要或者其实正在经历的身体上的折磨肯定是很不好受的，但比起以后要受的罪这可不算什么。有着一元论本性的人的思想，无法接受**两**种虚无；他知道已经有**一**种虚无了，即在无限的过去中他在生物学意义上的不存在，因为他的记忆全然是空白，而**那一**虚无——也就是，可以这么说——过去，并不太难以忍受。然而**第二种**虚无——或许也并非忍受不了——在逻辑上就无法接受了。当谈到空间时，我们能想象在空间的无垠的单一性中的一枚活生生的斑块；不过这一概念与我们生命的短暂并不可比，因为无论有多短暂（三十年的生命真短得够呛！），我们对存在的意识并非永恒中的一个点，而是一道裂痕，缝隙，一条纵贯形而上的时间之整个跨度的裂纹，将时间截为两半，并且——无论其有多狭窄——在其中闪耀着。所以，拉克先生，我们可以谈论过去的时间，也可以在更模棱两可却更被人熟知的意义上谈论未来的时间，但我们就是不可以期望**第二种**虚无，**第二种**空虚，第二种空白。遗忘是一夜的行为；我们只这么一次，不再重复。我们因而必须面对某种组织散乱的意识被延长的可能性，而这就是我的主题了，拉克先生。永恒的拉克，无限的'拉克性'也许不算什么，但有一点可以肯定：此后挥之不去的意识就是痛苦的意识了。今天的小拉克就是明天无限的痛苦①了——我这人爱开玩笑，不可救药了 [306]。我们可以想象一下——我觉得我们应该要想想——极微小的粒子束仍然维系着拉克的个性，这里聚集

① infinite rack，其中 rack 即拉克（Rack）的小写形式，有包括"痛苦"在内的多种含义。

一些，那儿收拢一点，在某个地方以某种方式互相紧挨着，这儿是拉克牙疼的网络，那里有一串拉克的噩梦——活似从某个遭吞并的国家里出逃的一小群无名的难民，挤作一团求得一点点臭烘烘的暖意，求得一些脏兮兮的施舍，或是分享对身陷鞑靼集中营所遭受的莫名的折磨的回忆。对于老人而言，一个特殊的小小苦难肯定是排着漫长的队等待挨近那遥远的小便池。嗯，拉克先生，我看呀，那正在衰老的'拉克性'残存的细胞将排成这样的受苦队伍，在无边的黑夜的恐慌与伤痛之中永远永远也到达不了那个你觊觎已久的肮脏的洞眼。当然假如你通读了当代小说，而且也迷恋那些英国作家的行话，你可能会应答道，一个'中下层阶级'的钢琴调音师爱上了一个'上层社会'的放荡女子，因而毁了自己的家庭，这算不得犯罪，不该受此惩罚，而一个偶然的入侵者——"

凡以一个并不陌生的姿态打断了自己这精心准备的演讲，说道：

"拉克先生，睁开眼睛。我是凡·维恩。一个访客。"

那脸颊凹陷、下颌瘦长的脸呈现蜡白色，鼻子略显肥大，下巴小而圆，一时间仍然毫无表情；不过那双美丽、琥珀色、清澈的、会说话的眼睛，携着长得凄婉的睫毛，已然睁开了。接着，一抹淡淡的微笑闪动在他嘴边，他伸出一只手，头却无法从盖了油布的枕头（为何要油布？）上抬起。

凡从椅子旁伸出手杖，那只虚弱的手抓住杖尖并礼貌地触摸了一下，以为这是出于好意扶住他的。"不，我还走不了几步。"拉克吐字很清楚，夹带的德国口音大概将能构成他最经久不散的鬼影细胞群。

凡收回了派不了用场的武器。他控制着自己的情绪，将杖尖砰地击打在轮椅踏足板上。多罗费从报纸下抬眼看了看便又埋头读那篇吸引着他的文章——《聪明的小猪》（某驯兽师的回忆录），或是《克里米亚战争：鞑靼游击队援助中国军队》。此时一位小身量的护士从更远处的屏风里跨出来，接着又钻了进去。

他会让我捎个信儿吗？我该拒绝吗？还是答应下来——然后并不送信？

"她们都已去了好莱坞吗？求你告诉我，冯·维恩男爵。"

"我不知道，"凡答道，"很可能。我已经——"

"因为我寄去了新作的长笛曲，还有写给一家人的信，但没有收到回复。我现在要呕吐了。我自己来摇铃。"

小身量的护士踩着跟高得吓人的白鞋将拉克床边的屏风拖出来，把他和那位忧郁、受了轻伤、缝了针、胡须刮净的花花公子隔在了两边，后者则由麻利的多罗费推走了。

凡一回到自己那间凉爽明快的病房，便挪着正迅速康复的步履来到镜子前，微笑着迎接自己，然后无须多罗费的帮助便回到了床上，半开的窗外是晴雨相间的天气。可爱的塔蒂亚娜悄然而至，问他需不需要茶。

"我亲爱的，"他说，"我需要的是你。瞧瞧这力量之塔！"

她扭头道，"或许你该知道有多少好色的病人侮辱过我——跟你一个样。"

他给科朵拉写了封短信，说遭遇到了小小的意外，正躺在卡卢加诺湖景医院纨绔子弟们的套房里，并将于周二拜访其闺阁。他还用法语给玛丽娜写了封更短的信，感谢她给了他一个快乐的暑假。他思忖再三，决定到了曼哈顿后再将此信寄到洛杉矶的"香蕉宫酒店"。第三封信写给了他在乔斯最亲密的朋友伯纳德·拉特纳，即伟大的拉特纳的侄子。"尊叔的权威实至名归[307]，"他在其中写道，"不过我很快就会推翻他。"

到周一正午时分，他已获准坐在草坪的帆布躺椅上了，这是他在窗口觊觎数天的。此前菲茨毕晓普医生搓着手告诉他，卢加的实验室说并不一定是什么"龙口兰毒"，不过现在也无关紧要了，因为这位不幸的音乐教师、作曲家不会再在"魔亚"待一夜了，而是在去做晚祷时便要去"地界"，哈哈。菲茨医生便是俄国人所说的 poshlyak（"装腔作势的俗人"），而出于某种晦涩的逆反，凡为自己并未幸灾乐祸于拉克的殉难而感到释然。

一棵硕大的松树将影子投在了凡和他的书上。他在放了一堆医用手册、翻得破烂的神秘故事、莫泊纳塞斯的短篇小说集《钻石项链》的书架上借到了这册单本的《现代科学杂志》，其中有里普利的一篇艰深的论文"空间的结构"。几天以来他一直绞尽脑汁地思考其中唬人的公式和图表，并且明白在明天出院前，是没法全读懂了。

一束热辣的阳光照到了他，他将那册红色的期刊丢在一边，站了起来。随着健康的恢复，爱达的形象在他体内不断地升腾，如同痛苦又痛快的潮水，随时要将他吞没。他的绷带已经取下；只有一副形似背心的特制法兰绒护具包裹着他的躯体，而尽管它既紧密又厚实，却仍不能为他抵御阿尔迪斯那淬了毒的尖刺。"箭头"庄园。肉体之城堡①，肉体之厦。

他漫步在树影斑驳的草地上，黑色的睡袍及暗红色的晨衣让他感到有些过热了。一堵砖墙将他所在的花园与街道隔开，一条沥青车道蜿蜒通过不远处一座敞开的大门，伸向长条形的医院大楼主门。正当他准备回到躺椅上时，一辆漂亮的淡灰色四门轿车缓缓驶入并停在他面前。司机是个穿束腰外衣和马裤、上了年纪的男子，此刻后座门已飞快地打开，科朵拉未等司机扶她下来便如芭蕾舞者般奔向凡。他以狂热的欢迎姿态拥抱她，亲吻她绯红热辣的脸蛋儿，透过她的黑丝裙揉捏着她猫一样柔软的身体：多大的一个惊喜呀！

她从曼哈顿一路飞驰而来，时速达百公里，唯恐他已经离开了，尽管他说要明天才走。

"多好的想法！"他嚷道，"把我带回去，马上。是的，就现在这样子！"

"好的，"她说，"住到我的公寓里，有一间很漂亮的客房等着你。"

她真讨人喜欢——小科朵拉·德·普雷。不一会儿他便已

_____

① 原文为法语。

和她并排坐在汽车里，轿车向大门倒去。两个护士跑过来并向他们挥着手，司机用法语问女伯爵是否希望他停车。

"不，不，不！①"凡兴高采烈地喊道，于是他们绝尘而去。

科朵拉上气不接下气地说：

"我妈妈从马尔鲁日基诺给我打来电话，"（她们在美因州马尔布鲁克的房产）"当地报纸说你进行了一场决斗。你气色好极了，我真高兴。我知道肯定出了什么龌龊事情，因为小拉塞尔，普拉托诺夫医生的孙子——记得不？——从车窗里看见你在月台上揍了一个军官。不过，首先，凡，net, pozhaluysta, on nas vidit（不，拜托，他看着我们呢），我有个很坏的消息要告诉你。刚从雅尔塔飞回来的年轻的弗拉塞尔看见普雷在入侵的第二天便战死了，距离他们离开古得孙机场还不到一星期。他会亲口给你讲全部的经过，这事儿每转述一次就会加进来不少可怕的细节，弗拉塞尔可不爱添油加醋的，所以我想，他总能弄清楚真相。"

（比尔·弗拉塞尔，威灵顿·弗拉塞尔法官的儿子，幸运地躲在一条长满山茱萸和欧楂果的壕沟里，目睹了德·普雷的末日，但当然也没法去解救他们的这位排长，对于自己的无能为力，他在报告中列举了数条原因，不过若在此一一道来便显得冗余和尴尬了。在与哈札尔游击队的遭遇战中珀西大腿中了枪，这发生在楚伏特加莱——一处有重兵把守的石头山，

---

① 原文为法语。

美国部队将其音发作"屈福特卡尔"——附近的溪谷中。他立刻怀着厄运难逃者特有的快慰安抚自己，他只是受了皮肉伤。他向一片可以藏身的橡树和荆棘丛爬去，那儿还有一个伤员挺舒服地躺着，可是他刚行动，过量的失血便使他昏厥过去，谁遇到这情况都会昏厥的。两分钟后，当珀西——仍然是珀西·德·普雷伯爵——恢复知觉时，他不再是孤单一人躺在粗糙的砾石和乱草地上了。一位笑眯眯的鞑靼老者正蹲在他身旁，端着葡萄酱，穿着美国的蓝牛仔裤，显得很不协调，但倒也让珀西镇静了不少。"Bednïy, bednïy"[你这可怜的家伙，真可怜]，好心人咕哝着摇了摇差不多剃光的脑袋并叫道："Bol' no [伤着了吗]？"珀西用自己同样蹩脚的俄语说他感觉伤得不重。"Karasho, karasho ne bol' no [那好，那好]，"和善的老者说着拾起珀西丢下的自动手枪，他带着天真的愉悦端详了一会儿，接着一枪打在他的眉心上。人们想知道，总是很想知道，被执行枪决的人存在于两个时刻之间的短暂、稍纵即逝的印象，如同它们在那某个地方以某种方式保存在某个收藏关于临终思想缩微胶片的大型图书馆里。在眼下这个例子中，那便是存在于我们的朋友对那些和蔼的、类似印第安人的细小皱纹在与拉多尔没什么两样的静谧的天空之下冲他微笑的时刻，以及感觉到那钢铁之口野蛮地撬开柔嫩的皮肤穿透爆裂的骨骼的时刻之间。有人猜想，那或许像一套长笛组曲，一系列的乐章，比方说：我活着——那是谁？——平民——同情——饥渴——顶水罐的少女——那是我该死的枪——别呀——**等等**

等等，或者没有**等等**了。与此同时，那断了胳膊的比尔在惶恐之中向他的罗马神灵祈祷，求鞑靼人赶紧解决问题然后走人。可是—— 一定是——在那思想之隙中，一段无价的细节印象会闪现出来——或许就在那顶水罐的少女的身边——亮闪的一点、阴绰的一块、刺痛的一阵阿尔迪斯的印象。)

"好奇怪，好奇怪。"科朵拉说完后凡喃喃自语，科朵拉的讲述可比之后比尔·弗拉塞尔对凡说的简单多了。

真是奇怪的巧合！要么是爱达的毒咒起了作用，要么就是他，凡，通过与一个傀儡决斗而同时干掉了她那两个倒霉情人。

还有奇怪的是，在他听小科朵拉说话时，他并无什么特别的感受，只觉一种无动于衷的惊奇。说到柔情，这个认死理的奇怪的凡，奇怪的德蒙的儿子，此刻只想着尽可能快地带着人性和人情，如魔鬼般且驾轻就熟地享受科朵拉的乐趣，而非为一个不怎么认识的家伙的命运哀叹不已；而且尽管科朵拉的蓝眼睛里闪着泪光，但他很清楚她根本没怎么见过那位第二代表兄，实际上也很不喜欢他。

科朵拉吩咐埃德蒙："在那附近停靠① 叫什么来着，对了，'阿尔比翁'，男士商店②，在卢加。"凡不快地抗议起来。"你不能穿着睡衣回到文明世界，"她坚决地说，"我给你置办些衣服，同时埃德蒙可以喝杯咖啡。"

---

① 原文为法语。
② 原文为夹杂英语的法语。

她给他买了一条长裤和一件雨衣。他正在车里等得不耐烦呢，此刻他借口要试试新衣服，让她把车开到一个隐秘之处。与此同时埃德蒙——随他在哪里吧——喝着第二杯咖啡。

刚找到合适的地点，他便将科朵拉抱在了膝上，美美地享受了一番，科朵拉快活地尖叫不止，激动而满足。

"鲁莽的科朵拉哟，"鲁莽的科朵拉兴高采烈地说，"这大概意味着又要做一次流产了——又多了一个婴儿的亡灵[①] 308，我姨妈那可怜的女仆每次完事后都哭丧着脸这样说。我有没有说错话？"

"没有。"凡边说边温柔地亲吻她；他们驱车回了餐馆。

———————————

① 原文为法语。

43

凡在科朵拉位于曼哈顿亚历克西斯大街的公寓里疗养了一个月。她忠实地每周两三次去马尔布鲁克城堡看母亲，这个轻佻爱玩闹的小女子还参加城里各色社交"穿梭"，这些活动凡都并不陪护于左右；不过她还是取消了一些聚会，并决计避而不见其新近的相好（爱赶时髦的心理学专家 F.S. 弗拉塞尔博士，即 P．德·普雷手下那个走运的士兵的表兄）。凡，和父亲（正在对墨西哥温泉及奇趣作广泛研究）通了几次水话，并为他在城里办了几件事。他常常带科朵拉去吃法国菜，看英国电影，观赏瓦兰吉悲剧，这些都让他极为快意，因为她总是细细咂摸着每一口美食，每一啜美酒，每一句俏皮话，每一声抽泣。他倾心于她丝绒一样柔软、玫瑰一样红润的脸颊，装点得如节日般喜庆的眼睛里那湛蓝的虹膜，再配上靛黑浓密的睫毛拉长了眼角并使其上挑，勾出了时下流行的"小丑斜线"。

在一个周日，当科朵拉还懒洋洋地倚在洒了香水的浴缸里（可爱而新鲜得有些奇特的景致，他每天能欣赏到两次），"裸身的"（这是他的新情人给"赤裸"一词的诙谐雅称）凡在一个月的禁制之后第一次尝试着倒立行走。他感到强健有力，在阳光普照的露台中央愉快地翻身做了"第一式"。接着他背部着地伸展开四肢。他试着再做一次但立刻失去了平衡。他有种可怕的感觉——虽然是幻觉——他的左胳膊如今比右胳膊短了，凡怏怏地寻思，以后是否还能再以手起舞了。金·温警告过他，两三个月不练习，这门稀罕的技艺恐怕就找不回来了。在同一天（这两件不愉快的小事因而永远在他脑海里联系在了一起），凡无意中接了一次水话—— 一个低沉而空洞的声音，他以为是个男的要找科朵拉，却发现原来是她过去的女同学。科朵拉装得喜出望外，同时就着话筒向凡挤眉弄眼，并编出一连串不能自圆其说的约会。

"是个讨厌的姑娘！"她在柔声道了别之后嚷道，"她名叫万达·布鲁姆，我最近才得知当年在学校里从没怀疑过的事情——她是个不折不扣的女同性恋——可怜的格雷丝·埃尔米宁告诉我，万达以前常常找她以及另外一个女孩子调情。这里有她的一张照片。"科朵拉迅速变换了声调继续说道，同时取出一本装帧讲究、印刷精美的一八八七年春毕业签名册，凡在阿尔迪斯看见过，但并不曾注意到那个女孩浓眉大眼阴郁忧伤的面庞，而现在也无所谓了，并且科朵拉也很快啪地将书册合上放回到抽屉里；不过他记得很清楚，在各式各样多少有些卖弄风情的同学寄语中，有爱达·维恩的一首混合诗，巧妙地效仿了托尔斯泰的行文韵律及章节结束的方式；他在脑海里清楚地看见她在整洁的玉照之下添上了个性十足的韵律诗：

在那古屋里，我嘲弄过

每一处走廊每一间房

"箭头"庄园的蓝花楹

　　超脱凡尘而怒放。

　　无所谓，无所谓。毁掉吧，忘记吧！然而公园里的一只蝴蝶，商店橱窗里的一盆兰花，都会在内心的一片炫目的绝望的冲击下将一切重新激活。

　　他把对学问的勤勉探索主要放在了那座有高大的花岗岩廊柱的公共图书馆里，这是一座华美而庄重的殿堂，离科朵拉舒适的公寓只隔几个街区。年轻的作家写着自己的处女作，那些奇异的渴求和恼人的疑惑，都卷进了伴随着写作而来的种种纷繁的迷狂之中，人们不由自主地将其与怀胎生育作对比。凡本来还处于新婚燕尔的阶段；接着，若要发挥这一隐喻的话，便是在凌乱的卧车车厢里失去了贞操；然后是首次阳台上的蜜月早餐，还有出现的第一只胡蜂。科朵拉无论如何都不能与作家的缪斯女神相提并论，但到了傍晚时分，在踱向她住处的路上，他满心欢喜地浸润在落日的余晖与写作的余思之中，同时期待着她的爱抚；他尤其盼望这些日子里由"摩纳哥"外送的精致晚餐，那是一家很不错的馆子，就在这栋高耸的公寓楼一、二层之间的夹层之中，而她的豪宅及其宽敞的露台便坐落于楼顶。他偶尔也会陪伴他那总是焦躁不安风风火火的父亲，在城里过上几天团聚的日子，下学期到乔斯上课之前还将在巴黎度过两周，而比起这些，他们此刻微不足道的家常带给他的安全感要多得多。除了闲聊——轻淡如丝的闲聊——科朵拉并无多少言谈，而这对他是好事。她很快就出于本能地意识到，她绝不应提及爱达或是阿尔迪斯。而他呢，也接受了显而易见的事实，即她并非真正爱他。她的躯体娇小、光洁、柔软、丰满、圆润，抚摸起来极为可人，而她也坦然地折服于他做爱时的花样和活力，这反过来滋养了可怜的凡所残存的质朴的男性自尊。在亲吻爱抚的间隙里，她就打着瞌睡。当他无法入眠时——现在已时有发生——他便退到起居室，给他所阅读的作家写评注，或是到露台上，在朦胧的星光下来回踱步，将自己严格地困于深深的冥想之中，直到第一辆电车，带着刺耳尖利的隆隆声从晨曦微露的城市深渊驶出来。

九月初凡·维恩离开曼哈顿去鲁特时，他已经怀了孕[①][309]。

___

① 福楼拜的《包法利夫人》第一卷最后一章的结尾："等到他们三月份离开托特的时候，包法利夫人已经怀了孕。"作者本人的解释，参见尾注。

第二部

1

在古得孙机场风格老旧的候机室里，凡从其中一面边框镀金的镜子里瞥见了父亲的大礼帽。父亲正坐在一张仿大理石木扶手椅里等着他，脸藏在报纸后面，报上有倒写的标题："克里米亚有条件投降"。与此同时，一个穿雨衣、面色愉快且粉红如肥猪的男子上来与凡搭话。他代表了一家叫做VPL的知名跨国机构，专事处理"非常私人的信件"。[①]最初的惊愕过后，凡醒悟道，在一八五九这样邪恶的年头里，如此收费一流、服务也一流的邮递方式，保证了绝对的、无论酷刑还是催眠都无法撬开的隐私，而爱达·维恩——他近期的一个女人——采用这样的传信途径也是再聪明不过了（适用于该词的所有意义[②]）。有传言称，甚至甘梅利尔在去巴黎（去得没以前勤了，唉）的路上，金·维克多频繁访问古巴或赫卡柏[③]期间，当然还有法国派来的总督、精力充沛的戈阿勋爵在遍游加拿第时，都偏爱VPL极端谨慎乃至令人生畏的可靠性，这些肉体上如狼似虎的权贵们在欺瞒内室时并不信任他们本可以支配的官方邮政。眼前这位信使自称詹姆斯·琼斯，这个毫无内涵的公式化名称用作化名非常合适，尽管这碰巧还是他的真名。镜子里开始有了窸窸窣窣的动静，可是凡并不想仓促行事。为了争取时间（因为，当他看到印在另外一张卡片上的爱达的纹章图饰时，他感到必须要先决定是否接受她的信），他仔细检验了 J. J. 以无可厚非的骄傲向他出示的类似红桃 A 图案的徽章。他请凡打开信，让他鉴定信的真实性并在卡片上签名，之后这个侦探般的邮差便将卡片深藏在贴身密袋里。凡父亲（为飞赴法国而披了一件镶红丝绸的黑色短斗篷）的欢呼声和不耐终于让凡中断了与詹姆斯的对话，并将信收在了衣袋里（在登机前的几分钟，他在洗手间里读了信）。

"股票大涨，"德蒙说，"我们的领土之战打赢了，等等。比萨拉比亚④州长将由美国人担任，是我的朋友贝斯波若多克，而管辖亚美尼亚的则是英国人阿姆博洛夫。我看见你和你那位小女伯爵在停车场缠在一起来着。你如果娶了她我就剥夺你的继承权。那号人可比我们低一个档次。"

"再过两年我就拥有自己小小的百万家产了，"凡说（他指的是阿卡留给他的遗产），"不过你不必担心，先生，我们现在已中断了恋爱关系——在下次我回来住进她的闺房⑤之前（那

---

① Very Private Letters，其首字母缩写正是 VPL。

② 这个词即 smart，作为形容词有多重意义：巧妙的，聪明的，漂亮的，潇洒的，刺痛的，剧烈的，厉害的，敏捷的。

③ Hecuba，该词原指《荷马史诗·伊利亚特》中普里阿摩斯的妻子，赫克托耳、帕里斯和卡桑德拉的母亲。

④ Bessarabia，欧洲东部德涅斯特河、普鲁特河、多瑙河以及黑海环绕的三角地带。该地区作为俄罗斯通向多瑙河河谷的通路，几世纪来一直是亚洲到欧洲的入侵之路，1812 年成为俄国的一部分，但 1918 年宣布独立，后通过投票与罗马尼亚联合，1940 年被迫退出罗马尼亚加盟苏联。

⑤ 原文为 girlinière，应为作者杜撰的英语和法语的混合词。

是个加拿第俚语）。"

德蒙很想让凡告诉自己，他或那位小娘们儿[①][310] 是否和警察有了过节，好显示一下自己的能耐（同时他向那个叫吉姆还是约翰的点了点头，后者因为还有别的信要送，正坐在那里，一边翻着"比萨–亚美尼亚通奸罪"报道，一边四处瞥望着）。

"小娘们儿。"凡答道，他像罗马的拉比袒护巴拉巴[②]那样，决计以沉默避而不答。

"为什么穿灰色的？"德蒙问，他指的是凡的大衣，"为什么穿这种部队样式的？现在参军太迟了。"

"我当不上兵的——征兵局无论如何都不会要我。"

"伤口怎样？"

"马马虎虎[311]。看起来卡卢加诺外科医生的活儿做得可真赖。缝合线处红彤彤的还疼得很，而且腋窝里好没来由地肿起一块。看来还要做一次手术——这次到伦敦做，那里屠夫的刀工也比这个强许多。这哪儿有小地方[③][312]？哦，我看见了。很巧妙啊（一扇门上绘有一只龙胆根，另一扇上则为一株桦叶蹄盖蕨：得查一查植物标本集）。"

他没有回信，两周之后约翰·詹姆斯以德国游客的身份——穿了一身仿斜纹软格子呢衣服——递给了凡第二封信，

---

① 原文为法语。

② Barabbas，《圣经》所载一犹太死囚名，经祭司长等怂恿，民众要求赦免此人而处死耶稣。

③ 原文为 mestechko，用拉丁字母转写的俄语，此处应为"洗手间"的委婉语。

那会儿凡在卢浮宫，正好站在博斯的《醉舟》[①][313]前，就是那幅小丑在帆桅之间醉饮的画（可怜的丹还以为与布兰特的那首讽刺诗[②]有联系呢！）。不会有答复的——尽管诚实的信使告诉他，此信已付了回复的费用。

天正下着雪，然而当詹姆斯站在乔斯附近的兰塔河畔凡的度假小屋[③]门前，带着讳莫如深的自在神情，用第三封信给自己扇风时，凡请他别再带信来了。

在接下来的两年里，他在伦敦又接到了两封信，都是在阿尔巴尼亚宫廷酒店，送信的是另一位 VPL 邮差。谦逊而敏感的吉姆认为，这位戴硬顶圆礼帽的老绅士，其按部就班、就事论事的脾性，与罗马式的私家侦探比起来，不太会惹怒凡·维恩先生。第六封信是通过平邮寄到公园道的。以下便是这些信的内容（最后一份除外，它只谈了爱达在舞台与银幕上的闯荡经历）。爱达漏掉了日期，但大抵都能推算排列出来。

[一八八八年九月初，洛杉矶]

你得原谅我，用密信这种奢侈的（同时也是庸俗的[④][314]）方式找到你，可是我找不到更安全的联络服务了。

---

①　博斯指希罗尼穆斯·博斯（Hieronymus Bosch，1450—1516），荷兰画家，这里借用了法国诗人兰波的诗名《醉舟》（*Bàteau Ivre*）。
②　指德国诗人塞巴斯蒂安·布兰特（Sebastian Brant，1457—1521）及其作品《愚人船》。
③　原文为法语。
④　原文为 poshïy，用拉丁字母转写的俄语。该词与上文的"奢侈的"（posh）构成头韵。

当我说我无法言语，只能书写时，我的意思是我无法在仓促间表达得很贴切。我恳求你。我感到自己不能用言辞以必要的顺序将意思说出来并组织好。我恳求你。我感到用错了一个词或是用错了地方，都是致命的，你就会一走了之，就像先前那样，一而再再而三地扬长而去。我恳求你给我片刻的理解。不过现在我想，我是应该冒险一言的，哪怕是结结巴巴的，因为现在我明白，将我的心意与荣誉诉诸文字，同样也艰难无比——或许更难，因为说话的时候还可以用口吃来掩饰，还能以含糊其词来侥幸过关，就像一只流血的野兔，嘴的一边被打飞或打烂，但还是能慢慢好转；可是面对着雪白的底色，甚至是这种雪白泛青的信笺，铸成的错误都是血红而无可更改的。我恳求你。

有一点我要再次申明且永不收回。我过去、现在和将来，都只爱你一个。我怀着永远的痛苦和热忱恳求你，爱着你，我亲爱的。Ti tut stoyal（你曾在这里），在这商队驿站①，你总是一切的中心，不是吗？那时我肯定才七八岁。

[一八八八年九月中，洛杉矶]

这是 iz ada（来自地狱）的第二声呼号。很奇怪，我在同一天，分别从三个来源得知了你在卡卢加诺的决斗，珀西的死讯，以及你在他表妹（她和我以前把表亲叫作"congs"）家

---

① 原文为 karavansaray，即 caravanserai，指商队驿站。

里疗养。我和她通了话，可她说你已去了巴黎，而拉克也死了——并非如我曾经猜测的那样是由于你的缘故，而是由于他妻子。严格地依据事实说，无论他还是珀西都不是我的情人，不过两人如今都在"地界"了，所以也无所谓了。

[一八八九年，洛杉矶]

我们仍然待在那家糖果粉及香蕉绿色的旅馆里，你和你父亲以前曾住过。顺便说一句，他对我好极了。我很喜欢跟他出去逛。他和我去内华达（这可是押了我名字的韵①）赌过一把，不过你也在那儿，还有旧俄国的那条传奇的河。是的 ³¹⁵。哦，写信给我吧，哪怕片言只语，我在多么卖力地讨好你！还想听听更多（让人绝望的）小话题吗？玛丽娜请来的有艺术良知的导演将"无限"定义为能在摄像镜头前清晰对焦的最远点。导演指定她演那个聋修女瓦尔瓦拉（从某些意义上说，这是契诃夫的《四姐妹》中最有意思的角色）。她恪守斯坦的准则，即在生活中学以致用、如临其境，因而即便在旅馆餐厅里也兢兢业业，喝茶时 v prikusku（"吸吮间咬着糖块"），并以瓦尔瓦拉那种古怪的伴装出来的愚蠢装作误解所有的问题——双倍地纠缠不清，让那儿的生客很恼火，但让我比在阿尔迪斯时更加感受到我是她的女儿。总的说来她在这儿风头十足。他们在大学城给了她一间别致的平房（恐怕不完全是免费的），贴有"玛

----

① 内华达的英文名为 Nevada。

丽娜·杜尔曼诺娃"的标志。我呢，我只不过跑跑龙套，在四流的西部片里扮演女招待，在拍着桌子的醉汉之间扭着臀部，不过我倒是喜欢豪赛[1]的气氛，忠实的艺术，蜿蜒的山路，街道的重建，一定要去看的广场，华丽的木质外立面上挂的紫红色商店招牌。中午时分，身着各个时代装束的临时演员们纷纷在一间玻璃话亭前排起了队，可我却找不到人诉说。

　　说到通话，我有一天晚上和德蒙去看了一部真正精彩的研究鸟类的片子。我从没认识到古热带太阳鸟（去查一下！）是新世界蜂雀的"模拟型"，哦，我亲爱的，我的思想是你的思想的模拟型。我知道，我知道的！我甚至知道你已不再像过去那样"贪婪"阅读了。

[一八九○年，加利福尼亚州？]

　　我只爱你，只有在有你的梦里我才感到高兴，你是我的欢乐我的世界，这如同知晓一个人是否活着一样确切与真实，可是……哦，我不怪你！——可是，凡，你在我们还是孩子时，放纵了我体内某种疯狂的东西，一种肉体的渴求，贪得无厌的欲望，这你是要负责的（或者说，命运之神通过你而为此负责，其实是一回事[2] 316 ）。你所擦出的火花在我身体最软弱、最邪恶而柔嫩之处留下了烙印。此刻我不得不为你过猛过早抓出的血红痕迹而付出代价，一如焦黑的木炭得为燃烧付出代价。

---

① 　Houssaie，指好莱坞，见第三十九章注。
② 　原文为法语。

在没有你的爱抚而苟活的日子里，我完全失去了对神经官能的控制，除摩擦的快感、你的刺螫所产生的持久效力、你那美味的毒液之外，其他的存在都不重要。我不怪你，可这就是我渴望陌生肉体的冲击且对之难以抵御的缘由；这就是我们共同的过去散播着无尽的诱惑的涟漪的缘由。对于这一切，你尽可把我当作一个病入膏肓的色情狂来加以诊断，可是还不止于此，因为有一种可以治愈我所有病痛[①] [317] 和**剧痛**的简单疗法，那就是一种猩红色植物子衣 [318] 的提取物——红豆杉的果肉，只能是红豆杉。我认识到[②]，正如你那可爱的灰姑娘德·托弗[③]（现在是特罗菲姆·法尔图科夫夫人了）曾说过的，我是既风骚又淫秽。可这导致了一个多么多么重大的提示！凡，我现在濒于[④]（又是布兰奇的高见）一场讨厌的爱情历险。你可以立刻拯救我。用你能够租到的最快的飞行器直奔埃尔·帕索，你的爱达将在那儿等你，像疯子一样招着手，我们将乘着"新世界快车"，住在我订的套房车厢里继续我们的旅程，去巴塔哥尼亚火热的南端，格兰特船长的合恩角，去韦尔纳的别墅，我的宝石，我的苦痛 [319]。给我拍一封无线电报，只需一个俄语词——我名字的最后一个字足矣。

［一八九〇年，夏季，亚利桑那］

　　使得我接近拉克（现在音乐评论家们"终于"发现他了）

---

① ② ④ 　原文为法语。

③ 　布兰奇出生的村庄叫托弗扬卡（Torfyanka）。

的只有怜悯，一个俄罗斯女孩的怜悯[①]。他很清楚自己命不久矣，事实上在大多数时候都如行尸走肉一般，我发誓没有一次发生过那种事，甚至当我出于同情而直接表露出不会抗拒的时候，因为，唉，你不在阿尔迪斯而我又血气太旺，我甚至想过花钱让粗鲁的年轻农夫为我服务，越粗鲁越好。至于珀西，我可以解释的是，我之所以顺从他的亲吻（先是温柔而又平淡的，后来变得相当老辣，最后当他回到我的嘴上来时全都散发着我的体味——于是恶性循环开始了，一八八八年在萨吉理安[②]的事儿）是因为如果我不理会他，他就会把我和我表兄的好事泄露给我妈妈。他真说过能找到证人，比如你的布兰奇的妹妹，还有一个小马倌，我很怀疑他是托博家三姐妹中的老幺扮的，都是些巫婆——不过这也够了。凡，我满可以将这些威胁大加渲染，来解释我的行为。我很自然地可以不提其中的嘲弄口气，这与真正的敲诈者的做法并不相符。我也不会说即便他继续收买匿名的报信者或告密人，当他的意图和行动被发现时——迟早肯定会的——自身也会身败名裂。总而言之，我完全可以隐瞒不说我知道的情况，即那粗鲁的玩笑话只是为了钻开你可怜而脆弱的爱达——因为尽管他很粗鄙，却具有很强的荣誉感，虽然这在你我听来很古怪。不。我可以着重强调那威胁的效果，尤其是对于我，我情愿屈从任何丑行，而不想面对

---

① 原文为用拉丁字母转写的俄语。

② Thargelion，托尔金（J.R.R.Tolkien，1892—1973）的小说的中土大陆，是贝尔兰（Beleriand）的一个地区。

哪怕一丁点儿泄露我俩关系的预兆，因为（而无论他还是向他通风报信的人当然都蒙在鼓里），虽说一个遵纪守法的家族会对亲表兄妹恋震惊无比，但我仍然不敢想象（正如你和我经常想象的），玛丽娜和德蒙会对"我们的"情况作出怎样的反应。从我措辞的犹疑不定、欲言又止来看，你会明白我无法合乎逻辑地解释我的行为。我不否认我在指派他一个危险的角色的过程中经历了不同寻常的软弱，仿佛他那野兽般的情欲不仅让我好奇的感官神魂颠倒，也打动了我并不很情愿的理性。然而，我可以发誓，爱达可以郑重发誓，在我们的"林间幽会"期间，在你回阿尔迪斯之前和之后，我就算没有避免被沾染，至少也抵御住了他的强占——只有这么糟糕的一回，他以暴力几乎拿下了我——这个激情过了头的死人。

我是在玛丽娜的牧场给你写信的——距阿卡离世的那座干谷并不远，我觉得自己有朝一日也会游荡其中。眼下，我正要回"香蕉宫酒店"。

向听者致敬。

当凡在一九四〇年从瑞士的银行保险箱里取出这五封——扎在一起不算厚重，每封都装在 VPL 粉红的丝纸套里——沉睡了正好半个世纪的信时，他为其数量之少而大惑不解。先行流逝的岁月的延展与记忆之树的丰茂生长，已将信的数量夸大到了至少五十封。他回忆道，他也曾用自己位于公园道的工作室里的书桌来收藏这些信，可他知道那里只存放了六封写于一八九一年的无关紧要的信（关于戏剧之梦的），一九一九年这无法替代的小小豪宅毁于一炬时，那六封信也就连同她（一八八四年至一八八八年间）的编码便条一起灰飞烟灭了。有传言说这大火得归咎于市参议员（三个大胡子老头和一个蓝眼睛的年轻市长，其前齿数量令人叹为观止），他们再也无法按捺对这块地的热望，无法忍受这坚固而低矮的房子占据了两座条纹大理石巨厦之间的空地；可是凡并没有如他们所期望的将这块焦黑的地卖掉，而是欣然建起了他那座很有名气的"露辛达之居"——一座仅两层的微型博物馆，一层收藏全球（也包括了鞑靼）所有公共及私人艺廊里的画作的微缩照片，其藏品数量还在不断增长；另一层则呈现为蜂窝状的投影单元隔间。这是一座帕罗斯大理石砌的、极赏心悦目的纪念馆，凡请了相当多的人手来管理，还有三位全副武装的壮汉守卫，只在周一向公众开放，不论来者年龄与地位，只象征性地收取一个金元。

无疑，这些信件在回忆中的异常衍生可以解释为，每一封都如同月球火山一样投射下令他饱受折磨的阴影，在他的生活中数月都挥之不去，只有在心中萌生对下一封信的预期时那阴影才会缩成一点，而这新的预期也并不能为他减轻丝毫的苦痛。不过多年以后，在写作《时间的肌理》之际，凡在这一现象中发现了新的证据，可以揭示与真实时间发生关联的是诸种事件当中的间隙，并非其"经过"，并非其相互混合，并非其遮掩了间隙，而滴水不漏的时间之肌理正是在这些间隙中滋生的。

　　他告诉自己得坚决，要默默忍受。自尊心得到了满足；垂死的决斗者在死亡中自得其乐，其苟活的对手永不能及。然而我们不应该责怪凡最终未能坚持己见，因为不难理解，为何这第七封信（由爱达及他的同父异母妹妹于一八九二年在金斯顿交给他）最终让他屈从。因为他知道它是这一连串书信中的最后一封了。因为它来自阿尔迪斯血红的枫树① 林。因为读圣贤书的这四年，等同于他们第一次分别的时间。因为卢塞特一反所有的理性和意愿，竟成了他们的理想傧相。

_____

① 原文为法语。

2

爱达的信会呼吸，会扭动，会生活；凡的《地界来信》，一本"哲学小说"，则是死气沉沉。

（我不同意，这是本很好很不错的小书！爱达的旁注。）

可以说这原本是无心之作，他无意在文坛留名。反过来使用化名也未见得有多痛快——不如以手起舞时的愉悦。尽管当看见客厅里摇扇闲聊的女宾时，"凡的凡心"便时常躁动起来，但这一回他骄傲的蓝色羽翅始终收拢着。那么，是什么促使他构思了这样一篇浪漫故事，还是围绕着一个让所有的"星际鼠"和"空中王牌"都伤透脑筋的主题呢？我们——无论"我们"是谁——或许可以将此冲动定义为一种愉快的迫切欲望，即通过语言形象来表达精神病人那种难以名状的相互关联的反常行为，这是他头一年在乔斯断断续续所观察到的。凡对疯子的热情，就像有的人对于蜘蛛类节肢动物或兰花的喜好。

在描述美丽的"地界"与我们丑恶的"反地界"之间的交通往来时需要什么样的技术细节呢？对此，他完全有理由不闻不问。他的物理学、机械论之类的知识仅限于学前班黑板上的涂鸦。他安慰自己道，在美国或英国，绝没有哪个审查员会提及哪怕一丁点儿那些"磁性"的便宜货色。他不动声色地借用了他的那些最伟大的先驱（比方说康特斯通）所假想的载人舱推进设备，其中就有高明的设想，即以几千英里的时速为起始，在同属星系之间的媒质环境影响下加速到每秒数万亿光年，然后毫发无损地骤然转为降落伞似的懒洋洋的着陆。如果要用非理性的虚情假意再重新复述一遍，那么一切"西拉诺妮娜"[①] [320] 式的爱情以及"物理学虚构"就不但枯燥乏味，还荒谬至极，因为谁也不知道"地界"或是其他不计其数、有着村庄和牛群的行星位于多么遥远的外太空或内太空：说"内太空"乃是因为，我们何不假定它们在微观宇宙中的存在呢？就像在这支莫埃长笛里迅捷上升的金色水珠，或是我，凡·维恩——

（或者我的爱达·维恩的）

——血流里的血球，或者是奈克图[321]先生[②]新近在奈克脱或奈克顿被挑破的一颗熟脓包里的一滴脓液。再者，尽管图书馆架上的参考书多得简直不必要且也能借阅，谢提格尼、耶茨及佐托夫[③]（笔名）等人的著作却要么遭禁，要么遭焚，这三位宇宙学家在半个世纪前便不顾一切地全面启动了研究计划，导

---

① 即西拉诺。法国 17 世纪的作家、军人西拉诺·德·贝拉热克（Cyrane de Bergerac, 1619—1655），是个长着大鼻子、文笔幽默老辣之人，曾撰有讲述太空旅行的《月亮帝国滑稽故事》。法国 19 世纪剧作家埃德蒙·罗斯唐（Edmond Rostand, 1868—1918）根据此人事迹写出《西拉诺》一剧，剧中将西拉诺（俗称"大鼻子情圣"）塑造成爱情理想主义者的典范。

② Mr. Nekto，其中 Nekto 在俄语中意为"奇幻之旅"。

③ 谢提格尼、耶茨及佐托夫，Xertigny, Yates and Zotov，其开首字母正好分别为 X、Y、Z，因而下文有此简称。

致并认可了恐慌、疯狂以及该诅咒的中篇小说[322]。三位科学家现都已销声匿迹：X自杀了；Y被一洗衣工绑架到鞑靼去了；而Z呢，他是个红脸膛白胡子的老伙计，在牢里僻里帕啦地念念有词但谁也听不懂，孜孜不倦地发明各种隐形墨水、研究变色现象、神经信号、外溢光的螺旋构造、模仿手枪射击及警笛的腹语特征，而这些简直要把看押他的雅吉瓦狱卒逼疯了。

可怜的凡！他努力要严格地将"地界"来信的作者与爱达的形象区分开来，为此他粉饰、包装了特里萨，使之成为一个十足的凡俗女子。这位特里萨用她的信将我们这个很容易神魂颠倒的星球上一个科学家引得神魂颠倒了，他的名字西格·雷曼斯基似是由凡通过将阿卡最后的治疗医生的名字颠倒了字母顺序而构成[①][323]。当雷曼斯基的痴迷转变为爱情，当读者的同情心集中在了这位负心郎妩媚而忧郁的妻子（娘家名是安蒂拉·格伦穆斯）身上时，我们的作者又得愁肠百结地将安蒂拉身上所有爱达的痕迹统统抹去，于是好端端的女子失去了一头天生黑发，成了另一个木偶式的人物。

特里萨从她的星球上向西格频送秋波，然后还飞来找他，而他不得不在实验室里将她置于高倍显微镜下的载玻片上，以看清楚这位虽渺小却也体态完美的情人，一位精致的微生尤物，对着他硕大而湿润的眼睛伸展着自己透明的肢体。雷曼教授（此时他已将自己的名字截短了）将特里萨装在试管（千万

---

① 西格·雷曼斯基，Sig Leymanski，其中的 Leyman 与 layman（外行）谐音。

别和睾丸、兰花混淆）里①，让她像微型美人鱼一样游弋，可是，唉，他的助手弗洛拉"意外"地将试管扔掉了。弗洛拉原本也是肤色白如象牙、秀发浓黑如墨的蛇蝎美人，却被作者及时改成了第三个平庸的、长着暗褐色卷发的木偶人。

（安蒂拉后来夺回了丈夫，而弗洛拉则被淘汰出局。爱达的附录。）

在"地界"，特里萨曾是一家美国杂志的流动记者，凡因此得以有机会描述这颗兄弟星球上的政治面貌，这对他而言毫不费力，只需将关于他病人的"超验精神狂乱"研究报告下功夫整理拼合起来就行。该术语发音效果很差，挺不错的名字报出来就变得含糊不清，杂乱的历法颠倒了事件顺序，不过总体而言，那些着色的圆点还是构成了某种风水图。正如早先的试验所推测的，我们的编年史在沿时间之桥前行时，晚了"地界"历史约半个世纪，但与之相比，我们某些如暗潮涌动的风尚却并不落后。在讲述我们这个令人扼腕的故事时，"地界"上的英国国王——也叫乔治（显然，在他之前至少还有半打国王负此英名）——统治着一个帝国，或者说刚刚失去对它的统治。与我们"反地界"那片铁板一块的疆土比起来，该帝国显得有些零散，在不列颠群岛与南非之间夹杂着异国的空白和斑点。西欧的情形尤其不同："地界"的法国自十八世纪差

---

① 睾丸，原文为 testiculus，是睾丸（testicle）的拉丁语词源；兰花（orchid）一词源自拉丁语 orchis，后者原有"睾丸"之意，缘其根如睾丸状，而作者将前文的"试管"（test tube）拼成了拉丁化、与 testiculus 形似的 testibulus。

不多以不流血的革命推翻卡佩王朝并赶走所有入侵者之后，在两个皇帝以及多位资产阶级总统的治理下国力蒸蒸日上，其中现任总统杜美喜就很招人喜欢，比鲁特总督米洛尔·戈阿要强很多！在东边则有一个超级强大的俄罗斯管辖着伏尔加地区及类似流域，统治者并非索索可汗及其残暴的苏维埃纳姆汗国，而是"愿望共和体主权社会"①（大概如此），它取代了曾征服了鞑靼及 Trst ② 的沙皇。最后，但也同样重要的一点是，"未来王阿陶夫"③——穿着笔挺制服的金发巨人、无数英国贵族的秘密偶像、法国警察部队的名誉统帅、俄罗斯及罗马的友善同盟，据称要将中看不中用的德国改造为一个伟大的国家，该国将拥有高速路、完美战士、铜管军乐队，还有为不识时务者及其子女准备的现代化营地。

无疑，这些由我们的"地界学者"（凡的同事们的绰号）所收集的信息大多经过了添油加醋；不过那种美好幸福的语气可说是一以贯之的。而该小说的目的则是揭示"地界"的欺诈，那儿并非处处天堂，或许在某些方面，人的精神和肉体在这颗兄弟星球上所经受的折磨更甚于我们这坏透了的"魔亚"。在先前的来信中——那还是在她离开"地界"之前，特里萨对

---

① Sovereign Society of Solicitous Republics，从其简称（SSSR）看似影射苏联（USSR）。

② 这个没有元音的地名疑为斯洛文尼亚语，指 Trieste，该地区很长时间是被奥地利占据的，二战后曾被联合国托管，后来北部划归南斯拉夫，一般译为"的里雅斯特"。

③ Athaulf the Future，从名字看似影射阿道夫·希特勒（Adolf Hitler，1889—1945）。

"地界"的统治者们——尤其是俄罗斯和德国的——尽是溢美之词。而之后到了太空，她便承认自己是夸大其词了；她实际上沦为了"泛宇宣传"的工具——如此坦白是需要勇气的，因为"地界"特工要是截获了她的坦白音波——该音波现在大多是单向扩散的，朝向我们的，至于传播途径及原理还是别问凡了——便会拽她回去或是在空中将她摧毁。遗憾的是，他既不懂机械论，也很难说对道德论在行，我们在这里轻描淡写的几句话，可费了他两百页来展开、修改。我们别忘了他只有二十岁，而且他那年轻骄傲的灵魂正在忧伤地彷徨；别忘了他读了太多的书，创作的却少之又少，而在科朵拉的露台上初次升腾起的写书欲望，那灿烂的狂想，此刻正在审慎的指引下退却，就像中世纪从中国返回的探险家怯于向威尼斯修士或佛兰德斯的庸俗之辈披露文明古国的奇迹。

他在乔斯花了两个月时间工工整整地将原本的涂鸦之作誊写下来，接着又大幅修改了结论，于是最终的手稿看起来和初稿也没什么两样。他将稿子带到贝德福德[1]一家名不见经传的出版社，吩咐其秘密地打印一式三份。而在搭乘吉尼维尔女王号回美国途中，他又将文字改得惨不忍睹。到了曼哈顿不得不再重排了两次，不仅因为他又作了新的修改，还由于里面各种古里古怪的校对符号。

《地界来信》，伏提曼德[2]著，于一八九一年凡二十一岁生

---

[1] Bedford，英格兰中部贝德福德郡首府。

[2] Voltemand，为《哈姆雷特》中一个侍从的名字。

日之际问世，其出版商是伪造的：曼哈顿的"阿本赛雷奇"和伦敦的"赛格里斯"。[①] 324

（那时假如我碰巧看到一本，我会认得出夏多布里昂的小爪子[②]的，那么也就能知道是出自你的小爪子了——立刻认出。）

他的新律师格罗姆韦尔先生——这个漂亮的花卉姓氏[③]与其天真的眼神和金色的胡子挺般配——是伟大的格龙布切夫斯基的侄子，而前者也在过去三十年左右的时间里精心打理着德蒙的部分事务。格罗姆韦尔对凡的个人资产同样呵护得无微不至，不过他对出书这一行当里的错综复杂却缺乏经验，凡则更是一窍不通，比如他不懂"评阅样书"是要送给各类期刊编辑的，而广告是要购买的，别指望它会自动生成一整页出现在"爱小姐"的《神魂颠倒》和"公爵先生"的《吹牛客》的推介广告之间。

格罗姆韦尔先生以不薄的薪水委派一位叫格温的部下作为代表，一方面服务于凡，另一方面负责将印好的书的一半提供给曼哈顿的书店，与此同时她在英国的一位旧爱则要把其余的送到伦敦的书店。为他卖书的人是出于好心，却连十美元左右的印书成本价都拿不到，这在凡看来既不公平又不合乎逻辑。

---

① "阿本赛雷奇"、"赛格里斯"（Abencerage, Zegris），为夏多布里昂的小说《阿邦赛琪拉末代王孙的奇遇》（Les Aventures du dernier Abencerage）中两个相互冲突的格拉纳达部落。

② 原文为 lapochka，用拉丁字母转写的俄语，原意为"小爪子"，还可以翻译为美人儿、宝贝儿。

③ Gromwell，小写则为紫草属植物（尤指药用紫草）。

那些拿着很低的工资、疲于奔命、裸露着胳膊、黑发白肤的女店员们不遗余力地用他的书招徕面色阴沉的同性恋者（"一本奇书啊，讲一位叫'土地'①的女子的"）。因而当合作伙伴们于一八九二年二月交给他一份关于销售情况的认真仔细的研究报告时，他感到很过意不去：十二个月只卖了六本——英国两本，美国四本。从统计学上讲，不可能指望会有书评，因为与可怜的"地界"的通信往来毫无官方保障。然而说也奇怪，真有两篇出现了。一篇由"首席小丑"发表在《艾尔西诺》——一家著名的伦敦周刊上，作者用伦敦记者钟爱的文字把戏给文章定名为"低级趣味②，一八九一"，评述该年度的"空间浪漫故事"，这类题材其时刚刚渐入佳境。他嗅出伏提曼德的书可是上乘之作，称之为（唉，不无正确）"一部洋洋洒洒、陈腐、乏味、晦涩的寓言，倒也有精彩绝伦的隐喻，否则整个故事便乏善足陈"。

唯独的另一篇对可怜的伏提曼德不吝褒奖的评论发表在曼哈顿的一本小杂志（《村庄之眉》）上，作者是诗人马克斯·米施派尔（也是个植物学名称——在英语中即为"欧楂"③），执教于格鲁巴大学德语系。米施派尔先生一向喜欢卖弄对作家的熟悉，他从《地界来信》里辨析出若干人的影响，包括奥

---

① 即 Terra（别处译为"地界"）。

② 原文为 Terre à terre，法语，其中 terre（土地）显然与 Terra（"地界"）构成双关。

③ medlar，前文"米施派尔"拼法为 Mispel，为德语。

斯伯格（西班牙作家，以善写童话和神秘主义兼寓言性的轶闻自居，颇受那些没见识的文论家追捧）的影响，以及一位伤风败俗、讲述字谜梦的古代阿拉伯人，德·鲁上尉将其音译为本·西林，其依据是伯顿对纳夫扎伊的改编，后者论及了与肥胖或驼背女人交媾的最佳方式（《芳香园》，黑豹版，第一百八十七页，凡·维恩男爵九十三岁时，他那下流的医生拉格斯教授给了他一本）。他最后评论道："假如伏提曼德（或伏梯曼德或曼达拉托夫）先生是一位精神病医师的话——我想他或许是的——那么我欣赏他的才华的同时也很同情他的病人。"

走投无路之下，格温——胖乎乎的小个儿婊子[①] 325（天性使然，而非职业所致），悄悄向她的一个新欢坦白说，那篇评论是在她的央求下写出来的，因为目睹装帧精美的书受到如此冷落，而凡还要"强颜欢笑"，这让她受不了。她还发誓说，马克斯不仅不知道伏提曼德是何许人也，而且也没读过凡的小说。凡漫不经心地想着要在黎明时分，跟这位"欧楂"先生（希望他能选择使剑）到公园僻静的一角来一场决斗。他在屋子走廊下便能看见那座公园的中央绿地，他与一位法籍教练在那儿学击剑，每周两次，这是除骑马外他唯一还钟情的运动了；可出乎意料——也令他如释重负（因为他为要捍卫自己的"小书"而感到有些羞愧，只希望忘掉它，就如同另一个不相干的维恩或许会——假如能活得更长久的话——谴责自己还在

---

① 原文为法语。

做寻花问柳的春梦）的是，对于凡试探性的建议，马克斯·马士穆拉（"欧楂"的俄文说法）热诚地许诺要寄给他第二篇文章，"野草流放了花儿"（麦尔维尔与马弗尔）。

　　与文学的这些接触只让凡萌生出一种惰怠的空洞感。甚至在写书时他便痛苦地意识到，他对自己的星球是多么无知，同时却还企图从众人错乱的脑筋里窥得些参差不齐的见识以拼凑出另一星球的图景。他打定主意，在完成金斯顿（他觉得这里比老好乔斯更适宜）的医学研究之后，他会到南美、非洲、印度去长途旅行。在十五岁（埃里克·维恩的花样年华）时，他以诗人的热忱研究过三列伟大的跨美洲火车的时刻表，那是他有朝一日要乘坐的——并非独自一人（此刻是独自一人）。从曼哈顿搭乘深红色的"新世界快车"，经麦费斯托、埃尔帕索、麦克西堪斯克以及巴拿马运河隧道，直抵巴西及维奇（或曰维德马，由一位俄国海军上将创建）。在那里铁路一分为二，东线继续前往格兰特角，西线则向北折返，途经瓦尔帕莱索和波哥大。每隔一日，这神话般的旅行便从育空茨克发车，兵分两路，一条线驶往大西洋沿岸，另一条则经加利福尼亚和中美洲，怒号着开进乌拉圭。深蓝色的"非洲快车"起始地为伦敦，由三条不同线路——尼日尔、罗德西亚或埃塞俄比亚——抵达好望角。最后，棕色的"东方快车"连接起了伦敦至锡兰再到悉尼的漫长路线，途经土耳其及数条海底隧道。此刻在你昏昏欲睡时，我不能明白，为何在所有的大陆中，除你之外都是以 A 打头的。

这三列令人称奇的快车至少装备了两节头等车厢，品位挑剔的乘客可以在其内租一间带洗浴和卫生间的卧室，以及配有钢琴或竖琴的起居室。旅程的长度要根据凡恹恹的心绪而定，在埃里克的年纪里，他想象着窗外的风景随着他那舒服无比的安乐椅自行延展。在穿行于热带雨林、山中峡谷及其他胜地（哦，说说看！不行——睡着了）时，这间移动屋子会走得很慢，十五英里的时速，可是经过沙漠或是沉闷的农业区时便能达到七十、九十七、九十九、一百、红狗①——

---

① red dog，西班牙式 21 点游戏，但这里疑为与前文的 hund（百的缩写）构成 hundred（百），表示困倦中的混乱叙述。

3

一八六九年春，戴维·范·维恩，一位富有的佛兰芒人血统的建筑师（跟我们这浪漫风流的维恩家族毫无干系）在从戛纳驾车去加莱的途中，车前轮在冰霜路面上爆了胎，撞上了停在路边运家具的货车。他毫发未伤，但坐在身边的女儿却被一只行李箱从后面击断了脖子当场毙命。她的丈夫，一位情绪不稳、时运不济的画家（比岳父还年长十岁，他对后者既艳羡又鄙视）在他伦敦的工作室里收到了发自诺曼底一个村子的海底电报，并在闻此噩耗后开枪自杀。村庄的名称肃穆得可怕：德伊①。

灾难并没有就此却步。尽管外祖父呵护、钟爱有加，十五岁的男孩埃里克却难逃无常的厄运，他的遭遇与其母亲相像得诡异。

他退出了诺特公学，转到沃州②的一家小型私立学校，暑期则在面迎海风的阿尔卑斯山麓养肺病，之后被送到瓦莱，据说当时那儿的纯净空气可以让他年轻的肺更加强健；然而事与愿违，在一场最为暴虐的飓风中，一片屋瓦给他的头颅来了致命的一击。戴维·范·维恩从孩子的遗物里找到了好几首诗以及一篇题为"艳屋：一场有组织的梦"的文章。

说得直白一点，这个男孩想象并详细设计了一项方案，以寻求安抚自己最初的性欲折磨（源起于他在一座装修豪华的房子里找到一大批色情书，房子在文斯附近，是外祖父从俄国裔或是波兰裔的托尔斯泰伯爵手里买下的）：用他所能继承的家产建一连串富丽堂皇的妓院，遍布"我们这个像匀称的臀部似的世界的两个半球"。这位小伙子将其视为一种邻近城市或温泉疗养地、分支众多的新潮会所，或如他诗情画意般描述的叫做"千惠谷"。会员仅限于贵族，且"英俊而健康"，年龄上限为五十岁（这位可怜孩子有如此心胸足可称道），年费为三千六百五十几尼，花束、珠宝等献殷勤时花费的开销不计在内。常驻女医生须年轻而面容秀丽（"美国文秘或牙医助手类型的"）会对"爱抚者及爱抚对象"（另一巧妙辞令）进行私密体检，也检查她们自己的身体状况，"如有需要的话"。《会所章程》其中的一款似乎暗示了埃里克虽是狂热的异性恋，却在诺特与同学玩替代式轻抚（该预备学校以此道而臭名昭著）：住在各大千惠谷里的接客者最多时每五十人中就有两个长相俊美的男孩，前额系着饰带，穿短罩衫，若是皮肤白皙便不能超过十四岁，若是皮肤黝黑则不能超过十二岁。但是为防止"鸡奸癖"蔓延泛滥，只允许客人在三个女孩一组的两组之间，在厌倦之余玩一玩恋童游戏，而且整个过程都在同一周内完成——很好笑却也不乏精明的约定。

　　加入千惠谷的申请者由"会所成员委员会"进行挑选，评

---

① Deuil，在法语中表示"哀悼、丧事"。

② Vaud Canton，瑞士州名。

委们要考虑年度累加印象分及欲望度，平时由客人记在一本特别的"淡红皮书"上。"美丽温柔，优雅温顺"是要求她们具备的主要品质，"苗条的北欧娃娃"要求在十五到二十五岁之间，而"丰满的南方尤物"则是从十到二十岁。她们在"闺房及温室"里嬉戏、闲荡，始终赤裸着，并随时应对求爱；其服务人员则并非一丝不挂，而都是些衣着亮丽的使女，多少带一点异域血统，"会所成员对她们的非分之想通常难以实现，除非得到了委员会的特别准许"。我最喜欢的条款（因为我有这可怜孩子的手迹的影印件）是任何一位千惠谷佳丽在月经期里都可以由口头表决成为"首席夫人"。（这当然无法推行，作为折中办法，委员会让一位长相姣好的女同性恋充当头领，并配备一位被埃里克忽略了的保镖。）

怪癖是对至深哀痛的最好治疗。埃里克的外祖父立即着手将孩子的奇思妙想具体化为无数的砖瓦、水泥、大理石、肉体及玩乐。他决意要成为他建起的最后一座千惠谷里第一个受雇美女的第一名检验员，并决意之前要为此苦苦禁欲。

一定是番动人而壮观的景象——那位老当益壮的荷兰人，面相粗粝而奸诈，头发雪白，在左翼装潢师的协助下设计了他决意要在全球建立的一千零一座具有纪念意义的千惠谷——或许甚至要建到野蛮的鞑靼土地上，他认为那里受着"美国化的犹太人"的统治，不过"艺术可以补偿政治"——我们必须宽宥一位可爱的老古怪心里冒出的这些具有深刻原创性的念头。首批项目始于英国乡村和美国沿海地区，老先生醉心于类似

罗伯特·亚当①的布局风格（当地的好事者很不客气地称之为
"'女士我是亚当'之屋"），离罗得岛的纽波特不远，造型相当
古雅，他还将从希腊罗马海域里打捞的大理石柱搬到了这里，
其上包裹着一层伊特鲁里亚②牡蛎壳——就在帮着搭建入口时
他死于中风。那才是他的第一百座千惠谷！

他的侄子也即继承人是鲁伊楠（听说在兹沃勒③附近），一
位诚实但乏味得出奇的呢绒商，家里人手不少，买卖却做得
不大。近十年来他一直在咨询精神专家的意见，以免上当受
骗损失数百万的荷兰盾。一八七五年九月二十日，百家千惠
谷同时开张（一个有意思的巧合是，旧俄语中表示九月的词
"ryuen"——或许可以拼为"ruin"④——也应和了那个心醉
神迷的荷兰老人家乡的名字）。到新世纪之初，色情收入已是
滚滚而来（也是最后一笔横财了，可以这么说）。小道消息说
在一八九〇年左右，出于感激和好奇，"丝绒"·维恩举家到最
近的千惠谷游玩了一次——只此一次——据说当好莱坞向纪尧
姆·德·莫泊纳塞斯提出以这次欢快而又不失尊严的游乐活动
为素材写个电影剧本时，她义愤填膺地回绝了。无疑这只是传
言而已。

---

① Robert Adam（1728—1792），英国建筑师、室内设计师、家具设计师。

② Etruria，意大利中西部古国。

③ Zwolle，荷兰东部上艾瑟尔省（Overijssel）的省会城市。

④ 前文中的鲁伊楠拼作 Ruinen。另外据俄罗斯学者阿列克谢·斯卡利亚
连科的考证，1875 年 9 月 20 日也是旅居法国布吉瓦尔的屠格涅夫乔迁当
地新居的日期。

埃里克外祖父的美学品味很是宽泛——从最守旧的到最离经叛道的，从"低地哥特"到"高地现代派"。在他对天堂的种种戏仿中，他甚至放任自己——只有很少几次——表现出立体派（在"具体"中投射"抽象"）的那种直线条的混沌感，其途径是模仿——福尔纳在其平装本《英国建筑史》中作了精彩描述，是好心的拉格斯医生给我的——超功利主义的砖结构房屋，如奥地利莱伯金的艾尔·弗洛伊德所拥有的妓院[①]326，或是弗里斯兰省[②]杜多科的"必来屋"。

不过总体而言，他还是青睐田园及浪漫的格调。当地的英国绅士流连于"好色者之家"——一座外表朴实的乡村屋舍，外墙的小侧窗用灰泥填塞了起来，或是"欲望闲聊屋"，有着陈旧的乳房状排烟口和臀部造型的山墙。人们不禁对戴维·范·维恩大加赞叹，因为他有本事将摄政时期[③]风格的簇新房屋整饬得看起来像翻新的农舍，或是在离岸小岛上将女修道院改换门面，其不可思议的效果是，谁也无法再区分藤地莓与藤地莓花纹，激情与艺术，无法再区分鬼魅与玫瑰。我们还应该铭记兰切斯特抑或西多瑟姆附近的"小雷曼特里"，此地位于神话般的巴勒莫脱维亚间道美丽的最南端。我们非常欣赏他将当地老掉牙的建筑（比方说栗树环绕或是柏树守护的城堡）与内部装饰融合得勾引意味十足，天花板上的镜子正反映

---

① 原文为法语。

② Friesland，在荷兰北部。

③ Regency，指英国 1810—1830 年的摄政时期。

了小埃里克骨子里的淫荡基因。让人印象更深刻的是建筑师从其屋舍周围提炼——可以这么说吧——出的私密保护手段。不论深藏在林地里还是由拥有广袤土地的庄园环绕，或是俯瞰着带台地的小树林及花园，通往这些性爱天堂的首先总是一条隐秘的小路，继而穿过迷宫般的树篱和围墙，至于那些毫不起眼的门，唯客户和守卫才有钥匙。巧妙布置的聚光灯尾随着戴面具、披斗篷的贵客迂回曲折而行，穿过幽深错综的矮树林；埃里克所设想的规定之一便是，"所有千惠谷一律在夜幕降临时开放，在日出时分关闭"。一套铃声系统（或许全是埃里克自己构想的，这其实与皮面具[①]和保镖[327]一样古老）可以防止不同的客人狭路相逢，于是乎无论有多少贵宾在千惠谷的任何区域游荡或放荡，他们都感到自己是这鸡舍里唯一的公鸡，因为保镖当然是不算在内的，他通常寡言而谦恭，很像曼哈顿大商场里的巡视员：当出现与你的信誉或资质相关的问题时你也许会看见他，但他极少动粗或叫帮手过来。

根据埃里克的计划，"元老委员会"负责征召女孩子。纤巧的趾骨，编贝般的皓齿，无瑕的肌肤，不加染烫的秀发，形态完美的臀部和胸乳，毫不造作的绵绵情欲，都是元老们亦是先前埃里克所绝对要求的必备条件。处女不在招募之列，除非尚处豆蔻之年。另一方面则谢绝生育过的女子（即便还是少女），无论其乳头保养得如何完好。

[①]　原文为意大利语。

出生门第没有特别考究，但"委员会"最初以及在理论上倾向于征选名门闺秀。总体而言，艺术家的女儿比艺匠的女儿更被看好。不少女子是古堡中的没落贵族家庭或是寄居破旧酒店的潦倒女侯爵的女儿，其数量之多出乎意料。在一份登记了一八九〇年一月一日在各大千惠谷工作的两千名女性名单中，我数出多达二十二名与欧洲皇室有直接关联，不过至少有四分之一的女孩来自平民阶层。由于遗传万花筒的奇妙 vstryaska（摇晃），或仅仅因为运气，或没有任何缘由，那些贩夫走卒的姑娘时常比中产阶级甚或上层社会的姐妹们还要时髦漂亮，这一奇怪现象肯定会让我那些出身寒微的读者满意，就如同在那些比"东方女巫师"（她们在各种可以见到银盆、绣花毛巾以及粗暴笑容的仪式中协助客户，助其裹围嘴）还要"下等"的女仆中，出自高贵的纹章世家的也并不鲜见。

德蒙的父亲（不久也包括德蒙自己）、埃尔米宁爵爷、一位叫瑞特克夫[①]的先生，以及彼得·德·普雷伯爵，还有米雷·德·米雷老爷、阿祖罗斯库多男爵等等，都是这个"艳屋俱乐部"委员会的首批委员；不过真正让姑娘们心跳不已的是腼腆、肥胖、大鼻子的瑞特克夫先生的来访，一时间四周警探密布，他们忠实地扮作剪篱工、马夫、骑兵、高个子挤奶女工、新塑的雕像、老迈的醉汉等等，而国王陛下则安坐于一张特意根据他的体重和情趣设计的椅子上，与白、黑、棕肤的各

---

① Ritcov，大致为 Victor 的变位词，第一部第二十二章曾提到过"维克多国王陛下"，据此可猜测瑞特克夫先生的真实身份，故有下文。

色可爱女子嬉戏玩闹。

在我首次成为"艳屋俱乐部"会员（就在我于阿尔迪斯的林木中与我的爱达度过的第二个夏天之前不久）之时造访的那座千惠谷，在历经兴衰后如今已成为我所尊敬的一位乔斯导师（及其漂亮的太太、漂亮的十二岁三胞胎女儿阿拉、洛拉和拉拉吉，其中拉拉吉尤其动人）的漂亮乡村屋舍，因而我不能道出其名——尽管我那位最亲爱的读者坚持认为我在前文**曾**提到过。

十六岁之后我便是妓院的常客，不过尽管其中有出类拔萃者，特别是在法国和爱尔兰——纳吉的旅行指南为此作了三重红色标记，但我光顾的第一家"艳屋"之奢华与淫逸还是出乎我意料。其差别有如兽穴之于伊甸园。

三个埃及女人很尽责地侧身侍立（狭长的乌木般的眸子、可爱的短平鼻、编起来的黑辫子、带点蜜色的法罗式外衣、纤瘦的琥珀色胳膊、黑人打的手镯、似被缕缕长发切开的金耳环、印第安式发带、装饰性围裙），其装束是埃里克·维恩不无钟爱地从一幅底比斯壁画（在公元前一四二〇年，这副打扮应该相当庸常）的复制品（艺术画明信片[328]第六〇三四号，愤世嫉俗的拉格斯医生说）借鉴而来的。她们伺候我准备迎接一位花容失色的小处女———爱尔兰国王的后裔。她们的手法用焦渴的埃里克的话说，就是"某些神经组织的精致操作，其拿捏和力道只有寥寥数位古代性学家才知晓"，辅以特定的油膏，以同样细腻的手法敷用，这在埃里克的东方性学典籍里也未详尽描述，是埃里克在瑞士埃克斯做的最后一场梦里，通过一葬礼主持而不是什么私通仪式获知的。

准备程序是以持续不断、舒坦得令人不能自已的节奏进行的，无论是在睡梦中垂死的埃里克还是沉湎于洛可可沙发（在贝德福德以南三英里）上的糜烂生活的凡，都无法想象这三位倏忽间已脱去罗衫（借助一种很有名的催眠术）的妙龄女郎，如何施展手段，让人在最后释放之前能坚挺这么长时间。我仰面躺着，感到比以往大了一倍（真是老糊涂讲瞎话，科学的声音说！）。最终，三双柔荑安抚着颤抖的爱达达，扶助这位小女孩①³²⁹往那可怕的话儿上骑。一种不无傻气的怜悯之心——罕有的体验——使我的欲望委顿了下去，我吩咐人将她抱走，让她好好吃一顿桃肉馅饼和乳酪。埃及女人面露不安之色，不过很快又打起精神。我把这里的二十位女子都招了来（包括那个樱唇小口、下颌光洁的小可爱），让她们看着我重新勃起。在左挑右拣，说了好多关于屁股、脖子的恭维话后，我选了一位叫格蕾琴的金发女子，一位白皙的安达卢西亚姑娘，以及一位新奥尔良黑美人。众侍女如母豹子般扑向有些快快不乐的三姐妹，为她们擦爽身粉，再交给我，其间多少有些女同性恋的热乎劲儿。递给我用来擦去满脸满眼汗水的毛巾像是已擦拭过什么似的。我提高了嗓门，强行使那满不情愿的该死的门户完全洞开。大卡车陷进了一条禁止通行且未完工的路径的泥泞里，

————————————

① 原文为法语。

而呻吟及生生不息的动作驱散了那古怪的阴霾。只有一个女孩合我的心意，可是我冷酷而从容不迫地将她们三人挨个儿阅了一遍，每回在行将结束时便"中途换马"（埃里克的建议），直至那最后一阵痉挛在热情似火的阿迪露西安的紧夹下释放出来。在事后我们分手时她说（尽管与性爱无关的闲聊是违规的），德蒙·维恩表兄弟庄园里的游泳池就是她父亲建造的。

而这一切都已成往昔。大卡车勇武不再，埃里克也早已化作白骨埋在埃克斯公墓最昂贵的一角里（"不过话说回来，所有的墓地都是昔日①之物。"一位快活的牧师"抗议道②"），躺在一位无名阿尔卑斯登山家和我那夭折的双胞胎兄弟之间。

彻丽是我们下一个光顾的（美国）千惠谷里唯一的少年郎，英国萨洛普郡的孩子，约十一二岁，铜色卷发、梦幻般的美目以及精灵似的颧骨，使他看上去是那么可人。于是一天晚上，两个异常泼辣的妓女在招待凡的同时，也试图来撩拨这男孩。然而她们合在一起使出浑身解数也没能让这美少年兴奋起来，因为近来的接客让他耗尽了元气。他那女孩儿般的臀部被那些发泄兽欲者抓挠、拧扭得丑陋不堪；最糟糕的是小伙子没办法掩饰自己的急性消化不良，其腹泻症状很是煞风景，将他情人的家伙上弄得满是芥末和血污。一定是吃了太多青苹果的缘故。他待在这里最终会被毁掉，或是被转送出去。

一般而言，容留男孩总归好景不长的。法国一家人气颇旺

---

① 原文中的地名埃克斯（Ex），亦有"先前、旧有"之意。
② 原文"protestant"兼有"抗议"和"基督教新教"之意。

的千惠谷便是因为朗伯恩伯爵在那里发现了自己被绑架的儿子而名声扫地，这位绿眼睛、体态纤弱的小哥儿那会儿正接受一个兽医的体检呢，结果后者被伯爵一枪误杀了。

一九〇五年，"艳屋俱乐部"再次横遭不测。那位我们尊称为瑞特克夫或福罗迪克[①]的名流因龙体渐老多病而不再惠顾。然而有一天夜晚他又突然驾临，面色居然与过去一般红润。可是这家位于巴斯附近、他最钟爱的千惠谷出动了整个班子也没能使他重振雄风，直至讥讽意味十足的启明星从乏味的天空中冉冉升起，可怜这个统治了半个世界的君王，叫人拿来"淡红皮本"，写下一句塞内卡作的诗：

高山沉沦，峰峦崩坏[②] 330

——并当即挥泪离去。与此同时，一位很有名望、领导着秀丽的密苏里州温泉疗养地苏维娜的一处"艳屋俱乐部"的女同性恋者，亲手（她曾是俄国举重选手）掐死了她手下两个最漂亮身价也最高的姑娘。让人唏嘘不已。

俱乐部一旦走上了下坡路，便以令人吃惊的速度，循着几条互不相干的线路衰败下去。名门正派家的女儿居然因做了长着蛮横下巴的强盗的姘头，或因她们本人就是犯罪分子而受到警察的通缉。腐败的医生让生过半打孩子的金发半老徐娘通

① Vrotic，与瑞特克夫（Ritcov）一样是 Victor 的变位词。

② 原文为拉丁语。

440

过体检，其中有些孩子自己已准备要去偏远的千惠谷了。天才美容师能使四十岁的主妇看着闻着都好似首次参加舞会的小女生。出身高贵的绅士、德高望重的地方官、温文尔雅的学者，竟然是暴虐的性交狂，有些较年幼的受害者不得不送去就医并在此后转往普通妓院。高级妓女们的匿名保护者买通了体检官，结果"口香酋长①"（其实是冒牌货）被约瑟芬皇后的一个曾侄孙女（倒是货真价实）传染上了性病。与此同时，经济灾难（金融和哲学上的见识让凡和德蒙免于受损，而许多同道中人却遭了殃）也使得"艳屋俱乐部"美轮美奂的品质打了折扣。令人厌恶的皮条客带着献媚的笑，露着张开了缝隙的黄板牙，从蔷薇丛中蹿出来，拎着带插图的小册子。祸不单行的是火灾和地震竟也连绵不断。于是原先的百家豪宅霎时间便成为过眼烟云，只有十余家幸存下来，也处于苟延残喘的境地。到一九一〇年，埃克斯所有的英国人墓地都只得迁到寻常公墓里。

凡从不后悔他对其中最后一家"艳屋俱乐部"的最后一次探访。一支形状惨不忍睹的蜡烛立在总台上的一只锡罐里凌乱地燃烧着，旁边搁着一束用纸扎成吉他形的长枝玫瑰，不过谁也不想费心去找一只花瓶，或者说谁也找不到。几步开外的一张床上躺着一有身孕的女人，抽着烟，抬头看着缭绕的烟雾与其在天花板上的影子混在一起。她抬起一边的膝部，一只手如做梦般挠着棕褐色的腹股沟部位。在她身后的远处，一扇微启

① the Rajah of Cachou，其中 Rajah 指印度王侯，而 Cachou 为杜撰的专有名词，原意为口香糖。

的门透露出外面似是一条有月光照耀的走廊，实则是一间很宽敞但已废弃、毁损严重的会客室，外墙破败，地板上布满了锯齿形的裂缝，一台幽灵般满目疮痍的黑色三角钢琴在深更半夜时会发出幽怨的滑奏音，似是自行弹了起来。透过仿大理石的砖混墙壁的裂隙，可以听见而非看见赤裸的大海，如同一片与时间剥离的脉动空间，沉闷地隆隆作响，沉闷地带走冲上来的卵石，而一股股懒散的暖风带着碎裂的声响钻进了不设墙壁的房间，搅动着女人上方的螺旋形阴影，以及一点点原本飘落在她苍白腹部的肮脏细毛，甚至也搅乱了偏蓝色窗框的破玻璃上倒映的烛光。窗台之下，凡斜倚在一张粗硬得能刺痛臀部的沙发上，郁郁地绷着脸，郁郁地爱抚着那搁在他胸膛上的漂亮脑袋，黑色秀发铺在他身上。她是那个可怜的躺在破床上的弗洛伦达的年幼很多的妹妹或表妹。女孩的眼睛闭着，每当他亲吻那潮湿隆起的眼睑时，遮在衣服里的律动着的胸乳就改换了节奏或干脆静止下来，旋即又恢复了律动。

他感到口渴，但是他与那束瑟瑟作响的玫瑰一同带来的香槟还未拆封，他也不愿意将胸口这丝般柔滑的脑袋挪开去开那瓶会砰然作响的酒。在过去的十天里他已多次抚弄并玩弄了她，但仍不能确定其芳名是否真如大家所认为的叫阿多拉——她，和另一个以及第三个（一个女仆，卡丘林公主）女孩一样，似乎生来便穿着这件已褪了色的泳衣，从不脱换，毫无疑问也将穿着泳衣在酷寒或第一个真正的严冬来临之前死在沙滩垫上，而此刻她正在这垫子上呻吟着，因吸了毒而目光散乱。

而假如这孩子真叫阿多拉，那她究竟是何许人也？——不是罗马尼亚人，不是达尔马提亚①人，不是西西里人，不是爱尔兰人，尽管她那磕磕碰碰但还算地道的英语里夹杂着爱尔兰土腔。她十一岁还是十四岁，或许快十五了？那天真是她的生日吗——七月二十一日，九四年或是九八年甚或还要晚几年，在一个遍布岩石的地中海半岛上？

　　遥远处一座教堂的钟敲了两下，过半点了，这钟声总是只在夜间才听得见。

　　"咱把蜡烛吹灭吧②331。"床上的鸨母咕哝道，她操着当地方言，凡觉得比意大利语要好懂。怀里的孩子略略扭动了一下，他将夜礼服斗篷拉上来给她盖好。在熏着油脂的黑暗中，月光将一块黯淡的图案投在石地板上，一旁便是他总丢弃不用的半截面具和穿着轻便鞋的脚。这里并非阿尔迪斯，这里不是图书馆，这里甚至不是供人居住的房间，而只是肮脏的休憩场所，保镖在这里睡过觉后便回到某英国公立学校去做橄榄球教练。空荡荡的大厅里只有那架三角钢琴，似在自行弹奏，实际上是耗子搅起的，它们找寻着美味的剩食，而那是女仆故意放的。黎明之前，当已癌变的子宫给她第一阵熟悉又苦楚的刺痛时，她情愿鼠辈们发出的动静是一点慰藉的音乐。几成废墟的"艳屋"再也不能寄托埃里克"组织完善的梦想"，可是凡拼命想抓住不放的那个温柔的小东西仍是爱达。

---

① 　Dalmatia，克罗地亚一地区。

② 　原文为意大利语。

4

梦为何物？任意排列的场景，或琐细或悲惨，或动或静，或空幻或家常，将多少有些似是而非的事件缀在一起，并充填怪异的内容，而逝者亦可在新的情境中死而复生。

在回顾刚过去的九十年我做过且多少能回想起的梦时，我可以按照主题将它们分门别类，其中有两种因其特殊性而超过了其他类别，即关于专业的和关于性爱的。在我二十多岁时，第一种和第二种出现的频率相当，且都伴有失眠，要么因为十个钟头还打不住的专业研究工作，要么就是白天遇到了一根棘刺令人癫狂地激活了对阿尔迪斯的回忆。工作之余我还得和自己的头脑较量：写作的思流，以及脑海中或隐或现的词句要求迸发出来的力道，在长达数小时的黑暗与困顿中都难以遏制，而当终于有了些许睡意时，思潮仍继续在墙壁背后嗡嗡地涌动，哪怕我通过沉浸于其他图像或冥想之中进行自我催眠，关闭了大脑（纯粹凭意愿或药片是无济于事的），但有关阿尔迪斯、爱达的思绪仍无法湮没，这意味着将自己溺在了重新醒来的更可怕的湍流中，带着恼恨和悔恨，带着欲念和绝念，被卷进深渊，而在那里，肉体的疲累终于让我在睡眠中失去了知觉。

当我写作第一部小说并苦苦哀求一位弱不禁风的缪斯给予

我灵感（"跪着，扭绞着手"，就像狄更斯小说中衣着脏兮兮的小伙子跪在太太面前 [332]）时，困扰我的便是关于职业的梦了。比方说我会梦见我正在修订长条校样，但不知何故（梦便是如此强烈的"不知何故"！）书已经出了，真的已经出版了，由一只人手从废纸篓里拣出来递给了我，装帧完美，实则漏洞百出——每页都有打字错误，例如"蝴蝶"被卑劣地打成了"悲痛"，[①] 而毫无意义的"原子能"取代了"不清楚"[②]。又比方说我正赶往一场铁定要举行的读书会，而交通堵塞和挡住我的人流却让我恼火不已，接着我忽然如释重负地想到，我只需在手稿上划掉"拥挤的街道"一词就行了。也许我可称作"天空画"（不是"建造摩天楼"，估计一个班有三分之二的人会写成后者）的梦，[③] 都属于我的职业性梦境的一个分支，也或许是其前奏，因为在我青春期的初始阶段，几乎每夜都有关于过去或近来的清醒时刻的印象，与我尚沉寂着的天分建立了某种轻柔而深沉的联络（我们是"前卫"，用玛丽娜强化的、带深元音的俄式发声，便押了"一位"的韵，实际上代表了其意义）。那种梦里的艺术呈现或承诺，其形式为阴沉的天空，衬着幻化多变的云，静止而又不乏希望的白，无望而又流畅滑动的灰，显示出放晴的艺术征候，很快苍白的阳光从较稀薄的云层里透出来，又被细碎的云卷遮蔽：我还未做好准备。

---

① "蝴蝶"、"悲痛"，原文分别为 butterfly，bitterly。

② "原子能"、"不清楚"，原文分别为 nuclear，unclear。

③ "天空画"、"建造摩天楼"，原文分别为 skyscape，skyscrape。

与专业及职业梦境同属一系的还有"黯淡末日"景象：不祥的噩梦，触目惊心的灾变，危险四伏的谜语。那凶机时常是暗藏的，看似平淡无奇的事件，其实——假如能草草记下并日后再揣摩的话——蕴含着前认知性的意味，对此，邓恩以"反记忆"的行为来加以解释；不过此刻，我无意过分渲染梦中的离奇成分——我只是注意到一定有某种逻辑法则在给定的领域内支配偶然巧合的数量，然后这些偶发事件便不再是巧合，而是形成了新的事实的活生生的机制（"告诉我，"奥斯伯格[①]笔下的吉卜赛小姑娘对穆尔斯、埃尔·莫特拉及拉梅拉说，"假如身体是'多毛'的，那毛发的最小数量究竟是多少？"）。

在"黯淡末日"与肆无忌惮的色情梦之间，我将许多情境"融"在了一起：荡漾的春情与令人心碎的困惑，暧昧的舞会上不知名的女孩不经意的轻柔触摸[②] [333]，半带微笑的吸引或遵从——痛苦的追悔之梦的先声或回音，一连串的爱达以无声的责备逐渐飘散；而比醒时更滚热的眼泪，震撼并刺灼着可怜的凡，且可以数日乃至数周间冷不丁地从记忆中冒出来。

在此描述凡的性梦很令人难堪，因为这么一位耄耋老者死后，这部家族史录的读者或许还很年轻。两个样本——这多少是委婉的辞令——就足够说明问题了。在繁复而主题明确的回忆与无意识的幻觉之中，阿卡扮作了玛丽娜，或是玛丽娜的扮相很像阿卡，兴高采烈地来告诉凡，爱达刚生了个女孩，而有

---

① Osberg，参见第一部第十三章第一段内的注释。
② 原文为法语。

朝一日他将与之在一张坚硬的花园长凳上肌肤相亲；与此同时在附近一棵松树下，他的父亲或是着了他的装束的母亲，正打水话到大洋彼岸去叫救护车，要车立刻从文斯开过来。另一个梦——自一八八八年直到本世纪以其令人难以启齿的基本形式反复地再现——本质上具有三重理念，且从某种意义上说是关于女同性恋的。恶劣的爱达和下流的卢塞特发现了一根成熟的、熟透了的玉米。爱达拿着玉米两端，像在吹口琴，可接着却成了吹箫，她微启朱唇沿玉米棒滑动，不停地舔着，而就在她弄得玉米棒颤抖呻吟不止时，卢塞特则用嘴含住玉米另一端。两姐妹饥渴而妩媚年轻的脸庞此刻紧贴在一起，在其缓慢、几乎是懒散的玩乐中显得寂寥而充满热望，她们的舌头碰擦出哔哔火花，接着又卷了回去，飘落的红铜色及黑铜色发束欢快地混在一块儿，当她们以他的血来解渴时，圆润的臀部便高高翘起来。

我这里有一些关于梦的主要特征的注解。令我大惑不解的一点是总有无数张完全陌生的面孔，五官清晰却从未谋面，伴随、遇见、欢迎、纠缠着我，讲述着有关其他陌生人的冗长故事——他们所处的地点都是我熟悉的，他们周围的人群，无论生死与否，也都是我熟知的；或是时间的使者玩的古怪把戏——一种对钟点的非常精确的意识，随之而生的是痛苦地感到（在这痛苦的伪装之下可能是膀胱的胀痛）不论想去哪里都无法及时赶到，时钟的指针就在眼前，其数字符号是意味深长的，其机械运行是似是而非的，但却——这一点相当的古怪——纠合着一种模糊异常、几乎不存在的白驹过隙的感受（我把该主题留到后面的一章里讲述）。除童年回忆外，所有的梦也都受着过去的经验和现时的印象的影响；所有的梦都以形象或感觉来表现一股气流，一道光线，一顿大餐或是严重的体内失调。也许基本上所有的梦，无论是不足为奇还是有所预示的，其最典型的特征——这不用考量（在特定的限制范围内）相当具有逻辑性的、关于梦-过去事件的认知与意识（常常是荒谬的）在点或段上的存在——应该被我的学生理解为一种做梦人的心智能力的可怕的觉醒，后者其实并非真会惊骇于邂逅一位早已过世的朋友。同学们（一八九一、一八九二、一八九三、一八九四等届）会细心地注意到（笔试用蓝皮簿飒飒作响），由于本性使然，也由于智力的平庸拙劣，梦不可能道貌岸然，也不会摆出意味深长或寓意深刻或希腊神话似的架势，除非做梦人天生是个希腊人或是个信神话的人。梦里的变形和诗歌中的隐喻一样常见。比方说，想象力的衰退要迟滞于记忆，作家便将这一事实比作一支铅笔的铅消耗得比其橡皮头要慢，他实际上在比较两样真实、具体的存在之物。要我再说一次吗？（"要，要的！"一片嚷嚷）嗯，我拿着的这支铅笔虽然用了挺多但还是很长很顺手，但橡皮头因为使得太多差不多已经磨掉了。我的想象力还很强，可以供我调遣，然而我的记性却越来越不行了。我把那种真实体验比作一个日常的真实物件的状况。彼此之间算不得象征。与此类似，当茶馆的滑稽演员说一块小小的锥形美味蛋糕顶着颗模样好笑的樱桃，与这个或那个相像时（观众中有人窃笑），他就是把粉红的糕点变成了粉红的乳房（哄堂大笑），那是藏在类似高领的饰边里的，或是像有饰边的语词里的（鸦雀无声）。两个物件都是真实的，不可互换，并非其他什么东西的象征，不像沃尔特·雷利①脑袋掉了躯干上还放了奶妈的头像（独有一声痴笑）。而现在，错误——西格尼-蒙第欧的分析家们的下流、愚蠢、粗俗的错误在于，他们将实物，比方说大丽花或是南瓜（确为一病人梦中所见）视作实物之意义非凡的抽象，视作乡巴佬的夹心糖或是半边胸脯，假如你们能明白我的意思的话（零散的嬉笑声）。乡下傻瓜的幻想或是我们在座的任何一位昨晚的梦里不可能有什么象征或寓意。在那些任意造就的幻象中，绝不存在——把"绝不存在"划下来（划横线的刮擦声）——什么东西可以被巫医解析、破译，这样的医生以此来治疗精神病人或慰藉杀人狂，只知道将病症归咎于一个太溺爱孩子，或太残忍，或太冷漠的家长——而那庸医便让病人做自白，一边收取昂贵的费用一边佯装治愈了心灵的暗疮（笑声、鼓掌声大作）。

---

① Walter Raleigh（1554—1618），英国探险家、诗人，最终被英王送上断头台。

5

凡在美因州的金斯顿大学度过了一八九二年的秋季学期，这里有一流的精神病院，也有名气很响的"地疗系"①，他在那里重新翻出了过去的一个研究课题："尺度与痴呆"（"你咽气³³⁴的时候也不会忘了押头韵。"老拉特纳取笑他说，对于这位天才的悲观论者而言，生命不过是拉特纳式事物序列中的"一次干扰"——来自"反地界"而非"地界"）。

凡·维恩［也算是《爱达》的编辑，尽了他微薄的力量］喜欢在写到每卷或每章甚或每段的末尾时变换住处，他差不多已完成了一段很艰深的文字，论述时间与时间的内容（例如空间中对某事采取的行动，以及空间本身的性质）的分离，并打算搬到曼哈顿区（这一变化是自身的精神主张的反映，而不是对什么搞笑的"环境之影响力"的妥协，那是马克思老爹②，那位写"历史"剧的畅销作家的提法）。就在此时，他接了一个意想不到的水话，一时间让他心潮澎湃不已。

所有的人包括凡的父亲都不知道，凡最近买下了科朵拉位于曼哈顿图书馆与公园之间的那套顶楼公寓。这是工作的理想场所，那如悬垂于空中般的露台，正是读书人找寻的闹中取静之处，喧哗而又多有便利的城市生活就在他坚如磐石的思想的脚下；此外，用时髦的话说，这儿是"单身汉乐园"，只要他愿意，他可以秘密泡任何一个或多个妞儿（其中一位称此处为"你的在'地界'③之翼"）。然而在那个阳光明媚的十一月下午，当他同意接待卢塞特的造访时，他仍待在金斯顿，住的屋子和在乔斯时差不多邋遢。

自一八八八年后他就没有见过她。一八九一年秋，她曾从加利福尼亚给他写了一封不着边际、不成体统、不动脑子、近乎粗暴的求爱信，长达十页，在这部回忆录里便不赘述了［不过参见稍后的文字，编者按］。此刻她正在附近的"昆斯顿有貌无才女子学院"学习艺术史（"庸人的最后庇护地。"她说）。她给他打水话请求见面（而令他痛苦的是，她不再有过去的童音，而低沉得竟似爱达），称有重要的信捎给他。他怀疑这不过仍然是她一厢情愿的激情，但他同时也感到她的来访将点燃他体内的欲火。

他等待着她，从铺着棕色地毯的套房的一头走到另一头，再折回来，目光越过走廊尽头，凝视着东北窗户外由阳光镶边、与季节不相称的树木，接着回到客厅，这里朝向迎着太阳的"绿布宫"。他与阿尔迪斯及其果园、兰花较着劲儿，在充满伤感的回忆中苦苦支撑自己，甚至考虑要不要回绝她的来访，或是叫人向她致歉，因他无奈必须要离开，但他一直很清

---

① Department of Terrapy，其中 Terrapy 似是小说中反复提及的 Terra（"地界"）与 therapy（治疗）的混合词。
② 原文为法语。据阿列克谢·斯卡利亚连科的解释，"马克思老爹"即指卡尔·马克思。
③ 原文为法语。

楚，这一刻终将来临。至于卢塞特本人他是不很在意的：她存在于流动不居的阳光的这块或那块斑纹之中，但倒也无法与阳光斑驳的阿尔迪斯的其余部分一同忘掉。他顺带回忆起她坐在自己膝上的那种可爱模样，圆圆的小臀部，以及她回头瞧他和后退的路时的绿铜色目光。他漫不经心地寻思她有没有变胖，有没有长雀斑，或是像泽姆斯基家族其他成员一样变成了优雅的小仙女。他没有关客厅的门，让门朝着楼梯平台微微敞开，但不知怎的还是没有分辨出她高跟鞋拾级而上的声音（或是将其与自己的心跳混在一起了），此时他正跋涉在二十多岁的人生路途上，"去找回爱欲与爱木！展翅的[①][335]爱神伊洛斯！我们的文字游戏赖以存在的艺术：伊洛斯、玫瑰与疼痛[②]"。这些把戏让我坐立不安，但即便这种打油诗也比"在默然的白体文字中践踏过去"要容易。是谁写的？伏梯曼德抑或伏提曼德？或是朋宁·史文？那可是对其抑抑扬格的抑制！"我们所有的旧爱已成尸骸或妻子[③][336]。"我们所有的伤痛已成处子或婊子。

　　一只黑熊披着亮丽的赤褐色长发（阳光已经照到了第一扇

---

① 　原文为法语。

② 　伊洛斯、玫瑰与疼痛（Eros，the rose and the sore），这三个词有互为变位词的特征。

③ 　改自英国诗人史文朋（A.C.Swinburne，1837—1909）的诗句"时光将过去的岁月变成了嘲弄，将我们的爱变成尸骸或妻子（Time turns the old days to derision，our loves into corpses or wives）……"前文的"朋宁·史文"（Burning Swine，字面意义为"燃烧的猪"）是对史文朋名字作的恶作剧式的变形。

客厅窗户）站在那儿等候着他。是的，泽氏基因占了上风。她显得苗条而陌生。她的绿眼睛更大了。十六岁的她看起来比她姐姐在这个要命的年纪时还要风骚很多。她身穿黑裘皮大衣，没戴帽子。

"我好高兴（moya radost'）。"卢塞特说——就是这样；他预想的比这要更加拘谨：总的说来他对她没什么了解——只当是一株暗红色的胚芽。

目光在流溢；珊瑚色的鼻孔在扩张，朱唇半启，有意识地撇向一边，危险地露出了舌头与牙齿（驯顺的动物便是这样偏着嘴佯装轻咬一口来发出信号的），她在一片弥漫开来的恍惚中走过来，抚爱着他——笼罩在一片光晕下，谁知道那是什么（她知道），预兆着两个人的新生活。

"颧骨。"凡提醒年轻女郎道。

"你偏爱 skeletiki（小骨架）。"她低语道，同时凡将嘴唇（忽然间比往常干燥了很多）轻贴在他同母异父妹妹热辣而坚硬的颧骨上。他不由自主飞快地吸了一口她的"都格拉斯"——清爽但肯定带着些"仙履兰"味道的香水，以及透过香水所能闻见的她那"小拉鲁斯"的热力，这是他和那另一位在决定将她困在浴缸里时所说的。[1]是的，气息蓬勃而芳香。在这样的小阳春里穿毛衣显得有些闷热了。精心装点的红色体

---

[1] 拉鲁斯（Larousse）应该是当年凡和爱达哄骗卢塞特洗澡时给她起的绰号，其法语字面意义为"红毛"，参见第一部第二十三章。

毛（橙红色①³³⁷）的交叉（krest）。四个燃烧的端点②。因为谁也无法在抚摸上面的红铜色的同时（如他现在所做的），不去想象下面那狐狸幼崽以及对称的暗红色。

"这就是他住的地方。"她环顾四周说道，同时转动身躯，让他带着惊奇和哀愁帮助她脱去细软而深长的黑色大衣，一边不着边际地思忖（他很喜欢皮衣）：北极熊（kotik）？不，麝香鼠（vìhuhol'）。凡助教欣赏着她的婀娜多姿，她那灰色的定做正装，烟色的三角披肩，以及披肩滑下之后那修长白皙的脖颈。脱掉外套吧，他说，或者他自忖是这么说的（伸开双臂站在那里，穿着炭黑色衣服，自燃着，在他那阴冷的客厅里，在阴冷的寓所里。寓所在金斯顿大学，有着非常英式的名字"伏提曼德堂"，时间是一八九二年秋季，下午四点左右）。

"我想我会脱掉外套的，"她说，并以女性特有的挑剔略一皱眉，很符合她的"思想"，"你有中央供暖啊；我们女生只有小小的壁炉。"

她将外套扔在一边，露出一件无袖带褶边的白色上衣。她举起胳膊让手指梳过鲜亮的卷发，于是他看见了腋窝，与他预料的一样鲜亮。

凡说："然而③³³⁸，三扇窗户都开着，还可以敞开得更大；不过它们只能向西开，而窗下的绿色院场是夕阳的祈祷毯，只

————————

①③ 原文为法语。
② 这里的四个"端点"指卢塞特身体四个地方的毛发：头部、阴部及两腋下。

会让房间更暖和。窗户的糟糕之处在于只能朝一面开，所以见不着屋子另一边发生的事情。"

一日为维恩，终生为维恩。

她咔哒一声打开黑色真丝提包，拣出一条手帕，让包敞开着搁在餐具柜边上，走到最远的一扇窗户旁，站在那里，柔弱的肩不能自已地抽动着。

凡注意到一只带紫色封口的狭长蓝色信封从包里探出来。

"卢塞特，别哭。这也太轻易了吧。"

她走了回来，揩了揩鼻子，控制着自己孩子般湿漉漉的抽噎，仍寄希望于得到一个决然的拥抱。

"这儿有些白兰地，"他说，"坐下。家里其他人呢？"

她将揉成一团、承载着许多旧情的手帕塞回包里，而包仍然没有关上。松狮犬也长着蓝舌头。

"妈妈住在她私密的轮回之地。爸爸又中风了。姐又去了阿尔迪斯。"

"姐！打住① 339，卢塞特！我们在这儿可不需要什么蛇宝宝。"

"这个蛇宝宝还不太懂得如何跟凡·维恩博士相处。你一点儿没变，我亲爱的小白脸，只是看来没了夏季的性欲 340，你像个孤魂野鬼，需要剃胡子了。"

还没了夏季的姑娘 341。他注意到那封装在蓝色狭长封套

---

① 原文为法语。

里的信，此刻搁在了桃木餐具柜上。他站在客厅中央，摩挲着前额，不敢轻举妄动，因为那是爱达的信笺。

"来点儿茶？"

她摇摇头。"我一会儿就走。而且，你在水话里也说了今天很忙。一个人过了空寂无比的四年，肯定止不住要忙活的。"（假如她继续说下去，他也会抽泣起来。）

"是的。我也没数。跟人约了六点左右见面的。"

二人的思想在缓慢的舞姿中锁合在一起，那是一种机械的小步舞，倒也不乏鞠躬和屈膝：一个是"我们有千言万语要说"；一个是"我们根本没说的"。但这也可以在一瞬间改变。

"是的，我得在六点半见拉特纳。"凡咕哝道，同时想查找一本他找不到的日历。

"拉特纳对'地界'的研究！"卢塞特惊呼道，"凡在读拉特纳对'地界'的研究。我们读拉特纳时，谁也不能来打扰，绝对不能！"

"求你了，亲爱的，别装腔作势了。别把愉快的重逢变成相互的折磨。"

她在昆斯顿做什么？她告诉过他了。当然。很难学的课？不是。哦。两人都不时地瞟一眼那封信，看它是不是还安分守己，是不是跷着腿，是不是在抠鼻子。

原封不动退回吗？

"告诉拉特纳，"她说着一口喝下第三杯白兰地，轻巧得像喝天然水，"告诉他——"（酒精解放了她那漂亮的毒蛇信子。）

（毒蛇？卢塞特？我那死去的心爱之人？）

"——告诉他，想当初你和爱达——"

那个名字打了个哈欠，像是黑洞洞的门口，接着便敲门声大作。

"——丢下我去找他，之后又返回，我每次都很清楚你们是什么都干了 ³⁴² （满足了渴望，平息了欲火）。"

"这些小事情记得太清楚了，卢塞特。拜托，别说了。"

"这些小事情是比那些要命的大事情记得清楚，凡。比方说，你在任何时候穿的衣服，在任意一个时刻，有阳光照在椅子和地板上。而那时的我当然是赤身的，不过是个中性的单纯的小家伙。但她穿着男生的衬衫和短裙子，你呢只穿着皱巴巴、脏兮兮的短裤，因为揉皱了所以比平时还短，而且散发着气味，每回你和爱达去'地界'，和拉特纳谈爱达，和爱达到阿尔迪斯树林里谈'反地界'时都这样——哦，臭臭的，你知道，你的小短裤，有爱达的薰衣草味，有她的猫食味，有你的角豆树饼味道！"

那封信应该听到这些吗？它此时就放在白兰地旁边。真是爱达写的吗（没有地址）？因为现在说话的是卢塞特疯狂而骇人的求爱信。

"凡，那信会让你微笑的，"（并非如此：这样的预言罕有成真的）"不过假如你对我进行著名的'凡式'提问，我会做出肯定的回答。"

那也是他问过小科朵拉的。在那家书店里，在陈列平装书的旋转书架上，《吉卜赛姑娘》《我们的小伙子》《克里希的陈词滥调》《六根尖刺》《全本圣经》《永远的梅尔特瓦戈》《吉卜赛姑娘》……上流社交圈①的人都知道他第一次邂逅一位姑娘时就会问此问题。

"噢，自然是不容易的！在存放的汽车里，在吵闹的聚会上，得避开忽然蹿出来的家伙，得花气力回绝求爱！就在去年冬天，在意大利的里维埃拉，有个十四五岁的少年，是个极为早熟可也极为害羞和神经质的年轻小提琴手，让玛丽娜回想起了她的弟弟……嗯，差不多有三个月，在每个快乐的午后，我都让他触摸我，我也予以回报，这之后我终于可以不用服药而安然入眠了。不过除此之外，在我所有的爱中——我是说在我一生中——我从不曾亲吻过男性的上皮组织。瞧，我可以发誓我不曾有过，凭着——凭着威廉·莎士比亚发誓（将一只手戏剧性地伸向摆放了一整套厚重的红皮书的架子上）。"

"打住！"凡嚷道，"那是《福克纳曼恩选集》，前一个住客扔下的。"

"呸！"卢塞特嘟囔道。

"还有，拜托，不要用这么难听的词。"

"原谅我——哦，我知道，哦，我不会说了。"

"你当然知道啦。不管怎么说，你还是非常可爱的。我很高兴你能来。"

---

① 原文为法语。

"我也很高兴，"她说，"可是凡！你千万不要认为我'追求'[343]你，再三地表明我多么疯狂而不可救药地爱你，你就可以对我随心所欲。假如我没有揿下按钮并将这封信付之一炬，那是因为我**非得**见你不可，因为还有些事你必须知道，即便那会使你厌恶、蔑视爱达和我。这解释起来 Otvratitel'no trudno（困难得令人作呕），尤其对于处女——唔，从技术上说是处女，风骚的① 处女，一半是娼妓②，一半是处女③。我明白此事的私密性，具有神秘的性质，不应该跟同母异父的哥哥讨论的——说它神秘，不仅仅是在道德和性灵的方面——"

同母异父④ ——不过已经很接近了。肯定是卢塞特的姐姐说出来的。他知道色的深浅和人的身形。"蓝色调，你的身形"（索诺若拉喇叭里的粗野音乐）。在恳求"尽快回复"时的忧郁脸色。

"同时也是直接的肉体意义上的。因为，亲爱的凡，从直接的肉体意义上，我对我们的爱达的了解，不亚于你。"

"继续。"凡有气无力地说。

"她写信从没提过？"

表示否定的喉音。

"我们过去称为'按弹簧'的？"

---

① 原文为 kokotische，用英语 coquettish（风骚的）仿造的德语单词。
② 原文为法语。
③ 原文为拉丁语。
④ 上段与本段的"同母异父"在原文中分别是 vaginal 和 uterine，均表示女性生殖器官。

"我们？"

"她和我。"

无话可说。

"你记得祖母的 scrutoir [1] 吗？藏书室里，放在地球仪和小圆桌之间的？"

"我连 scrutoir 是什么都不知道；而且我也想不起什么小圆桌了。"

"但你记得那地球仪？"

灰蒙蒙的鞑靼地区，灰姑娘的手指拂过之处，侵略者将要落马。

"是的，我记得，还有一张小桌，上面绘满了金色的龙。"

"我说的'小圆桌'就是这个了。那的确是张中式小桌，上了日本红漆，那 scrutoir 就在两者之间。"

"中国还是日本？要拿定主意。我还是不懂你说的玩意儿是个什么深不可测的样子。我的意思是说，在那会儿是什么样子，在一八八四年或者一八八八年。"

Scrutoir。简直和另一位一样差劲。

"凡，凡尼奇卡，我们说得走题了。我要说的是那张写字台，或者假如你喜欢的话可以称作书桌——"

"我都不喜欢，不过我知道它是放在黑色长沙发椅对面的。"

第一次提到了——不过过去两人都宁静地将其用作定向装

---

① 实际应为法语 scrutoire，即后文提到的书桌。

置，或是在一块透明布告栏上绘画的右手，画的是一位哲学家没了眼眶的眼球——像只煮熟剥了壳的蛋自己溜达了出来，但也能感觉到其末端靠近一只假想的鼻子，能看见这只手悬在无垠的空间里；于是，那自由的眼球在那玻璃布告牌周围游弋，看见一只左手在其上闪闪发亮——那就是解决办法！（伯纳德说六点半，但我可以去迟些。）凡内心的精神状态总是围绕着感官：难忘的、有些刺耳的、毛茸茸的、比利亚维西奥萨[①] 天鹅绒。

"凡，你在故意转移话题——"

"有话题时就会不由自主。"

"——因为在另一头，紧靠着那张'凡尼爱达'长沙发椅——记得吗？——只有那壁橱，你俩关了我不下十次的。"

"Nu uzh i desyat'（夸张）。只一次——**绝无**第二次。橱子上有一没插钥匙的锁孔，和康德的眼睛一样大。康德眼睛的绿色虹膜是很有名的。"[②]

"嗯，那张书桌，"卢塞特续道，同时交叉了可爱的双腿，并打量着自己左脚的鞋，非常别致的黑漆皮格拉斯鞋，"那张书桌内含一张折叠牌桌以及一只机密抽屉。你当时以为呢——我是这么认为的——里面塞满了我们祖母十二三岁时写的情

---

① Villaviciosa，西班牙地名。

② 学者丹纳·德拉根诺尤（Dana Dragunoiu）解释道，康德在《判断力批判》中指出"美是道德高尚的象征"，而此处康德的绿眼睛与卢塞特窥视凡与爱达的绿眼睛的重合暗示了两人的性欲以及过剩的美学感受是以对卢塞特幼年心灵的伤害为伦理代价的。

书。我们的爱达知道，噢，她是知道的，有这么个抽屉，但她忘了怎么松开牌桌以及桌柜里的器官①了，管它叫什么呢。"

管它叫什么呢。

"她和我激你找出那机密的 chuvstvilishche（中枢机构），恢复它的功能。就是贝尔扭伤了背部的那个夏天，没人管我们了，你和爱达乱了套，我还是纯洁得很。你四处摸索，摸呀摸呀找寻那个小小的机关，原来它躲在你摸的——我是说在你正摸着的——毛毡下的红木里面，有一个可以按下的小圆块：一只盖了毛毡的按压弹簧，当抽屉弹开时爱达乐得笑起来。"

"里面是空的。"凡说。

"也不完全是。里面有小小的红色玩具兵，就这么大。"（用她的手指比划出大麦粒的样子——在哪里比划的？在凡的手腕上）"我就收起来了，图个吉利；我应该还在什么地方收着呢。总之，整个事情预兆了——按我的装饰课老师的说法——你可怜的卢塞特十四岁在亚利桑那的堕落。贝尔回加拿第了，因为弗隆斯基攒改了《命定的孩子》②，她的继任与德蒙私奔了；爸爸③在东部，妈妈④很少在黎明前返家，女仆们在群星升起时就去找情郎了，而我讨厌在给我的那个偏僻房间

---

① 原文此处卢塞特误用了 "orgasm"（性高潮）一词，其拼写类似 "organ"（器官）或 "organism"（有机体）。

② 此处又是卢塞特似是而非的用语，"攒改"的原文为 defigure，疑为 disfigure（篡改）的误用，故以汉字别字代之；而《命定的孩子》（*The Doomed Children*）在第一部中实为《受谴的孩子们》（*The Accursed Children*）。

③④ 原文为法语。

里一个人睡，即使让夜灯开着我也不喜欢——就是那座瓷质夜灯，上面有迷失羔羊的玻璃画的——因为我害怕狮子和蛇，"[很可能是的，这不是我记下的她的谈话，而是从她的一封信或几封信里的摘录——编者按]"爱达能把它们的嚎叫和嘎嘎的咬噬声学得活灵活现，她还跑到我窗下——荒漠的漆黑中的一楼窗下——学着叫唤，我想她是故意的。唔 [此处看来又是谈话记录了]，短话长说吧——"

德·普雷老伯爵夫人一八八四年对一匹跛足母马的赞美之词由她儿子继承了，接着又传给了他女儿，女儿转给了她同父异母的妹妹。然后又立刻被凡重新利用了，他正坐在红色长毛绒椅子上，手支起了帐篷。

"——我抱着枕头去爱达的房间，那儿也有一座类似的瓷灯，在那玻璃画上有个黄胡子的时髦人士，裹着浴袍拥抱着找回的羔羊。那晚上热极了，我们什么也没穿，只有几块橡皮膏（医生给我胳膊擦拭并打针时就用那个）大小的布盖着身子，她就是个白肤黑发的梦幻美女，pour coigner[344] une fraise[345]，[①] 只在四个地方有遮掩，对称的红桃皇后。"

接下来她们扭在了一起，作了很多乐，她们知道以后还会这般在一起，在找不到男孩又无处发泄时，这样是有益卫生的。

"她教给我的做法我做梦都想不到，"卢塞特坦陈道，脸上再次浮现出惊奇的神色，"我们像蛇一样绞缠着，像山猫一样

---

① 法语，意为"造一个词来说"。其中 fraise 又是法语化的英语 phrase（词组，习语），与后文译成的"遮掩"（fraise，障碍物）形成双关。

呜咽着。我们是蒙古摔跤手，我们是字母组合，我们是字母的易位，我们是'爱达露辛达斯'。她亲吻我小小的顶部[346]，我也吻她的，我俩的脑袋以奇怪的组合姿势夹在一起，以至于负责打扫寝室的小姑娘布丽吉特拿着蜡烛闯进来时，一时还以为——虽然她自己也淘气得很——我们同时生了女孩子呢，你的爱达生出了红发姑娘[①]，而没人要的卢塞特呢，生了黑发姑娘[②]。想象一下吧。"

"令人捧腹。"凡说。

"哦，在玛丽娜的庄园里这几乎每晚都要发生，而且常常是在午休时；要不，就是在陶醉在凡的怀中[347]的间隙（她的用语），或者在她和我来例假时，不管你相信与否——"

"我什么都信。"凡说。

"——我们的例假巧得很，是在同一天，在那些日子里我们就只是平常的姐妹，说着平日里不着边际的话，谈不上有什么共同语言，她收集仙人掌，或者为在斯特瓦的下一场试听会背台词，而我博览群书，或是临摹我们找到的一册禁书图谱里的漂亮的色情画，那图谱恰巧就在贝尔留下的一箱子 korsetovi khrestomatiy（胸衣及诸家名文选读）里，我可以向你保证，它们可比孟蒙的卷轴画逼真多了。那个叫孟蒙的活跃于八八八年，比我们早一千年，爱达说他的画展示了东方的软体操，而我是在书堆里无意中发现的。白天就这样打发了，然后星星升

————————

①② 原文为法语。

起，硕大的蛾子用六只脚爬上窗框，我们缠结在一起直到睡着。我就是在这个时候学会了——"卢塞特总结道，同时闭着眼睛，令凡躁动不安起来，脑海里如恶魔般精确地再现出爱达在极度快感时如诉如泣的嘤嘤呜咽。

就在此刻，正如一出精心安排的剧目不时有喜剧性穿插一样，铜制的通话装置嗡嗡地响了，不但暖气片也咔咔地叫起来，连没有加盖子的苏打水都不无同情地嘶嘶作响。

凡（没好气地）："我不懂这第一个词……什么？L'adorée？等一下。"（对着卢塞特）"拜托，待着别动。"（卢塞特发出一句带两个 p 的小孩子说的法语[1]。）"好的。"（指向走廊）"请原谅，波莉。嗯，是 l'adorée 吧？不是？把上下文告诉我。噢——la durée[2]。La durée 不是……什么的罪过？与期限同义。噢。再请原谅，我得让那发疯的苏打水停下来。别挂。"（朝"故道"[3] 大叫了几声，在阿尔迪斯时他们就这么称呼那长长的二楼走廊。）"卢塞特，**随**它去，谁在乎！"

他给自己又倒了杯白兰地，一时间他竟很可笑地记不起他刚才是怎么了——对了，波莉的水话。

话筒里的声音沉寂了，但一重新摇晃起听筒它又嗡嗡作响起来，此时卢塞特也小心地敲了敲。

"La durée……天哪，可以过来但别敲……不，波莉，敲不

---

① 据上下文可大致推测为 papa（爸爸，老爹）。

② 法语，期限。

③ 原文为 cory door，为常用女子名，音谐 corridor（过道）。

是说你——是我的小表妹。好吧。La durée 与'充满了'不同义——是的，这个词有点像星期六①——那个特定哲人的思想。又怎么啦？你不知道是 dorée 还是 durée？ D，U，R。我还以为你懂法语呢。哦，我明白了。再见。"

"我的打字员，金发姑娘，没多大用处但也总用得着，分辨不出我写得很清楚的 durée，因为她说，她懂法语，但不懂科技法语。"

"其实，"卢塞特评论道，同时擦去了长信封上的一滴苏打水污渍，"伯格森只适合非常年幼者或非常不幸者，就像眼前的这个橙红色。"

"能认出伯格森，"这个好色的助教说，"在你小小的境况中②就能打个 B-，高不到哪去了。要不我也亲吻一下你'小小的顶部'——管它是什么？"

我们年轻的"凡魔"一边缩回并重新放好腿，一边暗自咒骂着，那四撮呈十字交叉的红狐狸毛此刻牢牢地攫住了他。"情况"的一个同义词是"情形"，形容词"人性的"可被解释为"男子气的"（因为 L'Humanité 有"男性"的意思！），我亲爱的洛登最近对不幸的③的蓬皮耶的廉价小说《人性的情况》④就是这么译的，其中"凡魔"给很搞笑地注解成"荷兰裔塔斯马尼亚农民⑤"。得及早让她走人。

"假如你是认真的，"卢塞特说着将舌头伸出嘴唇，眯缝了

---

① 此处的"充满了"（saturated）与星期六（Saturday）拼写类似。
②③④⑤ 原文为法语。

愈益黑深的眸子，"那么亲爱的，你现在就可以来。但假如你是拿我取乐的，那么你就是最最残忍的'凡魔'。"

"好啦好啦，卢塞特，那在俄语里就是'小十字'的意思，不过如此，还能有什么呢？是某种护身符吗？你刚才提到了什么小红纽扣还是玩具兵的。是你戴的什么东西吗，或者以前戴过的扣在小项链上的一小块珊瑚，古罗马的贞洁牌？怎么了，我亲爱的？"

"我要碰碰运气，"她说，眼睛仍眯缝着，"我会解释的，不过这只是我们姐妹间的私房话，我以为你对她的词汇应该是熟悉的。"

"噢，我知道，"凡嚷道（因恶毒的讽刺挖苦而发抖，因神秘的愤恨而激动，并将之全发泄在了红头发的替罪羊、天真无知的卢塞特身上，她唯一的罪过就是身上充溢着另一个人的无数个朱唇的幻象），"当然，我现在想起来了。单数的污点可以成为复数中的神圣记号。当然你指的是纯洁而多病的年轻修女眉间的那些十字斑纹，那是修士们用没药树枝使劲儿点出来的。"

"不是的，没那么复杂，"卢塞特耐心地说，"回到藏书室的话题吧，你在抽屉里找到了那个还直直挺立的小玩意儿——"

"Z 代表泽姆斯基。如我所希望的那样，你长得的确很像多莉，藏书室里有她一幅画像，就挂在她的不可透视①的上方，

①　inscrutable，似为凡对卢塞特刚才误用的 scrutoir 一词（实为法语 scrutoire，书桌）的调侃。

打扮得仍很漂亮，拿着一支佛兰德斯石竹花。"

"不，不，"卢塞特说，"那幅无关紧要的油画是在房间另一头主管着你们的学习和嬉闹的，紧靠着壁橱，在一只玻璃书柜之上。"

这罪什么时候才算受够？我没法就这么当着她的面将信拆开并且为了观众而大声朗读。我不善作诗，也无法用它来表达我内心之苦楚。[①] [348]

"有一天在藏书室，我跪在椭圆桌（带狮爪形桌腿）前的一张奇彭代尔式椅子的黄色软垫上——"

[如此辞藻强烈显示这段话是引自书信的。——编者按]

"——被 Flavita 游戏[②] 最后一轮的六个字母[③] 难住了。别忘了，我那时八岁，也不懂解析，但还是企图用我可怜的小脑瓜竭尽全力地跟两个神童[④]比拼一下。你翻了翻我的字母槽，飞快地将乱七八糟的次序重新排列了一遍，拼成了，比方说 LIKROT 或 ROTIKL，爱达则俯在我们头上，她黑亮的真丝衣服拂过我们俩。而当你完成了重拼时你和她不约而同地说假如我可以这么摆放的话 [349]（加拿第法语），然后在一阵突发的让人无法理解的乐不可支中跌坐在黑地毯上；于是最终我一声不响地拼出了 ROTIK（'小嘴巴'），留下了我自己名字里那个不值钱的首字母。我希望我完全把你搞糊涂了，凡，因为世界上

---

① 语出《哈姆雷特》第二幕第二场哈姆雷特写给奥菲莉亚的信。

② 拼拆字游戏，见第一部第三十六章。

③④ 原文为德语。

最丑的女孩能给予的比她所拥有的多得多[①][350]，好了现在让我们道别吧，你永远的。"

"只要在我有生之年[②]。"凡呢喃道。

"哈姆雷特。"助教最聪明的学生说道。

"好吧，好吧，"这个一直在折磨着她以及他自己的人说，"不过，你知道有一种偏重医学思维的英式拼字游戏，再加两个字母就可以拼出，比方说，STIRCOIL，一种很多人都知道的汗腺刺激物，或是CITROI-LS[③]，有泡妞的意思。"

"请别说了，'凡魔'，"她抱怨道，"看信吧，把我的外衣拿来。"

可是他没有停下来，说得眉飞色舞：

"我很惊讶！我从没想过斯堪的纳维亚国王、俄罗斯皇室的王子以及爱尔兰男爵的直系后裔竟也能使用下里巴人的语言。是的，你说得没错，你表现得像个荡妇，卢塞特。"

在忧伤的沉吟中卢塞特说："一个遭到拒绝的荡妇，凡。"

"O moya dushen'ka（我亲爱的），"凡嚷道，他的粗野和残忍连他自己都感到震惊，"求你原谅我！我是个有病的人。过去的四年我一直饱受'同宗族毒瘤'之苦——一种怪病，科尼列洛描述过的。别把冰冷的小手放在我的爪子上——这只会让你的结局以及我的结局加速到来。继续说你的故事。"

_____

① 原文为法语。
② 亦出自《哈姆雷特》第二幕第二场哈姆雷特写给奥菲莉亚的信。
③ 显然是 clitoris（阴蒂）的字母变位。

"嗯，在教会了我可以独自练习的单手简易操之后，爱达无情地抛弃了我。的确，我们仍然不时地在一起干那个，从没停止过——在某聚会之后某熟人的小屋里；在一辆白色大轿车里，她就是在这车里教我学驾驶的；在匆匆穿越大平原的卧铺车里；在愁云惨雾的阿尔迪斯，来昆斯顿之前我在那里和她过了一夜。哦，我爱她的手，凡，因为那双手有着同样的rodinka（小胎记），因为那手指是修长的，因为，事实上，那是缩小镜里凡的手，细嫩的缩小版，v laskatel'noy forme'。"（这样的谈话——这个古怪家族的维恩·泽姆斯基旁支，艾斯托提最高贵、"反地界"最显要的家庭——总是混杂着俄语，其作用在本章亦表现得参差不齐——今晚读者要不得安宁了。）

"她抛弃了我，"卢塞特续道，一边的嘴角翘起来，同时上下抚了抚淡肉色长裤，"是的，和约翰尼展开了一段不愉快的恋情，他是从富埃特文图拉岛[①]来的一位年轻影星，如同家里人一般，[②]她不折不扣的 odnoletok（同代人），长得和她简直就是孪生兄妹，生于同年同日，同一时刻——"

这是傻乎乎的卢塞特犯的一个错误。

"啊，这不可能，"郁闷的凡打断了她的话，他身子摇来晃去，眉头紧皱（怎会有人愿意用一只浸了开水的药棉[351]——可怜的拉克过去就是这么形容她苍白无力的琵琶音谱的——去敷他右脑门上的熟粉刺呢），接着又道："绝对不可能。没有哪

---

① Fuerteventura，属于西班牙加那利群岛。
② 原文为法语。

对该死的双胞胎会这样。布丽吉特看到的那对也不行，我能想象这是个机灵的小家伙，用他的烛焰和她胸口裸露的乳头调着情。双胞胎之间的年龄差"——他说话如同一个将语调控制得很好的疯子，听起来反倒很是书呆子气——"难得有少于一刻钟的，劳作的子宫需要这个时间来让这个女性库房休整、放松，之后才能再接再厉。在极为罕见的事例中，母体会不由自主地连续收缩，医生趁机就接下了第二个崽子，这种情况下后者可视作在年岁上小了三分钟——对家庭而言可是喜事，对埃及举国上下而言更是双喜临门^①——也许是且一直是比马拉松式的生产更重要的。不过无论这样的例子有多少，这些个孩子绝无可能鱼贯^{②352}而出。'同步双胞胎'是自相矛盾的说法。"

"Nu uzh ne znayu（唔，我搞不清楚）。"卢塞特嘀咕道（这句话忠实地再现了她母亲沉闷的音调，表面上指示了对错误或无知的承认，但其实——由一个几乎难以察觉的表示屈尊而非屈就的点头便可见其端倪——却缓和、稀释了对方的纠错性反驳的真实性）。

"我的意思只是，"她绩道，"他是个很英俊的西班牙-爱尔兰混血小伙子，黑发白肤，人们会把他们错当成孪生的。我没有说他们真是双胞胎。或'沾这么几滴'。"

"沾几滴？沾几滴？是谁这么断言的？谁？谁？梦里滴滴

---

① 或因埃及神话中多双胞胎之故，如地神盖布与天神努特，另有传说埃及女王克娄巴特拉和马克·安东尼生有一对龙凤胎，且克娄巴特拉和马克·安东尼在治理国家期间也将自身神化为双胞胎神伊希斯和奥里西斯。

② 原文为法语。

答答的丢羊人吗？孤儿们都活着？"可是我们得听卢塞特的。

"过了约一年她发觉一个搞鸡奸的老头儿在包养他，于是她和他分了手，他跑到海滩上，在浪头最高时开枪自杀，但被冲浪的人和外科医生救了，现在他的脑子已经损坏了；他再也不能说话了。"

"哑巴也会有人找的，"凡沮丧地说，"他可以在'斯坦堡，我的宝'里演个不说话的太监，或是一个马夫，伪装成送信来的女仆。"

"凡，我是不是烦着你了？"

"哦，别胡说，这只是惹人注目又惹人心跳的往事罢了。"

因为这其实真不算坏事：这么多年也就三个——除了送来的这第四个。干得漂亮，爱迪安娜！真不知道她的下一个猎物是谁。

"在那个可怜虫及下一个入侵者之间，我们又在一起度过了好些可爱又可怕的夜晚。你可不能向我强求其细节。假如我的皮肤是画布，她的唇是画笔，那么我没有一寸肌肤未被这支笔拂过，反过来也是如此。你是不是吓坏了，凡？是不是很厌恶我们？"

"其实不然，"凡答道，同时装出一副俨然"性致勃勃"的样子，"如果我不是男异性恋者，我就甘当女同性恋者。"

他对卢塞特铤而走险的狡黠及老一套的伎俩的老一套的回应态度，使得她断绝了希望也没了主张，他们面前仿佛有无形而永恒的黑洞洞的观众，不时传来沉闷的咳嗽声。他第一百次瞥了眼蓝信封，其狭长的边与闪亮的桃木桌边并非处于平行的位置，其左上角半掩在盛白兰地和苏打水的托盘之后，其右下角冲着凡最爱读的小说——搁在餐具柜上的《条形标牌》。

"我希望很快能再次见到你，"凡说，他郁郁地啃着大拇指，诅咒着这其中的停顿，渴望着那蓝色信封里的内容，"我在亚历克西斯大街上有一套公寓，请务必来找我。我装修了客厅，配备了安乐椅、枝形烛台①和摇椅；很像你母亲的房间。"

卢塞特嘴角带着哀愁行了屈膝礼，按美国的方式②。

"你能来待几天吗？我保证做个君子。好吗？"

"我对君子的概念或许和你不一样呢。还有科朵拉·德·普雷呢？她不介意吗？"

"那公寓是我的了，"凡说，"再说，科朵拉现在是伊凡·G.托鲍克夫人。他们正在佛罗伦萨上演活报剧³⁵³呢。这是她最近的一张明信片。丹麦的弗拉基米尔·克里斯蒂安，她宣称这便是她的伊凡·乔瓦诺维奇的化身。看看吧。"

"谁在意萨斯特曼斯③呀。"卢塞特道，她的答话有点儿像她同母异父的姐姐下象棋时华而不实的飞马走法，或是拉丁派足球选手的倒挂金钩④。

不，那是一株榆树。五百年前的。

"他的先人，"凡仍喋喋不休，"是著名的或 fameux⑤俄罗

---

① ② 　原文为法语。

③ 　Justus Sustermans（1597—1681），佛兰德斯宫廷画家。

④ 　原文为意大利语。

⑤ 　法语，著名的。

斯海军上将，和让·尼科用剑进行了决斗，之后便用前者的名字命名了托鲍克群岛，或曰托鲍克福群岛，我记不得是哪个了，好多年前了，五百年。"

"我提及她只是因为老情人总是很容易为仓促得出的结论气恼，就像一只猫没能跳过栅栏，便不再试第二次而是飞奔而去，头也不回。"

"是谁告诉你那下流的幕间鸡的，我是说幕间剧？"[1]

"你父亲，我亲爱的[2]——我们在西部的时候常看见他。一开始爱达猜想'塔珀'是个杜撰的名字——你可能是跟另外一个人决斗的——但这是大家在听说那另外之人在卡卢加诺死之前的猜测。德蒙说你就该给他来一顿棍棒。"

"我不能，"凡说，"那会儿这贼子已在医院病床上奄奄一息了。"

"我是说那真实的塔珀，"卢塞特嚷道（她已经把自己的造访弄得面目全非了），"不是说我那可怜的无辜的音乐老师，戴了绿帽子还被下了毒。即使是爱达也治不好他的阳痿，除非她撒谎。"

"有点儿。"凡说。

"不见得是他的问题，"卢塞特说，"他老婆的情人会搞小提琴三重奏。瞧，我想借本书，"（浏览着最靠近的书架，《吉

卜赛姑娘》《克里希的陈词滥调》《永远的梅尔特瓦戈》《丑陋的新英格兰人》）"再到隔壁屋子蜷缩起来看一会儿书，就像他们说的[354]，而你呢——哦，我很喜欢《条形标牌》。"

"不着急。"凡说。

停顿（离这幕戏结束还有十五分钟）。

"十岁的时候，"卢塞特为了说些什么而说道，"我上了'老玫瑰斯托普钦'[355]的舞台，但我们的（在那一天，那一年，用意想不到的、帝王般的、自说自话的、诙谐的、技术上不够严谨的、禁忌的复数物主代词在他面前这样称呼她）这位姐妹这个岁数已经能用三种文字阅读了，读的书比我十二岁时还多很多。但是！在加利福尼亚生过一场大病后，我补偿了自己的损失：生力军击败了生脓原。我不是在炫耀什么，不过你是否碰巧知道我的一个最爱：海罗达斯？"

"噢，知道，"凡漫不经心地答道，"罗马学者尤斯蒂努斯的一个下流的同代人。是的，一本好书。将狡诈和才华横溢的粗鄙令人眼花缭乱地混合起来。亲爱的，你读的是带希腊语对照①的法文译本，是吧？——但我这儿的一个朋友给我几篇新发现的文本，你肯定没看过，说的是两个孩子，兄妹俩，纵欲过度以致死在彼此的怀里，分都分不开——大惑不解的父母将他们拉开来，可是每次一松手又啪地回复了原位。非常淫秽，非常悲惨，也特有意思。"

---

① 原文为法语。

"不，我不知道有这个段落，"卢塞特说，"不过，凡，你为什么——"

"花粉热，花粉热！"凡叫道，同时翻着自己的五个口袋想找手绢。她同情的目光以及徒劳的翻找使他涌起一阵悲哀，使他由着性子脚一跺，抓起信冲出屋子，弄掉了又捡起来，然后躲到最远处的房间（飘荡着她的"都格拉斯"的芳香）一口气读了下去。

哦，亲爱的凡，这是我做的最后一次尝试。你可以视之为疯癫之举或是后悔药，可我希望来和你一起生活，无论你在哪里，永远永远。假如你对你窗口的姑娘予以奚落的话，你可怜的爱达将发航空电报立即接受一个月前在亚利桑那发出的求婚。他是亚利桑那俄国人，文雅得体，不算特别聪明也不是很时髦。我们唯一的共同点就是对许多长相孔武的沙漠植物的浓厚兴趣，特别是各种各样的龙舌兰，它们是美洲最高贵的动物黄纹弄蝶（瞧，昆利克又在挖洞了）的幼虫的栖息地。他拥有马匹，收藏立体派绘画，还有"油井"（不知道是什么鬼东西——我们的父亲也有，还不肯告诉我，云山雾罩地走开避而不答，他惯用的伎俩）。我已经告诉我那颇有耐心的亚利桑那人，在我征询我唯一爱过或仍要爱下去的男人的意见之后会给他一个确定的答复。今晚打水话给我。拉多尔的线路糟透了，但他们向我保证在河潮到来之前所有的麻烦都会处理掉。Tvoya，tvoya，tvoya（你的）。爱。

凡从抽屉里叠放整齐的衣物里取了一条干净手绢，接着以类似的动作从拍纸簿里撕下一页便签。在这种混乱无序的时刻，能以重复的节奏处理巧合性的物件（白色、矩形的）是很有裨益的，真是很妙的事情。他写了张航空电报并回到客厅。他看见卢塞特正穿上毛皮大衣，五个笨拙的学者一声不吭地围着这位温和优雅的今冬时尚的楷模。伯纳德·拉特纳，一位戴厚重眼镜、黑头发红脸颊、体型粗短的年轻人带着和蔼的释怀之色跟凡打招呼。

"天哪！"凡惊呼道，"我以为我们是在你叔叔家碰面呢。"

他飞快地用手势打开包围圈，招呼众人在等候室的椅子上坐下，并且不顾漂亮表妹的抗议（"走二十分钟就到了；不用陪我"）用铜管通话器叫来他的车。接着他尾随卢塞特乒乒乓乓地下了狭窄的楼梯，katrakatra（四步四步一跨）①。拜托，孩子们，别 katrakatra（玛丽娜）。

"我还知道，"卢塞特说，似乎还在继续刚才的交谈，"**他是谁**。"

她指了指楼前的铭牌"伏提曼德堂"，此刻他们正从那里走出来。

凡飞快地瞥了她一眼——而她说的只是《哈姆雷特》里的那个侍从。

他们穿过一条昏暗的拱道，走进细腻的斜阳的余晖中。他

① 原文为法语，指下楼的步伐匆忙急促。katrakatra 应是拉丁俄语化的法文。

让她停下来并把写好的便条交给她。便条要爱达包租一架飞机并在明早任何时间赶到他在曼哈顿的寓所。午夜时分他将驾车离开金斯顿。他仍希望拉多尔的水话机在他离开之前能修好。邻近水话机的城堡① 不管怎样，他估计她过几个小时就能收到航空电报了。卢塞特说"嗯，嗯"，电报首先飞往蒙特–多尔——对不起，拉多尔——如果标记为"加急"，则会在日出时分抵达睡眼惺忪的邮差手里，后者跨上邮政局长那匹饱受蚊虻叮咬的老马向东奔去，因为周日是不能骑摩托的，地方旧法规，对速度的迷狂，以及礼拜日的观念② 356；不过即便如此，她还会有充裕的时间收拾，找出那盒卢塞特要她带的荷兰蜡笔，**假如**她来的话，再及时赶到科朵拉不久前还用过的卧室来吃早餐。那一天，这有一半血亲的兄妹俩都会疲累得够呛。

"对了，"他说，"我们来定一下你什么时候来。她的信改变了我的计划。我们下周末在'厄索斯'共进晚餐。我会联系你的。"

"我不指望，"她说，目光朝别处看去，"我尽力了。我模仿她所有的 shtuchki（小把戏）。我演戏比她更有天分但这还不够，我懂的。现在回去吧，他们正在猛喝你的上等白兰地呢。"

他将双手猛然插入她那如鼹鼠皮一样柔软的衣袖洞眼③，从内里抓住她瘦削赤裸的胳膊肘，带着沉吟的欲望俯视她那**涂得红艳艳的唇**。

---

①② 原文为法语。
③ vulva，该词亦有"阴户"之意。

"就亲一下①357。"她哀求道。

"你保证不张嘴？不会瘫软？不会意乱情迷？"

"不会，我发誓！"

他犹豫了。"不，"凡说，"这真是疯狂的诱惑，可我不会就范。我不能再经历另外一场灾难了，另一个妹妹，哪怕是只有一半血亲的妹妹。"

"Takoe otchayanie（多么失望）！"卢塞特哀鸣道，并且裹紧了出于本能已敞开准备接纳他的大衣。

"她的回归只能让我期待折磨，这也许让你感到好受些？而我当你是一只天堂鸟呢。"

她摇摇头。

"那要是说我对你欣赏得要命？"

"我要的是凡，"她哭道，"不是什么看不见摸不着的欣赏。"

"看不见摸不着？你这傻瓜。你可以拿捏到的，你可以轻轻抚摸一下，用你戴了手套的指节。我说了用指节。我说了一下。那就行了。我不能亲你。甚至不能亲你滚烫的脸蛋儿。再见，小可爱。告诉埃德蒙回来后打个盹儿。我凌晨两点要他出车。"

---

① 原文为法语。

6

那次重要讨论的意义在于形成了一种令人瞩目的对照，所涉及的问题是凡在多年之后用另一种方式试图解决的。金斯顿临床诊所仔细检视了几宗恐高症病例，以确定其与对时间的恐惧是否有任何蛛丝马迹的牵连。实验产生了截然相反的结果，但特别奇怪的是，唯独能找到的一例重度时间恐惧症，从其自身性质——形而上的意味、心理印记，等等——来看，与空间恐惧很不相同。诚然，被时间之结构逼疯的单个儿病人争不过数量庞大且喋喋不休的恐高症患者，而一直责怪凡的轻率和愚蠢（这是小拉特纳还算客气的表述）的读者在得知我们年轻的探索者竭尽全力避免仓促草率地对待 T. T. 先生（时间恐惧症患者）罕见而意义重大的病情时，会对他刮目相看的。凡彻底弄明白了，该病与钟表、日历等任何一种时间的计量或内容都无关，同时他怀疑——也寄希望（只有纯粹的、满怀激情而又极不人性的发现者才会如此希望）——他的同事们会发现，对高度的惧怕主要赖于对距离的错误估测。他们最严重的恐高症患者阿尔辛先生连从脚凳上下来都不敢，但假如能用某种光学障眼法劝其相信五十码之下的火网不过是距足一寸的垫子，那么就能让他从高塔之巅一脚踏入空中。

凡为他们准备了不少冷盘，还有足足一加仑的"盖乐思"

淡啤酒——不过他心却在别处，也未能在众人中脱颖而出，这次讨论始终以一幅铅色画的图像存于脑海中，单调乏味且模棱两可。

他们到午夜时分方才离去；当他想拨水话到阿尔迪斯庄园时，他们还一边下楼一边聒噪着——拨不通，总是不通。他间或拨一次，直到拂晓才放弃。他来了个痛快的大解（似曾相识的对称感使他想起了决斗前的那个清晨），接着，领带也不打（他最喜欢的领带都在新宅里等着他呢）就驱车直奔曼哈顿，当他发觉埃德蒙跑了四分之一的路花费了四十五分钟而不是半个钟头时便夺过了方向盘。

原本他在那不开窍的水话里想对爱达说的话，用英语只三个字，用俄语可缩为两个字，在意大利语里只有一字半；不过爱达后来说他发疯似的要打到阿尔迪斯来找她的妄举只让水管来了一阵猛烈的"上涨"狂想曲，最终使地窖里的锅炉罢了工，断了热水——事实上什么水也没有了——于是她起床时便穿戴了最暖和的衣服，让布泰兰（暗自欣喜的老布泰兰！）提着她的箱子并把她送到了机场。

与此同时凡早已到了亚历克西斯大街，躺在床上睡了一小时，然后刮胡、冲淋。当空中传来引擎声时，他的蛮力简直要扯断了通往露台的门。

尽管有坚韧的意志力，尽管对滥情冷嘲热讽，尽管鄙视哭哭啼啼的软骨头，凡深知自从与爱达断绝关系以后，他对于不加抑制的涕泪（不时如癫痫般暴发，突如其来的号啕撼动着躯体，涕流源源不尽地充斥着鼻腔）的能忍善耐给他带来了深深的痛苦，这是唯我独尊的他在快乐至上的过去所始料不及的。一架小型单翼机（其机翼光彩四溢，企图非法降落在停车场的椭圆形中央绿地上却未遂，据此人们可以判断这是包租来的；其后它消失在晨雾中找别处落地了）引发了凡的第一声抽泣，此刻他正披着短"绒布"站在怒放着一丛丛蓝绣线菊的屋顶露台上。他伫立在凛冽的阳光里，直到他感觉浴袍下的皮肤已然成为犰狳的骨质甲。他一边诅咒着并在齐胸的高度挥舞着双拳，一边回到温暖的屋里，喝了一瓶香槟，唤来罗斯，那是个爱玩爱闹的黑人女仆，他与著名的、近来刚荣获勋章的迪安先生——密码破译专家、堪称完美的绅士，就住在楼下——以别样的方式共用着她。凡怀着纷乱的心绪和不可饶恕的淫欲，盯着她整理床铺时花边衣裙下优美紧致的背部曲线，与此同时可以借助暖气管的传音听见她楼下的情人正快乐地自哼自唱着（他又破译了一封告诉中国人我们下次计划在哪里登陆的鞑靼密信！）。罗斯很快收拾好了房间，调笑着走开了，而那潘神①的吵闹声几乎还未及被一通声音渐强、连孩子也能解译的国际长途取代，走廊里便叮叮咚咚响起了铃声，紧接着面色更苍白、嘴唇更红艳、长大了四岁的爱达站在了抽搐着抽泣着一如少年的凡面前，她波浪似的秀发与比她妹妹穿的大衣更浓密的黑色皮毛混在了一起。

---

① Pandean，希腊神话中的牧羊神，以好色著称，该名正好包含了迪安（Dean）的名字。

他本来准备的措辞在梦里妥帖得很，而在鲜活的现实中却显得那么无力："我看见你乘着蜻蜓的羽翅在我上空盘旋"；他在说到"蜓"字时便哽咽住了，扑倒在她脚跟前——伏在她穿在黑亮的水晶拖鞋里的赤足前——每一次记起她在靠着那最后一棵树的树干调适自己的肩胛骨时所带的不可思议的淡淡微笑，他都会深深陷入回忆中，陷入脑海的最深处，那时的姿态，那堆积的无望的柔情，那种精神的自残，那对恶毒的生活的谴责，悉数在此刻丝毫不差地展现出来。一位隐形的舞台管理者塞给她一张座椅，她哭泣着，抚摸着他的黑色卷发，伴随他感受着悲痛、感激和追悔。如果不是另一种自打前一天起就一直搅得他气血翻涌的肉体上的狂躁让他有幸分了神，或许他还会更绵长地沉湎在这悲喜交集之中。

她仿佛是刚从燃烧的宫殿和覆灭的王国里逃生的，皱巴巴的睡衣外套了件深棕色、泛着灰白光泽的海獭皮大衣，那是先古艾斯托提贸易商人有名的勘察加海狸皮①，在利亚斯加海岸亦被叫做"lutromarina"："我的天然毛皮"，玛丽娜以前总是很高兴地称呼传自泽姆斯基家族一位老祖母的披肩，在老祖母的年代，冬季舞会散场时，某位穿水貂皮或河狸皮或质地粗劣的海狸皮大衣②（海狸，nemetskiy bobr）的女士总会痴痴地对海狸毛皮大衣③ [358] 悲叹不已。"Staren' kaya（旧玩意儿），"玛丽娜时常还要怀着温情的嫌弃补上一句（通常相当于波士顿女人对

---

①③　原文为用拉丁字母转写的俄语。

②　原文为法语。

别人恭维其平庸的貂皮大衣或海狸皮衣时所怩怩回应的"谢谢您"——但这并不妨碍她随后又责骂那个"自大的女演员",说她"爱出风头",而后者实际上却是最朴实的)。爱达的海狸们(海狸的高等复数)是德蒙送的礼物,我们都知道近来他在西部诸州见到她的次数远比她儿时在东艾斯托提时多。这个特立独行的热心人对她产生了和对凡一样的柔情[①],他关于爱达的用语听上去是如此火爆,以至于警惕性很高的蠢人们怀疑老德蒙"跟他侄女睡觉了"(实际上,他越来越热衷于西班牙女孩,她们总似乎随着年岁的增长而越来越年轻,这一直持续到世纪之末他六十岁时,那会儿他将头发染成午夜的幽兰色,他热情的火焰也变成了难以捉摸的十岁的小仙女)。世人对真实情况根本就不了解,甚至科朵拉·托鲍克(娘家姓德·普雷)和格雷丝·威灵顿(娘家姓埃尔米宁)谈起德蒙·维恩时,也将这位留着时髦的山羊胡子穿胸口带花边的衬衫的老先生称为"凡的接班人"。

兄妹俩谁也无法再现(所有这些,包括海獭,都不应该被视作叙述者的遁词——我们在一起的时候还对付过棘手得多的事情)他们说了什么,如何亲吻的,如何收住泪水,他如何将她推向沙发,如何豪迈地展示他对她(在温热的毛皮衣下)衣不蔽体的直接反应,当年她秉烛走过那扇神奇的大落地窗时也正如此刻。

[①] 原文为法语。

在狂热地享用了她的喉头及乳头，正要急不可耐地进入下一阶段时，她却阻止了他，说要先洗个晨浴（这真是个新爱达），再者，她估计"摩洛哥"休息厅的那些笨蛋随时都会把她的行李送来（她走错了入口——不过凡已经贿赂了科朵拉忠实的看门人，于是他对爱达殷勤至极，简直是抱她上来的）。"很快，很快，"爱达说，"da, da①，爱达一忽儿就可以钻出泡沫了！"然而疯癫又固执的凡脱掉了绒布浴袍跟她进了浴室，她在低矮的浴缸上沿舒展开身躯，把两个龙头打开，然后俯身去将拴了铜链的塞子塞上；而塞子自行被吸在了洞眼里，与此同时他端稳了她七弦琴般的娇躯，片刻间已寻到了如小山羊皮般柔软的源口，并被紧紧夹住，深陷在了那熟悉的、无与伦比的、勾勒着深红轮廓的唇里。她想同时攥住两个龙头把②，于是不由自主地使得心领神会的放水声更嘈杂了。凡在释放时发出一声悠长的呻吟。此刻他们仿佛重又置身于蔚蓝的派恩代尔溪③，卢塞特满不在乎地用指节敲了敲门便推进来，停住身形，目光吸在了凡毛茸茸的后背上，还有布满左侧的可怕伤疤。

爱达用双手关掉水龙头。卢塞特正将行李左一件右一件扔

---

① 用拉丁字母转写的俄语，是的。

② 此处原文的 cock 兼有龙头和阴茎之意。

③ 参见第一部第三十九章："他们蹲伏在溪岸众多结晶状礁石中的一块的边缘，这礁石似是在跌入水中之前还要搔首弄姿一番。凡在最后一阵抽搐之后，从水中的倒影里看到了爱达警惕的神色。类似的表情以前也在什么地方出现过：他无暇让回忆清晰地浮现，而回忆却已让他立刻辨清了身后的跌绊声。"而此处"重又置身于蔚蓝的派恩代尔溪"即指爱达与凡重温水边交欢之乐，又暗示卢塞特即刻再次现身。

在公寓地上。

"我没在看，"她傻乎乎地说，"我只是顺便过来拿一下我的蜡笔盒。"

"宝贝拜托，给他们小费，让他们卸了行李就走。"凡说，他像台欲罢不能的自卸车①——"把毛巾递给我。"爱达补充道，可是这小跟班正捡着匆忙间撒落的硬币。此时爱达看见了凡身上猩红色的梯状缝合线——"哦，我可怜的爱人。"她叫道，并完全出于怜悯地由着他重复刚才卢塞特进来时中断的动作。

"我不能肯定有没有把她那盒该死的克拉纳赫蜡笔带来。"过了片刻爱达说道，同时作了个吓坏了的蛙面②表情。她从一管宾西维特里斯沐浴液里挤出一些玉脂般的液体倒进洗澡水中，而他则怀着充满了松香芬芳的喜悦看着她。

我们的一双情人总算穿上了得体的衣服，拖着虚弱的腿坐下来共享丰盛的早餐（阿尔迪斯的松脆培根！阿尔迪斯半透明的蜂蜜！），此时卢塞特已经走了（留下一张简短的便条，记有她在温斯特旅馆女宾部的房间号），是瓦莱里奥由电梯送上来的，这是位淡黄头发的罗马老者，胡子总是刮不干净，一副倒霉样子，可却是个可爱的好老头儿（正是他在去年六月找到了干净利索的罗斯，并且收了维恩和迪安的好处，以严格保证

---

① 此处原文的 tipper 兼有自卸车、翻斗车和付小费者之一，与前文的 tip（付小费）呼应。

② frog face，原指变应性鼻炎患儿经常用手上推鼻尖的姿态。

她专供他俩使用）。

欢笑何其多，眼泪何其多，亲吻何其缠绵，计划何其纷繁！爱得何其安稳，何其自由！两个不相干的吉卜赛高级妓女——一个是穿华而不实的洛丽塔的狂野女孩，涂着深红色唇膏，长着黑色的短茸毛，是在格拉斯和尼斯之间的一家餐馆结识的；还有一位是业余模特（你见过她在富拉特广告里摆弄着一支很有男性意味的唇膏），诺福克千惠谷的人恰如其分地称其为"风蝶"——不约而同地证明了我们的主人公（这本不宜在家族史里提及）虽然勇武，却完全不能生育。凡对赫卡忒①的判定感到好笑，去做了几个试验，而所有的医生尽管对这一症状的巧合性嗤之以鼻，但也都认定凡或许是个强固坚挺的情人，却不能指望有后了。小爱达将手拍得何其欢快！

她是否愿意待在这寓所里直到春季学期（他现在也有"学期"的概念了），然后陪伴他去金斯顿，或是顺她所愿去国外几个月呢？——哪里都行，巴塔哥尼亚，安哥拉，新西兰山区的古鲁鲁。就待在公寓里？这么说很喜欢这里了？除了科朵拉的几样东西应该扔掉——比方说布朗希尔毕业签名册，里面还敞开着可怜的万达的肖像。在一个满天星辰的夜晚，在巴尔干的拉古萨，她被一个女友的女友开枪打死。真让人难过，凡说。小卢塞特无疑告诉了他后来的胡作非为？用双关语道出了关于阴蒂的奥菲莉亚似的狂躁？一股脑儿地说出了其中的快

①　Hecate，希腊神话中的丰饶女神。

感？"我们没有夸张，你知道，"① 爱达说，同时双掌朝下拍击着空气。"卢塞特只认定，"他说，"她（爱达）模仿了美洲狮。"

他无所不知。不如说，无所不淫。

"所言极是。"另一位总回忆者道。

还有，对了，格雷丝——是的，格雷丝——她是万达的最爱，并非小小的我② 以及我那小小的花瓣儿。她（爱达）——不是吗——总有办法抹平过去岁月的折痕——把长笛手弄得差不多阳痿了（和他老婆在一起时例外），还只让那个乡绅抱过一次，伴随着过早的射精③，这大概是丑陋的俄语外来词之一吧？是的，难道不丑陋吗，不过当他们永久定居下来时她还会喜欢玩拼字游戏的。可是在哪里定居？如何定居？难道伊凡·维恩先生及太太不能随遇而安吗？要不每本护照都注明"单身"吧？他们可以去最近的领事馆，带着愤怒的咆哮以及 / 或者相当可观的贿赂将其纠正过来，永久纠正。

"我真是个很好很好的姑娘。她那些不一般的笔在这里。你邀她下周末来，真是非常周到，非常讨喜呀。我想她爱你比爱我更疯狂，可怜的宝贝。是德蒙在斯特拉斯堡买的。毕竟她现在算得半个处女，"（"我听说你和爸爸——"凡发话道，可是新话题的引入被淹没了）"我们不用害怕她目睹我们作乐④ 359"（故意带着洋洋得意的痞子腔——我备受赞赏的文风亦如是——用俄语或用俄语的方式⑤对开首元音予以重读）。

———————————

①②④⑤　原文为法语。
③　原文为用拉丁字母转写的俄语。

"你扮美洲狮，"他说，"可她扮的是我最喜爱的柔和的紫罗兰① ——扮到了极致！她是一种妙不可言的仿天牛，顺便提一句，而如果你还能更好——"

　　"我们还是换个时间谈我的才华和诡计吧，"爱达说，"是个痛苦的话题。现在还是来看看这些快照。"

---

① 原文为意大利语。

7

　　在阿尔迪斯的沉闷日子里的一天，模样变了不少、大了一圈的基姆·博阿尔纳来找她，胳膊下夹了一本用橘棕色布装订的相册，那从来都是爱达所憎恶的脏兮兮的色调。她有两三年没见过他了，那个脚步轻快、身子单薄、面带菜色的少年已长成了肌肤黝黑的大汉，与域外歌剧里的土耳其近卫步兵有几分相似，噔噔地跑来扬言要入侵或是斩人的脑袋。彼时丹叔叔正坐着轮椅上由他那俊美而傲慢的护士推到飘落着铜色及血红色树叶的花园里，他嚷着要看这本大书，然而基姆说了声"也许等会儿吧"便和爱达一道进了门厅的接待区。

　　他送给了她一件礼物，是他在过去美好时光里拍的影集。他一直希望过去的美好时光能够继续下去，但他知道您的表兄先生 360（他说一口浓重的克里奥尔式法语，他认为在严肃的情景中那会比日常说的拉多尔英语更合适）不大会很快重访庄园——那样的话就可以更新影集了——为了所有那些被围住的①最好的办法（"处于阴影中的人"，"被围住的"而非"有关的"）或许是由她来保管（或销毁并忘记，这样谁也不会伤害）这份此刻就在她纤纤玉手里的图片文件。爱达气恼地朝这个尤物②361 皱皱眉，打开相册，里面到处都插着意味深长的栗色标签，她瞥了一眼便咔哒重又合上，递给这个眉开眼笑的敲诈者一张她正巧放在包里的千元纸币，叫来布泰兰并吩咐他赶基姆走。那本泥色的剪贴簿还搁在椅子上，就在她的西班牙披巾下面。老家仆拖着脚将一片气流卷进来的沼地郁金香叶子踢了出去并重新关上前门。

"小姐绝不要接待这种无赖① 362。"他在回门厅时咕哝道。

"那正是我刚才想说的，"凡在爱达讲完这件讨厌的事后说道，"那些相片真的很肮脏？"

"啊！"爱达叹道。

"那笔钱本来或许可以有更有价值的用途——'盲童之家'或是'老年灰姑娘363之家'。"

"真奇怪你会说这样的话。"

"为什么？"

"没什么。不管怎样，这桩下作事算了结了。我**不得不**付这笔钱，不然他会给可怜的玛丽娜看凡诱骗小表妹爱达的照片的——那就糟透了；实际上，他可是个天才的敲诈犯，也许已猜到了整个真相。"

"那么你真的认为，花了区区一千块买下他的相册，就消除了所有证据，万事大吉了？"

"是啊。你觉得这笔钱太少？我可以再给他些。我知道到哪儿找他。他在卡卢加诺的摄影学校讲授生活摄影艺术，真有得瞧的。"

———————————

① 原文为法语；此处基姆似用词有误。
②③ 原文为法语。

"学摄影的好地方，"凡说，"那么你很肯定你搞定了这桩'下作事'？"

"当然了。在我这儿呢，压在箱底；我一会儿拿给你看。"

"告诉我，我的爱人，你所谓的智商是多少来着，在我们第一次相遇时？"

"两百多少的。挺吓人的数字。"

"嗯，这数字现在已大幅缩减了。爱偷窥的基姆保留了所有底片以及很多他日后或张贴或邮寄的照片。"

"你是说我的智商已降到科朵拉的水平了？"

"更低。先看看这些快照吧——然后再决定他的月薪。"

这一系列罪恶图片的第一张再现了凡对阿尔迪斯庄园的最初印象，不过其视角与他自己的回忆却不尽相同，其图景区域位于遮掩了砾石路的轻便马车的阴影与阳光下闪亮着的廊柱的白色台阶之间，玛丽娜一只胳膊还在风衣袖子里，一位男仆（普莱斯）正在帮她脱下。她站在那里挥舞着另一只胳膊以舞台表演者的姿态表示着欢迎（与因至福突降而扭曲了的脸庞所呈现的怪相大相径庭），而爱达身穿黑色曲棍球衣——其实是万达的——屈膝拍拍达克，用花儿安抚它不要狂吠不止，一头乌发尽数倾泻下来。

接下来是相关地方的一些预备性场景：鱼鳔槐围成的圈、林荫道、那个人造山洞黑漆漆的 O 形口，还有小山，围绕那棵稀有的橡树的粗大铁链，麻栎鲁斯兰城堡，以及其他不少地点，这本图集的作者本想将其拍得宜人一些，可是由于摄影经验的欠缺，看起来却有点破败。

不过他的技术是在慢慢长进的。

另一个女孩（布兰奇！）弯腰屈膝察看着凡敞开在地板上的小提箱，动作像极了爱达（实际上面孔也很相像）；她"以目光品尝着"艾沃里·雷韦里在一幅香水广告里的侧影。接着是玛丽娜至亲的女管家安娜·皮缅诺夫娜·内普什拉斯林诺夫（一七九七——八八三）墓上的树枝的交错与阴影。

自然景观就跳过去吧——跟黄鼠狼差不多的松鼠、鼓泡池里的斑纹鱼、漂亮笼子里的金丝雀。

有一张照的是一幅椭圆形的画——画幅小了很多——是索菲娅·泽姆斯基公主在一七七五年芳龄二十一时携两个孩子（玛丽娜的祖父，生于一七七二年，以及德蒙的祖母，生于一七七三年）的肖像。

"我不记得有这幅画了，"凡说，"挂在哪儿的？"

"在玛丽娜的房间里。你知道这个穿双排扣礼服的二流子是谁吗？"

"我觉得有点像杂志里剪下的蹩脚图片。他是谁？"

"苏美尔奇尼科夫！多年前他给万尼亚舅舅拍过照。"

"卢米埃尔兄弟之前的曙光 [364]。嘿，这是阿隆索，游泳池专家。我在一次放荡聚会上遇见过他甜美而忧郁的女儿——她给我的感觉，那种气味，那种温软，都如你一般。巧合的魅力。"

"我不感兴趣。瞧这小男孩。"

"你好 365，伊凡·杰缅季维奇。"凡说，向十四岁的自己打了个招呼，那时他没穿衬衣，只套了短裤，将圆锥形玩具飞弹瞄准了一位克里米亚姑娘的大理石前像，她命定了要永久地从那只被子弹撕开了口子的大理石罐子里将水倒给一位奄奄一息的水兵。

略过卢塞特跳绳的相片。

啊，著名的高音金丝雀。

"不，是 kitayskaya punochka（中国壁白颊鸟）。它落在地下室入口的门槛上。门虚掩着。里面放着园艺工具和槌球棒。你知道我们这个地区有多少外来动物——既有高山的也有极地的——与本地家常的动物混居在一起。"

午饭时间。爱达低弯着腰狼吞虎咽着一只水淋淋、削得很差劲的桃子（是从花园透过落地窗拍的）。

戏剧与喜剧。布兰奇正在那座种了球形番泻树的凉亭里，和两个多情的吉卜赛人①缠斗在一起。丹叔叔坐在他那辆小红车里安静地读报，车子陷在拉多尔公路上的黑泥沼里动弹不得。

两只硕大的普通孔雀蛾，还连在一起呢，马夫和园丁每年都会给爱达送那些物种。这在一定程度上让我们想起了你——可爱的马可·德·安德里亚，或是你——红头发的多梅尼科·本奇，或是你——黝黑而爱深思的乔瓦尼·德尔·布里纳（她还以为它们是蝙蝠呢），或是那个我不敢提名字的人（因为

———————————

① 原文为法语。

494

那是卢塞特的偶像学者——该学者的形象在其死后很容易被糟蹋），或许也能在一五四二年的五月清晨，在果园围墙——那时还没有紫藤垂下来，还没有从国外引入（这是她同母异父的姐姐添加的话）——的墙根捡起一对正交媾着的孔雀蛾，雄虫顶着羽绒触角，雌虫只有普通螺纹。他在韦基奥宫的所谓"元素室"里，透过孔镜忠实地将其绘制出来。

阿尔迪斯的日出。恭喜啊：赤身的凡仍裹在"掌楸"——鹅掌楸在拉多尔就这么叫——下的吊床里，准确地说并非鸭绒床[366]，尽管还算个光鲜的双关语，而且肯定也有助于从肉体上表现一个年轻梦想家的遐思，那是吊网所掩藏不了的。

"恭喜这位摄影家，"凡用雄起起的语气重复道，"第一张出格的明信片。这小子无疑在他私藏照片中还有张将这个放大的。"

爱达拿着放大镜（那是凡用来破译他研究的那些疯人画作的某些细节的）查看着吊床的图案。

"我恐怕后面还会有更多。"她的嗓音里有一些阻塞；借在床上看相册之机（以我们此刻看来缺少了些品位），精灵古怪的爱达用放大镜实地察看着凡，这是她在那些优雅的年岁里，在她还是一个科学上有好奇心，艺术上颓废堕落的孩子时常干的事，这里描述道。

"我要找一块 mouche①（补丁）来遮一下，"她说，目光又

---

①　法语，补丁。

落回了不安分的吊网上的那不安分的肉体，"顺便说一句，你的衣柜里收罗了不少黑面具呀。"

"为参加化装舞会（bals-masqués^①）呗。"凡咕哝道。

一张对比鲜明的图片：爱达暴露得厉害的白皙的大腿（她过生日穿的短裙和枝叶纠缠在了一起）骑在伊甸之树的黑色枝干上。之后：几张一八八四年的野餐小照，比如爱达和格雷丝跳的利亚斯加俄式舞，以及倒立的凡啃着松针（臆断的）。

"那没戏了，"凡说，"左手一块很宝贵的肌肉不听使唤了。我还可以击剑、挥拳，但倒立行走不行了。你别抽鼻子，爱达。爱达可不能抽鼻子抹眼泪。金·温说维凯罗在我现在这个年纪时便复归平常人^②，所以一切正常。啊，醉醺醺的本·赖特想在马厩里强占布兰奇——她在这本大杂烩里相当抢眼啊。"

"他根本没在干那个。你瞧得很清楚他们在跳舞。就像野兽和美女在舞会上，灰姑娘掉了吊袜带，而王子弄丢了漂亮的玻璃遮片^③。还能找到沃德先生和弗兰奇太太在走廊尽头进行一种勃鲁盖尔式 Kimbo（农民的腾跃）^④。所有这些乡间的强暴行为在我们这里都被夸大了。不管怎样^{⑤ 367}，这也是本·赖特在阿尔迪斯的最后一次爆响³⁶⁸ 了。"

① 法语，化装舞会。

② 原文为 chelovek，用拉丁字母转写的俄语，是前文的人名维凯罗（Vekchelo）的字母变位。

③ codpiece，15、16 世纪时男子紧身裤的下体盖片。

④ 此处"农民的腾跃"（Peasant Prance）戏仿了佛兰德斯画家勃鲁盖尔（Pieter Bruegel，1525—1569）的作品《农民的舞蹈》（*Peasant Dance*）。

⑤ 原文为法语。

爱达在阳台上（是由我们杂技演员般的偷窥狂 voyeur [1] 从屋顶拍的）画她最喜爱的花之一：拉多尔萨堤利昂 [2]，长着丝般柔滑的毛，丰满，坚挺。凡在思绪中回忆着那个阳光充足的傍晚，那种激越，那种柔情，那些她随意出口的话语（是与他空洞的植物学论调相关的）："**我的花只在黄昏开放**"，她让那花儿变成了湿湿的紫红色。

一张相当正经的照片单独贴在一页：爱达奇卡 [3] 穿着轻薄的衣裙，显得邪魅，凡尼奇卡身着灰法兰绒正装，打斜纹学生领带，他们并肩面对 kimera（客迈拉 [4]、相机），站得很正，他带着一丝强笑，她则面无表情。两人都回想着照相的时间（在第一次小小的交错与无数次墓地热吻之间）和场合：那是玛丽娜要求照的，她将相片加了框，挂在卧室里，紧靠着她弟弟十二或十四岁时穿 bayronka[369]（对襟开衫）、双手掬着一只豚鼠的相片；三人看起来很像兄妹，而那去世的孩子像是要为另两人作证一般。

另一张照片是在同一场合拍的，但出于某种原因遭到了反复无常的玛丽娜的拒斥：爱达在三角桌旁读书，半握的手遮住了书页的下半部。一种非常罕有、光彩照人、似乎是多余的微

---

① 法语，偷窥狂。

② Ladore satyrion，盖为作者杜撰花名，性意味浓烈，一来该名与 satyr（好色之徒）相近，二来下文使用了"坚挺"（erect）一词。

③ Adochka，其中 chka 是俄语中"指小表爱"后缀，可以理解为爱达的昵称，后文类似情况略同。

④ Chimera，希腊神话中狮头、羊身、蛇尾的吐火女怪。

笑闪耀在她简直类同摩尔人的嘴唇上。她的头发一部分拂在锁骨上，一部分披在肩后。凡站立着，在她之上探头望着打开的书，但实际注意力并不在此。在完满而熟虑的意识中，在眨眼之际，他将这不算遥远的过去与即刻来临的未来捆扎在一起，自忖道，这将一直作为对真实之现今的客观感知而存在，而他一定要记住这现今的气氛、气味与气韵（实际上在半年之后他还记得——此刻，在下一个世纪的后半段，这记忆犹存）。

不过那可人的唇上罕有的光彩又能怎样呢？亮丽的含着讥讽的笑容可以轻易地——通过一种喜悦神色的渐变——转化成为兴高采烈的表情：

"你知道吗，凡，放在那儿的是什么书——就是在玛丽娜的手镜和镊子旁边的？告诉你吧。有史以来'缔造'了曼哈顿《时刊》书评头条的最俗丽最欢闹的[①][370]小说之一。我敢肯定，在你抛弃我后，在和科朵拉耳厮鬓磨时，她还在安乐窝里收着那本书呢。"

"《猫》。"凡说。

"哦，相比之下老贝克斯坦[371]的《斑猫》简直是名著了——这本埃尔曼的《椴树下的爱情》[372]由托马斯·格拉德斯通传到英语世界，后者似乎是在一家包装搬运公司工作的，因为在爱达奇卡，adova dochka（冥王之女）正读到的那页上，'汽车'被译成了'货车'。而想想，想想吧，小卢塞特还得在洛杉矶

———————

① 原文为法语。

的文学课程里学习埃尔曼以及三个糟糕的汤姆①！"

"你记得的是这种垃圾，但我记得的是我们之后在落叶松下马不停蹄的三小时热吻。"

"看看下一幅图片。"爱达冷冷地说。

"这个无赖！"凡嚷道，"他准是带了全套设备匍匐追踪我们的。我得杀了他。"

"别再打打杀杀了，凡。只要爱。"

"可是瞧啊，丫头，我正贪婪地享用着你的舌头，我贴上你的会厌②了，还有——"

"怎么停下了，"爱达央求着，"快—快。"

"我将一直满足你到我九十岁，"凡说（那粗俗的西洋景让他们向往），"每月九十次，很粗暴的。"

"还要再粗暴些，哦还要更多，一百五十次怎样，那就是说，就是说——"

可是，在一阵疾风暴雨中，脑子的运算成了身体的运动。

"唔，"在思想重又听从使唤后，凡说道，"再来谈谈我们不光彩的童年。我非常想"——（说着从床边地毯上拾起相册）——"把这个包袱甩了。啊，新人登场，题名是：昆利克医生。"

"等一下。这大概是最棒的'消散的凡'373了，可是仍

---

① 据布赖恩·博伊德的注释，这三个汤姆或指 T.S. 艾略特（T.S.Eliot）、托马斯·曼（Thomas Mann）以及托马斯·沃尔夫（Thomas Wolfe）。

② epiglottis，在舌后。

跟过去一样弄得乱糟糟的。好了。是的，是我那可怜的自然老师。"

荷裔美国人，戴着巴拿马草帽，渴求着 babochka（"鳞翅类昆虫"的俄语说法）。一种激情，一种病态。黛安娜①对**那样**的追逐又懂得多少？

"真奇怪——基姆插在这里的照片上，他汗毛不重，也不胖，和我想象的不一样。事实上，亲爱的，他像个膀大腰圆又英俊的发情的老公兔！解释一下！"

"没什么好解释的。有一天我请基姆帮我抬些箱子，这儿有实证呢。还有，这个不是**我的**昆利克，而是他的兄弟卡罗尔，或曰卡拉帕斯，昆利克。哲学博士，生在土耳其。"

"我爱看你撒谎时眼睛眯缝起来的样子。有那么点儿厚脸皮。"

"我没说谎，"——（带着可爱的尊严），"他确是哲学博士。"

"凡也 374 算一个。"凡咕哝道，将最后一词读作"wann②"。

"我们最喜欢的一个梦想，"她续道，"昆利克和我最喜欢的梦想，就是对大大小小所有已知的豹纹蝶从卵到蛹各个早期生长阶段进行描绘和记述，从新世界能找到的品种开始做起。东西半球都有上百个品种和很好的亚种，但是，我再说一遍，我们还是希望从美国开始。活生生的产卵雌虫以及活生生的食用植物，例如形形色色的紫罗兰，从各地通过航空邮件寄

---

① Diana，罗马神话中的月亮和狩猎女神。

② 德语，当……时。最后一个词即 one（一个），发音与之相近。

来，起先没来由地是从北极地带送来的——利亚斯加、勒布拉多①、维克多岛。孵养室同时也是紫罗兰花园，长满了争奇斗艳的品种，从北沼紫罗兰到古得孙湾的娇小而美艳的昆利奇紫罗兰（近来由霍尔教授描述过）应有尽有。我要画出幼虫中所有间形态的彩图，勾勒出成虫的生殖器及其他构造。这项工作真妙不可言。"

"一项关于爱的工作。"凡说，并翻到下页。

"不幸的是，我那亲爱的合作者没立遗嘱就死了，他所有的藏品，包括我那小小的部分，都由一窝子昆利克家族的旁系亲属交给了德国代理商以及鞑靼采办。可耻，可恶，可悲！"

"再给你找一个科学指导好了。瞧我们在这儿做什么？"

三个男仆，普莱斯、诺里斯以及沃德打扮得像古里古怪的消防队员。小布特贪婪地亲吻着一只脚背上的静脉纹，那只漂亮的赤足举起并架在了栏杆上。两个幼小的白色幽灵将鼻子压在藏书室窗户的内侧，这显然是夜间从户外拍得的。

七张 fotochki³⁷⁵（小照）很艺术地分布成扇 ³⁷⁶ ② 形贴在一页上，差不多是在同一时刻拍摄的——从一个相当远的潜伏地点——在一片高草、野花及垂叶的背景中。黑暗及花梗怪异造型十分微妙地伪装起了镜头中的基本内容，只依稀照出了两个衣衫不整的孩子的争斗。

---

① Le Brasd' Or，音与形都类似拉布拉多（Labrador，位于加拿大东北角）。
② 原文为法语。

在中间的那张小照片中，爱达唯一显露的肢体便是其高举着的细胳膊，处于静止的抓攫姿态，像是拿着旗子，她丢下的裙子覆在点缀着雏菊的草地上。放大镜（从床单下找了出来）清晰地表明，在上端的照片里，那种伞帽很紧窄的羊肚菌竖立着，高过了雏菊，这在苏格兰法律上被称作（自打巫术被禁以来）"勃立之王"。另一种有趣的植物"马弗尔瓜"很像一位忙活的少年的后背，这可以在第三张照片上的植被地平线上分辨出来。在接下来的三张小照里，事态的冲力①（"交流的热情"）已经压倒了繁茂的野草，于是清晰可辨那纠缠在一起的组合的细节，包括吉卜赛式的夹箍和摔跤比赛中不正当的压颈手段。最终，在最后一张，就是排成扇形序列的最下面的照片里，爱达用双手理着头发，而她的亚当则在一旁站着，一片蕨叶或花苞遮住了他的大腿部位，似早期的绘画大师有意无意的手法，以维持伊甸园的素净。

凡以同样有意无意的口吻说："亲爱的，你烟抽太多了，我肚子上全是烟灰。我估计布泰兰知道博阿尔纳教授在摄影学校的准确地址。"

"你可不能把他宰了，"爱达说，"他属于弱智，也许是在敲诈，但在他的卑鄙之中有一种变态艺术的 istoshnïy ston（'本能的呻吟'），再说也只有这一页弄得比较下流。还有，咱别忘了还有八个家伙藏在丛林里呢。"

---

① ② 原文为法语。

"还艺术呢，我的 foute[377]。这是艺术 [378] 的棺材。《柔情的地图》[②][379] 的卫生卷纸！我很遗憾你给我看了这个。这蠢货把我们脑子里的绘画形象弄得粗俗不堪。我要么得把他的眼睛抽瞎，要么写一本书以重拾我们的童年，就叫：《阿尔迪斯》，一部家族纪事。"

"哦，要的！"爱达说（跳过了另一张可恶的照片——显然是从阁楼木板的洞眼窥得的），"瞧，这是我们小小的哈里发岛！"

"我不想再看了。我怀疑你觉得这些龌龊玩意儿挺让人兴奋。有些傻瓜就是从汽车比基尼漫画书里寻刺激的。"

"求你了，凡，看一眼吧！这是我们的柳树林，记得吗？"

沐浴着阿杜尔河的城堡：
旅行指南无不提到。

"这碰巧是唯一一张彩色的。柳树看上去绿绿的，因为柳枝是绿的，但其实并没有树叶，是早春，你还能看见我们的红船记忆号[①]穿过急流。这里是最后一张了：基姆对阿尔迪斯歌功颂德呢。"

所有的人分几排站在中柱廊台阶上，最前面的是银行总裁维恩男爵夫人以及副总裁艾达·拉里维埃，站在这二位侧面的

————————

① 原文为法语。

是两个最漂亮的打字员，布兰奇·德·拉·图尔比瑞（优雅动人，梨花带雨，可爱至极）以及就在凡离开几天前聘来的黑人姑娘，她是来给弗伦奇帮忙的，后者阴沉着脸高耸在黑姑娘身后的第二排里。第二排的焦点人物是布泰兰，仍穿着开车送凡时的那一身短打（那张照片被遗漏或忽略了）。老管家的右边站着三个男仆，左边则是布特（凡的贴身用人）、肥胖且白如面团的厨子（布兰奇的父亲），还有，紧靠弗伦奇的一位花里胡哨的先生，系着条观光用的捆扎带斜挎于一肩：实际上（根据爱达的说法）是位游客，从英国远道而来看布赖恩特城堡。他骑车走错了路，从画面上看给人的印象是凑巧和一伙正游览着另一座值得观赏的古老庄园的游客结了伴。最后一排都是些没什么名头的男佣和帮厨，还有园丁、马童、车夫、廊柱的阴影、女仆的下手、帮工、洗衣女工、洗的衣服、室内的休憩场所——越来越混沌，如同那些银行广告画：名不见经传的小职员的身子像被比较走运的肩膀肢解了，但还要冒出头来，在行将消失之际还要卑微地强笑着。

"那第二排的不是爱喘气的琼斯吗？我一向很喜欢这个老头儿。"

"不是的，"爱达答道，"那是普莱斯。琼斯是四年之后来的。他现在可是下拉多尔一位赫赫有名的警察。好了，没有了。"

凡漠然地翻回到柳树那一张说道：

"册子里所有相片都是一八八四年照的，除了这一张。我从来没有在早春时节带你在拉多尔河划过船。很高兴看见你还挺懂得脸红的。"

"这是**他的**错。他准是后来添进了一张小照①，或许在一八八八年。你要是愿意的话我们可以撕下来。"

"亲爱的，"凡说，"整个一八八八年都撕掉了。根本不需要请出个神秘离奇故事里的侦探就能知道，去掉的页数与保留下来的一样多。**我**是不在乎的——我的意思是，要不要看这兰花³⁸⁰以及你的朋友们和你一起研究的须须蔓蔓的玩意儿，对于**我**而言根本无所谓；但是一八八八年被截留了，他在第一个一千块钱花光后，就会带着那些照片适时出现。"

"是我自己销毁了一八八八年的，"骄傲的爱达承认道，"不过我发誓，郑重发誓，在那张门廊②³⁸¹照片里，布兰奇身后那个男的完全是个陌生人，到现在也是。"

"那他真挺有能耐的，"凡说，"其实这无关紧要。我们的整个过去都受到了戏弄、声讨。我又想了想，还是别写《家族纪事》了吧。对了，我可怜的小布兰奇现在在哪？"

"噢，她好得很。她还在。你知道，她又回来了——在你诱拐她之后。她嫁给了我们的俄罗斯马夫，他取代了那个仆人们都称作本加尔·本的。"

"哦，是吗？那太好了。特罗菲姆·法尔图科夫夫人。真让我想不到。"

"他们有个盲孩子。"爱达说。

———————————

① 原文为用拉丁字母转写的俄语。

② 原文为法语。

"爱情是盲目的。"凡说。

"她告诉我你来的第一天早晨就非礼她。"

"没有被基姆记录下来,"凡说,"他们的孩子**就这样**盲了?我是说,你有没有给他们请个真正一流的医生?"

"哦请了,但治不好。不过要说起爱情及其神秘莫测,你有没有意识到——因为两年前和她谈起的时候我自己就没有意识到——我们周围的人对我们的事情真是眼睛雪亮呢?不是说基姆,他只是个必然出现的跳梁小丑——不过你意识到没有,在我们嬉戏、做爱时,你和我周围正实实在在地滋生着关于我们的传奇故事呢?"

她一点儿也没意识到——对此她反复申明(仿佛意在从相册就事论事的细枝末节中重拾过去)——他们在阿尔迪斯的果园及兰花园度过的第一个夏天已成为一种神圣的秘密及教义传遍了乡野。熟读《格温·德·维尔》和《克拉拉·梅特瓦格》的浪漫少女们都崇拜着凡,崇拜着爱达,崇拜着阿尔迪斯的爱木中的爱欲。她们的情郎在盛开的紫荆花下或古老的玫瑰园里弹拨俄罗斯七弦琴(楼上的窗户随之一一敞开),并为反复传唱的民歌添了新鲜的歌词——幼稚可笑、大献殷勤,却发自肺腑。乖僻的警察也被乱伦的魔力迷住了。园丁们用自己的话解说着关于灌溉及"爱之四箭"[1]的华丽的波斯诗歌。守夜的人则以《凡尼爱达历险记》来抵抗失眠和淋病的困扰。躲过了遥

---

[1] Four Arrows of Love,据布赖恩·博伊德的解释,概为丘比特的爱之箭与一系列印度淫书(《五箭》、《爱之萌》)的杂糅。

远山坡上的滚雷的牧羊人，用其硕大的"悲鸣之角"①作为助听，来捕捉拉多尔的山野小调。住在铺了大理石地板庄园别墅的少女细细体味着被凡的风流煽动起的孤独之火。另一个百年将要过去，时间之画笔还会将这业已渲染的传奇描画得更加绚烂。

"所有这些只表明，"凡说，"我们已经走投无路了。"

---

① moaning horns，为作者杜撰，其中 horn 亦有阴茎之意。

　　凡知道两个妹妹爱吃俄罗斯菜，爱看俄罗斯表演，于是在周六晚上带她们去了"大熊"，曼哈顿大区最好的法兰西-爱沙尼亚餐厅。两位小姐穿的都是法斯时装店"幻想"出来的当季夜礼服，很短小，很敞露：爱达——黑色，轻薄如纱；卢塞特——鲜亮的芜菁绿。她们的嘴从色调上（而非色泽上）"呼应"着彼此的唇膏；她们的目光都带着"极乐鸟的惊奇神色"，这无论在洛杉矶还是鲁特都算时髦。混合隐喻与话中藏话是三个维恩的共同点，维纳斯的孩子。

　　"乌哈"①、烤肉串、"爱"牌香槟都是容易做成功又让人感到亲切的食品；不过那些老歌因了一位利亚斯加女低音歌手和一位班夫②男低音的加入而有一种奇特的辛酸意味，两人都是俄罗斯"浪漫派"的著名歌唱家，其歌喉中带着那么一点揪心的仿冒茨冈的民谣③ 382，从格林卡和格里戈里耶夫的作品中震荡出来。还有弗洛拉，一位苗条、半裸的综艺厅舞女，几乎还不到适婚年龄，血统不详（罗马尼亚人？吉卜赛人？拉姆齐人？），其销魂的表演已在那年秋天让凡领略过数次了。作为"深谙世道之人"，凡无动于衷（或许太无动于衷了）地瞥向她的才艺与魅力，不过他体内的欲火——是在他的两位美女脱掉了毛皮大衣落座于他前面的一桌盛宴旁边时就已被激起了——

此刻暗自被那舞女挑动得更加旺盛起来；他同时也意识到（这一意识得到了细致描绘，又像蒙上了透明的眼罩），爱达以及卢塞特铁青着脸观察着他的面部反应，因为那个在他面前飘来舞去的 blyadushka（可爱的娼妓）——我们的小姐们带着几乎不加掩饰的冷漠如此称呼（要价极高也的确非常可人的）弗洛拉——正向他投以庄重而相当职业化的欣赏目光，这种意识使他原有的兴奋感更加强烈起来。此刻，小提琴合奏的悠长的呜咽拨动起了凡和爱达的心弦，几乎使两人艰于呼吸：少年人对浪漫诉求的心理反射，一时间让泪汪汪的爱达起身"去给鼻子搽粉"，而凡则抽着鼻子也站了起来，暗自咒骂着却不能自已。他重坐下来吃原先点的食物（并不在乎吃的是什么），并且发狠地抚摸卢塞特如杏花般皎洁的胳膊，她则用俄语说"我醉了"等等之类的话，"但我喜欢你，你（tebya，tebya）胜过我自己的生命，我遏制不住地想念你（ya toskuyu po tebe nevïnosimo），求你了，别让我再灌（hlestat'）香槟了，不仅因为假如我没有希望得到你，我会跳进古得孙河的，也不仅因为那身体上的红色物什——你的心脏几乎要冲出来了，我可怜的（'亲爱的'，比'亲爱的'更甚）dushen'ka，我觉得那至少有八英寸长——"

---

① uha，用拉丁字母转写的俄语，一种鱼汤。

② Banff，加拿大艾伯塔省西南部一城镇，位于路易斯湖附近的落基山脉，是著名的冬季休假胜地。

③ 原文为用拉丁字母转写的俄语，其中茨冈即巴尔干一带的吉卜赛人。

"七英寸半。"谦虚的凡低语道，音乐削弱了他的听力。

"但因为你是凡，不折不扣的凡，纯粹的凡，每一寸皮肤每一块伤疤都是，我们唯一的生活，我那不幸的生活中的唯一真理，凡，凡，凡。"

说到此处凡又站了起来，爱达回来了，穿着黑色扇形礼服仪态万方，身后跟随着千道目光，与此同时一支《浪漫曲》（取自费特华美的《夜光曲》①）的开放式小节随着琴键汩汩流出（男低音在开腔前对着拳头以俄罗斯的方式②咳了一声）。

> 光彩夺目的夜晚，洒满月色的花园。光束
> 投在我们足下。客厅，未点灯；
> 敞开着，三角钢琴；我们的心
> 随着你的歌声悸动，如同拨动其中的弦

接着班诺夫斯基转而变为格林卡非凡的短长短格（米哈伊尔·伊万诺维奇在他们叔叔还活着时曾是阿尔迪斯的暑期座上客——那会儿还有张绿色长凳，据说这位作曲家特别喜欢坐在那棵拟似刺槐树下，摩挲着宽阔的前额）：

> 平息吧，激情的蠢动！

---

① 原文为用拉丁字母转写的俄语。
② 原文为法语。

接着歌手们纷纷携更加哀伤的曲子登场——"温柔的亲吻已被遗忘",还有"尚是早春时,青草未萋萋",还有"在故乡我听了无数支歌:有些在悲伤中吟唱,有些则是那么欢欣",以及伪民粹派

　　罗斯那里有一座峭壁,丛生的野苔
　　覆盖了四面,从最低点到最高处悉数遮掩

还有一系列咏叹行路苦旅的,比如这曲短短长格的:

　　轭铃叮当单调作响,
　　车道扬起尘土少许

以及那讹传得有些晦涩的士兵短信音、非凡的天才之作

　　那杰日塔①,那时我就回来了
　　当真正的队伍平暴之时

以及屠格涅夫唯一令人难忘的诗句开首

　　晨曦如此朦胧,晨色灰白埋没一切,

---

① 原文为 Nadezhda,用拉丁字母转写的俄语,意为"希望",如为人名则译为"那杰日塔"。

收割过的田野在皑皑白雪之下如此愁容不展

当然还有那首著名的仿吉卜赛吉他曲，作者是阿波隆·格里戈里耶夫（伊凡叔叔的另一个朋友）。

哦，你呵，至少和我说说话吧，
我的七弦伙伴，
这样的渴望侵扰了我的灵魂，
这样的月光洒满了溪谷！

"我得说我们享用到了月光和草莓蛋奶酥——后者恐怕还不像月光那样到位，"爱达以其最俏皮、最像奥斯丁笔下的少女口吻说道，"我们一块儿上床睡觉去吧。你看见过我们的大床吧，乖乖？瞧，我们的骑士在打哈欠了，'当心脱臼'[①]（拉多尔粗俗语）。"

"太对了（登上了'哈欠峰'顶）。"凡说着停下对他那只丘比特桃子如丝绒般表面的触摸，那已被他捏皱但还没有吃。

领班、倒酒的侍者[383]、烤肉串的以及一干侍者无不为一脸恍惚的维恩兄妹食下如此多的**大粒鱼子酱**[384]和"爱"牌香槟而瞠目结舌，并不断拿眼瞟着重又回到凡面前的盘子，一旁

[①] 原文的 declansh 来自法语"déclencher"（解脱开），masher 来自法语"mâchoire"（下巴），意即下巴张的如此大以致要脱臼了。

放着一摞金币及钞票。

　　"为什么，"卢塞特问道，同时在和爱达起身（在背后寻找寄放的毛皮大衣，像是做着游泳的姿势）时吻了吻她的面颊，"为什么第一支歌，《屋灯已熄灭》[385]，以及那首《芬芳玫瑰》那么让你心神不定？你最喜欢的费特还有其他别的比如关于喇叭手的强力肘击的，都不如这些？"

　　"凡不也心神不定吗。"爱达讳莫如深地答道，并用红艳艳的嘴唇轻轻擦过酒意盎然的卢塞特的最迷人的雀斑。

　　凡领着两位摇曳着臀部款款而行的美人穿过一道门（迎上来一大群新面孔——焦急、不由分说、贪婪至极——向他们兜售栗鼠皮披风），他与她们若即若离，仅仅保持着触觉上的联系，仿佛是在这天晚上才认识她俩的。他将一只手掌——左手的——放在爱达修长而赤裸的后背上，另一只则贴于卢塞特同样裸露而修长的脊背（她指的是小伙子还是小梯子？还是口齿不清没说明白？）。若即若离地，他玩味着一只手，接着是另一只手的感觉。他的姑娘的背部温热光滑如象牙；卢塞特的则覆了细绒且有些潮湿。他喝下的香槟也到了他酒量的极限，也就是说六瓶里的四瓶稍欠一点（我们在老乔斯时就这么说），而此刻，当他跟随在她们略微发蓝的毛皮大衣后面时，他像个白痴似的闻着自己的右手，之后方戴上手套。

　　"我说，维恩，"一个声音在他近旁嘶叫道（周围并不乏好色之徒），"你不会真的俩都要吧？"

　　凡转身准备掴这个下流的说话人——可那只是弗洛拉，真是可怕的揶揄，也是可敬的模仿。他想塞给她一张钞票，但她却逃开了，手镯和胸口缀的星星闪烁着深情的道别。

埃德蒙（而非埃德芒，后者出于安全原因——他认识爱达——已被遣回金斯顿）刚送他们回到家，爱达便又涂脂抹粉一番，让眼睛显得更大些，接着去用凡的洗手间。她的洗手间让给了那个步履蹒跚的女客。凡在地理位置上与大姑娘更接近些，他站在一间小小的、紧邻其更衣室的"膀胱"（加拿第对厕所的称呼）里，在一股持续不断的热流中享受着其间的乐趣。他脱下礼服、领带，解开丝质衬衫的领口，并在男性的热望中踌躇着；爱达正隔着他们的卧室和客厅洗着澡；水流涌出的声音似一支刚听过的吉他曲的节奏，还随水声调适着（在这些罕有的时刻中，他能回忆起她以及她最近一次在阿加维亚疗养院的清醒言谈）。

他舔了舔嘴唇，清了清喉咙，抱着一石二鸟的决心走向另一间屋子，穿过一间闺房和食厅（我们总爱在感觉高人一等时说加拿第语）去最南边。卢塞特站在客房里背对着他，正将一件浅绿色睡衣自头顶往身上套。她裸露着窄窄的臀部，而我们这个卑鄙的淫棍禁不住被那一对精致凹处所吸引了，那是年轻而无瑕的胴体才会有的，在臀的上部，居于美人的骶骨一带。

哦，比爱达的更完美！所幸的是她转过了身，抚了抚红卷发，此时睡衣的下摆已落至膝部。

"我亲爱的，"凡说，"可得帮帮我。她对我提到了她那个亚利桑那牧场主 estanciero ①，但具体名字我忘记了，我也不想去打扰她。"

"她最好就什么也别告诉你，"忠实的卢塞特说，"这样才不会有事情被忘记。不。我不能这么对待你的爱人，她同时也是我的爱人，因为我们知道你会一枪把那锁眼崩了。"

"求你了，小泼妇！我会奖励你一个非常特别的吻。"

"哦，凡，"她深深叹口气。"你保证不会告诉她我和你讲了？"

"我保证。不会，不，不会，"他继续操着俄国腔说道，同时她，凭着对愚蠢的爱情的放纵，将自己的腹部凑近向他贴过来。"绝不会 386：不碰嘴唇，不碰人中，不碰鼻尖，不眉目传情。小泼妇的腋窝，就在那儿——除非"——（故作狐疑地退了一步）——"你那儿剃过了？"

"要是剃了的话味道更重。"朴实的卢塞特坦言，并顺从地露出一边的肩。

"举起手来！指向天堂！'地界'！"凡命令道，并带着同步的心跳，将努动的嘴贴上了那温热、潮湿、不安定的凹陷处。

她跌坐在椅子上，一手按住额头。

"关掉脚灯，"凡说，"我要那家伙的名字。"

"瓦因兰德。"她答道。

---

① 西班牙语，牧场主。

他听见爱达·瓦因兰德在叫着寻找自己的玻璃拖鞋（他觉得很难将其与舞鞋区别开来，与科朵兰卡[①]在一起时也是如此），而只过了一分钟，凡便在醉醺醺的梦幻中在短脚橱上与罗斯疯狂地做爱了，不，是爱达（不过是罗斯的风格），在早已积聚的张力中，没有半点打岔的意味。她埋怨他"像个凶暴的土耳其人"一样弄伤了她。他上了床，就在即将昏睡不止时她离开了他的身边。她去哪儿？小乖乖想看相册。

"我一会儿就回来和你磨镜，"她说（校园女同性恋的俚语），"所以别睡着了。顺便说一下，除非另行通知，从现在开始这就叫就像苍蝇一样叮在一起[②]（用那种出名的苍蝇[387]的学名和普通名开了个玩笑）了。"

"可是却没有女同性恋的开胃小菜[388]。"凡对着枕头咕哝道。

"哦，凡，"她说着转过身来冲着他摇头，一只手搭在一间无尽的房间的尽头的乳白色门把上，"我们已经讨论过多少次了！你自己也承认我只不过是一首经久不衰的歌谣里一个有着白皮肤以及吉卜赛人黑发的野丫头，活在一首空洞的诗里，拉特纳'斑驳的世界'里，其间唯一的规则就是无规则。你不能要求，"她继续道——在他枕头两侧之间的某处（因为爱达早已带着她那本棕红色的书离开了）——"你不能要求一只雌海豚守着贞操！你知道的，我真正爱的只有男人，而且，嗨，只

---

① Cordulenka，科朵拉的俄式昵称。

② 原文为法语。

有一个男人。"

爱达在谈自己肉体的风流事时，总有着某种印象派趣味，但也不无幼稚可笑之处，使人想起覆面漆的效果，或是装了两粒豌豆的小玻璃迷宫，或是阿尔迪斯那儿的抛靶器——你记得吗——将瓷制鸽子或是松果抛起来让枪打，或俄式弹子球（俄语中叫做"biks"），用一根玩具球杆在一张长方形桌上玩，配有洞眼和网篮，钟罩和球栏，乒乓球大小的仿象牙球在其中曲折移动，发出哗哗啪啪的碰撞声。

比喻就是言语之梦。穿过阿尔迪斯迷宫般的黄杨林和弹子球般的拱门，凡遁入了梦乡。当重新睁开眼时已是上午九点。她与他隔了不少距离弓身卧着，身上除一件如敞开的括弧般的睡衣外再无其他，而括弧里的内容也没有要被包裹起来的意思，那惹人爱慕、美丽动人、不乏叛逆、蓝黑褐相间的长发散布着阿尔迪斯的气息，同时也透露着卢塞特"哦—求求你—发发慈悲"①的呼唤。

她给他发水报了吗？取消或是推迟了？瓦兰太太——不，瓦格福，不，瓦因兰德——第一个尝到拉布鲁斯加葡萄的俄国佬。

"我梦想有一个幸运的敌手，当我在家时能给你更多。"②（米哈伊尔·伊万诺维奇弓着背坐在花丛下乳白色的长凳上，用手杖在沙地上画出道弧线。）

---

① 原文为法语。
② 原文为用拉丁字母转写的俄语。

"我梦到了一个幸运的对手！"

与此同时，招呼我的是"宿醉医生"，他给我开的最猛的药就是咖啡因。

二十岁的爱达喜欢睡懒觉。从两人在一起的新生活开始后，他通常的做法是在她醒之前就去冲淋，接着一边刮胡子一边从盥洗室打铃叫餐，瓦莱里奥便会从电梯里将布置好的餐桌推进他们卧室旁的客厅里。不过在这个特定的星期日，凡不知道卢塞特喜欢吃什么（他记得她过去是热衷可可饮料的），加上他急切地想在一天开始之前和爱达再缠绵一次，即便那意味着要惊扰了她的温柔乡，于是他匆匆洗了一下，使劲儿擦干了身子，往胯间扑了些粉，衣服也懒得穿便雄赳赳地回到卧室，却看见披头散发、面色阴沉的卢塞特，还穿着那件柳绿色睡衣，坐在床的另一边，同时乳头丰硕的爱达——出于礼仪和预言性的原因，已经戴上了他那串钻石项链——正吸入了这天的第一口烟，并敦促妹妹决定是否来些蘸波托马克糖浆的摩纳哥薄烤饼，要不或许吃些他们那无与伦比、琥珀及红宝石色的培根。姿态雄壮的凡没有退缩的意思，只是还算得体地将一只膝盖架在了大床的这一边（出生在密西西比的罗斯曾经——为了加强视觉教育——把两个娇小的棕褐肤色的妹妹带到了这张床上，还带来一个和她们差不多大的玩偶，不过是白色的），卢塞特见此情形，耸了耸肩，起身欲离，但爱达渴望的手按住了她。

"顺道来了就待着吧，乖乖（这一切，都起始于约一八八二年小家伙在餐桌上放的一个屁）。① 而你呢，花园的神，叫客房服务吧——三杯咖啡，半打煮得软熟的鸡蛋，多来些涂黄油的吐司，几块——"

"哦，不！"凡打断道，"两杯咖啡，四只蛋，等等。我不想让那些人知道我床上有两个姑娘，对于我的小小需求来说，一个（见证② 弗洛拉）就够了。"

"小小需求！"卢塞特嗤之以鼻。"让我走，爱达。我需要洗澡，而他需要你。"

"乖乖原地别动。"爱达放肆地嚷道，同时一个优雅的突然袭击便解掉了她妹妹的睡裙。卢塞特不自觉地低下了脑袋和软弱的脊骨，接着以一个殉道者谦逊的昏睡姿态重又在爱达枕头的外半边躺下，带软垫的床头板上黑色丝绒映衬着她一绺绺橘红色的头发。

"把胳膊伸开嘛，傻瓜。"爱达命令道，同时踢开了半掩着六条腿的床单。她头也不回地推开在她背后偷偷摸摸忙活着的凡，而另一只手似有魔助一般抚过了那小而秀丽、缀着汗珠的乳房，并滑向海边小仙女的平坦、颤动着的小腹，直伸至那火红的黄鹂鸟，凡曾经目睹过一次，如今已是羽翼丰满，而且和他最爱的蓝色大乌鸦相较，自有销魂之处。妖巫啊！要失去自控了！

---

① 据布赖恩·博伊德的注释，pet（乖乖）在法语俚语里有"屁"的意思，此处概指卢塞特被称作的"乖乖"的由来及其双关意义。

② 原文为意大利语。

我们此刻所面临的并非是卡萨诺瓦式的情形（那位双重淫贼在描绘自己的肮脏岁月时一定只拿了一支单色铅笔），而更像先前威尼斯（广义的①）画派的精湛再现（于"禁画"系列中），完全能与妓院的鸟瞰图②媲美。

于是若从上方观看——就像从埃里克在他的春梦里天真地构想的那种空中之镜里看——床如同一座大岛，我们的左侧（卢塞特的右侧）有一盏灯，将呢喃的、炽热的光线洒在靠西边的床头柜上。床单和被子杂乱地堆在岛的南端，那儿没有踏足板。目光刚刚启动时可以先从北端看起，直至维恩家二小姐被撬开的双腿。落在那黄褐色苔藓上的露滴最终换来了绯红的脸颊上晶莹的眼泪，作为其风情万种的回应。另一条目光旅行的路线从口岸向内地进发，可展示出中间那个女孩修长白皙的左大腿；我们参观纪念品商店：爱达那像是上了红漆的爪子，引导着男人的手腕——后者先是很明智地反抗，接着又无可厚非地屈从了——从昏黑的东部挪移至鲜亮的黄褐色的西部，以及她的钻石项链，而此时项链闪耀的光彩比起另一头（即西部）的"新新奇通道"的碧绿来也未见得有多么贵重。而卧在岛屿东岸、带着伤疤的男性裸体则有一半掩在阴影里，并不那么引人注目，尽管其蠢蠢欲动之势对他或某种类型的游客而言已算不得文雅了。紧邻此刻呢喃得更欢（难怪③ 389）的灯的西边墙上新近刚换了壁纸，上面绘着——为向床中央的那个女孩

①　原文为拉丁语。
②③　原文为法语。

致敬——秘鲁"忍冬花"，神奇的叉扇尾蜂鸟正栖于花上（恐怕不仅为食其蜜露，也为困在其间的小虫子）。同一边的床头柜上搁着一盒不起眼的火柴、绘着一小队骆驼[390]的香烟，一只摩纳哥产烟缸，一册伏提曼德著、销售惨淡的惊险小说，以及插在紫水晶小花瓶里的一支血红金蝶兰。凡这一边的柜子上则放着一只差不多的坚固异常但并未点亮的灯、一架水话机、一盒威派克斯纸巾、一只阅读放大镜、基姆返还的阿尔迪斯相册，还有一本题为"作为脑瘤诱因的轻音乐"，著者是安博里[①]博士（小拉特纳的滑稽笔名）。声音是有颜色的，颜色亦有气味。卢塞特那团火红的琥珀色穿越了爱达那漆黑夜色的气味与欲望，并在凡那头散发着薰衣草芬芳的山羊面前停了下来。十根焦渴、邪恶、爱抚、修长的手指，分属两个年轻的魔鬼，玩弄着他们床上无助的宠物。爱达松垂的黑发无意间挑逗着她握在左手里的那件稀罕器物，慷慨地展示着她的所得。这玩物既无标记，也无约束。

这就了结了（因为那魔术般的玩意儿突然间就喷出了液体，卢塞特抓起睡衣夺门而逃）。这不过是这样一家珠宝商店，店主的指尖轻轻抚动一件宝物便能使其显得更加贵重，这就类似于摩擦一只落定的灰蝶的后翅，或好比魔术师大拇指一拨弄便让硬币消失了；不过就在这样一家店里，心细如发的艺术家所找出的匿名画作，其实竟是格里洛或是奥比托的作品，不论

---

① 原文为 Anbury，原意为（牛马皮肤或黏膜上的）软瘤。

那是肆意张狂还是有的放矢之作，超种或亚种 ³⁹¹。

"她紧张得要命，可怜的孩子，"爱达说着伸长了手臂越过凡去取纸巾，"现在你可以叫早餐了——除非……哦，瞧瞧！兰花呵。我从没见过男人恢复得这么快的。"

"数以百计的婊子以及数十位漂亮妞儿对此可是更有经验，与刚跟我说话的未来的瓦因兰德夫人比起来。"

"我可能没过去那么聪明了，"爱达说，"但我知道某些人可不是一般人，不仅仅是只猫，而是一只臭猫^①，那就是别名珀维特斯基夫人的科朵拉·烟卷儿^②。我读的晨报上说在法国有百分之九十的猫是死于癌症的。不知道波兰的情形如何。"

过了片刻他兴致勃勃地爱上了［原文如此，编者］薄饼。不过卢塞特没有再现身，而当仍戴着钻石项链的爱达（即表示再来一次"亲爱的^③凡"以及一支骆驼香烟，然后再去洗晨浴）去查看客房时，发现那白色小手提箱以及蓝色毛皮大衣都不见了。一张便条钉在了枕头上。

再待一晚就要疯了，准备和其他几个可怜虫到韦尔马滑雪去，三周，不然太惨了

留给她的^④

---

① polecat，其中 pole 亦指波兰。
② Tobacco，与科朵拉的夫姓 Tobak 音近。
③ 原文为意大利语。
④ 原文为法语。

凡走到一张诵经台前，这是他弄来用于坐直了写字的。他写了如下文字：

可怜的 L，

　　我们感到很遗憾你这么快就走了。更感过意不去的是，我们在一场淘气的胡闹中引诱了我们的埃斯梅拉达①及美人鱼。这种游戏以后再也不能和你玩了，亲爱的黄鹂鸟。我们道歉。关于美的回忆、余韵及隔膜让艺术家和白痴都失去了自我控制。众所周知，不论是大飞船的驾驶员还是粗粝发臭的车把式，都会被一双绿眼睛和一绺黄铜色的卷发逼得发疯。我们都希望欣赏你，取悦你，天堂鸟儿。我们做得过分了。我，凡，做得过分了。对于那不体面但基本上算不得罪过的一幕，我们感到抱歉。总有情感困顿的时候，也有重新振作的时候。有毁灭的时候，也有忘记的时候。

你亲爱的 A 和 V

（按字母表顺序）

　　"我觉得这是份华而不实、装模作样的破玩意儿，"爱达边浏览着凡的信边说，"我们为什么要为她体验到了一次美妙的小小的抽搐 392 而道歉？我爱她并且决不会允许你伤害她的。有点奇怪——你要知道，你写的便条里有某种着实让我感到嫉

----

① Esmeralda，或指雨果《巴黎圣母院》中美丽的吉卜赛女郎。

妒的东西，这在我还是平生第一次。凡，凡，在某天，某处，在一次日光浴或跳舞之后，你会和她睡的，凡！"

"除非你不再对我催情了。你同意我给她写的这些吗？"

"我同意，不过要添几句。"

她的附言如下：

以上声明是凡的手笔，我无奈接受了。华而不实、装模作样。我喜爱你，我的小宝贝①，永远都不会让他伤害你——无论如何轻柔或疯狂。若是厌倦了昆斯顿，何不飞到荷兰或是意大利去？

A

"现在我们去呼吸点儿新鲜空气吧，"凡建议道，"我让人去把帕杜斯和佩格备好鞍。"

"昨晚有两个男的认出了我，"她说，"两个互不相干的加利福尼亚人，不过他们没敢鞠躬——有我那个穿丝质晚礼服敢决斗的亡命徒³⁹³伴随左右。一位是安斯卡，制片商，另一个带了个妓女的叫保罗·温尼埃，是你爸爸在伦敦的一个朋友。我本来希望我们可以重新上床的。"

"我们现在应该到公园去骑马。"凡决然地说，并首先叫来一个周日差役将信送往卢塞特的宾馆——或者送到韦尔马度假

---

① 原文为法语。

地，假如她已经动身的话。

"我想你懂得你在做的事情？"爱达说。

"是的。"他答道。

"你要伤她心了。"爱达说。

"爱达姑娘，可爱的姑娘，"凡嚷道，"我是一个发着光和热的空洞。在漫长而磨人的病痛之后我正在恢复元气。你为我那难看的伤疤而哭泣，可是现在生活除了爱、欢笑和钱罐子再无别物。我不可能再为破碎的心哭天喊地，我自己那颗破碎的心刚刚修复了。你应该披一块蓝色面纱，而我呢要贴上假胡子，看起来像皮埃尔·勒格朗，我的击剑教练。"

"实际上[①] 394，嫡亲表兄妹一起骑马是再合理不过了。要是愿意的话甚至可以一起跳舞、溜冰。毕竟表兄妹差不多就是兄妹嘛。瞧这天儿，碧蓝的，冰凉的，没有一丝风。"

她很快就整装待发，他们温柔地亲吻着，在走廊里，在电梯和楼道之间，哪怕只分开几分钟。

"塔。"她呢喃道，作为对他含着询问的目光的回应，就像过去一样。在那些个甜蜜的清晨，当他们验证着幸福的时候："你呢？"

"一座规整的金字形神塔。"

---

① 原文为法语。

9

　　在一番探查之后，他们在一家专事"西部描绘"（那些反传统艺术的不毛之地在过去的称呼）的袖珍型的剧院里找到了《年幼者与遭谴责者》（一八九〇）的重演。这么说拉里维埃小姐的《受谴的孩子们》[①]（一八八七）终于堕落了！她原本写了一对住在法国城堡里的少女，她们毒死了守寡的母亲，因为她勾引一位年轻邻居，而后者是孪生姐妹中一个的情人。作者对时代的自由选择，以及对编剧的肮脏想象作出了不少妥协；但她和领衔女主角都对经多处篡改后的最终情节表示否定，因为现在成了发生在亚利桑那的一宗谋杀案，受害人变成了准备娶一个酒鬼妓女的鳏夫，玛丽娜很明智地拒演该女子。可是可怜的小爱达一直钟情于自己的小角色，只有两分钟场景，发生在一家 traktir（路边小酒店）内，角色是一个阴险的吧女。排练的时候她自感表现还不错——直到导演责怪她走起路来像一条"倒退鱼"。她没有屈尊去看最后的成品，也不急于现在就让凡去看，不过他提醒她道，还是这位导演——G.A. 弗隆斯基曾告诉她，她的姿色有朝一日足以胜任莉诺·科利纳的替身，后者二十岁时也是这般笨手笨脚然而却楚楚动人，也像这般进屋时将肩膀耸起又绷紧向前。在看了一个"西部描绘"的预备短片后，他们终于等到了《年幼者与遭谴责者》，然而却发现小酒店系列场景里的吧女戏被剪掉了——不过凡善意地坚持指出，尚存一块爱达的胳膊肘的完美清晰的影子。

第二天在他们的小会客厅里——摆设了黑色长沙发椅，黄色靠垫，防风飘窗（新装配的窗玻璃似乎放大了悠然而直落的雪花，与搁在窗台上最新一期《美男与美蝶》的封面匹配得恰到好处）——爱达谈起了她的"演艺事业"。凡暗自对此感到厌恶（而与之相较，她对自然史的热忱倒有了怀旧的情愫）。对他而言，书写的文字只存于其抽象的纯净状态中，存于对同样完美的思想不可重复的诉求中，只属于其创造者，不可言说，不可由滑稽表演再现（而这却是爱达所执着的），否则他者思想的致命冲击必将致艺术家于死地，而且是在自己的领地内。书写的剧本在本质上高于其最好的演绎，即便由作者本人执导也概莫能外。不过撇开这个，凡倒也赞同爱达的观点，即有声屏幕肯定优于现场演出，原因很简单：电影导演能够通过无限次反复演练来掌控和维护他自己的完美标准。

他俩谁都没想到，她在"片场"的职业生活或会使得二人不得不分开，他们没有想到一起去旅行的地方充斥了那么多机警的目光，也没想到会一起住在美国的好莱坞，或英国的艾维代尔，或是如糖一般纯白的开罗康利茨旅馆。说实话，除了此刻在曼哈顿明媚的纯蓝色天空下的生动场景②，两人并无他想。

—————————

①② 原文为法语。

爱达十四岁时便坚信自己会一举开创演艺事业，随着一声巨响爆出成功的五彩泪花。她到艺专去修习。除了斯坦·斯拉夫斯基（并非沾亲带故，也非艺名）外，还有很多星途黯淡却不乏才华的女演员给她上私人戏剧课，也给了她绝望与希望。她的首秀差强人意并迅速沉寂，而为她随后的频频亮相衷心喝彩的也只是些好友而已。

"一个人的初恋就是一个人第一次得到长时间的起立鼓掌，"她告诉凡，"伟大的艺术家就是**这样**造就的——斯坦和她的女朋友（在《飞环》中饰演斯邦格·特里安格小姐）就是这么对我说的，言之凿凿。真正得到认可也许要等到最后一只花篮献上来。"

"胡说！"凡说。

"真的——他本人也在阿姆斯特丹老城区饱受过讥笑，而三百年之后你瞧吧，有多少小子在模仿他！我仍然认为自己是有天分的，可是也许我把正确的 podhod（方法）与天分混为一谈了，这就无法从过去的艺术中总结出表演法则。"

"嗯，至少你还有自知之明，"凡说，"你也在一封信里花了不少文字讲过。"

"我似乎总是感到，比方说，表演不应该关注'角色'，不应该关注这样或那样事物的'类型'，不应该关注某一社会主题的假魔术[395]，而是要全神贯注于原作者主观的、独一无二的诗性，因为剧作家，正如其中最伟大的那位所表现的，比小说家更接近诗人。在'现实'生活中我们都是绝对空虚之中的偶然性的产物——除非我们自身是天生的艺术家；可是在一出好戏中，我感到自己是被创造的，通过了影片审查局的审核，我感到安定，仅有稍纵即逝的黑暗从眼前掠过（而非我们所说的'第四堵墙时刻'），我感到自己受到了困惑的威尔（他以为我是你呢）或是安东·帕夫洛维奇的拥抱，这后一位的行为举止要正常得多，他总是热烈地喜爱着黑长发。"

"这你在信中也和我说过了。"

爱达的表演事业起始于一八九一年，正巧与其母结束长达二十五年舞台生涯的时间一致。不仅如此，母女俩都出现在了契诃夫的《四姐妹》里。爱达在雅吉瓦戏剧学院最不起眼的舞台上演了伊琳娜，演出的脚本还经过了缩减，例如对瓦尔瓦拉姊姊——那个饶舌的 originalka（"怪女人"——玛莎这么称呼她）——只是提及，而删去了她真实出现的场景，于是剧本的标题或许成了《三姐妹》，实际上当地海报中比较机灵的就是这么张贴的。而玛丽娜在该剧的一个详细电影版中出演的正是这位修女（该角色被扩展了些）；影片和她本人都获得了不少有些过头的好评。

"自从我打算登上舞台以来，"爱达说（我们这里用的是她的笔记），"玛丽娜的平庸（据评论家的看法[①] 396）就一直困扰着我，这种平庸使她难以受到重视，或者将她与其他'称职的坚持者'一起埋没；或者说，假如其角色有足够分量的话，那

——————————

① 原文为法语。

么她的戏路能够从'木讷'转向'敏感'（这是凭她的成就所获得的最高褒扬了）。而在我的职业生涯最微妙的时刻，她却敌友不分地到处散布添油加醋、令人恼火的评论，比如'杜尔曼诺娃演一个神经质的修女非常成功，将一个基本上是静态、插曲式的人物变为了**什么什么什么式**的角色'。"

"当然玛丽娜拍电影不存在语言问题，"爱达继续道（同时凡咽下了——而不太像抑住了——一个哈欠），"她和那三个男的并不需要给其他不懂俄语的演员提供上乘的配音；但我们那寒酸的雅吉瓦学院的演出只能靠两个俄罗斯人，斯坦的受保护人阿尔特舒勒，扮演洛夫维奇·图赞巴赫-科隆-阿尔特肖厄男爵，我自己扮演伊琳娜，不幸而高贵的少女，[①] 在一幕戏中做接线员，在另一幕中演市政职员，在最后一幕中当学校教师。其他人都掺杂着各种口音——英语、法语、意大利语——对了，'窗户'用意大利语怎么说？"

"Finestra，sestra。"[397] 凡说，他在学一个狂热的提词员的腔调。

"伊琳娜（抽泣着说）：'都到哪儿去了，哪儿去了？哦，天哪，哦，天哪！全都忘记了，忘记了，我的头脑一片混沌——我不记得'天花板'或是，比方说'窗户'，怎么用意大利语说了。"

"不，'窗户'在那一段是在前面的，"凡说，"因为她环顾

————————————

① 原文为法语。

四周，之后才向上看；符合思维的自然运动。"

"是的，当然。她一边还在和'窗户'较劲，一边抬头，于是遭遇到了同样神秘的'天花板'。事实上，我可以肯定我是按你的心理学套路来演戏的，不过这现在也无所谓了，在那会儿也无所谓——演出一塌糊涂，我的那位男爵每句台词都要出错——可是玛丽娜，玛丽娜在她的影子世界里是多么**不可思议**！'自我离开莫斯科，十一年就这么过去了'——"（此时扮演着瓦尔瓦拉的爱达，模仿着这位姊姊"歌舞会式的虔诚语调"，pevuchiy ton bogomolki，①如契诃夫所示，而玛丽娜又将之演绎得如此好得令人懊恼。）"'如今，老巴斯马纳亚街，即是你（转向伊琳娜）二十年前（godkov）出生的地方，被称作了巴斯曼路，两边林立着作坊和车库（伊琳娜强忍着眼泪）。怎么，这么说，你是否想回去一趟，阿里努什卡³⁹⁸？（伊琳娜抽泣着作为回答。）'很自然，就像所有杰出的演员一样，妈妈也有不少即兴发挥，保佑她的灵魂。况且她的声音——年轻而音调优美的俄语啊！——已经被莉诺粗野的爱尔兰土音所取代了。"

凡看过那部电影，而且还很喜欢。一个爱尔兰女孩，优美且忧郁得无以复加的莉诺·科利纳——

哦！谁会还给我那大橡树

---

① 用拉丁字母转写的俄语，意义如前文。

还有我的山冈[①] [399] **和我的姑娘！**

——当时凡心痛地感到她与阿尔迪斯的爱达是如此相像，当时有一张她与母亲在柏拉多纳拍的合影登在了一本电影杂志上，格雷格·埃尔米宁曾寄给过他，埃尔米宁认为，在电影即将上映之际，姨妈和表妹坐在加利福尼亚小院子里的合影一定会让他很开心。瓦尔瓦拉——已故谢尔盖·普罗佐罗夫将军的大女儿——在第一幕便登场了，她从遥远的茨茨卡修道院来到彼尔姆（在北加拿第的阿基米斯科蛮荒的密林地带，亦称彼尔姆维尔），准备与奥尔加、玛莎和伊琳娜在后者的受洗日那天一道喝茶。令姊姊灰心的是，她的三个妹妹只有一个梦想——离开阴冷、潮湿、蚊虫密布但除此之外其实非常美丽静谧的"永久居住地"（伊琳娜不无嘲讽地这么称呼本地），奔赴遥远而罪孽深重的伊德的莫斯科——艾斯托提的故都。在其剧本的第一版——丝毫不见一部杰作的端倪——切科夫（那年住在尼斯市古诺街九号的那家条件恶劣的俄罗斯小旅店时，他就是这么拼写自己大名的）企图将所有他想摆脱掉的信息塞进两页长、很可笑的说明性场景之中，包括一大堆的记忆以及日期，这让三个不快乐的艾斯托提女人柔弱的肩膀不堪重负。后来他将这些信息重新分布到了一个长度加了许多的场景里，其中修女[②]

---

① 类似法语诗句曾出现在第一部第二十二章的开头。此句原文中 colline（山冈）与莉诺·科利纳的姓氏拼法相同，而第二句末以英语形式出现的"我的姑娘"（my col-leen）亦与之谐音。

② 原文为用拉丁字母转写的俄语。

瓦尔瓦拉的到来提供了所有可以满足观众不安分的好奇心的话语。这是个巧妙利落的舞台安排，然而不幸的是（这在怀着私心杂念引入角色时常常会发生）该修女迟迟不退场，一直到第三（即倒数第二）幕时，作者才将她撵回了修道院。

"我猜想，"深知他的姑娘的凡说，"对于你演的伊琳娜，你不想接受玛丽娜的任何建议是吧？"

"那只会引发争吵。我一向讨厌她的提议，因为她总是端出一副挖苦损人的嘴脸。我听说当可怜的还没长出尾羽的幼鸟（bezkhvostïe bednyachkí）学习飞翔很吃力时，鸟妈妈便会神经质地变得暴怒。我受够了。顺便提一下，这就是我上次演砸时的节目单。"

凡看了看演员名录和摄像记录，注意到了两个有意思的细节：费多提克——一位炮兵指挥官（其喜剧元素包括一台咔哒作响的照相机）——的角色交给了一个叫"基姆（亚基姆的简称）·爱斯基摩索夫"的，而名曰"约翰·斯塔林"的某君扮演斯科沃特索夫（在最后一幕一场相当业余的决斗中担任助手[400]），其名来自 skvorets，八哥①。当他把这第二点注意说给爱达听时，她像过去那样红了红脸。

"是的，"她说，"挺可爱的小伙子，我有这么点和他调情的意思，可是他承受不了这一变故和变数——从青春期以来，他一直是一个叫丹格尔利夫的芭蕾舞大师的小男孩[401]，而且

---

① 上文中约翰·斯塔林原文为 John Starling，其中 Starling 意为"八哥"。

他后来自杀了。你瞧，（'脸上的通红此时被色泽沉闷^{402}的苍白取代了'）我没有隐瞒一点一滴跟彼尔姆押韵的那个词。"

"原来是这样。那么亚基姆——"

"噢，他不值一提。"

"不，我是说，亚基姆至少没像跟他押韵的那个家伙一样，偷拍你堂哥拥抱他的妞儿。由道恩·德·莱尔扮演。"

"我可没数。我好像记得我们的导演并不太介意搞些喜剧性的穿插。"

"穿粉红及绿色裙子^{403} ① 的道恩，在第一幕尾声。"

"我觉得当时的舞台表演很成功，剧院里荡漾着某种健康的愉悦。可怜的斯塔林在剧中只需站在舞台外，权当在卡马河上的一叶小舟里，打手势招呼我的未婚夫前去决斗场地。"

不过还是让我们转向契诃夫的朋友托尔斯泰伯爵的托物言志吧。

我们对旧大陆亚高山地带的旧旅馆里的旧衣橱都很了解。首先万分小心地打开，动作非常缓慢，徒劳地希望不要让它发出极令人难受的吱呀声，即在门开到一半时那种愈开愈烈的呻吟声。不过很快就能发现，假如开门关门足够迅捷决然，让那该死的铰链措手不及，那么静默地开门就令人雀跃地实现了。虽然凡和爱达此刻沉浸在浓烈的快乐之中（我们不仅仅指厄洛斯的玫瑰的鬼魅），但他们明白，某些记忆是必须封闭的，以

---

① 原文为法语。

免其以恐怖的呻吟搅动起每一根神经。不过假如处理得利落，假如难以完全磨灭的邪魔在两人快捷的话语交锋中闪现，那么生活自身的麻醉作用仍有机会将从开门关门时流泻出的无法忘怀的痛苦减轻一些。

她不时地揶揄他的寻花问柳，虽说总体而言她倾向于听之任之，似乎想以此心照不宣地换取对她自己薄弱意志类似的宽容。他的好奇心甚于她，不过很难再从她口中得到比她信中所述更多的东西。对于她先前的钦慕者，爱达的一番数落都是我们已经得知的：表现无能、愚蠢空虚、毫无个性，而对于她本人而言，她归结的也无非是廉价的女性同情心，以及对身心健康的考虑，比起公然而热切的红杏出墙来，这些都更让凡感到受伤。爱达已决心试图超越他和她所犯下的肉体上的罪：这个形容词与"没有意识的"以及"没有灵魂的"近义，因而此后也并没有表现在我们这两个年轻人都默然且羞涩地相信的那种难以启齿的事情上。凡竭力遵循同样的逻辑，却无法忘怀那些耻辱与痛苦，即使是在抵达他度过最黑暗时期之后的闪耀时光里冲上幸福巅峰的时刻。

10

他们采取了多种多样的预防措施——无一奏效，因为什么
也改变不了本章的结局（写下并存档的部分）。只有卢塞特和
给他及爱达传递邮件的中间人知道凡的地址。凡从德蒙的银行
里一位负责接待工作的和蔼女士口里得知，他父亲在三月三十
日前不会现身曼哈顿。他们从不携手离家或同时返回，而是安
排在图书馆或百货店见面，再开始一天的畅游。可巧的是，唯
一的一回破例（她被卡在电梯里，还惊惶了一阵子；他则像往
常一样度过极乐时光后快活地小跑下楼），他们便给阿福尔老
太太撞见了，她正好带着自己那只丁点儿大的棕灰色长毛约克
郡犬从他们门前经过。这种同步关联是直接而完全的：对于这
两个家族她早在多年前就都已经很熟悉了，此刻她很有兴致地
从饶舌的（而不仅是闲聊几句的）爱达口中得知，凡正巧在城
里，而她，爱达，也正巧从西部回来；玛丽娜很不错；德蒙在
墨西哥或奥克斯密斯；莉诺·科利纳也有这么一只差不多的宠
物，在后背中央也有一条可爱的分界线。就在当天（一八九三
年二月三日），凡将口袋已塞满的门房又打点了一番，交待他
不管什么人——尤其是一位牙医的寡妇，牵着只像毛虫似的小
狗的——问起任何维恩家的人，就很干脆地说一概不知。他们
唯一没有认真对付的人物，偏偏就是那个通常被描画为骨架子

或天使的老无赖。

凡的父亲离开了一处圣地亚哥，去往另一个圣地亚哥市察看一次地震灾情，就在此时拉多尔医院拍来水报说丹已到了弥留之际。他立即动身去曼哈顿，眼放亮光，翅尖划出尖啸声。生活中没有多少能引起他兴趣的东西了。

在洒满月光、我们称作坦特的白色城市——位于佛罗里达北部，建造该城的图巴科夫的水手们称之为帕拉特卡——的机场，由于引擎的故障，德蒙不得不改乘别的航班。他拨了个长途，从极度按部就班的尼昆林医生（伟大的啮齿类动物研究专家昆尼库林诺夫的孙子——总是绕不开这些啃莴苣的①）那儿得知了丹已去世的详细情况。丹尼尔·维恩的生活是俗常与奇异的混合；不过他的死表现出某种艺术特质，因为它反映了（表兄而非医生立刻就明白了这一点）他近期对画作以及画作赝品所怀有的热忱，这些作品总是与希罗尼穆斯·博斯联系在一起。

次日即二月五日晚九点左右（曼哈顿冬令时），在去见丹的律师的路上，德蒙留意到——他正准备过亚历克西斯大街—— 一位年高而非望重的老熟人阿福尔太太，她在与他同侧的行道上牵着玩具般的爱犬朝他走来。德蒙毫不犹豫地下了人行道，在没有帽子可以举的情况下（帽子与雨衣是不在一块儿穿戴的，再说他刚刚服下了一粒国外产的强力药丸，以在缺

---

① 关于此类与兔子有关的意象，参见尾注11。

眠的旅行之后应付白天的痛苦折磨），只能不无得体地挥舞一下细长的雨伞来聊以自慰了。他一边带着些许轻松回忆起她亡夫身边的调配漱口药的姑娘中的一个，一边从一辆不紧不慢行进着的运送蔬菜的马拉大车前面走了过去，顺利地与阿福尔太太擦肩而过。然而即便错过了这样的邂逅，命运也早已盘算好了将原定的安排继续下去。当德蒙急匆匆走过（或是按吃了药丸的感觉，漫步经过）他曾经常光顾的摩纳哥餐厅时，他想起来，自己那（已经"联系"不上的）儿子或许还在那栋漂亮的楼房顶层公寓里与乏味的小科朵拉·德·普雷斯混呢。他从未去过那里——还是去过的？和凡商议过事情吗？坐在阳光普照的露台上？在凉棚下喝过一杯吗？（去过的，没错，但那会儿科朵拉可不乏味，也并不在那里。）

德蒙的想法简单而且——综合言之——也很纯粹，即不管怎样，天空只有一个（白色的，只有极微小的视觉上的五彩斑块），于是他赶紧进了大堂并登上电梯，一位淡黄色头发的侍者已将一台餐车推了进去，双人份早餐和曼哈顿《时报》搁在各种闪闪发亮、只有轻微刮痕的银质餐罩中。他儿子是不是还住上面，德蒙不由自主地问道，同时将一枚更高贵的金属放在餐罩上。是的[①]，这个笑呵呵的蠢货承认道，整个冬天他都和夫人住在这儿。

"那咱们都算是过客了。"德蒙说，同时怀着美食家的期望

---

① 原文为意大利语。

嗅着从摩纳哥餐厅飘来的咖啡香味，而头脑中摇曳着的热带植物的影子让这期盼更强烈了。

在那个难忘的清早，凡爬出浴缸，穿上一件草莓红带绒穗的浴袍，此前他已点好了早餐。他觉得听见了瓦莱里奥的声音从隔壁客厅传来。于是他向那头走过去，无声地哼着小曲，期待着另一个越发快乐的日子（同时另一丝不快的记忆滑走了，另一块绞结的伤疤让位给了光洁的肌肤）。

德蒙一身黑色装束：黑鞋，黑围巾，单片眼镜系在比平常更宽的一根黑带子上。他正坐于早餐桌旁，一手托咖啡杯，一手拿着很方便折着的《时报》金融版。

他略微愣了一下，稍显局促地放下杯子——他注意到凡浴袍的颜色与记忆中某幅图像左下角挥之不去的细节是一致的，这幅图景在他即时知觉中某一栩栩如生的门类中再现了出来。

凡能想到的话只有"我并非独自一人"（Je ne suis pas seul ①），可是德蒙脑子里满是关于丹的噩耗，没怎么在意凡的话，而这个傻瓜本来只须去一下隔壁屋子再回来（把门在身后关上，也将多少年失落的生活关在身后），然而他还是站在父亲椅子旁。

依照贝丝（在俄语中即"恶魔"）——就是丹那个体态丰满但除此之外一无是处的护士，但他偏偏在众人里相中了她并把她带到了阿尔迪斯，因为她有法子用嘴从他可怜的身体里吸出最后几滴"小把戏"（那老婊子如此称谓）——的说法，他

---

① 法语，意思同前。

诉了好一阵子苦，甚至在爱达突然不辞而别之前就抱怨过，说有个半蛙半鼠的魔鬼总想骑在他身上，驾着他去永不得翻身的刑牢。丹向尼昆林医生描述道，骑他的魔鬼黑身白肚，背部还长着黑色圆盾，闪亮如金龟子的背甲；举起的前肢还握了一把刀。在一月下旬的一个凛冽的早晨，丹好不容易穿过如迷宫般的地下室及工具房逃进了阿尔迪斯棕褐色的灌木林；他全身赤裸，只披一条红色浴巾，直拖到屁股上，像华丽的马衣。尽管地面粗硬，他还是四肢着地而行，像一匹跛马被一无形的骑士骑在身下，撞进密林深处。另一方面，假如凡对爱达有所警示，她或许还能在他打开厚重的、作为最后一道防线的卧室门之际，打一个她特有的哈欠，说些让他舒心的话。

"求你了，先生，"凡说，"下楼去，我穿戴整齐就到酒吧来找你。这儿不是说话的地方。"

"得了得了，"德蒙拒绝道，同时换下单片眼镜，"科朵拉不会在意的。"

"是另一个姑娘，她要敏感许多。"——（另一个愚蠢的错误！）"该死的科朵拉！科朵拉现在成托鲍克夫人了。"

"噢，当然！"德蒙嚷道，"我真笨！我记得爱达的未婚夫告诉过我——他和年轻的托鲍克在凤凰城的同一家银行共事过一段时间。当然。宽肩膀，蓝眼睛，金黄头发。柏克比·托鲍克维奇！"

"管他呢，"凡咬牙切齿地说，"就算他是个瘸腿的遭殃的白化病的蛤蟆也不关我事。老爸，我得——"

"你的话真逗。我只是顺路过来告诉你，我可怜的丹堂弟死了，死得离奇，堪比博斯。他认为有只古怪的大耗子骑着他出了屋子。他们发现他时已经迟了，他死在了尼昆林的诊所里，一直唠叨着那幅画的细节。我还得跑腿把家人召集起来。那幅画现保存在维也纳艺术学院。"

"爸爸，我很抱歉——可我想告诉你的是——"

"假如我能写作的话，"德蒙若有所思地说，"那么毫无疑问，我要用大段文字描述艺术与科学的相会，在一只昆虫里，在一只画眉鸟里，在那位公爵领地的灌木丛里是如何的热烈，如何的热情，如何的乱伦——就是这个词[①] 405。爱达要嫁给一个搞户外活动的人，但她的头脑是一座封闭的博物馆，而她以及亲爱的卢塞特，曾在一个令人毛骨悚然的巧合中，以另一张三联画的某些细节吸引了我的注意，画上是一座有些戏谑性质的欢乐大花园，作于约一五〇〇年。吸引我的主要是其中的蝴蝶—— 一只眼蝶，雌性的，在右边一联画的中间，居中这联是一只玳瑁纹的甲壳虫，仿佛是栖在一朵花上的——这里说'仿佛'，从这个例子中可以得知这两位可敬的小姑娘的精准知识，因为她们说，实际上甲虫画**错**了方位，假如从侧面看——事实也的确如此——我们看到的应该是其底边，但博斯显然是在他窗台角落的蜘蛛网里发现了一两枚羽翅，于是在描画他这只折叠好羽翅的虫子时便将比较漂亮的上半面画了出来。我是

---

① 原文为法语。

说，我不在乎什么深奥的含义，什么蛾虫背后的神话，什么专门和杰作过不去的人——让博斯说了些他那个时代的混账话。我对寓言很过敏，而且我相当肯定，他只不过通过随意的张冠李戴来自娱，只为了从线条与颜色中获得乐趣，而我们所要研究的——我对你的两个表妹也这么说——就是你与他一道拥抱女人大小的草莓时视觉、触觉和味觉的乐趣，或是面对一个不同寻常的孔口的那种细腻的惊喜感觉——可是你没在听我说话，你想打发我走，这样你可以打断她的美人觉，你这走运的畜生！对了[①]，我没能给卢塞特报信，她在意大利的什么地方，不过我在茨茨卡找到了玛丽娜——正在那儿与贝罗康斯克的主教调情呢——她傍晚到，毫无疑问会穿着寡妇的丧服[②] 406，非常得体——然后我们三人一起去拉多尔，因为我认为——"

他大概还在某种不同凡响的智利麻醉品的药性之下？他喋喋不休，胡言乱语，简直就是一颠三倒四的话匣子。

"——不，说真的——我认为我们不应该打扰在阿加维亚的爱达。她的先人就是那些伟大的瓦兰吉亚人，他们征服了铜色鞑靼人或叫红蒙古人之类的，后者则更早时击败过青铜骑士。之后我们才在西部博彩历史的一个幸运时刻引入了俄罗斯轮盘和爱尔兰卢牌。"

"对于丹叔叔的去世和你现在的兴奋状态，我感到万分、极度的难过，先生，"凡说，"可是我女朋友的咖啡要凉了，但

———————————

①② 原文为法语。

我可不能把那一套劳什子餐具全推进卧室。"

"我走我走。毕竟我们好久没见了，从什么时候——八月？不管怎样，我希望她比你从前那个科朵拉漂亮，无常的小伙子！"

可能是挥发油，或许是龙脑香？[①] 他很确定闻到了乙醚的气味。走吧，走吧，走吧，求你了。

"我的手套！大衣！谢谢。我能用你的洗手间？不能？好吧。我另找地方。尽快来吧，我们大约四点在机场与玛丽娜碰头，然后赶紧飞过去，再——"

而就在此刻爱达出来了。并非赤裸着——噢，可没有；穿了件粉色的浴袍，这样不会吓着瓦莱里奥——优哉地梳着头，面色甜美而慵懒。她错误地大叫了声"天哪！[407]"便一头扎回了幽暗的卧室里。在滴答一秒之间，一切都完了。

"要么最好——马上来，你俩都来，因为我得取消约会立刻回家。"他说话时带着自制，或者说他是这么认为的，吐字也相当清晰，让这两个粗心鬼、叫嚷鬼—— 一个像饶舌的掮客，一个好比犯了错的学童——感到害怕和困惑。尤其是现在—— 一切变得糟糕透顶，狗东西[②]，耶洛恩·安斯尼森·范·艾肯的杰作以及他的艺术之谜[③]的许多令人着迷的问

----

① 挥发油，龙脑香（Volatina, dragonara）：据布赖恩·博伊德致译者信中的解释，二者皆为杜撰的药品，前者或取自 volatile（挥发物），后者可能来自 draconite，为传说中龙的脑中宝石，须趁龙活时杀之取石，方有效用。

② 原文为用拉丁字母转写的俄语。

③ 原文为意大利语。

题①，正如丹带着最后一口气对尼昆林医生以及贝拉贝丝蒂亚护士所解释的，他还把满满一箱子博物馆目录及自己第二好的导尿管②送给了后者。

---

① 原文为意大利语。

② 参见《尤利西斯》第二部第九章中的诗句（起初他为她搔痒，/ 接着就抚摩她，/ 并捅进一根女用导尿管……）；而"第二好"显然指莎士比亚临终时将"第二好"的床分给妻子一说。"第二好的导尿管"这一组合或为配合上文营造丹·维恩之死的荒诞气氛。

11

　　那烈药的药性过去了：之后的感觉可不让人舒坦，肉体的疲倦混合着思维的僵硬，似乎所有的颜色都从头脑里抽走了。此刻德蒙穿着一件灰色晨衣，躺在位于三楼书房的灰色长沙发上。他儿子伫立于窗口，背对着沉默的他。爱达就在脚下二楼一间包裹着锦缎的屋里等候着，她是几分钟前与凡一起来的。马路对面的一幢大厦里，一扇窗冲着书房敞开，一个系围裙的男子正站在那儿举起一副画架，仰着头寻找着合适的角度。

　　德蒙首先说的是：

　　"我要你在我对你说话时一定得面对着我。"

　　凡意识到，这场决定命运的谈话在父亲的脑海里业已进行了，因为这句警告似是对他自己思路的中断，于是凡欠了欠身坐了下来。

　　"不过，在我给你关于两个事实的忠告之前，我想知道这有多长时间了——有多长时间了……"（"是说持续了多少时间吧，"有人会猜测道，或类似的老一套，不过话说回来所有的结局都是老一套——上吊，"纽伦堡铁处女"①，开枪自杀，簇新的拉多尔医院里的遗言，从三万英尺高空的飞机的盥洗室里误跌下来，被恶妇毒杀，期待些许克里米亚式的好客，向瓦因兰德夫妇道喜——）

"有九年了，"凡答道，"我在一八八四年的夏天引诱了她。之后除仅有的一次外，我们并没有做爱，直到一八八八年夏天。在分别许久之后，我们在一起过了一个冬天。满打满算，我估计和她亲热了不下一千次。她是我生活的全部。"

有些冗长的暂停，挺像个演员在说完操练了多遍的台词之后的哑口无言。

末了，德蒙："第二个事实或许比第一个更要吓坏你。我知道这曾引起了我比关于爱达的情况更深的焦虑——当然是道义上的，而不是财务上的——爱达的情况她妈妈已经告诉丹堂弟了，所以，从某种意义上说——"

暂停，不过有潜流暗涌。

"换个时间我会告诉你关于'黑米勒'的事情；现在不行；不值一提。"

拉皮内医生的妻子，在娘家时是阿尔卑女伯爵，于一八七一年离开他，与诺贝特·冯·米勒住在一起，后者在日内瓦的意大利领馆做俄语翻译，他是个诗人，写得很业余，不过走私起"内奥内古吟"②来倒是很专业，这种麻醉品只在瓦莱才有。不仅如此，她还把医生所使用的种种花招细节像说戏似的讲给她情人听，而在好心的医生眼里，这些伎俩对女士大有裨益，是上帝的赐福。多才多艺的诺贝特带着十分夸张的口音说着英

———————

① 指德国历史上的一种残酷的刑具，形如人体，配左右对开的两扇门，内置尖锐的钉子，一关上门，受刑者便饱尝万钉穿心之苦。

② neonegrine，作者杜撰的麻醉药。

语，对富人极为钦慕，每每提到某翁总故作不经意以示熟稔，并带着绵绵的爱意与敬畏誉之为"丧（相）当有钱"，同时跌坐回椅子里，轻舒猿臂以拥抱一笔看不见的财富。他有一颗圆圆的头颅，和膝盖似的光滑、死人一样的塌鼻子，以及非常白皙、非常柔弱、非常潮湿的双手，装饰着火红的宝石。他的情妇不久便离他而去。拉皮内医生死于一八七二年。与此同时，男爵娶了一位客栈老板的纯情女儿，并敲诈起德蒙·维恩来；这持续了差不多二十年，之后年迈的米勒在一条鲜有人知（且看起来似乎越来越险峭、泥泞）的边境小道上被一个意大利警察射杀了。仅仅出于仁慈或是习惯，德蒙吩咐律师继续汇钱给其遗孀——她还天真地以为那是保险金呢——而那强健的瑞士女人的肚子每大一次，这笔三月一付的款子便也膨胀一些。德蒙过去常说哪天他要发表"黑米勒"四行诗，这种诗经常点缀在他的信里，带着历书里的小短诗的韵律：

我的伴侣日益粗壮，我则越来越消瘦。

又要来了，一个新生的婴孩。

你很好正如我也很帅。

她的火炉已很庞大还要更多的柴。

我们或许还可以将这段插曲补充得更完整。一八九三年二月初，就在该诗人死后不久，另有两个敲诈者正伺机而动，不过不算很成功：基姆被抬出了屋子，一只眼睛上吊着根红线，另一只则溢满了鲜血，否则他又要骚扰爱达了；另一位则是那家著名的密信投递局的一个前雇员的儿子，美国政府于一九二八年将投递局关闭，而那时陈年往事已经不重要了，除了牢房里的稻草，再无他物可以回报第二代流氓的乐观了。

几段最冗长的沉默过后，德蒙的声音又响起来，带着先前未有的力道：

"凡，你以不可理喻的平静接受了我的话。在我记忆中，在现实或小说的生活里，还没有过这样的情况，父亲不得不告知儿子在特定情形下发生的特定事件。可是你还玩着铅笔，镇定得很，就好像我们在讨论你的赌债或是被你搞大了肚子的乡下妞儿。"

要不要告诉他阁楼里的那册植物标本？（不知名）的仆佣们的轻率？一个伪造的婚礼日期？两个聪明孩子所乐不可支地探查到的一切？我会的。他这么做了。

"那时她十二岁，"凡又道，"而我是个十四岁半的大猩猩，我们一点儿也不在乎。现在在乎也太迟了。"

"太迟了？"他父亲大叫道，顺势从沙发上坐起来。

"拜托，老爸，别发脾气，"凡说，"我曾经向你谈起过的，大自然对我很慷慨。我们能够承担这种不在乎，不论从何种意义上说都是如此。"

"我可没兴趣知道你们是怎么不管不顾或是不孕不育。重要的只是一条，只有一条。就是赶紧停下这种不伦不类，还来得及。"

"别嚷嚷，也别搞这么多俗气的形容词。"凡打断道。

"好吧，"德蒙说，"我收回，那么我问你：现在是否还来得及阻止你和你妹妹的风流韵事毁掉她的生活？"

凡知道这迟早是要来的。他知道，他说，这是要来的。"不伦不类"刚才已经纠正过了，这位指控他的先生又如何定义"毁掉"？

谈话此刻转向了中立的论调，这比一开始父亲对错误——我们的小情人们早已为此原谅了他们的父母亲——的承认更加可怕。对于妹妹对舞台事业的追求，他是怎么想的？他是否承认假如一意孤行那么这份事业就要给毁了？他是否能想象一种放纵而放逐的地下生活？他是否准备剥夺她正常的兴趣以及正常的婚姻？还有孩子？正常的乐趣？

"别忘了还有'正常的通奸'。"凡说道。

"要是那样倒好了！"德蒙冷冷地答道，他坐在沙发边沿，双肘支在膝上抱着头，"现在的糟糕情形如同一个深渊，我越是想，那深渊就越发像个无底洞。你迫使我不得不用上最陈腐的词汇，比如'家庭'、'荣誉'、'稳定'、'法律'。好吧，在我放荡的生活中，我收买过无数个当官的，可是无论你和我都没办法收买整个文化，整个国家。还有想想这情感上的打击：有差不多十年时间，你和那个小娇娃都一直在欺骗着做父母的——"

此时凡以为父亲会说"这会要了你妈妈的命"之类的话，可是德蒙明智地回避了。对于玛丽娜而言，没有什么能是"要命"的。假如有乱伦的流言传到她耳朵里，对于"内心安宁"的关照也会使她恍若不闻——或是渲染上浪漫色彩使之脱离现实。两个男人对此心照不宣。她的形象闪现了一下，随即轻灵地隐没了。

德蒙继续道："我没办法剥夺你的继承权，阿卡给你留了足够的'田埂⁴⁰⁸'以及地产，抵消了常规的惩罚手段。而我也没办法向官府告发你而不殃及我的女儿，那可是我不惜一切代价要保护的。不过我可以退而求其次，我可以诅咒你，我可以让这次见面成为我们最后的，最后的——"

凡的手指一直不停地在红木书桌那默然而怡人的光滑边缘来回摩挲，此刻他惊惧地听见抽泣声撼动着德蒙整个身躯，接着便见泪水汹涌地流过凹陷的古铜色面颊。在十五年前凡的生日聚会上，他父亲表演了一场业余的滑稽模仿戏，装扮成鲍里斯·戈东诺夫①，流下了古怪、吓人的漆黑泪水，然后完全屈服于地心引力，从可笑的王位台阶上滚下而死。而在此时的表演中，这深色的泪痕，是否来自他那染黑了的眼眶、睫毛、眼睑以及眉毛？穷凶极恶的赌徒……命中注定的白肤女孩，在另一出有名的音乐剧中……就在这出戏里。凡将干净手帕递给父亲以换掉那块已经玷污的布。凡本人如磐石般的平静并未让他自己吃惊。父亲痛苦的滑稽模样正好堵塞了

---

① Boris Godunov，俄国作曲家穆索尔斯基创作的同名四幕歌剧的主人公，该剧作于 1868—1874 年间，由作曲家本人根据亚历山大·谢尔盖耶维奇·普希金的同名历史剧编写剧本并作曲，1874 年在彼得堡首演。

通常的情感宣泄渠道。

德蒙恢复了镇静（尽管看起来仍比平时苍老），说道：

"我相信你，以及你的判断力。你不能让一个老淫棍不认自己唯一的儿子。假如你爱她，你就要希望她快乐，虽然的确，你若是甩了她，她会痛苦的。你可以走了。下去时叫她到这儿来。"

下楼。我的第一部分是一辆碾碎了枯萎雏菊的车；我的第二部分是表示"钱"的老曼哈顿俚语；我的全部就是一个洞眼。

他穿过二楼楼梯平台时，透过两间屋子的拱廊看见爱达身着黑裙背对着他，站在闺房的椭圆形窗边。他吩咐男仆把她父亲的话带给她，然后在铺着石头的门廊熟悉的回音中奔了出去。

我的第二部分也是两处陡坡的交汇之地①。我这张几乎没用过的新书桌——和父亲的一样大——右手下面的抽屉里，有西格的道贺信。

他断定在这个钟点，找一辆出租车的时间和用他平常迅捷走过十个街区到达阿莱克斯大街的时间差不多。他没穿大衣，没系领带，没戴帽子；一阵疾风夹带着含盐的冰霜模糊了他的

----

① 此处凡以谜语的形式表达了自杀的念头：前文中"我的第一部分是一辆碾碎了枯萎雏菊的车"，即 cart（运货马车）；"表示'钱'的老曼哈顿俚语"以及"两处陡坡的交汇之地"指 ridge（纽约俚语，"钱"，或表示"山脊"）。两部分合为一词，即 cartridge，弹药筒（"全部就是一个洞眼"），暗示凡寻找枪、弹以图自尽。

视线，将他的黑发吹得如同美杜莎①一般凌乱。他允许自己最后一次走进这所充满了愚蠢的欢乐的寓所，并立刻坐在那张的确相当堂皇的书桌旁，写下了这张便条：

照他说的做吧。他的逻辑听起来很荒谬，自以为依稀还处于"维多利亚"时代，根据"我疯狂的"[？]的说法在"地界"就是这样的，不过在一阵[难以辨认]的发作中，我突然意识到他是对的。是的，对的，横竖都对，并非横竖都不对，大多数东西都属后者。你瞧，姑娘，是怎么回事，应该怎么回事。在我们分享的最后一幅窗景中，我俩都看见了一个男人在画[我们？]，不过你在二楼，也许看不到他像是穿着件屠夫的围裙，上面污迹斑斑。再见了，姑娘。

凡封好信，在脑海里早已浮现的藏匿处找出了那把"雷霆"手枪，把一副弹夹压入弹仓，并上了膛。然后，他站在壁橱镜子前，将自动手枪顶住了颅脑，并扣下了有个很舒适的凹面的扳机。什么也没发生——抑或一切都发生了，而他的归宿在刹那间分成了两股，有时在夜晚也会如此，尤其当躺在一张陌生的床上时，在极度的快乐或是忧伤中，彼时我们凑巧死在了睡梦中，不过在次日、熟练安排好的早晨，仍继续着我们的存在，在伪造的时间序列中看不出丝毫破绽，只是身后谨慎

---

① Medusa，希腊神话中的蛇发女妖。

而又牢固地连接上了一段伪造的过去。不管怎样，他右手捏着的不再是把手枪，而是一把袖珍梳子，他用它梳着脑门上的头发。这些头发变得灰白，在爱达年过而立、聊起二人的自愿分别时说：

"假如我发现罗斯伏在你的尸首上哭嚎的话，我也会自杀的。'三思后行得益多[①][409]'，就像你另外那个白人女仆[②][410]过去用动听的土话所说的。至于那条围裙，你说得没错。而你没有搞清楚的是那位艺术家几乎已经完成关于你夹在两个巨大卫士之间那温顺的小小宫殿的大幅画作，或许是投给一家杂志做封面的，不过遭到了回绝。""但是，你要知道，有一件让我后悔的事，"她又道，"就是你用一根铁头登山杖宣泄了一个暴徒的愤怒——不是你的，不是我的凡的。我真不应该告诉你那个拉多尔警察的情况。你也真不应该同他密谋烧毁那些文件——以及卡卢加诺绝大部分的松树林。Eto unizitel'no（这真可耻）。"

"赔偿过了，"肥胖的凡带着胖人的嬉笑答道，"我把基姆安置在一座很像样的'残疾职业人士之家'里，日子过得安全又舒坦，他可以从我这里收到大摞大摞的关于天然色照相术的盲文书。"

生活的道路对于梦幻的思想而言还可以有另外的分叉和别样的延续，但这样也不错了。

---

①② 原文为法语。

第三部

1

他旅行、研究、教书。

他在一轮满月之下注视着拉多尔亚金字塔（来这儿主要是因为慕其名），月光洒满了沙地，反衬着带了尖角的绰绰黑影。他与亚美尼亚的英国总督及其侄女到凡湖①去打猎。他站在锡德拉湾②一家旅馆的阳台上，经理提醒他注意橘红色的夕照的尾声，那可以将一片淡紫色的海的涟漪变成金黄的鱼鳞，这足以抵消房间的古旧了——都是些狭小斑驳的屋子，他与秘书——年轻的思科路安波儿女士③分住在这儿。在另一座俯瞰另一片童话般的海湾的露台上，当地土王宠幸的舞女阿贝色拉·布朗④（一土著小女子，以为"意愿洗礼"⑤是指什么性活动呢）瞧见一只六英寸长的毛毛虫，吓得将早晨的咖啡泼了出来。那虫子长着狐狸似的毛皮，由数段组成，qui rampait⑥，正爬着，沿栏杆向上拱得忘乎所以，被凡一把抓住，不过凡在将这只鲜艳的活物放归灌木丛后，花了几个钟头快快不乐地用姑娘的镊子拔嵌在指甲里的色彩亮丽而令人刺痒难忍的虫毛。

他学会了领略探寻陌生城市里黑暗偏僻小道的奇异快感，可也深知除了肮脏和倦怠，他什么也不会发现。他还丢弃了带"比利"标签的"快乐罐"⑦，对发源于充满梅毒的酒肆并已流传海外的爵士乐的蛮荒乐声也弃之不顾。他常感到，那些名城、博物馆、古老的刑室和空中花园，只存在于指明了他自身之疯狂的地图上。

他喜欢在山中的僻静小屋、豪华快车的会客室、白色游轮的上层甲板以及拉美公园绿地的石桌上进行写作（《难辨的签名》，一八九五年；《清明的窥阴癖》，一九〇三年；《有陈设的空间》，一九一三年；《时间的肌理》，一九二二年动笔）。他时常从悠长的迷离中转出来，惊奇地发现船竟背道而驶，或是左手手指的排列次序逆转了，大拇指竟像右手那样依顺时方向排在了第一个，或看见原本从他背后凝视前方的墨丘利大理石像摇身变为一株金钟柏。他会瞬间意识到，自他最后拥抱了哀伤的爱达之后，在分离的轮回中已流逝了三年、七年、十三年，然后是四年、八年、十六年。

字数和行数以及册数——噩梦与诅咒搅动着纯粹的思想和纯粹的时间——似一心要将他的思维机械化。三种元素，火、水、气，毁了，对应着玛丽娜、卢塞特、德蒙。"地界"等待着。

凡的母亲将自己与丈夫—— 一个事业有成的行尸走肉——

---

① Lake Van，在土耳其境内。

② Sidra，在利比亚北部。

③ Lady Scramble，其中 Scramble 一般指 "混乱的一团"。

④ Eberthella Brown，其中 Eberthella 亦有 "沙门氏菌" 之意。

⑤ baptism of desire，其中 desire 亦有 "欲望" 之意，故有阿贝色拉的误解。

⑥ 法语，意即下文的 "正爬着"。

⑦ merrycan，音谐 American。

过的日子看作是无关痛痒的，就这么打发掉了。之后她便回到了位于天蓝海岸的别墅（以前德蒙送给她的），那里依然光彩照人，更神奇的是，人员配备也依然齐全。不过孀居生活的七年来，她一直受着各种"无名"病痛的困扰，所有的人都认为那些是她杜撰的，或是颇具才华地装出来的，她则争辩说，这或许可以由意念来治愈，而且确也因之取得了部分疗效。比起孝顺的卢塞特，凡看望她的次数比从前少了，只匆匆去过两三次；其中一八九九年那次，当他走进安米娜别墅时，看见一位希腊教派的长须老神甫，穿着中性黑色袍子，骑摩托车去位于网球场附近的尼斯教区住所。玛丽娜和凡谈宗教，谈"地界"，谈戏剧，对爱达则闭口不谈，而正如他并不怀疑她已然知晓发生在阿尔迪斯的骇人又动人的故事一般，谁也不怀疑她流着血的肚肠里究竟有**什么样**的病痛，那正是她尽力用咒语、"自我集聚"或与其相反的"自我消散"策略所要缓解的。她带着神秘莫测且又有些自得的微笑坦言，虽然她很是喜欢熏香那种富有节奏的缭绕的烟雾、助祭[411]在讲道台上如雷贯耳的言说以及有金银丝防护以承受膜拜者亲吻的油棕色圣画，她的灵魂仍不可救药地归属印度教的终极智慧，naperekor（尽管有）达莎·瓦因兰德。

一九〇〇年初，就在他最后一次见到玛丽娜的前几天，在尼斯的诊所里（他在这儿第一次知道了她的病名），凡做了个"会说话的"噩梦，大概是由"米拉莫斯艳屋"里的麝香气味引发的。两只形体不明、肥胖透明的动物正讨论着什么，一只不停地说"我不能"（意即"不能死"——这是一件在没有匕首、铁球或保龄球的辅助下很难自行做成的事情），另一只则断定"你能的，先生"。两周后她死了，遗体遵照她本人的指示焚化了。

凡这样一个清醒的人，认为自己在道德上不像在肉体上那么有勇气。他总是（就是说已到了二十世纪六十年代）蛮不情愿地回想起——仿佛要压抑脑海里一件琐碎的、令他羞怯的愚蠢之事（因为，实际上，谁知道呢，后长出来的鹿角或许当时是可以摆正位置的，瓦因兰德夫妇住的宾馆前面一片葱绿）——他在金斯顿收到卢塞特从尼斯发来的水报（"今早母亡葬礼破折号火化破折号后天日落举行"）时的反应，水报还要他拿主意（"请建议"）还要通知谁，而接到她的及时回电，说德蒙已偕同安德烈和爱达赶到时，他回复说："恕不能回来[①] 412。"

他在生机盎然的春季的暮色中，在金斯顿卡斯卡迪拉公园里踟蹰，这儿显得比水报引起的纷乱要安宁纯净很多。上一次他见干瘪如木乃伊的玛丽娜并告之他得回美国时（尽管他其实并不急于回去——只是她病房里挥之不去的气味让他不愿久留），她以新学会的温柔而迷离——因为正注视着内心世界呢——的表情问道："就不能等到我离世吗？"他的回答是"我二十五号回去。我得发表一场关于'自杀心理学'的演讲"；她的回应强调的则是亲情，既然所有行李都 tripitaka（安

---

① 原文为法语。

全打包了）："跟他们好好说说你的傻姨妈阿卡。"他闻声点头，挤出些笑容，而不是回答："好的，妈妈。"他于最后一抹斜阳中躬身坐在一张长凳上——就在最近，就在这长凳上，他抚弄并玩弄了一位十分中他意的、修长而笨拙的黑人女生——用无尽的思绪折磨着自己：想自己未尽孝道——长期以来漠不关心，怀着自以为乐的轻蔑，肉体上的反感以及习惯上的排斥。他环顾四周，狂乱地想做点什么补偿，希望她的魂灵给予他一个明确的、着实能决定一切的指示，指示出时间的帷幕背后、空间的具实之外延绵的存在。然而没有任何响应，没有一片花瓣飘落在长凳上，没有一只小虫触碰了他的手。他很想知道，是什么还让他苟活在这糟糕的"反地界"上，与此同时"地界"仍是个谜，所有的艺术也不过是场游戏，而自那天他在瓦莱里奥温暖粗硬的面颊上扇了一记耳光后，一切就都无所谓了。由此，他仍从希望之深井中掬出一颗颤抖的星星，虽则此刻一切都亮出了痛苦与绝望的锋芒，而另一个男人正与爱达流连于每一间卧室。

2

在一九〇一年巴黎春夏之交的一个阴暗的清晨，凡大步走过一家路边餐馆，这在纪尧姆·皮特大街众多小店中是特别不起眼的一家。凡戴着黑帽子，一只手藏在外套口袋里把玩着暖烘烘的零钱，另一只戴了鹿皮手套，挥动着一把收拢的英国雨伞。就在此时，一个矮胖秃顶、穿着皱巴巴的棕色外衣以及拴着表链的马甲的男子起身迎过来。

凡对着那红润圆胖的面颊端详了一会儿，那黑色山羊胡。

"Ne uznayosh（你不认得我了）？"

"格雷格！格里戈里·阿基莫维奇！"凡一边嚷着一边扯掉了手套。

"我去年夏天开始蓄胡子①。不叫你的话你肯定认不出我。来点啤酒？真不知道你是怎么让自己看上去还像个孩子的，凡。"

"喝香槟，而不是啤酒，"维恩教授说着戴上眼镜，并用伞的把手示意侍者过来，"体重不增加是很难的，但得让阴囊紧绷结实。"

"我也很胖，是吧？"

"格雷丝怎么样，我很难想象她胖得起来？"

"一朝双胞胎，终生双胞胎。我太太块头也不小。"

"Tak tïzhenat（这么说你成家了 413）？我可不知道啊。多长时间了？"

"大约两年吧。"

"娶的谁？"

"莫德·斯温。"

"那个诗人的女儿？"

"不，不，她妈妈是布鲁厄姆家族的。"

假如不是瓦因兰德先生动作快，这个回答或许就是"爱达·维恩"了。我想我在什么地方见过一位布鲁姆。不提也罢。估计是乏善可陈的联姻：健壮专横的妻子，他呢就是个讨厌鬼。

"我上次见你还是十三年前，骑着黑色小马——不，一辆黑赛轮霆。Bozhe moy[②]！"

"是的——Bozhe moy，可以这么说。那些在动人的阿尔迪斯的动人的苦恼呵！哦，我那时 absolyutno bezumno（疯狂地）爱着你的表妹！"

"你是说维恩小姐吗？我不知道啊。多长——"

"她也不知道。我极度地——"

"现在你要待多长——"

"我极度地腼腆，因为那会儿，当然，我明白没法跟她那一大堆男朋友竞争。"

一大堆？两个？三个？有可能他就从不知晓最主要的那

---

① 原文为德语。

② 用拉丁字母转写的俄语，我的天啊。

个？所有的蔷薇树篱都知道，所有的侍女都知道，所有的屋子都知道。收拾卧室的女仆可贵的缄默。

"你准备在鲁特待多久？不，格雷格，是我点的。下一瓶你来付。告诉我——"

"回想起来真是很怪！狂乱，奇幻，X 级别的现实。我敢说，要是能亲吻一下她的脚背，那么作为交换我情愿被鞑靼人拉出去砍脑袋。你是她的表哥，差不多也就是哥哥了，你是无法理解这种意乱情迷的。啊，那些野餐会！珀西·德·普雷向我吹嘘与她的情事，让我羡慕又怜惜得发狂，还有昆利克医生，据说也爱着她呢，还有菲尔·拉克，天才作曲家——死了，死了，都死了！"

"我对音乐知之甚少，不过在当时，能让你这老朋友嚷几声也挺开心的。我一会儿有个约会，唉。祝您健康[414]，格里戈里·阿基莫维奇[①]。"

"阿尔卡季耶维奇[②]。"格雷格说，过去他不曾说过什么，现在则不由自主地纠正了凡。

"阿卡是的！笨嘴笨舌。阿尔卡季·格里戈里耶维奇[③]**现在**怎么样？"

"他死了。正好死在你姨妈之前。我觉得报纸对她的才华赞赏有加啊。爱德莱达·丹尼洛夫娜在哪儿呢？她是不是嫁给了克里斯托弗·瓦因兰德？还是他兄弟？"

---

①②③　原文用拉丁字母转写的俄语。

"不是在加利福尼亚就是在亚利桑那。名字是安德烈吧，我记得。或许错了。其实我对表妹一直不太了解：我毕竟只去过阿尔迪斯两次，每次只几个星期，还是多年前了。"

"有人告诉我她现在做了电影演员。"

"我完全不知道。我从没在屏幕上看见过她。"

"噢，我蛮可以说，假如打开水视机突然看见了她，那感觉会很糟糕。就像一个溺水的人看见了整个自己的过去，树木花草，戴着花环的达克斯猎犬。她母亲糟糕的过世一定给了她很糟糕的影响。"

他喜欢"糟糕"这个词儿，我蛮可以说。糟糕的套装，糟糕的肿瘤。我为何要忍受这个？真恶心——可又奇怪地让人动心：我的胡言乱语的影子，我可笑的替身。

凡正欲离去时，一个穿着考究制服的司机上前来通报"老爷"，太太的车停靠在西贡街，正招呼他过去呢。

"啊，"凡说，"我明白了，你在利用自己的英国头衔。你父亲可是更爱冒充契诃夫式的上校的。"

"莫德是盎格鲁－苏格兰裔，嗯，喜欢这么叫。认为头衔能在海外得到优待。对了，有人告诉过我——对，就是托鲍克！——卢塞特正在阿尔方斯福尔。我还没问你父亲的情况呢？他身体可好？"（凡鞠了一躬）"那位女家教作家 415 怎样了？"

"她新近出版的小说叫《好友卢克①》。她刚刚因为写了这

---

① 原文为法语。

么多废话而获得勒伯恩学院奖。"

他们乐呵呵地分别了。

片刻之后，就像滑稽戏里常有的情景，凡又巧遇了一位朋友。随着一股喜悦涌上心头，他看见了科朵拉穿着红色紧身裙，俯身对着两只快快不乐的小狮子狗说着些哄孩子的话，小狗赖在一家香肠店门口不肯走。他用指尖摸了她一下，而就在她恼怒地直起身转过脸来时（而且立刻转怒为喜），他引用了自打上学时就会的、陈旧而不失贴切的段子，他的同学常用这两句来气他：

维恩家的人只和托鲍克家的人说话
可是托鲍克家的人只和狗说话。

岁月的流逝只是将她的妩媚打磨得更为精致，尽管一八八九年之后的时尚变幻无常，但他与她的邂逅，正值发型和裙线的风格又短暂地回到了十二年前之时（另一位还要优雅许多的女士已经走在了她前面），使他重新恢复记忆中的赞许和愉悦。她滔滔不绝且不失礼貌地问了很多——但他有一个更重要的问题要立刻解决——趁那烈焰尚闪烁不定。

"别把这膨胀出来的重拾的时间浪费在闲扯上了，"凡说，"我精力充沛着呢，如果你想知道的话。听着，或许有些愚蠢和无礼，可是我有个很紧急的请求。你愿意跟我合作，给你丈夫戴顶绿帽子吗？必须如此！"

"你真是的，凡！"科朵拉气恼地叫道，"你有点过分了。我是个快乐的妻子。我的托鲍克钟爱着我。要不是我和他以及别人在一起的时候多一分小心的话，我们现在该有十个小孩了。"

"你会很高兴地得知眼前这位'别人'是完全不能生育的。"

"嗯，我正好相反。我估计一头骡子只消让我看一眼就能下崽。再说，我今天要和戈阿一家吃午饭。"

"真怪①，像你这么个招人兴奋的小姑娘，可以对狮子狗那么温柔，却狠心拒绝可怜的长了肚腩腿脚僵硬的老维恩。"

"维恩家的人都和小狗一样快活得很。"

"既然你爱收集格言，"凡执拗地说，"那么我来说条阿拉伯谚语吧。天堂仅在美女腰带以下一指处。怎么样②？"

"你真让人受不了。何时何地？"

"何地？就街对面那家灰头土脸的小客栈好了。何时？就现在好了。我还从没见你骑过木马呢，因为那是说好的慰藉③——不会再有别的。"

"我必须十一点半回家，现在都快十一点了。"

"五分钟就够了。求你啦！"

她分开双腿，模仿小孩子第一次勇敢地跨上木马时的样子。她在用那个粗俗的玩意儿时将嘴噘成一副怪相④⁴¹⁶。阴郁、沉闷的妓女使用时则面无表情，嘴唇紧闭。她骑了两次。整个过程持续了十五分钟而不是五分钟。凡对自己的表现很满意，

---

①②③④　原文为法语。

又陪她穿过棕绿两色的贝罗树林往她的 osobnyachyok（小屋）方向走了一段。

"这倒让我想起来了，"他说，"我已经不住亚历克西斯街的小屋了。过去七八年里，我让一家穷人住里边—— 一个警察的家小，他过去在乡下给丹叔叔做用人。那警察已经去世了，他的遗孀带着三个儿子回了拉多尔。我不想要这套房子了。你愿意接受下来，作为一位钦慕者迟到的结婚礼物吗？很好。我们找个日子来办。明天我得去伦敦，而到三号，我就会搭乘我最喜欢的班轮'托鲍克夫海军上将'号去曼哈顿。再会^①。叫他小心点别碰着低矮的门楣了。新长出来的鹿角可敏感了。格雷格·埃尔米宁告诉我卢塞特在阿尔方斯福尔？"

"是的。还有一位呢？"

"我们就在这儿分别吧。已经十一点四十了。你赶紧走吧。"

"再会。你是坏小子，我是坏丫头。不过很带劲——即便你和我说话时不像跟一位名媛好友，而大概像跟小婊子。等等。这儿有个高度机密的地址，你可以随时"——（在手袋里摸索着）——"联系到我"——（找出了一张有其夫家纹章的名片，并写下了一组邮寄密码）——"在美因州的马尔布鲁克，我每年八月都在那里。"

她环顾四周，像芭蕾舞演员那样踮起脚，吻了一下他的嘴。可爱的科朵拉！

---

① 原文为法语。

568

3

守门人长着一个波旁王族的下巴，肤色黝黑，头发光洁，看不出多大岁数，凡在穿运动衣的年纪里管他叫"阿尔方斯·五"①。守门人相信自己刚在雷加密画廊见到过维恩小姐，那儿正在展出维维安·韦尔的面纱。阿尔方斯掸了掸燕尾服后摆，咔哒一声打开大门，奔出去查看了。凡的目光穿过伞钩游走在旋转书架上的一套啄木鸟平装书（每册的书脊上都印着一只小小的斑纹啄木鸟）:《及塔姆拉》《萨尔茨曼》《萨尔茨曼》《萨尔茨曼》《巅峰之邀》《喷射》《投机团》《痛之门槛》《动产的调和》《及塔姆拉》——此时走来，德蒙在华尔街的一位"显贵"同僚，老基萨·K. L. 斯温，写过诗，还有一位是年岁更大的房产巨鳄米尔顿·艾略特，经过凡身边时并未认出这位青年才俊，尽管好几面镜子都已暴露了他的相貌。

守门人摇着头回来了。出于好心，凡给了他一枚金币，并且说一点半再来看看。他穿过大厅（那里，《零磁偏线》的作者和艾略特先生，伸展着四肢②，肩上披着好几件夹克，伸展着四肢坐在扶手椅里⁴¹⁷，正比较着各自的雪茄），从边门出了旅馆，过了青年烈士街，到欧文曼餐馆去喝一杯。

刚一进店他便停下脚步脱掉了外衣；不过他仍戴着黑软呢帽，手执修长的雨伞，就像他看见父亲在这种淫秽——却也标致——的地方做的那样，而此类去处良家妇女是绝不光顾的——至少得有人陪护。他走向吧台，正准备擦一擦黑边眼镜的镜片时，从一片光影迷雾（"空间"新近的报复！）中认出了一个女孩的身形轮廓，自从青春期以来，这个身影便不时地出现在他的记忆中（而且愈来愈清晰！），独自路过，独自酌饮，总是独自一人，如同勃洛克③的《陌生女郎》。这是一种诡异的感觉——像是播放错了的情节，错留在校样稿上的语句，过早拉开帷幕的场景，不断重复的瑕疵，时间的错误转折。他仓促地将眼镜粗壮的黑色镜架重新架在耳朵上，默然走上前去。他在她身后站了一分钟，站在记忆与读者的斜侧（而对于我们以及吧台而言，她亦是如此），包在丝质裹套里的手杖的弯钩从侧面看过去几乎已举在了他的嘴边。她就在那里，一幅包覆了华丽帷帘的屏风在她身后映衬着，她款步走向紧靠着屏风的吧台，似要寻个位子坐下，身形依然笔直，一只戴白手套的柔荑已然搭在了台面上。她穿着高领、长袖、风格颇为浪漫的黑裙，宽松的下摆，紧身亦合体的上衣，轮状皱领，颀长的脖子便从这黑色柔软的花冠中袅然伸出。我们带着浪荡子孤僻的目光跟随着那咽喉，那翘起的下巴纯净而骄傲的曲线。光洁的朱唇轻启，散发着贪婪和挣扎，并隐约显露出宽大的上排牙

---

① 前文中的"阿尔方斯福尔"是"Alphonse Four"，故有凡编造的"阿尔方斯·五"。

② 原文为法语。

③ Aleksandr Aleksandrovich Blok（1880—1921），俄罗斯诗人、戏剧家。

齿。我们知道，我们爱着的那高颧骨（温热粉红的肌肤中没有一丝粉饰）、上卷的黑睫毛以及描画过的猫儿般的眸子——都呈现于侧面，我们轻声重复着。她戴一顶黑罗缎软帽，上系硕大的黑蝴蝶结，一绺着意弄乱、精心卷过的亮铜色秀发，打着旋儿溜出波浪状宽帽檐，顺着火红的脸颊垂下来，而吧台"宝石灯泡"的光亮则在她蓬松的[①]418 前额头发上跳脱，从侧面看去，那秀发在华丽的帽檐下形成一个凸面，直抵细长的眉梢。她的爱尔兰人体格因为增添了俄罗斯人的柔软而更显甜美，令她的美丽多了几许神秘的期望与哀婉的惊艳，我希望，我的朋友及我回忆录的赞美者务必将她视为一件自然的杰作，她所呈现的细腻，所焕发的青春，都是一旁那幅肖像画无法媲美的，那不过是个效颦的荡妇，以一张面部棱角形似猴子[②]419 的巴黎人的脸栖身于那张鄙俗的招贴画里，是一个末流画家为欧文曼餐馆创作的。

"嗨，艾德。"凡对酒吧招待说，她循着他亲切而刺耳的声音扭过头来。

"我没想到你会戴眼镜。你几乎都有肚腩[③]了，我还以为只有那些会'直勾勾'盯着我帽子看的男人才会有呢。亲爱的凡！我的美男子[④]！"

"你的帽子，"他说，"显然太梦特了，我的意思是那太奇

---

①②③　原文为法语。
④　原文为用拉丁字母转写的俄语。

特了，我拼不出那个形容词。"①

艾德·巴顿给卢塞特端来了她所谓的尚贝里果子酒。

"我来杯苦味杜松子。"

"我真高兴，又悲伤，"她用俄语幽然说道，"我哀伤的快乐②⁴²⁰你在老鲁特待多久？"

凡答道他明天就动身去英国，然后六月三日（这天是五月三十一日）搭"托鲍克夫海军上将号"返回美国。她将与他同行，她嚷道，真是妙不可言，她不在乎漂到哪里，真的，去西部，东部，去图卢兹，还是洛斯特克斯。他说现在要订客舱已经太迟（这班船不是很宏大的那种，比"吉尼维尔皇后"号要短很多），随即转了话题。

"上回见你，"凡说，"是在两年前，在一个火车站。你前脚刚离开安米娜别墅，我后脚就来了。你穿一件花裙子，和你手上捧的花混在一起呢，因为你走得那么快——从一辆绿色折篷轻便马车里跳出来，踏上了奥索尼娅快车，而我正是坐那趟车到尼斯的。"

"颇具表现主义风格③。我没看见你，不然我会停下来告诉你我刚得知了什么。想想吧，妈妈什么都知道了——你那多嘴的爹把爱达和你的情况全告诉她了！"

---

① "梦特"原文为 lautrémontesque，"奇特"原文为 lautrecaquesque，此句为法语的文字游戏。

② 原文为用拉丁字母转写的俄语。

③ 原文为法语。

"但没有说你和她的事。"

卢塞特叫他不要提那个令她厌恶和气恼的女孩。她太生爱达的气了，随即又感到嫉妒。她的那个安德烈——或者不如说是他姐姐代表了他——对此愚钝不明，只知收集进步而俗气的艺术品，像鞋油或粪便似的抹在画布上，模仿着白痴的涂鸦、原始偶像、野蛮人的面具、找寻到的文物①，或者更像网筐②⁴²¹，海因里希·海德兰牧场上打磨过的原木上打磨的孔洞。他的新娘子发现场院里装饰着一件雕塑品——假如算是雕塑的话——是老海因里希本人及其四个力壮如牛的助手的作品，一个硕大奇丑的中产阶级红木疙瘩，十英尺高，名为"母性"，（逆向）成为泥灰色的地神以及先前瓦因兰德家族在利亚斯加俄式别墅前面种植的生铁色伞菌的母亲。

酒吧招待站在那里，一边漫无止境地擦着玻璃杯，一边带着淡淡的微笑饶有兴味地听着卢塞特的控诉。

"可是（odnako）"，凡用俄语说，"你在一八九六年时是很喜欢待在那儿的，玛丽娜告诉过我。"

"我不喜欢（nichego podobnago）！我是半夜和哭哭啼啼的布丽吉特一起离开阿加维亚的，行李都没有拿。我从没见过这么一个家。爱达已经成了一个说不出话的黑发姑娘③。饭桌上的谈话仅限于三'物'——植物、动物和食物，④ 外加多萝

①②③　原文为法语。

④　此处照原文直译应为"饭桌上的谈话仅限于三 C——仙人掌（cactuses）、畜群（cattle）和烹饪（cooking）"，为表现原句中的押韵译文稍作修改。

西对立体派神秘主义的一番评头论足。他属于这样一类俄罗斯人：赤着脚 shlyopayut（噼里啪啦地）冲到厕所，刮胡子时只穿着内衣，套上袜带，认为拉裤管的动作很不雅，可却会用左手去掏右边裤子口袋里的硬币或是用右手去掏左边的，这不仅不雅，还很鄙俗。德蒙也许为他们没能生孩子而感到失望，但在初为岳父的兴奋过后便真心对他‘心生嫌恶’[422]。多萝西是个既神经又敬神的怪物，她会来住上几个月，布置饭食，还私下里收全了开启仆人房间的钥匙——我们那位黑发姑娘应该知道这一点——还有开启人的心灵的小钥匙。顺便说一下，她曾试图向每一个能抓到的美国黑人宣扬东正教，也鼓动我们那已笃信希腊东正教的[423]母亲——尽管她只能使‘三位一体’持续滞销。在一个美丽而令人怀念的夜晚——”

“用俄语说[①]。”凡说，他注意到一对英国夫妇点了饮料坐了下来，正侧耳倾听呢。

“Kak-to noch'yu（一天夜晚），安德烈住医院做扁桃体切除手术，亲爱的警醒的多萝奇卡到我女仆的房间里去查看可疑的动静，发现可怜的布丽吉特睡在摇椅里，而爱达和我在床上 tryaknuvshih starinoy（又回到了从前）。也就是在那时刻，我告诉多萝，我忍受不了她的态度，并当即动身去了蒙那多湾。”

“有些人当然是很古怪的，”凡说，“假如你喝完了那杯黏糊糊的东西，我们回旅馆吃午饭吧。”

她要了鱼，他仍然吃冷盘和沙拉。

"你知道我今早撞见谁了？好脾气的老格雷格·埃尔米宁。是他告诉我你在这一带的。他太太有点势利①，什么？"

"每个人都有点势利，"卢塞特说，"你的科朵拉——她也在这儿——不能原谅小提琴家舒拉·托鲍克在电话簿上与她丈夫紧邻。吃完就回我房间吧，房间号是傻愣愣的二十五，我的年龄。我有一把很棒的日本沙发椅，还有不少兰花，是我的一个求爱者送的。啊，Bozhe moy——我刚想到——我要查一下——可能是送给布丽吉特的呢，她后天要出嫁，三点半，嫁给奥特伊的阿尔方斯特鲁瓦的一个饭店领班。不管怎样，那些兰花一片葱绿，有橘色和紫色的斑疱，属于某种雅致的金蝶兰，'柏蛙'，生意人起了这么个愚蠢的名字。我会像个殉道者一样在沙发上仰面躺着，还记得吗？"

"你仍然是半个殉道者——我的意思是半个处女？"凡问道。

"四分之一个，"卢塞特答道，"哦，试试我吧，凡！我的沙发椅是黑色的，带黄色垫褥。"

"你可以在我腿上坐一分钟。"

"不干——除非我们脱光了然后你钩住我。"

"我亲爱的，我时常这么提醒你，你出身高贵，可是说话却如同最放荡的女子。这是你们这类人的时尚吗，卢塞特？"

"我不属于任何一类人，我孤独一人。我偶尔跟两个外交

---

① 原文为法语。

官出去，一个希腊人，一个英国人，我允许他们用爪子抚摸我，他们也互相爱抚。一个粗俗的社团画家正在画我的肖像，我心情好的时候也让他和他老婆抱抱我。你的朋友迪克·切希尔时常送我礼物和赛马票。乏味的人生，凡。"

"哦，有好些事情我还是很喜欢的，"她继续用忧伤沉吟的语调说道，同时用叉子戳着她那条蓝色的鳟鱼，从扭曲的身形和鼓凸的眼睛判断，它一定是被活煮的，因巨大的痛苦而抽搐得变了形，"我喜欢佛兰德斯和荷兰的油画、花儿、美食、福楼拜、莎士比亚、购物、滑雪、游泳、美女与野兽的热吻——但不知道为什么所有这些，这调味酱以及荷兰所有的丰美之物，只构成了 tonen'kiy-tonen'kiy（极为单薄）的一层，下面则空空如也什么都没有，当然，你的形象除外，而这只能让空虚更深不可测，还添上了一条鳟鱼的痛苦。我就像多洛雷丝——她说她'只是作于空中的一幅画'。"

"那本小说永远也写不完——太做作了。"

"很做作，但却是真实的。千真万确是我对存在的感觉——一种碎片，一缕色彩。跟我到远方去旅行吧，到有壁画和喷泉的地方，为什么不能去一个有上古喷泉的遥远地方呢？乘船？或是乘卧车？"

"坐飞机更安全更快捷，"凡说，"看在老天的分上，说俄语吧。"

斯温先生朝他们餐桌的方向很严肃地欠了欠身，他正和一位英俊小生吃午饭，后者留着如斗牛士一般的鬓角；接着一位身穿"湾流警卫队"配备的天蓝色制服的海军军官跟随一黑发白肤女子走过来说："你好，卢塞特，你好，凡。"

"你好，阿尔普。"凡说，同时卢塞特以一个心不在焉的微笑也作了回应：她越过交叉支撑着的双手，用嘲弄的眼神目送那位离去的女子。凡阴郁地看了看同母异父的妹妹，同时清了清喉咙。

"肯定至少有三十五了，"卢塞特低语道，"可还指望着做他的王后。"

（他的父亲，葡萄牙的阿尔方斯一世，是受其叔叔维克多摆布的傀儡君主，他听从了甘梅利尔的建议，最近宣布退位并支持共和政体，但卢塞特说的是摇摇欲坠的美丽，而不是变幻无常的政治。）

"那是莉诺·科利纳。怎么了，凡？"

"猫不会盯着星星看，不会的。没以前那么像了[①]——尽管，当然了，我也不知道另一位的容颜发生了什么改变。对了，也不知事业进展如何了？"

"假如你是指爱达的事业，我希望那同她的婚姻一样失败。德蒙比我更清楚。我不常去看电影，在葬礼上我也不愿意和多萝以及爱达啰嗦，所以完全不知道她的舞台或是银幕事业近来怎样了。"

"那女人有没有把你们那无伤大雅的玩闹告诉她哥哥？"

"当然没有！她对他是不是开心在乎得要命。不过我能肯

---

① 在第二部第九章，弗隆斯基曾告诉爱达其姿色有朝一日足以让她胜任莉诺·科利纳的替身。

定，就是她强迫爱达写信给我，要我'永远不能再企图破坏一桩美满的婚姻'——我可以原谅多萝，她是个天生的敲诈者，不过我不能原谅爱达奇卡。我并不在乎你那块圆宝石。我的意思是，戴在你那可爱的毛茸茸的手上挺好看，但爸爸讨厌的粉红色爪子上也有一块。他属于闷头探索的类型。有一次他带我去看女子曲棍球赛，我不得不警告他，假如手不停止摸索我就大呼救命。"

"这也一样[424]。"凡叹了口气，将那枚沉重的深蓝宝石戒指收在了衣袋里。假若它不是玛丽娜最后的礼物，他就扔在烟灰缸里了。

"听着，凡，"她说（听完了第四支长笛曲），"为何不冒一次险呢？一切都很简单。你娶我。你就得到了我的阿尔迪斯。我们在那里生活，你在那儿写作。我深居简出，绝不打扰你。我邀请爱达——当然只她一人——到她的地盘上来小住，我一直以为妈妈会把阿尔迪斯留给她呢。她在的时候我就去阿斯本或吉斯塔德或施陶，你和她在漫天大雪里安安稳稳地生活，我在阿斯本尼斯滑雪[425]。然后我像鸟儿一样飞回来，不过她还可以继续待下去，永远都欢迎她。我就在附近转悠，你俩要我过来也方便。然后呢她再回丈夫身边过上段无聊日子，明白了吧？"

"是的，想得很美好，"凡说，"唯一的问题是，她肯定不会来。现在三点了，我得见个人，他要帮我重新装修安米娜别墅，**由我**继承了，我要在那里藏成群的妻妾中的一个。这样打人的手腕可不是你爱尔兰教养中最好的一面。我会送你回寓所。看样子你需要休息休息。"

"我有个非常非常重要的水话要打,不过我不想让你听见。"卢塞特边说边在黑色小提包里找钥匙。

他们进了她套房的门厅。他打定主意片刻之后就离开,于是便摘了眼镜,将嘴贴在了她的嘴上。她的滋味与爱达在阿尔迪斯时完全一样:午后,带甜味的唾液,带咸味的上皮组织,樱桃,咖啡。他若非刚刚嬉闹过且嬉闹得如此充分,或许抵御不了诱惑,那种不可宽恕的震颤。他往门厅外退去时她抓住了他的袖子。

"再亲一下,再亲一下!"卢塞特孩子气地重复着,咬着舌头,张开的嘴唇几乎黏附着不动,在一阵躁动的晕眩中,她在竭力阻止他思考,阻止他说不。

他说这已经够了。

"哦,可是为什么?哦,求你!"

他拂开她冰冷颤抖的手指。

"为什么凡?为什么,为什么,为什么?"

"你非常明白为什么。我爱的是她,不是你,我就是不想再来一场不伦之恋,把事情弄得更复杂。"

"真是冠冕堂皇,"卢塞特说,"你有好几次已经和我很过分了,甚至在我还是小孩子的时候;你拒绝再往前走只是你自己的托辞罢了;而且,而且你跟几千个姑娘睡过,早就对她不忠了,你这肮脏的骗子!"

"你别用这种腔调跟我说话。"凡说，他卑劣地将她可怜的话语转为了大步向外走的借口。

"我道歉，我爱你。"她狂乱地低语道，在他背后尽力压低声音**哭泣**，因为走廊里尽是门，尽是耳朵，可是他头也不回继续向前走，只是举起双臂表示道歉，就这么走了。

4

一个恼人的问题让维恩博士不得不现身英国。

乔斯的老帕尔写信说，"诊所"希望他来研究一个很奇特的"连带色觉"的病例，但出于对该病例某些方面的考虑（例如弄虚作假，虽然可能性微小），凡得过来一趟，还得自行决定是否值得兴师动众带病人乘飞机带到金斯顿作进一步观察。有个叫斯宾塞·马尔登的四十岁单身汉，天生无视力，也没有朋友，他是该档案记录的第三个盲人，据悉他在偏执症猛烈发作时会有幻觉产生，能说出那些他通过触摸而辨认的形状及质地，或者说他通过关于那些物体的可怕故事（倒下的树，绝种的蜥蜴）辨认出了它们。这些物体从四面八方挤压他。这其中间或有恍惚昏厥的时候，接着总会重返常态，有一两周的时间他会翻阅盲文书，或是张开鲜红的眼睑陶醉在呦呦的麝鹿、鸣啭的鸟儿以及爱尔兰诗歌的录音中。

他能将空间拆分成不同"强""弱"、如墙纸图案似的等级和序列，这始终让人百思不得其解，直到一天晚上，一位准备探讨几张与另一病变案例有关图片的研究学生（R. S.[①]——他希望能一直做下去），刚巧将装在狭长盒子里的彩色铅笔放在了马尔登够得着的地方。铅笔都是全新未削过的，仅仅是其召唤力[②]（迪克逊·品克·安娜戴尔！）便能使人的记忆用彩虹的语言说话，那油漆并打磨过的木质笔身幽幽地分层叠放在干净整齐的铁盒里。可怜的马尔登的童年并没有带给他任何五彩的记忆，但当他四处摸索的手指打开盒子触摸到铅笔时，他惨白的脸上浮现出某种色欲的表情。当触及红色铅笔时，这位盲人的眉梢略微抬起，触到橘色时又抬了几许，当碰到扎眼的黄色时眉梢翘得更高了，而遭遇其他颜色时则低垂下来，R. S. 不经意地告诉他，木质笔身染的是不同颜色——"红"、"橘"、"黄"等，而马尔登也同样不经意地回敬道，它们摸起来也各不相同。

在该 R. S. 及其同事进行的一系列测试当中，马尔登解释道，通过逐个抚摸铅笔，他可以感知一整套"刺位"，与皮肤接触荨麻（他是在奥尔玛和阿马③一带的乡野长大的，在童年的历险中，这个穿大靴子的可怜人常常跌进沟里甚或山涧里）之后的那种刺痛感有些类似；他还很怪诞地谈到一张吸水纸"强劲"的绿色"刺位"或是朗福德护士汗渍渍的鼻子上潮湿而虚弱的粉色刺痛感，这些颜色都是他自己根据研究者们原先应用的铅笔检测出来的。测试的结果让人不得不推断，人的指尖可以向大脑传递"光谱的触觉版本"，帕尔在寄给凡的详细报告中如此表述。

帕尔来的时候，马尔登仍处于恍惚昏厥的状态，这一次拖

---

① 即研究学生（research student）的缩略。

② evocation，心理学术语，表示"唤起，唤出"。

③ Armagh，北爱尔兰一地名。

的时间比以往任何一次都长。凡希望在次日对他作检查，而当天则很愉快地与一群求知若渴的心理学家在一起交谈，他还饶有兴味地在护士中发现了令他倍感亲切的眯着眼的埃尔茜·朗福德，一个瘦弱的女孩，却有着洋溢的热情和外突的门牙，她在另一家医疗机构里曾隐约与一起"吵闹鬼韵事"有牵连。他在帕尔的乔斯寓所里与主人共进晚餐，并告诉他自己很乐意将这个可怜的人连同朗福德小姐转到金斯顿，等他一醒来就动身。那个可怜人当夜死在了睡梦中，整个事件便在一片明亮而无关的光晕中悬而无解了。

乔斯那些开粉红花的板栗树总能勾起凡的浪漫情愫，他决定在远渡美国之前，把这意外多出来的二十四小时花在欧洲所有的"千惠谷"中最时尚最高效的一家；可是在乘坐那辆古旧、奢华、散发着淡淡香气（麝香？还是土耳其烟草？）的豪华轿车——他在此地的座驾，通常他乘坐此车从他在伦敦的旅馆"阿尔巴尼亚"出发到英国各地游历——前往"千惠谷"的冗长旅途中，其他一些躁动的感觉混在了沉闷的渴欲里，但并未驱除那些欲望。他一只穿便鞋的脚搁在踏足板上随车轻轻摇晃，手臂搭在拉手环里，回忆着第一次坐火车去阿尔迪斯的旅程，并尝试——他有时候也建议病人这么做，用以锻炼"意识的肌肉"——将自己带回到所经受的生活剧变之前的思维框架之中，不仅如此，他进入的状态还要全然忽略而后的剧变。他明白这无法做到，唯一可能的是这一固执的尝试本身而不是尝试的成功，因为假若生活之书没有翻到下一页，他也不会记起认识爱达之前的岁月了，和爱达在一起的日子的容光已经照耀在脑海里所有的时间区域里。他思忖自己以后是否还能记起这次寻常的旅行。弥布着文学气息的英国暮春耽留在傍晚的空气里。内置的"音盒"（一种老式放音装置，最近才得到一个英美联合委员会的解禁）播放着一支伤感的意大利曲子。他是什么人？他是谁？为什么是他？他寻思着自己精神的惰怠、滞拙和自暴自弃。他寻思着自己的孤寂，以及其中孕育着的种种激情和危险。他透过玻璃隔板盯着司机肥胖、健康、满是让人宽心的褶皱的脖颈。各类人物形象懒散地排列开来——艾德蒙、艾德芒、天真的科朵拉、百缠千绕的卢塞特，以及——通过进一步的机械联想——一位住在戛纳的叫里赛特的相当堕落的小妹妹，其乳房如可爱的囊肿，在一辆旧更衣车里，一个臭烘烘的大哥哥满足了她的小小喜好。

他关掉音盒，从藏在一块滑动板后面的酒柜里给自己取了白兰地，直接就着酒瓶喝起来，因为三只酒杯都脏得很。他感到未能完成的，或许完成不了的任务化作了怪兽，连同周围压在头顶的参天大树一起将他团团围了起来。其中一项便是爱达，他知道这是一项永不放弃的任务；一旦命运的号角甫起，他便会将残存的自己悉数交给她。另一任务是他的哲学研究，很奇特的是这项工作受到了其自身优点的制约，即文学风格的原创性，这可是作家唯一的诚实之处了。他必须按照自己的方式来做，然而这干邑白兰地糟糕极了，思想的历史里影影绰绰，而这是他必须要克服的历史。

他知道自己算不得什么学者，却是个彻头彻尾的艺术家。荒谬且多余的是，在其"学术生涯"中，通过冷漠傲慢的讲座，通过召集研讨会，通过出版对精神病的研究报告，二十岁前便已是天才少年的他，在三十一岁得到了许多勤奋得令人难以置信的人五十岁时尚难企及的"名誉"和"地位"。在比较难捱的时候——比如现在——他将自己的"成功"部分地归因于他的地位，他的财富，他的无数项捐赠（这其实就是他将大把的小费赏给清洁屋子、看管电梯、在旅馆走廊里强颜欢笑的穷苦人的举动的延伸），他对于有前途的研究机构和学生一向慷慨有加。也许凡·维恩如此剑走偏锋并没有错得离谱；因为在我们的"反地界"（根据他自己写的书，在"地界"其实也一样），强势而沉闷的行政机构更青睐四平八稳的庸才而非凡·维恩那种不可信的智慧火花，除非一幢忽然拔地而起的新楼或是滚滚而来的钞票打动了他们。

　　当他到达梦幻般美丽而卑鄙的目的地时，夜莺鸣啭起来。汽车驶入了橡树大道，两边雄赳赳的雕像冲着他挥手致意。此刻，如往常一样，一种野蛮的亢奋席卷了他的身体。凭着十五年的老资格，他这位颇受欢迎的常客无须打什么"电话"（新颁布的官方用语）通报。探照灯朝他射来：哈，他要欢度一夜了！

　　会员们通常让司机将车泊在靠近警卫室的一处专用围场内，那里有宜人的餐厅，供仆佣享用，备有非酒精饮料以及价格不贵却还可人的妓女。可是当晚，几辆硕大的警车占用了车库，一直挤到了邻近的凉亭下。凡吩咐金斯利在橡树下稍等片刻，自己戴了面具去查看。他最喜爱沿墙漫步，这将他引到了众多宽阔草坪中的一处，细软的草像是通往主楼的路铺了丝绒毯。此处灯火通明，人头攒动，其热闹程度不逊于帕克大街——很自然的联想，那些乔装打扮的狡黠警探使凡想起了自己的祖国。他甚至能认出几个——以前只要是好心的甘梅利尔（第四届任期满后落选了）偶尔着便装在父亲位于曼哈顿的俱乐部吃饭，便常常见他们在周围巡逻。他们装扮的正是平日里惯于装扮的——卖西柚的小贩，卖香蕉的黑人，弹五弦琴的，迂腐或至少是不合时宜的"文书"，兜着圈儿匆匆赶往不存在的办公室，而读俄语报纸的人则优哉地放慢脚步直至着迷地停下来，接着又向前走，脑袋仍然埋在摊开的《艾斯托提新闻 426①》上。凡记得亚历山大·斯克里帕齐先生——合众美利坚国②的新任总统—— 一位有多血症的俄裔——曾飞来看望维克多国王，并且不无正确地得出结论，两人都已日薄西山了。这些密探的喜剧性现身（他们只能适应自己关于美式人行道的陈旧概念，却难以招架迷宫般曲折且光线怪异的英式树篱）缓和了他的失望情绪，一想到他要和这些可以载入史册的人物共作乐，还要与他们已经享用或弃用、面带英勇之色的姑娘们同寻欢，他便恶心得直打颤。

　　一尊裹着床单、居于大理石底座上的雕像意欲向凡发出挑

---

① 　原文为用拉丁字母转写的俄语。

② 　the United Americas，作者杜撰的、相当于美国的"反地界"国家。

战，却脚下打滑仰面摔倒在蕨丛里。凡对这位张牙舞爪的神毫不理睬，而决意踏上返程。长着紫红色双下巴的金斯利，这位久经考验的老朋友，提出带他去往北九十英里的另一家；可是凡恪守原则谢绝了，并回到了阿尔巴尼亚旅馆。

5

　　六月三日下午五点，他订的邮轮已从勒阿弗尔－德－格雷斯驶出；同一天傍晚时分凡在欧德汉茨波特登船。下午大部分时间他都在和著名的黑人教练德劳里耶打网球。此时，夕阳的热烈洒在只离右舷几码远的海水中，化作点点碧金，跃动于涌起的舷波之外缘。目睹此景他只觉无趣且昏昏欲睡。此时他决定回房间去，踱过 A 号甲板，在自己的起居室里吃了些为他准备的、摆放得如同静物画一般的水果。他躺在了床上，准备校对一篇论文，那是他为庆祝康特斯通教授八十寿辰纪念文集而撰写的，然而他打消了这一念头，睡着了。午夜时分，风暴来袭，可是尽管颠仆倾轧之声不绝于耳（"托鲍克夫"是一艘饱经风吹雨打的老迈客轮了），凡仍睡得很沉，唯一的反应就是睡梦中出现了一只水栖孔雀，地点在古老的"葛根王国"境内与他同名之湖畔，那珍禽未及如潜水鸟般纵身一筋斗便慢慢地沉了下去。在回味那鲜亮的梦境时，他将其来源归于最近的亚美尼亚之行，他曾在那里偕阿姆博洛夫及其特别乖巧又才华出众的侄女去打鸟。他很想将梦境记录下来，却饶有兴趣地发现三支铅笔不仅滚下了床头柜，还整整齐齐排列于邻屋外门脚下，于逃跑未遂的过程中在地上留下了一片蓝色。

　　乘务员送来了欧式早餐、本船新闻报以及头等舱旅客名录。他在那份小报的"意大利旅游"栏目下读到，一位多莫多索拉农夫挖出了汉尼拔大象部队的尸骨和外饰；两位美国心理医生（未提其名）在布卡莱托山区离奇死亡：年长的死于心脏病，其男伴则是自杀。在思索了一番船长对意大利山区的病态兴趣之后，凡丢下报纸，拿起了乘客名单（装点着可人的纹饰，与科朵拉便笺上的一样）想看看接下来几天里有没有需要避开不见的人。名单上列有罗宾逊夫妇：罗伯特和蕾切尔，家族生意里的老讨厌鬼（鲍勃在丹叔叔的一个事务所里做了多年主任后退休了）。他的目光继续巡游，在"伊凡·维恩"那里羁绊了一下便落在了下个名字上。是什么让他的心收紧了？为什么他的舌头伸出了厚重的嘴唇？昔日自以为能解释一切的小说家们的叙述规则显得那么空洞。

他浴缸里的水倾斜晃动着，模仿着卧室舷窗外缓缓摇摆、蔚蓝而泛着白光的海面。他打电话给露辛达·维恩小姐，她的套间在船中部的主甲板上，正好位于他上方，可是她不在。他穿上双层领套头衫和太阳镜出去找她。游戏甲板上也不见其芳踪，他凭栏俯瞰，瞥见另一红发女子，正坐于遮阳甲板的帆布椅上奋笔疾书。他想，假设脱离开这沉闷的现实而走进轻松的小说里，他可以在自己现在的位置上安排一位妒火中烧的丈夫，举着望远镜，企图破解她所倾吐的非分恋情。

散步甲板上还是找不到她，只有披毯子的老者在阅读最畅销的《萨尔茨曼》，同时与翻滚的船头浪花一道等待着十一点供应的牛肉汤。他向烧烤餐厅走去，在那里订了双人座。他到吧台前亲切问候托比，她曾于一八八九、一八九〇及一八九一年在"吉尼维尔皇后"上服务，那时她还未嫁，他也还是个心怀愤懑的傻瓜。他们当年满可以化作戴尔斯或萨尔迪夫妇私奔去罗帕杜莎！

他看见了同母异父的妹妹立于艑楼甲板上，穿着低领且鲜艳的印花风衣，漂亮得令人把持不定，她正在和晒得黝黑而又老迈的罗宾逊夫妇说着话。她转向他，将脸上的乱发向后掠去，并流露出得意与尴尬并存的神色，此刻他们离开了蕾切尔和罗伯特，后者在其身后冲他们微笑，以相似的动作挥手向她致意，也向他，向着生活，向着死亡，向着德蒙对儿子欠下了孽债的快活时光，而当他丧命于迎头而来的撞车事故时，这一切也一了百了了。

她怀着感激吃完了烤肉饼①：他并没有因为她穿越时空（而非穿越大洋）般的陡然现身而责怪她；在见他的渴望的催促下，尽管前一天没用晚餐，她也只是胡乱吃了几口早饭。她喜欢海上运动的颠簸不定，或是空中旅行时的上下摇摆，但这一回初次登船远行，她吐得一塌糊涂；不过罗宾逊夫妇给了她一颗灵丹妙药，让她睡了十个小时，仿佛一直在凡的臂膀里。现在，她希望他和她都能有足够的清醒，尽管药效还未全然散去。

他相当和善地问她打算去哪儿。

---

① 原文为用拉丁字母转写的俄语。

去阿尔迪斯，和他一道——回答是不假思索的——永远，永远。罗宾逊的祖父是一百三十一岁时在阿拉伯半岛去世的，那么凡面前还有整整一个世纪呢，她将在庄园里为他建造好些个亭台，先当藏娇之金屋，然后作养老院，最终就是陵寝啦。她说，在科朵拉那间通过"一分钟交易"坑蒙拐骗来的寓所里，床头挂着一幅"汤姆舵手的暗火"障碍赛马画，不知道会不会在海上旅行期间影响托鲍克夫妇的爱情生活。凡打断卢塞特神经质的胡言乱语，问她浴室的水龙头上是不是也刻印着："热水自产，冷水含盐"。是的，她嚷道，"老萨尔特"、"老萨尔茨曼"，[①]"热情的客房女仆"、"怠惰的船长"！

到了下午他们重又见面。

一九○一年六月四日的下午，大西洋，近冰岛的经线，与阿尔迪斯同等的纬线。对于"托鲍克夫"头等舱的绝大多数旅客而言，这些情况并不适合露天嬉戏：钴蓝色天空的炽热总遭到来自冰川的劲风的切割，老式泳池的水冲打着碧绿的瓷砖，然而卢塞特是个习惯了风吹日晒的坚忍姑娘。菲雅尔塔的春天以及敏娜塔奥——就是那座有名的人工岛——酷热的五月，使她的四肢显出油桃一样的色泽，在潮湿的时候似涂过漆一般，而当微风拂干了她的肌肤时便重又灿若春花。她的颧骨容光焕发，闪亮的铜色秀发从紧绷的橡皮泳帽下逸出来，披在颈背和前额上，活似育空茨克圣像画里戴了头盔的天使，据说其法力

---

① 前文的"冷水含盐"原文为 Cold Salt；"老萨尔特"原文为 Old Salt；"老萨尔茨曼"原文为 Old Salzman。

能让血色苍白的金发少女变成 konskie deti，即长了雀斑的红发少年，"太阳马"的孩子。

她游了一会儿便回到凡躺着的遮阳甲板上，说道：

"你想象不出"——（"我还是能想象的。"他坚持道）——"好吧，你想象得出，我得用多少洗发剂和面霜——在我的私密阳台或荒凉的海蚀洞里——然后我才能对付这鬼天气。一不小心，原本想晒成古铜色的皮肤就会晒伤，所以我总是在这中间走钢丝——或者说在龙虾和水果① 427 的颜色之间，我最钟爱的画家赫布就是这么说的——我在读他的日记，是他最后一位公爵夫人出版的，用了三种语言混杂着写，美极了，我会借给你看。你瞧，亲爱的，要是我在公共场合掩藏的那一小部分和其余部分展示出来的不是一样的肤色，我会把自己看成个花斑骗子。"

"一八九二年时你展露出来给我看的全都是一种沙色。"凡说。

"现在我是个焕然一新的姑娘了，"她低语道，"一个快乐崭新的姑娘。单独和你在一只被遗弃的船上，至少要十天，然后才开始下一次漂流。我给你金斯顿的住处寄了一张很傻的便条，怕万一你不来。"

此刻他们斜倚在泳池边上的一张席垫上，呈对称姿态：他用右手撑着脑袋，她则支着左肘。她的绿色胸衣的带子从纤长

---

① 原文为德语。此处"龙虾"与"水果"原文分别为彼此押韵的 lobster 和 Obst。

的胳膊上滑下来，展露出一只乳头下积聚的水滴和印痕。两人之间的数英尺距离却是一道深渊，隔开了他穿的运动衣和她的露脐装，隔开了他的黑色羊毛短裤和她浸湿了的绿色遮羞布。她的臀骨在阳光的照射下显得尤为光滑；一抹下探的阴影则是五岁时做阑尾切除术的瘢痕。她半掩着的目光带着滞重的贪欲停留在他身上，她说得没错。他曾背着玛丽昂·阿姆博洛夫的叔叔拿下了那姑娘，那会儿周围情境还要复杂得多，摩托艇像飞鱼一样跳蹿，而他的主人则一直站在舵轮旁边端着猎枪。他怏怏地感到那壮实的欲望之蛇沉重地直起了身子；他无情地悔悟道，要是在千惠谷中将这恶魔折腾得筋疲力尽就好了。他任由她失去理智的手顺着他的大腿向上，诅咒着自然在男人胯间种下了这么一棵扭曲的树，漫溢着邪淫的汁液。突然卢塞特的手收了回去，文雅地吐了句"呸①"。伊甸园里涌进了人潮。

　　两个半裸的孩子快活地尖叫着奔向泳池。一位黑人保姆气急败坏地追在后面，手里挥舞着她们小小的胸罩。一颗秃顶的脑袋也正好浮出了水面，喷着鼻息。游泳教练从更衣室里走了出来。与此同时，一个高挑靓丽的身形，迈动着匀称的足踝和丰满得有些可憎的大腿阔步走过维恩兄妹，差一点踩在了卢塞特那只翡翠烟盒上。她颀长、涟漪般的浅褐色背部，除一根金黄色的带子以及晒得有些褪色的马尾辫外都是赤裸的，一览无余，一直延伸到缓缓而充满色诱地摇摆着的臀部，臀部的两半

---

① 原文为法语。

交替扭动，暴露出单薄的腰带之内下体的凸起。就在她要转过圆形白色拐角时，这位女提坦半转过褐色的脸庞朝着凡打了个响亮的招呼："嗨！"

卢塞特想知道：kto siya pava？（这位女豪杰是谁？）

"我以为她是冲你来的呢，"凡答道，"我认不得她这张脸，也记不得那尊屁股。"

"她给了你一个大大的、原始森林里才有的笑。"卢塞特边说边重新整了整绿色的帽子，并以动人的优雅姿态举起了双翼，动人地亮出了腋窝里赤褐色的羽绒。

"跟我来吧，嗯？"她提议道，同时从席垫上站起来。

他摇摇头仰望着她："你站起的姿态就像曙光女神。"

"这是他第一次恭维我。"卢塞特略微偏了偏头说道，仿佛在与一位看不见的闺蜜聊天。

他戴上太阳镜，看着她立于跳板上，在她准备纵身跃入那一汪琥珀色之中时，她的肋骨因容纳了吸入的空气而凸显出来。他很想知道——这可以作为存于脑海里的一个注脚，以备日后方便使用——太阳镜，或是其他任何对视觉的改变，在毫无疑问地扭曲了我们对"空间"的概念时，会不会也影响到我们言说的风格。那两个体态姣好的小姑娘、护士、好色的泳男、游泳教练，都在与凡一道围观。

"第二句恭维也准备好了，"凡在她回到他身边时说，"你是一只出色的潜鸟儿。换了我准要扑通一声溅得到处都是。"

"可是你游得更快，"她抱怨道，同时将肩带取下来，采取了卧姿，"Mezhdu prochim（顺便问一句），过去在'托鲍克夫'上是不教水手游泳的，这样在沉船时也不用瞎折腾了，是这样吗？"

"对于普通水手或许是的，"凡说，"当托鲍克夫本人在加瓦耶附近遭沉船时，他可是轻松自得地游了好几个钟头呢，不时地唱唱老歌吓走鲨鱼，最终被一艘渔船救了起来——这是一种不需要别人参与的奇迹，我想。"

她说，德蒙去年在葬礼上告诉她，他准备在加瓦耶群岛买下一座岛屿（"不可救药的梦想家。"凡慢腾腾地说）。他在尼斯时"泪如泉涌"，不过早先在瓦伦蒂娜他哭得更为纵情，那是在另一场仪式上，可怜的玛丽娜也没参加。那场婚礼——希腊风格的，请原谅——貌似对老电影情节的拙劣模仿，牧师疯疯癫癫的，执事①醉醺醺的，而且——或许也是幸事——爱达厚重的白婚纱一点儿也不透光，活似寡妇的丧服。凡说他不想听这个。

"哦，你必须听，"她答道，"hotya bï potomu（即便仅仅因为）她的 shafer（轮流为新娘托婚纱头冠的单身汉）之一有那么一瞬间——侧面轮廓及神态没有任何生动之处（他总是将那沉重的金属婚礼头冠②举得过高，像运动员似的高高举起，似乎故意要离她的头越远越好）——像极了你，就像你的苍白、胡子拉碴的双胞胎兄弟，被你从你待的地方派过来。"

---

①② 原文为用拉丁字母转写的俄语。

那个地方恰好叫阿格尼①，在特拉德尔福格。他感到一种诡异的刺痛，因为他记起来当他接到婚礼请柬（是由新郎阴险的姐姐通过航空信寄来的）时，接连数个晚上他都被一个接一个的梦境追逐，而每次他都愈加虚弱黯淡（正如他一家家影院地追逐她的影片）在那些梦里，他正在她头顶端着那头冠。

"你父亲，"卢塞特补充道，"雇了一个柏拉多纳的摄影师——不过当然，一个人只有他的名字出现在电影杂志的填字游戏里时，才会真正出名。我们都知道这绝不会发生，绝不会！你现在恨我吗？"

"不恨，"他说，同时去抚摸她被太阳烤得炙热的脊背，摩挲着她的尾椎骨，令她发出猫咪般的呜呜声，"啊，不恨的！我对你充满了兄长的爱，或许比兄长还更温柔。428 你想让我叫饮料吗？"

"我想让你一直这么抚摸我。"她咕哝道，鼻子埋在橡胶枕里。

"服务生来了。我们喝什么呢——'火奴鲁鲁人'？"

"你让他们在我换衣服时准备些'秃鹰小姐'吧。这会儿我只要茶。不能将药和饮料混起来。我得在今晚某个时候服用响当当的罗宾逊药丸。今晚某个时候。"

"请来两杯茶。"

"还要好多三明治，乔治。鹅肝酱、火腿，什么都来点儿。"

---

① Agony，亦有"痛苦、苦恼"之意。

"随便给一个可怜人起名字是很坏的习惯，"凡评论道，"他又没法回答你：'好的，秃鹰小姐。'顺便说一句，这是我听到的最佳英法两用双关语。"

"但他是叫乔治。昨天我在茶室中央吐出来时，他对我可好了。"

"好人眼里总归都是好人。"凡呐呐地说。

"罗宾逊老夫妇也是这样，"她继续唠叨着，"估计他们不大可能会到这儿来。他们好像一直在轻手轻脚地跟着我，很感伤的那种。自从我们在航班专营火车上碰巧一桌吃饭之后就这样了。我意识到了他们是何许人也，而且很肯定他们没有认出一八八五或一八八六年时的那个小胖妞，但他们话可真多，像有催眠术——一开始我们以为你是法国人呢，这三文鱼真的不错，你家乡在哪里？——而我呢是个没用的傻瓜，实话一句接一句地说出来了。年轻人不大会受到时过境迁的误导，而地位稳固的老辈自身已没有多少变化，也就不大能适应阔别多年的小辈的变化。"

"说得很巧妙，亲爱的，"凡说，"只是时间本身是静止无变化的。"

"是的，**我**还总坐在你膝上，还有那不断后退的路。路会动吗？"

"路会动的。"

喝过茶后卢塞特想起来与发型师约定了时间，便匆匆离去。凡脱掉了运动衣又待了一会儿，沉思着，把玩着那只镶绿宝石、内装五支"玫瑰瓣"香烟的小盒子。他试图享受这如同电影场景里那种白金般色泽的阳光，然而随着船的每次颤抖和起伏，那邪恶的诱惑之焰反倒愈加升腾起来。

片刻之后，似乎窥探到只有他一人了，那只 pava（雌孔雀）再次现身——这回是带着歉意的。

彬彬有礼的凡赶紧站起来，将眼镜架在前额上，也道起歉来（为在无意中误导了她），可是原本就不长的话语在他的沉迷之中渐渐没了声息。他看着她的脸庞，并在其令人难忘的面部特征中看到了一种显见而鲜有的滑稽模仿。那黄褐色的肌肤、那闪动着银色的金发、那丰满的紫色嘴唇，仿佛在粗糙的底片里重新激活了**她的**雪白皮肤，**她的**乌黑秀发，**她的**苍白的噘起的嘴。

"我听说，"她解释道，"我的一个非常好的朋友，维维安·韦尔，那个裁缝——你听说过的[429]？——刮了胡子，于是他看起来很像你，是吗？"

"从逻辑上说，不是的，小姐。"凡答道。

对这一片刻的调笑，她犹豫着，舔着嘴唇，不知道他是一时粗鲁，还是有备而言——就在此刻卢塞特回来拿她的"玫瑰瓣"香烟。

"水后[①]见。""秃鹰小姐"说。

卢塞特目送着那臀部慵懒地舒张又并拢，直至其消失在出

---

① 原文为 aprey，从上下文推断，应为法语 après（随后）的误读。

口处。

"你骗我，凡。那是，那是你的一个臭丫头！"

"我发誓，"凡说，"她是个不折不扣的陌生人。我不想骗你。"

"我还是小女孩时你骗过我好多好多次。假如你再骗我，你知道那会要我命的①430。"

"你还许诺我金屋的呢。"凡责怪她道。

"今天不行，今天不行！今天是神圣的。"

他意欲亲吻的脸颊被替换成了她迅捷疯狂的嘴。

"来看看我的屋子吧，"她央求道，与此同时他动物般对于她的唇与舌的烈焰的反应使他推开了她，"我只是想带你看看他们的枕头和钢琴。所有的柜子里都散发着科朵拉的气息。我求你了！"

"快走吧，"凡说，"你没有权利把我弄得这么兴奋。要是你不老老实实的，我就雇请'秃鹰小姐'来和我做伴。我们七点十五分吃晚饭。"

在卧室里他发现了一张晚餐请柬，是船长有些姗姗来迟的邀约。邀请对象是维恩博士及夫人。以往他主要搭乘"女王"号，其间也坐过一次这艘船，记忆里考利船长既无趣又无知。

他叫来乘务员，吩咐他送回请柬，他在上面用铅笔潦草地写着："无此夫妇。"他在浴缸里躺了二十分钟。他企图让思绪

---

① 原文为法语。

集中到一个歇斯底里的处女的胴体以外的事物上。他在文稿上发现了一处重大遗漏，整句话不见了踪影，然而那截短的段落对于不知情的读者而言却也貌似是那么回事儿——因为被删减的句子末尾与以小写字母开首的另一句子（此刻毗连着）正好组成了句法正确的段落，在肉体愚蠢地躁动不安的当下，他原本不会留意到这种细枝末节，然而他回想起来（这段回想已由他的打印文字稿所证实），在这一节点上，应该有一段恰切的——从各方面考虑都是如此——引用：Insiste，anime meus，et adtende fortiter[431]（勇气啊，我的魂魄，勇猛前进）。

"你确定不想去餐厅？"当卢塞特和他在烤肉馆会合时他问道。她穿着短小的晚装，看起来甚至比下午的"比基尼"更加暴露。"那儿拥挤得很，也闹腾得厉害，爵士乐队像在自慰。不去吗？"

她轻柔地摇了摇戴了珠宝首饰的脑袋。

他们吃了美味多汁的"格鲁格鲁棕榈大虾"（一种棕榈象鼻虫的黄色幼体）。食客只占据了一半的餐位，除了午饭时并未留意到的发动机振动有些恼人之外，一切都那么平静、柔和与安适。他利用她少有的矜持和沉默，原原本本地向她讲述了那个能触知铅笔的马尔登先生，以及金斯顿那个言语混沌的病例：一位育空茨克的妇女能说几种类似斯拉夫语的方言，可这只存在于"地界"上，艾斯托提肯定没有。噢，还有一例呢，也无言地吸引着他的注意力。

她带着母鹿般爱慕的眼神问着问题，不过对于一位教授而言，无须多少专业训练便可觉察出，她可爱的窘态以及低沉的嗓音与她下午的活泼同样显得不自然。事实上，她正在情感的纷乱中苦苦挣扎着，这种纷扰，只有美国贵族无畏的自控力才能遏制得住。很早以前她便打定主意，她要强使这个她荒唐而无可挽回地爱着的男人与自己来一次床笫之欢，哪怕只一次，之后她就——不论以何种方式——在自然的神奇造化的帮助下，将一次短暂的肢体接触事件转变为永久的精神纽带；不过她也知道，假如这不能在他们旅行的第一夜里实现，他们的关系就将重新沦为那种熟悉的、令人精疲力竭又无望的调笑与反调笑的模式，话中自然少不了色欲的意味，却永不能企及。回想往事，他能理解她的处境，或者说，他相信自己**昔日**是理解的，在那时，在那有着乒乓作响的门以及摇摇欲坠的牙膏的昔日之药柜里，除了亨利博士[432]跨越大西洋的油膏之外，什么也没有。

他阴郁地看着她，那瘦削而赤裸的双肩显得灵动而柔韧，使人不禁琢磨，这香肩能不能在胸前交叉，就如那常可以见到的天使之翼。他暗自悲叹，假如他恪守内心的尊严，就还得忍受五天欲火的煎熬——不仅因为她是如此娇媚和特别，也因为他还从未不沾惹花草超过四十八小时。他所担心的正是她孜孜以求的，一旦他品尝了她的创伤及其吸引力，她便将连续数周贪得无厌地攫住他，或许数月，或许更长，然而严酷的分别终将不可避免地到来，新燃起的希望与旧有的绝望怎么也无法调和。可是最糟糕的是，他一方面意识到自己对一个病态的孩子的淫欲并深以为耻，另一方面，在原始情感的朦胧的纠缠中，这羞耻反倒将淫欲刺激得更加炽烈。他们点了甘甜而浓郁的土耳其咖啡，他偷偷瞥了眼手表——什么？对这自我拒绝的折磨还能坚持多久？诸如舞场竞赛之类的特定事件是不是很快就要到来？她的年纪？（假如可以让人类的"时间之流"倒转，那么露辛达·维恩只有五个小时的岁数。）

她真是个可怜的尤物，当他们起身离开烤肉馆时，他禁不住——真是万恶淫为首——抚弄了她年轻而光洁的肩，让她获得生命中最快乐的一瞬，那隆起的完美弧线熨帖在他曲起的掌心里。接着她走在他的前面，完全意识到他目光的存在，仿佛她就要为自己的"风姿"赢得一个奖赏了。对于她的裙子他只能形容为酷似鸵鸟（假如有黄色卷毛鸵鸟存在的话），当她阔步前行，迈出套着尼龙丝袜的长腿时，这一形象就更为鲜明了。客观地说，她的时髦更甚于她同母异父的姐姐。当他们穿越楼梯平台——俄罗斯水手在此匆匆拉起来了绒布绳索（他们亲切地瞥了一眼这对说着与他们相同的无与伦比的语言的俊男靓女）——或是走过这处或那处甲板时，卢塞特让他想起了某个在惊涛骇浪中尚能胜似闲庭信步的杂技演员。他不悦但又不无教养地看到，她翘起的下巴和黑色的衣袖，以及自在的步伐，不仅吸引着那些天真烂漫的蓝眼睛，也吸引着随后而来的旅客大胆邪淫的目光。他大声宣称要教训再敢闯过来的登徒子，却不由自主胡乱而野蛮地挥着胳膊跌坐在一张折叠椅里（他同时也不经意地将时间倒转了一些），引得她发出一阵尖

笑。她感到快活了许多，享受着凡的殷勤，并领着他避开众多
爱慕者，退回到电梯里。

他们无动于衷地看着展览橱窗里的观赏品。卢塞特嘲笑着
一件镶金边的泳衣。展出的一柄短马鞭和一把鹤嘴锄让凡感到
大惑不解。五六本装帧光鲜的《萨尔茨曼》引人注目地堆在一
幅作者画像以及一只插了干花的明戈－宾戈花瓶中间，作家长
相英俊，若有所思，只是现在已完全为人忘却了。

他抓住一根红绳子，他们进了休息室。

"她看起来像是谁？"卢塞特问，"一个较丑且更肉感的
版本？①433"

"我不知道，"他撒谎道，"像谁？"

"不谈这个了，"她说，"今晚你是我的。我的，我的，
我的！"

她在引用吉卜林的话——爱达也对爱犬达克说过同样的词
句。他还在竭力拖延时间。

"拜托，"卢塞特说，"我走不动了，我很虚弱，我上火了，
我受不了风暴，咱们上床吧！"

"嗨，瞧！"他嚷着指向一张海报，"要放映《唐璜最后的
狂欢》呢。是预映片，只供成人观看。'托鲍克夫号'专有！"

"肯定很没劲。"露西说（豪赛学校，一八九〇年），可是
他已经推开了入口处的帷幕。

---

① 原文为法语。

他们进来时正好刚开始放映一部前奏片，描绘一次格陵兰之旅，将汪洋大海拍摄得极为浓艳。这跟他们的航行无甚关联，因为此番旅程"托鲍克夫"并不打算造访戈德港①；再者，影剧院本身的摇晃也似与银幕上那碧蓝的波涛格格不入。难怪这里就像卢塞特所言是空荡荡的⁴³⁴，她又说罗宾逊夫妇在前一天晚上给了她满满一管"安息片"，从而救了她的命。

"来一片？一天一片，冥王不见。你可以嚼嚼，很甜的。"

"真是好名字。不，谢谢，我亲爱的。再说你只剩五片了。"

"别担心，我都计划好了。或许用不了五天。"

"不止呢，不过也无所谓。我们对时间的测量毫无意义；最精确的时钟也不过是个笑话；总有一天你会读到的，等着吧。"

"也许，不用等了。我是说，也许我没这个耐心。我是说，莱昂纳多的女仆永远也看不完他的手相。或许在我读你下一本书之前就睡去了。"

"艺术课上的传奇。"凡说。

"那是最后一座冰山，凭这音乐我就知道。走吧，凡！还是你想看看扮演胡安的胡尔？"

在昏暗之中她用唇摩挲他的脸颊，她拿起他的手，她亲吻他的指关节，而他突然寻思道：干吗不去呢？今晚？就今晚。

他享受着她的急躁，这个傻瓜任由自己被撩拨起来，这个白痴呢喃着，想拖延这自由的、新燃起的杏黄色希望之火：

---

① Godhavn，位于格陵兰。

604

"如果你乖乖的话，我们午夜时到我客厅去喝一杯。"

主片开始放映了。三个主要角色——面色惨白的唐璜，大腹便便、骑驴子的莱波雷洛，以及显然已是半老徐娘的堂娜，安娜——都是由实力演员担当的，先前的简介已认可了其在"半剧照"或如有人所说的"半透明剧照"中的形象。影片出人意料的精彩。

那位轻易不能征服的妇人——其夫死在了剑下——终于允诺他在她清高而清冷的闺房里与他共度一整夜良宵。于是在去她那遥远的城堡的路上，这位已不算年轻的浪子斥退了众多野蜂浪蝶的攻势而保留着自己的强壮气血。一个吉卜赛女人向这位面容阴沉的骑士预言道，在到达城堡之前他便会中她妹妹、舞女多洛雷丝的诡计（该情节剽窃自奥斯伯格的中篇小说，随后的诉讼可以证明这一点）。她同时也给了凡一些预示，因此在多洛雷丝钻出戏班帐篷为唐璜饮马之前，凡就明白了演员是谁。

在镜头富于魔力的光线中，在芭蕾舞女尚算节制的癫狂的优雅中，她十年的光阴流逝了，而她又成了那个不穿底裤[435]的女孩 qui n'en porte pas [①]（有一回他故意用虚构的法语误译来气她的女家庭教师）：这个回忆起来的琐事，冰凉地突进了他此刻的情绪里——就如同一个不识相也不明就里的过路人，在迷宫般逼仄的小道里向一个正兴致勃勃的窥阴癖问路一样。

---

① 法语，什么也没拿。此处疑为"什么也没穿"之意。

卢塞特过了三四秒钟才认出爱达，不过紧接着便拽住他的手腕：

"哦，真讨厌！真是躲不过。那是她！我们走吧，求你了，走吧。你不要看她这样**糟践**自己。她太做作了，每个动作都那么幼稚失当——"

"等一等。"凡说。

做作？失当？她简直就是完美的，很陌生，却又熟悉得令他辛酸。借助某种艺术手法，借助机缘的点化，她被给予的寥寥数个场景形成了对她一八八四年、一八八八年以及一八九二年容貌的完美概括。

吉卜赛小女子将莱波雷洛弓着的背当作活桌子，将一张粗糙的羊皮纸地图摊在上面找寻着通往城堡的路线。她肩膀的活动不时将乌黑的长发分开，露出白皙的脖颈。这不再是另一个男人的多洛雷丝，而是蘸着凡的血涂鸦的小女孩，而堂娜·安娜的城堡此刻也不过是朵泥沼之花。

唐骑马经过了三座风车，在预兆不祥的落日的背景中卷起一阵黑旋风，并从磨坊主那里救走了她，磨坊主指控她偷了一捧面粉并要撕扯她单薄的裙子。唐璜力气不比从前，但勇气丝毫不减，将她抱过了河（她的赤足像玩杂耍似的挠着他的脸），并把她脑袋朝上放在一片橄榄树林里。现在他们面对面站着。她的手指挑逗般摆弄着他嵌宝石的剑柄，她用自己紧致的少女小腹摩擦着他的绣花衬衣。突然，一阵提前到来的痉挛滚过了这位可怜的唐极富表情的面孔。他恼怒地挣脱开来，摇摇晃晃地回到了坐骑上。

不过，凡直到过后很长时间（当他看了——不得不看；然后一遍遍地看——整部电影以后，包括发生在堂娜·安娜城堡里那忧伤而怪诞的结局）才明白，一个偶然的拥抱竟成了戴绿帽子的男人对他的报复。事实上，他心绪烦乱得无以复加，甚至在橄榄树林那场戏结束之前就准备离开。正在此时，三个铁青着脸的老太太从卢塞特（她苗条得不用站起来就能让过）外侧起身，以示对片子的不认可，她们拖着脚蹒跚走过凡（他站了起来）。与此同时，他注意到了另外两个人，即多时不见的罗宾逊夫妇，显然那三个妇人隔开了他们和卢塞特，现在他们正欲坐过来。他们满脸堆着慈爱和谦逊的微笑侧身靠近并一屁股坐在卢塞特身边，后者则端出了自己最后、最后、最后的比失败和死亡还要强韧的礼数和教养。他们已然越过她，拉长了脖子，舒展开皱纹，将颤抖的手指伸向凡，他抓住他们唐突的手，含糊其词地说了几句诙谐的客套话便离开了在黑暗中东倒西歪的影院。

伴随着一系列老迈的动作——而今我只能靠文字依稀记得——我，凡，退避进自己的洗手间，关上门（门随即又开了，不过随即自行关上），用应急手段——总比谢尔盖神父（在托尔斯泰伯爵所记的轶事中，他可是砍错了对象）那一击要强——使劲地让自己泄了欲，上一次做这种事情是在十七年前了。当高潮迸发时，那幅图景投射出来，多么伤感，又多么意义深远——与此同时那扇锁不上的门又被一个捂住耳朵的聋子撞了开来——且并非切近当前的卢塞特的相关形象，而是那难以忘怀的视觉印象：俯下的光洁的脖子，向两边分落的黑发，以及蘸了紫色颜料的画笔。

接着，为安全起见，他将这令人厌恶却十分必要的行为再重复了一遍。

他现在可以冷对一切了，他感到正确的做法是上床去，关掉"电"灯（这是个渐又通行世界的替代词）。当目光适应了黑暗时，房间里的蓝色幽灵慢慢显现出来。他很为他的意志力自得。那男根因耗尽了精华而隐隐发出的疼痛反倒让他欣慰。令他快慰的还有一个想法，这个想法忽然间显得无比正确，又新鲜，且如同那客厅门上缓慢扩张的裂隙一样，具有一种严酷的真实感，也就是，第二天（至少——也至多——离现在有七十个春秋了），他要以一位哲学家和另一个女孩的哥哥的身份向卢塞特作一番解释，说明自己已经很明白，将一个人所有的精神财富置于肉体的喜好上，那是多么痛心和荒唐，虽说他和她同病相怜，但他总算挺过来了，还在生活，在工作，并没有委靡不振，因为他不想因一时贪欢毁掉她一世的生活，也因为那时爱达还是个孩子。此时，逻辑的表层开始受到睡眠的涟漪的侵蚀，不过当电话响起时他立刻清醒了。每一波爆裂般的铃声都让腹下那话儿更蜷伏起来。起初他决心由着它响下去，而后他的神经屈服于这执拗的信号，他抓起了听筒。

无疑他用现成的借口就能使她远离他的床头；可是作为绅士和艺术家，他也知道，他所编造的鬼话既陈腐又冷酷，而正因为他全然不是这样的人，她才如此信赖他：

"Mozhno pridti teper'（我现在能过来吗）？"卢塞特问。

"Ya ne odin（我这儿还有别人）。"凡答道。

接着是短暂的停顿；接着她挂掉了。

在他溜走之后，她仍羁留在温馨的罗宾逊夫妇中间（拎着只大手提包的蕾切尔一等凡空出座位便挤了过来，而鲍伯则也挨近了一个座）。出于某种谦虚[①] [436] 她没有告诉他们，这个好不容易得到了这个还算有戏份的小角色——要命的吉卜赛姑娘——的女演员（片尾飞快滚过的字幕中仅含糊其词地称她为"特雷莎·赛格里斯"），就是他们或许在拉多尔曾经见过的那个面色苍白的女学童。他们——极端的禁酒主义者——邀请卢塞特一道去他们的房间喝可乐，房间又小又闷热，通风很差，可以听见两个孩子被一个一言不发的晕船的保姆送上床时说的每一句话和每一声哀叫，这么迟，这么迟了——不，不是孩子，大概是非常年轻，也非常失望的蜜月旅行者。

"我们明白，"罗伯特·罗宾逊说着打开便携冰箱又拿出一瓶，"我们完全明白，维恩博士深深地迷上了他的'休眠期间活动研究'——我个人有时很后悔已经退休了——不过露西，你觉得——祝你健康[437]！——他会同意明晚与你和我以及或许另一对夫妇共进晚餐吗，那两口子肯定是他乐见的。是否应该让罗宾逊太太向他发一份正式的邀请？你是否也愿意在上

---

① 原文为法语。

面签名？”

“我不知道，我很累，”她说，“这船摇滚得越发厉害了。我想我得进屋去吃您给的‘安息片’啦。好的，肯定没问题，我们共进晚餐，我们都去。我原本就很想要喝那种美味的冰饮。”

她挂好镶珠的听筒，换上黑色便裤和一件柠檬色衬衣（原打算是明早穿的）；想找一张朴素的没有波纹也没有波峰的便笺纸，却是徒劳；她从《赫布日志》上扯下衬页，试图在自杀留言条上写点儿有趣、无害又闪现智慧的话。可是她周详的计划中偏偏忽略了这留言条，于是她把自己这空白的人生一撕为二，将碎片丢进了卫生间。她从系在桌边的一只玻璃水瓶里倒了一杯死水①，一连吞下四片绿色的药，接着边含着第五片，边走向电梯，从她的三室套间径直上到了铺着红地毯的散步甲板，那儿有间酒吧，只有两个懒散的年轻男子，在他们转身离去时其中年纪稍长者对另一位说：“你能忽悠那位爵爷，我亲爱的，但忽悠不了我，哦，不。”

她喝了一杯名曰“哥萨克小马”的克拉斯伏特加——可恶，可鄙，却是烈性玩儿；又喝了一杯；第三杯她已喝不下去了，因为她的头已眩晕得厉害。眩晕得可以转昏鲨鱼，“托鲍克维奇号”！

她没有带钱包。当她在衬衣口袋里摸索零钱时几乎从那张

---

① dead water，亦可译为“船舷侧旋涡”，这里显然有双关之意。

可笑的凸面座椅上跌下来。

"觉觉啦，"酒吧老板托比带着慈父般的微笑说，她却将其错当成了色眯眯的笑。"该睡觉了，小姐。"他重复道，并拍了拍她没戴手套的柔荑。

卢塞特缩了回去，强打精神，一字一句地、高傲地反驳道：

"维恩先生，我的表兄，明天会付钱给你并打掉你的假牙。"

六、七——不，不止，大概要往上爬十步。十步[①]。手脚并用。星期日。草地午餐。所有人都臭烘烘的。我的岳母吞了假牙。她养的小母狗，[②]做了那么多运动之后，吞咽了两口，还是无声地呕出来，一团粉红的布丁落在野餐桌布[③]上。随后[④]438她继续蹒跚而行。这些台阶真够她受的。

在拖着脚步向上时她得扶住栏杆。她扭曲的攀爬动作就像一个跛子。一登上空旷的甲板她便感到了黑沉沉的夜空实在的压力，以及这一她即将离开的临时之家的波动。

尽管卢塞特从未在这样的高度，在如此纷乱的阴影和如蛇舞的反光中跳过海——不对，维奥莉特，应该是**跳过水**[⑤]——她仍然纵身一跃，几乎没有溅起什么水花便插进了躬身迎候的海浪里。这个结局近乎完美，只是她本能地又蹿到水面上——而不是在水下屈从于药力产生的怠惰，正如她前一天晚上还在

――――――――――

①②③④ 原文为法语。
⑤ 此处的"跳过海"和"跳过水"，对应的原文分别是 died（死）、dived（跳水），维奥莉特是指凡与爱达在晚年聘请的秘书，她显然在此处出了差错，故其中有凡的插入语。

岸上时所计划的，假如真要走到这一步的话。这个傻姑娘没有演练过自杀的技巧，不比自由落体式的跳伞运动员每天都要干这种事，另一章里要提到的。浪涛汹涌，她无法确定如何透过喷射的激流看到远处，加之四周漆黑一片以及她自己飘散的乱发，她根本无法看见班轮的灯光，这大船很容易被想成是个长了很多眼睛的庞然大物，趾高气扬无情无义地远去了。此刻，我找不到下一页记录了。

有了。

天也无情，也漆黑，她的躯体、头，尤其是该死的拼命吸水的长裤，都充溢着俄刻阿诺斯和诺克斯[①] [439]。一有冰冷暴虐的咸水拍击过来，她便泛出茴芹味的恶心，而脖颈和胳膊的麻木感觉不断地滋长。在她就要失去对自己的控制时，她想应该要告知这一系列正在消退的卢塞特——让她们在踏上复归的路上不断地传递——就是，死亡不过是孤寂的无限碎片的一个较为完满的形式而已。

她并没有如我们所担心的那样看见自己整个一生在眼前闪现；她最喜爱的那个红色橡胶玩具娃娃虽肢体不全，但仍然躺在一条深不可测的溪水之岸的勿忘我丛里；不过当她在短暂的恐慌与浑厚的麻木感觉轮番交替下像一艘半吊子"托鲍克夫号"般游弋时，她的确看到了一些零碎物什。她看见一副崭新

---

① 俄刻阿诺斯（Oceanus），希腊神话中的大洋神，环绕地球的大河，既是众河神之父，又是三千个海洋女神的父亲；诺克斯（Nox），希腊神话中的夜之女神。

的灰鼠皮卧室拖鞋，那是布丽吉特忘了收的；她看见凡在答话之前擦着嘴，接着，当他们起身时，他未及回答便将餐巾扔在桌上；她还看见一个有一头乌黑长发的女孩顺道飞快地拐进来，朝着一只戴破花环的达克犬拍着手。

　　一艘照明极好的摩托艇从尚未开远的大船上放过来，载着凡、游泳教练、披着油布雨衣的托比以及其他想成为救世主的人们；然而此刻多少海水已经翻腾过去，卢塞特累得等不了了。接着夜空中又充斥着一架老旧却还结实的直升机咔哒咔哒的轰鸣声，它勤勉的探照光柱只能照出凡黑色的脑袋，后者被小船在避让自己突如其来的阴影时甩了出去。他在水面上下浮动，在漆黑、布满泡沫、诡黠的水中叫唤着溺亡女孩的名字。

6

爸爸：

　　这里是一封不言自明的信，请阅。如无异议，请转交给瓦因兰德夫人，我没有她的地址。有一头下流的蠢驴在一篇关于此悲剧的"报告"中暗示了我和卢塞特的暧昧关系，亏得你的教诲——虽然到此刻这已经无所谓了——卢塞特从未成为我的情人。

　　我听说你下个月要回东部。让你现任秘书在金斯顿给我打个电话吧，如果你还想见我的话。

爱达：

　　她的死讯甚至在我到达之前就已经传开了，而我希望对于她的噩耗做一个更正和详细说明。我们并非"联袂出游"。我们是在两个不同口岸登船的，我也不知道她在船上。我们的关系一如既往。上船后第二天（六月四日）我都和她待在一起，除了晚饭前的两个小时。我们一起晒太阳。她喜欢享受清凉的微风和泳池的碧波。她尽力装出无忧无虑的样子，可是我看得出她的情况很糟糕。她所缔结的浪漫情愫，她滋长出来的痴迷，是无法用逻辑来斩断的。另外，某个她无法匹敌的人走进了银幕。罗宾逊夫妇，即罗伯特和蕾切尔——据我所知，他们准备通过我父亲给你写信——是当晚倒数第二批和她说过话的人。最后一位是酒吧老板。她的举止让他很不放心，于是他尾随她上了空无一人的甲板，目睹了她跳海却没能阻止她。

我想在痛失亲人之后，谁都会不由自主地在紧接下来的日子里，珍视每一点细节，每一根断弦，每一缕磨损的穗子。我和她坐在一起看了大半部电影，《西班牙的城堡》（或之类的片名），就在那个浪荡子被引向最后一座城堡时，我决定把她丢给罗宾逊夫妇去照顾，老夫妻俩在游轮影院里同我们坐在一起。我上了床——在船舶时间凌晨一点左右时被叫醒了，即她跳海之后几分钟。船上组织了规模适当的营救行动，可是在经过一小时的忙乱和希望之后，船长不得不艰难地决定继续航程。要是我认为他是可以买通的，那我们现在还在那个要命的地方兜圈子呢。

倘使没有那些衣絮拖累，奥菲莉亚不会因投水而死，甚至可以假设她已经嫁给了伏提曼德？作为心理学家，我知道这一揣测十分荒谬。客观地说，假如伏氏爱她的话，她会在白发苍苍之时安然死于床榻之上；可是，既然他并非真正爱着这可怜的少女，既然无论多少肉体的温存从前不能现在也无法替代真正的爱情，既然，那个要命的安达卢西亚村姑——我再重复一次，就是出现在银幕上的那位——令人无法忘怀，我注定要得出如下结论，亲爱的爱达及亲爱的安德烈，那就是不管这个可怜的男子想出什么办法，她终将要 pokonchila soboy（自行了断）。在比我们这个肮脏的小泥丸有着更深沉的道德的世界里，也许存在着约束、准则、超验的慰藉，甚或某种骄傲，能让一个没有真正被爱上的人感到快乐；可是在这个行星上，卢塞特们是注定要死的。

无奈之下，我销毁了她一些可怜的小物品——一只烟盒，一套薄纱晚礼服，一本已经揉皱了、在法国野餐会上买的书——因为它们总盯着我。我仍然是你忠实的仆从。

儿子：

我按你信中的示意做了。你的书写风格繁复得让我怀疑是不是藏了什么符码，好在我还明白你属于那个颓废的写作流派，与淘气的老列夫和肺痨鬼安东[1]为伍。你有没有和卢塞特睡过关我屁事；但是我从多萝西·瓦因兰德那儿知道这孩子一直爱着你。你看的电影毫无疑问是《唐璜最后的狂欢》，爱达演一个西班牙女子（扮相真漂亮）。我们可怜的姑娘星运不佳。霍华德·乌尔在影片发行之后称，他不得不在两个唐璜之间做出无法完成的交叉；俞祖里克（导演）本意要将他的"狂想"建立在塞万提斯的那种粗犷的浪漫风格之上；最初脚本上的废料像脏羊毛似的一直粘在最终的主题上；假如你仔细听声轨，你会在客栈那场戏里听见另一个作乐的人向乌尔说了两次"快"。乌尔设法收购并销毁了大批拷贝，其余的则锁在了作家奥斯伯格的律师的抽屉里，后者宣称，"吉卜赛姑娘"系

---

[1] 分别指列夫·托尔斯泰和安东·契诃夫。

列被从自己的故事集里偷走了。其结果是，再无可能买到一卷拷贝，这部电影刚在小地方的银幕上露面便如一缕轻烟飘然而逝。七月十日来和我共进晚餐吧。穿齐整些。

亲爱的朋友：

我丈夫和我为此噩耗深感不安。在我看来——我绝不会忘记——这可怜的姑娘实际上已于前一天晚上在"托鲍克夫号"上安排好了后事。这艘船总是拥挤不堪，而从今往后我也不会再坐了，次要地是出于迷信，主要是对温文尔雅的卢塞特的同情。我要是在的话会做力所能及的事情，就像我所听说的你的所作所为一样。事实上，她自己也是这么说的；她好像非常乐于和她亲爱的表哥在上层甲板一起度过这么几天！自杀的心理真是个谜，没有科学家可以解释。我从未陪着落过那么多泪，简直让我没法握住钢笔。我们大约于八月中旬回马尔布鲁克。你永远的 [440]。

科朵拉·德·普雷－托鲍克①

凡：

安德烈和我为你在可敬的（即未贴足邮票的！）信中所附的信息所深深打动了。此前我们已经通过格罗姆切夫斯基收到了罗宾逊夫妇的一封便条，这两位可怜的好心朋友无法原谅自己给了她晕船药，过量的服用加上酒精的作用一定损害了她求

———————
① 全信原文为法语。

生的能力——假如她在冰冷黑暗的海水中改变了主意的话。言语无从表达我的悲哀，亲爱的凡，在阿尔迪斯的树林里我们从未想过有此横祸，此哀尤甚。

我唯一的爱人：

这封信永远也不会寄出，而是将放在一只铁皮盒子里埋在安米娜别墅的花园一棵柏树下，如果五百年后无意间被翻出来，没有人会知道是谁写的，写给谁的。假若你最后一行字——你的悲叹——没有叹出我的欢欣，那我也根本不会写下这封信。那种兴奋带来的重负准是……［铁盒子于一九二八年启出时，这句话其余的部分被锈蚀了。信接下去的内容是］：……回到美国后我开始了非同寻常的查找。在曼哈顿，在金斯顿，在拉合尔①，在其他十几个城市，我寻找着那部我在船上（色彩严重失真）没看完的影片，一家家影剧院找过去，每一次都收获新的剧痛，都是你的表演之美的新的扭曲。那［字迹难辨］是拙劣的基姆拙劣的拍照技术的彻底驳斥。从艺术上说，也从阿尔迪斯的经历上说，最精彩的一刻在最后——你赤足跟在那位先生后面，他穿过大理石走廊，走向他的宿命，他的绞架，即堂娜·安娜披着黑色幕帘的床，你在床周围舞动着，我的蔡格里斯蝴蝶，挺直了一柄蔫塌得可笑的蜡烛，愉快而徒劳地对皱着眉头的太太耳语着，然后她朝那阿拉伯式幕帘里张望，突

---

① Lahore，在巴基斯坦，疑为作者笔误，或为小说中阿尔迪斯庄园所在城市 Ladore（拉多尔）。

然笑得花枝乱颤起来，那么自然，那么无助又那么可爱，我不禁要问，若是没有这种女生娇笑的、怀春的喘息，艺术还能有何作为。想一想吧，西班牙橙尖翅粉蝶，如果用秒表测算，你的富于魔力的嬉闹由几个两三分钟的小场景组成，总共只有十一分钟！

啊，终于在一天晚上，在某阴暗的坊间，最后一次目睹，而且只能看到一半，因为在放到"勾引"那场戏时，片子不住地泛黑、颤抖，此时我终于捕捉到了［信结尾的这部分已完全毁掉］。

7

作为对一个平静而繁荣的新世纪（爱达和我已经度过其中一半多了）到来的致意，他开始了自己第二部哲学寓言《空间的谴责》（一直没能完成，不过现在回顾起来，却也可算作他的《时间的肌理》的前言）。论著的一部分——其腔调着实有些刺耳，不过话糙理不糙——登载于《艺匠》的创刊号（一九〇四年一月），如今这已是美国知名的月刊，在他妹妹不时通过公共邮政寄给他的那些一本正经得令他难过的信件中，有一封保存了对此节选的评论（这些信件除此封外其余都已被毁）。出于某种原因，因卢塞特的死而在两人间建立起来的不算隐秘的通信联络得到了德蒙的默许：

越过"默然"山头

被逐出天堂的他继续飞翔：

在他下面，如鲜亮的刻面一般的，

是雪光永照的派克峰。[441]

继续对彼此的存在充耳不闻，或许比以下这封信还要显得更为可疑：

我刚阅读了《锡德拉湾沉思》，作者是伊凡·维恩，我认
为这是上佳之作，亲爱的教授。"失落的命运之轴"以及其他
几篇富于诗意的笔谈，让我数次回想起差不多二十年前你在我
们的乡村住所喝午茶品松饼的情形。你记得（我太自以为是
了！），我那时不过是个未及成年的小姑娘①，在靠近一只花瓶
和护栏的地方练习射箭，而你是个羞涩的男学生（或许，就像
家母猜测的，我还有那么一点爱上了你！）忠实地捡拾我射丢
在迷宫般的丛林里的箭，那里是可怜的卢塞特迷宫般的城堡，
是快乐的爱达特的童年，现在则已成为"盲黑人之家"——
我肯定母亲和卢塞特会支持达莎按其所愿将它变为自己的信
仰场所的。达莎是我的小姑子（你一定得尽快见见她，是的，
是的，一定，她有梦幻般可爱的气质，比我聪明很多），她给
我看了你的大作，嘱托我添一句说希望"重新"结识你——
或许十月份，在瑞士，在红峰的贝尔维尤。我想你曾见过漂
亮的"基姆"·布莱克兰特小姐吧，嗯，亲爱的达莎就是不折
不扣这种类型的。她尤擅领悟、探究事物的独到之处，懂得
很多种我名称都叫不上来的学问！她在乔斯完成了学业（她
读的是历史——我们卢塞特称之为肮脏的历史②，那么可悲和
可乐！）。在她看来，你是阴郁的美男子③ 442，因为曾有一次，

———————————

①②③　原文为法语。

就在我婚前不久，她曾经扇动着低斑蜻的翅，参加了——我是说在那个时候，我现在忙着"转换风格"了——一场你做的公共演讲，关于梦的。之后她去找你的，带着她刚刚做的小小噩梦中的故事，全整整齐齐打印出来了，而你面色一沉，将她拒之门外。嗯，她一直在求着德蒙叔叔，让他劝说阴郁的美男子十月到红峰的贝尔维尤宾馆，在十七号左右，我猜想，而他只是笑了笑，说且听达申卡和我的安排。

那么又得说恭喜了，亲爱的伊凡！我和她都觉得你是个无与伦比的艺术家。如果哪个白痴评论家，尤其是较低中上阶层的英国人，谴责你的风格转换是忸怩俏皮的，就像美国农民发觉教区牧师"古里古怪"，而这仅仅因为他懂希腊语。你对此只会"莞尔一笑"。

附：

Dushevno klanyayus'（"带着魂鞠躬"，这是个不正确也不体面的构词，唤起的形象是一个"躬身的心灵"）nasbemu zaochno dorogomu professoru（"朝向我们'未谋面–看不见'的亲爱的教授"），o kotorom mnogo slïshal（对其溢美之词不绝于耳）ot dobrago Dementiya Dedalovicha i sestritsï（来自好心的德蒙和我妹妹）。

S uvazheniem（满怀尊敬的）

安德烈·瓦因兰德

就这颗星球而言，"配置的空间"，l'espace meublé [1]（我们

---

① 法语，意同前文"配置的空间"。

只知道是配置齐全的，哪怕其实在内容"空洞无物"——这也适用于思想）大部分都是汪洋一片。它以这种形态毁灭了卢塞特。它的另一种形态——多少涉及大气层，但同样也与重力有关，同样也令人憎恶——毁灭了德蒙。

一九〇五年三月的一个清晨，凡坐在安米娜别墅露台的一块毯子上，由四五个慵懒的裸女簇拥着，慵懒地翻开了一张在尼斯出版的美国日报。在这个世纪头的四五场最惨烈的空难中，有一架庞大的飞行器在一万五千英尺的太平洋上空莫名其妙地解体了，地点在加瓦耶一带的利细亚与雷桑诺夫群岛之间。爆炸的"主要死难者"名单中包括百货店的广告经理、电传公司金属薄板部的执行领班、唱片公司的经理、律师事务所的高级合伙人、精通航空技术的建筑师（此处应为初版误印，不可能更正了）、保险公司副总、又一位副主席，这回是哪个理事机构董事局的，管他是什么呢——

"我俄①了。"一位郁闷②的黎巴嫩美女说，她才度过十五个火热的夏天。

"拉铃吧。"凡说，他继续以古怪的热衷翻阅着这些有头衔的生命的汇编：

——酒品批发公司总裁；涡轮器材公司经理；铅笔制造商；两位哲学教授；两报社记者（这回没有可报的了）；保健酒品配送银行（印错了也放错了地方）的助理总监；信托公司

---

① 原文为 hongree，应为 hungry 之误，表明言者有口音。
② 原文为法语。

助理总监；董事长；出版社秘书——

这些殒命蓝天的不幸大佬和其余八十多位男女及沉默的孩子的名字，要等通知到所有家属之后才能公布；然而即便这种预览式的普通抽象表格，也触目惊心得无法只当做头盘一般呈上；而直到第二天早晨凡才得知，在最后含含糊糊列出的所谓银行总裁，便是他父亲。

"所有的人失落的命运之轴萦绕在他周围，"等等。(《锡德拉湾沉思》)。

凡最后一次见父亲是一九〇四年春在他们的房子里。在场的还有其他人：房地产商老艾略特、两个律师（格罗姆切夫斯基及格罗姆维尔）、艺术专家艾克斯博士、德蒙的新秘书罗萨琳·奈特、肃穆的银行家基萨·斯温。斯温在六十五岁时转而成了前卫作家，在奇迹般的一年时间里写出了《腰围》，一首描写英美饮食习惯的自由体讽刺诗，以及《格里什金红衣主教》，一本显然十分敏感、对罗马天主教大唱赞歌的小说。那首诗反响平平；而小说则被一些知名的青年批评家（诺曼·格什、路易斯·迪尔及其他不少人）认为是"富有创意的"，他们的赞美之声是如此尖利，以至于平常人的耳朵已无法听取；不过那还是很令人激动的，而到了一九一〇年，在一系列如讣告般的文章（"基萨·斯温：其人其作"、"作为诗人与人的斯温"、"基萨·科曼·拉威尔·斯温：暂定的传记"）轰动性地刊出之后，他的诗和小说便都被人遗忘了，彻底得如同那个执行领班对背景调适的控制——或如同德蒙的

624

命令。

餐桌上谈的主要是生意。德蒙最近购买了一座形状浑圆的太平洋小岛，岛上翠绿的断崖上建有一座粉红的房子，（从空中看）一长条沙滩宛如小岛的褶边，而此时他希望卖掉东曼哈顿这套金贵的行宫，反正凡也不打算要。斯温先生，这位肥胖的手指上戴了多个俗气的戒指的贪婪的业界人士，称假如能在房间里多置些名画或许就买下来。交易最终不了了之。

凡当选金斯顿大学拉特纳讲座教授（年仅三十五岁！）时，私下里一直在做着自己的研究。校学术委员会的选择是灾难和绝望的后果；另两位候选人都是修为扎实的学者，年长很多，而且其学识从总体上看也强于凡，即便在他们常去的靼靼地区也广受尊崇。这两位耽于幻想、手拉着手的学者在决定任命的最后一刻神秘消失了（或许以其化名在那微笑的大洋上空、永无解释的空难中丧生了）。该席位如过了法定时限仍旧空缺就将撤销，让位给在后面排队的、较少受到觊觎但同样极为优秀的其他讲座席位。对此，凡既不需要也不热衷，但仍然怀着变态或反常的感激愉快地接受了。他并没有太认真地对待自己的工作，他将讲座数量严格降至最低限度，即每年十场左右。他那低沉单调的鼻音还是由一台很难弄到的新型"声录机"发出的，这玩意儿藏在马甲口袋里，与在"艳屋俱乐部"里用的抗感染药片混在一起。他只是动着嘴唇，并不出声，心里想着摊在书房桌上、被灯光照得通亮的未完成的手稿。他在金斯顿沉闷地待了几十年（间或有出国旅行），无论这所学校还是这座城市都充斥着缺乏掌故逸事的无名之辈。他于一九二二年退休，没有受到严厉同行的青睐，没有在本地酒吧出名，也没有令男学生抱憾，之后他定居欧洲。

8

周日到红峰贝尔维尤
晚饭时分敬慕悲哀彩虹

凡于一九〇五年十月十日周六吃早餐时，在日内瓦的曼哈顿宫收到了这份明目张胆的电报，并在当天去了湖对岸的红峰。他在那里住进了经常出入的"三只天鹅"①宾馆。四年前凡住在这里时的那位矮小羸弱、古老得近乎神奇的门房于连已经去世了，这个干瘪老者总带着审慎的笑容，流露出叵测的共谋之意，如一盏灯透了羊皮纸灯罩射过来；而今则是一个新来的侍者，长着红扑扑的圆脸蛋，出来欢迎肥胖苍老的凡。

"吕西安，"维恩博士透过眼镜看着他，"你的前任都知道的，我或许有各种各样的奇怪访客，魔术师、蒙面女士、疯子——我知道什么②⁴⁴³？我可是指望奇迹，让三只疣鼻天鹅缄守秘密的。拿着，先预付一笔赏钱。"

"万分感谢③⁴⁴⁴。"门房说，与往常一样，这谦恭的奉迎深深触动了凡，引发了他无限的哲学遐思。

他订了两个宽敞的房间，五〇九和五一〇：一间老式欧洲客厅，配金绿色家具，以及一间漂亮的卧房，与正方形洗手间相连，那显然是由一间普通屋子改装的（约在一八七五年，宾馆二次装修，整饬一新）。怀着激动的预想，他读着用雅致的红绳子拴着的八角形硬纸牌："请勿打扰。Prière de ne pas déranger④。"把牌子挂在门外把手上。通知总机。通知总机接线员⑤（没有加强语气，没有操英语、声音清澈的姑娘）。

他在底层花店订了一把盛开的兰花，向客房服务处订了份火腿三明治。躺在尺寸仅及十二年前令人难忘的公寓里的那张卧榻三分之二的床上度过了一个漫长的不眠夜（阿尔卑斯红嘴山鸦鸣啭出一个万里无云的黎明）。他在阳台上吃了早饭，对一只飞过来探头探脑的海鸥视而不见。在一顿晚午餐后他美美地睡了个午觉，接着泡在浴缸里消磨时间。他到往东南只半英里的新落成的贝尔维尤宫溜达了两小时，每隔一张长凳便停下来坐一会儿。

一只红船扰乱了碧蓝如镜的湖面（要是在卡萨诺瓦时期，可以有数百只！）。鹧鹕在这里过冬，而黑鸭还没有回来。

阿尔迪斯，曼哈顿，红峰，我们的红发小姑娘已经死了。弗鲁贝尔笔下惟妙惟肖的父亲画像，那些癫狂的钻石盯着我，画入了我的内心。

褐峰是屹立在城背后一座树木繁盛的山，不负其在金秋时节的美誉，布满皱状纹理的栗树散发出温馨的光泽；而在莱芒湖对岸——"莱芒"意即情人⑥——可以影影绰绰地看见赛克

①②③⑤　原文为法语。
④　法语，请勿打扰。
⑥　Leman，即日内瓦湖，该词在法语中有"爱人、情夫"之意。

斯诺瓦，即黑岩山的峰顶。

丝质衬衫和灰色的法兰绒长裤令他感到燥热不适——他选了这套旧衣服，是因为那凑巧让他看起来显得苗条些；不过他应该省去紧身马甲才对。就像初赴约会的男生一样紧张！他不知道自己还希冀什么更好的事情——她的出现立刻就被其他人淡化，或是她设法一个人待一会儿，至少在头几分钟里？他的眼镜和黑色短髭是不是真如知礼的妓女所言，让他显得年轻了些？

当凡终于走到了簇新的蓝色贝尔维尤宫（艾斯托提、莱茵兰的有钱人及瓦因兰德夫妇经常光顾，不过与古老的、茶色及镀金的、庞大而蔓生的、可爱的"三只天鹅"仍不在一个档次上）时，他沮丧地发现手表仍远远未及晚七点——当地旅馆的最早用餐时间。于是他再次穿过车道，在一家酒馆里要了双份加糖樱桃酒。洗手间窗台上躺着一只干瘪的死蜂鸟蛾。感谢老天，象征之物既不存在于梦境中，也不存在于梦境之间的生活中。

他推开贝尔维尤宫的旋转门走进去，差点被一只艳俗的手提箱绊倒，使他的进入看起来像是可笑的奔跑。门房呵斥着那个系绿围裙的倒霉侍者[445]，是他把包落在那儿的。是的，他们正在休息室候着他呢。一位德国游客追上来一个劲儿地道歉，还不乏些幽默地承认那个肇事的包是他的。

"如果是这样，"凡答道，"那你不该让那些温泉浴场把他们的标签贴在你的私人物品上。"

他的回答有些不合时宜，而且整个事件有那么点儿扭曲的、似曾相识的意味——而紧接着凡被从后面开枪射杀了（此类事情的确发生过，有些游客的精神相当错乱），并迈入下一个存在阶段。

他在主休息室的门口停下来，不过还没等他开始扫视四散分布的旅客，远处的人群中忽然起了一阵骚动。将礼节客套抛在了脑后的爱达匆忙向他快步走来。她落单的身影和急促的步伐将过去漫长的分别岁月悉数抹去，而她也从一位珠光宝气、盘着时尚高发髻的黑衣陌路女子，变为那个手臂白皙、永远属于他的黑衣姑娘。在那时间流转的一瞬中，在这阔大的房间里，他们刚巧是唯一赫然站立且还有所动作的人，两人于屋子中央相遇，如在舞台上一般，所有的头都转过来，所有的眼神都瞄过来；然而在她莽撞之举的高潮，在她眼神的狂喜与炽烈的珠宝之气中，在本该将缠绵的爱爆发出来时，只有显著而异常的沉默；他将僵硬的嘴唇凑过来吻了吻她鹅颈形的手，然后他们就这样站着，相互凝视，他的手放在"驼背"外套下面的裤子口袋里把玩着几枚硬币，她则拨弄着项链，似乎两人在相互反射着一种不确定的光线，而其亮度已经被这无言的欢迎大打了折扣。她比以前更像爱达，但那羞怯而狂野的魅惑里多了几许新的优雅。她的秀发比过去更加乌黑，向上向后梳成一盘油亮的假髻，而让他感到一种悲戚的讶异的是她那裸露的颈部曲线，竟和卢塞特的如此相似，柔和而挺直。他想简洁明了地说点什么（以提示她，他用了什么法子来确定一次

约会），可是正当他清了清喉咙准备开口时，她却咕哝了一句
"Sbrit'usï！"（那小胡子该剃掉！）便转身领他走向远处的屋
角，从她用了那么多年才抵达他身边的地方。

　　她将他引到一张低矮的圆桌前，餐桌中央是一只铜烟灰
缸，桌子周围有不少椅子和男子，现在他们都站了起来。她首
先为他介绍的是原先提过的小姑子①，一位稍显丰满的女士，穿
着女家庭教师似的灰衣服，标准的鹅蛋脸，短褐发，肤色带
着些灰黄，烟蓝色的眼睛不苟言笑，鼻翼一侧还有一小粒肉
瘤，像一颗熟玉米，与严苛的面部曲线组合在一起，不过事后
想来也没什么反常的，俄国人的面孔都像是批量生产出来的。
下一只伸过来的手属于一位英俊高挑、极为强壮且热诚亲切的
贵族男子，他不是别人，正是这出荒唐闹剧[446]中的格雷闵王
子，他劲道十足又真心诚意的握力让凡巴不得去找一种消毒剂
来洗去和她这位丈夫所有外露部位的任何接触。然而当重又展
颜微笑的爱达挥动一根看不见的魔棒作了介绍后，凡错认是安
德烈·瓦因兰德的人变成了俞祖里克，就是执导了那部运气坏
透的唐璜电影的天才导演。"瓦斯科·达·伽马吧，我猜。"俞
祖里克低语道。他旁边站着两位谦卑的经纪人，毫不被俞祖里
克理会，爱达也不知其名，而今他们也早已死于不知名的病
痛。他们受雇于浮夸的喜剧明星勒莫瑞欧（一个留胡子的粗野
之辈，俞祖里克力邀其出演他的下一部片子。他也算才华出

――――――――――

① 原文为法语。

众，只是如今亦早已为世人遗忘），勒莫瑞欧已对他爽约两回了，分别在罗马和圣雷莫①，每回都派这两个一窍不通、实际上疯疯癫癫的邋遢鬼来签"预备合同"，此刻俞祖里克已经没什么可以和他们谈的了，所有能谈的都谈了：小道消息、勒莫瑞欧的性生活、乌尔的流氓行为，以及俞祖里克的三个儿子和他们自己养子的生活习惯问题，后者是个可爱的亚欧混血儿，最近在夜总会的斗殴中被杀死了，该话题谈到这里也就谈不下去了。对于俞祖里克在贝尔维尤意想不到的出现，爱达本是很欢迎的，不仅因为他抵消了一部分尴尬和欺瞒的氛围，也因为她很想在《黛西的世界》②里寻个角色，不过，她在这个需要巧言令色才能厮混下去的圈子里并不太讨好，因而她很快就意识到，假如勒莫瑞欧终要加盟的话，他只会希望她演他的一个情妇。

凡终于来到了爱达丈夫的面前。

凡在大脑所有的阴暗角落里，不知把善良的安德烈·安德烈耶维奇·瓦因兰德杀死多少遍，杀得多么彻底，以至于眼前这可怜人冗余的复活形象展现出所有令人压抑的特征：穿着丑陋如丧服一般的双排纽扣外衣，像面团一样绵软的五官拼凑在一起，目光悲戚、松弛下垂的眼睛，还有额头星星点点的汗珠。爱达省略了两个男人的相互介绍，不过这一疏忽看起来还

---

①　San Remo，意大利西部海岸城市。

② 　*What Daisy Knew*，疑为对亨利·詹姆斯（Henry James，1843—1916）两部作品名字《梅茜的世界》（*What Maisie Knew*）和《黛西·米勒》（*Daisy Miller*）的戏仿。

不算太蹩脚。她丈夫用俄罗斯科教电影解说员似的腔调自报了名、教名和姓氏。"Obnimemsya, dorogoy"（让我们拥抱一下，老伙计），他说这话时多了几分气力，但那哭丧着的脸上表情却丝毫不变（很奇怪，这让凡倍想起了柯西金，育空茨克的市长，他在接受女童子军的花束或视察地震损毁情况时便是这番模样）。他的呼吸中夹带着一种令凡倍感惊讶的味道，凡辨别出那是以一种新型可待因为基料的镇静剂，只在精神病性伪支气管炎发作时才能开得到。当安德烈那满是褶皱的苦脸凑近些时，还可见大大小小的疣子和瘤子，只是无一像他胞妹鼻翼一侧的那粒般透着鲜活的神气。他用自己的法子把那像讨债鬼似的头发留得跟当兵的一样短，倒也不乏一周洗一次澡的艾斯托提乡绅①[447]的端正[448]又整洁的派头。

我们都拥向餐厅。凡急向前伸出胳膊，抢在侍者之前推开门，同时也拂动了过去的记忆，而后者也从斜刺里偿还给他"多洛雷丝"式的一瞥。

机遇眷顾着座次的安排。

勒莫瑞欧的经纪人，那对老男人，并没有成婚，但作为两口子已经同居了很长时间，足以庆祝银幕周年了，此刻他们也黏糊在一起，坐在俞祖里克和凡之间。前者一句话也没同他们说，后者则正受着多萝西的罪。至于安德烈（他在将餐巾系脖子上之前，先在扣不起扣子的肚腩上划了个细弱的十字），他

---

① 原文为法语。

发现自己坐在妹妹和妻子之间。他向侍者要"凡大车"[449]（让真正的凡不禁哑然失笑），不过他只懂得喝烈性酒，所以看到酒单上印着"瑞士白"那页时便不知所措起来，遂将责任"推卸"给爱达，她立刻点了香槟。他准备第二天早上告诉她，她"Kuzen proizvodit（营造了）udivitel'no simpatichnoe vpechatlenie（一种出奇的——从'引人瞩目'的意义上说——充满同情心的印象）"。这位仁兄口里几乎全是出奇的充满同情心的平民俄语，不过他——不爱谈论自己——言语极少，主要是因为他在聆听他妹妹汹涌的独白（拍击着凡的岩礁），并很天真地被迷住了。多萝西一上来就开始了按捺已久的关于自己那可爱又可怕的梦魇的讲述，带着些微幽怨（"当然，我知道对于你的病人而言，做噩梦是一种犹太佬[450]的特权①"），不过她这位满心不情愿的释梦家每回将注意力从餐盘转回到她身上来时，总是直勾勾地盯着她胸口那枚十字架，这物件跟牧师佩戴的几乎一样大，闪闪发光，为她原本平淡无奇的胸部增色不少。这样一来她不得不打断自己的叙述（关于梦火山之喷发的），说道，"我从你的文字猜测你是个很要命的犬儒派。哦，我十分赞同西蒙娜·特雷泽的看法，有这么点儿犬儒学派的劲头能装点一个真正的男子汉；不过我要警告你，假如你要拿正教开玩笑的话，我是要反对的。"

此刻他对这些同桌共餐的疯子（但疯得毫无趣味）已经厌

---

① 原文为用拉丁字母转写的俄罗斯粗俗语。

烦透了。为了吸引爱达的注意他挥了一下手却差点打翻了酒杯，此刻他总算扶住了杯子，不再拐弯抹角，而是直接开了腔，爱达事后评论道，那语气尖酸、不祥，且完全无法让人接受：

"明天上午，我想要抓住你，我亲爱的^① ⁴⁵¹。我的律师，或者说你的，或者说我俩的，或许已经通知过你了，就是关于卢塞特在几家瑞士银行的账户——"他杜撰出一桩全然子虚乌有的事情。"我提议，"他又道，"假如你没有别的安排"——（用疑问的目光扫了在座的三个电影人，后者都愚蠢地点头同意，不过他跳过了瓦因兰德兄妹）——"你同我去见一下若拉少爷，或叫拉顿，名字记不得了，简而言之^② ⁴⁵²是我的顾问，在吕宋⁴⁵³，只半小时车程——他交给了我一些文件，我放在旅馆了，我得让你签——我是说，用签名来签——事情挺麻烦。好吗？就这么着。"

"可是，爱达，"多拉大声嚷道，"你忘记了我们想在明早参观皮隆堡的'和谐花会'的！"

"你们可以后天去，或星期二，或下星期，"凡说，"我会很乐意开车送你们三位去那个令人心旷神怡的冥想之地^③ ⁴⁵⁴，不过我那辆小快灵的'安塞蕾蒂'只能载一位乘客，而处理那些棘手的存款账户已相当紧急了，我认为。"

俞祖里克急着要说话。凡将发言权让给了这架善意的自动机器。

---

① ② ③　原文为法语。

"与瓦斯科·达·伽马共进晚餐我既高兴又荣幸。"俞祖里克说着将酒杯举到自己英俊的五官之前。

同样的胡言乱语——而这让凡对于俞祖里克讳莫如深的信息来源有了一些想法——也出现在《乔斯钟声》(凡以前的一位密友写的回忆录,他现在是乔斯勋爵了,该书已跻身"畅销书"之列且并没有下滑的意思——主要是因为书中好几处提到了位于兰顿·布鲁克斯的艳屋俱乐部,文字轻佻却也妙趣横生)里。当凡含着一嘴的"莎罗特"(并非大多数餐馆里供应的那种骗人的"俄式奶油蛋糕"①,而是一种热烤脆皮、内有苹果肉的正宗城堡馅饼,由这家店的主厨、来自加州罗斯湾的塔克闵制作),苦苦地想嚼出一个得体的回答时,两种冲动正剧烈地撕扯着他:一种冲动是要揍俞祖里克,因为在上两三道菜之前他在请爱达递黄油时将手放在了爱达的手上(比起安德烈,他更加嫉恨这位目光灵动的男人。怀着骄傲与仇视激起的战栗,他回忆起在一八九三年元旦前夜,他对自己的一位亲戚——浮华的凡·泽姆斯基大打出手,只因后者在来到他们餐桌时做了和俞祖里克相同的事情。之后他在这位年轻王子的俱乐部里随便找了个借口便击碎了他的下巴);另一种冲动是想告诉俞祖里克,他多么欣赏《唐璜最后的狂欢》。他无法找到明显的理由来满足冲动一号,于是就斥退了冲动二号,认为其暗含着一个懦夫才有的礼数。在咽下了琥珀色的"莎罗特"后

---

① 原文 charlotte russe,法语,前文的"莎罗特"(sharlott)与之拼写相近。

他很自满地答道：

"杰克·乔斯的书当然是很有意思的——尤其是写苹果与腹泻的，还有摘自'艳屋俱乐部纪念册'里的文字"——（俞祖里克目光瞥向一边，看似陷入了回想之中；见此情形他也躬身一鞠，表示出对相同记忆的缅怀）——"不过这无赖不该泄露我的名字，也不该糟蹋我的艺名。"

在沉闷的晚餐间（能活跃些气氛的只有"莎罗特"和五瓶酩悦，而后一种凡一人就喝了三瓶多），他回避不看爱达那称为"脸"的部位—— 一个生动、超凡、有一种神秘的震慑力的部位，其本质形态在芸芸众生中几乎绝无仅有（些许斑、痣不算在内）。至于爱达，她总是隔一会儿便禁不住将漆黑的眸子转向他，仿佛要看一眼才能重新取得平衡；不过当众人重返休息室将剩下的咖啡喝完时，注意力的难以集中开始困扰凡，在三个搞电影的离去之后，他的参照点①便溃不成军了。

安德烈：Adochka，dushka②（亲爱的），razskazhi zhe pro rancho，pro skot（说说牧场吧，牲畜），emu zhe lyubopïtno（他不会不感兴趣）。

爱达（如梦初醒）：O chyom tï（你说话来着）？

安德烈：Ya govoryu，razskazhi emu pro tvoyo zhit'yo bït'yo（我是说，谈谈你的日常活动，你的习惯生活）。Avos' zaglyanet k

① 原文为法语。

② 用拉丁字母转写的俄语，下同。

nam（或许他会来拜访咱们呢）。

爱达：Ostav'，chto tam interesnago（这有什么好玩的）？

达莎（转向凡）：别听她的。Massa interesnago（好玩的东西多的是）。Delo brata ogromnoe，volnuyushchee delo，trebuyushchee ne men'she truda，chem uchyonaya dissertatsiya（他的生意做得很大，干的活儿和读书人的一样费神）。Nashi sel'-skohozyaystvennïya mashinï i ih teni（我们的农机具及其投下的影子）——eto tselaya kollektsiya predmetov modernoy skul'pturï i zhivopisi（那才算现代艺术藏品），我猜你会和我一样喜欢的。

伊凡（对安德烈）：我对经营农场一无所知，不过还是很感谢。

（停顿片刻）[455]

伊凡（不知道再说些什么好）：是的，我肯定哪天得去看看你的机器。那些东西总让我想起长脖子的史前怪物，这儿吃一口那儿啃一嘴的，你知道的，或者念念不忘灭亡的悲痛——不过或许我是在琢磨着那些挖掘机——

多萝西：安德烈的机器绝不会是史前的！（毫无喜色地大笑起来。）

安德烈：Slovom，milosti prosim（不管怎样，都特别欢迎你来）。Budete zharit' verhom s kuzinoy（你会和你表妹在马背上玩得很开心的）。

（停顿片刻）

伊凡（对爱达）：明早九点半不算太早？我住在"三只天

鹅"。我会开着小小的车来接你——可不是在马背上（冲着安德烈笑得如同行尸走肉）。

达莎：Dovol'no skuchno（真遗憾）爱达到可爱的莱芒湖的游玩被律师和银行家们的事务扰乱了。我可以肯定你让她到你住所去几次就可以满足他们大部分的要求，而不是非要到吕宋或日内瓦。

于是这疯人院的胡言乱语又回到了卢塞特银行账户的话题上，伊凡·杰缅季维奇解释道，她总是把支票簿随便乱放，现在谁也不知道她究竟将数额可观的钱款存了多少家不同的银行里。此时，安德烈很像那个面色铁青、主持了柔蓂花周市的开幕或用新式灭火器与森林大火斗争的育空茨克市长，咕哝着离开了座位告退，说要早早上床歇息。他与凡握了手，似要永别一般（也的确如此）。凡在冰冷而寂寥的休息室里陪着两位女士，一盏节俭至极、电光极微弱的灯似有似无地照着。

"你觉得我哥哥怎么样？"多萝西说，"On redchayshiy chelovek（他是个特别少见的人）。我无法告诉你，令尊的死对他的打击有多么大，当然还有卢塞特的离奇去世。即使他，这最善良的人，也不可能再赞同她那种巴黎人的放荡不羁①，不过他非常欣赏她的相貌——我想你也同样如此——不，不，别否认！——因为，我一向是这么说的，她的漂亮与爱达的美貌

---

① 原文为法语。

似乎是互补的，两人合二为一，从柏拉图的学说上看就是完善的美了（又浮现出那毫无喜色的笑容）。爱达当然是'完善的美人'啦，真正的 muirninochka[456]——即使是在皱眉头的时候——不过她的美只在我们小小的人性话语中，在我们社会美学的引述中——是这样吗，教授？——这样一来，一顿饭或是一桩婚事或是一个法国流浪儿都可以称作完善的。"

"给她来个屈膝礼吧。"凡没精打采地对爱达说。

"哦，我的爱达奇卡知道我对她是多么倾心的"——（手掌摊开去捉爱达往后缩的手）——"我分担了她的一切烦恼。有多少 podzharïh（紧裤裆的）牛仔被我们不得已开除了哦，就因为他们对着她 delali ey glazki（抛媚眼）！而自从新世纪开始以来我们经历了多少丧亲之痛！她母亲和我母亲；伊凡考沃大主教和伦巴格的斯维茨艾尔医生（妈妈和我曾在一八八八年到那儿拜见过他）；三位名望很高的叔父（幸好我不怎么熟识）；还有你父亲，我一向认定他更像俄罗斯贵族而不是他所承袭的爱尔兰男爵。顺便说一句，在我们可亲的玛丽娜弥留之际——你不介意吧，爱达，我跟他透露些家族里的闲言碎语[①][457]？——她陷入了两种相互排斥的幻觉中——一是你娶了爱达，一是你和她是兄妹俩，而这两种想法的交锋给她带来了巨大痛苦。你们的心理学派怎么解释这种纠结呢？"

"我不再参加什么学派了，"凡说，同时忍住了一个哈欠，

---

① 原文为法语。

"还有，在我的书里，我总是尽量避免'解释'，我只描述。"

"不过你还是不能否认有某种洞见——"

这样的对话一直持续了一个多小时，凡咬紧的下颌都开始感到疼痛了。终于爱达站了起来，多萝西也随之起身，但仍不闭嘴：

"明天亲爱的贝隆昆斯基-贝隆康斯基姨妈要来吃饭，一位讨人喜欢的老小姐，住在瓦尔维北边的一幢别墅里。德高望重的老太太，诸如此类的。她喜欢拿她开玩笑，说一个像他这样纯朴的农夫不该娶女演员和艺术品交易商的女儿。[①] [458] 你愿意一起来吗——琼？"

琼答道："哎呀，不行，亲爱的达丽娅·安德烈夫娜：我得注意体重[②] [459]。再说，我明天还有顿工作晚餐。"

"至少，"——（微笑着）——"你可以叫我达莎。"

"我是为了安德烈，"爱达解释道，"所谓德高望重的老太太不过是个粗俗的老东西。"

"爱达！"达莎带着温和的嗔怪眼神道。

在两位女士走向电梯之前，爱达朝着凡瞥了一眼——而他——他可不是不懂情色手腕的傻瓜——忍住了没说她将自己那只小小的黑色真丝提包"忘"在了座位上。他没有陪伴她们走出通向电梯的过道，只是抓着那信物等待着，待她从这旅馆、餐厅杂交建筑的一根柱子后面转出来。他知道再过一会

①② 原文为法语。

641

儿，就在电梯的眼即将变红时，她就会眼疾手快地按下电钮，同时对她那位讨厌的同伴（此时，毫无疑问，她已修正了对这位"阴郁的美男子①"的看法）说："Akh, sumochku zabïla（包忘记了）！"——于是翩翩折回，扑进他的怀抱。

他们柔情而怒放的嘴碰在一起，接着他捉住了她新鲜、年轻、神圣、日本人一般光洁的脖子，整个晚上他都活似朱庇特·奥洛里硫斯 460 那样垂涎着。

"等你一醒就直奔我的住处，别管洗澡了，套上衣服 461 就行——"他又一次吞没了她，将她浸润在他弥散的热欲中，直到（多萝西准已经乘电梯升上了天！）她用三根手指在他湿湿的嘴唇上舞动了几下——并且跑开了。

"擦一擦脖子！"他急促地在她身后压低了嗓门叫道（还有谁，在这个故事里，在此生中，也曾试图压低了嗓门哭喊？）。

那一夜，在喝过了酩悦之后的睡梦里，他涂了防晒粉坐在满是享受日光浴游人的热带沙滩上，一时间他搓揉着一个扭动不停的男孩通红、勃起的阳具，下一刻他又透过墨镜，盯着一个亮闪闪的脊背投下的匀称的影子，以及两肋间较为模糊的影子，那是属于卢塞特或爱达的，披浴巾坐着，与他隔了一段距离。此时，她转过来俯身睡下，她也戴着太阳镜，无论他还是她都不能透过深琥珀色的镜片看清对方目光的确切方向，然而他凭那细微的笑容所生出的酒窝就知道，她正盯着他的（向来

---

① 原文为法语。

都是**他的**）猩红色的伤疤。某个人将滚轮桌推到近前说："那是凡恩姐妹。"于是他醒过来，带着职业的鉴赏力玩味着梦里将自己的名和姓混合在一起的文字游戏。他拔掉蜡塞，一时间一切仿佛都妙不可言地复原到了过去，早餐车叮叮当当地从走廊跨过门槛去了邻屋，而嚼着食物、嘴上沾了蜂蜜的爱达已然进入他的卧室。这才七点四十五分！

"机灵的姑娘！"凡说，"不过我先得去 petit endroit①（洗手间）。"

这次幽会，以及接下来的九次，构成了他们二十年爱情的最高峰脊：那种繁复、危险、难以言喻而耀眼的成熟。套房有一点意大利的风格，精美的壁灯配着淡酱色玻璃饰罩；墙上的圆形开关要么唤来光线，要么唤来女仆；扁狭的窗户藏在纱幕之后，另有厚重的窗帘，使人难以在清晨脱掉睡衣穿得一本正经；套间过道里"纽伦堡处女"风格的壁橱装有外凸的滑动门，甚至还有一幅兰登的彩色雕版画：一艘形制简朴的三桅船行进在碧波荡漾的马赛港里——总而言之，意式氛围使他们重温的鸳梦有了新鲜的味道，（阿列克谢和安娜462可以在此处打上星号！）爱达很是欢喜，觉得这些是框架，是形式，是可以支撑和守护生活的东西，其意趣如有神授，那么艺术家便是唯一的神。在经过三四个小时的疯狂做爱之后，凡和瓦因兰德夫人舍弃了豪华的寓所，来到金秋十月的蓝天之下，于是他们的

---

① 法语，原意为"小地方"。

私情仍然包裹在梦幻与温馨之中，昔年罗马人曾在卢复穆提克勒斯的森林里竖起上漆的生殖之神，而此刻他们感到仍处在其庇护中。

"我陪你走回去——我们刚刚与吕宋的银行家会晤过，现在我陪你从我的宾馆回你的宾馆"——这便是凡每当需要对决定其情势的命运之神有个交待时的常用语[①] [463]。一项从一开始就采取的预防措施是避免在湖景阳台上有可疑的暴露，在那儿对于任何人而言都是一览无遗的。

他们通过后门出口离开了宾馆。

一条黄杨木小道——由一株很有沧桑感的常青大红杉把守着（美国游客将其误认作"黎巴嫩雪松"，假如他们还能注意得到的话），将他们引上了名字荒唐的桑树街[②]，那儿明明种植着一棵高贵的泡桐（"还桑树呢！"爱达嗤笑道），威风凛凛地挺立在一座公厕上面坑洼的平台上，慷慨地脱落着深绿色的心形叶子，不过树上保有的枝叶也足以在树干南边投下一片丰饶的阴影了。一棵银杏（比邻树——暗黄的本地桦树——更显明亮金翠）踞于通向码头的卵石路一角。他们朝南走上了著名的菲利塔兹步行道，这条路沿日内瓦湖瑞士这一边，自瓦尔维一直延伸到拜伦堡（或曰"伊人哈欠堡"[464]）。社交季已经结束，取代英国家庭及来自尼伯辛和尼皮贡[③]的俄罗斯贵族的，除了候鸟外，还有不少穿着灯笼裤的中欧人。

①② 原文为法语。
③ Nipissing and Nipigon，均在现实世界的加拿大。

"我的上唇那儿总觉得光溜溜的很不体面。"（他刚刚当着她的面，在痛苦的嚎叫中剃掉了小胡子。）"而且我没法一直收着腹啊。"

"哦，有了那块多出来的肉我就更喜欢你了——这样就有了更多的你啦。我想这是母亲家的基因吧，因为德蒙可是越老越瘦的。我在妈妈葬礼上见到他时他简直就像个堂吉诃德。太奇怪了。他穿着蓝色丧服。德·昂斯基⁴⁶⁵的独臂儿子用仅有的一只胳膊搂住德蒙，两人泪如雨下①⁴⁶⁶。接着一个貌似临时演员的人穿了袍子，打扮成毗湿奴②彩色真身的样子，做了谁也看不明白的布道。接着她就火化了。他抽泣着对我说：'我再也不欺骗那些可怜虫了！'实际上两个小时后他就食言了：我们在牧场接待了一伙不速之客—— 一个雅致得难以置信的小女孩，蒙着黑面纱；一个保姆模样的女子，也身着黑衣；另有两个保镖。那巫婆要了个不可思议的天价——据她称，德蒙'捅了人家的处女膜'，还没来得及赔偿呢——于是我叫来最精壮的汉子把 vsyu（整个）一伙人③扔了出去。"

"真是离奇啊，"凡说，"她们越来越年轻了——我是说那些姑娘，不是说那些不会言语的壮汉。他的秘书罗萨琳有个十岁的侄女，含苞待放的乖乖女。很快他就会摸过去糟蹋她们。"

"你从没爱过你父亲。"爱达哀叹道。

---

① 原文为法语。

② Vishnu，印度教主神之一。

③ 原文为用拉丁字母转写的俄语。

"哦，我爱父亲，至今仍然爱——充满了柔情、尊敬和理解，因为毕竟，关于血肉的二流诗歌我还是明白一点的。不过就我们而言，我是说你和我，他和我们的丹叔叔是在同一天埋葬的。"

"我知道，我知道。可怜的！那又有什么用？或许我不该告诉你，不过他每年到阿加维亚的次数越来越少，待的时间也越来越短了。是啊，听他和安德烈谈话让人很难过。我的意思是，安德烈不善辞令①⁴⁶⁷，不过他很推崇——虽然不太懂——德蒙的妙语连珠以及做下的不可思议之事，还经常带着'茨克－茨克'的俄罗斯腔，摇头晃脑、赞不绝口地叹道，'你真是个 balagur（善于说笑打趣的人）！'——后来有一天，德蒙警告我道，假如他再听见可怜的安德烈的可怜笑话（啊，您真会开玩笑，不是吗，德蒙提·拉布林托维奇②），或者假如多萝西，无价的③（'从无耻与无聊的意义上说'）多萝西，认为我到山里野营只带了牧牛工梅奥以保护我不受山狮的袭击的话，他就再也不来了。"

"能再说得详细些吗？"凡问道。

"噢，谁也没干什么。发生此事时我正和我丈夫及小姑子闹别扭，所以我也无能为力。不管怎样，德蒙也没来，而那会儿他离我们才两百英里，只是从某赌场转寄来你关于卢塞特和

---

① ③ 原文为法语。

② 原文为 Nu i balagur-zhe vï Dementiy Labirintovich，用拉丁字母转写的俄语。其中 Labirintovich 即 son of Labyrinth——迷宫之子。

我的电影的信，多么多么可亲的信。"

"我很想知道那次真实的保护行动详情——性交的频率、隐秘处的疣子的昵称、最喜欢闻什么气味——"

"Platok momental'no（快拿手绢出来）！你的右鼻孔塞满了湿湿的玉。"爱达说，然后指了指草坪边一块镶红边的标牌，上面写着：请勿携犬①468，还画了一只模样怪诞的杂种黑狗，脖子上系着根白带子。她不禁纳闷，为什么瑞士政府禁止高原猎犬与贵宾犬杂交呢？

一九〇五年的最后一批蝴蝶——慵懒的孔雀蝶、黑翅蛱蝶、一只"西班牙皇后"以及一只纹黄蝶——尽情享受着端庄的花儿。一列有轨电车贴着散步道的左手边驶过，他们等铁轮的呜咽声渐渐远去了才坐下来，小心翼翼地亲吻着。阳光照射下的铁轨泛出美丽的钴蓝色光泽——明亮的金属映照着正午的景致。

"我们到那边的凉亭去吃些奶酪喝点儿白葡萄酒吧，"凡说，"瓦因兰德家今天是两点②吃午饭。"

有什么乐器在叮叮咚咚地演奏着；一对蒂罗尔③来的夫妇敞开的提包近在咫尺，令他们很不舒服。凡打点了服务生，令他将桌子搬到外边一处无人码头的栈台上。爱达欣赏着各种水鸟：凤头潜鸭，黑色的躯干配上对比鲜明的白色羽翅，使它们看起来像来购物的（这个以及其他几个比喻都是爱达的想法），

---

① ②　原文为法语。

③　Tirol，奥地利西部与意大利北部地区。

腋下夹着狭长的纸盒子（新买的领带？手套？），而黑羽毛则让人想起凡的脑袋，那时他十四岁，湿漉漉的，刚在小溪里游了泳冒出头来。白冠鸡（它们还是回来了）凫水时像马儿溜达时那样，脖子很奇怪地抽动着。顶着头冠的大小鹏鹧脑袋挺得笔直，颇有点世家气派。她说，它们有着十分奇妙的婚配仪式，非常凑近地相向而视——于是（她用两根食指作出括弧的样子）——就像两副挡书板而其中却没有书——交替点着头，晃动出一片炫目的红铜色。

"我问过你关于安德烈的礼仪的。"

"啊，安德烈看见那么多欧洲鸟类很是兴奋！他是个了不起的运动家，对我们西部的户外活动了如指掌。我们西部有一种非常漂亮的小鹏鹧，肥厚的白色喙部描着一圈黑。安德烈管它叫五颜六色的凤头[①]。而那种大的 chomga 就叫 hohlushka，他说。假如在我言谈毫无恶意而且总体而言还蛮有趣时你再这样板着脸，我就当着所有人的面亲吻你的鼻尖。"

有这么一点点做作，这可不属于她维恩的优良血统。不过她立刻就恢复了常态：

"哦，瞧这些海鸥在互相挑衅呢。"

一群黑首鸥[469]中有几只仍然顶着紧束的黑色夏季羽冠，它们飞落在沿湖的朱红色铁轨上，尾巴对着小道，比试着谁能在下一个行人靠近时坚持原地不动。当爱达和凡走过来时，大

---

① 原文为用拉丁字母转写的俄语，后文的两个词也都是"凤头"之意。

部分鸟儿朝着水面飞去；有一只则抽了抽尾羽，做了个类似"屈膝"的动作，但见它挨下来留在了铁轨上。

"我觉得这种鸟儿我们在亚利桑那只见过一次——在一个叫萨尔特辛克的地方——是个人工湖。我们较常见的品种有着非常不同的羽翼。"

一只羽冠鸊鷉在不远处浮游，极缓慢极缓慢地开始沉入水中，接着像捕鱼时那样猛扎进水里，露出了明晃晃的白肚皮，然后便消失无踪。

"到底为什么，你没有用这样或那样的方式让她知道，"凡问道，"你并没有生她的气？你那封作假的信让她非常不爽！"

"哼！"爱达道，"她将我置于最尴尬的境地。我非常理解她对多萝西的气恼（多萝西倒是好意，可怜的蠢货——蠢到警告我小心可能的'感染'，例如'女同性恋阴唇炎'。'**女同性恋阴唇炎**'！），可是卢塞特也不能为了这个就跑到城里找安德烈，自称是我婚前所爱男人的好朋友。他不敢用被激起的好奇心来烦扰我，但他向多萝西抱怨了卢塞特 neopravdannaya zhestokost（不公平的残酷）。"

"爱达，爱达，"凡呻吟道，"我要你摆脱掉你那个丈夫，还有他的妹妹，**立刻**！"

"给我两周时间，"她说，"我还得回牧场。想到她对我的物品东戳戳西摸摸我就受不了。"

起初，一切都像受着某个天才的友好指引。

让凡感到乐不可支（他的情妇对他此种低级趣味的表现既

不宽宥也不谴责)的是,安德烈因感冒卧床了大半周。多萝西是天生的护士,比爱达强了许多(后者从未生过病,无法忍受目睹一个患病的陌生人),乐于在病榻前伺候,比如为垂死挣扎的病人朗读《凤凰之声》[470]的过刊;不过到了周五,酒店医生强行将他送到了附近的一家美国医院,在那里他妹妹是不能探视的,"因为有必要时常做例行身体检查"——或是因为这可怜人希望能拿出男子汉气概来独自面对病灾。

在接下来的几天里,多萝西把空闲时间都用在了窥探爱达上。这个女人对三点深信不疑:爱达在瑞士有情人;凡是她哥哥;他拗不过妹妹,正在为她安排与婚前旧爱的约会。这三点给她描述得生动形象,倒也不无真实成分,只不过胡乱组合在一起,给凡平添了另一种乐子。

"三只天鹅"宾馆比起堡垒来有过之而无不及。任何来打探的人——无论是上门的还是打电话的——都被门房或其助手告知,凡出门了,不认识安德烈·瓦因兰德夫人,他们能做的只是捎个信儿。他的汽车存放在一处隐秘的林子里,绝不会泄露他就在酒店里。午前,他很有规律地使用直通后院的服务电梯。机灵的吕西安很快就记住了多萝西的女低音:"那铜锣嗓音打电话来的","今天早晨,那喇叭声音听起来挺不高兴的",[①][471]等等。而接下来,友善的命运女神却开了小差。

安德烈曾在八月去凤凰城谈生意时有过第一次大面积出

----

① 原文为法语。

血。他是个有点刚愎自用又不算太聪明的乐天派，将其归因于流鼻血流错了路径，并且瞒了所有人，以避免"愚蠢的传言"。他多年来一直有老烟枪的那种水果味的咳嗽，但在那第一次"鼻后出血"之后几天，他向洗脸盆里吐出一口猩红色的凝块，于是他决定少吸卷烟，只限抽 tsigarki（小雪茄烟）。第二次意外事故[①] [472] 则发生在爱达在场之时，就在动身赴欧前夕；他没让她看到沾了血的手帕，但她记得他很不安地说了句"Vot te na"（嗯，怪事）。如多半艾斯托提人一样，他相信最好的医生在中欧，于是他告诉自己，假如再咳血就去找一位苏黎世专家，医生的大名是从他的"小舍"（有钱生意人的兄弟会所）一个会员那儿得知的。瓦尔维的那家美国医院紧邻他伯祖父弗拉基米尔·希瓦利埃修建的俄式教堂，其医术足以诊断出，他患的是晚期左叶肺结核。

十月二十二日周三午后，多萝西"发疯般地"要"找到"爱达（后者如前几日一样去过"三只天鹅"以后便到"帕菲亚美容美发厅"很滋润地待了几小时）。多萝西给凡留了口信，凡得到消息已经很晚了，他去了一趟此地以东一百英里、位于瓦莱河谷的索尔齐埃赫，他在那儿为自己和他的表妹[②]买了一栋别墅，并与前房东斯卡利特夫人——一位银行家的遗孀——及她长了不少雀斑但仍俏丽的女儿、金发的伊夫琳共进了晚餐，此交易进行之迅速，竟令母女俩春心大动。

---

①② 原文为法语。

他仍保持着镇静和信心；在仔细研读了多萝西歇斯底里的消息后，他仍然相信什么也不会威胁到他们的命数；在最理想的情况下，安德烈会立即死去，免除了爱达离婚的麻烦；最糟糕的也只是将他打发到那种小说里常写到的山中疗养院去，在那里度过并清理人生篇章的最后几页，远离**他们**的联姻生活。周五早上九点，他按前夜所预订的计划，满心欢喜地驱车前往贝尔维尤，准备带她去索尔齐埃赫参观那幢房子。

午夜时分，一场雷暴雨不失时机地击断了这个不可思议的夏天的脊梁。而突如其来泛滥的雨水更是不失时机地截断了昨天还拥抚着人们的好天气。雨还在下着，他用力带上车门，提起平绒裤脚，跨过水洼，从停在宾馆面前首尾相接的一辆救护车及一架黑色大卡车之间走了过去。大车四面的围挡全部展开，两名前台服务生已经开始在司机的指挥下搬运行李，老旧的出租马车上各个部件都发出咯吱声，应和着搬运工的号子。

他忽然间觉察到了雨点落在他秃顶上时那种诡秘的寒凉。他正准备从玻璃转门进去时，爱达出来了，她的姿态有点像那种带木雕的气压仪，活门打开时，要么出来一个男性玩偶，要么出来一个女的。一套行头——高领长裙外面套着橡胶雨衣，上梳的发髻顶着三角形披肩，还挎着一只鳄鱼皮包——将她打扮成略显过时甚至有些乡气的剧团艺员。"她身上根本就没有面孔。"俄罗斯人在形容落魄的表情时如是说。

她引他转过宾馆，躲开凄风细雨，来到一间丑陋的圆屋子里。她想拥吻他，但他却避开了她的唇。她再过几分钟就得走了。无畏又无助的安德烈被救护车送回了宾馆。多萝西好不容易订了三张日内瓦飞凤凰城的机票。两辆车马上就要把他、她、无畏的妹妹直接带往无助的机场。

她要一块手帕，他从防风夹克的口袋里抽出一条蓝色的，可她的泪已止不住滚落下来。她遮住眼睛，他则站在她面前，伸出一只手。

"还在演戏吗？"他冷冷地问道。

她摇摇头，抓住手帕孩子气地说了声"谢谢①"，她擤了鼻涕，深吸一口气并咽下，然后才开了口，接下来，一切都失去了。

她在丈夫病痛之中开不了这口。凡得等待，直到他身体恢复得足以承受这样的消息，而这还得假以时日。当然，她要尽全力让他得到彻底治疗，亚利桑那有一位能创造奇迹的人——

"等于就是把这人养养好再吊死他。"凡说。

"你再想想，"爱达哭道，她僵硬的手直挺挺地摇晃着，像是丢下了一只锅盖或是托盘，"再想想他忠实地隐瞒了一切！噢，肯定地，我不能现在离开他！"

"是啊，老一套的故事——那个吹长笛的，得把他的阳痿治好，那个海军少尉，谁知道何时才能从遥远的战地回来！"

"别冷嘲热讽的②！"爱达大声叫道，"这个可怜极了的小个子！你怎么能这样嘲讽？"

---

①② 原文为法语。

凡就是这副德性，甚至年少时便古怪若此：在表达极度愤怒和失望时，总是掷出夸张而古奥的话来，就像锯齿般的指甲划在缎子上，充斥着恶毒。

　　"真正的城堡，亮堂的城堡！"他此刻高喊着，"特洛伊的海伦，阿尔迪斯的爱达！你背叛了树，背叛了蛾虫！"

　　"Perestagne（住嘴，别说了）！"

　　"阿尔迪斯第一，阿尔迪斯第二，戴帽子的褐肤男子，现在则是褐峰——"

　　"Perestagne！"爱达（像个有癫痫病的傻瓜般）重复道。

　　"哦！把我的埃莱娜还给我！"[①]

　　"Ach，perestagne！"

　　"还有那蛾子[②][473]。"

　　"我求你了[③]，住嘴，凡。你知道我会为此而死[④][474]？"

　　"可是，可是，可是"——（他每说一句就拍一下额头）——"濒临，濒临——然后还要将那傻瓜变作济慈！"

　　"哦，天哪！[475]我得走了。对我说点什么，我亲爱的，我唯一的爱，说点好听的！"

　　一段短促的沉默，只闻雨打在屋檐上的声音。

　　"和我在一起，姑娘。"凡说，他什么都不顾了——骄傲、愤怒、寻常日子里的抱憾。

　　一时间她似动摇了——或者至少说，她似乎在考虑要动摇

_____

①②③④　原文为法语。

了；然而一个洪亮的声音从车道那头直逼过来，多萝西站在那里，穿着灰色披肩，戴着很男式的帽子，用她那撑开的伞使劲地朝他们挥舞着。

"我不能，我不能，我会写信给你。"我可怜的爱人呢喃着，眼里噙满泪水。

凡吻了吻她如叶片般冰凉的手。他沿着湿漉漉的车道向前走，任凭贝尔维尤担心他的汽车，任凭那些个"天鹅"担心他的财务，任凭斯卡利特夫人担心伊夫琳的皮肤病，走向伦奈，并从那里飞往尼斯、比斯克拉①、好望角、内罗毕、巴塞特山脉——

并飞越巴塞特群山峰顶

她会写信吗？哦，是的！哦，所有陈旧之物都变得妙不可言！想象一下吧，事实在永无止息的对抗中疾奔，姑娘家吃吃地笑着。安德烈只多活了几个月，po pal'tzam（屈指数来）一、二、三、四——就说五个月吧。安德烈到了一九○六或一九○七年春天时表现很不错，肺功能彻底衰竭，留着稻草般颜色的胡子（能让一个病人不亦乐乎的，大概只有带表情的植物了）。生活总是在分岔，接着又分出更细的岔。是的，她这样告诉他。在《受谴的孩子们》②的一个最终版本里，他在一

① Biskra，位于阿尔及利亚撒哈拉沙漠东北部。
② 原文为法语，即前文中曾提到的阿尔迪斯法语女教师写的小说。

家道格拉斯旅馆的淡紫色回廊里辱骂凡，因为后者正等着他的爱达。德·托鲍克先生（早前他也戴过绿帽子）以及埃尔米宁老爷（第二次做决斗助手了）目睹了这次决斗，在场的还有几株高挑的丝兰以及低矮的仙人掌。瓦因兰德穿着常礼服（他会穿的）；凡呢，一套白衣裤。两人都不愿意铤而走险，于是两人同时开了枪。两人都倒下了。常礼服先生的子弹打到了凡左脚鞋子的跟（白底黑跟），令他跌倒在地，引起脚上一阵轻微的"蚁走感"——不过如此。凡则击中了敌手的下腹部——很严重的枪伤，要恢复得要漫长的时间，假如还能恢复的话（此处，故事的分叉游弋在了迷雾里）。实际上，这种情节要无趣得多。

那么，她真的信守承诺写信了吗？哦，是的，是的！十七年里，他收到了她差不多一百封短信，每封差不多一百字，打印出来差不多三十页，都是些无关紧要的文字——多半是她丈夫的健康状况和当地的动物群落。多萝西在阿加维亚牧场帮助她护理安德烈，如此又度过了两个艰难的年头（每当爱达挤出一点点可怜的时间去采集标本、登山或是饲养动物，她总是万分地不情愿！）。之后她又强烈反对爱达选择声誉卓著服务优质的格罗特诺维奇诊所（为的是她丈夫遥无止境的治疗）而不是阿拉善王子精心挑中的疗养院。于是她便退居一座几近北极的修道小城（伊莱姆纳，即现在的诺沃斯塔比亚），在那里她最终嫁给了一位布罗德抑或布莱德先生。此君温柔多情，皮肤黝黑且相貌英俊，遍游过塞文托里斯全境的圣体及其他与圣餐有关的遗址，并随后主持了——或许至今，在半个世纪之后仍在主持——位于格尔罗的考古重建工作；至于他在婚姻生活中能挖掘出什么财宝，则另当别论了。

安德烈的健康状况缓慢而持续地恶化着。最后两三年他无所事事地卧在各式各样的病榻上，这些用铰链拼接的床的每个结合面都有数百种变化方式。他丧失了语言能力，不过还能点头摇头，会皱起眉头，或者在闻见食物的香味时露出淡淡的微笑（事实上，这正是我们幸福来临的开始）。他是在一个春夜去世的，独自死在医院病房里，同年（一九二二年）夏天他的遗孀将她自己所有的藏品捐给了国家公园博物馆，然后飞往瑞士，与五十二岁的凡·维恩作一"考察性会晤"。

第四部

这里，有人带着非得要求一位体面的绅士出示驾照一般的嚣张诘问道，"教授"拒绝赋予未来以"时间"的地位，而事实上未来又几乎无法被认定为不存在，因为"它至少有这么一种意未，我是说意味，涉及诸如绝对必要性这么一个重要观点"。那么，"教授"又如何调和这两点呢？

轰他出去。谁说**我**要死了？

还是以更优雅的方式来驳斥那个决定论者的说法吧：无意识，毫无等待我们的意思，带着回扫和索套，就在前方某处，从所有可能的边际涵盖了"过去"和"现在"，成为有机化衰退而非"时间"本身的一个特点，对于万物都是自然的，无论有无意识到"时间"。我知道他人死去的事实与此无关。我还知道你——大概也包括我——曾降生于世，但这并不证明我们曾经历过名曰"过去"的时间之相：我的"现在"，我短暂的意识跨度，告诉我自己的确经历过，并非是那与五十二年又一百九十五天之前我的生日适配的无限之无意识的静默的雷鸣。我最早的记忆可追溯至一八七〇年七月中旬，即我七个月时（当然对于多数人而言，意识保存的起始要迟至三四岁），一天早晨，在我们的里维埃拉别墅，一大块装饰用的绿色石膏因地震从天花板松脱下来，掉落在我的摇篮里。此前的一百九十五天是在无意识的一片浑噩中度过的，不应包括在可感知的时间之内，因而，就我的思维及我引以为豪的思维特点而言，我今天（一九二二年七月中旬）正好五十二岁，我那彩绘天花板风格可以休矣①⁴⁷⁶。

在相同的个人的、可感知的时间意义上，我也能够将我的"过去"挂入倒挡，享受此刻的回忆，如同我沉醉于那石膏菠萝差点砸中我脑袋的想象，并由此推想要是砸中的话，下一刻一种天体的或肉体的灾祸或许就将——倒不是要了我的命，而是将我抛入万劫不复的昏迷中，一种对于科学研究而言的全新类型，由此使得自然死亡失去了一切逻辑或时间上的意义。再者，这一推论也考虑到了乏味得多（尽管也非常重要）的"世界时间"（"我们花费了大把时间来砍脑袋"），亦称作"客观时间"（实际上是由各个私人时间粗粗编织成的），简言之就是关于人与人性的历史，以及此类东西。同样什么也阻止不了人类完全失去未来——假设，比方说，我们这个物种在不易察觉之间（这是我论说中的一个诈术）进化为"新人"或是别的什么亚种，享受着其他类别的存在与做梦方式，游离于人的"时间"观念之外。在那种意义上说，人就是不死的，因为在其进化过程中，也许根本就不存在分类学意义上的节点，可以标示处于将要把人演化为"新人"（或是某种恐怖可怕的黏液）的渐变群中的人类的最后阶段。我想我们的朋友是不会再来打扰

---

① 原文为法语。

我们了。

我撰写《时间的肌理》——一部艰深、愉快而神圣的著作，我正准备置其于尚未出现的读者行将出现的书桌上——其目的在于使我本人关于"时间"的观念更为纯净。我希望能检视"时间"的本质，而非其流逝，因为我不相信其本质可能化约为其流逝。我希望好好地把玩"时间"。

一个人或许会爱上"空间"及其多种可能状态：例如速度，速度的那种光洁与挥剑一般的嗖嗖之声；凌驾万物的速率，鹰一般的雄姿；弯道上的欢呼；一个人还可以成为"时间"的业余爱好者，尽情品味绵延无边的快乐。我放开自己的感官去享用"时间"，乐其内涵，乐其延展，乐其褶皱向下的沉坠，乐其浅灰色雾霭般的不可捉摸，乐其连续不绝的爽滑。我希望能做些与之相关的事情；能沉湎在拥有的幻象之中。我意识到所有企图到达那座魔力附身的城堡的人，都迷失在一片暗涩中，或困滞在"空间"中。我同样也意识到，"时间"用隐喻的手法说来，就是一种流动的介质。

那么为何将"时间"的概念引入思维焦点并保留在那里以待查看是如此困难，困难得让人脸面丢尽？那是怎样一番努力，怎样一番摸索，怎样令人愤懑的精疲力竭！这就像用一只手在手套箱里找行路图——翻出了黑山共和国、多洛米蒂山脉①的地图、钞票、电报——什么都有，唯独找不到阿尔

① the Dolomites，在意大利东北部。

黛茨和"什么苏普拉诺"之间这块杂乱之地所延伸出来的道路，在黑暗里，在雨中，在一片漆黑里拼命地就着红灯的光亮察看着，雨刮器精确而富有节奏地工作着：空间那盲目的手指捣戳、撕扯着时间的肌理。而一千五百年前的奥雷柳斯·奥古斯丁，也在同样的纠结里，他体验到古怪的身体伤痛是由脑力引起的：思绪的无法深潜；总是只能近似而不能精确所引发的 shchekotiki（灼痒），因殚精竭虑而萌生的逃避情绪——然而至少，他还能用上帝赋予的精力来重新充实大脑（此处有一个脚注描述了一个赏心悦目的场面：只见他在风尘与星尘之间，伴随着有力而短促的祈祷，继续苦苦思索着）。

又失落了。我曾在哪里？现又于何处？泥土路。停车。时间即节奏：温暖潮湿的夜晚的昆虫的节奏，大脑的波纹，呼吸，敲打着我的太阳穴——这些都是我们忠实的时间记录者；而理性可以纠正狂热的节拍。我的一个病人能辨别出每三毫秒（0.003！）更迭一次的闪光灯节奏。继续。

几分钟前，在思维停顿之时，是什么轻轻顶了我一下，是什么给了我安慰？没错。或许唯一暗示了时间之感的东西就是节奏；并非节奏的那种周而复始的律动，而是律动之间的空隙，黑色律动之间的灰色空隙："轻柔的间距"。富有规律的脉动本身重又令人痛苦地想起了计量，然而就在其间，便潜伏着类似真实的"时间"的东西。我如何将其从它柔软的空洞中萃取出来？节奏既不能太慢也不能太快。每分钟一次律动会让我全然没有更替感，而每秒钟五次震颤则使我意识模糊一片。丰足的节奏会致使"时间"瓦解，促狭的节奏则可将之挤破。比方说吧，给我三秒钟，那么我就能兼顾了：感知其节奏，探求其间隙。一种空洞，我是这么说的吗？昏黑的坑陷？不过那只是"空间"，喜剧中的反角，当我在探索"时间"之意义时，他则从后门溜回来，拿着他兜售的摇锤。我所努力要掌握的正是可以借助"空间"来测量的"时间"，难怪我无法掌握"时间"，因为对知识获取的本身就要"耗费时间"。

如果说我的眼睛使我对"空间"有所了解，那么我的耳朵则让我对"时间"有所认识。但是当我能够以相当天真然而又很直接的方式注视"空间"时，我只能够在一段短暂而凹陷的时刻里，怀着种种考虑和焦虑，凝神倾听"时间"，而且益愈认识到，我听到的并非"时间"本身，而是经过我大脑的血流，后者接着通过颈部血脉涌向心脏，返回到与"时间"毫无关联的、暗自苦苦挣扎的状态中。

"时间"之方向，"时间"之矢[477]，单向的"时间"，有这么一刻，似乎存在着什么对我有用的东西，但接下去便化作了幻觉，只是依稀地和增长与增重的未解之谜藕断丝连着。认为"时间"具有不可逆性（它首先就没有行进的方向），是一种很狭隘的想法：假如我们的器官不是非对称的，那我们对"时间"的观念便或许如同置身于圆形剧场般宏大，就像粗糙的夜色及粗粝的群山围绕着一座闪着灯光、自给自足的小村落。我们被告知，如果一种动物失去了牙，变成了鸟，那么当重又需要牙齿时便会进化出带锯齿的喙，而曾经拥有的满嘴利牙则一去不复返了。场景是始新世的，演员是化石。这是一个说明自然施展诡计的有趣的例子，但正如我从左到右书写丝毫不能揭示我的思想过程一样，这对揭示本质的"时间"毫无意义，我们依然不知其方圆。

而说到进化，我们能够想象有关"时间"的起源、进身之阶以及遭拒斥的突变吗？是否存在"时间"之"原始"形式呢？其中，比方说，"过去"并非与"现在"截然分开，因而过去的阴影和形状也渗进了仍还柔软、漫长、尚处幼虫状态的"现在"？抑或这一进化只指涉时间之记录，从沙漏到原子钟，再到便携式脉冲表？而"旧时间"耗时多少才变成了牛顿时间？想想[478]"鸡蛋"吧，就像那只法国公鸡对他的母鸡们说的。

"纯粹时间"，"可感知时间"，"有形时间"，脱离内容、语境以及当场连续评述的"时间"——这是**我的**时间与主题。所有其余的都是数字符号或"空间"的某方面。"空间"的肌理与时间的不同，由相对论者培育出来的斑斓的四维游戏则是一种四足动物，其中一足其实已为足的幽灵所取代。我的时间还是一种"静止的时间"（我们随后来讨论"流动"时间、滴漏时间、盥洗室时间）。

我所关注的"时间"只是被我止住的，并且为我绷紧的意念所密切留意的"时间"。诚然，当思绪在"试用"语词时，我修面就要多花费时间；诚然，我要在看手表时才能意识到这一迟滞；诚然，在年逾半百之际，一个年头似乎流逝得更快了，因为它在我不断增长的存在积累中是一个更加小的分数，也因为较之童年，在冗长的游戏及更冗长的读书之间，我变得更加有兴致了。可是这一"加快"恰恰取决于一个人对"时间"的漠视。

这是一种怪异的企图——尝试去决定由好些个游魂般缥缈的局段组成的某种事物。只是我相信我的读者——此刻一定正对着这些文字皱着眉头呢（但至少是顾不上早饭了）——会同意我的，即没有什么比独思更美好了；而独思必须迈着沉重的步伐不断行进，或者打个新一点的比方——好比驾驶一辆灵敏、各方面都十分均衡的希腊汽车，这车在阿尔卑斯山区公路的每个弯道上展示着其美妙的脾气与稳定的抓地性能。

我们在继续往下说之前得先处理两种谬误。首先是时间元素与空间元素的混淆。我已经在这些注释（此刻是一次至关重要的旅行途中的半天休息时间，我正将这些注释记录下来）里对"空间"这一冒牌货作了讨伐；对他的审判将在我们调查的晚些阶段进行。第二项驳斥是针对古老的话语习俗的。我们视"时间"为某种涌流，与真实存在的、由黝黑峭壁衬出的一片雪白的山间激流或疾风劲吹的山谷里灰蒙蒙的大河并无多少关系，而只是一成不变流淌在我们的时间之域里。我们太习惯于那种神话式景观，太热衷于将一片片的生活悉数液化，以至于说到时间，则言必称动。当然实际上，对其动态的感受始于许多自然的或者至少是很熟悉的来源——身体对其血液流动的内察，由星辰升起所引发的、古已有之的晕眩感，当然还要归因于我们的测量手段，例如日晷缓缓挪动的影子，沙漏的涓涓细流，秒针的滴滴答答，而在这里我们又回到了"空间"。要留意结构和框架。"时间""流淌"得如同一只苹果砸在花园桌子上那般自然，这一理念暗示出，它仿佛注入了别的什么东西并在其中流动，而假如我们视此"东西"为"空间"，那么我们有的只是一种沿着某种尺度流淌的隐喻。

可是要留神，心灵[479]，留神时髦艺术的波浪卷发；要避开普鲁斯特式的床以及那种"刺客双关语"①[480]（其本身也是一种自杀行为——那些懂魏尔兰的读者会注意到的）。

现在我们可以来对付"空间"了。我们问心无愧地反对沾染或寄生了空间的、矫揉造作的时间概念，反对相对论写作的时空。任何一个人，只要他喜欢，都可以坚持说，"空间"在"时间"以外，或者就是"时间"的躯体，或曰，"空间"中充斥着"时间"，反之亦然，或者"空间"以某种奇特的方式只表现为"时间"的废品，甚至是其遗体，或者说，从望不到尽头的长远来看，"时间"**即**"空间"；此类闲谈或许很让人乐不思返，尤其在我们年少时；然而不会再有人能让我相信，物质（比方说，一根指针）跨越"空间"中一方分离出的区域（比方说，拨号盘）的移动在本质上是与时间的"流逝"一致的。物质的位移仅仅是穿越了另外某种可感知、可作为衡量参照的

---

① the assassin pun，来自法语 pointe assassine，引自法国诗人魏尔兰的诗句"Fuis du plus loin la Pointe assassine，L'Esprit cruel et le Rire impur"，大意为"要远离那些尖刻的、杀伤性的讽刺"。

物质，但关于不可感知的"时间"的实际结构，我们却无从知晓。与此相似，标有刻度的卷带，即便长度无限，也并非"空间"本身，最精确的里程计也不能代表路，在我的视觉中它是转动的车轮之下一面黑黝黝的雨镜，在我的听觉中它是一片黏稠的沙沙声，在我的嗅觉中它是阿尔卑斯山中一个潮湿的七月夜，而在我的触觉中它则是平滑的底部。我们，可悲的"空间人"，更适应住在我们三维度的拉克立玛瓦尔[481]，更适应"延续"而非"持续"：我们的躯体比我们的记忆力能有更好的伸展。我记不住自己新车的牌号（尽管就在昨天我还使劲儿记呢），但却能感触到前轮胎下的柏油，似乎为我身所属。然而"空间"本身（如同"时间"），我却全然无法理解：一个有动静的地方。一个等离子区，其中物质——"空间"等离子的浓聚——被组织并闭合起来。我们可以测算物质球粒体及其间距，但"空间"等离子区本身却不可计量。

　　我们以"空间"（秒针跳了一格，或是分针进了一步，从一个涂色点走向另一个）测量"时间"（两者的本质其实我们都不理解），不过"空间"的跨越并不总需要"时间"——或者说，至少它要的不会比似是而非的当下所盛纳的"现在"这个点更多。打比方说，当一位老练的司机瞧见一公路标志——红三角（颜色与形状混合起来，可辨识为"无时"，应被恰当地看做公路隧道的意思）内一张黑嘴及干净利落的拱门图饰——或是没这么有紧迫性的标识，比如那个让人赏心悦目的"千惠谷"符号♀，或许会被误解为是允许妓女搭车，但实际上是告诉朝拜者或观光者，有一座教堂倒映在了当地的河水里——目睹者对于一个空间单位可触知的占有，实际上是一瞬间的事。我建议对于一边开车一边还阅读的人，要添一个段落符号。

"空间"与我们对图景、触碰、肌肉运动的感知有关；"时间"则依稀与"听觉"相连（尽管如此，聋人无疑比一个无四肢的盲人更能感觉到时间的"通过"）。"'空间'是眼睛里的一种群集，'时间'是耳朵里的歌唱。"现代诗人约翰·谢德说，引用该诗句的是一位杜撰出来的哲学家（"马丁·加德纳"，《二心宇宙》，第一百六十五页）。"空间"拍着翅膀落在了地面，而"时间"，当柏格森先生挥动着他的剪刀时，则徜徉在思想家与拇指之间。"空间"将蛋下在了"时间"的窝里：这儿一个"之前"，那里一个"之后"—— 一大把驳杂的闵科夫斯基"世界点"。"空间"的延展比起"时间"的"延展"来，更容易从组织上以心智去衡量。"空间"的概念必须在"时间"概念之前形成（惠特罗的居约①）。无限空间的那种难以区分的虚空在心智上是可以和"时间"的卵形"空虚"区分开的（事实上也别无二法）。"空间"基于无理数而生长繁盛，"时间"则不能化约为黑板上的项式根以及高尔夫场上的小鸟球。面对"空间"里的同一块区域，一只苍蝇或许会比 S. 亚历山大更感

① Whitrow in Guyan，惠特罗（Genald James Whitrow，1912—2000），英国数学家、宇宙学家和自然科学家，著有如《时间的自然哲学》等多部与时间相关的作品；居约（Jean-Marie Guyau，1854—1888），法国哲学家，此处将两者并置，疑为进一步说明意识中时间与空间的关系。

到此地的阔旷，但某一时刻之于他**并非**"数小时之于苍蝇"可比拟，因为若真如此，苍蝇绝不会坐等被替换掉。我无法想象没有"时间"的"空间"，但是我完全想象得出没有"空间"的"时间"。"时－空"——这个丑恶的混合词，其间的连字符看起来就不真实。一个人在憎恨"空间"的同时爱上"时间"。

有些人能将一幅路线图卷起来。本作者则不能。

说到此，我得对"相对论"表个态了。这不是同情。许多宇宙进化论者倾向于当做一种客观事实接受的东西，其实具有数学上的内在缺陷，却作为真理大行其道。一个在"空间"中移动的受惊之人的躯体，在移动方向上是被缩短了，而当速度接近那个此外——按照一项呆头呆脑的公式的规定——再无更快可能的速度时，还会发生灾难性的萎缩。那是他的霉运，可不是我的——但我全然不顾他的钟正慢下来这一事实。"时间"，需要极度明澈的意识才能被正确理解，是生命中最为理性的成分，而那些连篇累牍的"科技虚构"让我感觉自己的理性受到了伤害。生发自（我想是伊戈尔韦恩所为）"相对论"——若生发得正确还可以破坏"相对论"——的一项尤为荒诞的推论是，一个人赶着家畜在周游了"空间"中的速度疗养院之后，回来时会比原地不动待在家里还要年轻。想象一下他们鱼贯走出空中方舟时的情景吧——活像"狮子"，轻快的服装使他们看上去就像小年轻，从硕大的特许公共汽车中间的一辆里出来，拼命眨着眼睛站在一个不耐烦的司机的轿车前面，而这里正是公路萎缩着挤进山村的一段狭道。

被感知的事件属于同一注意力范围时，可以被认定为同时发生的；同样（玄机暗藏的比喻，绕不过的阻碍！）就像一个人在视觉上占有了一个单元的空间——比方说，一枚朱红色的戒指，其白色的内核处印着一辆玩具车的前脸，挡住了车道，不过我猛打方向盘[①] [482] 扎了进去。我明白相对论者受限于其"灯光信号"以及"旅行钟"，总试图在宇宙这一尺度中摒除同时性的理念，不过我们来想象一只巨大的手，它的大拇指按在一颗星上，其余手指抓着另外一颗——难道不算同时触摸了两颗——或者触觉的重合难道比视觉更有误导性？我想我还是了结这个段落吧。

干旱在奥古斯丁教区最有建树的几个月里严重影响了希波城[②]，以至于漏壶不得不为沙漏所取代。他将"过去"定义为不复再来，而把将来定义为未曾到来（实际上将来是一种幻象，它所属的思想范畴在本质上迥异于"过去"，"过去"至少不久之前还在此处——我刚才把它放哪儿了？口袋里么？可是"找寻"本身已然成为"过去"）。

"过去"是一成不变的，无形的，"永不能重温"——这些说法都不能与"空间"的这个或那个地块契合，而那些地方在我是可见的，例如我看见一座白色别墅及其更加雪白（更新）的车库，还有七棵高矮不一的柏树，周日很高，周一很矮，[③]

———————————

① 原文为法语。

② Hippo，在今天的阿尔及利亚，奥古斯丁曾为当地主教。

③ 此处的周日、周一或指这七株柏树的第一棵和最后一棵。

俯视着道路；路是私人修建的，环绕着胭脂栎和荆棘丛，并在远处伸向公共马路，后者将索尔齐埃赫与通往（尚在一百英里之外）红峰的公路连接在一起。

该继续考量"过去"了，我视之为感觉资料的积累，而不是"时间"的分解，很多古老的隐喻在图示时过境迁的情形时都暗示了后者。"时间的流逝"不过是思想的虚构，并不存在客观对应物，有的只是轻率的空间类比。只能在后视中瞥见其形其影，石松和落叶松无声地向后倒去：退逝的时间的永恒的不幸，滑坡①，山崩，总是砂石俱落且总有人在作业的盘山公路。

我们构建其过去的模型，并在空间学上利用它们来测量"时间"并使之具象化。来举一个很熟悉的例子。赞波利是芒德河边一座精致的小镇，离索尔齐埃赫不远，属瓦莱省，它正渐渐被埋没在新近拔地而起的楼群里。到了本世纪初，它的面貌已着实非常现代，于是人们决定采取保护行动。如今，经过多年精心改造，一个老赞波利城的复制品——包括城堡、教堂、磨坊——在芒德河对岸冒了出来，与现代化的新城对峙，二者以桥为界。此刻，如果我们用时间之景（借助于追溯机）取代空间之景（借助于直升机），以"过去"（比方说一八二二年前后）的那个留存在心里的老赞波利替换这个已经物质化的老赞波利复制品，那么新城与老城的复制品不过是同一地点不

---

① 原文为法语。

同时间的两个点（从空间角度看他们处于同一个时刻的不同地点）。新城的成形之地给人以直接的真实感，而其怀旧之镜像（可据其复原的质料区分）却在想象的空间里闪烁飘忽，我们无法利用桥梁从一处走到另一处。换言之（当作者及读者都陷入无望的思维混乱时便这么说），只需在脑海里（以及在芒德河边）复制出一座老城，我们便可将其空间化（或真的将其从自身元素中打捞出来，置于"空间"之岸边）。于是"一个世纪"这个说法在任何一种意义上都无以对应新旧两城间那百尺铁桥，这就是我们所曾希望证明而今终于证明的。

于是，"过去"就成为影像的不断累积。它任由猜度、倾听、测试、品味，由此它不再意味着艰深理论所陈述的那种串联事件有秩序的交变。现在它就是一团恢弘的混沌，一个能够回忆一切的天才，在一九二二年这个夏日清晨被唤醒，可以任意撷取他喜爱的片段：一八八八年散落了一地板的钻石；一九〇一年巴黎酒吧里一位赤褐色秀发的黑帽美人；一八八三年一支湿润的红玫瑰夹杂在人造玫瑰中间；一八八〇年面带半抹忧郁微笑的年轻英国女家庭教师，在结束睡前安抚后利落地重新合拢了她所看顾的男孩的包皮；一八八四年的一位小姑娘，伸开手指，舔着残留在咬得惨不忍睹的指甲上的早餐蜂蜜；还是同一位女子到了三十三岁，在一天晚上坦陈自己不喜欢瓶中之花；剧烈的疼痛在身侧敲击着他，此时两个孩子挎着装蘑菇的篮子走在阳光明媚的松林间；就在昨天的山路上一处视线狭窄的拐道，他超过一辆比利时汽车时后者惊惧的喇叭声。对于这些意象所织就的时间之肌理，它们什么信息也不能告诉我们——例外或许只在一个恰好非常棘手的问题中。对一个回忆对象（或有关其视觉效应的任何东西）的渲染，是不是每天各有不同？从其色泽上，我能看得出它在关于我过去的地层图上出现的时间是早或晚，位置是低或高？有无这样一种精神铀质，其梦想三角洲[483]的衰变可以用来测算回忆的年岁？我得赶紧解释一下，最主要的困难在于体验者不能在不同的时间使用同一对象（比方说，一八八四年和一八八八年搁在阿尔迪斯儿童房里那只绘有蓝色小帆船的荷兰炉子），因为不同时段相互借鉴的印象在脑子里合成了一幅复合图像；但假如有不同的对象被择（比方说，两位难忘的马车夫的面庞：一八八四年的本·赖特和一八八八年的特罗菲姆·法尔图科夫），那么，就我研究所及，要避免不同特质以及不同情绪的相互干扰是不可能的，这就限禁了两个对象——这么说吧——在暴露于"时间"运动之前被视为基本等同。我无法肯定此类对象能否被发现。在我的职业生涯中，在心理学实验室里，我自行设计过许多精细的测试（其中一项无须体检便可验出是否处女的方法，如今便是以我命名的）。因而我们可以假设，这样的体验是**能够**进行的——有时候在某种精确水平上的脂肪饱和度的减少或是智慧的加深是多么的动人心魄——而且能够体验得极为精确，对于我依稀在一个能记起但辨不清身份的人身上所体认到的"某种东西"——我将之"莫名"地归入我的少儿时代而非少年时代——即便没有名称，也可以贴上个确切的日期标签，例如，一九〇八年一月一日（啊，这个"例如"还真有——那是我父亲从前聘用的家庭教师，他在我八岁生日时给我买了《暗箱中的爱丽丝》）。

我们对"过去"的认知，其标志并不在于一连串相互关联的环链，这一点与我们对"当下"以及转瞬即临的"此时"的认知不尽相同。我通常每天清晨刮胡子，且习惯于每刮两次后就将安全剃刀里的刀片换掉；有时也凑巧跳过一天，次日就得刮掉一大片硬硬的胡茬，其顽固的存在使得我用手指摩挲来摩挲去，这样那刀片就只能用一次了。此时，当我重现连日来刮胡子动作的情景时，我忽视了其中的连续性成分：我只想知道留在那银质剃架上的刀片用了一次还是两次；假如是一次，那么我脑海里硬须生长的两天的更替便并不重要——事实上——我更喜欢聆听、感受第二个早晨，那时脸面更粗粝毛糙，而接下来则是由于胡须倒长而有了个不用刮胡的日子，可以这么说。

现在，假如我们凭着些关于"过去"着了色的内容的皮毛知识来变换一下视角，将其仅仅视作有关已消逝事件的连贯一致的重构体——在寻常人的记忆里有些事情保留得不甚清楚，如果还得以保留的话；有的则很清晰——那么我们就可以沉浸在一种比较简明的游戏中了，其中的路径都显现着光与影。记忆意象包含了声音余像，可以说这是耳朵对在片刻之前（那时人正集中思想使自己不碰撞到小学生）录下之声音的回放，于是事实上，我们在离开特森之后依然能重放教堂钟声的音信，以及其背后寂静但响彻着回声的尖塔。对于刚刚发生的"过去"的最后几阶段的回顾，与钟表机构的运转比起来只花费较少的物理时间，正是这一"较少"才成为仍然鲜活的"过去"的特性，而"现在"便是趁着对幽暗的窸窣声的检验溜进了"过去"。"较少"暗示出，"过去"无须钟表，其事件的继往也并非钟表时间，而更意味着与"时间"之真实节奏的协同。我们先前已提示过，黯淡的律动之间的昏黑的间隙具备了"时间"之肌理的**触知感**。这同样也可以解释得自于对生动真实事件之间的无法记起或"中性"时间缝隙的感知的印象，虽然有些模糊。我正好能凭颜色（带些灰的蓝、紫、带些红的灰）记起我做的三次告别演讲——公共演讲——关于柏格森先生的"时间"研究的，几个月前在一所知名大学。对于蓝紫之间以及紫灰之间的六天间隔，我的回忆便没这么清晰了，事实上我能在脑子里将其完全压制下去。但是我能以高度的清晰感来还原参加那几场演讲的真切情形。第一场（关于"过去"的）我到得有些迟，我带着并无不快的兴奋——仿佛来到自己的葬礼上——看到了康特斯通礼堂灯火通明的窗户，一位日本学生的矮小身形慌乱地从身边蹿过，在我走上半环形的台阶之前便消失在门口，他也迟到了。第二场是关于"现在"的，我要求听众用五秒钟的时间保持静默并"内省"，以便为我——或更该是我背心口袋里那个会说话的宝贝——准备要解释的、关于对时间的真正体察这一问题提供一个例证。然后就在这五秒钟里，一位白胡子炸雷般的鼾声响彻大厅——当然也就震塌了一切。第三场也即最后一场演讲是有关"未来"（"虚时间"）的，我那偷偷录制的声响在好端端地运转了几分钟后出了莫名的机械故障。与其想尽法子把几张皱巴巴的纸条（这可是可怜的演说家们在熟悉的梦境里所着迷的——此发现得归功于西格尼－蒙第欧－蒙第欧·弗鲁伊德医生，他阐述了梦者如何在幼年读到了通奸父母的情书）上暗淡不清的铅笔字内容解说出来，我宁愿伴装心脏病发作被永久地（就一场演讲的长度而言）抬出去消灭在夜幕里。我坦白这些滑稽可笑但记忆犹新的细节，为的是表明，这些挑出来供试验分析的事件不仅得庸俗且有渐进性（三个星期的三场演讲），其主要特征还得相互关联（讲演者所遭受的变故）。其间的两次五日间隔在我看来宛如一对酒窝，每一个都洋溢着柔和的、浅灰色迷雾般的微笑，又依稀如抛撒出的五彩纸屑（若是我允许某种随处飘逸的记忆在诊断范围之间凝聚成形，那么这些纸屑或真会迸出斑斓的色彩）。这昏暗不清的连续体，由于夹杂在诸多已逝之物中，我们不可能再从官能上去索求、品味或是倾听，就像感受维恩的节奏律动之间的那一"空洞"一样；不过二者倒是有一显著的共同标记：感知"时间"的滞固性。我所无限倾心的那种共感觉，在此研究中找到了理想的用武之地——我们正在接近最为关键的阶段——"现在"的盛开。

此时，"现在"之风吹拂在了"过去"之巅——其下是层层我生命中，在最清晰的意识中引以为豪的路坎——厄姆布雷尔、弗卢拉、福卡[①]！在感知的那一瞬发生了改变，只因我自己处于持续不断的细微蜕变之中。为了不时地给我自己"时间"，我必须使思维与我的走向背道而驰，就像一个人驾车经过一长排白杨树，很希望将其中一棵分离并固定住，使得这片含混的绿色能显露并呈上——是的——呈上其每一片树叶。我身后的白痴。

　　我在去年把此种注意力行为称作"刻意的现在"，以区别于其更普通的、被（克莱于一八八二年）称作"空泛的现在"的形式。前者的有意识建构与后者常见的随波逐流，为我们提供了三四秒时间来感受当下性。此当下性是我们所知的唯一现实；它追随着"不再"的染了色的空无，并先于未来的绝对虚无。于是，我们可以紧扣字面意义说，有意识的人类生活总是只能延续于一瞬，而在任意一瞬间对我们本身意识之流的刻意留心，我们都无从知晓，假如这一瞬为下一瞬所紧紧承接的话。如我之后所要解释的，我认为"预料"（"期待晋升或是恐惧铸下人间大错"，一位不幸的思想家[484]如是界定）在"空泛的现在"的形成当中并不能起到什么深远作用，我也不信未来会转化成第三类"时间"，就算我们确能预知一二——一条熟悉道路的弯口，或是两座峻岭的令人心旷神怡的上山路（一处有城堡，另一处则见教堂），前景越是清晰，预言越是无力。假如刚才我后面的那个无赖决定要铤而走险，他会迎头撞上从

---

① 　the Umbrail，the Fluela，the Furka，均为阿尔卑斯山脉中的关口。

弯道转过来的卡车，而我以及这片风景或许也在连环撞击中黯然消散。

那么，我们最微不足道的"现在"，就是一个人能够直接而实在地意识到的时段，而"过去"仍作为当下性的一部分耽留下来且并不陈腐。就日常生活及躯体在习惯上的安适（较为健康、较为强壮、能呼吸到大自然的微风、品味世上最精致的食品——一个煮鸡蛋——的余韵）而言，对**真正的**"现在"的无法企及其实无关紧要，那不过是转瞬即逝的一霎，其表象或许只是浓重的一抹，在几何学上看根本毫无维度，只是落在一张真实的纸上的一大滴印刷墨而已。根据心理学家和警察的说法，正常的开车人在视觉上能够感知的最小时间单位是十分之一秒（我有个病人，过去是赌徒，可以辨认出以五十分之一秒的时间一闪而过的纸牌）。如果能测量我们对落空或实现的期望的意识瞬间长度，那会很有意思。嗅觉可以是突如其来的，而大多数人的听觉及触觉比视觉更为迅疾。那两个搭车客的确臭烘烘的——那个男的尤其令人作呕。

既然"现在"不过是想象中的一个点而并没有对刚刚消逝的过去的意识，那么就有必要对那种意识进行定义。如果我说我们意识到的所谓"现在"的东西是"过去"的持续不断的累造——其水平线顺滑而无情地上升着——那么"空间"就又再次突入了。多么鄙薄！多么不可思议！

看吧，这两座岩石嶙峋、残骸遍地的山岭，我在脑海里将它们保留了十七年，且存有贴花图案般浪漫而生动的清晰度——尽管未必与原景色一模一样,我得承认;记忆otsebyatina("自作多情");不过微小的偏差现在也得以纠正了,而且艺术性的纠正行为也加剧了"现在"的痛苦。从视觉上说,对当下最尖锐的知觉便是用眼睛刻意地占有"空间"的一个部分。这是"时间"与"空间"的唯一接触,但其反响却很深远。为了达成永恒,"现在"必须依赖于一个广袤区域的有意识跨越。那时,只有在那时,"现在"才能等同于"无时"的"空间"。我曾在与那个"冒牌货"的决斗中受过伤。

而此刻我驱车驶入了红峰,头顶花团锦簇,却是一番哀怨的欢迎景象。今天是一九二二年七月十四日,周一,我的腕表告诉我是下午五点十三分,车载钟显示十一点五十二分,而城里所有的计时器都是四点十分。作者正沉浸在快乐、疲惫、期待以及惊惶的迷乱中。此前他一直在无可比拟的巴尔干山区翻山越岭,陪行的还有两个奥地利向导和一临时收养的女孩。五月的大部分时间他是在达尔马提亚①度过的,六月待在多洛米蒂山脉,从两地都收到了爱达的信,告知他丧夫的噩耗(四月二十三日,亚利桑那)。他驾着一辆深蓝色的阿格斯踏上了西去的路,对于他而言,这座驾比蓝宝石以及大闪蝶还要亲近,因为她正巧也订购了一辆极为相似的车,供她在日内瓦使用。他还另买下了三座别墅,两座在亚得里亚海岸,一座位于格劳宾登州②北部的阿尔黛茨。七月十三日周日晚间,在阿尔维纳

---

① Dalmatia,南斯拉夫一地区。
② Grisons,位于瑞士东南部,是瑞士境内一个主要罗曼什语区。

附近，"阿尔朗宫"的门房递给他一份周五到的电报：

　　周一晚餐时到红峰三只天鹅倘此日期及整项安排造成不便则如实电告我。

　　他通过新型的"即时电报"发出了讯息，结尾和她一九〇五年电报的用语一致，并飞奔向日内瓦机场；尽管预报夜间有滂沱大雨他还是开车赶往了沃州。他开得太快太猛，竟在席尔瓦普拉纳分岔口（阿尔维纳以南一百五十公里处）错过了奥博哈尔贝斯坦公路；他向北折回，穿过基亚文纳及施普吕根，直抵氛围肃杀的十九号公路（不必要的一百公里行程）；他搞错了方位，向东边的库尔驶去，接着来了个不宜声张的掉头转弯，只用两小时便跑了一百七十五公里，奔向西边的布里格。当他以弧线转弯朝南开上翡荫森林①公路，驶向索尔齐埃赫时，后视镜中苍白的曙色早已变成火热明亮的白昼，十七年前他在索尔齐埃赫购置过一座房子（即现在的约拉娜别墅⁴⁸⁵）。由于他离开的时日漫长，留下看房子的三四个仆人早已疏于维护，于是他不得不在逗留于附近的两个搭便车游客—— 一个来自希尔登②的讨厌青年及其长发、邋遢而惰怠的希尔达——挺起劲的帮助下，对自己的房子实施破门而入。他的这两个同谋要

---

①　Pfynwald，位于瑞士瓦莱州，是瑞士最大的松树林区，因物种的多样性而闻名。

②　Hilden，位于德国，是一个工业城市。

是觊觎屋里的酒肉、财宝，那他们的如意算盘就打错了。在将两人轰走之后，他徒劳地想在一张没有铺盖的床上睡一会儿，最终还是起身踱到了鸟儿叫翻了天的花园里，他的那两个朋友正在干涸的游泳池里干得欢呢，他只好再赶他们出去。他花了两小时写作《时间的肌理》，此书是他在多洛米蒂山脉的拉梅摩尔酒店（在他近来住过的旅馆中算不上一流）时开工的。快乐的时日正在离他一百五十公里的西边迎候着，而此刻做这项工作背后的实际目的便是要暂忘这等候的煎熬；不过这倒并没有妨碍他停下笔，在去红峰的路上寻一家路边饭馆，吃一顿热腾腾的宜人早餐。

他在"三只天鹅"所预定的五〇八－五〇九－五一〇房间，其面目显然自一九〇五年后发生了某些改变。胖大的红鼻子吕西安没有立时认出他——后来众人都说先生总算没有"面目全非"——而其实凡几乎已恢复到十七年前的体重了，他在巴尔干的时候与狂热的小阿克雷西娅（现在则被弃在了佛罗伦萨附近的一所贵族寄宿学校里）玩攀岩，减掉了不少肉。没有，魏茵兰戴[486]夫人没打电话来。是的，大厅翻新过了。现在是瑞士德国人路易斯·维希特经管酒店，而不是其已故的岳丈路易吉·凡蒂尼。在入口处便能看到，原本休息厅里令人难忘的巨幅油画——三只腰线丰满的丽达[①] 在湖水中彼此交错着

---

① Leda，希腊神话中埃托利亚王特斯提奥斯的女儿，廷达瑞奥斯的妻子。宙斯醉心于她的容貌，趁她在河中沐浴时，化作天鹅与她相会。此处即指天鹅。

倒影——被一幅新原始主义杰作取代了：三只黄色的蛋以及一双水管工的手套，搭在似乎是湿漉漉的浴室瓷砖上。当穿黑制服的接待员随凡步入"升降机"时，它发出空洞的叮当声，接着在上行过程中又一个劲儿断断续续地转播起什么赛事来——没准儿是一场三轮车赛。凡不禁难过起来，这个密不透风的多功能箱子（甚至比他从前在店后门用的那个晃荡来晃荡去的电梯还要狭小）现在代替了昔年的豪华设备——后者简直就是镶了镜子、能够升降的厅堂啊——那位名气不小的操作员（白胡须，会说八种语言）换成了一个按钮。

在五○九房间的走廊里，凡认出了那幅近海行船的画[487]，紧挨着那只大腹便便的白色衣橱（在其圆形滑门的下边，如今已不复存在的地毯一角，在那会儿总是要绊着人）。客厅里，只有一张梳妆台和阳台的景致还让他感到亲近。其他的一切——半透明碎麦粒装饰、玻璃制头状花序、丝面扶手椅——都换成了摩登摆设。

他冲了澡换好衣服，喝完了收在行李中的小瓶白兰地，并打通了日内瓦机场的电话，得知美国来的最后一班飞机刚刚到达。他出去走了走——看见了那株远近闻名的"桑树"①，参天硕枝掩住了鹅卵石路最高处一座耸起的露台上一间小小的盥洗室，而且此时还盛开着紫蓝色的花。他在火车站对面的小餐馆里喝了杯啤酒，然后不由自主地走进了隔壁花店。他准

---

① 原文为法语。

是有些老糊涂，竟忘了上次她说过她有古怪的恐花症（大概源自三十年前他们荒唐的三人性游戏）。不管怎样她从没喜欢过玫瑰。他愣愣地瞪着，而回瞪他的则大有花在：比利时进口的小花环、长茎的"粉红感情"、朱红色的"超级明星"。其他花卉还包括百日草、菊花、盆栽单药花，还有两条长鳍金鱼婀娜地游弋在一只内嵌的水缸里。他不愿让谦恭的老花匠失望，便买了十七枝没有香味的巴卡拉玫瑰。他要来电话簿，翻到红峰的 Ad 至 Au 部分，目光落在了"Addor, Yolande, Mlle secrét., rue des Délices, 6"[①]上，于是他以一个美国人的淡定吩咐将花束送往那里。

路上已有了不少行色匆匆的下班人群。阿多尔小姐身着汗津津的裙子正攀爬着楼梯。在无声的"过去"，这里的街道要安静得多。那古老的"莫里斯"柱——就是现在的葡萄牙女王在当演员时曾经描画过的——不复挺立于穆斯特卢克斯（对这座小城的误称）路的街角。卡车一定要穿城而过吗？

女仆已经合拢了窗帘。他又将其悉数拉开，仿佛铁了心要将这白日的煎熬受个够。铁艺阳台突伸出去不少，捕获了西行的斜阳。他回忆起在一九〇五年十月那个黯淡的日子里，与爱达分别之后投向湖面的最后一瞥。凤头潜鸭在被雨水打得麻麻点点的湖面上起起落落，享受着嬉戏湖水与雨水的双重快乐；灰色的湖浪不断涌来，挟着浪尖的白沫冲击着岸边的栈道，不

---

① 法语电话簿条目：阿多尔，约兰德，小姐，加密，黛丽丝大街 6 号。

时有高亢的浪头越过栏杆泼上来。可是现在，在这个星光璀璨的夏夜，没有波涛拍岸，没有水鸟游弋，只见零星的海鸥在其黑色的倒影上泛出几点白光。空阔姣好的湖沉浸在梦幻般的静谧中，只有碧波荡漾，偶尔皱起蓝色羽状漪纹，而涡流之间分布着一块块平滑清亮的水面；在这幅图景的右下方，仿佛画家想要带上特别一笔光亮似的，绚丽的斜阳羁绊在湖边一株箭杆杨上，既像化作了金色的汁液，又如燃起了熊熊的烈火。

远处，一个由快艇拉着滑水的家伙开始了煞风景的蠢动，幸而他在得逞前就摔倒了，就在此时客厅的电话响起来。

此刻，可巧的是，她在这之前还从未与他通过电话——从未有过，至少说在成年之后；于是电话保留了她最本质的东西：声带明快的振动，喉部的小小"跳脱"，黏附在词句上的欢笑，仿佛担心一高兴这笑声就像快乐的小丫头似的溜出了它所倚仗的连珠妙语。这便是他们的过去的音色，似乎过去通过这电话奇迹般地与现在接通了（"阿尔迪斯，一八八六"——怎么？不，不。不是八八年，是八六年[①][488]）。银铃般的音质依旧年轻，充溢着他所熟识的甜美——更准确地说是他所回忆起的甜美，记忆顷刻间纷至沓来：那神气[②]，那近乎淫欲的快慰的席卷，那份气定神闲——另外尤其可喜的是，对于始终萦绕他的情愫的百般辗转，她全然地、纯然地一无所知。

她的行李遇上了些麻烦，并且还没解决。两个女仆本应带

----

① ② 　原文为法语。

着她的旅行箱提前一天搭乘拉普塔（货运航班）来的，却不知被搁在哪儿了。她随身带的仅有一只小提箱。门房正忙着为她打电话呢。凡愿意下来吗？她 neveroyatno golodnaya（饿极了）。

电话里声音激活了过去，将之与现在，与湖那边暮色渐深的青山，与跃动在白杨树梢的最后一缕阳光连结了起来，成为他对有形时间最深沉的领悟的核心，成为闪烁的"现在"、"时间"之肌理的唯一现实存在。在巅峰的辉煌之后，是艰难的下行。

爱达在最近的一封信中警告他道，她"变了不少，体态、肤色都变了"。她身穿紧身外套，使躯体多了几分他不曾熟悉的庄重感，还披了黑色丝绒大衣，剪裁流畅而线条古奥，颇似他们的母亲曾青睐过的修道院风格。她一头内卷短发染作了亮古铜色。她的脖颈和手纤白一如先前，却也显出他所陌生的细纹和突起的静脉。她涂抹了过多的化妆品来掩盖丰满绯红的嘴唇外角的线条，有了黑眼圈的眼睛旁边也同样如此，眸子中朦胧的虹膜少了些神秘感，而更像是近视，或许是因为描过的睫毛不安的摆动吧。他注意到她微笑时，露出了一个镶金的上前白齿，那金属的光泽让他若有所失，不过令人更感怅然的是她的丝绒大衣，宽肩，长及小腿之下，腰臀部的填充旨在减小腰围，同时通过扩开的轮廓掩饰如今丰满的骨盆。她昔日那颀长的优雅已荡然无存，而如今的圆润富态，以及丝绒质料，却别有一番让他恼恨的阻碍与防范的姿态。他是如此温柔地爱着她，如此不可挽回，性爱上的一点点委屈在他都是不能忍受的；然而他的感官显然并没有被撩动起来——简直无动于衷得丝毫不觉焦渴（此刻她和他举着流光溢彩的香槟，滑稽地模仿着鹧鸪的仪式）。吃过了晚餐，随即而来的拥抱似乎欠了些火候，他也没有勃发出男性的骄傲。假如他理应如此，那是很糟糕的；假如他不应如此，就更糟糕了。在以前的团聚中，虽说命运之神挥刀斩出的严重创伤仍在隐隐作痛，但由此产生的局促总是旋即淹没在肉欲中，而生活的常态也只能在此之后缓慢地恢复。可此时他们却孤立无助。

餐桌的应景闲聊——或者说更像是他沉闷的独白——在他看来无疑是倒退。他原原本本地作着解释——与她专注的沉默斗争着，在泥泞的停顿之沼里跋涉，同时也厌烦着自己——说他千里迢迢费了不少周折赶来；说他睡得很不好；说他正在考察研究"时间"的特性，这个主题意味着得和自己张牙舞爪不着边际的大脑干一场。她看了看腕表。

"我现在和你讲的，"他毫不客气地说，"与计时设备毫无关系。"侍者给他们端来咖啡。她微笑起来，他意识到这微笑是由邻桌的谈话引发的，一个刚来的矮胖英国人垂头丧气地与领班讨论着菜单。

"开头上点儿香蕉吧。"英国人说。

"那不是香蕉，先生。是**凤梨**，凤梨汁。"

"噢，我知道了。恩，还是给我些清汤吧。"

年轻的凡也冲年轻的爱达笑了笑。邻桌的小小对话很奇怪地成为一种让人舒心的释放剂。

"我小的时候,"凡说,"在第一回——更好像是第二回——待在瑞士时,还以为路牌上写的'冻雨①'是指某座神秘的城市呢,总是在拐弯处,在每个雪坡的最下面,看不见摸不着,却伺机而动。我是在英加迪收到你的电报的,那儿真有神秘的地方,比如阿尔劳恩或阿尔卢纳——意思是映照在德国巫镜中一丁点儿大的阿拉伯魔鬼。顺便说一句,我们仍住楼上的老房间,多一间卧室的,五〇八号。"

"噢,亲爱的。恐怕你得退掉可怜的五〇八号了。假如我留下来过夜,五一〇对于我们就够了,可是我有坏消息要告诉你。我不能留下来。我得在饭后立即回日内瓦找行李和女仆,那些管事的显然把她们送到了'流浪女之家',因为她们付不起新颁布的而实则完全是中世纪的海关税② 489——难道瑞士是在华盛顿州吗,有点吧,毕竟③ 490?听着,别阴沉着脸"——(拍拍他长了褐斑的手,他们所共有的胎记已消失在老年斑中,能以视线追随,认出的 491只是瓦斯科达伽马扭曲变形的大拇指和漂亮的杏形指甲)——"我保证过一两天就来找你,然后我们与贝纳德家一起航海去希腊好吗?他们有一艘游艇以及三个可爱的女儿,她们还游泳呢,皮肤晒得黑黑的。"

"我不知道我更厌恶哪个,"他答道,"游艇还是贝纳德家的人;不过我能到日内瓦助你一臂之力吗?"

---

①②③　原文为法语。

他无能为力。贝纳德在一场惊天动地的离婚之后娶了他的科朵拉——苏格兰兽医不得不锯掉了她丈夫的茸角（最后一次开这样的玩笑）。

爱达的行李还是没有寄过来。阴郁而黑亮的出租马车及其车把式的老式裹腿让他想起了她一九〇五年的离去。

他送走了她，并且——如同笛卡儿式的玻璃工，如同僵直的"时间"之幽灵，上楼回到了孤寂的第五层。倘若这凄凉的十七年他们是生活在一起的，或许就不用这么担惊受怕，不用如此屈辱；他们的老去会是一种渐进的调整过程，如"时间"本身那样难以察觉。

他未完成的书稿—— 一捆与睡衣纠缠在一起的笔记——如同在索尔齐埃赫时一样给了他慰藉。凡吞了一片安眠药，并在等待药力解脱自己之时——四十分钟左右——在梳妆台前坐下来开始了他"灯光下的文字活儿"[492]。

在对年岁的践踏和侮辱的惨痛描述中，诗人有没有向"时间"的自然主义者透露些关于"时间"之本质的信息？少之又少。只有这只椭圆形小盒子——原是装 Duvet[493] de Ninon（一种扑面粉，盖子上绘有天堂鸟）的——能够捕捉到小说家的奇思妙想，如今小盒子已被遗忘在梳妆台的凯旋（不过并非是对"时间"的凯旋）之拱的半掩的抽屉里了。这蓝—绿—橙色的物件看起来似要骗他相信，十七年来它一直在等候这位面露困惑而微笑的发现者如梦一般舒缓的手：造作低劣的昔日重来的把戏，刻意为之的巧合——且错得一塌糊涂，因为钟情于这只粉盒的本是卢塞特，她此时已成为亚特兰蒂斯海底丛林里的一只美人鱼（不会是爱达，后者如同路人一般，此刻大概正坐在黑色豪华轿车里，行进到了莫尔日一带）。还是扔了吧，免得让意志薄弱的哲学家误入歧途；此刻我关心的只是"时间"纤柔的肌理，而置所有矫饰的事件于不顾。

我们来概述一下要点。

从生理学上说，对于"时间"的意识是对流连不断的渐变的意识，而假如"渐变"有音，则或许为一种不无自然、持续稳定的振动之声；不过看在老天的分上，我们还是别把耳鸣声与"时间"、血脉的悸动与海螺壳里的嗡嗡声混为一谈了吧。另一方面从哲学上说，"时间"只是缔造中的记忆。在所有个体生命中，从摇篮到坟墓，那**意识的脊梁**——即强者的"时间"——都处于不断成形与强化中。"存在"意味着知晓一个人"曾在"。"不存在"暗示了（虚假）时间唯一的"新"种类：未来。对此我不予考虑。生命、爱情、图书馆，都没有未来。

"时间"绝不是俗常的三联体：不再存在的"过去"，任何一个节点都无法延续的"现在"，以及或许永远不会到来的"未来"。不。只有两个板块。"过去"（永存我心）和"现在"（在我心中是可延续的，因而也就是现实）。如果我们划出第三块来表示实现的期望、预期之事、注定之事、预见力、完美的预测，那么我们仍然是在以心诉诸"现在"。

假如"过去"可理解为"时间"的存储，假如"现在"即是这一理解的过程，那么在另一方面，未来并不能算作"时间"的一个单元，与"时间"及其自然肌理的晦涩纹路毫无关系。未来不过是克罗诺斯①殿前的跳梁小丑。思想家，社会思想家，感到"现在"正超越自身指向了尚未实现的"未来"——但那是就事论事的乌托邦、进步政治。技术派诡辩家则认为，充分利用"光律"，通过我们在另外一个星球上的对应者满怀乡愁的眼睛，透过洞察一切寻常事物的新型望远镜，穿越茫茫宇宙，我们便可以切实地看见我们自己的过去（古得孙发现了古得孙，诸如此类），包括文档证据，能说明我们并不知晓过去为我们存储了什么（而现在知道了），还有最终"未来"的确可以存在于昨天，同理也存于今天。这或许是让人舒坦的物理学，却有着令人难受的逻辑，而"过去"之鬼永远赶不上未来的阿喀琉斯，无论我们如何在混沌的黑板上解析着距离。

在对未来进行假定时，我们能做的至多（至少可以搞恶作剧）是大幅拓展徒有其表的现在，使之将所有形态的信息、希冀、预计弥漫在任意的时间量之中。至多，"未来"是关于一种假设的现在的理念，其基础在于我们对事物演替的体验，在于我们对于逻辑与习惯的忠实。当然事实上，我们的希望并不能将其带入现实，正如我们的懊悔也不能改变"过去"，后者至少还留存着关于我们自身存在的滋味、气息、特征。然而未来始终游离于我们的幻觉与感觉之外。每时每刻，它都是蔓生

---

① Chronos，希腊神话中的时间之神。

的可能性的无穷集合。而正是这一时间概念，将由一项确定的策划所取消（此刻，药力开始在脑海里浮出第一丝雾霭）。未知的、未经历的以及未预期的，一切荣光的"X"式相交，都是人类生活的内在组成部分。这项确定的策划剥夺了日出时的那种惊诧，从而抹掉了所有的光线——

药片真已开始发挥效力了。他总算哆哆嗦嗦地换上睡衣摸上了床，虽然一个小时前就开始换了却仍弄得衣衫不整。他梦见自己正在一艘越洋游轮的演讲厅里发言，此时有个二流子，长得很像从希尔登搭便车来的那个家伙，他带着轻蔑的口气问道，演说家如何解释我们在梦中知道会醒来，这难道与死亡的确定性有类同之处么，果真如此，那么未来——

破晓时分，他随着一阵突如其来的呻吟坐了起来，颤抖着：假如现在不采取行动，他就会永远失去她！他决定立刻驾车去位于日内瓦的曼哈顿饭店。

凡很高兴看见盥洗器具已擦拭一新，一周以来黏附在碗状表面黑乎乎的污垢已荡然无存，那本来是无论用多少水也冲不掉的。也许是橄榄油或意式厕所独有的效果。他刮了胡子，洗了澡，飞快地穿好衣服。现在点早餐是不是太早了？出发前要不要打电话去她的旅馆？该租架飞机吗？或者干脆——[494]

他起居室阳台的折叠门敞开着。湖对岸仍然云山雾罩，只是间或有赭色的峰尖展露在无云高空。四辆硕大的卡车头尾相衔轰然驶过。他来到阳台栏杆边，寻思自己是否曾随心所欲地沉湎于这熟识的幻觉中——曾否？曾否？永远也无法辨别，其实。就在楼下，就在近旁，站立的爱达正忘情于这眼前的景色。

他看见了她古铜色的短发，雪白的脖颈及胳膊，单薄的睡衣上印着浅色的花儿，赤裸的腿，银色高跟拖鞋。抬起右臀时她挠了挠大腿，显得若有所思，满是青春与挑逗的气息：拉多尔蚊蚋飞舞的黄昏，牛皮纸上的粉色签名。她会抬头吗？她所有的花儿都发现了他，微笑着，而她像女王般欠了欠身，向他呈送着群山、云雾以及游弋着三只天鹅的湖。

他离开阳台，从一段短旋梯奔到四楼。他心里存着的疑窦是，或许不是在自己所揣测的四一○房间，而是四一二甚或四一四。假如她并未理解，没在注意，又该如何？她理解，她也注意到了。

"片刻"之后，凡跪下来，清了清喉咙，满怀感激地亲吻着她可爱而冰凉的双手，蔑视着死神以及既定的厄运，她身后梦幻般的余晖笼罩着他。此时她问道：

"你真以为我走了？"

"Obmanshchitsa（骗子），obmanshchitsa。"凡带着极度满足之后的炽热与得意不断重复道。

"我叫他掉头，"她说，"在莫奇（'莫尔斯'或是'海象'，一个关于'莫尔日'的俄语双关[1]——也许是一条美人鱼495

---

[1]　莫奇（Morzhey）、莫尔斯（Morses）、莫尔日（Morges），日内瓦附近、纳博科夫写作本书的小城，爱达将其读作"莫奇"，在俄语中即为海象；其中 Morse 还可指莫尔斯电码（Morse code），另据布赖恩·博伊德的解释，英文单词 Morse 既有"海象"之意，又暗指《圣经》中的摩西。

发来的信息）附近。而你却睡觉了，你还能睡得着！"

"我在工作，"他答道，"初稿完成了。"

她坦言道，半夜里一回来，就从旅馆的书橱里（一位夜班行李员带了钥匙，他是个书迷）取来了《大英百科全书》带回房间，里面有这篇论述"时空"的文章："'空间'（这里说得颇有启发性）'指财产，你是我的财产，如此说来你就是我的德行，刚硬物体可以占据不同的位置'，不错吧？不错。"

"别笑话我们的哲学写作了，我的爱达，"她的恋人抗议道，"眼下唯一要紧的，是我斩掉了'复式空间'和乌有的未来，从而赋予'时间'以新生。我原本打算以'专论'的形式写一本关于《时间的肌理》的中篇小说，考察其暗藏的实质，随着能够说明问题的隐喻逐渐出现，也逐渐构造出一个不无逻辑的爱情故事，从过去延续至今，如真实叙述般绽放，而且也以同样渐进的态势将这些类比反转过来，重新遁入空洞的抽象中。"

"我搞不懂，"爱达说，"搞不懂所有这些钻研是否能有所得。我们能够明白此时，我们能够明白一时。我们永远也弄不明白'时间'。我们的感官就不是用来去明白那个的。就像——"

第五部

1

　　我，凡·维恩，向你们致敬：生活、爱达·维恩、拉格斯医生、斯捷潘·努特金[496]、维奥莉特·诺克斯、罗纳德·奥兰治。今天是我九十七岁生日。我坐在妙不可言的新式"永乐"椅上，听见了白雪晶莹的花园里铲子的刮擦声以及脚步声；我的俄罗斯老仆人比他自己料想的还要聋，他正在化妆室里将带拉环的抽屉拉出推进。这"第五部"可不是什么后记；是关于我这本百分之九十七真实、百分之三近似真实的《爱达或爱欲：一部家族纪事》的真实介绍。

　　他们在欧洲及热带地区有众多房产，而位于埃克斯的城堡成了他们的最爱，其建筑年月不长，位于阿尔卑斯山瑞士一侧，房前有廊柱及带雉堞的角楼。每逢隆冬，此地最得他们的欢心，闻名遐迩、晶莹剔透的空气——埃克斯的水晶①，"契合着思想的最高境界——纯粹的数学与解译"（未出版的广告语）。

　　我们这快乐的伴侣每年至少两次沉醉在相当漫长的旅途中。爱达不再饲养或收集蝴蝶，不过在其健康而活跃的老年岁月里，她仍喜爱到蝴蝶生长的自然环境中，到她花园的最底层或是天涯海角去拍摄它们的活动，观看它们拍翅翻飞，栖息于花朵或泥土，滑翔于草地或岩石，彼此或缠斗，或交尾。凡陪着她辗转于追蝶之旅，到巴西、刚果，再到新几内亚，可是私下里更喜欢躲在帐篷里细酌慢饮，而不是枯坐树下，守株待蝶。要讲述爱达在"爱达之地"的历险，那得另写一本书了。拍摄的片子——以及被钉上十字架的主人公们（配有标识托底）——经安排可以在曼哈顿公园路五号露辛达博物馆见到。

---

① 原文为法语。

2

　　他的长寿无愧于祖训："如维恩家传的一般健康。"五十岁时，他的记忆中只有一次被推在了轮椅上，行进于视觉中渐行渐窄的医院长廊（有穿白鞋的医护人员轻快利落地走过）。可如今他注意到，他强健的身体内不断悄然出现裂隙，仿佛最终那不可抗拒的解体，正穿越静谧灰暗的时间，向他派遣出了第一批密使。堵塞的鼻子引发了堵闷的梦魇，而随着极轻微的感冒来临，肋间似有隐隐的痛感。他的床头柜越是宽大，乱堆的东西就越多，都是夜间必备的：鼻滴剂、桉叶糖、蜡耳塞、胃药、安眠药、矿泉水、氧化锌软膏（多配了一只盖子，怕原配的滚到床底下），还有一块大手帕，用以擦拭积聚在右下颌与右锁骨之间的汗，这两个部位对他新近增加的肥肉和执意采取的睡姿很不适应，而且他现在只朝一侧睡，好不去听自己的心跳：一九二〇年的一个夜晚，他犯了一个错误——计算心脏剩余跳动次数的最大值（按再撑半个世纪预估），这可笑仓促的倒计时弄得他焦躁不堪，加快了心率，以至于他简直可以听见自己垂死的声音了。在孤寂而相当冗余的游历途中，他在豪华宾馆里养成了对夜间噪声的病态敏感（卡车的隆隆声相当于三个烦恼级；年轻学徒在周末狂欢夜的愚蠢叫喊，三十个；楼下散热管中继站的长吁短叹，三百个）；然而，耳塞虽然在彻底绝望时必不可少，却也有缺点（尤其是在喝太多红酒之后）：会放大太阳穴里的脉动，放大从未探查过的鼻腔里诡异的吱吱声，放大颈椎里凶暴的咔嚓声，这咔嚓声在睡意来临之前便通过血管抵达大脑，在听到其回声之时，在感官即将欺蒙自己的意识之时，他将这发生于大脑里某处的爆裂压抑下去。在进食了某些浓郁的调味酱后总要承受老式胃灼热之苦，因而抗酸薄荷糖之类的零食有时还显不够；可在另一方面，他又带着少年人的心性期待着一满勺小苏打溶于水喝下去的效应，那肯定可以打出三四个饱嗝，响亮得足以和他少年时看的滑稽漫画里的发音气球媲美。

在遇见（八十岁时）足智多谋、温柔可亲、谈吐下流、博学多才的拉格斯医生之前，他一直憎恶着这些治病救人的家伙，而自此以后，拉格斯医生便始终伴随他和爱达居住、旅行。尽管自己也受过医护训练，他却总摆脱不了乡下佬常有的那种鬼祟的疑心病，猜测医生在用血压计或听诊器时，早已知道（但秘而不宣）诊断出的是哪种不治之症，如死亡本身一样确定无疑。他幸灾乐祸地回忆起已故的妹夫企图向爱达隐瞒病情：不时困扰自己的膀胱问题，剪完脚趾甲（这件事他总要自己做，他不能忍受任何其他人的手触碰他的光脚）后出现的晕眩，等等。

似乎为了充分享用自己的躯体——就像只剩了最后一点甜面包屑的盘子，很快就要给收走了——他现在很珍视一些小小的乐趣：挤黑头粉刺，或用小拇指的长指甲将深藏在左耳（右耳则没这么好玩）里的疥疮硬痂抠出来，或是放纵自己享受曾被布泰兰定下污名的英式快乐[①] ——躺在浴缸深及下巴的热水里，屏住呼吸，悄悄地顺畅地撒着尿。

另一方面，生命带给他的痛苦也比过去更强烈了。萨克斯管刺耳的吹奏，或是某个浑小子将该死的摩托车发动得震天响，这些都掀动着他的鼓膜让他呻吟不止。总有些与他作对的蠢事儿——捣鬼的衣袋、崩断的鞋带、无所事事的衣架在漆黑的衣橱里耸着肩无端发出声响——逼得他像俄罗斯祖先那样来上几句俄狄浦斯式的咒骂。

他在六十五岁时停止了衰老，不过在六十五岁时，他的肌肉和骨骼蜕变的剧烈程度，远甚于那些盛年时不像他有那么多运动乐趣的人。壁球和网球让位给了乒乓；接着，有一天，一家俱乐部的游戏室里一只他最喜爱的、还带着他手掌余温的运动划桨被他遗忘了，而他此后也再未造访过这家俱乐部。在其花甲之年，击打沙袋顶替了早年的摔跤和拳击。地球引力如今也给了他一个下马威，使他的滑雪身姿变得怪模怪样。六十岁时他还能耍耍花剑，可是几分钟下来汗水就模糊了视线；于是击剑不久也和网球一样遭到了冷落。他怎么也克服不了对高尔夫球带点儿势利意味的歧视，反正现在学也太迟了。七十岁时，他尝试在早餐前到偏僻的小道上练习慢跑，然而乳房的晃荡令人生厌地提醒他，自己比年轻时重了三十公斤。到九十岁

---

① 原文为法语。

时，他还能倒立着以手掌翩翩起舞——于屡屡再现的梦中。

　　正常情况下，一两粒安眠药可以在舒心的迷糊中将失眠之魔拒斥三四个钟头，可有时，尤其在脑力劳动之后，一夜恼人的辗转反侧会演变成清晨的偏头疼。这份罪无药可解。他躺卧，蜷起，又伸展开，关掉床头灯（一种咕咕作响的新型替代品——真正的电灯到一九三〇年时又被禁了）再打开，肉体上的绝望弥漫在他无法解脱的存在之中。脉搏平稳而有力地跳动着；晚饭也消化得差不多了；每日定量的一瓶勃艮第并没有超标——然而那份烦乱的躺立不安仍在将他变成一个自己家中的弃儿：爱达隔了几扇门正在熟睡或是舒舒服服地读着书；更远处房间里各色仆佣的鼾声与无数当地人的梦魇混合在一起，如一张黑洞洞的睡毯覆在周围的群山上；只有他，还被他自己所嗤之以鼻同时又热切地追逐着的那种昏沉的无意识拒之门外。

3

在他们最后一段分别的岁月里，他的放荡性情基本与以往一样难以平歇；不过有时候，做爱的频度会降至每四天一次，甚至偶尔他会惊诧地意识到整整一周就这么平静地度过。野蜂浪蝶仍然前仆后继，间或他也与上流社会的轻佻女子谈上一个月别出心裁的恋爱（其中就有红发英国少女露西·曼弗里斯坦。一九一一年六月四日，他到她在诺曼的庄园，在带围墙的花圃里勾引了她，将她带到亚得里亚海边的菲雅尔塔，每每回忆此媛都会引发他一阵兴奋的战栗）；然而这些荒唐的罗曼史只让他疲惫不堪；那种漠然的下坠感很快就遭散了，那晒得黑不溜秋的女孩也送回去了——接着他得找更下流的、更烂污的来帮他重振雄风。

从一九二二年与爱达开始的新生活起，凡下定决心要忠实于她。除了几回偷偷摸摸、将他榨得精干的、莉娜·维恩医生所称的"窥阴癖式手淫"外，他还算是恪守了诺言。德行上值得称道，肉体上则相当的倒错。如同儿科医生通常被诅咒成不了家，我们这位心理医生也正是一个并不罕见的多重人格的样板。他对爱达的爱是一种存在状态，一种快乐的持续不断的低鸣声，这与他在职业上遇到的那些怪诞与失常的生命完全不同。为救她，他可以立即跳进滚烫的沥青中，就像他会迅疾抓住掉落的手套以保持自己的体面一样。他们在一起的生活交替呼应着一八八四年两人度过的第一个夏天。她从不拒绝帮助他实现分享整个日落过程的完满，那种满足感越来越珍贵，因为越来越稀有了。他那挑剔而狂热的灵魂在人生中探寻的一切都在她身上反射出来。一阵势不可挡的柔情能驱使他遽然跪在她脚边，虽然戏剧感十足却也全然真情实意，令任何一个可能提着真空吸尘器进来的人惊愕不已。而在同一天，他其他部分以及这些部分的更小分支里面却又充斥着渴念和懊悔，谋划着强奸与放荡。最危险的一刻便是在他和她迁居另一处别墅，遭遇新雇工和新邻居时，他的感官连同其冰凉、古怪的细节，几乎暴露给了偷桃的吉卜赛女郎或是洗衣工肆无忌惮的女儿。

他徒劳地告诉自己，那些肮脏的渴欲从其渺小的本质上说，与肛门的瘙痒没什么两样，猛抓挠一下便能获得畅快的感受。而他也知道，胆敢找一个乡下姑娘来泄欲，不啻是拿他与爱达的生活来冒险。他能预见得到，一九二六年或一九二七年的某一天，在准备出游的最后一刻他改变主意不与她同行了，那么他一定会瞥见她在上车前那高傲、绝望而空洞的神情。他之所以改变主意——以及之所以假装不堪痛风之苦——是因为他方才意识到她也刚刚意识到的，即只要我们的女主人前脚刚去辛巴达参加电影节盛会，那个在后廊抽烟的漂亮的当地女孩就会拿芒果来向男主人献媚。司机已经打开了车门，而此刻凡大吼一声追上了爱达，于是两人联袂绝尘而去，流着泪诉着衷肠，揶揄着他的愚蠢。

"好奇怪，"爱达说，"这一带人的牙齿那么漆黑残破，那些个小娼妓[497]。"

（"熊属，"卢塞特穿着鲜亮的绿衣裳，"平息吧，潮起的激情。"弗洛拉的手镯与酥胸，"时间"的青春痘。）

他发现了与诱惑作斗争的微妙把戏，同时又不断梦想着某时某地以某种方式屈服于这一诱惑。他还发现，无论那些诱惑之中跳动着什么火焰，他都无法忍受没有爱达的日子，一天都不行；而合理宣泄自己罪孽的独处，并非躲在长青灌木丛后的片刻，而是躲在一座无所不能抗拒也无所不能包孕的[①]城堡里，舒舒服服地过一晚上；终于，那些个引诱，无论是真实的还是临睡前臆想的，作祟得益愈稀少了。到七十五岁时，两周一次与欣然配合的爱达来一次床第之欢——多数都是快棋[498]——已让他颇感满足。之后他聘用的秘书，姿色一个比一个难看（登峰造极的是一位栗色头发、长着马嘴的女士，还给爱达写情书呢）；待维奥莉特·诺克斯终于打破了这一无色可餐的序列时，凡·维恩已年届八十五、雄风尽失了。

---

① 原文为 impregnable，既有"无法攻取"，亦有"可以受孕"的双关之意。

4

维奥莉特·诺克斯（现在叫罗纳德·奥兰治夫人——编者），一九四〇年生，一九五七年搬来与我们同住。她是个迷人（十年后的今天依然如此）的金发英国女孩，有一对玩具娃娃般的眼睛、丝绒般的肌肤以及上翘的小屁股（……）；不过造物的如此杰作，再不能让我想入非非了。她负责将此回忆录打出来，时至今日仍然在做这项工作——无疑，这是我最后十年莫大的慰藉。她是个好女儿，更是好姐姐，称职的同母异父姐姐，她在十年时间里照料了母亲两次婚姻所得的孩子，同时还攒了一些（什么）。我按月（慷慨地）付给她薪酬，足以保证这位困惑而尽职的少女能毫无忸怩地守口如瓶。爱达称她为"菲亚罗奇卡"，且很有兴致地欣赏着"小紫罗兰"①豆沙色的脖子，粉红色的鼻孔，以及标致的马尾辫。有时，在晚餐时分，我的爱达会就着杯中之物，带着做梦般恍惚的神色凝视着我的打字员（"Koo-Ahn-Trow"②的超级拥趸），然后飞快地在她绯红的面颊上啄一口。若是换了二十年前，此情景或许就更意味深长了。

我不知道自己为什么会如此留意维恩，这么个白发苍苍而面相庄严的耄耋老者。浪子是不会回头的。他们燃烧着，进出最后几星惨绿的火花，便熄灭了。这位自我探寻者以及他的忠

实伴侣理应得到更多重视，由于那些令人难以置信的智力潮涌
与创意爆发，产自于这个古怪、孤僻、相当可憎的九旬老人
脑际的那些（掩盖性的、姐妹式的、编辑性的括弧里，"不，
不！"之声不绝于耳）。

他比以往任何时候都更加强烈地憎恶所有的伪艺术，从粗
糙平庸的废料雕塑到造作的小说家笔下的斜体字段落（是想表
达主人公突如其来的思绪）不一而足。他甚至比以前更不能容
忍精神病学中的"Sig"（Signy-M. D.-M. D.）③ 学派。其创始人
将自己划时代的告白（"我在学生时代就当了采花贼，因为我
没有通过植物学考试"）放在了他最后的系列论文（一九五九
年）之一中作为题词，那篇大作名曰《对于性失调的集体治疗
的闹剧》，真是同类文章中流毒最深同时也最有可读性的一篇
（"婚姻辅导师与发泄师联合会"起初准备提起公诉，最终还是
忍气吞声了）。

维奥莉特敲了敲藏书室的门，让进了打了蝶形领结、矮胖
的奥兰治先生，后者在门口停了一下，顿了顿鞋跟儿，接着
（在我们这位身躯沉重的隐士拖着粗呢长袍笨拙的下摆转过身
时）几乎是箭步向前，倒不是为了以一个熟练的拍击接住如雪
崩般倾落的活页纸（原来这位大人物用手肘将稿纸悉数从读书

---

① 即维奥莉特（Violet）。

② 维奥莉特对法语酒名 Cointreau（橘味白酒；利口酒）的英式误读。

③ 应指西格蒙德·弗洛伊德（Sigmund Freud, 1856—1939），其中 M.
D. 既可指医学博士，又可指"蒙德"的缩略。

台斜面上捅了下来），而主要是为了表达殷殷敬仰之情。

为了自娱，爱达将格里鲍耶多夫译成法语和英语（采用奥兰治的原、译文对照版），将波德莱尔译成英语和俄语，将约翰·谢德译成俄语和法语，还常常用正规的媒体腔调读给凡听，而对于已出版的他人译作她读起来则漫不经心。翻成英语的诗文尤其容易让凡的脸挤出一堆怪诞的笑容，在没有装假牙床时，那简直无异于希腊喜剧演员所戴的面具。他已经弄不清究竟什么样的译者会让他感到更厌烦：是怀有善意的平庸之辈——他们努力保留原文的真实性，却受制于自身艺术的浅见以及阐释文本时所犯的可笑错误，还是职业诗人——他们喜欢用自己的创意来润饰原文，欺扰已经死去的无助的作者（这儿添一笔胡子，那里加一副生殖器），他们将低劣的学术造诣与花里胡哨的模仿兴致混在一起，由此倒是很巧妙地掩饰了自己对于原文的无知。

一九五七年的一天下午，就在爱达、奥兰治（天生的催化剂）以及凡商讨诸项事宜（凡和爱达的书《信息与形式》刚刚面世）时，我们这位年迈的辩论家忽然觉得，他所有出版的作品——甚至算上古奥而专业至极的《自杀与通达》（一九一二年）、《十字路口》[499]（一九二一年）以及《当精神病学家无眠之时》（一九三二年），这只是其中几部——对他而言并非学者的认知型定势写作，而是轻快好斗的文风练习。有人问他为何如此放纵自己，为何要选择偌大的一块赛场来让"灵感"与"筹划"一决高低；他考虑了其中的因果之链，决定要写回忆录——等过世后再出版。

他写得非常缓慢，用了六年时间通过向诺克斯小姐口授而完成了初稿，然后就着打印稿进行修改，又执笔从头至尾重写了一遍（一九六三——一九六五年），再将全稿交由孜孜不倦的维奥莉特，她用优美的手指于一九六七年打出了终稿。E、p、i^{500}——为什么是"y"①，我亲爱的？

---

① 此处维奥莉特应该打的字是 epistemic（知识的），却误敲成了 epy。

5

　　《时间的肌理》（一九二四年）的成功，让一向不满她哥哥成名之缓慢的爱达感到欣慰和振奋。她说，此书总是以某种奇特而微妙的方式让她回想起儿时在阿尔迪斯庄园僻静的道路上玩的"阳光与阴影"的游戏。她说，关于那些可爱的、织出了"维恩时间"（这个概念如今已与柏格森的"绵延"或怀特黑德的"亮带"齐名了）的丝线的蛾蝶幼虫的蜕变，她才是始作俑者。然而早好些年问世、影响也弱了很多的可怜小书《地界来信》（只有区区数本存世，有两本在安米娜别墅，其余分散于大学图书馆的书库里）却更贴近她的心，因为那与他们一八九二——一八九三年间旅居曼哈顿的时光有着言外的牵绊。她曾温和地提议，此书应该和写于锡德拉湾的沉思录及一本挺逗的批判西格尼的小册子（关于"梦中时间"的）一起再版，但六十岁的凡带着轻蔑断然拒绝。到七十岁时，凡为自己当初的鄙薄感到后悔了，因为一位才华横溢的法国导演维克多·维特里在完全未经授权的情况下将半个世纪前由"伏提曼德"写的《地界来信》搬上了银幕。

　　维特里将特里萨造访"反地界"的时间安排在一九四〇年，但那是根据"地界"日历的一九四〇年，而按我们的历法则是一八九〇年。这自负的家伙很会讨观众喜欢，多少还是触

712

及了我们过去生活的形式与行为（你还记得么，当热浪席卷曼哈顿时，连马匹都戴了帽子？），而且给人留下深刻印象——物理学小说文学对此大加利用了一番，影片让角色坐着太空舱回到了过去的时间里。哲学家们对此兴师问罪，但甘心上当受骗的票友却对他们全然不予理会。

二十世纪有一段魔鬼历史，却并无诡谲之处：英美联手治理了半个世界，而鞑靼地区则盘踞在"金幕"①之后不可思议地统治着另外半个。与此形成对照的是，其后的一连串战争将大地上各个自治政体摇撼得七零八落。在维特里——当仁不让地成为最伟大的电影奇才，导演了如此宏大的影片，动用了如此之多的临时演员（有人说超过了百万，还有人说是五十万以及同等数量的镜子）——对"地界"粗略而令人难忘的描绘中，王国覆灭了，独裁者崛起，而各个共和国都在苦苦挣扎，家家都有本难念的经。治国思想自相矛盾，杀人夺命却从不含糊。看吧，那些渺小的士兵在战壕遍地的荒野里狂奔，泥土被炸开掀翻，"砰——砰"。到处都有人在用法语默默地呻吟！

一九〇五年，挪威横戈一击摆脱了以往与自己并肩的巨人瑞典的控制，而在与之类似的分离活动里，法国议会于群情汹涌之中决意政教分离。接着，一九一一年，挪威军队在阿蒙森的率领下抵达南极②，与此同时意大利人闪电进击土耳其。一九一四年德国入侵比利时，美国人则撕开了巴拿马。

① Golden Veil，见第一部第三十章。
② 在真实历史中，阿蒙森只是和四名探险队员于 1911 年首次抵达南极。

一九一八年，德国在忙于征服俄罗斯（后者在先前征服了自己本土上的鞑靼人）时败在了美国和法国手下。在挪威当权的是西格里德·米歇尔，美国的统治者是玛格丽特·温赛特，而掌管法国的则是西多妮·科莱特。一九二六年，在经历了另一场留下了众多影像资料的战争后，阿卜杜勒－克里米亚投降，而金帐汗国复又征服俄罗斯。一九三三年，阿萨尔夫·辛特勒（亦称"密特勒"，取自"mittle"，即"毁伤"）① 在德国攫取了权力，一场比一九一四——九一八年的战争更大的浩劫正在酝酿中。此时，维特里影片里的旧纪录片部分已经放完，而由他妻子扮演的特里萨则在探访过柏林主办的奥运会（挪威人拿走了几乎全部奖牌，但美国人在击剑项目上获得了胜利，这是了不起的成就，并且以三比一在足球决赛中打败了德国人）后乘坐太空舱离开了"地界"。

凡和爱达将电影看了九遍，包括七种语言版本，最后弄到了一个家用拷贝。他们发觉影片将历史背景搅得乌七八糟，考虑是不是要通过法律程序来起诉维特里——并非指控他窃取了 L. F. T.② 的概念，而是由于他严重扭曲了"地界"政治面貌——那可是凡通过勤勉的工作和高超的技巧从超感官来源以及狂躁症的梦境中撷取来的。但五十年过去了，这部中篇小说

---

① 阿萨尔夫·辛特勒（Athaulf Hindler），显然指阿道夫·希特勒（Adolf Hitler，1889—1945）。"密特勒"，原文为 Mittler。据布赖恩·博伊德的解释，纳博科夫认为希特勒是个既平庸（mittler 德语意为"庸人"）又残暴（英语 mittle 如文中所说意为 mutilate，毁伤）之辈。

② 即《地界来信》（*Letters from Terra*）的英文缩略。

无法获得版权保护；事实上，凡甚至无法证明"伏提曼德"就是自己。然而记者们还是查找出了他的作者身份，而他也端出宽宏的姿态任之公布于世。

有三种因素促成了影片大获成功。其一，宗教组织理所当然地对"地界"上纵情声色的信仰不以为然，因而企图禁映。其二，精明的维特里并未剪去的一个小镜头引人注目：在一段对昔日法国革命的闪回中，一个充当行刑队助手的临时演员在将喜剧明星施特勒（扮演负隅顽抗的国王）拖到断头台时，被意外地铡掉了脑袋。第三个原因更属人之常情：妩媚的女一号、挪威出生的耶达·维特里，在以几不蔽体的罗裙百般挑逗观众之后，居然一丝不挂地钻出太空舱踏上了"反地界"，不过当然是以微缩形态出现的，只在毫厘之间露出催人发狂的女性妙相，在"显微镜的魔圈"里起舞，宛如淫荡的小精灵，在某些姿态下，真该死，甚至还露出了极细的丝丝阴毛，金色的！

L. F. T. 超微玩偶、L. F. T. 珊瑚及象牙小挂件出现在纪念品商店里，从阿格尼、巴塔哥尼亚到瑞恩科尔博斯、勒巴多尔，莫不如此。L. F. T. 俱乐部一夜之间纷纷冒出来。飞船造型的路边小吃摊里，L. F. T. 女郎矫揉造作地举着迷你菜单。在名噪全球的几年中根据凡案头堆积如山的来信可以推断，数以千计多少有些错乱的人相信（维特里－维恩影片的视觉效果真的非常震撼）"地界"和"反地界"的存在，认定那是被政府掩盖的秘密。疯狂的现实退化为随意的幻觉。事实上，那些我们都曾经历过。被人遗忘的漫画书里被称作"老费尔特"和"乔叔叔"的政治家是真实存在的。热带国度不仅意味着野生动植物保护区，还有饥荒、死亡、无知、萨满巫医以及来自遥远的阿托姆斯克的特工。我们的世界实际上已来到了二十世纪中叶。德国在实现她的荣光之梦时，不可避免地带来了残酷的战争和深重的灾难，而"地界"在饱受蹂躏之后逐渐恢复着元气。俄罗斯的农民和诗人在多年之前也并未被遣送至艾斯托提等偏远荒凉之地——眼下，他们正在鞑靼地区的奴隶营房里垂死挣扎。甚至法国总督也不是查理·乔斯——戈阿勋爵那位文雅的侄子，而是一位坏脾气的法国将军。

6

涅槃，内华达，凡尼爱达。对了，我的爱达，我是不是
该不只在与那位可怜的傀儡妈妈的最后一次访谈（就在我做
了那早产的——我是说早有预兆的——噩梦之后）里加上这
些？"你能的，老爷。"她接着使用了我的小名①，凡亚、凡于
沙——先前从未有过，听起来如此奇特、如此温……（声音渐
弱，暖气管还在叮叮当当地响）。

"傀儡妈妈"——（笑声）。"天使也有带扫帚的——把可
怕的意象从灵魂里清除出去。我的黑人护士扎着瑞士丝带，做
着白色的美梦。"

突如其来的冰块骤然从排雨管冲下来：碎了心的钟乳石。

他们合作的回忆录里还记载并不断重述了他们早年沉迷于
有关死亡的古怪念头。有这么一段对白，放在我们阿尔迪斯那
绿色流动的幕布之下来演绎再好不过。是关于永恒之中的"双
重保证"的。谈话就是在那之前开始的。

"我知道涅槃之中有一个凡。我将在 moego ada②，我自身
冥界的深处与他常在。"爱达说。

"是的，是的。"（此处有鸟鸣的音效，还有默默颔首的树
枝，以及你以前所谓的"树影游戏"。）

"既是情侣又是兄妹，"她喊道，"我们有双重机会可以长

相厮守。天堂里的四双眼睛！"

"不错，不错。"凡说。

诸如此类的话。一个巨大的难题。那熹微闪烁的奇异幻象不应过早地出现在这部史录里作死亡的替代，但应该渗入第一幕情色场景。很难处理，但并非无法办到（我什么都能办到，我能用我不可思议的双手跳探戈和踢踏舞）。顺便问一下，谁先死呢？

爱达。凡。爱达。凡尼爱达。没有人。都想先死，好含蓄地将更长的生命让渡给另一位；都想后死，好免除另一人的痛苦或担忧，以及鳏寡之处境。一个解决办法便是你去娶维奥莉特。

"谢谢你。我这辈子已见识了两位女同性恋，够了。[③][501]亲爱的埃米尔说'很不想使用的一个术语[④][502]'。他说得太对了！"

"如果不娶维奥莉特，那就找一个高更画中的女孩吧。或者'约兰德·徒有表'。"

为什么？问得好。这部分可不能交给维奥莉特打。恐怕我们会让很多人很受伤的（带洞眼的美国小调）！哦，得了，艺术不会伤害人的。会的，而且伤得厉害！

实际上谁先谁后的问题现在已无关紧要。我的意思是，在惊惧开始时，男女主人公应该彼此贴得非常近了，在机体上亲密无间，彼此重叠、合一，对彼此的痛楚感同身受，就算尾声

①③④　原名为法语。
②　用拉丁字母转写的俄语，我自身的冥界。注意其中的 ada。

交代了凡尼爱达的谢世，我们——作为书写者与阅读者——也无法辨清（近视啊，近视）究竟是谁残喘到了最后，达瓦还是瓦达，安达还是凡达。

我有个校友叫凡达。**我**还知道一个女孩叫阿多拉，最后一次去"千惠谷"时结识的小丫头。是什么让我觉得那一段才是书中最纯粹的啜泣？死去的过程中什么是最糟糕的？

因为你认识到死亡有三个方面（大致对应通俗所说的"时间"的三部分）。第一，痛苦地永别一切记忆——再普通不过的事，然而一个人为此需要拿出多么大勇气呀！因为他得反反复复地经受这种普通，却不放弃自身所反反复复堆积起来的丰饶的意识，而这些意识猛然间就将遭到褫夺！接下来还有第二个方面：惨痛的肉体之苦——出于显而易见的原因，我们就不谈这个了吧。还有最后一点，那个毫无表情的伪未来，空洞而黑暗，一种永续的无续，我们烂醉的脑袋里的末世说的最高级悖论！

"是啊，"爱达说（芳龄十一，头发总是甩来甩去），"是啊——可偏瘫患者呢，一次次的中风使其逐渐忘记了所有的过去，然后在睡梦中死去，他终其一生都笃信灵魂不死——这难道不是很惬意、很令人心满意足的安排吗？"

"聊以自慰罢了，"凡说（时年十四，初识愁滋味），"失去了记忆也就失去了永生。而假如你带着枕头和夜壶空降'地界'，那么你就得和吉他手与白痴一块儿过夜了，不会是莎士比亚甚或朗费罗。"

她则坚持说，如果人没有未来，那么就有权利拼凑一个，在这样的情形下，只要他存在于自身之中，他自身的未来便确实存在。八十年倏忽而逝——不过如幻灯机上抽换了一张片子。他们用了大半个早晨来重译约翰·谢德著名的诗句：

... Soveti mi dayom
Kak bït' vdovtsu: on poteryal dvuh zhyon;
On ih vstrechaet-lyubyashchih，lyubimïh，
Revnuyushchih ego drug k druzhke...

（……我们把忠告送给
鳏夫。他娶了两房：
他同时见两个妻子，她们都受着宠爱，也都爱他，都
相互嫉妒……）

凡指出难处就在这里—— 一个人当然可以自由想象任何类型的来世生活：东方预言家及诗人或二者的混合所允诺的那种人们耳熟能详的天堂；但此类想象相当无望地被一种逻辑绊住了：你无法带着你的朋友甚或敌人同赴天堂之会。将记忆中的一切关系带入极乐世界的转变，会无可避免地使之沦为我们妙不可言的必死命数之二流的延续。只有中国人或是弱智儿才想得出来到"下期世界"里，在各式各样摇尾卑屈的欢迎中，邂逅八十年前叮在光腿上且早已被拍死的蚊子，而后者竟惺惺作

720

态说，回来哟，踩，踩，踩呀，我就在这儿，来捉我吧。

她没有笑；她默默重复这几句给他们带来那么多麻烦的诗。那些专门愚弄人的西格尼们这下会兴高采烈地声称，俄语版省略了那三个"都"，完完全全不是因为将这三个笨重的抑扬抑音步塞进五音步诗中，会不得不平添出至少一行来带上这么多累赘。

"哦，凡，哦凡，我们爱她不够多啊。**她**才是你应该娶的，这个穿黑芭蕾舞裙、双足能直立在石栏杆上的姑娘，那样的话一切会平安无事——我会和你们俩一起待在阿尔迪斯庄园，过乐善好施的生活而不是，而不是耽于享乐，慷慨地给予，而不是像那样把她**戏弄**到死！"

该打吗啡了吗？不，还不到时候。《肌理》那本书并没有提及时间与痛苦。真可怜，一丁点纯粹的时间钻进了痛苦，钻进了浓稠、稳定、坚固得无法承受的痛苦之中，那可不是轻飘飘的，结实得像一根黑树干，我没法承受，哦，快叫拉格斯。

凡发现医生正在静谧的花园里读书，然后跟着爱达进了屋。整个夏天都在病痛中度过，而这一对维恩相信（或者说让彼此相信）那不过是一点神经痛而已。

一点？那可是巨大的，带着张强忍的扭曲的面孔，企图要钳制、压制剧痛的生发。令人颇感羞辱的是，肉体的苦痛竟让他对卢塞特的命运这种关乎道德的议题变得极为淡漠，也令人颇感有趣的——假如该词还算合适的话——是，在如此备受煎熬之时，他还要操心风格的问题。瑞士医生从他们那儿知晓了一切（他甚至还说在医学院时认识拉皮内医生的一个外甥），并且对这部几近完成但只做了部分校对的书表示了浓厚的兴趣，还诙谐地说，他想看到的并非哪个人或哪些人，而是这本书①，他希望看到这本书在还不算太晚时清除掉所有瑕疵② 503。事与愿违。所有人都想着那会是维奥莉特最辉煌的成就，用专门的草书体（是凡的手写体的美化版）整洁而完美地打印在专门的阿提库斯纸上，原件则用紫色小牛皮装订好，送给凡作为他九十七岁的生日礼物。然而精美的打印稿立刻就被一波又一波红墨水和蓝铅笔的涂改弄得面目全非。人们甚至可以推测，如果我们这被时间百般折磨，躺着多于站着的老两口还准备死的话，那么他们会死在这本修订完毕的书里，死于伊甸园或是地狱府，死于行云流水的美文，或是肆意夸大的歪诗。

他们近年修建的位于埃克斯的城堡此刻正嵌在晶莹剔透的冰雪天地里。最新的《名人录》在列举他的主要论文时出了很奇怪的差错，竟将一篇并非他作的文章包括在内，尽管那也是写诸种痛苦的：《无意识状态与无意识》。写这么一篇东西并不劳神——而要完成《爱达》则还得煞费苦心。"这是怎样的一本书啊，我的上帝，我的上帝，③ 504"拉格斯医生［应为"教授"——编者按］叹道，同时掂量着那本原版手稿，而面色苍白平躺于卧榻上的作者、即将问世的书——在那棕叶林里，一本阿尔迪斯庄园儿童室里的书——的双亲，已经无力翻阅了，

---

①②③　原文为法语。

这真是一幅神秘的原初的图景：两人躺在一张床上。

　　阿尔迪斯庄园——阿尔迪斯的爱欲和爱木——这是贯穿《爱达》的主旨，一部宏大而精彩的家族纪事，其主要情节是在一个梦幻般亮丽的美国展开的——我们的童年记忆如漂往北国的一叶轻舟，周围环绕着慵懒的梦幻般的鸟儿，不是吗？主人公——一位我们最显赫的豪门之后——是凡·维恩博士，"魔鬼"·维恩勋爵（即那位难忘的曼哈顿及里诺①的风云人物）的儿子。一个不同凡响的时代的终结邂逅了这位公子同样不同凡响的少年岁月。该书"阿尔迪斯"部分描写的纯洁的欢悦与阿卡迪亚式的天真，大概在世界文学中，只有托尔斯泰伯爵的回忆篇章堪与其媲美。在其叔父、艺术品收藏家丹尼尔·维恩的这座童话般的庄园里，一段孩童的炽烈爱情，通过一系列摄人心魄的场景，在凡与漂亮的爱达之间生发出来，后者是个超乎寻常的小姑娘 505，玛丽娜——丹尼尔终日做着演员梦的妻子——的女儿。这一关系不仅是表兄妹间的危险恋情，还藏有为法律所不容的方面，最初的几页对此作了暗示。

　　尽管其线索与人物均错综复杂，但故事仍然以风驰电掣的速度发展着。还没等我们喘息片刻，默默体察一下被作者的飞毯——可以这么说——抛入的新奇环境，另一位魅力四射的姑娘，卢塞特·维恩，玛丽娜的次女，也为凡这个让人难以抗拒

---

① Reno，内华达州赌城，曼哈顿和里诺都是德蒙活动之地。

的浪荡子所倾倒了。在这部怡人的小说里，她的悲剧构成了最重要的情节之一。

　　凡的故事的其余部分直抒胸臆且五彩纷呈地集中在了他与爱达漫长的韵事上。中断这段恋情的是她与一位亚利桑那牧场主的婚姻，那位丈夫富有传奇色彩的先祖正是发现了我们国家的人。他过世后，我们这对恋人得以重聚。在其晚年生活中，他们一块儿旅行。凡在西半球各地修建了千姿百态的别墅，一栋比一栋漂亮，他们便在旅途上休憩于其中。

　　细致入微的图景描画，亦为这部家族纪事增色不少：带网格的画廊；彩绘天花板；羁留在溪畔勿忘我花丛中的可人的玩具；镶嵌于浪漫故事边缘的蝴蝶与蝴蝶兰；从大理石台阶望去的迷蒙的雾景；先祖领地里侧目凝视的母鹿；还有很多，很多。

作者注

维维安·达克布鲁姆①

    1 此处讽刺了对俄罗斯文学经典的种种误译。托尔斯泰小说开篇之句的意思（"幸福的家庭家家相似，不幸的家庭各各不同"）被颠倒过来，安娜·阿尔卡季耶维奇（Anna Arkadievna）源于父亲的名被给予了一个很荒谬的阳性的词根（女名应加阴性词根），而其姓氏却加上了错误的阴性词根。"芒特泰伯"及"庞休斯"这些名称均为（用G. 斯坦纳的话说）原名的变体，暗示了伟大的文本是如何遭到造作而无知的译者篡改的。

    2 Severnïya Territorï："北方地区"。此处及本书其他地方的音译均基于旧俄语拼词。

    3 呈马赛克状有机交错：granoblastically，"拼贴交错"。

    4 托凡娜：指"阿卡·托凡娜"（aqua tofana），参见任意一本像样的词典。

    5 顶级：sur-royally，（角叉）发育完善、带有末端尖头的。

    6 杜拉克：Durak，俄语中即"傻瓜"。

    7 基特支湖：Lake Kitezh，指俄罗斯童话中能在湖底熠熠生辉的传奇城市基特支。

    8 艾略特先生：我们还会见到他，分别在第三部第3章和第7章，由《腰围》和《零磁偏线》的作者陪伴着。

    9 与福格相反的方向：福格（Phineas Fogg）为儒勒·凡尔纳的科幻小说《环游地球八十天》中的主人公，其旅行方向是自西向东。

    10 《晚安孩子们》：其名（经过变形）借自一部法语儿童连环漫画。

    11 拉皮内医生：出于某种晦涩而不无趣味的原因，书中所涉医生，其名多与兔子相关。拉皮内（Lapiner）中的法语 lapin（兔子）相当于俄语"Krolik"，正好是爱达所钟爱的那位鳞翅目昆虫学家的名字，而俄语"zayats"（野兔）与"塞茨"（第一部第37章提到的妇科医生）；"尼昆林（Nikulin）"（伟大的啮齿类动物研究专家昆尼库林诺夫的孙子，见第二部第10章）中有拉丁语"cuniculus"，而"拉格斯（Lagosse）"（凡晚年所请医生）中有希腊语"Lagos"。还可留意意大利癌症及血液病专家科尼列洛（Coniglietto，第二部第5章）。

12　mizernoe：法、俄语混合体，寒碜的、卑微的。

13　c'est bien le cas de le dire：准确无误。

14　lieu de naissance：出生地。

15　pour ainsi dire：可以这么说。

16　简·奥斯丁：指《曼斯菲尔德庄园》（*Mansfield Park*）中通过对话而迅捷交待情节信息的方式。

17　豆莱（Bear-Foot），不是"bare foot（赤足）"：两个孩子正赤裸着身子。

18　斯塔比伊撒花姑娘：指从斯塔比伊出土、收藏于那不勒斯博物馆的名为"泉"的著名壁画，画中有撒花（亦说采花）的赤足少女。

19　贝罗康斯克（Belokonsk）：加拿大西北部"白马（Whitehorse）"市的俄罗斯双子城。

20　树莓，绶带：指洛厄尔翻译曼德施塔姆诗句时的荒唐错误（《纽约评论》，1965年12月23日）。

21　En connaissance de cause：法语，细致入微。

22　阿德瓦克（Aardvark）：显然是位于新英格兰的一座大学城。

23　甘梅利尔（Gamaliel）：比起我们的沃·甘·哈丁来，这位政治家可要走运多了。

24　珠胎暗结：怀孕。

25　得克萨斯的洛丽塔：这座小镇是有的，更确切地说曾经有过，因为我相信在那部声名狼藉的小说问世后这地方就改了名。

26　penyuar：俄语，睡衣。

27　beau milieu：正当中、正中间。

28　电帝（Faragod）：显然即电之上帝。

29　古玩画（braques）：指对小摆设、小古董的绘画。

---

①　Vivian Darkbloom，为纳博科夫本人按自己名字字母变位而成的化名。

118 尼罗河的问题解决了：一位非洲探险家发出的著名电文。

119 parlez pour vous：为自己说话。

120 trempée：浸湿了。

121 baguenaudier：球形番泻树的法语名称。

122 Je l'ai vu dans une des corbeilles de la bibliothèque：我在藏书室的一只废纸篓里看到它的。

123 Aussitôtaprès：随即，马上。

124 Ménagez vos américanismes：说美国话得悠着点儿。

125 Leur chute est lente, … on peut les suivre du regard en reconnaissant：它们的倒伏是缓慢的……人们能以视线跟随，认出。

126 洛登：两个当代吟游诗人的名字的混合。

127 福楼波：Floebert，这是杜撰出的引用，模仿了福楼拜（Flaubert）的写作风格。

128 pour ne pas lui dornner des idées：为了不让她心里动一点念头。

129 en lecture：在借。

130 cher, trop cher René：亲爱的、多么亲爱的勒内（夏多布里昂《勒内》中主人公妹妹的话语）。

131 《奇龙》：Chiron，半人半马怪中的医生，暗指厄普代克的最佳小说。

132 伦敦一家周刊：指艾伦·勃恩（Alan Brien）在《新政治家》（*New Statesman*）上的专栏。

133 Höhensonne：紫外线灯。

134 bobo：小毛病。

135 démission éplorée：含泪的辞呈。

136 les deux enfants…：因而这两个孩子便可以肆无忌惮地做爱了。

137 fait divers：新闻。

138 blin：俄语，煎饼。

139 qui le sait：谁知道呢。

140 Heinrich Müller：*Poxus* 等书的作者。

141 Ma sœur, te souvient-il encore：夏多布里昂的《埃莱娜之恋》（*Romance à Héléne*，即 *Combien j'ai douce souvenance*）六组段中的第三组第一行，使用了奥弗涅（法国中南部一地区）曲调，这是他 1805 年在多尔山旅行时所闻，日后插在了其短篇小说 *Le Dernier Abencerage*

里。最后一个（第五）组段的首句 'Oh! qui me rendra mon Hélène. Et ma montagne etie grand chéne'（哦！谁会将我的埃莱娜还给我，还有我的山冈以及那大橡树）则成为本小说的主旨之一。

142　Sestra moya, tĭ pomnish'goru, / l dub vĭsokiy, i Ladoru？：我的妹妹，你可还记得那山，那高高的橡树，和那拉多尔湖？

143　Oh! qui me rendra mon Aline / Et le grand chêne et ma collin？：哦！谁会将我的阿琳还给我，还有那大橡树和我的山冈？

144　露西尔：夏多布里昂妹妹的真实名字。

145　La Dore et l'hirondelle agile：还有拉多尔湖及灵敏的燕子。

146　Vendange：葡萄收获。

147　罗吉特：Rockette，这里对应的是莫泊桑的小说《小罗克》(La Petite Rocque)。

148　la chaleur du lit：床的温暖。

149　Horosho：俄语，好吧。

150　Mironton, mirontaine：一首流行歌曲的副歌部分。

151　"电患"：Lettrocalamity，对意大利语 elettrocalamita（电磁石）的文字游戏。

152　巴格罗夫的孙子：指《巴格罗夫之孙的童年岁月》(Childhood Years of Bagrov's Grandson)，其作者为作家谢尔盖·阿卡萨科夫（Sergey Aksakov，1791—1859）。

153　hobereaux：乡绅。

154　biryul'ki proshlago：俄语，过去的小玩意儿。

155　traktir：俄语，酒馆。

156　(avoir le) vin triste：杯中忧愁。

157　au cou rouge et puissant de veuf encore plein de sève：长着鳏夫的粗红脖子，仍然精力充沛。

158　gloutonnerie：贪念。

159　Tant pis：真糟糕。

160　Je rêve. Il n'est pas possible qu'on mette du beurre par-dessus toute cette pâte britannique, masse indigeste et immonde：我一定是在做梦。竟还有人在这么难以下咽、粗陋的英国面团上涂黄油。

161　Et ce n'est que la première tranche：这才第一块。

162　lait caillé：酥酪。

163　shlafrok：借自德语的俄语，晨衣。

164　Tous les pneus sont neufs：轮胎都是新的。

165　Tel un lis sauvage confiant au désert：于是一朵野百合委身荒野。

166　Non. Tout simplement j'aime bien Monsieur et sa demoiselle：不，先生。我只是非常喜欢您，先生，还有您年轻的小姐。

167　qu'y puis-je?：对此我又有何办法？

168　凡跟踉跄跄地走过瓜地……粗暴地斩断：此处涉及了马弗尔的诗《花园》（*Garden*）及兰波的《回忆》（*Mémoire*）。

169　D'accord：好的。

170　La bonne surprise!：真是惊喜！

171　amour-propre、sale amour：借自托尔斯泰《复活》的双关。

172　quelque petite blanchisseuse：某个小洗衣女工。

173　土鲁斯：即土鲁斯－劳特累克（Toulouse-Lautrec）。

174　dura：俄语，傻瓜（阴性）。

175　《无头骑士》：The Headless Horseman：梅恩·里德（Mayn Reid）的作品题目在这儿被赋予了《青铜骑士》（*The Bronze Horseman*）的作者普希金。

176　莱蒙托夫：Lermontov，即《魔鬼》（*The Demon*）的作者。

177　此处有三个人的名字被混为一谈，即托尔斯泰的主人公哈吉·穆拉德（一个高加索头领）、穆拉将军（拿破仑的连襟）以及法国大革命的领导人马拉（被夏洛特·科黛刺死在浴缸里）。

178　鲁特：Lute，源自"Lutèce"，巴黎古名。

179　constatait avec plaisir：愉快地看着。

180　玫瑰色的晨光、勤勉的老乔斯城：略带波德莱尔的笔触。

181　golubyanki：俄语，蓝色的小蝴蝶。

182　petits bleu：巴黎俚语，指气动邮政（将信文写在蓝纸上的快递业务）。

183　堂兄：cousin，指蚊子。

184　Mademoiselle pneumonie, monpauvre Monsieur：很抱歉，先生，小姐得了轻度肺炎。

185　戈蓝妮儿·马萨：Granial Maza，取自莱蒙托夫的《魔鬼》中卡兹别克山的"gran'almaza"（钻石切面）。

186 inquiétante：令人不安的。

187 瓦斯设计的黄蓝色外衣：yellow-blue Vass frocks，其中 yellow-blue Vass 与俄语 ya lyublyu vas（我爱你）谐音。

188 Mais, ma pauvre amie, elle était fausse：可是，我可怜的朋友，这是仿制的珠宝啊。

189 nichego ne podelaesh：俄语，什么也干不了。

190 elle le mangeait des yeux：她贪婪地看着他。

191 petits vers, vers de soie：流亡诗歌和蚕宝宝。

192 凡舅舅：指涉契诃夫的剧本《万尼亚舅舅》里的一句台词：我们会看到满天的钻石。

193 Les Enfants Maudits：《受谴的孩子们》。

194 Du sollst nicht zuhören：德语，你不准听哦。

195 on ne parle pas comme ça devant un chien：在狗面前不能这么说。

196 Que voulez-vous dire：你在说什么？

197 Forestday：拉克对"周四（Thursday）"的发音。

198 furchtbar：德语，可怕的。

199 埃罗：Ero，威尔斯（H. G. Wells）的《隐形人》（*The Invisible Man*）中，这个名字里丢掉了 h 的警察成为隐形人阴险的朋友。

200 Mais qu'est-ce qu'il t'a fait, ton cousin ? ：可是你的表兄把你怎么了？

201 petit-beurre：下午茶时吃的一种小饼干。

202 unschicklich：德语，不体面。（爱达将其理解为 not chic［不够时髦］。）

203 ogon'：俄语，火。

204 《微星系》：Microgalaxies，在"地界"则被称作《格兰特船长的儿女》（*Les Enfants du Capitaine Grant*），儒勒·凡尔纳著。

205 ailleurs：在别处。

206 alfavit：字母表。

207 particule："de"或"d"。

208 帕特·利辛：Pat Rishin，"patrician（贵族）"一词的文字游戏。读者也许会想起，珀德格雷茨（Podgoretz，俄语，"山脚"）将之用于一位挺受欢迎的评论家，自称专长于研究明斯克及其他地方人们使用的俄语。明斯克及西洋棋也在《说吧，记忆》（*Speak, Memory*）的第六章提到过。

209　格申哲夫斯基：Gerschizhevsky，此处的斯拉夫姓氏与另一个斯拉夫姓氏（Chizhevki）混在了一起。

210　Je ne peux rien faire：我什么也不会做。

211　Buchstaben：德语，字母表里的字母。

212　c'est tout simple：很简单的。

213　Pas facile：嗬，真不容易。

214　Cendrillon：灰姑娘。

215　mon petit... que dis-je：我亲爱的……事实上。

216　Elle est folle et mauvaise，cette fille：她又笨又坏。

217　"啤酒塔"："Beer Tower"，音谐上文提到的该村之法文名Tourbière。

218　chayku：俄语，茶。

219　ivanilich：托尔斯泰的小说《伊凡·伊里奇之死》主人公名字的拉丁文拼写是 Ivan Ilyich，且其中亦有一个垫子，在那个寡妇的朋友的重压下会发出深深的叹气声。

220　cousinage-dangereux-voisinage：表亲是危险的邻居。

221　s'embrassait dans tousles coins：每个角落里都在发生着亲吻。

222　hier und da：德语，又是这儿又是那儿。

223　erunda：俄语，胡扯。

224　raffolait d'une de ses juments：迷恋他的一匹小母马。

225　Tout est bien：一切都好。

226　Tant mieux：这样更好。

227　Tuzenbakh：凡是在背诵契诃夫的《三姊妹》中那个不幸男爵最后的言词，后者在去赴致命的决斗之前不知说什么好，又觉得有必要向伊丽娜说几句话。

228　kontretan：contretemps（法语，意外事故）的俄式误读。

229　kameristochka：俄语，年轻女仆。

230　en effet：实际上。

231　Petit nègre，au champ qui fleuronne：鲜花遍地田野里的黑人小孩。

232　ce sera un dîner à quatre：将是一顿四个人的晚餐。

233　将左手食指举在前额的高度摇了三下：这一基因也没有错过他女儿（见第 36 章，油膏的名称也有所提及）。

234　列夫卡：Lyovka，对列夫·托尔斯泰（Leo Tolstoy）或善意或恶意的贬低。

235　antranou svadi：这是俄语对法语 entre nous soit dit（你知我知）的错误拼写。

236　filius aquae："水之子"。音近乎 filum aquae（中间路线，河流的中泓线）。

237　une petite juive très aristocratique：一位很有贵族气质的犹太小姑娘。

238　ça va：还行。

239　seins durs：发音不准确的法语，应为 sans dire（这没什么好说的）。

240　passe encore：也还说得过去。

241　Lorsque son fi-ancé fut parti pour la guerre Irène de Grandfief, la pauvre et noble enfant Ferma son piano... vendit son éléphant：当这位不幸而高贵的少女的未婚夫奔赴战场时，她合上了钢琴……卖掉了大象。

242　语出普希金的《叶甫盖尼·奥涅金》："这首诗很意外地被保留下来 / 我会背的，是这样写的……"（第六部：XXI：1—2）

243　Klubsessel：德语，安乐椅。

244　devant les gens：在下人面前。

245　范妮·普莱斯：Fanny Price，奥斯丁小说《曼斯菲尔德庄园》中的女主人公。

246　"格里布"："Grib"，在俄语里是蘑菇的意思。

247　vodochki：俄语，伏特奇卡（伏特加的爱称）的复数。

248　zakusochnïy stol：俄语，放开胃菜的桌子。

249　petits soupers：亲密的晚餐。

250　珀斯提：显然取自普希金的《葡萄》（Vinograd）：颀长而剔透 / 宛如少女纤指。

251　ciel-étoilé：如满天星辰一般。

252　ne pïkhtite：俄语，不准喘气。

253　Vous me comblez：你对我实在太好了。

254　pravda：俄语，诚然。

255　gélinotte：榛鸡。

256　Le feu si délicat de la virginité Qui something sur son front：处子的曼妙之火，流溢在她的额头。

257　po razschyotupo moemu：指法穆索夫（格里鲍耶陀夫[Griboyedov]的作品《聪明误》[*Gore ot uma*]中的人物）在估算一位女性朋友的身孕情况。

258　Protestuyu：俄语，我抗议。

259　seriozno：俄语，认真的。

260　quoi que ce soit：无论是什么。

261　en accuse la beauté：展现其美丽。

262　certicle：为electric（电）一词的变位词。

263　Tetrastes bonasia windriverensis：这是用拉丁语表示杜撰的产自怀俄明州风河山脉（Wind River Range）的"彼得森松鸡"。

264　"一位大好人"："A Great Good Man"，这是温斯顿·丘吉尔对斯大林的评价。

265　voulu：故意。

266　echt deutsch：德语，是个地道的德国人。

267　kegelkugel：德语，保龄球。

268　Partir c'est mourir un peu，et mourir，c'est partir un peu trop：离开便是短暂的离世，而离世便是有点太久的离开。

269　橘柚色：tangelo，蜜柑与柚子的杂交植物。

270　fal'shivo：俄语，虚假的。

271　rozï、beryozï：俄语，分别意为玫瑰、白桦。

272　Ou comme ça：还是就这样？

273　sales petits bourgeois：肮脏的小市民。

274　D'accord：好吧。

275　Zhe tampri：俄语，是法语je t'en prie（求你）的变体。

276　特里果林：Trigorin，指《海鸥》中的一个场景。

277　豪赛：Houssaie，Gollivud-tozh，前为法语，后为俄语，都是指**好莱坞**。

278　enfin：终于。

279　passati：仿造的俄语，以凑成pass water的双关（珀西在下文中解裤撒尿）。

280　coeur de boeuf：牛心（就形状而言）。

281　Quand tu voudras, mon gars：随时奉陪，伙计。

282　La maudite rivière：那个糊涂的（女家庭教师）。

283　Vos "vyragences" sont assez lestes：法俄混合语，你说得很随意呀。

284　Jean qui tâchait de lui tourner la tête：忙着把脑袋从他身边偏开。

285　Ombres et couleurs：光影与色彩。

286　qu'on la coiffe au grand air：在露天做头发。

287　un air entendu：带着心领神会的神色。

288　ne sait quand reviendra：不知他何时归来。

289　mon beau page：我英俊的侍从。

290　C'est ma dernière nuit au château：这是我在庄园的最后一夜了。

291　Je suis à toi, c'est bientôt l'aube：我是你的，天就要亮了。

292　Parlez pour vous：你是在自说自话吧。

293　immonde：没法说的。

294　il la mangeait de baisers dégôutants：用恶心的亲吻吞没了她。

295　qu'on vous culbute：法语，有人和你玩摔跤。

296　mareé noire：法语，黑潮。

297　j'ai des ennuis：法语，我有烦心事。

298　topinambour：青蛋白石块，属谐音之诙谐语。

299　On n'est pas goujat à ce point：真是下作坏。

300　塔珀上尉："野紫罗兰"（Wild Violet）及后文将出现的人名伯德伏特（Birdfoot）都在暗示凡的这个对头及其副手的同性恋倾向。

301　约翰尼·拉菲尼阁下：Rafin, Esq., 与"Rafinesque"（拉菲奈斯鸠，一种紫罗兰名）一语双关。

302　Do-Re-La：以音符名的形式将拉多尔（Ladore）的字母拼写混于其中。

303　partie de plaisir：野餐会。

304　palata：俄语，病房。

305　tvoyu mat'：俄语，他妈，是一句流行的俄语脏话的结尾。

306　ich bin ein unverbesserlicher Witzbold：德语，我这人爱开玩笑，

以及礼拜日的观念。

357　Un baiser, un seul：就亲一下。

358　shuba：俄语，毛皮大衣。

359　ébats'：作乐。

360　mossio votre cossin：您的表兄先生。

361　jolies：尤物。

362　n'aurait jamais dû recevoir ce gredin：绝不要接待这种无赖。

363　Ashette：灰姑娘。

364　参见第一部第6章。另外 sumerki 在俄语中即"曙光"，与上文苏美尔奇尼科夫（Sumerechnikov）拼写相近。

365　Zdraste：俄语中的普通招呼语，其全拼为 zdravstvuyte。

366　lit d'édredon：鸭绒床，音谐前文的"掌楸"（lidderons），故有后文双关之说。

367　D'ailleurs：不管怎样。

368　pétard：爆响，本·赖特先生自己完全能胜任一位诗人，整个过程中他都与 pets（屁）联系在一起。

369　bayronka：取自 Bayron，即俄语，拜伦。

370　réjouissants：欢闹的。

371　贝克斯坦：Beckstein，字母顺序颠倒了。

372　《椴树下的爱情》：Love under the Lindens，奥尼尔、托马斯·曼及其译者都在这个段落里被混杂在一起。

373　"消散的凡"：Vanishing Van，指 Vanishing Cream（雪花膏）。

374　ist auch：德语，也。

375　fotochki：俄语，小照片。

376　éventail：扇子。

377　foute：法语中的骂人粗话，与英语 foot（脚）音谐。

378　ars：拉丁语，艺术。

379　Carte du Tendre：《柔情的地图》，为十七世纪的伤感寓言。

380　Knabenkräuter：德语，兰花，其词根亦有睾丸之意。

381　perron：门廊。

382　"浪漫派"（romances）、tsiganshchina：仿冒茨冈的民谣。

383　vinocherpiy：俄语，倒酒的侍者。

384　zernistaya ikra：俄语，大粒鱼子酱。

385 Uzh gasli v komnatah ogni：俄语，屋灯已熄灭。

386 Nikak-s net：俄语，绝不会。

387 出名的苍蝇：见第一部第 31 章提到的 Serromyia。

388 vorschmacks：德语，开胃小菜。

389 et pour cause：难怪。

390 karavanchik：俄语，一小队骆驼。

391 ober-、unterart：德语，分别是超种和亚种。

392 spazmochka：俄语，小小的抽搐。

393 bretteur：敢决斗的亡命徒。

394 Au fond：实际上。

395 fokus-pokus：俄语，假魔术。

396 au dire de la critique：据评论家的看法。

397 Finestra, sestra：意大利语，窗户、姐妹。

398 阿里努实卡：俄语，伊琳娜的民间昵称。

399 Oh! Qui me rendra ma colline, Et le grand chêne：哦！谁会还给我那大橡树，还有我的山冈。

400 sekundant：俄语，助手。

401 puerulus：拉丁语，小男孩。

402 matovaya：俄语，色泽沉闷的。

403 en robe rose et verte：穿粉红及绿色的裙子。

404 阿福尔：原文此处为 R 4，即 rook four，车四，国际象棋术语，描述"车"的位置，与阿福尔（Arfour）同音。

405 c'est le mot：就是这个词。

406 pleureuses：寡妇的丧服。

407 Bozhe moy!：俄语，天哪！

408 田埂：ridge，指钱财。

409 Secondes pensées sont les bonnes：三思后行得益多。

410 bonne：女仆。

411 dyakon：助祭。

412 Désolé de ne pouvoir être avec vous：恕不能回来。

413 这么说你成家了：参见《叶甫盖尼·奥涅金》，第 8 章：XVIII：1—4。

414 Za tvoyo zdorovie：俄语，祝您健康。

415 guvernantka belletristka：俄语，女家教作家。

416 moue：怪相。

417 Affalés... dans des fauteuils：伸展着四肢坐在扶手椅里。

418 bouffant：蓬松的。

419 gueule de guenon：面部棱角形似猴子。

420 grustnoe schastie!：俄语，她称他为"我哀伤的快乐"。

421 troués：有一个或多个孔洞。

422 "engripped"：来自 prendre en grippe（心生嫌恶）。

423 pravoslavnaya：俄语，笃信希腊东正教的。

424 Das auch noch：德语，这也一样。

425 pendant que je shee：滑雪。

426 Vesti：俄语，新闻。

427 Obst：德语，水果。

428 我对你充满了兄长的爱……：参见《叶甫盖尼·奥涅金》，第 4 章：XVI：3—4。

429 cootooriay—voozavay entendue：拼读有误的法语，应为 couturier—vous avez entendu，（那个）裁缝——你听说过的。

430 tu sais que j'en vais mourir：你知道那会要我命的。

431 Insiste，anime meus，et adtende fortiter：引自圣奥古斯丁。

432 亨利博士：Dr Henry，指美国作家亨利·詹姆斯，其风格体现在前文用黑体标出的"昔日"上。

433 En laid et en lard：一个较丑且更肉感的版本。

434 emptovato：俄英混合语，空荡荡的。

435 底裤：slip，法语，三角裤。

436 pudeur：谦虚。

437 prosit：德语，祝你健康。

438 Dimanche. Déjeuner sur l'herbe. Tout le monde pue. Ma belle-mère avale son râtelier. Sa petite chienne：星期日。草地午餐。所有人都臭烘烘的。我的岳母吞了假牙。她养的小母狗……随后。（本章前文曾提到卢塞特在读一位画家的日记。）

439 Nox：拉丁语，夜晚。

440 亲爱的朋友，我丈夫和我为此噩耗深感不安。在我看来——我绝不会忘记——这可怜的姑娘实际上已于前一天晚上在"托鲍克夫号"上安排好了后事。这艘船总是拥挤不堪，而从今往后我也不会再坐了，次要地是出于迷信，主要是对温文尔雅的卢塞特的同情。我要是在的话会做力所能及的事情，就像我所听说的你的所作所为一样。事实上，她自己也是这么说的；她好像非常乐于和她亲爱的表哥在上层甲板一起度过这么几天！自杀的心理真是个谜，没有科学家可以解释。我从未陪着落过那么多泪，简直让我没法握住钢笔。我们大约于八月中旬回马尔布鲁克。你永远的。

441　此处诗句是对莱蒙托夫《魔鬼》中诗句的戏拟。参见第一部第 23 章情节。

442　le beau ténébreux：具有拜伦的忧伤诗风。

443　que sais-je：我知道什么？

444　Merci infiniment：万分感谢。

445　cameriere：意大利语，酒店服务人员，司职搬运行李、房间吸尘等。

446　此"闹剧"实影射普希金的《叶甫盖尼·奥涅金》。

447　hobereau：乡绅。

448　korrektnïy：俄语，端正的。

449　"凡大车"：cart de van，这是对 carte des vins（酒单）的美式蹩脚读音。

450　zhidovskaya：俄罗斯粗俗语，犹太佬。

451　ju veux vous accaparer, ma chère：我想要抓住你，我亲爱的。

452　enfin：简而言之。

453　吕宋：Luzon，是洛桑（Lausanne）的美式误读。

454　lieu：地方。

455　（停顿片刻）：这一说法及整个对话都在戏拟契诃夫的风格。

456　muirninochka：爱尔兰地方语—俄语的混合爱称。

457　ces potins de famille：家族里的闲言碎语。

458　Terriblement...：德高望重的老太太，诸如此类的。她喜欢拿他开玩笑，说一个像他这样纯朴的农夫不该娶女演员和艺术品交易商人的女儿。

459　Je dois "surveiller les kilos."：我得注意体重。

460　奥洛里硫斯：源自拉丁语 olor，天鹅（丽达的情人）。

461　套上衣服：jump into your lenclose，其中 lenclose 由衣服

("clothes") 变化而来（受到尼农·德·朗克洛 [Ninon de Lenclos] 的影响），后者即上文提到的维尔·德·维尔的小说中的交际花。

462 阿列克谢和安娜：Aleksey and Anna，指《安娜·卡列尼娜》中的渥伦斯基及其情妇安娜。

463 phrase consacreé：常用语。

464 "伊人哈欠堡"：She Yawns，即西庸古堡（Chillon）。

465 德·昂斯基：见第一部第 2 章。

466 comme des fontaines：泪如雨下。

467 n'a pas le verbe facile：不善辞令。

468 Chiens interdits：请勿携犬。

469 rieuses：黑首鸥。

470 Golos Feniksa：亚利桑那俄语报纸名，《凤凰之声》。

471 La voix："那铜锣嗓音打电话来的"；"今天早晨，那喇叭声音听起来挺不高兴的"。

472 contretemps：意外事故。

473 "-et le phalène."：还有那蛾子。参见第一部第 22 章开头诗句句式。

474 Tu sais que j'en vais mourir：你知道我会为此而死。

475 Bozhe moy!：俄语，哦，天哪！

476 et trêve de mon style plafond peint：法语，我那彩绘天花板风格可以休矣。

477 ardis：箭。

478 "想想"：ponder，与法语 pondre（下蛋）构成双关，暗示"先有蛋还是先有鸡"的问题。

479 anime meus：拉丁语，心灵。

480 "刺客双关语"：the assassin pun，来自法语 pointe assassine，引自法国诗人魏尔兰的诗句。

481 拉克立玛瓦尔：Lacrimaval，杜撰的意大利—瑞士地名，字面意义为"泪谷"。

482 coup de volant：打方向盘。

483 梦想三角洲：dream-delta，指一种假想物质的解体。

484 一位不幸的思想家：指塞缪尔·亚历山大（Samuel Alexander），英国哲学家。

485　约拉娜别墅：Villa Jolana，为纪念一种蝴蝶而得名，该蝶属 Jolana 亚种，产自翡荫森林（第一部第 30 章也曾提到这种蝴蝶）。

486　魏茵兰戴：Vinn Landère，"瓦因兰德"的法语变形。

487　近海行船的画：Bruslot à la sonde，同一幅画还可以参见第三部第 8 章。

488　comment？Non, non pas huitante-huit-huitante-six：怎么？不，不。不是八八年，是八六年。

489　droits de douane：海关税。

490　après tout：毕竟。

491　on peut les suivre en reconnaissant：见第一部第 38 章。

492　"lucubratiuncula"：灯光下的文字活儿。

493　Duvet：绒毛，细毛。

494　干脆：干脆翻下阳台。

495　美人鱼：指卢塞特。

496　斯捷潘·努特金：凡的仆人。

497　blyadushki：俄语，小娼妓（与第二部第 8 章呼应）。

498　Blitzpartien：德语，快棋。

499　Compitalia：拉丁语，十字路口。

500　E、p、i：指‘epistemic’（知识的），参见前文。

501　J'ai tâté de deux tribades dans ma vie, ça suffit：我这辈子已见识了两位女同性恋，够了。

502　terme qu'on évite d'employer：很不想使用的一个术语。

503　le bouquin, guéri de tous ces accrocs：这本书，清除掉所有瑕疵。

504　Quel livre, mon Dieu, mon Dieu：这是怎样的一本书啊，我的上帝，我的上帝。

505　gamine：小姑娘。

对于纳博科夫而言，卢塞特与这对情侣一样在《爱达》里占据着中心位置，起先凡和爱达使我们将她置之脑后：不过是个滑稽的配角，一个可爱的小麻烦，对于他们无可阻挡的爱欲而言只是个可笑的障碍。四十年的写作经历令纳博科夫寻到了隐藏意义的新法，而不断地重读能够逐渐向我们揭示其最有心也最雄辩的叙述者的话外之音。当我们重读《爱达》时便可以发觉，每一缕显见而似又随意的光线其实都有经深思熟虑的旨归，而这一旨归不时出人意料地念记着卢塞特的脆弱、平凡和善良，那是凡与爱达在执迷于他们自己的超凡脱俗时所不屑一顾的。

当斯蒂芬·迪达勒斯的思维成为主导的时候，或者，当戏拟的风格开始喧宾夺主时，《尤利西斯》可说是极其费解的。然而即便布鲁姆漫天乱掷的思绪对于勤勉努力的读者来说也是不无裨益的。在这里，布鲁姆刚在戴维·伯恩的"道德酒馆"用过午餐：

他俯视的目光追随着橡木板沉静的脉络。美：弯曲的线条：曲线很美。婀娜的女神，维纳斯、朱诺：全世界钦慕的曲线。图书馆博物馆都能看见她们站在圆形大厅里，赤裸的女神。有助于消化。她们不在乎男人的眼神。一览无余。一声不吭。我是说像弗林这样的人。假如她成了皮格马利翁还有伽拉忒亚，她会先说些什么？凡人！把你放在该有的位置上。与众神托金盘畅饮甘露狼藉一片，美味无比。可不像我们刚吃过的六便士午餐，煮羊肉、胡萝卜及萝卜，一瓶奥尔索普。酒仙想象着饮电：神的食物。女人可爱的体态啊朱诺的雕像。神仙的可爱。而我们往一个空洞里塞满了食物又从后面排出来：食物、淋巴、血液、粪便、泥土、食物：非得这样进食就像给机车加煤一样。她们不。从来没看过。今天我要看看。管理员不会瞧见。弯腰让什么东西掉下来。看看她有没有。

布鲁姆的思想跟随快速扫视的目光而运转，丰满而又凌乱，他专注于身体的活动过程，他轻易将崇高与荒谬包含在一起，例如他感到好奇的是，国家图书馆的希腊女神塑像有没有直肠通道——所有这些，我们用心地读一遍就能辨别出来，可是若要读七百页左右仍维系如此阅读反应，毕竟是苛刻的。

与此相较，《爱达》则是一阵熏人的微风。在第二章，一向鲁莽的德蒙·维恩被其表妹、演员玛丽娜·杜尔曼诺夫的舞台形象迷得神魂颠倒，在她一次早退场时奔到后台，在这出戏（是对普希金的《叶甫盖尼·奥涅金》的戏仿）的"两场之间得到了她"。这是小说中最早的场景：曼哈顿，一八六八年一月五日。德蒙回到乐队席之后，

当她身着粉红裙，脸上带着晕红与激动奔进果园时，他的心脏停跳了一拍，而他并不为这可爱的失落感到遗憾。那些来自利亚斯加——或伊维利亚、扮相愚笨而滑稽的伴舞演员立刻分散了队形，本来只是坐着鼓掌的观众有三分之一随着她的进

场而欢呼起来。她是来与欧男爵相会的，后者从一条侧廊踱出，靴子上装了踢马刺，身着绿色燕尾服，这一情景不知何故无法为德蒙的意识所理解，在虚构生活的两道虚假的闪光之间却存在着绝对的现实，其窄短的渊薮使他感到震慑和敬畏。不等那一场戏结束，他便冲出剧院走进清爽晶莹的夜色中，玲珑透亮的雪花落在他的大礼帽上。他向紧邻街区自己的寓所走去，准备安排一顿丰美的晚餐。当他乘着叮当作响的雪橇来接新情人时，那场展现高加索将军与灰姑娘的芭蕾舞剧的最后一幕已经戛然而止，欧男爵此时身穿黑礼服戴着白手套，跪在空旷的舞台中央，捧着他那位反复无常的女子在躲避他迟到的示爱时留给他的水晶鞋。剧院雇用的喝彩者开始感到厌倦并看起了手表，而此时玛丽娜则披上黑斗篷钻进了天鹅雪橇以及德蒙的臂膀里。

他们纵情狂欢，四处旅行，他们吵得不可开交，却又和好如初。到了第二年冬季，他开始怀疑她对自己不忠，但无法确定谁是情敌。

这是《爱达》的典型场景：高歌猛进的浪漫精神，德蒙会通过玛丽娜将此精神传递给他的孩子凡和爱达；行动的迅疾，不论是戏里的场景里还是其后一年的转换以及对不忠的怀疑莫不如此；匪夷所思的事件，至少在我们这个世道里看来是如此（十九世纪六十年代，富裕的年轻女贵族当职业演员，瞬间便倾心于德蒙这么一个既泰然自若又冲动如火的浪荡子），种种栩栩如生的细节及情感与出人意表的情节融为一体，迫使我们的想象在其后紧追不舍。

如《爱达》所经常表现的，浪漫总与其他很多别的东西共存：错乱的激情喷涌（这感觉更像是在圣彼得堡而非曼哈顿）、戏拟（舞台的戏剧夸张似乎突然间闯入了德蒙的生活），甚至还有喜剧以及轻蔑（这里包括了德蒙或凡对舞台表演以及舞台对文学原著的乖谬改编的蔑视："本来只是坐着鼓掌的观众有三分之一随着她的进场而欢呼起来"；"扮相愚笨而滑稽的伴舞演员"；"虚构生活的两道虚假的闪光"；"高加索将军与灰姑娘的芭蕾舞剧的最后一幕"）。塞缪尔·约翰逊评论过，在玄学诗派中，"最异质的观念被用暴力捆绑在了一起"。而此书的奇迹在于，异质成分毫不费力地融合在一起，虚假的戏剧表演的荒诞可笑，抵消并勾销了德蒙对于真实性的愉快感觉。

与《尤利西斯》的那个段落不同，我们在这里可以读得很快，尽管也会有些小小的惊喜，被我们简单地视为异域之片刻浮华，而实为地方风情的些许光芒。"利亚斯加——或伊维利亚"都是些我们在任何一张地图上无从查找的地名。纳博科夫在以自己名字字母逆构而成的别名薇薇安·达克布鲁姆所作的注释中指出，这些"滑稽的伴舞演员"在前一个段落中被称是"西艾斯托提的贝罗康斯克（Belokonsk）"一个芭蕾舞团的，来自"白马（Whitehorse）"市（在加拿大西北部）的俄罗斯双子城（他其实还可以加一句，艾斯托提 [Estotiland] 是欧洲对北美的一个古称）。"利亚斯加（Lyaska）"在此文中疑为阿拉斯加

（Alaska），事实上后者的俄语即为 Alyaska，表明直到一八六七年，阿拉斯加仍为俄国所有。

"——或伊维利亚"中的破折号可说是不经意的一击。若是对此地名刨根问底，我们会发现"伊比利亚（Iberia）"不仅能指那个由西班牙和葡萄牙组成的半岛，还可以指外高加索（今格鲁吉亚东部地区）的一个古国；此处的舞蹈演员在插进的芭蕾间奏曲中刚亮相时，穿的是"格鲁吉亚部族的衣着"，如此怪异的景象在这场闹剧里层出不穷，篡改了不少俄罗斯经典文学里的情节。

纳博科夫提醒我们，阿拉斯加在一个世纪前还是俄罗斯的，或者说尚有两个截然不同的伊比利亚，由此他采用了《爱达》的一个典型策略。乔伊斯对精确描画都柏林已到了痴迷的程度，他甚至要一个朋友从艾克尔斯大街七号的栏杆坠落下去，这是虚构的布鲁姆居所的真实地址，乔伊斯想确认布鲁姆在将自己锁在门外后，是否能够以此种方式去开地下室的门。而在另一方面，纳博科夫总是不断将地球的历史沿革、山川地貌、虫草走兽、文学艺术略作些变形引入《爱达》的"反地界"中。他温和地刺激着我们的好奇心而不是放慢我们理解的脚步，于是我们便也能欣赏到一晃而过却也妙趣横生的沿路风光，然而一面是乔伊斯汲取着都柏林当地的知识，另一面纳博科夫则邀请我们——假如我们乐意的话——通过公开资源来寻求一本词典，一部百科全书，一张地图——寻求内容细节背后他或许有或许没有作变形的东西。

乔伊斯执著于细节的真实，纳博科夫则景仰细节带给人的无穷惊诧及因注意且探索这些细节而引起的好奇心，但他也意识到细节也能轻易地反转（俄国满可以在北美有个更大的落脚点，而魁北克、阿卡迪亚以及路易斯安那的法兰西版图也完全能够扩张）。这种意识充溢于《爱达》的字里行间，把我们所生活的世界中的不可能或幻想之物说得煞有介事。

　　正如"利亚斯加——或伊维利亚"起先让我们会心一笑但接着引领我们去往历史遗忘的角落，那舞台表演的场景也是如此，虽然玛丽娜在其中显得"如此曼妙，如此可爱，如此撩人"，但仍然令我们一看就忍俊不禁，不过最终还是促使我们回想或探究起普希金的《叶甫盖尼·奥涅金》来，那可是俄罗斯现代文学的第一杰作。不仅如此，我们还看到了这出演砸的改编剧里对普希金的叙事不无滑稽的背叛，有一些折射出柴可夫斯基歌剧所施加的恐怖气息。乔伊斯把荷马及莎士比亚与现在看来有些诡秘的蜉蝣或晦涩的局部细节混合在一起，而纳博科夫的指涉如同漫不经心地将我们带进了西方文学艺术的名人堂：莎士比亚、塞万提斯、马伏尔、夏多布里昂、奥斯丁、普希金、狄更斯、福楼拜、托尔斯泰、兰波、契诃夫、乔伊斯、普鲁斯特；庞贝的壁画、博斯式的噩梦、佛罗伦萨壁绘、勃鲁盖尔的嬉闹、卡拉瓦乔的明暗处理、伦勃朗的肖像、布歇的天使儿童、图卢兹－罗特列克的招贴画。

　　"利亚斯加——或伊维利亚"，或是"高加索将军与灰姑娘的芭蕾舞剧的最后一幕"并没有妨碍我们享受迅疾流转的景致的兴味，但就像《爱达》中的其他很多细节一样，它们既令人神迷，又那么难以捉摸。纳博科夫想要重新唤起我们对细节的惊奇。我们时常淡然接受了我们的世界，可是他在提醒我们，当我们体察其细微之处时，这世界甚或显得不大真实且不可思议。对于有些人，世界还会让人惊惶而沮丧，可是纳博科夫提请我们视之为一种邀请，去纵览奇迹，去发现奥秘。

与扎根于紧密的都柏林现实生活的《尤利西斯》不同，《爱达》的舞台场景似乎是无中生有冒出来的，之后又遽然遁形：乔伊斯的坚实让位于纳博科夫的跳脱，从"是其然也"变为"本不必其然也"。然而纳博科夫的这场舞台戏虽则来去匆匆，却成为小说中颇为意味深长的部分。单纯从情节上说，它为凡和爱达繁复的罗曼史作了铺垫，解释了他们何以是不折不扣的兄妹，是德蒙和玛丽娜的骨肉，尽管表面上他们是姨表亲，分别由德蒙、阿卡和丹、玛丽娜抚养。从结构上说，德蒙与玛丽娜火热的私情成为凡与爱达猖狂的爱恋的先导，甚至凡慢慢积聚的对爱达之不忠的怀疑以及对情敌的骤然发觉，也都能在父母恋史中寻出端倪。从心理学上说，德蒙和玛丽娜关系的全然崩溃、他们现在的疏离及过去分享的激越，与凡和爱达从过去到不断演进的现在所执守的向心力——无论其间有多少悲欢离合——形成了鲜明对照。

这出剧院戏笔墨清淡，却还关联了小说其他许多环节。《爱达》乃至纳博科夫所有作品中不断呈现的主题之一，便是生活与艺术间丰富而又有所变形的关系。与其他不少作家类似——塞万提斯、奥斯丁、普希金、福楼拜、托尔斯泰、普鲁斯特、乔伊斯——纳博科夫探索着虚构的浪漫与现实生活里的爱情之间的扭结（事实上，在普希金的《叶甫盖尼·奥涅金》中写情书的场景中，他让玛丽娜扮演了达吉亚娜——少女被爱情小说冲昏头脑的典型例子——这激起了德蒙的欲望）。十九世纪的小说惯于利用舞台戏来精心设计出爱情故事，纳博科夫正是对此作了附和以及戏拟性的强化——尽管那类小说通常不会有一个贵族小姐身份的女演员，并在顷刻间被征服！

纳博科夫在《爱达》中特别着意探讨的一个主题是新奇与熟稔、原创与模仿之间的关系。与大多数坠入爱河里的人一样，凡与爱达感受到了前所未有的情怀，然而却也认识到这份爱似曾相识，如若他们未曾从阅读中领略到爱之震撼，或许也不会去如此感受爱。这两个具有强烈自我意识的孩子视自己为亚当和夏娃，探索着新的情感天堂，但在意识到这一类比时，他们也明白，自己正追随着一条没有尽头的前人之链。在这里，在骤然降临的爱情中，德蒙和玛丽娜模仿着普希金的达吉亚娜以及她极具浪漫色彩的舞台朗读的效果，并且预示了下一代的凡与爱达那匪夷所思的相爱。甚至这个结构模式中——一代人的爱情成为下一代人的预演——他们也唱和着未经雕饰的生活现实和艺术前辈的雅韵（在纳博科夫以多种方式引用的普鲁斯特的小说中，斯旺对奥黛特的热爱预示了下一代马塞尔对艾伯蒂娜的恋情）。

不过至关重要的是，这出剧院戏预示了卢塞特的自尽之夜。卢塞特部分地效仿了姐姐爱达，无望且绝望地爱上了凡。她过早地被这两人引入了性爱，但到了二十五六岁时仍是处子之身，并深感失落。她悄悄订了一张跨太平洋的班轮票，那正是凡准备乘坐的，她最后一抹希望便是在这几个不得不朝夕相处的日子里能成功地引诱他。她的如意算盘似乎要奏效了，他被撩拨得蠢蠢欲动，直到他们坐下来看预映的电影《唐璜最后的狂欢》。当爱达作为女演员出现在屏幕上时，之前的调情氛围顿时消弭殆尽。凡挣脱了出来，返回屋子，通过手淫将本来积聚起的对卢塞特的欲望发泄出来。

这是纳博科夫在《爱达》中的常用手法：将场景相互关联在一起。尽管德蒙和玛丽娜的剧院戏与凡和卢塞特的电影院场景不尽相同（一为戏剧，一为电影；一是在曼哈顿的冬天，一是大西洋上的夏日。前者性爱圆满，而后者只以手淫告终），但在两个场景中，都有一位女演员现身——古典场景的滑稽模仿——颠覆了目睹其芳容的男子的情感，后者没等演出／放映结束便为泄欲而匆匆离席。

卢塞特无法像凡这样从船载影院里溜出来，因为那一对"家族生意里的老讨厌鬼"侧身靠近并一屁股坐在卢塞特身边，她"则端出了自己最后、最后、最后的比失败和死亡还要强韧的礼数和教养"来应付。电影结束后她打电话给回房间的凡，他说屋里还有别人——她知道有个占有欲十足、金发晒得有些褪色的白肤美女，一个高大的泰坦女神曾与凡眉来眼去。想到自己的孤注一掷已然落空，她吞服了大量安眠药片并跳海而亡。

情境、场景、人物、时间以及氛围各不相同，因而纳博科夫可以确保我们一时间难以察觉他在一八六八年激情奔突的剧院桥段与一九〇一年惨淡的电影院场景之间建立的关联。但是《爱达》的序曲阶段（德蒙与玛丽娜及其双胞胎妹妹阿卡间的恩怨往来）更明确地预示了小说的主要情节（凡与爱达及其妹卢塞特间的恩怨往来）：分属两代的两个可怜妹妹，纠结在姐姐对浪荡"表兄"的情爱中而不能自拔，最终含恨自杀。

当然纳博科夫在我们读第一遍时就展示了卢塞特的自杀，因而提请我们重新审视凡和爱达的恋爱与卢塞特之间的关系，他们追逐激情时对作为一个人的卢塞特的漠视。也许我们在初读时也注意到了阿卡与卢塞特在其姊姊的爱情中的致命纠葛的相似性。但是纳博科夫只是很渐缓地让我们发掘他对于德蒙及凡的浪漫激情所包含的盲目性的深刻而严厉的批判。我们中的大多数慢慢地才会意识到，自己曾多么轻易地被凡和爱达势不可挡的情欲所征服。

德蒙与玛丽娜的剧院场景戏初看起来不过只是浪漫，来去匆匆的魅惑，心血来潮的欢愉。但正如《爱达》中的一切，它作为错综复杂的情节和结构的一部分，作为个个栩栩如生但又紧密纠缠于一处的人物群像的投射的一部分，作为主题、模式、韵味构成的稠密网络的一部分，这一场景的影响可以说是贯穿小说始终。与《尤利西斯》那种脚踩大地的写实主义相比，《爱达》也许显得轻佻，但这使它达到了自身独有的高度。

继早期"一丝不苟的平庸"手法之后，乔伊斯转而在《尤利西斯》和《芬尼根守灵夜》里开始重视文字的丰满和自身所处世界的丰富。而仿佛要作出反拨姿态似的，他曾经的秘书塞缪尔·贝克特则发展了其晚期的极简主义风格，将人类生活的光芒贬低为迟钝、孤寂、唯我论的一抹余晖——而且使之具有了残酷的喜剧色彩。仿佛要对这种反拨作出反拨似的（纳博科夫到上世纪六十年代才开始读贝克特），《爱达》将一切的丰富性赋予了维恩兄妹：爱情在豆蔻年华萌生，年复一年不断地滋长，并绵延终生，且享用着取之不竭的精神的、体质的、性爱的、社会的、语言的、文化的以及金钱的财富。

当厄普代克抱怨《爱达》缺乏我们所熟悉的常人经验时，他大概想到的是凡和爱达超高的禀赋和他们所享受的富足。文学已稳步从神、半神及英雄转向了普通男女。荷马的阿喀琉斯尚是半神，他的尤利西斯还贵为英雄及雅典娜的宠儿，而乔伊斯创造的布鲁姆则是庸常之辈，讨人喜欢但不断出错，充满好奇心却常常糊涂而困惑。但在凡和爱达身上却没有半点平庸。

一些读者怀疑，当纳博科夫让凡和爱达颂扬超凡的自我时，他要么是自命不凡，要么就是在圆自己的迷梦。更好的诠释是视之为一种高于生活的形象，一种超乎我们寻常经验所能积攒的财富，以及一种对其所付代价的批判性的审视。即使对于凡和爱达如此非同一般的幸运儿来说，他们的敏感性也时时笼罩在冷酷之下，而痛苦、失落、辛酸以及悔恨也一直裹挟在快乐之中。

在各自长达九十七年和九十五年的生涯中，在延续了九十年的爱情中，凡和爱达积累了大量珍贵的记忆，但在爱达叙述的最后一个章节里，他们面向了即将来临的死亡：甚至在痛楚和"那个毫无表情、空洞而黑暗、一种永续的无续的伪未来"到来之前，首先得"痛苦地永别一切记忆——再普通不过的事，然而一个人为此需要拿出多么大勇气呀！因为他得反反复复地经受这种普通，却不放弃自身所反反复复堆积起来的丰饶的意识，而这些意识猛然间就将遭到褫夺！"

抑或存于厄普代克脑海里的是那"反地界"。上世纪六十年代，金星还是地球的一颗神秘的姊妹星，包裹在明亮、反光的云层之下——金星的手镜符号也因此得名——似乎从某种意义上正充当了《爱达》中映射我们"地界"的"反地界"。纳博科夫十九岁时在笔记中写道，他仰望这颗自己最喜爱的黄昏之星，"为其找遍了比喻而未果，傍晚散步路上的一切——喷泉、月光下红玫瑰的暗影，以及远山——都不能与之媲美。突然间它开口了：'愚蠢的人！你激动什么呢！我也是一个世界，不像你所在的那个，但如你的世界一般吵闹昏黑。也有悲伤和粗粝。而假如你此时想知道，我也可以告诉你，这里的一位居民——像你一样的诗人——也在仰望你所谓'地球'并喃喃道：'哦，那么纯洁，哦，那么美丽。'"在描写"反地界"的奇异—— 一如凡和爱达特异的禀赋——时，纳博科夫坚持强调一切人性体验中正邪参半的特质。尽管凡在结束《爱达》时试图给出一个洒满阳光的生涯概览，但纳博科夫仍坚定地呈现出凡和爱达一生中阳光与阴影混合相伴、在任何一个可以想象的世界里天堂与地狱都是交错杂糅的图景。

让我们在凡所呈现的最灿烂的场景里再流连一会儿吧。《爱达》的情节始于德蒙和玛丽娜于城中及雪地里的相爱，但小说上半部记述的主要还是下一代人的另一场风流，在乡间，在夏日的阳光下。

一八八八年，即于阿尔迪斯同爱达第一次度过一个明媚的夏天的四年之后，凡重访庄园。每年在爱达七月二十一日生日时，全家便乘马车和大游览车到松林空地上去野餐。在一八八四年，一系列混乱使得最后一辆返家的马车上乘客多过位子，于是十四岁的凡便按照指派让十二岁的爱达坐在了自己的腿上，那时彼此间的激情虽蓄而未发但已然浓烈："这是两个孩子第一次身体接触，彼此都有些发窘。……这个血气方刚的少年全身心地体味着她的重量，她的臀部随着路上的每个颠簸，轻柔地分成两部分，挤压着他那欲望的核心，他知道自己得控制好，否则要是渗漏出什么，会使纯真的她大惑不解。"

一八八八年重返阿尔迪斯（"不期而至，不速而至，不需而至"）时，凡正赶上一次花园聚会，他从楼上的一个房间里看见一个旧同窗珀西·德·普雷在离去时亲吻爱达的手，且抓住她的手不放并意欲再次亲吻，这让凡无可容忍。凡醋意大发，扯断了他买给爱达的钻石项链，后者此时正好冲进来，并安慰他说，她"只有一个情郎，只有一匹野兽，只有一种悲哀，只有一种喜悦"。在她十六岁生日的野餐会上，醉醺醺的珀西·德·普雷不邀自来。两个相互间充满敌意的小伙子打了起来，凡毫不费力地撂倒了德·普雷，但正当他走回去时，那个粗蛮的家伙从其背后压上来。身手敏捷的凡再次解决了敌手，但他的情绪一直为此处于紧张不安的状态中。就在维恩家的孩子准备返回庄园时，德·普雷也离去了。一个男侍临到要走了才钻出灌木丛，于是只好坐了马车前排原本卢塞特的位子；这一次坐在大表哥凡腿上的，是十二岁的卢塞特，而爱达则坐在一旁：

那个小听差正一边读书一边抠着鼻子——从他手肘的挪动便可以看出来。卢塞特紧绷的屁股和沁凉的大腿似乎越来越深地陷进了如梦、如重述的梦呓、如扭曲的传奇故事的过去的流沙里。爱达坐在他身旁，翻动着她那本小些的书，翻得比驾驶厢里的小伙儿还要快。当然，比起四年前的那个夏天，她显得妩媚、专注、隽永，更加可人，也有更多的热情在暗中涌动——可现在他重新体验的是上回的那次野餐，而他此刻支撑的似也成了爱达柔软的臀部，仿佛她分了身，用两种不同的印刷色复制了自己。

他透过一缕缕黄铜色的发丝斜斜地看着爱达，后者则噘起朱唇像是发射了一个吻（终于原谅了他的打架行径！），旋即埋首重返她那册牛皮纸装订的小书里，《光影与色彩》，夏多布里昂一八二〇年出版的短篇小说集，内有手绘小插图以及压得干扁的银莲花标本。团团簇簇的林木阴影掠过她的书、她的脸庞、卢塞特的右臂，他禁不住亲吻了那胳膊上的一处蚊叮，纯粹是出于对这复制品的致敬。可怜的卢塞特淡淡地偷看了他一眼便移开了目光——盯住了马车夫的红脖子，而另外那个车夫，几个月来则一直萦绕在她的梦境里。

我们并不着意去追寻扰乱爱达心神的那些思绪，她对书的专注比表现出来的差远了；我们不会去追寻的，不，也无法胜任于此，因为比起光影或色彩，或青春欲望的搏动，或黑暗天堂里的一条绿蛇，思绪在记忆中还要飘渺得多。于是我们就舒舒服服地坐在凡的内心里吧，同时他的爱达则坐在卢塞特的内心里，她们俩又都坐在凡的心里（而三者也在我心里，爱达补充道）。

他在倏忽间翻涌出来的快乐中，回忆起爱达那时穿的可以纵容他放肆的短裙，那么乐陶陶爽飘飘，按乔斯的那些小妞的说法就是这样，而他感到遗憾（莞尔一笑）卢塞特今天穿的是朴素的短裤，而爱达穿着"没去壳的"长裤（开怀大笑）。事实上，即便在最难忍的病痛中，有时候（肃然颔首），有时候也能享受到极为安宁美好的晨间——并非拜某种药物或药剂所赐（指着床头凌乱的一堆），抑或至少不知道那只关爱而绝望的手曾悄然间让我们服下了药。

凡闭上眼，以更专注于那勃然膨胀的快慰。多年之后，哦，许多、许多年后，他惊奇地回忆（一个人如何能够承受这样的狂欢？）那极乐的时刻，那彻骨的折磨人的疼痛引起的完全的消退，陶醉的逻辑，循环论证：假如最离经叛道的女孩爱上了一个人，正如那人也爱着她，那么她也会情不自禁地忠贞于他。他看着爱达的手镯随着马车的摇晃而有节奏地闪烁着，从侧面看着她丰唇微启，那极纤细的横向肌理在阳光下显露出干结的殷红的唇膏的残余。他睁开眼：手镯果真闪烁着，而她唇上的口红已荡然无存。他确信不消多久，他就将触到那火热而苍白的肉质，这引起了被另一个正襟危坐的孩子压着的私处的危机。然而这位替代者汗津津的脖子却也惹人怜爱，她的坐姿稳固得令人放心，令人冷静，毕竟没有哪部私藏小说可以与即将在爱达的凉亭里等候着他的事情相提并论。

与剧院场景，也与《爱达》中的很多场景类似，这个段落犹如蜿蜒而闪亮的水流，毫不费力地把我们带向前方。凡通常的第三人称叙述会很轻易地滑向第一人称，成为爱达也能够即刻加入的"我们"："我们并不着意去追寻扰乱爱达心神的那些思绪。"他并没有追寻她的思绪，不是因为——正如我们在重读时发现的，假如我们猜不透的话——她全然忧惧凡会发现她近来与珀西·德·普雷的关系进而挑起一场决斗。作为叙述者的凡还未披露作为角色的凡尚未知晓的事情，尽管他已为此极度不安。

该场景所铺陈的新奇与反复、回忆与展望都让人印象至深，在《爱达》中，实际上在我们所有的经验中也具有相当的典型性。凡回忆起四年前爱达坐在他膝上的情形，既有不同又有相似：她当时穿的宽松短裙，卢塞特此时的紧身短裤，爱达"没去壳的"长裤（野餐开始时，也就是在本章的开端，凡和爱达溜到溪边去做爱，爱达说"去壳"[husked]是英语中最了不起的单词，"因为它可以表示相反的东西，裹住的和揭开的，裹得紧紧的但又易于去壳的，意味着很容易剥开，你用不着扯腰带，你这野兽。"）。凡在晚年时，意识的一次猛然急转（"在最难忍的病痛中"）揭示出在凡所称的"老迷糊"的年岁里，思绪里的意象呈现出十八岁的自我在终极的无可缓解的疑虑中赢得了暂时的解救。

马车上的凡闭目凝神于回忆的快乐及其神奇的重现，只有作为叙事者的凡滑离到了未来，这样的修辞（多年之后，哦，许多、许多年后……）提升而非减损了那样的快乐。在野餐的车旅上他体验到"那彻骨的痛苦的疼痛所引起的完全的消退"，不再因珀西·德·普雷而良心受谴，然而由于这些问谴并非没有根据，他日后的自我便企图重拾那翻腾的自信，如若可以自圆其说那也就能省去经年累月的苦楚了。

与《爱达》中的很多情节一样，这个段落荡漾着快乐却也翻腾着紧张，因为它在时间上层层叠叠。一八八八年的凡，当他感到昔日重来时便回忆起一八八四年的心醉神迷，有意识地让自己退回到过去，即便知晓了当年与现今的不同，仍颇为得意地重温起那段时日。可作为叙事者的凡则能在八十载后回忆一八八八年的风光以及之后爱达秘事的揭露——他对初读者和他年轻的自我一直是隐而未宣的——那痛苦的发觉似乎在一针见血地强调，时间的流淌方向是永不能逆转的。

一八八八年，甚至在珀西·德·普雷与爱达的风流事给这图景蒙上阴影之前，凡便感到这第二次野餐会之旅是过去的神奇再现，是对时间的一次胜利。这样的想法又基于他对过去与当下间的复杂张力的意识。原先在一八八四年的快乐体验，部分来自在马车上和爱达不得已的长时间身体接触，以及对未来肌肤相亲的突然期许。而一八八八年的此时，他当初和爱达的亲密似已成为无法追忆、日日更新的事实，正如下午早些时候在溪边那短平快的乐事。十二岁的爱达天真且无法企及；而此刻十二岁的卢塞特则更是无邪而不可狎侮。现在爱达是他的了；可彼时他尚不能想象能与爱达如此亲密；但现在他一定要与卢塞特保持距离，一定要抵制住诱惑，防止自己像以前那样把持不住并"像动物那样肆无忌惮"。正是从爱达到卢塞特的这一变化，重新激活了过去的那种兴奋。

可是这里产生的是一种不同的张力，是时间重演过程复杂性的更深入推进。在一九〇一年"托鲍克夫"号上那个致命的夜晚，当凡退回房间时，"当高潮迸发时，那幅图景"再次"投射出来"，不是关于刚才还与他坐一起的卢塞特，而是他在银幕上看到的爱达，"一八八四年、一八八八年以及一八九二年她的容貌的完美概括"。他坐在舱室里，卢塞特就在他头顶的影院里，而他脑海里投射出的是一八八四年爱达的形象。爱达与卢塞特形象的重叠和交织，从野餐会的马车之旅开始，一路走向维恩姐妹的悲剧性纠葛，直至卢塞特自杀之夜达到顶点。过去的快乐瞬间，当下因回忆而产生的快乐瞬间，有了关于珀西的可怕发现从而在三天后让快乐跌入谷底的瞬间，在未来那次断送了卢塞特命运的自慰的瞬间——当《爱达》探索着当下如何叠加、交错着过去，但又引向未来重重意外时，所有这些瞬间全都纠缠在了一起。

纳博科夫并非以乔伊斯那种毫厘不差的精确来记录当下的脉动，但是他用许多其他方式审视了我们对时间的经验。这里仅列出四种：对于个体过去的不同层面在当下的呈现，我们有一种陌生和疏离的感觉，纳博科夫通过描述"反地界"历史的奇特错置为这种感受表现出喜剧性的鲜活形象；他将《爱达》作为一个整体来架构，以反映人生命周期的节律，童年的无限扩充，与先前年份不相称的永久的夏日，年岁的加速塌陷，以及虽然年迈却尚能抵挡过去时光的冲击并使之复苏的记忆的力量；他塑造故事情节，使之去探索时间的开放性，探索时间的方向与肌理之间、作为前进的时间与作为堆积的时间之间的不确定关系；他将人一生的时间设想为关于意识的个人财富，当死亡来临时我们只得丢弃这些财富，但他又暗示了在我们背后或是周围存在着一种永恒，假如我们能够企及的话。

凡第二次从爱达生日野餐会的归来之旅构成了《爱达》对时间处理的另一种方式。此前还没有哪部小说能够将人一生经验的累积表现得如此丰饶浪漫，没有哪部小说——即便普鲁斯特的作品——能通过重复、回忆、展望、追悔、懊恼、作乐以及狂欢而如此放大了当下的震撼。还没有哪部小说曾揭示出，人生终将能够构造出那样永无穷尽的故事。

布赖恩·博伊德

译后记

就像一个欲罢不能的妇人，跌撞着跟在这个老头子后面，穿越了无数非人的陌路、幽洞与深井，咬牙切齿了无数遍我恨透了这个自大狂之后，临了，还是叹道，我仍是爱他的……

有着太多的不可思议：美轮美奂、田园牧歌似的阿尔迪斯庄园，黑潮汹涌的致命海轮之夜，看似黑白不容的两个世界，两种心境，两样结局，却为作者扭缠在一起，甚至就是同一事件的不同镜像。

还能找到更多的对立物，或者对应物：双胞胎阿卡与玛丽娜、卢塞特与爱达，德蒙与丹、凡与阿卡想象的他的双胞胎兄弟，当然还有男与女、爱情与色欲，甚至纳博科夫还为我们设置了两个双子世界："地界"与"反地界"。

总之，无数的矛盾体，还有无数的互文，这些就像一道道考题，让我难以招架。毫无疑问，作为中译者的我并不意味着就能成为对《爱达》的解读权威。如果我可以选择，我宁愿只保留这篇译后记的第一段即可。下面的文字，不过是将延续了三年的翻译中的甘苦，略作个浅薄的交待罢了。

越是接近这项工作的尾声，越感遥离译文与原文的对称性，虽然所谓"对称"者本就是虚无缥缈的。且不论叙述者人称的戏剧性切换、意识流的随意涌动和自造词、多国语言的混用带来的无尽的阅读 / 翻译障碍，单是头韵的大量使用便让我穷于应付。纳博科夫对头韵的使用或许已经到了登峰造极、无所不在、随心所欲的地步，甚至不惜为游戏而游戏，这固然显示了人物——尤其是凡和爱达这两个语言神童——的话语力量，但恐怕也在很大程度上要归因于作者的癖好，他本人也借小说中的学者老拉特纳的话自嘲道："你咽气的时候也不会忘了押头韵。"老拉特纳针对的是凡在研究精神病学时确定的一个研究课题：Idea of Dimension & Dementia，译文为"论尺度与痴呆"。显然我在尽力将字母文字的头韵用中文来表现，也显然差强人意，一来"尺"与"痴"在读音上的联系程度远不如原文的"头文字 D"来得醒目，二来无法传达 Dementia 丰富的所指——原意为"痴呆症"，也影射凡的父亲德蒙（Demon）及这个名字的原意（"魔鬼"）。

当然头韵的难题最集中体现于小说的标题：Ada or Ardor，这无异于从翻译工作一开始就给了我一个下马威。Ada 通常的标准译名是艾达，顺畅、上口而不失女性特色，可是放在这个标题里如何再能与 Ardor（激情；热情；情欲）构成头韵呢，思量的结果成了《爱达或爱欲》，总算对老纳和读者有个交待了。然而刚想松口气，文中接踵而至的便是凡或叙述者经常挂在嘴边念叨的三词并列：Ada，Ardor 以及 Arbor（乔木；凉亭；藤架）：

"他知道，真的。他喜欢吗？喜欢。实际上，他开始热烈地喜欢上了爱木、爱欲和爱达（arbors and ardors and Adas）。是押韵的。他该提出来吗？"（第一部第八章）

"爱达，我们的爱欲和爱木（ardors and arbors）"（第一部第十二章）

"去找回爱欲和爱木（ardors and arbors）！"（第二部第五章）

除要考虑押韵外，还要确认 arbor 有无特别的含义，好在《爱达》研究专家布赖恩·博伊德向我解释道，这里主要还是出于头韵上音响效果的考虑。看来作者对于头韵的确是非常"上瘾"的。

也还有我自觉凑合的头韵翻译，比如"饭桌上的谈话仅限于三 C's——cactuses，cattle，and cooking"，我将之译为"三'物'——植物、动物和食物"，除维持基本意义不变之外，把头韵转换为尾韵，从而保留了原文的节奏感。另外在实在无法跟上作者的游戏步伐时，我就悻悻然作罢，但在别的地方进行了补偿，以大致保证中译文头韵的数量。

当然作者的游戏种类绝不止头韵一种，他的智慧有时体现于非常不起眼、不经意的文字中，有如神来：

The Veens had believed for a whole summer of misery（or made each other believe）that it was a touch of nerralgia.（整个夏天都在病痛中度过，而这一对维恩相信〔或者说让彼此相信〕那不过

是一点神经痛而已。）

　　假如凡·维恩与爱达·维恩仅仅为表兄妹（同时也是远方堂兄妹，故有同姓），或真是夫妻，那倒也容易了，译成"维恩兄妹"或"维恩夫妇"就算合格，然而两人身兼上述所有身份！仔细玩味，不难觉察出作者于平常文字中揉入的戏谑、嘲弄乃至问责。而我这"一对维恩"的译法的力度，还是逊色了一些。纳博科夫曾拟以这个短语作为小说名，幸未如此。类似的地方不胜枚举，愧何能以汉（憾）字了结！

　　如果说押头韵还是局部的文字游戏的话，那么纳博科夫对于互文可就"玩大"了。发表于二〇〇五年第二期《外国文学》上的论文《对话与颠覆——读纳博科夫的〈阿达〉》认为该小说模拟的文本主要有两个，一是《圣经》，二是法国浪漫主义作家日·德·史达埃的爱情小说《科琳娜》。其实何止于此呢（顺便提一句，该文对故事情节的介绍亦有所偏差）。除显而易见的《项链》、《追忆似水年华》、《安娜·卡列尼娜》等作品外，指涉的经典文学可谓不计其数，这对包括我本人在内的中国读者（西方读者基本也如此）而言，不仅是智力的挑战，更是学识的考问。对此，俄罗斯学者阿列克谢·斯克利亚连柯（Alexey Sklyarenko）在论文《作为一部神秘小说的〈爱达〉》中作了精深的研究，让我们领略了至少一部分小说面纱背后影影绰绰的作家世界。在此只择两例。

斯克利亚连柯注意到故事中许多日期、年月在关联上的巧合。这里可以举出很多例子：凡和爱达在阿尔迪斯共度的两个暑假之间相隔四年，这也是俄罗斯诗人、哲学家弗拉基米尔·索洛维约夫在自传体小说《懵懂年少之初》（*Na zare tumannoy yunosti*）中男女主人公两次相会的时间间隔，也是纳博科夫与初恋情人塔玛拉第一次相遇到他永远离开俄国的时段，又过了四年他遇到了挚爱即后来的妻子薇拉。他让四个小说人物分享了薇拉的生日（一月五日）：孪生姊妹阿卡和玛丽娜，以及他们的丈夫德蒙和丹。而卢塞特的生日（一月三日）"凑巧"也是陀思妥耶夫斯基被判死刑的日子（俄旧历十二月二十二日）。

斯克利亚连柯还举出了一个饶有兴味的例子。第一部第四十二章，在凡准备赴决斗之约的路上：

凡感到膝盖一阵隐约的刺痛，在一周前，在另一片林子里，在受到背后攻击时，他的膝盖狠狠撞在了一块石头上。就在他的脚触到遍地松针的森林土路时，一只通体透明的白蝴蝶飘然而过，凡确信他的生命只剩下几分钟了。

凡在随之而来的决斗中败北，不过幸运地活了下来。凡俗看客如我辈，对于那只飘然而过、通体透明的白蝴蝶，或许跟凡一样，于其凄艳的美中看到了不祥之兆。然而斯克利亚连柯解释道，纳博科夫在此呼应了茹科夫斯基（V. Zhukovsky,

1783—1852）在其诗《飞蛾与花儿》中将飞蛾称为"永生之使者"的说法，暗示凡将逃过此劫。

面对诸如此类的互文，我在大多时候只能望洋兴叹，不得要领。假如在浑然不觉中照原文译，那只能为自己捏把汗了。按俗话说，《爱达》的互文之水太深了，我在很多时候只能呈现其水面的倒影，而非如作者般恣肆地戏水。假如与出版社的翻译合约没有期限，假如我也能衣食无忧，那么大约可以将穷尽此书的奥妙当作毕生事业。小说里爱达在与凡辩论表演生涯时说："我似乎总是感到，比方说，表演不应该关注'角色'，不应该关注这样或那样事物的'类型'，不应该关注某一社会主题的假魔术，而是要全神贯注于原作者主观的、独一无二的诗性，因为剧作家，正如其中最伟大的那位所表现的，比小说家更接近诗人。"在这里，纳博科夫借爱达之口谈到了对剧作家以及戏剧的看法，我这个"亦步亦趋"的译者对此说深以为然。翻译纳博科夫，时常要漂浮出他的文字而凌空观看他近乎肆意的诗性——但愿我不是在为自己解译的不到位而狡辩。

最后，我想特别感谢布赖恩·博伊德——新西兰奥克兰大学英语系杰出教授、纳博科夫研究权威。可以说没有他的帮助，我的中译工作就要大打折扣。博伊德主持的"《爱达》在线"（Ada Online，http:// www. ada. auckland. ac. nz/）不仅提供小说全文的在线阅读，还有分章节的注释。只是很遗憾，或许全本注释太过艰巨，博伊德教授的这项工程也处于未完成状态。饶是如此，体现其极渊博学识的注解还是令我受益良多。

此外，我与他一直保持通信，有疑难之处总是请教他，而这位国际知名学者也不厌其烦地予以解答。我对他充满了感激。

对《爱达》有进一步解读兴趣的读者，我推荐博伊德的代表作《纳博科夫的〈爱达〉：意识之所在》(*Nabokov's Ada: The Place of Consciousness*)。博伊德在书中对小说回环结构的分析极为精辟，需要特别指出的是，他驳斥了很多批评家关于小说情色内容的非议，指出纳博科夫虽非道貌岸然，但他在《爱达》中的尝试，却无疑证明他在这方面是严肃而一丝不苟的。纳博科夫的矛头倒并不指向爱达和凡的不伦之恋——纳博科夫在接受一次访谈时说："实际上，我并不在意这样或那样的乱伦。"[①]——而是他们对纯洁美丽、为爱情同样可以不顾一切的卢塞特妹妹的轻慢，对她情感的藐视以及对她最后投海自尽之悲剧的不可推卸的责任。凡对卢塞特的性爱要求的一再拒绝，看似是合乎道德的，博伊德甚至预测大部分读者于后者一开始都有厌烦的情绪，而对两个才貌双全的主人公采取相当宽容的态度。但对于这个"不沾惹花草从未超过四十八小时"的花花公子，我们越来越难以相信他是出于对纯洁的尊重或是对爱达的专一。对此，博伊德分析得十分到位："凡对卢塞特表现出了自制与周到的考虑……但这正显露了他道德视野的局限"，正如他少年时代在一束假花里触摸到了一支真玫瑰时的震颤，他正是发觉了卢塞特的绝对真实性，与他经历的不计其数的女人

---

① 纳博科夫，于一九六九年接受《时代》杂志采访时所言，收入纳博科夫访谈录《独抒己见》。

的虚幻性形成的反差，促使他逃离真实。因此博伊德的结论是："只因她对于他而言，太真实了。"[1]另外，小说经常被误认为具有自传性质，对此博伊德用第三部第二章一段与《叶甫盖尼·奥涅金》的互文指出，纳博科夫借用普希金诗剧中表现的对婚恋的庄严态度反衬出凡的荒淫。[2]可以说，除主人公对于自然史知识尤其是关于蝴蝶的狂热、某些哲学论辩如对于时间—空间的思考表达了作者本人的想法外，其精神形象与作者毫无相似。纳博科夫本人在访谈中也说过："我讨厌凡·维恩。"[3]

如果读一遍后只感到了愉悦和满足，那是误解了纳博科夫，甚至可以说，纳博科夫会蹙起眉头凝视着你的笑，因为这种误解对于不谙世事的读者来说甚至是危险的，因为他／她没有读出其中的痛楚，而表面上的那种愉悦正是建立在深刻的痛楚之上的；正如凡和爱达的爱情，是建立在卢塞特的痛苦之上。让毕加索的警告回荡在我们耳边吧："艺术并不是真理，艺术是谎言，然而这种谎言能教育我们去认识真理，至少是认识我们人类能够达到的真理。"

韦清琦

① Brian Boyd, *Nabokov's Ada: The Place of Consciousness*, Christchurch, New Zealand: Cybereditions Corporation, p. 167.

② Brian Boyd, *Nabokov's Ada: The Place of Consciousness*, Cybereditions, 2001, p. 175—177.

③ 同第 598 页注①。